寸相思

①

紫微流年 著

廣東旅游出版社
GUANGDONG TRAVEL & TOURISM PRESS
悦读书 · 悦旅行 · 悦享人文

中国 · 广州

目录

卷一 山河圖

一 · 停云榭

金陵八月暑气未消，蝉声正噪。

长街上人来人往，玄武湖畔垂荫深浓，离湖岸数丈之遥是金陵最负盛名的停云水榭。这幢酒榭建得精巧，斗拱飞檐筑于数根深植湖中的巨木之上，坐于湖中却离水而踞，凭轻舟迎客往来，远望去犹如落于云水之间，尽揽湖光水色，四时风雅无边。

这本是金陵赏景一等一的去处，自落成即宾客盈门，歌乐不休。今日的水榭同样热闹，干瘦的说书先生惊堂木一摆，正讲到兴起。

"本朝开国时便有定国三侯之谓，指的正是靖安侯、威宁侯、昭平侯。这三位武侯世袭爵禄，威宁侯长驻金陵，昭平侯因祸被削，能领军靖边的唯有靖安侯。这位左侯爷用兵如神，杀伐狠决，有左天狼之称，曾以三千兵马破蛮族六万大军，令蛮人血流漂杵，兵溃如山倒，十余年不敢纵兵劫掠，边塞百姓无不感恩。"

靖安侯勇悍之名已久，在朝在野甚得人望，说书先生讲得铿锵有力，茶客听得心驰神往，突然他胡须一翘，话语一转："不过今日所说之事，却是一件新鲜事：靖安侯的长子失踪多年，突然归来。"

　　茶客纷纷交头接耳，有不解事的问道："长子？靖安侯膝下明明一子一女，何以又来一位？"

　　说书先生得意地抚须："这桩秘辛说来话长，也难怪各位不知缘由。"

　　茶客兴致大起，叫嚷着要他细说，钱币叮当如雨飞落案上。

　　说书先生吊足了众人胃口，这才从头说起："左侯早年入营未袭爵之时，一次逢边关罗幕人来袭，两军在夜啼山交战，众寡悬殊，左侯身受重伤又逢沙暴，失途于荒野，人人只道已无生机。谁料侯爷福大命大，率残部潜伏于戈壁荒漠之上，数月后以奇袭大败罗幕人，此事诸位应该都有所听闻。"

　　底下的茶客叫好："不错，我听闻侯爷斩了上千人头，杀得罗幕人奔逃千里。"

　　说书人娓娓道来："侯爷在那时邂逅了一位红颜，于边塞诞下一子。几年后老侯爷病逝，圣上诏旨让侯爷袭了爵位，又赐婚安华公主。侯爷重情，将相伴多年的红颜也迎入了府中，可惜美人薄命，在生女时难产而亡，诞下的左小姐后来被送入宫中教养，长子也是福薄，体弱多病染了咯血痨，公主费尽心思延请名医，不知怎的一天夜里竟被人掳走了。左侯当时于边关征战，无法归来，京兆府寻了数年始终不得，案子虚悬至今。"

　　茶客中有年长的听过一些传闻，年轻的多半不知，纷纷议论起来："谁人如此大胆，敢掳走侯爷唯一的血脉，听闻侯爷夫妻不睦，难道就是因此而生隙？"

　　说书人拈须讪笑："公主此后一直无所出，总不能让左侯断了香火，就从宗族里挑了一位过继。那继子也颇为知礼，勤修武艺，弓马精熟，加之行事端方，深得世家赞誉。公主数年前染了怪疾不良于行，他早晚问安，侍奉如亲母，也算对得起这一番造化。"

　　茶客中有人哗笑："那又如何，而今侯爷的亲子突然冒出来，继子可是尴尬得紧。"

　　另一人驳道："亲子是庶出，又失踪多年，谁知品性怎样。安华公主为圣上亲妹，身份何等贵重，若她坚持让继子袭爵，纵是侯爷也未必能逆。"

底下乱哄哄地交头接耳，有人支持继子，有人支持侯爷亲子，一时各有道理，争得面红耳赤，说书先生气定神闲地喝茶，待议论低声下去才道："这确是两难，公主爱重从小养在身边的继子，可侯爷必然更看重自家血脉。听说那位长子是被世外高人带去医病了，如今病愈回返，犹如遗珠复得，岂有不喜，可惜此子不曾习武，长成后文质彬彬，全无侯爷勇武之风。"

茶客中有人闻之摇头："左侯爷一世英雄，如何能将爵位传给文弱之人。"

也有人持相反意见："染了咯血痨还能痊愈，此子可谓命大，不会武算什么，靖安侯府世袭爵位，此前不也曾数代未出将军，直至左侯出世才算实至名归。"

还有些茶客关注更为实在的："是哪位神医这般高明，竟然能医死痨？只怕与方外谷的圣手相比也不差，此子要是能请来神医给公主解去沉疴，地位岂不就稳了？"

说书先生嗤之以鼻："就算偶有奇人，如何能与方外谷这等圣地相较，若非实在难寻，早被求医的贵人挤破头了。"

众茶客随之叹息，传说方外谷医道精绝，圣手云集，能活死人而肉白骨，然而隐于群山之中，兼开价奇高，且不说寻常人诊不起，就算有达官贵人愿以千金续命，也难觅其途而入。

茶客们嘘叹了一阵，话题零落，说书先生自然不会让场面冷下去，惊堂木一拍又起了新话头："说起近日的武林，却也有一桩趣事。"

一句话又吊起了胃口，茶客们纷纷催促，说书人摇头晃脑："诸位可知，当前江湖上最厉害的贼是谁？"

茶客中立时有人叫嚷起来："飞寇儿！"

说书人喝了一声赞道："不错，飞寇儿来无影去无踪，飞檐走壁神出鬼没，正是近年缉榜上的头一份。河东赵公伯家藏百步外可见寒光的夜明珠一枚，爱若珍宝，时常把玩，一次与友人共赏后不翼而飞，迁疑挚友几乎破脸，直到发现屋角掉落的一枚墨丝盘云结，才恍然明白竟是飞贼下了手。汴州金刀门掌门钱开泰为贺淮南太守的生辰，重金购得白玉观音一尊，那观音颊上玉色微沁，望之栩栩如生，端的是一件价值连城的至宝，却在进献的前两日不翼而飞，藏珍库之锁完好如初，淮南太守连搜城内多日，巨额悬赏至今无人能领。"

说书人说起宝物滔滔不绝，意兴难遏，堂内众人听得也是兴致勃勃。

说书人接着道："太原柳中池家赀逾万，富甲天下，豢养高手无数，挡不住飞寇儿空空神技，痛失心头宝南海珊瑚树，气得柳中池三尸暴跳；再有襄阳解侯夫人的嵌金火狐裘、通州陈家珍藏的衔碧翡翠鸟，还有这次云阳赵家失窃的绿绮琴，无一不是罕见的至宝。赵老太爷亲自上门请了神捕燕归鸿，这神捕果然不凡——"

底下有人哗笑起来："神捕追索飞寇儿数年，飞贼依然逍遥法外，就算赵老太爷把他请出来又有何用？"

说书人提高声量将杂笑压下："只怪那贼太狡猾，每次现身形貌不一，各处画影图形厚厚一摞，竟无一张相同。此贼精擅易容，行事又滴水不透，如果不是他太过张狂，在案场均留有一枚结，不少失主甚至疑为内贼所窃。寻常捕役连飞贼的边都摸不着，而燕神捕此次在云阳一举将其击伤，离擒获仅有一线之差。"

一名茶客遗憾地摇头："好容易交上手，怎么还是让这贼跑了？"

另一茶客哈的一声笑道："莫不是神捕大人那日喝了酒，有些手软？"

说书先生堂木重重一拍，正色道："莫要小瞧了此贼，武林榜中无庸手。鬼眼罗迦黄泉引，一匠双老三绝手，九戟追魂玉狻猊，修罗燕捕素青颜。这四句中所提到的武林中顶尖的十余人，无不各有所长。"

说书人对这些武林人物了如指掌，说来熟极而流利："鬼眼罗迦远去东瀛，黄泉引数年未现江湖。除开这两个凶名最盛的，余下的天地双老、修罗刀、玉狻猊、九纹戟、追魂琴、素手青颜，哪一个不是名震一方？三绝手中的妙手飞寇儿神出鬼没，除了燕神捕，还有谁能捉到他半分影子？"

茶客中有人起哄："这贼出名不过是因为能偷，论功夫如何及得上其他英雄？"

说书人嘿笑一声："我且问一声，这贼来自何处？师承何人？身手如何？是老是少？历年可曾有一次失手？"

茶客面面相觑，竟无一人回答。

说书人的气势顿时一盛，扬头道："有道是知己知彼方能决胜，这贼如此神秘，作案无数，却在神捕手上吃了苦头，可见魔高一尺，道高一丈。"

茶客一听确有道理，三三两两附和起来。

说书人精神大振，仰首将残茶一饮而尽，道起神捕的传奇事迹。

边角一名不起眼的灰衣少年站起来，默不作声地往茶盘里丢了几文钱，挑开垂幔走出了茶堂。

正在闲嗑的店伙见幔帘一晃，惊觉该让船夫送客上岸，追出去却不见人，只见湖水淡淡起漪，近岸蝉声阵阵，一切全无异样。

二·飞寇儿

停云水榭第三层，右边一溜雅间，中间的场子开扬轩敞，摆上十余席毫不拥挤，今天却收拣得格外空阔。

三面湖光，丝帘半卷，清风徐来，仅坐了一个锦衣玉服的青年。

青年轻逸地把玩折扇，仿佛在等什么人，象牙雕成的扇骨莹润如脂，名贵非凡。

随着一阵风过，他的面前忽然多了一个少年，样貌平凡，市井中随处可见。

青年毫不意外地瞥了一眼漏壶："不错，你还是那么准时。"

少年没有回应，在他对面坐下。

青年轻松自若地打量："自盗绿绮琴后数月未见，近来可好？"

半落的垂帘滤淡了阳光，映在少年的灰衣上，让他看来如一个沉寂的影子，声音也如影子般虚淡："要什么？酬金多少？"

青年不答反问："你对靖安侯府知道多少？"

少年怔了一下。

"放心，不是让你去偷，谁敢不要命了开罪靖安侯府。"青年怡然一笑，在案上叩了叩折扇，"真有人敢开这样的盘口，就算你不怕，我也不敢接。"

不是目标，那就是雇主？少年微蹙起眉。

青年给了答案："不错，靖安侯府是此次的东主。"

沉默了一下，少年简单地回："你清楚我不接这种生意。"

青年精擅说服之道，抛出极具诱惑力的条件："我知道你有不接权贵的惯例，这一次事有不同。靖安侯府极为慷慨，开出的酬金非比寻常，足有两千两黄金之巨。"

这个价码令人震骇，少年的眼眸不由自主地睁大，一双眸子在日影下极黑，沉得似乎能吞没光线。少年怔了一瞬后道："我不去。"

见对方回绝得干脆利落，青年不恼不怒："理由？"

或许不习惯解释，少年想了一想才道："有重酬，必有奇险。"

"你听那个死骗子的话已经够多，实在不用每件事都遵从。"青年毫不掩饰地嘲讽，折扇一收，翡翠扇坠在空中划出一道亮弧，"再加一条，除应许的酬金之外，事成之后靖安侯会上书请旨，将你过往所犯的重罪一笔勾销，如何？"

不等少年说话，青年先行截口："任务并不复杂，与几名武林人一道替侯府公子取一份东西。"

他将内容说得很模糊，少年也无意深问，摇了摇头："我不与人合作。"

青年全然不接受拒绝，娓娓劝诱："你尽可放心，此行之人均是武林中有名头的人物，受靖安侯府约请而来，绝不会对你不利。"

任对方百般劝说，少年始终毫无兴趣。

意识到对方的抗拒过于强烈，青年缓了一缓，又道："不为别的，借此销了前罪，免去天罗地网的缉拿，落得一身轻松难道不好？飞寇儿这名号可不怎么好听。"

青年的话语精明而狡黠，每一句似敲入心坎："我也替你斟酌过，虽然搭上一些时间，但一举可得两千黄金，算下来又无甚风险，值得一试。"

他又说了几句，少年垂下眼睫，忽地打破了沉默："文思渊，你能拿到几成好处？"

面对责问，文思渊浑若无事，答得全无破绽："侯府给的佣金确实不少，劝你却是因为这一趟有利无害，你刚盗了云阳赵家的绿绮琴，燕归鸿这一阵追得紧，何不去关外避一避，等回来罪名全销，又有大笔金银入袋，岂不两全其美。"

任是文思渊巧舌如簧，讲得天花乱坠，少年并不上钩，看了他半晌才道："燕归鸿难缠，我还能应付；侯府难测，太危险，免罪没有必要，我总是要继续偷的。"

少年说完就闭上了嘴，跳跃的话语文思渊也听懂了，接道："何来危险？这次有数人同行，拼杀另有高手，说不得比你平日行事更为安全。再说你留在中原也无事可做，绿绮琴获利虽厚，却惹得风头太紧，近期要接生意是不易了。"

听出话中的挟意，少年黑沉沉的眼眸多了一丝警惕。

文思渊从果盘取过一枚核桃，在掌心把玩，神气仿佛带上了三分消沉无奈："你也知道我捞的是偏财，靠的就是各方关系，万一这次惹得靖安侯府不快，唯有罢手一途了。"

水榭寂静得针落可闻，少年的眉头紧紧蹙起来："为什么是我？"

文思渊似乎也有些纳罕，带着似真似假的疑惑："谁知道，公子指名要你。"

想了很久，少年放弃了再问："好。"

他一松口，文思渊顿时释然："你尽可放心，这桩生意你绝不会吃亏。"

少年又恢复了木讷，文思渊全不在意，沏了一杯香茗递过去："这是我新入手的春茶，特地携过来，与你一同品一品。"

少年对茶不甚有兴趣，掀开茶盖啜了一口，忽然定住了。

文思渊拈杯未饮，似在窥察他细微的反应："天都峰的苍澜茶生于云海交会之处，大半都贡入宫中，价比黄金，我可是费了极大的力气才弄到，觉得如何？"

少年的肩背硬了一瞬，托着香茗的姿势发僵，声音沉沉："你不会那么容易受人钳制，方才都是谎话，只为攀上靖安侯府？"

文思渊一停，片刻后展开折扇徐徐轻摆，不复之前的郁态："这么快猜出来，近两年确实长进了。"

少年撂开茶盏，低头沉默了一会儿，摸起文思渊放下的核桃："这些年我也替你赚了不少。"

文思渊不见半分被拆穿的愧色："不错，没有你，我绝难有如今的地位。"

核桃在手心无声无息裂了，坚硬的外壳碎得极匀，每一片几乎是同样大小，少年看了半响："偷东西的是我，名利双收的是你。"

文思渊对答之间一派洒然："银钱落袋才是最要紧的，若非我消息精准，你又岂能次次得手。"

或许觉得再说下去徒费唇舌，少年放弃了这一话题："侯府要什么？"

文思渊避而不答，居高临下点了点窗外街景："时辰还早，先看看风景，瞧瞧这街上有几人值得留意。"

一天之中最热之时已过，从水榭望去，岸边一派繁华。大小摊主铺陈着绫罗丝缎，钗环珠玉；年轻的店伙高声炫货，貌美的胡姬当垆卖酒；捏糖人的、做糕饼的小贩积极揽客，街头街尾人头攒动，熙攘不绝。

扇骨遥遥一指，文思渊当先点出一人："你看那人如何？"

扇下所指的是一个街头缓步而行的高大男子，年过三旬，浓眉方颔，一身褐衣风尘仆仆，行止间有一种渊渟岳峙的气势，所牵的马疲态尽显，显然是远道而来。

男子抬头远望似在辨认方向，文思渊道："此人足带红泥，应是从南门入城，余下的你能看出几分？"

少年沉默地倚栏，仿佛什么也没听见。

文思渊岂是轻易作罢之人："说说看，让我瞧瞧你现今眼力如何。"

对峙了好一会儿，文思渊也不催，少年终于开口："此人每一步两尺三寸，下盘沉稳，长于外门功夫，造诣颇深，马侧悬的布包至少有七十斤，依分量而视应该是短斧或短戟，披鞍的形制是鲁地一带所用。"

听完话语文思渊也不点评，指向街心另一人："那一位又如何？"

那是一个双眉如刀的中年男子，身材瘦削，面目阴沉。

这一次少年看得稍久："行走时身直步弓，随时都在戒备，目光在扫视街市利于伏击之处，此人危险，警惕性极高，怀中藏有武器，可能是短刀或短剑，这样的习惯，必定是刺客。"

文思渊钦赞地一点头："再看看那两人如何？"

象牙扇骨在阳光下一引，掠起一道炫亮的光，指向一对刚从街角转过的男女。

那一对腰悬长剑的青年男女十分出色，男的身形挺拔，剑眉星目；女的仪容清雅，秀美端庄。两人气质异于常人，如一对傲然出尘的鹤，在喧嚷的街市中格外引人注目。

少年黑沉沉的眼眸乍然收缩，下意识身形一退，又突然回神，看向身侧的文思渊。

檐影下，文思渊也在看他，精明的面孔带着毫不掩饰的窥探之色。

空气似乎凝冻了，又仿佛是错觉。

半晌之后少年别过头，嘴唇干巴巴地动了一下，什么也没有说。

文思渊收回视线，泛起一缕隐秘的笑，话语间有一丝欣然得意："沈曼青、殷长歌号称天都双璧，正阳宫的掌教金虚真人之徒，你看如何？"

三 · 风华貌

正阳宫是什么？不同的人会有不同的答案。

问一个老妪，她会躬着腰虔诚地告诉你，那是灵山上一座有求必应的道观。

问一个老汉，他会捋着胡须告诉你，那是一座仙府，里面有无数得道的真仙。

问一个壮汉，他会崇敬地回答，那是武学圣地，在那里学到一招半式便可横行江湖。

问一个少女，她会痴痴地发呆，说那里有无数鹤衣广袖、俊美出尘的青年。

三个字落入耳中，似乎连空气都多了一层空灵邈远。

正阳宫究竟是什么？

它是巍峨浩荡的天都峰上的一座道观。

如果没有百年前一位从古籍中得到秘藏道经，悟出道家早已失传的剑法及轻功身法的道士，正阳宫仅是一座香火冷落，名不见经传的小观。

没人知道那位道士是如何发现那本秘藏道经，更无从得知他是怎样潜心暗修，直到年届四十才离开天都峰踏足红尘。

一袭道服，一柄古剑，只影入江湖。

一夕之间，名动天下。

十五年后，他封剑退出武林，回到天都峰修道，挑选灵慧的孩童收为弟子传习剑艺，更以过人的智慧研修秘藏道经，十余年后不但未老，反而日益轻捷矫健。人们传说他已上窥天道，跳出三界，俨然如神仙中人。

无数仰慕者远道而至，小小的正阳宫客似云来，香火日盛，天都峰成了远近闻名的灵山，正阳宫也成为武林中一处圣地。

建安三十六年，武宗好道，亲上天都峰。

或许也唯有皇帝的身份和威仪才能让绝足红尘的仙人破格相见，武宗皇帝在天都峰停了三日，其间品茗叙诗，谈经论道，问天下大势。天子留于山上的最后一日，将天都峰赐予正阳宫所有，敕令地方不得轻扰。

从此正阳宫车马不绝，前山有达官贵人进香陈愿，后山有高人隐士坐而辩道，红尘方外各得胜境。若干年后先人化去，天都峰依然兴盛，历经五十余载依然香火不衰。

天下好道者、好武者尽慕其名，不少世家将后人送入观内修身学艺。正阳宫一直禀开宗祖师训令，唯有最出色的英才才能被收为真传，以至于凡有弟子入世，必然艺业惊人，名动江湖。

文思渊腰带上的玉饰灿然生光，嘴角盈着心照不宣的笑，看来正如他奸猾掮商的身份："这二人与你同为武林榜中人，不妨点评一二。"

少年的视线掠过，突然一暗："玉狻猊殷长歌，素手青颜沈曼青；鲁地用短戟的想是九纹戟陆澜山，还有——"

"修罗刀商晚。"文思渊恰到好处地接口，"与你一样，受靖安侯府约请而来。"

少年的神情耸然而变，像在看一个陌生人。

文思渊语气圆滑，不慌不忙地解释："你和商晚是我约谈，其他的全是冲着侯府的面子。商晚刀法诡奇，心性狠辣，当年直取连环寨十二位寨主的项上人头，刺杀之术精绝；陆澜山曾诛杀哪吒臂及鬼煞等魔头，其人行事稳健，中正公道，赞誉颇多，侯府借其挚友重托才请动了他；殷长歌与沈曼青是正阳宫青年一代的佼佼者，靖安侯亲笔修书才说动了金虚真人。这场金陵之约，武林榜中的高手请了四人，加上你飞寇儿——公子指定的第五人，可谓空前绝后。"

少年默了一刻，忽然身形一折如电掠出，在数步外一间雅座门沿连击两掌，整扇隔墙蓦地轰倒了下去，看似坚厚，竟是以竹片漆制，薄如纸绢。

隔墙后是一间雅室，坐着一个青年，墙倒了他半点不惊，徐徐立起。

日影映在他一袭淡青衣上，犹如月华满襟，未辨其容已觉得清俊无伦，一双上挑的长眸光华流转，风姿如玉，一时间湖光山色都黯了下去。

少年的脊背僵直，绷了一刻才道："侯府公子？"

青年微微一笑，淡然清贵之气迫人而来，语音清越动听："好眼力，不才正是靖安侯府左卿辞。"

一个侍从自楼梯口现身，利落地躬身通传："禀公子，陆澜山、商晚、殷长歌、沈曼青四位已至，在楼下等候。"

文思渊适时一拱手："金陵玄武湖八月廿九，应公子之令所邀齐至，在下幸未辱命。"

失踪多年的侯府长子左卿辞。

一个痨病多年的人不该这样好看，一个庶子更不该有如此优雅的仪态，简洁的衣饰衬得他气质殊然，文思渊与之一比，立时显得雕琢过度，落了下乘。

他衣着简雅，随身仅带了几名侍从，并无多余的排场，却有不容错辨的尊贵，犹如天生的王侯。

沈曼青纵是久居天都峰，见惯了门中才俊，仍禁不住心底暗赞，更惊讶的是同座者居然还有劣名远扬的飞贼，当文思渊引见到那个其貌不扬的少年，几乎所有人的目光都带上了错愕与鄙夷。

玉狻猊殷长歌疑惑更重，第一个开口："承蒙侯爷相邀，师门遣我与师姐下山襄助，对事情与因由一无所知，还请公子明言。"

连飞贼都请了，没人知道这位神秘的公子到底想做什么。

修罗刀商晚环视场中，冷眉一蹙："此事需要数人合力？"

殷长歌性子傲岸，听此言顿生不快，神情一肃："这是什么玩笑？本门中人可不敢与飞贼为伍。"

几人之中，以九纹戟陆澜山年龄最长，他性情稳重暂未开口，不过也皱起了眉。

靖安侯府虽是地位尊贵，然座中皆是一方之雄，各有气势与性情，岂会轻易听凭指派。

局面一滞压力陡生，左卿辞如似未觉，淡淡地一点头："殷少侠少安毋躁，此事关系重大，非同小可，不妨听完首尾再行决定。"

他的言语并不骄人，话语从容平静，不动声色地压住了场中的波澜。

陆澜山生出一分欣赏，随之应道："公子所言有理，陆某愿闻其详。"

殷长歌看了他一眼，捺下话语静待。

左卿辞在主位坐下，文思渊轻咳一声，缓步上前："几位应该听说过数月前的蜀中之乱。"

四·山河图

　　数月前，雄踞蜀地的剑南王谋逆，兴兵而起，蜀中烽烟四起，天下大乱。

　　蜀地形貌如盆，山川险固，接控巴夷，物产丰沃。剑南王受封多年，在当地一手遮天。蜀地苗夷众多，时有纷乱，剑南王以平乱为名横加赋税，积敛多年，广蓄兵器粮草，最后引起重臣疑忌，联名弹劾。

　　圣上召其轻骑入京询问，剑南王不肯领旨，甚而斩杀钦差，以清君侧为名率兵攻伐。起初频频得胜，帝心震怒，征调大将围击，终于借火攻重创叛军。剑南王兵败如山，溃逃途中急火攻心，疽发于背命丧黄泉，仅剩了残部四散逃窜。

　　这些事沸沸扬扬传了数月，街巷百姓无不听闻，座中各位自然也不例外。

　　殷长歌再次发问："王廷大胜，剑南王身死，此事天下皆知，有何相关？"

　　文思渊正等这一问："世人只道大患已去，却不知此人遗毒无穷。剑南王有一子名段衍，受封世子，在金陵为质。举兵之时剑南王使人密嘱，让他先一步逃离，出逃之时带走了从宫内盗出的《锦绣山河图》。此图以秘法制成，薄如绢纱，绘有疆域各处地形及军防，收起不过盈寸见方，抖开来三丈余长。图中山川溪流、关隘险要无不详尽。幸好大军封阻，段衍无法入蜀，剑南王死后他一路潜行，竟然越过边境逃去了赤焰沙国。"

陆澜山听出利害，眉关紧锁："此图既然如此重要，又于皇宫深藏，怎会被段衍盗出？"

文思渊清楚要说服这些人必须详加解释："段衍初抵金陵时尚年少，受命为皇子伴游。他善矫饰，表面谦逊卑伏，对上下奉礼极厚，与皇子贵戚亲密有加，频繁出入禁宫。这一次事起突然，防范未及，以致天颜震怒牵连无数，好在他未能逃入北狄一族，否则明年烽烟来袭，北狄必定长驱直入。"

殷长歌气息凝重，道："此图已落入赤焰沙王之手？"

文思渊的话让众人心头略松："据传段衍确有将此图进献，试图挑动赤焰沙侵略之心，好在国主暂无此意，仅受了珠玉将他奉为上宾。"

话已至此，文思渊也等于道明了将众人召集而来的目的。

陆澜山沉思片刻，说："此图为祸乱之源，国主稍有理智便不会轻受，然而贼子既然持有，岂肯甘休。"

左卿辞淡然接过话语："正是如此，段衍暂栖于赤焰沙，一旦挑拨无望定会转道诸国，轮番挑动。"

殷长歌出身道门却无道家的淡泊，闻言拍案而起："好个国贼，倘若真引来外敌，万死不足以赎其罪。"

殷长歌激于义愤，沈曼青静听半晌，道出疑惑："公子希望我们赴赤焰沙取回《锦绣山河图》？此事危及社稷，非比寻常，朝中为何不遣高手前往？"

左卿辞长眸一闪，不疾不徐地解释："沈姑娘所虑确有道理，但其一是那段衍身边有三名厉害的高手，出入相随，击杀并非易事；其二是他久居皇宫，机警狡惕，对宫中之人相当熟悉；其三是赤焰沙王好大喜功，受其重宝相贿，允诺予以回护。如果由内廷出手，易激化为两国纷争，赤焰沙在西域分量颇重，若因此事导致他与敌国结盟，更生一重祸端，相较之下，还是江湖侠客的行事更为隐秘。"

陆澜山正直端方，殷长歌出身名门，俱有侠义之心，听完内情已有几分意动。

陆澜山喟然一叹："间关万里，异国奔袭，确非一人所能为。"

左卿辞的解释合情合理，然而沈曼青心思缜密，又问出另一则疑惑："不知公子今次相邀究竟是靖安侯之意，还是宫中之令？"

左卿辞高深莫测，没有直接回答："是或不是，此刻无法回复各位，权当是靖安侯府所托；不过一旦事成，宫中必会知晓。有些事不便言说，却不得不做，义之所至，虽千万人吾往矣，沈女侠以为如何？"

左卿辞虽然言辞隐晦，但自有一种矜雅高贵的气质，让人无法不信任。

话语切中殷长歌胸怀，他心神一激，随之而赞："说得好！义之所至，虽千万人吾往矣，我辈英雄正当如此。"

他如此慷慨激昂，沈曼青顿时问不下去了。

左卿辞顺势道："如此说来殷少侠愿往？我代黎民百姓在此谢过。"

殷长歌触动性情就十分爽快："靖安侯曾为保一方安宁血战沙场，殷某钦佩已久，如今有机会效仿英贤尽一分力，岂敢相辞。"

沈曼青仍有疑惑，然而殷长歌已讲义气地许诺，她也不好再多言，唯有一笑。

幸而陆澜山也想到了同一点，直接问出："赤焰沙国形势如何，我们一无所知，风俗人情更是全然不通，纵然有心，莽撞前去未必能有助益。"

湖风卷着水气而来，拂动左卿辞的衣袂，他的话语也似和风，足以化去一切顾虑："陆兄所言极是，常言道谋定而后动，我已令人于数月前收集消息，筹划周密，只要即时起行赶至赤焰沙，必能成事。"

谁也没想到这样急迫，商晚脱口置疑："即时起行？这般仓促？"

左卿辞的语气轻缓而坚定："必须在春季之前赶至，段衍如今对赤焰沙王仍抱有期望，一旦确定对方无攻伐中原之意，必然去往他国，唯一的延阻就是冬季道路冰封。若至春日雪化，他必已离开赤焰沙，待《锦绣山河图》流散于西域诸国，此行再无意义。"

时间的急迫出乎所有人意料，理由又相当充分，谁也无法辩驳。

场中寂静了片刻，一直不曾言语的飞寇儿竟然开口，将此行路线详细说了一遍。

左卿辞神色不动，没有接话。

飞寇儿低着头，口齿有些慢拙，似乎不习惯一次说这样多："这一带冬季漫长，十月后商旅绝迹，冰雪封冻，是常人无法想象的酷寒，许多地方是永不熔化的盐地，山口积雪覆盖，渺无人烟，稍有声响就雪溃冰崩，倾落万仞冰霜，飞鸟难逃——"

随着他的话语，座中人的脸色渐渐都有些不大好看了。

飞寇儿最后一句话语像一瓢冰水浇下，瞬间封冻了气氛："宫中的高手不会送死，唯有江湖客才会赌命。"

三楼静得针落可闻，文思渊面色微变，轻瞥了一眼左公子，刻意叹息一声："我知你不愿去，何必矫辞夸张。"

飞寇儿不再说话，除了他，其他所有人都在看左卿辞。

左卿辞很平静，俊逸的脸庞如良玉生辉，不见半分阴霾："说得不错，若此事简单易行，又何须处心积虑地约请诸位。雪山对常人而言天堑难逾，各位身怀绝技，自能履险如夷。我已备下经验丰富的向导，全程引领攀山之路，不会有半分差池。"

镇定的气势加上言语，左卿辞自然现出一种令人服膺的气度："若为私利，我断不会请各位以身犯险。然而事关苍生，朝廷不便遣内廷高手远涉他国，唯有借武林之力。家父曾言，事成后各位英雄可荐为宫廷供奉，我却以为此事不计功利，但凭一心，千万百姓在一念之间，诸位的去留也在一念之间。"

一番言辞诚挚而高贵，又是出自仪容非凡的侯府公子，格外令人动容。

凝滞的气氛松散下来，陆澜山沉默了一瞬，叹息道："公子不必再说，关山险阻也好，九死一生也罢，此事陆某应下了。"

殷长歌剑眉一扬,随之道:"算上我和师姐。"

商晚的眉间有些意动,半晌后冷声道:"商某愿往一试。"

沈曼青望了一眼殷长歌,婉声道:"既然师父命我们来此,自当遵行。"

接连的应诺让几人顿生亲近之感,唯有一人始终不曾开口,众人的目光逐渐定在灰衣少年身上,激起的情绪渐渐冷却。

数息之后,飞寇儿道出了三个字:"我退出。"

左卿辞不置一词,眸光掠向文思渊。

无形的目光蕴着深长的压力,文思渊咳了一声:"公子且容我与他私下一谈。"

殷长歌本就看不上飞贼,截声道:"何必多言,欲成大事必经奇险,怯懦畏避之人不去也罢。"

文思渊没有理会,趋近少年身侧:"半个时辰前,你已应诺。"

飞寇儿声音很低:"那时你并未提及赤焰沙,也不曾道明与何人同行。"

前一句还算平淡,后一句就有些刺耳,座中群雄何等耳力,每一个都听得分明,顿生三分不快。

文思渊无视旁人,极有耐性地劝说:"若我事先道明,你早已不见踪影。你能在太白山出入自如,何惧雪域之险,公子借重的是乔装易行之术,遇敌甚至不需你动手。"

飞寇一径低着头,他的衣袖上有几块明显的污迹,显得潦倒而疲沓,一如他的低语:"我不想再去那么冷的地方,更没那么多时间砸在关外。"

文思渊直接忽略对方的回答:"算我欠你一次如何?"

飞寇儿摇了摇头:"我欠不起你,也不用你欠我。"

文思渊又道:"你关心的东西,我这里已有几分头绪,说不定从赤焰沙回转便有佳音。"

飞寇儿抚了一下腰肋,话中有点倦:"你一向唯利是图,有线索必然开价，岂会留到现在。"

饶是能言善道，文思渊也不禁一时无词。

殷长歌听得不耐："道不同不相为谋，文兄何必再劝，宵小随他自去。"

商晚一直也瞧着飞贼不太顺眼，见劝说无效，冷声道："依照江湖规矩，听了不该听的又想抽腿，必须留下点东西。"

飞寇儿本是倚栏而坐，听了这一句便要起身。

文思渊神色一紧，抬臂一阻，在飞寇儿耳畔短促地说了几句。

大概是用了传音入密，旁人听不见内容，只见二人离得很近。情急之下，文思渊的姿势显得有些异样，他一手扶着栏靠，身形压得很低，几乎是将少年圈在臂怀之间。

左卿辞的长眸不动声色地观察，将一切收入眼底。

飞寇儿微哑的声音透出来，分明有着不快："你既然清楚缘由，何必还迫我去。"

文思渊似乎又说了一句，水榭之中蓦然一室。

五·千金酬

文思渊骤然退开数步，座中人无不察觉气氛有异，同时陷入了警戒。

飞寇儿站了起来，他的姿态与前一刻完全不同，微佝的身形绷得很紧，像一支落满灰尘的弃箭搭上了弓弦，激生出一种异常可怕的凝肃。

飞寇儿的眼眸极黑，平时近乎木讷，此时多了一缕森寒，他静静盯着文思渊，身形暂时未动，仿佛在思索动手的后果。

一刹那的静止令人肌肤起粟，商晚已经反射般按上了刀柄。

文思渊的脸色异常难看，话语力持镇定："想杀我？别忘了这里有哪些人。"

半晌，飞寇儿才眨了一下眼。

文思渊抑住心跳，继续说："你也清楚那件事泄露出去是什么后果，何必一时冲动，何况你还需要我这边的消息。"

飞寇儿依然没有说话，眸光微微垂下来。

文思渊觉察到对方的杀意已然减退，接着说："只要你这次应了，不管赤焰沙之行顺遂与否，我必会守口如瓶。"

飞寇儿慢慢地坐下来，按住腰肋，似要把情绪压下去。

气氛渐渐松懈下来，文思渊知道这一次的冒险成功了。

飞寇儿抬起眼皮，眸中冷而淡，脸上毫无表情："你以为能成事？就凭这一盘散沙？"

一句话激得旁听的群雄尽生不快。

不等旁人开腔，左卿辞出乎意料地接口："阁下尽可放心，此行我一路跟随，与诸位共商共议，共进退。"

一言落地，所有人都惊住了。

赤焰沙与中原相去万里，凶险难以估量，沿途要护着一个不谙武功又金娇玉贵的侯府公子，麻烦可想而知。何况他目前虽与常人无异，到底是缠绵病榻十余载的人，路上染个风寒时疫，或碰上险境受了惊吓，有个三长两短，即使成功取回《锦绣山河图》也难抵左侯的责难。

众人皆觉得不妥，又不好明言，一刻尴尬的沉默后，商晚道："千金之子坐不垂堂，公子何必亲涉险地，我等自会将一切办妥。"

左卿辞仿佛早已洞悉众人所想，道："多谢各位关怀，我已康健如常，在外也游历多时，不惧风雨寒暑。另外兼以医道自娱，或许在行途中还能略有助益。《锦绣山河图》攸关社稷，诸位侠士都能慨然涉险，我又何惜此身，此前已向家父陈明心意，纵有不测也是天数，绝不会迁罪各位。"

座中无人回应，显然一番解释效果欠佳。

左卿辞也不在意，淡然一笑："恕我多言，此行须协力共度艰险，不得不再问一遍各位的心意，如有不便，但请直言。"

沈曼青第一个出言，她容颜秀美，决断时有种柔慧的英气："我与师弟愿往，助上一臂之力。"

陆澜山长啸一声，啸声不大却传得极远，激得湖面微漾，随后他沉声道："陆某愿往。"

修罗刀商晚接着道："既然侯府瞧得起，商某愿往。"

场面沉寂下来，所有人都等着飞寇儿。

默了半晌，飞贼终于哑声道："黄金先付一半。"

场中无人言及私利，飞寇儿一开口便索要黄金，听得沈曼青秀眉微蹙，殷长歌目露鄙夷，陆澜山与商晚均有几分不屑。

文思渊也不觉耻，居然立时询问左卿辞："公子以为如何？"

左卿辞未直接回答，他的一双长眸极好看，眼角轻挑，蕴出一种漫不经心的洒落："黄金是区区小事，不过这位的内伤有些不寻常，适才又凝聚真气，只怕——"

仿佛被他一语牵动，飞寇儿突然咳起来，一声又一声呛咳剧烈得难以止息，少年脊背微弓，一手紧紧按住胸肋，咳得十分辛苦。

见飞贼形容狼狈，场中均有些幸灾乐祸。

左卿辞语气和煦，适度地展现关切："内腑之伤绝非三两日可愈，必须尽早调治，可需我把个脉？"

殷长歌听着飞寇儿的咳声越来越喑哑，快意地冷笑："看来神捕燕归鸿的摧脉指有几分厉害，滋味似不大好过。"

商晚随着殷长歌一道嘲讽："也难怪不敢应去，不如找个野洞窝起来养伤吧。"

文思渊替飞寇儿回答，话语圆融，滴水不漏："不敢劳烦公子。商兄多虑了，此去行程数月，待抵达之时，些微内伤早已痊愈，必不致有误。"

咳声渐渐止息，飞寇儿按住肋深吸了一口气，对一旁的明讥暗刺似乎全未听见。

左卿辞有一种绝不让人难堪的风度："文兄言之有理，想来应是无碍，还不知这位究竟该如何称呼。"

这样简单的一句，文思渊居然无言以对，飞寇儿沉默了一瞬："落。"

左卿辞微笑不变，复又问道："落兄的名讳是？"

这一次少年索性没有回答。

不论是形象、话语还是态度，飞寇儿都让人异常不喜，殷长歌难掩厌恶，出言冷讽："公子何必再问，哪个做贼的敢以真名示人。"

沈曼青对此人也无甚好感，并未制止师弟的刺诘。

左卿辞不在意地一笑："无论未来是否顺遂，左某在此先行谢过。势急如火，不日就要起行，若有家人及手边事务需要安顿，侯府定会全力以助。"

陆澜山也不客气："此去历时甚久，我要修书一封交给家人。"

左卿辞应诺："正该如此，陆兄但请放心，信件定会呈至府上。"

殷长歌与沈曼青奉师命而来，别无羁绊；商晚独来独往，也少有挂碍。

唯有飞寇儿又生事端："我有事要办，两个月后在金城驿馆会合。"

飞贼又一次打破了平和的气氛，众人难忍微微怒意，几个人的目光都冷下来。

左卿辞语气如常："落兄有急事不妨道明，定会安排专人奔走，毕竟赤焰沙事急，不宜横生蹉跎。"

飞寇儿默默看了一眼文思渊。

文思渊叹了一口气，笑容几乎有些发苦，上前一步长揖："公子见谅，他确有要事另行处理。烦请将黄金兑成银票，放在朱雀大街上的通记钱庄，一个时辰后自有人去取，金城驿馆必不相误，文某愿为担保。"

殷长歌简直听不下去，冷傲的话语中鄙夷之意极浓："何必借辞掩饰，不外是贼性难改，想骗了钱就走。文兄在江湖上也是有名号的，奈何偏与小人为伍。"

沈曼青听着有几分不妥，百晓公子文思渊的武功不算高强，消息探听却是一流，兼又圆滑玲珑，结交无数，没必要轻易得罪。

殷长歌收到师姐的示意，暂时抑了怒气。

不想飞寇儿居然开口："我本就是拿钱行事，你眼红，不妨向侯府直言。"

一句话像点燃了一桶火油，殷长歌怒上眉梢："谁如你一般贪婪卑琐，见利忘义！"

沈曼青同样不快，但为口舌之争动手到底不宜，她冷淡地看了一眼飞寇儿，按住了殷长歌。

左卿辞又一次化去了紧绷的气氛："无妨，我相信落兄言出必践，不会让文兄为难。也请落兄信守时限，金城驿馆再会。"

飞寇儿不再理会任何人，径自下楼而去，文思渊也不再留，对左卿辞及场中众人略一揖辞，随之而退。

殷长歌满心怒火发作不得，犹有余恨："这两人编排做戏，一搭一唱，尽在耍花腔。大事岂可托于逐利小人，公子恕我多言，此人嗜钱如命，贪生怕死，雇请又有何益。"

左卿辞只是一笑，俊美的面庞深远难测："疑人不用，用人不疑，多谢殷兄提醒。"

卷二

万里行

六·万里行

　　左卿辞是一行人中最弱的，毫无疑问是个拖累，但他出身贵胄却不辞艰险万里奔走，性情又谦淡随和，甚得众人好感。这一次他携了六名侍卫，还有一个十七岁的少年随侍，名唤白陌，伶俐机警，不仅会武，更兼顾驭车与日常照应，一应服侍细致妥帖。

　　商晚生性孤冷，与人相处总有一层隔膜；殷长歌与陆澜山一个气盛一个沉稳，性情迥异居然意外地投合，随着旅程越来越交好；沈曼青则是人缘最佳，她是唯一的女子，身为正阳宫掌教首徒，年纪轻轻声名鹊起，加上少见的温柔貌美，一行人无不对她照顾有加。

　　金城地处西北，已然入了秋，淅淅沥沥阴雨不绝，过往行人全着上了厚衣，傍晚时霜风拂面，寒意森凛，与风光明媚的金陵犹如两个世界。

　　一行人在驿馆休整，车驾早已备好，改为适宜野地行车的重辕，厢体宽大坚实，厚锦饰壁、重裘为垫，陈设柔暖舒适。

　　靖安侯府的安排极尽周到，金城最好的裁缝为众人量体裁衣，几日便已制妥，塞外常见的胡服样式，折领紧袖，修身束腰，成衣轻暖而无半分臃肿，又承胡服一贯的鲜艳明丽，沈曼青试了几件，竟有些爱不释手。

离开金城之日天色阴郁，片片细雪宛如游丝袅空。沈曼青一袭新装，晨光下眉目盈盈，皓齿如玉，风帽上的细绒衬着云鬓蛾眉，较平日的端庄多了几分贵气明丽，殷长歌终日见惯都禁不住看愣了。

左卿辞的近侍白陌走出来，他年纪最小，一路与众人混得熟稔，话语无忌："沈姑娘好容貌，也唯有这样的衣饰才配得上。"

陆澜山在马上看了几眼，半是赞叹半是打趣："那是自然，素手青颜之名岂是虚传，还记得上一届试剑盛会，沈姑娘剑气如虹，容颜如玉，不知倾倒了多少武林豪杰。"

沈曼青早已习惯了赞誉，含笑而受，并无半分小儿女的羞怯。

殷长歌将她的行囊绑上马背，抬眼便见飞寇儿自驿馆走出。

飞寇儿昨夜二更赶至，身上一件灰扑扑的夹衣，捎着一个略大的包袱，被从头到脚整饬一新的众人一衬，显得格外粗陋，几乎像随队雇佣的仆役。

即使歇了一宿，他的神色仍带着明显的疲惫，运气似乎也不大好，留给他的灰马虽然高骏伟岸，却有一副暴烈的脾气，套上了辔头仍压不住野性，稍有人接近便连连趵蹄，马鼻愤怒地喷息，似乎随时准备将人掀下去，三个马夫合力才能拉住它。

众人冷眼旁观，各自整理行囊，并不言声。

左卿辞在马车旁驻足，缓声道："这匹马脚力极足，若落兄早几天到，驯熟了必能得心应手。实在觉得性烈难驯不堪驱使，可以让下人换一匹。"

飞寇儿打量着躁动的灰马，半晌，比了一个手势，示意牵马的仆役放开。

马夫狐疑地望了望他，一时不敢领命，这马野性难驯，一松手立刻就要纵蹄伤人。直到对方再度示意，马夫才松开缰绳，果然灰马"唏律律"长嘶，前蹄高高扬起，骇得马夫慌忙走避。

飞寇儿一按一跃，已上了马背，姿态流畅而轻妙，身体仿佛粘在鞍上，任凭纵跳纹丝不动。一盏茶的工夫后，他掌心一捺，生生将马儿逼得前蹄落地，灰马狂性大发，顺着长街奔雷一样纵了出去。

尽管清晨人少，烈马在市井狂奔也不是玩笑，只见马蹄纵落，险之又险地擦着摊位行人而过，竟然无一磕伤，陆澜山耸然动容，脱口惊道："好骑术。"

三炷香之后，马又沿着长街回来了。

灰马一改先前的桀骜，马鼻冒着白气，浑身见汗，奔到近前飞寇儿一扣缰，灰马应势而停，驯顺如臂使指。飞寇儿拍了拍热气腾腾的马头，俯身将包袱系上了鞍侧的挂钩。

众人尽有一刻的失语，陆澜山由衷地想赞一声，看对方的样子又着实赞不出来，只讷讷地上了马。

左卿辞瞧了一会儿，弯身进了马车，厚重的锦帘垂落，挡去了凛寒的风。

扑卷而来的雪风裹着细小的冰粒，刮在脸上犹如刀割。

即使身怀武功，这样的天气持续赶路也绝不好受，沈曼青是女子，被左卿辞请上了马车，余人冒雪前行，好在备足了裘皮软氅，抖开来裹在身上顿时缓和，寒风再难侵体。

飞寇儿罩着一件路边老农处买的蓑衣，一路不言不语，抵达宿处的时候低咳了一声，斗笠上的冰块滑落下来，在湿漉漉的地上跌得粉碎。令人疲惫的疾行之后，谁都不再有聊天的兴致，草草用完餐各自回房宿下。

待主人汤沐已毕，白陌开了一线窗散去烟气水气，将暖好的被炉放入床褥里，忽听得左卿辞开口："把我那件玄色软氅找出来，给飞寇儿送过去。"

白陌登时诧然："给那个飞贼？他哪配穿公子的衣服。"

左卿辞半披软氅，倚上边榻："你觉得那贼如何？"

水榭那一日白陌也在场，闻言不假思索道："瞻前顾后，轻义贪利。不过那一手骑术当真了得。"

左卿辞接着问："既然贪利，为什么黄金都请不动？"

"因为他畏死，发现路险难行就怕了。"白陌轻快地在衣箱中翻找，觉得自己的答案很合理。

左卿辞挑了挑眉不置一词，相较于那几个一腔热血的家伙，这飞贼倒很明白要面对的是什么。

玄色软氅制作精良，入手厚密柔暖，白陌捧在手中禁不住惋惜："公子，现在送过去？我瞧那家伙一路神色未变，似乎不畏冷。"

左卿辞漫不经心地翻开一本古籍："飞寇儿号称千面，从不露真容，那张脸自然是假的。他脸色未变却指尖青紫，呼吸滞重，咳嗽空绵无力，间有杂声，这两个月内伤不但未愈，反而更重了，万一在路上病倒可是不利。"

白陌一直存着好奇："那些传闻我也听过，然而偷瞧他的脸完全不见破绽，或许并未乔装，用的正是本来面目。"

左卿辞拾起银签剔了剔烛芯，淡淡道："若能被你瞧出来，飞寇儿就是浪得虚名，要来何用。"

白陌将抖开的软氅叠好，终是问出了最深的疑惑："那家伙除了精擅易容之外没什么能耐，又受了伤，远不如其他几位，公子何以这般厚待？"

烛影摇动，映得左卿辞的眉眼幽深难测："他能在燕归鸿的追缉下遁逃数年，足见有过人之长。昔年孟尝君门客三千，出函谷关却全仗鸡鸣狗盗之徒，别小看盗拓一流。"

白陌似懂非懂地点了点头，又道："可他不愿涉险，是被百晓公子胁迫而来，难保不存异心。"

左卿辞漂亮的唇无声地勾起，话语轻淡："那又如何，为我所驭当然上佳，若是不肯，我自有手段。把衣服送过去，言语客气些。"

白陌领命而去，不一会儿又捧了衣服回来，或许是被削了颜面，捺不住满腹怨气："公子，那家伙简直不知好歹，别管他的死活了。"

以侯府公子之尊，折节施惠于卑琐的小贼，竟然被拒。白陌觉得那飞贼简直不可理喻，更多了一重鄙夷："他不听公子安排，又傻到明知出关也不备厚衣，冻死也怨不了旁人。还说什么已有冬衣不劳费心，不过是个贼，还摆什么架子！"

左卿辞稍感意外，思了一刻便放下，再度将视线投向了书卷。

七

冰雪域

越向西北行进越是寒冷，地上雪盈数尺，空中飘飞的雪花大如鹅毛，村村闭户杳无行人。逼人的严寒已经不适合骑行，一行人全数改换马车，另雇车夫，顶着漫天风雪沿官道艰难前行。

冬日里昼短夜长，走不出多远便得歇宿，这给了飞寇儿养息的时机，十余日下来他已恢复了几分。他与商晚同车，两人都是沉默寡言的性情，整日相对竟无半句言语，不是闭目养神就是打坐行功，车内安静如空。

余下几人却是融洽无间，时常挤在一辆车上聊得逸兴遄飞。

"正阳宫声名卓著，却少有弟子行走江湖，其中可有什么缘故？"正阳宫在江湖中地位超然，鲜少有内闻流出，颇为神秘，这一日偶然言及，左卿辞也微感好奇。

"家师曾言正阳宫为世外清观，又蒙天恩眷赏，首重潜心养性，修身悟道才是根本。习武是为先代掌门留下的绝学不可断绝，若恃艺而行好勇斗狠，便是本末倒置，乱了修行的根源。"殷长歌语气平平，以他的锐气自负，当然无法认同这般保守自束的门规。

正阳宫真是如此超然？左卿辞不予置评，随言赞道："掌教真人看淡名利，不愧为方外高人。"

陆澜山是知道根底的，从旁解释："正阳宫训持极严，唯有少数真传弟子才能习得绝学，又有艺未成不许下山的规诫，所以能行走江湖的极少，尽是人中英杰。公子不是江湖人，未闻昔时之盛，十余年前仅剑魔苏璇一人，武林便无人敢掖其锋。"

陆澜山无心一语，殷长歌与沈曼青尽皆沉默，左卿辞不动声色地接续话题："我多年闭居，确是孤陋寡闻，剑魔这一名号听起来好生霸气。"

陆澜山谈意正盛，也未注意旁人神色，洋洋洒洒道来："近百年来正阳宫英才无数，却无一人能及苏璇的声势。据说他师从上一代正阳掌教，天分极高，少年时已剑术过人，天都峰上无人能敌。下山以来罕有败绩，江湖中叫得出名号的高手多半折于剑下，单人匹马诛杀雁荡七害、崂山双魔、玄月僧、南疆鬼母等魔头，武林中闻之色变。"

陆澜山一时说得心驰神往，流露出无限憾意："那时我技艺未成，若在今时，必要与之一会，一瞻风采。"

陆澜山别无所好，唯沉迷于武技，一路相处左卿辞早已熟知："好一位不世英雄，为何今时少有听闻？"

陆澜山一滞，忽然一叹，发自内心地惋惜："此人年纪轻轻身负绝学，前程无可限量，不知怎的竟然疯魔了，亲仇不分行事癫狂。偏生他功力非凡，谁也禁不住，屡屡传出疯癫中拔剑伤人之事。各大派一起找上天都峰，正阳宫不得已遣出长老，连同各大派的人，将苏璇截于洞庭湖畔，一战之后从此绝迹，江湖再无剑魔其人。"

一席话道尽一段惊心动魄的往事，左卿辞随之轻叹："如此英杰，正阳宫竟然忍心自废弟子？"

沈曼青螓首微侧，秀美的脸庞全无表情，目光不知落在何处。

殷长歌罕见地面露犹豫，挣扎半晌艰难地开口："并非如此，当时各大派齐上天都峰声讨，正阳宫所受压力极大。洞庭之围，众位长老本是想废去师叔的武功，将他带回山静养，未料他剑术已臻化境，根本制不住——"

马车碾到石子震动了一下，沈曼青忽然截过话语，不同于殷长歌的晦涩，她的言语镇定轻柔："师叔之事为正阳宫早年憾事，各位尊长少有提及，我们小辈也不清楚详情。我与长歌下山之际家师还曾叮嘱，让我们引以为戒，慎思慎行，守端正寡言之道。"

沈曼青看起来温柔随和，这一次绵里藏针，话中潜意分明，说得殷长歌面露惭色，紧紧闭上了嘴。

陆澜山咳了咳，也有些尴尬。

左卿辞轻描淡写地调转话头，三言两语化开尴尬，与殷长歌摆起了棋局，陆澜山一旁观战，气氛转瞬融洽如初。

"公子，是车轴裂了，已经无法修理。"白陌额上见汗，呼吸间雾气弥散，睫上挂着细碎的冰屑。

左卿辞披着重裘极目眺望，莽莽雪山高可摩云，崖壁陡峻，千里连绵不绝，紫灰色的云层宛如砚上凝墨，低低地压在天穹，寒冽的风掠过，透骨的冰寒僵滞了所有活物。无数苍郁的云杉被凛冰凝固了枝丫，仿佛披霜载雪的巨人。

险恶的山道，狂暴的天气，这片难以征服的山脉平日里唯有行商的驼队路过，但他们绝不会在冬季踏入这片死亡之域。尽管选了最结实的车，依然抵不过自然的摧折，沿路车马不断陷落，数天前载着辎重的车掉入冰层下的裂隙，让行程更为窘迫，如今最后一辆车也坏了。

长眸映着万仞霜雪，一片波澜不惊，左卿辞扔掉手炉："不必要的东西都扔了，照料好马和向导，现在只能靠双脚了。"

抛下损坏的车驾，马驮着剩余的物资顶风前行，人随在马后。积雪的山峦危陡而绵延，长时间在深及大腿的厚雪中跋涉，带来体力上极大的消耗，此前的轻松不复存在，一行人沉默而艰难地蠕行。

重金雇来的几名向导裹着厚衣仍然冻得脸色青白，指点各人笼上护目黑纱滤去雪地刺目的白光，又反复叮嘱绝不可在雪域扬声。沉闷的气氛笼罩，殷长歌走在队前，沈曼青随在其后，后方缀着商晚，陆澜山步子阔大，步履稍慢落在队尾；飞寇儿时前时后，有时甚至会消失一阵，不知在做什么。

左卿辞曾言及不会拖累行程，谁也没想到这位金玉之体的公子竟然真能做到。他从金城开始舍去侍卫，独留白陌一人，弃车步行后由白陌扶持而行，居然不落于人。

这对主仆对连日的艰苦从不抱怨，安之若素，让人更多了一层钦佩。

日复一日枯燥而艰辛地行进，又有严寒的折磨，一行人个个熬得苍白消瘦，疲惫不堪，好容易到了瓦瓦山谷，向导无论如何不肯再往前走了。

"瓦瓦山谷的尽头是阿克，那一带水草丰美，往来商旅尽在此休整，从阿克去赤焰沙道路通畅，车马便给，行程会轻松许多。"左卿辞盘腿坐在羊皮垫上，以树枝在积雪上绘出地图，脸上一片沉静，丝毫不受向导辞去的影响，"瓦瓦山谷地形狭长，即使无人引路也不会迷失，我们还剩七日左右的干粮，只要以最快速度穿过山谷，此行就成功了一半。"

帐篷不大不小，然而一群人尽在其中，便显得格外拥挤。帐外是漫天肆虐的狂雪，尽管已经重重加固，牛毛帐篷仍随着暴风雪剧烈地摇晃，仿佛有个顽皮的孩子在上面蹦跳。

酷厉的环境逼得每个人都到了极限，殷长歌不放心地检视固定篷幕的长钉和皮索；商晚脸色阴沉，与天气一样难看；陆澜山在锅边等雪水沸腾，手中捏揉着冰硬如石的面饼。

沈曼青有些憔悴，数日无法休沐，她鬓发散乱，柔唇干裂，早已失却了笑容。

飞寇儿几乎不说话，也不与众人歇在一处，他入夜时消失，清晨才又出现，直到一次陆澜山无意中撞见，才发现他竟然睡在临时掘出的雪洞里。问什么他都不大回答，这种感觉当然不会愉快，久而久之，众人都习惯将他视同空气。

唯有左卿辞是唯一的例外，他对不合群的飞贼始终保持和颜悦色，从不在意对方冷漠的反应。

狂风呼啸中，商晚打破了僵局，阴霾密布的脸庞有压抑的怨气："七天走得出去？马已经全死了，向导把山谷说得跟雪狱一样，还有成群雪狼出没，冬季根本不可能通行。"

左卿辞清减了一些，眉目间也有倦意，但依然显得矜贵从容："既已至此，前进是唯一的选择，若等雪化春来，万事皆休。"

商晚蓦地扬手，一杯初滚的水泼出帐外，腾起一簇白雾，未落地已化为一捧细小的冰屑："瞧这该死的雪，等人埋进去，什么图都没用了。真刀真枪地拼杀就罢了，这完全是白送性命，如今我算是懂了，飞寇儿说得没错，内廷的人根本不会到这里来送死。"

激烈的话语中有鲜明的怨怼，左卿辞神色不变，镇定如常："诸位是不世高手，必能成逆天之事，难道商兄没有信心？"

若在中原，商晚当然不会轻易退缩，但一路以来的险恶让他不敢再心存半分侥幸："就算夏季通过山谷也要十五日，方才若是把那几个向导杀了，留下他们的口粮还能撑久一点，现在前路凶险又无食果腹，怎么走？"

陆澜山眉头一皱："商兄说什么话，那些山民能带我们到此已是不易，杀人夺粮岂是正道所为。"

商晚被逆境磨得戾气横生，冷笑："正道？等快饿死的时候人肉都啃得下去，充什么好汉。"

殷长歌越听越觉不对，当先驳道："因一己之需胡乱杀人，与恶徒有何分别。"

商晚本就一肚子火，受两人一责，更多了阴冷的怒气："这种时候还讲什么大义，说得倒是好听，就不知——"

"我只知尽人事听天命。"左卿辞一语截断了他，矜冷的俊颜傲意分明，压得人心头一沉，"眼前不过是小碍，若轻易可达，又何须诸位亲往，不愿前行的但请回头。"

僵冷的耳边唯有狂风在呼啸，过了许久，陆澜山沉声道："雪狱冰海又如何，陆某就不信闯不过去。"

殷长歌喝了一声彩，冷冷地瞧着商晚："公子坚毅，陆兄勇决，我与师姐要是在此退逃，还有什么颜面回去见师长，定当奉陪到底。"

　　沈曼青拥着裘氅默不作声，将自己又裹紧了一些。

　　飞寇儿仿佛什么也没听见，众人也不指望他有反应。

　　商晚脸上肌肉抽了抽，半晌才声音沙哑地道："商某也不是贪生怕死之辈，既然公子执意前行，那就听天由命吧。"

八·

天

崶

变

瓦瓦山谷又名死亡之谷，幽深连绵，两边尽是高逾百丈的陡坡，被层层积雪覆盖，时常有雪块从坡上簌簌滑落。

人在空茫的雪谷中细如微芥，无边的寂静笼罩着天地，这个鬼地方一旦有声音引发冰雪崩落，便是飞鸟也难逃出生天。一行人抛掉了一切，仅带着随身包裹，在绝对安静中前行了六天，枯燥与疲乏、酷寒与死寂、大片刺目的纯白，无一不是对精神意志的折磨。

从遮目的薄纱中望过去，一切都蒙上了暗影，绰绰宛如死域。殷长歌烦躁起来想扯掉薄纱又强自抑住，忽然前方的飞寇儿停住了，取下了眼际的薄纱。

很快，所有人都发现了异常，卸去障眼薄纱警戒起来。

远处的雪坡上出现了几十个小点，在雪地上几乎不可察觉，它们迅速地移动，很快已经近到能看清楚形貌。尖耳獠牙，目光狰狞，浑身灰白的皮毛，这是一群饥饿的雪狼，在雪上安静无声地奔跑，如幽灵般飘忽迅捷。

狼群三三两两跃近，形成了一个散落的包围圈，腹部剧烈地起伏，喷着息一点点逼近，红色的眼睛贪婪而凶残，充满了对食物的渴望。

如果是普通商旅，无疑会被吓到魂飞天外，然而这是一群见惯凶险的江湖客，最初的惊异过后人们很快组成了阵形，将左卿辞护在中央，白陌紧守主人身边，拔出了长剑。

冰冷的风卷起了细小的雪粒，带着低鸣轻啸掠远。

对峙良久，一只最前方的雪狼终于按捺不住，拉开了袭击的序幕。它猛然跃起，啮向看上去最柔弱的沈曼青。它有银亮的尖牙，犹如来自地狱的恶魔。

雪狼速度极快，可是人比它更快，一道冷电般的青光闪现，狼影猝然自空中跌落，雪地上多了一具狼尸，切开的咽喉汩汩流出热血。

这仅仅是一个开始，接连跃起的狼群疯狂地扑过来，试图用爪牙撕开猎物的防御，饥饿让它们无惧死亡，狂暴地发起攻击。

沈曼青素手执剑，一道又一道剑光掠起，准确地切断试图越界的雪狼咽喉；相较之下，殷长歌的剑更有力，结果也更血腥，每一只扑向他的雪狼都被斩成了两段，他身前的雪地腥气扑鼻，一片狼藉。

陆澜山的武器是短戟，连包裹武器的粗布都懒得解开，死在他手下的雪狼头骨俱被震碎，瘫如软泥；陆澜山身边的商晚用着一柄黑色的刀，刀身薄而短，一次次劈开了雪狼的颈。

及至看到飞寇儿，白陌顿时无语，这飞贼退在内圈身形不动，全仗别人料理狼群，眼神全飘在雪坡上。白陌轻鄙地撇了一下嘴，见局势尽在掌控，放松下来，转头发现主人也在远眺，不禁顺着望过去。

公子在看什么？无须询问，白陌发现了凝望的目标。

那是一只体形巨大的雪狼，皮毛雪白，与雪坡宛如一体，额际有一缕鲜红的绒毛。这只奇特的雪狼远远蹲在后方，相较于正激烈攻击的同类，它显得异常安静，犹如亘古以来就踞坐在那里。

白陌曾听说狼是一种有灵性的动物，隔着数十丈与狼对望，这种感觉越发强烈，那只沉默的雪狼仿佛在观察，又像是在思考。

"它想干什么？"白陌一出口就觉得自己问得荒谬，再聪明也是只畜生，滴水不漏的杀戮之下，狼群已经死了一小半。

左卿辞没有回答，依然在注视那只不同寻常的野兽。

无尽银白的雪谷狭长空远，扑袭的狼群犹如撞上了坚壁的潮水一波波破碎，被热血融化的雪水浸着狼尸，弥漫着浓重的腥气。那只巨大的雪狼突然动了，站起来，伸长脖子发出了一声低低的哮叫。

狼群的攻势突然缓了；第二声哮叫，狂乱的狼群停下了攻击；第三声哮叫响起，静下来的狼群转身奔去，丢下同伴的尸骸，丢掉包围中的猎物，摇着尾巴向发出召唤的头狼奔去。

头狼跳跃奔跑，带领狼群爬上了一处坡顶，黑色的山脊突出雪面，像一头潜伏的巨鲸，它就在鲸背踞坐下来。

白陌不明白这群畜生想做什么，隔得极远仍能感觉到头狼的视线，却见左卿辞的脸瞬间煞白。

飞寇儿忽然开口，话语僵而快："向东南走，冲到突起的石壁下。"

一句未落，飞贼手臂一扣一甩，在他身侧的左卿辞犹如一块轻薄的石头陡然而起，身不由己被抛掷出去。

白陌脱口惊呼："公子！"

几乎同时，头狼向着灰冷的天空发出了一声长长的嚎叫。

不同于方才的低哮，嚎叫声尖利而旷远，回荡在寂静的山谷，仿佛有风从雪坡上浮掠而过，带下簌簌的雪粒。

雪地上响着飞寇儿最后一声断喝："走！"

喝音未落，飞寇儿的身影已经在数丈外，如流光掠向左卿辞落下的方向，白陌张大了嘴，眼睁睁看见坠地的主人被飞寇儿凌空扣住，一路疾掠向东南。

主人的身影越来越远，白陌反射性地拔足追上去，陆澜山虽然不明其意，听得喝声也跟了上去；仍在原地的殷长歌与沈曼青怔了一怔，双双跟缀而行，商晚紧随其后。

同一时刻，所有的狼仰起脖子，随着头狼一起嚎叫起来。

悠长的狼嚎充满了不祥，空气凝固而紧绷。

突然之间，纯白的雪坡上出现了一道狭长的裂缝。

一刹那所有人都醒悟过来，激出了一身冷汗，生死一线，个个用上了全力。正阳宫本以剑法和轻功见长，沈曼青和殷长歌更是其中的佼佼者，后发而起，居然超越了陆澜山，缀在白陌之后；商晚的轻身术虽不及殷沈二人，但与专注于内功的陆澜山相较略胜一筹；奔得最快的还是飞寇儿，拖着一个人依然捷如流星。

奔掠到了极致，仍赶不上雪坡裂缝扩大的速度，更可怕的是随着裂缝出现了奇怪的声响，莫名令人耳鼓生痛，整片沉眠的雪层开始滑动。

疾奔中殷长歌回头看了一眼，脸庞唰地惨白，眸中无限惊骇。

巨大的雪块滚落，无情地向渺小的人砸去，人们狼狈地躲闪，随着轰隆一声巨响，大地摇颤，日色陡暗，雪层完全倾落下来。

从高高的天空俯视，倾泻而落的雪犹如奔涌的洪水，凶猛地扑向谷底，自然的天威之下，微不足道的人类犹如蚂蚁，瞬间被崩落的冰雪吞没。铺天盖地的雪崩持续的时间很短，没过多久，天地间再度恢复了平静，谷底彻底改变了形貌，茫茫的冰雪覆盖了所有低凹，犹如一只巨灵之掌，抹去了一切生灵的痕迹。

九 · 劫后生

左卿辞的头很晕，对不谙武功的人而言，从半空坠跌是种可怕的体验，更难受的是冰冷的疾风灌进口鼻，几欲窒息。他从未这样难受，却很清楚没有抱怨的余地，后方震耳欲聋的轰响充分彰显了稍有迟滞的后果。

飞寇儿奔得再快，也敌不过千万冰雪崩落的速度，铺天盖地的寒意从背后压上来，左卿辞背心一沉如遭重锤，连带牵得飞寇儿身形一滞，眼看重雪覆顶而来，飞寇儿忽然滑了一步，竟又迅捷了几分，积雪如滔天巨浪追逐而来。

东南处突起的壁隆是一块硕大无比的长形巨石，坍塌在几块较小的岩石上，一半斜翘在空中，在大地和天空间隔出了一块空隙，外围长着几棵松树，覆着薄雪，巨石边缘垂着层层冰挂，成了一块天然的荫庇。

石隙越来越近，排山倒海的寒气自脊后袭来，耳畔坠雪的轰鸣声震得人头晕目眩，左卿辞心跳如鼓。飞寇儿的手指异常冰冷，握得他手腕生痛，无数的雪块从耳际擦过，少年全力一跃，带着他撞裂冰挂滚入了石隙。

巨大的冲击让两人跌撞地滚了几圈，左卿辞胸口发闷，意识有些模糊，身下似乎压着一个人，他能感觉到对方汗湿的颈项和凌乱的呼吸心跳。无边的冰雪砸在巨石上，外沿断裂的冰凌纷纷坠地，整个世界都在晃动摇颤，黑暗瞬间覆落。

冰冷的感觉逐渐退去，某种气味引得他从昏迷中醒来。

睁开眼左卿辞并不急于起身，扫视了一圈，发现自己身处巨石下的空隙中，这道石隙高逾十数丈，外围被冰雪封填，西侧掘开了一条向外的雪道，洞口幽黑，想是已经入夜。

洞中生了一堆火，驱散了黑暗也带来了暖意，袅袅升起的薄烟仿佛被无形的手牵引，从另一处挖通的雪隙盈散。火焰上悬架的狼肉正在被烘烤，飞寇儿正盘腿坐在火边，身畔一卷剥好的狼皮，一侧躺着昏迷的白陌。

空气中弥漫的烤肉香气让人立刻产生了饥饿感，左卿辞撑坐起来，脊背传来疼痛，他按了按发现是雪块砸出的外伤，眉略蹙了一下，探视白陌并无大碍，而后才开口询问："可有见到其他人？"

飞寇儿从沉默中回神，看了他一眼："只找到一个，他埋得最浅，狼刨开了雪。"

说完飞寇儿检视了一下烤肉的火候，将熟肉从火堆上撤下，动作之间，左卿辞发现对方左腕衣衫破碎，隐隐有血迹："落兄受伤了？"

垂头看了一眼，飞寇儿放下狼肉，卷起沾血的衣袖，腕上的裂伤不算深，血已经干了，他从随身包裹中摸出药瓶咬掉瓶塞，眼前突然出现了一只手。

手掌纤长白皙，骨节分明，指形匀称而漂亮。

脸庞在火焰的暖光中温润如玉，左卿辞显得诚挚："大概是冰挂划的，伤在腕上多有不便，落兄容我略尽绵力。"

不等他从怀中取出雪白的巾帕，飞寇儿已经回绝："不必。"

似乎也确实不需要帮手，少年直接从袖里撕下一块旧布，覆上药粉后敷扎，动作流畅熟练，最后以牙齿咬住布巾打结收拢，大概年少骨骼尚未长成，他的腕极细，紧紧勒绑之后更显单薄。

　　飞寇儿一贯随意，衣饰粗劣从不修饰。比起殷沈二人的高华、陆澜山的磊落，气质可谓有云泥之别，就连商晚都比他多几分整洁干练。或许是盗贼生涯使然，他像一只独来独往的野兽，本能地远避人群。

　　不动声色地自对方腕上收回视线，左卿辞接过递来的熟肉，致谢后开始品尝。狼肉很粗，但烤得很好，咸香适度，对连日以干粮果腹的人是意外的惊喜，左卿辞自己都为自己的胃口惊讶。

　　将另一份搁在白陌身旁，飞寇儿也开始进食，他在啃削肉后剩下的骨头，撕下每一缕残留的筋肉，比平日咀嚼得更久，像一只骆驼在缓慢地反刍，从细碎的食物中攫取养分。余下的肉被他收在一侧，左卿辞敏感地觉察："落兄担心食物不足？"

　　飞寇儿剔得很专心："狼会避人，很难捉，干粮已经没了，必须留一些肉。"

　　左卿辞瞧了一眼手中的半截狼腿，飞寇儿仿佛知道他在想什么："你没用，要多吃一点。"

　　这大概是侯府公子听过最直接的话语，左卿辞面上微笑，搁下了狼腿："多谢关怀，好歹我也是一介男儿，又未受伤，既是食物有限，自当与落兄同甘共苦。"

　　飞寇儿看了他一眼，扔下骨头，以雪擦去指上的油腻："不用硬撑，你病了会很麻烦。"

　　被视为麻烦的左卿辞涵养一流，风度绝佳地跳过了这个话题："我该感谢落兄，适才雪倾地变，若非落兄相救，我必是性命难保。"

　　从墙角抱过一堆枯枝扔在火堆旁，飞寇儿半晌才道："我不想死。"

　　左卿辞看着他的一举一动："落兄何出此言？"

　　咔嚓一声将一根枯枝折成两段抛入火中，飞寇儿大概累了，声音混着倦意："文思渊说不能让你死，不然回去我也会死，其他人能自保，不用我救。"

　　左卿辞停顿了半晌，眯起的长眸辨不出意味，好一会儿他才道："原来是文兄一番好意，怜恤我身无武功。"

显然对飞寇儿而言，救了人已是仁至义尽，他在火边铺开狼皮，没有继续谈下去的兴致："你有裘氅，狼皮我用了，天明后我去找人，你看火，狼来了叫我。"

他居然真睡了，毫不客气地让左卿辞通宵守夜，也不管对方身份如何，是否情愿。左卿辞也不恼，在火边静坐了一阵，开始观察对面沉睡的人。

乍然一扫，飞寇儿各方面显得平平无奇。他穿着从店伙手中买的旧袄，累赘阔大，又沾了一些洗不掉的旧渍，潦倒邋遢，犹如市井粗役。左卿辞的目光并未被表象所蔽，流连在各处的细节。

以男子而言，飞寇儿身量不算高，身形瘦弱，至多及他耳际。这个人似乎多半时间低着头，即使在睡眠中也是如此。飞贼的头发始终裹在粗布中，唯有一点细碎的茸发散在颈后，脖颈长而细致，看上去有几分脆弱。露在衣袖外的手指纤秀，灵活有力，残留在他腕上的指印足以证明这一点。

火静静燃烧，朦胧的烟气轻拂，左卿辞悄无声息地趋近，探向飞寇儿的腕脉，在触及对方衣袖的一刹那，沉睡的人突然睁开了眼。

左卿辞定住了，他俯得极近，甚至能看到自己的头发悬在半空，被飞寇儿的呼吸拂动，一丝丝摇颤。

这样的对峙不在预料之内，一时静滞，谁也没有说话。

停了一瞬，左卿辞对着那张木无表情的脸开口，话语和微笑同样轻柔，如一缕无辜又无害的春风："抱歉，我担心落兄是否还有其他暗伤，冒昧之下反而惊扰了。"

脸庞笼在他投下的阴影里，飞寇儿什么话也没说，手边用力一扯，左卿辞才发现自己无意中压住了对方的衣角，他起身让开，还未及进一步解释，对方已经翻身背对而眠，全然懒于理会。

伫立片刻，左卿辞回到了火堆另一侧，望着对面横躺的背影，目光沉下来。

天亮了，石隙外依然冰冷，天空落下大片大片的雪花，安静的山谷犹如纯白的梦境，那场狂暴的雪崩不见半分痕迹。

留下左卿辞和初醒的白陌，飞寇儿独自出去寻人。

白昼的雪域依然寒意凛冽，完全离不开火堆，白陌在火旁暖了一夜，狼吞虎咽地啃完熟肉，体力已然恢复了七成："那群狼太狡猾，简直成了精，险些把所有人活埋了，所幸公子平安无事。"

左卿辞仿佛有些心不在焉："狼并不比人笨，尤其在这种环境，它们比我们更熟悉雪。"

厚暖的裘衣避免了冻伤，却避不过肢体被雪砸到的疼痛，白陌揉着腿上的瘀伤，问出此刻最揪心的问题："公子觉得其他人还活着？

这一问题左卿辞也在思量："正阳宫的内息心法据说有独到之处，即使被雪埋也未必会丧命；陆澜山内功深厚，应该能撑得更久；商晚有几分难料，一切看造化了。"

想起雪崩，白陌余悸犹存："当真是天威难测，假如其他人不幸罹难，我们该如何是好？"

左卿辞语气很淡，冷漠如异路："他们还活着最好，也能省点事，运气不佳死了也无所谓，到了赤焰沙我另想办法。"

这样的回答白陌并不意外，但毕竟同行了数月之久，他有些惋惜："那几位早已服膺于公子，偏偏下落不明，这最麻烦的家伙倒安然无恙，不愧是惯贼，逃命的功夫一流。"

左卿辞淡道："这个人腾掠极精，见机又快，确有几分本事。"

白陌尽管不喜飞贼，也不得不承认这一点，悻悻道："幸好这小人还知道分寸，护住了公子。"

"我的手法对他竟是无用，这确是奇了。"目光掠过飞寇儿留下的狼皮，左卿辞低喃，声调有一线锋锐的冷嘲，"不过也无妨，是人就有弱点，我倒要看看他究竟想要什么。"

他从不怕欲望和野心，有欲望就有弱点。

沈曼青与殷长歌出身名门正派，有师门与道义之缚；陆澜山重义重诺，成就了侠名也必受其绊；商晚冷血而惜命，但有意攀结权贵就不难掌控；唯有飞寇儿……

十·猎妖狼

　　白陌出去张望了一番，死寂的雪谷感觉不到任何活着的生灵，唯一的动静是飞寇儿燃在洞外的枯枝堆，然而夜间起了大雾，模糊了烟柱的轮廓。无风的雪谷，雾散得极慢，白陌挑旺火堆又加上两把湿叶，依然效果不彰。

　　守了半晌，雪域静悄悄的全无声息，白陌怏怏地钻回洞内，午后雾气逐渐稀薄，袅袅升起的烟柱开始分明，过了一阵，洞外终于有了动静。

　　陆澜山与商晚相携寻过来，除了商晚腿脚一瘸一拐，其余尚算安好，两人又饥又乏，除了随身武器，一应物品尽失。劫后余生，相见格外惊喜，迫不及待地分食了剩下的狼肉，几人围在火边闲叙起来。

　　积雪压顶的一瞬，陆澜山拼尽毕生功力劈开数掌，浑厚内力将覆雪压成了冰壁，尽管被重雪掩盖，却留下了一个勉强支撑的空间，不至于窒压而死。等雪崩完全静止，他放缓呼吸，慢慢地掘开雪层钻出地面，正遇上浓雾笼罩，全然不辨地貌。他不敢扬声呼唤，绕来绕去反而走远了，直至雾散看到烟柱才又折返。

　　相较之下商晚要狼狈得多，他落入一处冰雪裂隙，侥幸逃过灭顶之灾，但因滑跌致使腿骨脱臼，内腑也受了撞伤，费了不少力气才爬上来。幸好碰上陆澜山，陆澜山替他行功运气打通经络，略好些两人才相携找过来。

　　左卿辞仅余怀里一卷银针，替商晚简单处置了一下，自然浩劫之下，死里逃生已令人足够庆幸，随行物件的失落根本不值一顾。

　　叙话到尾声已近黄昏，食物成了首要难题。

　　陆澜山尝试着打猎，然而雪地荒凉空荡，野狼又在他们手上吃过亏，格外机警，躲得极远，商晚装死躺了小半个时辰都引不来一只。纵有一身绝学，两人折腾良久仍是空手而归，饥肠辘辘之下颇为无奈。

　　入夜，飞寇儿回来了。

　　或许因洞外足印的提示，见到商陆二人他并未露出惊讶之色，默不作声地卸下肩上的东西，甫一入眼，白陌不由自主地一声惊呼。

　　抛在地上的是一只纯白的雪狼，身形硕大，骨肉沉重，合不拢的嘴角露出森然利齿，即使死去，样貌依然十分凶残。

　　雪狼浑身不见一丝伤痕，唯有颈骨处绵软，想是被飞寇儿空手扭断了脖子。白陌拨弄翻看，验过狼额上的血毫，正是那只狰如妖鬼的头狼。

　　陆澜山反射性地拔出短刀准备分割狼肉，商晚往火堆里扔柴，腹内空空的两人配合默契，却被飞寇儿拦下，他接过短刀仔细剥下狼皮，而后才交给两人接手。

　　左卿辞不动声色地解下裘氅递过去，温言提醒："把衣服换下来，这地方穿湿衣会要命的。"

　　众人这才发现飞寇儿嘴唇呈现怵人的青色，外衣初时冻硬了看不出来，火边一烘，整件衣裳都是深色的湿痕。想起洞外寒凛彻骨的冰雪，白陌不自觉打了个冷战。

　　这次飞贼没有推辞，脱下外衣用裘氅裹住了身体，在火边烘了半晌才开始发抖，他抖动得如此剧烈，甚至牙齿都在轻响，白陌几乎担心他的骨头散了架。

四个人全看着他，谁也不知该说什么。

半晌，陆澜山忍不住开口："你在雪地里伏了多久？"

过了好一阵，飞寇儿才从齿缝中挤出声音："三个时辰。"

所有人都抽了一口气，陆澜山一脸震愕，商晚停下清理狼肉的手，均是难以置信。

白陌冲口而出："你疯了，就为杀这只狼？也不怕活活冻死！"

飞寇儿没有回答，在火边缩得更紧，冻得青紫的指尖勒着手臂，头紧紧伏在膝上，精致的裘氅裹在身上不伦不类，看起来十分可笑。

左卿辞低头看着他，俊美的脸庞没有任何表情，沉默片刻，转头吩咐白陌："外衣脱下来给他，再拣一些落叶枯枝，让火旺一点。"

商晚烘烤的手艺不佳，但狼肉来之不易，众人勉强咽下去解了饥馑，余下的部分熟肉充作干粮。一群人默契地将火堆让给了飞寇儿，他一直不曾进食，也不说话，只在众人食毕闲谈的时候拨了拨火，丢进去几块干柴。

火燎着枯叶跳动，淡淡的烟气飘散，或许是损耗过度精神不济，不到一炷香的时间，所有人都进入了梦乡。

万籁俱静，旷野无声。

石壁上一个模糊的影子忽然动起来。

火焰一跃，光一暗又转亮，两根枯枝搭成了立杆，挂上一块垫布，形成了一个垂落的隔幔，火焰噼啪燃烧，隔幔上映出了一个深浓的影子。

随着裘氅滑落，影子开始瘦起来，一件又一件衣物卸去，最后一件衣物抛下，一个赤裸的轮廓映在幔布上，薄得似乎风一吹就会消逝，空悬的幔底露出一双玉琢般的脚，十趾玲珑秀致，线条极美，唯有足跟到趾尖颜色十分怵人，呈现一种暗淡的紫褐。

影子低下头，小巧的脚趾蜷了蜷，伴随着一声轻微的吸气。

地上的衣物被热力烘烤，升起一缕缕潮湿的雾气。细瘦的双臂环住身体，影子微微佝偻起来，仿佛被风雪压弯的树枝，空寂的石隙中蓦然响起了低低的呛咳声。

迷迷糊糊的意识里，白陌总觉得有一丝不对，等终于醒转，惊得一弹而起，懊恼自己竟不知不觉睡去，将守夜一事忘得干干净净。

左卿辞倚着石壁而坐，沉默地凝思着，见他醒来并未责备，比了个手势示意噤声。白陌转头四望，火堆仍在旺盛地燃烧，一应人等尽在沉睡，与先前毫无不同，他悄悄松了一口气。

飞寇儿也在睡，他裹着裘氅，卧在腥臊的生剥狼皮垫上，在火边似乎仍觉得冷，蜷得像一只过冬的刺猬。显然这席价值千金的裘氅已经废了，毁在一个粗蛮而不惜物的家伙手中，白陌忍不住疼惜了一刻。

静默了一会儿，左卿辞起身钻出石隙，雾已散尽，苍穹下星光漫野，四下空旷，寂静得没有一丝声音。

白陌跟出来，想起殷长歌与沈曼青仍生死不明："公子，假如殷沈二位一直没消息……"

一抹比夜幕更暗的黑影自天空游掠而过，仿佛宿鸟飞度，左卿辞仰首而望，话语如霜雪淡薄："明日午时再不见人，立时起身前行，此地没有食物，再怎么省狼肉也不够，必须尽快出谷。"

白陌虽不在人前抱怨，私底下终究忍不住："公子不该亲身前来，这里实在是过于凶险了。"

一把蓬松的雪粉被捏成了块，转瞬又被左卿辞随手抛落，他轻浅一哂："无人筹划，再厉害的高手也是一盘散沙，段衍有三魔在侧，岂是轻易可近的；若不是我亲至，入雪谷前已有人生出退意，万事皆休。"

事实如此，白陌确也无言，半晌才喃喃道："难怪那飞贼死活不愿来。"

左卿辞淡笑了一笑："他倒是个聪明人，可惜落了把柄，不得不受人拿捏。"

白陌瞥了一眼石隙，压低了声音："公子，他是不是疯了？就算为了狼肉，伏在雪地里三个时辰也太蠢了。"

雪崩时飞贼见事极快，白陌自问不如，可他其后行事颠倒，为小利损身，全然让人不懂在想什么。

左卿辞良久才开口，幽冷的低语如雪上掠过的风："你以为雪崩只会有一次？那只狼不死，我们走不出山谷，狼群会故技重施，让猎物被雪埋死再刨出来分食，你有几条命？"

冷诮的话语让白陌怔住了。

左卿辞瞥了他一眼，淡漠的俊颜竟有种凛然的威仪："别人救了你该懂得感激；做不到感激，至少也得学会尊重，否则不必再跟着我，回金陵去吧。"

白陌瞬时跪倒，以头触地冷汗涔涔："公子恕罪，属下再不敢妄言！"

卷三

琴与歌

十一 · 出绝谷

带好余下的狼肉离开石隙，一行人继续跋涉前行。

天蓝得不见一丝云彩，绵长的雪坡莹白光洁，毫无半分凶险之感。纵然如此，短短几天少了两个人，谁都难免心绪不佳。

雪地里出没的动物极少，见人即远远地逃开。行了几日，狼肉消耗殆尽，眼看就要断粮，尽管谁也没有道破，但忧虑悄悄笼罩了心头。

又行了半日，商晚突然驻足观察雪地，似乎发现了什么。他顺着一些细微的痕迹斜行数十步，转过一块背风的大石，忽然回身，压低的声音蕴着激动："是殷兄和沈姑娘，还活着！"

倚在石后的是沈曼青，她的情形并不算好，因数日困顿而憔损了许多，见到众人，明眸溢出了狂喜。在她身后是昏睡的殷长歌，面色潮红，眼窝深陷，嘴唇燎起焦泡，额上覆着雪水浸湿的素巾。

左卿辞很快诊出了病因，崩落的雪块砸伤内腑引起了高烧，有医者疗治自然不难，金针过处，殷长歌的呼吸立时平缓了许多，沈曼青终于放下了心。

"雪崩时师弟全力护着我，我们被埋得很深，仗着敛息秘术坚持下来，掘开雪层的时候四周一片漆黑，师弟昏过去，我辨不清环境，也不知其他人是否还活着，担心雪层不稳再次崩塌，就离开了那里。"沈曼青深吸一口气，纵然冷静自制，孤身在雪中负着昏迷的殷长歌而行，前路茫茫，同伴生死不知，心理压力之大非比寻常。此时猝然松弛，语声禁不住颤抖，秀目也有些湿润。

左卿辞收起针囊，和声安慰："托天之幸，两位安然无恙，也多亏商兄细心不曾错过。"

一队人聚齐，个个欣悦，连商晚都带上了笑意，飞寇儿不知什么时候消失了，直到众人的谈话至尾声才冒出来，随手一抛，扔下了三只长耳雪兔。

场中一静，所有人看着兔子，又盯住飞寇儿。

陆澜山首先忍不住："你是如何捉到的？"

天知道这些机警的兔子有多难缠，雪地又无遮挡，远处稍有动静兔子就钻入四通八达的雪洞不知所终。

飞寇儿的回答是一贯的简单："运气好撞见了几只，用暗器。"

几个人面面相觑，各有疑虑。商晚翻看雪兔腹背确实有伤口，却辨不出是何种暗器，飞寇儿显然也不打算从细节上描述是如何施为，其余人唯有捺下迷惑。

为了越冬，雪兔长得硕大肥壮，滋味远胜狼肉，沈曼青数日不曾进食，尽管吃相依然秀气，吞咽的速度却比平日快了许多，晚间殷长歌醒过来，高烧已然退去，待他吃完半只兔子，所有人都放下了心。

或许厄运已去，接下来的行程极其顺利，当瓦瓦山谷外的褐黄沙岩和灰绿的野苔落入视野，宣告他们已脱离了死寂的绝域，惊心动魄的雪谷之行终于结束，

正如左卿辞的描述，阿克是一处丰足的绿洲，大大小小的屋宇环绕着一个个湖泊形成了城镇。往来阿克的汉人商旅不绝，更有不少人厌倦了跋涉，索性在此定居，整个小镇有不少人能说汉话。

严冬大雪封山，蓦然一行人穿越死亡山谷而来，正处于半年休憩期的镇民的惊讶可想而知，尽皆聚拢来好奇地询问。及至有人无意间瞥

见飞寇儿行囊边露出的雪狼皮，惊讶瞬时变成了轰动。越来越多的人议论纷纷，一个中年汉子更是越众而出，请求看一看狼皮。

硕大的狼皮抖开，周围顿时响起一片哗赞，艳羡之声不绝于耳。雪白丰厚的毛皮晶莹柔暖，丝丝如玉，狼额上鲜红的一抹分外夺目，从头至尾完美无瑕，纵是外行也能看出珍罕，当镇中耆老确定这是瓦瓦山谷中的妖狼之皮，人群的赞誉又变成了空前的兴奋。

传说山谷中的妖狼是天上降下的精怪，凶狠残暴又狡诈成性，不知有多少过往的旅人死于狼口，最勇猛的猎手也难以捕捉，如今竟被几个中原人屠戮剥皮。

哄乱的议论过后，开始有人试图买下它，阿克的人久经商旅，眼光精到，都清楚这张狼皮的价值，继第一个开价者出价之后，接二连三的叫价不停进出，越来越高，嘈杂的叫喊震耳欲聋。

面对汹涌的索买之声，飞寇儿仅是摇了摇头，收起狼皮卷回肩上。即使这群汉人已明确表示拒绝出售，珍贵的皮毛仍是太过诱人，哄闹的人群不肯散去。直至左卿辞出面与镇长谈了几句，年迈的镇长才遗憾地摸着长须遣散了周围人群，带领一行人进了旅舍。

充裕的休养加上左卿辞的妙手施治，殷长歌很快就痊愈。

白陌重新购置了车马行装，干粮食水均已备全，左卿辞却并不急着赶路，数日尽在与镇长闲谈，仿佛全忘了此行的目的。

"赤焰沙王继位二十余年，起先还好，后来越来越浮夸无度，最爱旁人赞颂，每逢宴会必然炫耀自己的武力与功绩，近些年只听罗木耶这个奸臣的话。王最宠爱一位叫雪姬的绝色美人，传说她像冰雪女神一样美丽，王简直为她着了魔，给她建了一座金光闪闪的宫殿，珠玉绫罗堆成了山，成群的侍女昼夜服侍。"谈到传说中的美人和皇宫，镇长精神一振，苍老的脸庞流露出兴奋的神色。

"你问这女人是什么来历？谁也说不清，她是罗木耶献给王的，似乎是烟芝人，听说她不怎么笑，对谁都是冷冰冰的神气，或许真是冰雪女神的化身。罗木耶之前是个地位低微的小官，现在竟然做了宰相，这只人形的恶狼暴戾无耻又视财如命，吃人不吐骨头，赤焰沙不知有多少人被他弄得家破人亡。可惜老天不长眼睛，不给恶人降罪，反倒让他一天比一天风光。"老人啐了一口，每一条皱纹都写着鄙夷，感慨地抽了一会儿水烟，"赤焰沙人都说日子不好过，可也没办法，家在那走不了，你们去经商赚不了什么钱，税抽得太重了，换个别的地方吧，古山或吴苏好一些。"

左卿辞不置一词："多谢长者指点，那边中原人可多？"

生满寿斑的手磕了磕烟灰，镇长回答："有，过得不怎么样，赤焰沙王不像别的国主仰慕天朝，他认为中原人狡诈，必须严加管束，反倒是罗木耶只认钱，听说近期一个有身份的中原人送了他大笔金银，得了不少好处。"

左卿辞顺着话语道："或许这个中原人想做官，希望通过罗木耶在国主面前进言。"

老人笑得咳了咳，叼起烟杆又吸了两口，沙着嗓子嘲笑："那是做梦，赤焰沙王根本不信外族人，只有蠢透了的人才去找罗木耶，那只恶狼贪婪无比，胃口永无尽头。听说那个中原人有几个厉害的手下，赤焰沙没人赢得了，否则早被罗木耶投入监狱抄光财产了。"看出斯文有礼的青年并没有听进劝告，老人哼了一声，带着几分顽固的恼怒，"聪明人都会避开喝血的恶狼，我那个蠢小子去年想到赤焰沙贩沙枣，被我狠狠骂了一顿赶去吴苏了。"

对老人指桑骂槐的责备，左卿辞只是微笑，他打量镇长的脸庞，目光掠过发暗的额角、泛乌而松弛的嘴唇，稍稍停了一下才道："少抽些水烟，让儿子回来吧，长者年事已高，异地再好也不及亲人在侧。"

走出镇长的屋子，檐下一阵夹雪的风掠过，左卿辞拥着手炉，沿着窄长的街道信步而行。

随在身后的白陌近日话少了许多，侍奉也更谨慎小心，牵着马低声道："禀公子，今日殷少侠和沈姑娘在集市上看中了一柄弯刀；陆大侠对好马极有兴趣，与马商洽谈了半日；商先生在房中练功，不曾外出；

飞寇儿……"

白陌的话语略停,左卿辞多了一丝兴趣:"飞寇儿如何?"

不敢流露半分观感,白陌尽力让语气平常:"他仍在镇上的妓馆内,似乎打算待到启程才出来。"

左卿辞居然笑起来:"这个飞贼倒真有几分意思。"

赖在窑子胡天胡地算什么,白陌腹诽。

左卿辞继续缓缓步前行:"还有什么?"

"他似乎喜欢混迹大厅,有时会请所有客人狂饮,这段时日花了十来片金叶子。"近几日的印象更糟了,那个飞贼猥琐无耻,整日嫖宿,还叫白陌出面付一应开销,简直脸都丢尽了,他默默将飞贼鄙视了一千遍。

左卿辞似乎根本不在意这些琐事:"他可有喝醉?"

白陌一怔,细想了一番:"我见到的时候身上有很重的酒气,但眸光未变,言语清醒。"

话未说完,一阵轻浮的嬉笑传来,白陌抬眼一看,顿时无语。

漫散而行的左卿辞不知不觉竟走到了妓馆门外,一个满腮胡子的嫖客拥着妓女在路旁狎笑,三五个年轻的胡姬在楼上娇声揽客,两行艳红的灯笼高挂,脂香袭人,胡乐频传,雪夜一派春色盎然。

左卿辞定住脚步,白陌刚要开口,楼上砰地开了一扇窗。

一个人探出头来,似乎深深地透了口气,背着窗内的旖旎柔光一动不动,似乎在眺望天上圆月。或许是喧嚣的映衬,那个姿态竟然让白陌觉出几分寂寥,接下来他就想翻白眼,因为影子侧过头,正是那个薄行无耻的飞贼。

发现了楼下的一主一仆,飞贼的身形顿了一刹。

左卿辞仰首,红纱灯笼透出艳色的光,给俊雅的容颜蒙上了一层绮丽的色泽,奇异而魅惑:"落兄好兴致,可愿共饮一杯?"

飞贼没说好,也没说不好,似乎有点发呆。

左卿辞拂了拂襟袖,浅浅一笑,竟然真个走进了妓馆。

十二·斗酒会

阿克的妓馆是镇上最热闹的销金窟，整座院子地龙烧得极暖，犹如初夏。来自各地的胡姬身披轻纱，足踝和玉臂套着层层累累的金环，毫不羞涩地露出雪白的肌肤，豪放得令人咋舌。

胡姬丰腴，风流又热烈奔放，调笑顾盼中风情万种，绿棕蓝褐各色明眸缤纷亮丽，配上奇特的胡音，未近身已酥倒了半边。

尽管中原也多胡姬，但受汉风熏化，远不如此地的大胆直接。

左卿辞的姿态随意，既不拘谨也不轻亵，他在一群半露酥胸的舞妓及淫靡歌乐中谈笑风生，仅在美人放肆偎蹭时才由白陌将人斥开。飞寇儿原本在大厅享受，怎奈左卿辞实在过于注目，引得狂莺浪蝶疯魔而动，只好另辟了一间雅室。

飞寇儿一身酒气，枕在一个丰满的胡姬胸口，缓慢地嚼着美人喂来的蜜枣，看他的眼神有点飘，很快又落下来转到别处。

任白陌斥退几个意图纠缠的胡姬，左卿辞在案前坐下，笑吟吟道："有酒无戏未免无趣，我与落兄试试划拳赌酒如何？"

飞寇儿迟疑了一瞬。

左卿辞的眉长而笔直，挑起的时候极英气："小戏而已，落兄怕了？"

几名陪伴的胡姬纷纷笑谑起哄，约定输的人要饮下整盏马奶酒，场面变得更加热闹，飞寇儿仿佛有些不知所措，在推波助澜的哄闹声中，左卿辞伸出了白皙细长的手，游戏自此开始。

头几次均是左卿辞败北，他也不推，举盏在胡姬的喝彩声中饮下，一线清亮的酒液溢出唇边，顺着线条完美的颈项滑下，没入被美人扯松的襟领，在场的女人全都直了眼。

放下盏，他俊颜微醺，唇色染着水迹呈现出艳丽的薄红，声音也有些不同，听得人心头发痒："落兄胜得好，再来。"

飞寇儿呆了呆，听到话语才划下去。

马奶酒甚烈，左卿辞接连饮下去，唇色越来越红，一双长眸波光流动，春意盎然，一众胡姬被迷得神魂颠倒，舍不得这风华绝代的男子醉倒，争相攀附着要代酒。怎奈红粉多情，左卿辞却不受用，甚至将一干人等尽数屏退。

两人对坐而饮又是另一种气氛。

左卿辞连扳几场，笑容渐渐轻慢不羁，闲闲地看着飞寇儿饮酒，或许是之前饮多了有些昏头，他襟口轻敞，清贵的闲雅化为半醉的疏狂。

飞寇儿输多了也没什么表情，也不推赖，一盏又一盏地喝。他平素极少与人对视，饮酒也是半垂着眼眸，待喝多了眼神就有些发直，长久地盯着对面的人。

左卿辞迎着他的视线，时而漫不经心地啜一口酒，薄醺的姿态分外慵懒。他似乎醉了，又似乎半醒，眼看多一杯就会倾倒，十余盏后却依然如故。

一次次划下去，飞寇儿竟然输多赢少。

空坛越堆越高，左卿辞的目光也越来越惊异，及至东方微白，飞寇儿搁下酒杯的手开始发抖，眉眼蕴着蒙眬的恍惚："再喝下去就醉了，停手吧。"

左卿辞迷离的长眸忽然亮起来，哪还有半分醉色，轻勾的唇角带着挑衅："既然应了赌斗，落兄又何必惧醉？"

飞寇儿呆呆地看着他，又看向他面前的酒杯，最终仿佛想到什么："你是方外谷的人？鬼神医的徒弟？"

左卿辞眸子骤凝，沉默了一瞬忽然笑起来："你怎知我师从鬼神医？又怎知鬼神医擅酒？"

鬼神医，医鬼神，方外谷的主人，也是江湖最神秘的杏林圣手。据传他一身医术超凡，却毫无医心，曾经袖手看病者活活死在面前，更立誓绝不出谷。汝南王一度病重，托人以万两黄金加上十余件珍宝相请，使者甚至自刎于谷外，他依然无动于衷，更是坐实了鬼神医乖僻之名，谁能猜到这翩翩贵公子竟然与其有师徒之谊，传至武林中必是一场热议。

"我怎么会蠢到跟你喝酒。"飞寇儿没有回答他的问题，将头埋在臂弯里好一会儿才抬起，舌头都钝了，"算我输了，放心，我不会说出去。"

大概是真醉了，他不再理会左卿辞，慢慢地扶案而起，打开了门扉。

妓馆内的众多美人尽管被白陌板着脸强斥出去，却都始终眷眷难舍风姿玉貌的中原公子，无时不在留意着雅间。此时见得门开，群情欢悦，热情迸发，越过飞寇儿一拥而入，白陌满眼是雪白丰腴的胸臂，束手束脚地哪拦得住，浓腻的脂粉香气混着西北人特有的体味，冲得他险些窒息。

飞寇儿一晃一跌，已消失在一片艳丽的娇躯后。

启程前一夜飞寇儿才回到客栈，别人已整饬一新，他还是敝旧的装束，沾染着数日纵情玩乐的酒气与胭粉气。

白陌实在看不顺眼，干脆别过了头，发现主人也在远远地打量飞贼，不多久左卿辞便转开视线，改与沈曼青谈笑。

左卿辞近日的心情不算好，白陌很清楚这全是混账飞贼的错。若不是他，公子怎会在斗酒之时被一群俗艳的胡姬近身。不过纵使白陌心中有千般怨气，也不敢在人前流露半分，唯有不去理会。飞贼或许也明白自己不招人待见，驱着骆驼与阿克雇来的向导混在一处，前行探路，远离了驼队。

从阿克至赤焰沙，一路处于荒原和山岭之间，驼队一行历时良久，翻越最后一座雪峰，眼前终于出现了赤焰沙城的轮廓。

高高的山岭上所有人勒住了缰，俯瞰远方的大地，被壮丽的景象攫住了。

晴蓝天空下的赤焰沙犹如一块被神所眷顾的土地，不见丝毫冰雪的痕迹。

厚重的赤色沙岩筑成了壮阔的城郭，城内屋宇尽为白色，造型奇特优雅，密布星罗，如神之手撒落了无数精致的贝壳，别处冰雪皑皑，这里竟然碧树簇簇，绿意葱茏，一座雄健而不失优美的宫殿在城东拔地而耸，浑圆的穹顶宛如天成，五彩的宫幡在风中飘扬，鲜艳明亮，仿佛一个异域的梦境。

一路从冰刀雪狱中闯过来，乍见这样的地方竟然有些不适应，陆澜山慨叹道："冬日如春，得天独厚，蛮夷之境能造就如此壮观的城池，赤焰沙不愧是西域一霸。"

商晚抱刀远眺，听不出是抱怨还是羡赞："我们一路爬冰踏雪，这群赤焰沙人却是会挑地方。"

殷长歌与陆澜山有同感，更多的是如释重负的轻松："好容易到了，不枉我们千里跋涉。"

前方拂来的暖风带着木叶和碧草的清香，令人心臆舒爽，左卿辞悠悠道："传说赤焰沙地下有热泉，国度终年和暖如春，永无冰雪之患。"

女子天性喜爱美丽的事物，沈曼青看得秀目生辉，观察也更为仔细："西侧可是入城之处？驼队似乎不多，中原人在这里会不会太显眼？"

经此一言提醒，几个人想到了同一问题。大雪封山，中原来的商旅必已绝迹，一行人难免显得蹊跷，只怕一露面城卫和城官就会心生警惕，急报王廷。

左卿辞显然早有准备："沈姑娘所言不差，我们必须扮作异域行客，白陌已备好乔装的衣饰，至于改形易貌之举，就要倚仗落兄施为了。"

余人恍然顿悟，一时尽望过去。

飞寇儿还在沉默地眺望，嘴角衔着一根草茎，听着点到自己，拍了拍骆驼颈侧，庞大的骆驼温驯地跪倒，任少年偏身落地。

左卿辞笑容和煦，话中有触探，也有不容拒绝的要求："赤焰沙人的样貌，想必落兄在阿克早已研究通彻，此番入城是否成功，全看落兄妙手。"

这是命令，也是一场考验的最初试手。

解下驼背上的包袱，飞寇儿看了看天色："我要顶边开口的帐幕一顶，还需要清水净布，人太多，要快。"

中原人的形态与西北人截然不同，西北无论男女都身材高大，面狭眉突，鼻陡而长，发色也是完全相异，差别如此大，形貌转变并不容易。

将雇请的向导打发回转，白陌搭起帐篷，备好物件，飞寇儿打开了一直随身、从不在人前摊开的包裹。作为第一个易容者，左卿辞见到了内里的全貌。

大小瓶罐膏粉、假眉假须假发，还有如肤色的块状软胶、粗细不同的笔，各种古怪的事物，林林总总匪夷所思，最难得的是如此纷杂，竟然收得一丝不乱。

左卿辞盘膝坐于在毡毯之上，目光逐一巡过，又看向眼前的飞寇儿。他知道对方在仔细打量自己，那张少年的面孔和金陵初见时一样，只仿佛更消瘦了一点，他忽然很好奇飞寇儿的乔装下会是怎样一张脸。

飞寇儿大概不喜欢与人对视，简单地命令："闭上眼。"

左卿辞依言合上眼，感觉对方视线萦绕良久，忽然顶上一松，发束被挑散，发丝瞬时披散下来。

一只手按在额角，而后是眉骨、鼻梁、颧弓、颌骨……轻巧的指尖在肌肤上一触即收，仿佛在研究一件精致的瓷器，甚至挑起一缕头发审视了片刻，最后少年转过身，卷起袖管开始调弄一堆瓶瓶罐罐："公子要扮作管账的？"

"不错，有劳落兄。"清亮的长眸无声无息地睁开，看着飞寇儿熟练地调配易容用料的手，纤细匀长，腕骨秀薄，起落灵巧如蝶。

铜镜里映着一个完全陌生的人。

棕黄色的发，眉毛和睫毛与之同色，皮肤呈一种暗白，双鬓连着一些细碎的须毛，高耸的眉骨紧挨眼窝，深勾的鼻尖衬着细薄的唇，显得精明而苛刻。左卿辞试着笑，发现镜中人也笑，只是再怎么笑都是一副刻薄的感觉。明知是假，形貌却十分自然，望之毫无瑕疵，顿觉大是有趣，由衷地赞佩："落兄真是神乎其技。"

"这张脸只能用两天，卸去必须由我来，药水是特制的。"飞寇儿拎起一块长布巾，三两下将左卿辞的头发包起来，缠绑成此地常见的样式，将多出来的发丝掖入巾角，又半跪下来，对已完工的面孔做最后的检视。

近在咫尺的少年极专注，天光又亮，离得这样近，近到左卿辞甚至发现少年的瞳眸有些奇特，最深处蕴着一抹墨蓝，如幽潭底汪着一脉宝石，异常干净又异常神秘。

易容能更改相貌，却无法更换双瞳，毫无疑问，飞寇儿生了一双好眼睛。

左卿辞不动声色地开口："落兄从哪儿学的这些？"

仿佛觉察到什么，飞寇儿退开一步垂下眼。

左卿辞仿若无事地询问："可曾有人识破？"

拈起一把极小的剪刀，修去左卿辞鬓角略长的几根发丝，飞寇儿终于给了回答："既然是假，当然有风险。"

左卿辞语声微扬，似乎纯然是好奇："落兄手法天衣无缝，谁能有如此慧眼？"

飞寇儿又不言语了。

无视对方的沉默，左卿辞继续猜测："神捕燕归鸿？"

少年没有回话，算是默认。

左卿辞轻谑道："纵是神捕也屡次落空，落兄又有何惧。"

收起剪刀，飞寇儿情绪有点低落："不一样，他可以一再失败，只要一次成功就够了。"

左卿辞莞尔："明知凶险，落兄何不收手？"

飞寇儿静默了一刹，取下披在左卿辞肩头的蔽布："我天生就是贼，这是命。"

陆澜山化为深棕色皮肤、狮鼻阔口、耳戴金环的虬髯大汉；商晚乔装成一个双目深陷，肤色黝黑的异域僧侣；殷长歌成了一个翘下巴留须的商人；沈曼青被掩去五分清丽，增了三分俗艳，化成一个身材略为臃肿的商人妻子；白陌成了账房的外甥，厚唇高颧，看起来土头土脑。

每一个面目全非的人走出来都会引发一阵哄笑，一阵惊叹，帐幕最后一次掀开，晚霞已是一抹暗红的余韵，人群围着篝火谈笑，胡杨树下的驼群悠闲地休憩。

陆澜山在研究自己的肤色，又转头取笑商晚。殷长歌摩挲自己的翘下巴，十分不习惯，沈曼青不喜欢矫饰的样貌，但也觉新鲜，许久仍在揽镜自照。

最后出来的飞寇儿完全寻不到之前的影子，他顶着一头蓬乱的卷发，典型的西域样貌，眼光转动之际，活脱脱是一个狡猾低贱的小厮。

一群中原人转瞬成了各具特色的胡人，目瞪口呆之余，白陌由衷地赞佩："公子睿智，如此安排，在赤焰沙一定无往而不利。"

飞寇儿在火边坐下，没有理会旁人，也不见得意，只接过左卿辞递来的水囊饮了几口，倦倦地啃咬面饼。

白陌犹在兴奋地臆想："假如乔装成赤焰沙王，《锦绣山河图》岂不是唾手可得！"

左卿辞听得忍俊不禁："如此说来，落兄已是天下无敌了。"

一行人全笑起来，还是沈曼青打破了白陌的无限憧憬："怎么可能，乔装毕竟是伪技，上不了正场。"

"为什么不能？这脸根本毫无破绽。"白陌抓过镜子看了看，甚至试着揪了一下面皮，"万一国主太显眼，还可以乔装成王公大臣或内侍，说不定真能瞒天过海。"

陆澜山摇头失笑："哪有这般容易。"

左卿辞唇角轻扬，存心要将飞寇儿拖入议论："落兄以为呢？"

飞寇儿眼皮都没抬："太假。"

"怎么会假。"白陌完全不觉得有问题，"除开易容的行家，一般人哪瞧得出来。"

大概是连续处理数张脸颇为费神，飞寇儿的神态显出了疲累，他本就不爱言语，无意搭腔，左卿辞却不放过："落兄不妨说说看，也可避免我们入城时无心中露出破绽。"

一句话提起了众人的兴趣，尽在等着下文。

飞寇儿勉强抬头扫了一圈，离得最近的是商晚，他道："行脚僧多半谦卑，遇事退让，而你眼神凶厉，姿态警惕，更像刺客。"

商晚顿时愕然，飞寇儿没有停留，转向一旁的殷长歌："你习惯下颌略抬，显得倨傲张扬，又不言笑；真正的远途商人通常油滑世故，见人即笑脸逢迎。"

这一次轮到殷长歌怔住，飞寇儿又望向沈曼青："此地妇人步子大，走路臀摆摇晃，语声高昂，目光昂然直视，看人不知羞涩，你——"他停住了没再说下去，摇了一下头，显然是不以为然。

沈曼青秀颊微红，一半是窘，一半是恼。

飞寇儿看了看陆澜山，难得地没有贬抑："你还好。"

陆澜山顿时松了一口气，见其他几人的脸色不佳，禁不住想笑。

白陌看对方眼神扫过来，不自觉地挺直了一下，只听飞贼道："你扮的是乡下人，偏又动作伶俐，眼神活络，反而像骗子。"

这些话语虽然无恶意，但将陆澜山之外的人批了个遍，个个都不太舒服，左卿辞笑了，端着水碗轻咳一声："依落兄看，我又如何？"

众人心底均憋着劲，等着飞贼评论这位尊贵的侯府公子。

"你动作太好看，不像。"飞寇儿掠了一眼便移开了目光。

这算什么评断，分明是诡媚之语，听得众人无不暗嗤，左卿辞却像极有兴致："落兄可否细说一二？"

飞寇儿似乎想不出怎么说，滞了好一会儿，取过一只装水的碗，将随意盘起的腿换了个姿势，衣袖卷了卷，腰脊一挺，肩膀平直舒展，颈项稍倾，臂端略收，忽然就有了一种说不出的气质，竟有几分似左卿辞。

端碗的手势也有了变化，三指略托，无名指与小指一敛，显得指形纤秀薄长，露出的一点腕极白。一个简单的托碗动作，不知怎的这般好看。

一瞬间竟然让人忘了他平庸的脸，在场的人全看怔了，而后飞寇儿放下碗，身形一散，又变回了鄙俗的西域小厮。

驼群依旧安静，篝火依旧在燃烧。陆澜山蓦地大笑起来，忍不住抚掌喝彩："好！易容之外更能拟神，不愧是妙手飞寇儿，当真是开了眼界！"

不比陆澜山心无芥蒂，众人的目光尽是惊异。原以为飞贼气质猥琐，怎样易容都难免流于卑下，谁知他举止一变，气质风仪迥然不同，着实令人刮目相看。

左卿辞望着低头进食的飞贼，若有所思。

赤焰沙，一座极具风貌的繁荣之城。

巍峨的山岭挡去了北风，清澈的河穿城而过，河上有十余座拱桥，桥栏雕着狮子与莲花。地热让空气暖意充盈，绿树婆娑，芳花无数。

赤焰沙人尚白，喜穿紧身短坎配阔腿绸裤，无论男女都有健美的身材，随处可见女子露臂露脐，头顶水罐或陶盘婀娜多姿地穿越马蹄形拱门，如一道悦目的风景。

这里的女子衣着迥异于中原，全不在意袒露的肌肤。左卿辞视而不见，神色如常，沈曼青却是有些尴尬；殷长歌与陆澜山都是守礼君子，刻意将目光偏离赤焰沙女子，看向街市建筑。商晚没那么多避讳，但也不像飞寇儿，飞贼肆无忌惮地打量，一双眼转来转去，看人远多于看景，十分衬合粗鄙小厮的身份。

被飞贼毫不留情地评断过后，众人各留了一分心，入城时商晚努力扮出慈眉善目，殷长歌挤出笑意，沈曼青学着西域的妇人，让动作略为粗鲁，毕竟初入异国，谁也不希望生出波澜。

一行人伪装成来自吴苏的商旅，白陌操着一口生涩的赤焰沙语，拿着预先备好的入关文书和检官沟通，塞过贿赂，经历了一点小周折，总算顺利入了城。

城内的宿地是一幢隐在老巷中的宅子。这幢宅子位于背街暗巷，门上有锁，这当然难不倒飞贼，飞寇儿随手一拨门便洞开，里面是一座标准的赤焰沙院落。

木骨泥墙，雕饰柱梁，顶上嵌着天窗，朴素雅洁而不失明亮，显然是暗谍预先置备。满院空寂无人，卧房衾被齐整，厨房粮罐满溢，后园蔬果丰盈，生活用具无不齐全，院内还有一口洁净的水井。

左卿辞推开门扉，逐一巡过各间屋子，检视用具，而后微微一笑："王廷之力无远弗届，也算为此行略增便宜，这里可供安憩，各位不妨先行休整，稍后再行计议。"

一入城即有如此隐秘而丰足的宿地，对众人而言是一个意外的惊喜，他们对夺图之事更增几分信心。

卸去乔装沐洗过后，众人聚在主厅议事。真到商议的一刻，他们才发现千辛万苦地抵达赤焰沙不过是个开始，两国风土殊异，加之情势不明，纵然再英雄也难免束手无策，俱有些茫然。

左卿辞并不急于行事，他细致地叮嘱："为防行迹外露，这里一切饮食起居均须亲为。各位务必谨慎，想出去游逛要易容为当地人的样貌，再由白陌相伴，绝不能显露任何与中原有关的形态。"

商贩的胡语吆喝，骑兵的叱马巡游声不时从宅外传来，提醒人们身处言语不通的异域，气氛隐约滞重起来。

梳洗后的沈曼青容光焕发，如一朵莹然秀致的梨花："饮食之类的小事我们尽可自行处理，闭门不出也无妨，可是对此地一无所知，后期如何行事？"

左卿辞微笑不语，示意白陌先奉上了两盘瓜果。

赤焰沙的各类瓜果极多，又是冬日依地热长成，中原闻所未闻，即使在西域也享有盛名。切开的瓜果盛在琉璃盘中颜色各异，甜香扑鼻，分外诱人垂涎。

等众人开始品尝，气氛稍松之时，左卿辞才道："我已知悉了部分赤焰沙王廷之事，稍后安排白陌出去打探，加上暗谍协助刺探，拟出对策再请各位施为。"

这一回答合情合理，却未透露半分细节。

陆澜山并不气馁，当先开口："光等也不是办法，不如公子将所获消息说来听听，或可商议出几分头绪。"

左卿辞沉吟了一瞬，浅浅一笑："据目前所知，似乎段衍在赤焰沙不甚得意，尽管献了大批金珠贿赂宰相罗木耶，却仅被赤焰沙王赏了个虚衔，本地贵族也对他多有排挤。"

殷长歌冷哂："逆贼托庇于佞臣合当如此，我们不妨探出他必经之路伏击，逼出《锦绣山河图》后一剑杀之。"

商晚阴鸷中流出一缕冷酷："如此甚好，逼供我来，不怕他不吐实。"

场面瞬时一冷，片刻后陆澜山道："行大事不拘小节，此法倒也可行，不知段衍身边的随护有多少，最好不要惊动赤焰沙人。"

左卿辞神色不动，缓声道："陆兄说得不错，必须避开赤焰沙人，另外还有一个难题，段衍身边有蜀域三魔相护，未必能轻易擒获。"

淡淡一语犹如惊雷，听者尽皆变了颜色。

四十年前，蜀地有三个可怕的魔头。

三人是同宗兄弟，本以盗墓为生，据说从一处古墓内学到了奇诡的古蜀秘技，学成后第一桩事便是将他们自小生长的村庄屠之一空，仅仅是因穷厄时曾被村人取笑。离村后三魔杀人如麻，蜀地为之一赤，许多门派甚至被一夕灭门，连路过劝阻的少林耆老都遭了毒手。幸存者将消息传出，引起武林群情激愤，请出武林中极负盛名的五名高手围杀。一战之后，落羽神君和玄冥子身亡，慧音禅师回寺静养了十余年，华山君夫妇因伤退隐，张狂跋扈的三魔也从此销声匿迹，人人只道此獠已除，不料竟在赤焰沙猝然听闻。

寂静半晌，陆澜山眉宇深蹙，神情前所未有地慎重："这几个老怪物还没死？"

殷长歌也是震骇，霍然起立："不可能，慧音禅师曾说三魔不可能再为恶中原！"

商晚牙关紧咬，面目暗沉如水："会不会是弄错了？"

左卿辞从容平静："消息可以确定，我接到的密报是三魔曾被逼得发下毒誓，所以绝足江湖，转投剑南王麾下，正是有他们接应，段衍才能一路出逃。"

沈曼青俏颜青白，喃喃道："怎么会是——"

商晚齿间一响，颌际绷出一条棱："公子为何不早说？"

温雅的脸庞适度地流露出轻诧，左卿辞反问："难道集各位之力，还对付不了这三人？"

陆澜山闷了半晌，待要解释又不知从何说起，叹息一声："公子不是武林中人，魔头逞凶又在多年前，也难怪不知，这三人成名极早，实在有些棘手。"

不能怪商晚抱怨，蜀域三魔恶名昭著，积威太盛，谁能不为之悚然。

场面一片冷寂，众人无不犯难，连勇悍如殷长歌都一言不发。

左卿辞也不在意，一个个看过去，目光停在了离得最远的飞寇儿身上。

飞寇儿似乎对这些事不甚关心，除了刚听到三魔时停了一瞬，之后一直在默不作声地啃咬瓜果。

长眸掠过一丝诡光，左卿辞忽然发问："落兄以为如何？"

飞寇儿愣了一下，并不觉得这场难题与自己有何关联，偏偏左卿辞接连追问："敌强我弱，身处异国又众寡悬殊，落兄认为该怎样应对？"

迟滞了片刻，飞寇儿嚼完甜瓜慢慢道："你有办法。"

左卿辞也不否认，微微一笑："眼下确有一计。"

一时众人都竖起了耳朵，左卿辞慢条斯理道："落兄乔装神形兼具，不如扮作段衍引开三魔如何？"

众人还以为有什么良策，一听竟是这样的方法，脸上禁不住浮现失望之色。

飞寇儿看了他半天才道："不可能，我不熟悉他，高手轻易就能辨出不同。"

左卿辞态度温雅，话锋却是罕有地咄咄逼人："落兄怕了？"

眉间渐渐绽起来，飞寇儿仿佛想说什么又忍住了。

左卿辞三言两语，将计划说得易如反掌："身处险地唯有以奇兵制胜，想来想去，还是落兄的神术最为合宜，只要调虎离山，段衍便能手到擒来。"

飞寇儿沉默了一会儿："易容不是神术。"

左卿辞岂容他推却："落兄的手法已臻化境，何须畏怯。"

飞寇儿垂下眼不再说话，气氛格外僵硬。

陆澜山听得摇头，三魔何等难缠，贸然挑动无异于送死，不能不说这一计谋可行度极低，纯属贵介公子不着边的幻想，他开口劝道："此事还须多方思虑，与三魔正面冲突绝非上策，易形为段衍也太冒险，毕竟三魔与其朝夕共度，难以轻易蒙蔽。"

陆澜山行事稳健，平日言语颇受重视，左卿辞也非专断独行之人，这次却异常固执，竟是听而不闻："陆兄所言差矣，事在人为，眼下不过区区小碍，若落兄连冒险一试的勇气都没有，何谈其他。"

白陌接到主人的眼色，立刻出言附和："事事退避来此何益，既然应承下来，就不该临敌畏怯，否则算哪一门的江湖规矩？"

陆澜山哑然，不知该如何对这一主一仆说明。易容虽然神奇，却绝非如左卿辞所希冀的无所不能，一旦被三魔看破，飞寇儿再有能耐也难逃出生天，必死之事谁肯相就，岂能仅以胆怯相责。

飞寇儿低着头，拭去指上的甜瓜汁，半晌才又开口："说你真实的目的，不过分的我做；做不了的我走，黄金还你。"

飞贼公然以退出相挟，白陌怒气激生，脱口喝斥："你这是在威胁公子？"

飞寇儿根本不予理会，只等左卿辞回话。

不同于白陌的愤意，左卿辞长眉轻挑，有一种灵动的狡黠，话锋倏然转折："既然落兄觉得饰为段衍过于勉强，那么换一策，扮作歌女，助我面见雪姬，如何？"

刚想进一步劝解的陆澜山愣住了，在场众人无不以为自己听错。

尽管传说飞寇儿化身千面，但从未听说他扮过女人。所有人下意识地看了一眼飞寇儿——场中那个猥琐的胡人小厮，神色皆变得十分怪异，难以想象他扮成女人是什么样。

寂静一阵，陆澜山呛咳一声，改问缘由："公子为何要见雪姬？"

"段衍最大的靠山是赤焰沙王，既然他已入朝，通报王廷只会适得其反，直接暗袭，我方又力有未逮。我想先见一见赤焰沙王最重视的宠姬，或许能另辟蹊径。"左卿辞的解释有理有据，言辞流畅，显然绝非一时起意。

陆澜山是老江湖，立刻琢磨出了关窍，最初那个的荒唐提议只怕纯属铺垫，这一刻所言才是真实，然而越看飞贼，陆澜山越觉得不妥："公子言之有理，可男扮女恐怕不太妥，不如由沈姑娘——"

不等陆澜山说完，殷长歌已经变了脸，话泛冷意一句截断："师姐长于道门，行止有仪，娴静端雅，扮歌女怕是不适宜。"

硬生生一噎，陆澜山撞了个没趣，摸了摸鼻子不再说下去。

沈曼青虽不曾出言，却是笑容已敛，明显不喜这一提议。

左卿辞不动声色，从善如流地把话圆过去："沈姑娘的确不太适宜，扮作歌女不仅要能歌，还须临机应变，通彻赤焰沙语。"

既然对方并未把主意打在沈曼青身上，殷长歌便面色稍霁："不如在街市雇买一个？"

左卿辞笑了笑，缓声道："此人要见王廷中人而不变色，还要能见机行事，避过罗木耶的耳目，打动雪姬私下召我们入宫。雪姬的性情我等一无所知，假使突然翻脸，这位歌女若无全身而退的本领，便要有死士的勇魄，殷兄觉得这样的人轻易可得？"

殷长歌登时哑口无言。

陆澜山明白此前的提议是想得简单了："公子思虑甚详，只是除开公子与白陌，我们都不谙赤焰沙语——"

"落兄却是不同。"左卿辞轻妙地打断他的话，神色愉悦，"他在阿克已粗通了赤焰沙语，又一路随向导研习，加上文思渊曾道落兄有变声之能，只消再学上几首胡曲，必可成事。"

几道目光同时落在了飞贼身上，带着惊疑与难以置信。

飞寇儿刹那抬头望向左卿辞，暗沉的眼眸里多了一丝警惕。

左卿辞仿似未觉，欣然赞道："妓馆是人脉最杂的地方，不仅能学胡语，也极易知悉西域各类消息，落兄处事细谨，未雨绸缪，实在令人钦佩。"

他越是满口称赞，飞寇儿越是戒慎，落在旁人眼中就成了难当大任的怯懦，商晚甚至在心底轻嗤了一声。

"我已探听仔细，每逢双月十五雪姬必往城西的寺院焚香，这是唯一能在王宫外接触她的机会，落兄可愿试上一试？"左卿辞笑吟吟道，语气是诚挚的请托，说了半晌全为敲钉钻脚的一句，"我也知落兄有些为难，不过事已至此，为了社稷安危与天下苍生，还请落兄委屈一次。"

看不透飞寇儿木木地在思索什么，隔了半晌他道："我不懂操琴。"

众人正等得心急，陆澜山闻言一喜立即接话："这个简单，雇一位赤焰沙琴师即可。"

飞寇儿摇了摇头："普通人会慌，会怕。"

又是一个难题，听得人直犯愁，难道还要再去寻一位深藏不露的琴师？

左卿辞忽然笑了，光华流转的长眸高深莫测。

飞寇儿下一句就钉在了他身上："贵胄世家必习琴，公子可为琴师。"

这一要求匪夷所思，白陌愣了，反应过来险些气结："放肆，你竟想让公子充做卖艺的琴师？！"

摸过一个蜜柚，飞寇儿垂下眼剥开外皮："既然心系社稷安危、天下苍生，委屈一次又如何。"

白陌觉得此人简直不可理喻："公子何等身份，这种事根本不需亲为。"

飞寇儿回了一句："不过是暂时从权，事事退避，来此何益。"

这些话很耳熟，由飞寇儿一本正经地说出来，变得格外讽刺。白陌被噎得哑口无言，第一次发现这贼竟是如此难缠。

飞寇儿不再说话，慢吞吞地褪去蜜柚的膜衣，赤焰沙的柚子带着甜香，色如莹蜜，在他手中剥开来如晶珠满簇，鲜泽诱人。

陆澜山在一旁头疼，纵然飞寇儿再能言，侯府公子也不可能充作乐师，他在苦思措辞劝解，忽然有人动了。

飞贼面前多了一个人，左卿辞不疾不徐地取下一瓣蜜柚，噙入齿间啃咬。漂亮的长眸隐然挑衅，染着柚汁的唇角轻扬。

"既是如此，我愿操琴，为落兄助力。"

　　赤焰沙城最大的寺院人声鼎沸，寺门外宽阔平直的狮陀大街被堵得水泄不通。成千上万的信徒携家带眷前来上香祈愿。汹涌的人潮吸引了无数商贩，杂耍艺人云集，场面热闹非凡。

　　街角一座宅院檐下立着一个年轻女子，一身卖唱女的装束。

　　镶边头巾下是一把漆黑鬈曲的长发，额间点着一枚鲜红的吉印。做工粗劣的刺绣上衣饰着流苏，宽松飘逸的缎裤齐踝收紧，裸露的腰肢极细，可惜肌肤的颜色偏黄，顿时减了美感。

　　她哼唱着赤焰沙时兴的小调，身前的小碗丢着几十枚铜币，旁边一个琴师拉着乌德琴伴奏。琴师看来二十余岁，年纪甚轻，腰束镶边板带，一袭普通的白袍被他穿得俊朗飘逸，落拓中仍显英挺，他双目勒着一条苍兰色的宽布，一旁还放着一根竹杖，显然是个盲人。

　　如此年轻英俊却身带残疾，见者无不悯然唏嘘，不时有或老或少的女人驻足，叹息着丢下钱币。歌女尽管容貌普通，反应却十分伶俐，总会及时躬身致谢，待小碗盛满便将钱币倒进随身的布袋，举止娴熟老练。

　　日头渐高，街北一辆奢华的金车缓缓驶近。

　　四十名衣甲锃亮的侍卫开道，二十四名侍女簇拥，十六个肤色黝黑的健奴挑着香烛缀行，金车四围曼丽的薄纱后，隐约能窥见一个美人的轮廓。

　　喧闹的街市更加吵闹，人人都伸长了脖子，明知看不清，还是想多瞧几眼传说中的绝代艳妃。

　　歌女扫了一眼，等车驶近时抬足一踢，琴师的调子悠然一变，从情歌过渡为一支柔婉的小曲，歌女的声线也变得呢喃动人，虽然声调不高，在喧闹的街市却如一根柔韧的丝，细细萦绕入耳。

　　行驶的金车忽然停了，健奴和宫女驻足不前，围观的人群不明所以，哄闹声渐渐小了，大家尽在疑惑地张望。唯有琴师眼盲，不辨四周仍在拉琴，嘈杂一歇，歌声更为清晰，金车薄纱后的美人一动不动。直到一曲终了，丽影侧过头对车外随侍的宫女吩咐了一句，金车再度向前行驶，一众侍从随之而去，四周恢复了热闹。

　　当啷一声，一块碎金子落入歌女面前的小碗，一个方脸宫女留在最后，倨傲地命令："雪姬夫人要听歌，明天到王廷北门外候着，真是两个幸运的贱民。"

　　整条街的人轰地炸开了锅，其他的卖艺人无比羡慕，嫉妒两人轻易获取了黄金和贵人垂青，扑面而来的话语挟着嘲骂与妒恶。这样的场面显然不适合再唱，两人很快收了摊，盲琴师执起身边的竹杖，由歌女牵着杖头向街外挤去。

　　这两人一个是弱女，一个目盲，在汹涌的人潮中行走，不时还有各种含妒的挤撞，颇为不易。奇怪的是试图挤绊或轻薄歌女的全落了空，她身形轻巧，像泥鳅一样滑溜，可怜盲琴师被高壮的赤焰沙人挤得东倒西歪，趔趄难行。

　　左卿辞浑身冒汗，肩背被撞得发疼，竹杖几欲折断，足下被人一绊，身不由己扑跌下去，全仗一只手及时提住肩膀才没跌个嘴啃泥。他没出声，心知这份狼狈有一半来自同伴的刻意旁观。不等站稳他又受了一撞，身子一仰，右手空挥，忽然触握到了一抹温热的肌肤，柔滑细腻，仿佛是女子的腰。

触感仅有极短的一刹，他的手瞬间就被打开，隔了半晌，歌女终于垂下引导的竹杖，改扣住他的手腕。双目失明的琴师依着歌女的牵带而行，哄闹嘈杂的街市再也无人能袭近，谁也不曾发现，他轻轻弯了一下手指，无声地微笑。

左卿辞支着竹杖踏入院门，白陌立刻迎上来搀扶，将他送入房内坐下，正待解下蒙住双眼的布巾，被左卿辞制止："不必，他似乎在我眼上粘了什么东西，解去也是无用。"

见主人被飞贼刻意折腾，白陌哽了满腔怨气，又不敢多言："公子受苦了。"

左卿辞不甚在意："他扮歌女，我扮瞎子，倒也公平。"

那个贼算什么身份，也配与公子相较？白陌心底不知将飞贼骂了几遍。

缓缓用热巾拭手，左卿辞的神情十分奇特，似觉有趣又似在回忆。

白陌越看越是纳闷，忍不住问出来："公子，飞寇儿到底扮成了什么模样？赤焰沙女人的衣饰裸露极多，他可有被人看破？"

什么模样？以飞寇儿一贯行事的风格，必然是平淡庸常，貌不惊人，让人过目即忘。左卿辞没有多说，微微笑起来："怎么，你也想当瞎子？"

白陌悻悻然道："我就知道他不想被人看见那副怪样才硬要公子扮作目盲，还要求任何人不得跟随，真不该听他的。"

左卿辞以指尖轻抚，宽布下的眼部仿佛涂了一层凹凸不平的厚胶，将眼皮完全覆住，不透半点光。近两三日都无法视物，这样的情形不在预想内，偶然体验倒也有趣。

觉察到主人的心情近乎愉悦，白陌才敢多问几句："公子今日可还顺利？"

左卿辞垂下手，随口道："很不错，明早去皇宫面见雪姬。"

主人的谋划历来成算极高，白陌早已信服，但还是难免不解："公子如何得知雪姬会因一支胡曲而驻足？"

左卿辞起身，任白陌替他宽去外袍，换上轻便的布履才道："传闻雪姬倍受宠爱无所不有，却罕见笑容，又定期去佛寺朝拜，必有心事。那支胡曲是烟芝女子安抚婴童所用，她被献给赤焰沙王时年仅十五，多年从未回返，乍闻故土之音怎会不驻足。"

几句话让白陌心服口服："公子果然策算如神。"

左卿辞笑了笑："这本在预料之内，倒是飞寇儿颇让人有几分惊喜。"

"公子怎么知道他学会了赤焰沙语？"这一疑惑白陌已经存了许久。

左卿辞莞尔，给了提示："可还记得入城的时候有个军士要逐一查问？"

那是至赤焰沙后第一次遇险，白陌自然印象极深："属下记得，那个队正见我们是异地商旅，想挑毛病，坚持要问讯全队，幸好隔邻商队的惊马闹出乱子，险些冲了城门，才让我们侥幸过关。"

左卿辞淡淡地点了一句："你就不曾奇怪，马群为何恰好那时惊乱？"

一问之下白陌张口结舌，好一会儿才道："是他做的？"

左卿辞薄哂："你与军士说话期间，他已混入邻队伺机而动，拿捏得如此精准，不懂赤焰沙语才是奇事。"

白陌哑口无言，讪讪地将一杯温度合宜的香茗递至主人手中。

左卿辞待要品饮，发现目不能视着实有些不便，转手搁下，眉间漾起一丝兴味："他暗地学了胡语，又见事留心，悄无声息地化险为夷，却不欲人知，你说这是何故？"

"此人存有私心，不肯全力施为。"白陌脱口而出，细想更是可怕，这飞贼太过深藏不露，"公子不宜与他单独赴内宫，这贼如此狡狯，一旦有什么不利，他只怕先逃了。"

"文思渊的钳制分量不轻，只要不逼到极处，他不会轻易舍弃任务。"左卿辞感觉有些可惜，这样出色的一枚棋子，怎么竟落入了文思渊那个捐商手中。

"百晓公子声名不佳，与他关联的更不可靠。"白陌权衡之下，作了与陆澜山相同的建议，"或者请沈姑娘暂时委屈，扮作歌女相陪？反正有公子同往，她会不会赤焰沙语也无关紧要，以她的武功必能护得公子无恙。"

左卿辞笑而不语。

沈曼青是什么人？正阳宫掌教的首徒，芳名远扬、众星捧月的武林仙子，何等爱惜己身。以正阳宫的矜傲、殷长歌的护短，以及她自身的清高，沈曼青如何肯放下身段，矫充下九流。

卷四

喋血变

十六 · 初试手

　　两人在宫门外候了许久，终于由一个宫役引进去。

　　途中经历了几重搜检，每一重都有侍卫例行讯问搜身。饶是歌女容貌普通，肤色干黄，身材扁平，还是被侍卫捏了两把。一个侍卫见琴师身材颀长面容英俊，颇不顺眼，足下不怀好意地一绊，盲琴师顿时狼狈跌倒，引起侍卫们一阵哄笑。

　　另一个侍卫也生出恶作剧的兴致，粗暴地扯下琴师双眼的绑带，人们笑声蓦然一寂，只见盲琴师眼部满布大块紫红色的疤痕，累累交错，犹如被数柄利刃划过，望之异常可怖，侍卫们看得恶心，连连挥手斥令他们离开。

　　畏缩在一旁的歌女拾起布带，重新替琴师系上，扶着他绕过侍卫，战战兢兢地向内苑行去，踏过最后一重门，他们终于进入了王廷最隐秘的花园。

　　高矮错落的碧树矮林形成了篱墙，密植无数奇花异草，自成一个广阔而绮丽的世界。沿着圆石铺就的小径前行，耳畔不时有莺啼鹿鸣，忽而有彩蝶悠然飞过，围栏上蔓生的藤枝系着银铃，随着飞鸟落足而轻响。

一座巨大的石台出现在眼前，层层长阶铺着织锦丝毡，犹如通天玉道，歌女扶着琴师拾级而上。最高处是一方软榻，锦帛为顶悬玉缀金，色泽宛如朝霞，极尽奢靡。六名侍女环绕榻边，毕恭毕敬地侍奉着榻上的金发丽人。

雪姬身份尊贵，贱民不可面见，琴师与歌女被命令停在数级阶梯以下的位置演奏。

盲琴师并不在意，几声弹拨过后他曼声开口，伴着悠扬舒缓的琴曲，清沉的歌声犹如诗人在星光之野低回的吟唱，玉台上所有人皆陷入沉醉，连琴师身边的歌女都听怔了。

柔软的金发似流动的黄金，雪姬毫无瑕疵的脸庞犹如自然精心的雕琢，一双梦幻如冰海的蓝眸，高高的琼鼻下是玫瑰色的唇，她有冰雪般的容颜，也如冰雪般冷漠，仿佛凌驾于众生之上的女神。

这位闻名西域的艳姬静静地看着眼前的东西，没有喜悦也没有好奇。

那是一卷金缎般的织物，从乌德琴盒的夹层取出，层层叠叠，华美绚丽，日影下盈着炫目的光辉。

"我们初到贵国，冒昧以这种方式拜见，还请夫人见谅。"赤焰沙语咬字极重，由左卿辞口中道出居然十分优雅，他身着粗衣且不能视，气质却似一位从容不迫的王侯，"这是捻金辟尘被，曾为中原前朝皇后所珍爱，金蚕丝密制，被角缀有四粒宝珠，尘灰不染，进献夫人作为面见之礼。"

上方的美人终于开口，以一种傲慢与任性掺杂的腔调，娇甜而冰冷，令人极想征服："你们是那个中原人的朋友？"

左卿辞恭敬有礼："曾经是，直到他盗走了我们最重要的东西。"

纤纤玉指拢起一缕散落的金色发丝，美人轻瞥一眼受命退到阶下的侍女："你们想要什么？让我说服王把他交给你？"

左卿辞答得极有分寸："夫人深受宠爱，天下重宝无所不有。我们奉上薄礼仅是希望能让夫人有所印象，别无他意。"

冰蓝色的眼睛泛起薄嘲，丽人毫不客气地讥讽："你们该去找宰相罗木耶，王的每一个决定都由他左右。"

"我们更期盼得到夫人的信任。"左卿辞浅浅一笑，不疾不徐的话语意味深长，"请夫人不要拒绝异邦的友谊，说不定能带来一些特别的帮助。"

雪姬似乎想到什么，停了片刻，姿态有一丝微妙的变化："你手下有中原的勇士？"

尽管目不能视，无法知悉雪姬的神情，但这一句让左卿辞明白此行已经成功："夫人可有什么心愿？"

美人不答，转而道："我想见识一下勇士们的能耐。"

这是机会，也是试练，左卿辞略微侧首："如夫人所愿。"

一旁的歌女沉默地上前。

绝美的娇颜上现出一丝惊讶，打量了一番，雪姬抬起纤手，指向庭院远方一棵树。那是一棵醒目的巨树，足有数人合抱之粗，枝丫参天，浓荫蔽日，超拔于众林之上，唯有在高台上才能窥见全貌。

"那棵树上有无数飞鸟，我最喜爱其中一只红嘴白翼的小鸟，希望能听到它的歌声。"

歌女望了一眼，从一旁的花池拾起一块拳头大的卵石，甩手一掷，远处的大树仿佛被无形的力量震了一下，树影摇颤，落叶潇潇，栖宿在巨树上的鸟群轰然而起，漫天遍布鸟影。

几乎同时，歌女消失了，仿佛一抹淡影在巨树上空掠过，轻盈地转折而回，一来一去不过瞬息。她立在阶下，双手微拢，掌心一只雪白的小鸟拍打着双翼，正张着鲜红的喙惊惶地鸣叫。

阶下的侍女还在茫然张望天空，为鸟群突然惊起而诧异。

雪姬樱唇微张，半晌才接过小鸟，俯首望了许久，冰蓝的眸子里异光闪烁。

眼障顽固地隔阻了视野，切断了一切光感，于是左卿辞的听觉变得异常灵敏。

屋内有衣物窸窣的声音，有层层手镯卸下的撞击声，还有细碎的金属片轻响，来自歌女胸衣上的缀饰。他知道这些物品的细节，白陌置备的时候他曾一一检视，却想象不出使用物品的人是什么样。

换衣声结束后，是各类瓶罐起落的声响，左卿辞极有耐心地等待。

终于有人解开他眼上的蒙布，将一块浸着温热药水的软布敷上脸颊，而后是一只手轻轻按捏涂饰边缘，过了好一会儿，眉际的皮肤仿佛被什么提拉了一下，开始有光透入。

左卿辞缓缓睁开眼，做了两天瞎子，乍然间竟有些不习惯。

窗户已拉上帷幕，光线并不强烈，唯有案上一支掐短烛芯的蜡烛燃着一豆晕光，映着一个栗发挺鼻，鼻尖两侧散着些许雀斑的西域少年。对方正在仔细地审视，一手拎着揭下来的疤饰，另一手替他除去眉眼间残余的胶滞，低柔的烛光消减了疏离，室中一片安静。

飞寇儿已经换回了男装，新面孔显然是仓促而成，边角还带着一点粗糙。

左卿辞首先开口："落兄今日功劳不小。"

西域少年似乎没有听到，指下自顾忙碌。

左卿辞存心挑起话头："我那段歌如何？"

飞寇儿停了一瞬，看了他一眼："很好，用的是烟芝语？"

"不错，用以道明我们是中原来使，请她遣开宫女，许我们私下面谒。"药水拭过眉际，左卿辞眼眸轻垂，长长的睫弯出精致的弧线，"多亏落兄展示身手，打动了雪姬。"

不论是指责还是夸奖，飞寇儿都没什么反应，看着他绞洗布巾，左卿辞闲闲地调侃："据说雪姬有倾城之色，落兄瞧着如何？"

少年并不关心，敷衍道："非常美，你想让她做什么？"

"以她的身份地位，不需要真做什么，几句话足矣。"左卿辞解释了一半，微微一笑。赤焰沙王年事已高，妄自尊大，不允许女人干预政事；雪姬无子，看似风光，根基却很薄弱。一个聪明的女人绝不会甘心做任人享乐的玩偶，非常好。

飞寇儿也不多问："既然你见过她，我的任务已了？"

对飞贼这种全然置身事外的态度，左卿辞风度极佳："落兄在瓦瓦山谷猎获的雪狼皮可有意出手？我愿重金以求。"

飞寇儿答得很直接："不卖。"

左卿辞从善如流地改口："那么可否借我暂用，事成一定完璧归赵？"

飞寇儿点了点头，确定易容的残渍已清理干净，转去铜盆处沐手。

左卿辞瞧了半晌，忽然道："今日如此顺遂，落兄可有兴致对饮一杯？"

飞寇儿低着头清洗手指，半晌道："谁都不醉，有什么意思。"

俊秀的眉一挑，左卿辞打趣道："在落兄看来，同我饮酒竟如此乏味，除了一醉别无他趣？"

飞寇儿似乎不知怎么答，停了一下才道："你太聪明，和聪明人饮酒，很容易后悔。"

左卿辞莞尔："不该问的我绝不会多言，如何？"

摇曳的烛影映着他，衣襟松松地半敞，漆黑的长发披散于肩臂，拭洗过的俊颜润泽如玉，一双长眸半是谑笑半是轻佻，偏又有种奇异的吸引力，随意一坐已是无限风流。

飞寇儿抬起眼看了很久，终于缓慢地回答："可我怕管不住自己，忘了什么该说，什么不该说。"

　　如果说左卿辞私心遗憾当日双眼被蒙蔽，未能见到飞寇儿是如何折服雪姬，殷长歌却无意中帮他一解好奇，见到了飞贼从不展露的身手。

　　那日天气晴好，中庭花木扶疏。

　　两个人影上下翻飞，剑意与戟影纵横，气息激荡斗得正酣。余下的几人皆在廊下弈棋品茗，看两人较技。

　　铜炉初沸，茶雾升腾，沈曼青在棋盘上落了一子，瞥了一眼场中的争斗："这局只怕师弟要输了。"

　　左卿辞随手应了一枚白子："何以见得？"

　　这段时日不便出门，几人穷极无聊不知切磋了多少次，以诸人现今的声名，能斗得旗鼓相当又不必计较胜负的机会委实不多，白天比完，夜里琢磨更精妙的应招，竟有些乐此不疲，连商晚都忍不住下场应了几局，互为增长之外，关系也较从前更为融洽。

　　沈曼青一心二用，一边落子一边评析："师弟擅的是快剑，若被他的剑招弄花眼，乱了心智必败；陆兄前几次吃了亏，这一次心神极稳以慢打快，主客易位，已稳居不败之地。"

一旁观战的商晚赞同地附和："殷兄的剑法实在太快，也唯有如此才能应对。"

左卿辞观察了一刻，殷长歌的长剑尽管快如闪电，却始终攻不破陆澜山的短戟："大智若愚，大拙胜巧，若沈姑娘碰上陆兄这样的对手又当如何？"

沈曼青虽在弈棋，另一半心神却在思量应对之策，听得询问柔颜绽笑："同样不易，陆兄内力沉厚招式稳健，心毅又坚，极难攻破，要胜只能以奇招而破。"

说话间锵银一响，人影已分，殷长歌气息略促，纵声笑起来："陆兄厉害，在下甘拜下风。"

陆澜山衣上无数剑痕，尽管无一伤及皮肉，却也是几度惊险，他洪声而笑："这场斗得甚是痛快，殷兄好剑法，逼得我一身狼狈。"

双方默契地点到为止，斗完一场并不甚耗力，互有服膺之处，均是愉快。

陆澜山见外衫破烂不雅，自去回房更衣，殷长歌至檐下倒了杯茶，刚饮到一半，飞寇儿自外归来，进了中庭。

连日以来，一应人等皆在宅院内隐匿，唯有飞寇儿时常外出盘桓，也不知在做什么。殷长歌本就看不惯此人，见他迈步往寝居而去，心念一起，扬声道："落兄且慢！"

飞寇儿一停，一言不发地望过来。

殷长歌扶剑踏前，气息凌人："在此长日无聊，我与陆兄商兄均有切磋，受益良多，却从未与落兄较技，如不嫌弃，可愿下场一试？"

飞寇儿似乎连回答都懒得，径直往内宅走。

殷长歌存心挑衅，岂容他走避，一声锐响剑已出鞘，竟是不管不顾地直攻过去。飞寇儿身形一展避过，殷长歌不依不饶，招式展开势落如雨，铁了心要逼得对方回应。

左卿辞望着中庭一追一躲的两人，撂下棋子，眸中兴色一闪。

沈曼青秀眉一蹙，并不赞成师弟如此莽撞，然而不出片刻目光已经被战局吸住，商晚也站起身，在廊下全神贯注地观战。

殷长歌动了真章，长剑纵横如雪，剑意所至无远弗届，庭中的花草树木尽透出肃杀之气，然而他的对手一直在躲避，身法迅疾如风，形影难测。

殷长歌以快剑闻名，可飞寇儿竟比剑还灵动三分，转瞬已在中庭兜了十几圈，连片衣角都没切着，这份轻功简直骇人听闻，庭中鸦雀无声，沈曼青和商晚洞悉飞寇儿功夫的厉害，俱是凝肃起来，一眨不眨地盯着两人激斗的身影。

殷长歌也是十分意外，连番落空之下被激起了火气，剑势渐挟风雷之声，趁着飞寇儿真气转换身形稍滞，他一声长啸，剑光大涨，剑影漫天铺卷，清光如雷霆自九天侵袭而下，威凛赫赫夺人。

这一剑声势非凡，沈曼青霍然起立，张口欲喝又忍住了。

换衣归来的陆澜山正巧望见半空落下的一击，与商晚均是悚然一惊。

眼见避无可避，笼在剑网中的影子忽然淡了，宛如朦胧缥缈的堂上烟霭，聚而又散的山间雾华，似幻非幻，似实非实，看不清飞寇儿究竟用了何种身法，竟让剑锋尽数落空。

沈曼青神色大变，满目惊骇，秀美的脸庞上满是难以言喻的神情。

冲破剑网，飞寇儿闪电般腾掠而起，落在墙檐胸口急促地起伏，显然避过那一击极为耗力。他目露寒光，声音低哑而凌厉，也是动了真怒："殷长歌！你不要逼人太甚！"

殷长歌没有追击，他愣在原地，长剑低垂，仿佛见鬼一般瞪着对面的人，迷惑而震讶，半晌后才迟疑地开口："你怎么会——你——难道——"

"师弟！"一记清喝打断了他的话语，沈曼青语声急促，眉间阴晴不定。

殷长歌仍怔忡，侧过头道："师姐，你也看到了，他怎么会——"

"师弟！"沈曼青又一次打断他的话，清容暗沉，当着众人直斥，"你太过分，怎么能切磋时用天道九势，还不道歉！"

殷长歌似乎有些急："师姐！刚才他——"

"住口！"沈曼青厉声而喝，第一次表现出师姐的威仪，前所未见地强势："立即道歉，跟我回房间！"

殷长歌一滞，不敢再说下去，转过头已不见了飞寇儿的身影。

"各位见笑，方才是长歌行事太过，稍后再行告罪。"沈曼青松了一口气，向众人行了一礼，立即回了内宅，殷长歌迟疑片刻，又望了一眼飞寇儿之前所立的墙檐，默默地跟了上去。

陆澜山还沉浸在方才的激斗中，喃喃道："好厉害的一剑，商兄你怎么看？"

"正阳天道九势，那不过是其中一势。"商晚沉默了半晌，冷哼了一声，"真传弟子才能习得的绝技，好一个正阳宫，剑魔之后依然高手辈出，无怪能称雄武林。"

陆澜山来得晚，仅见了尾声，心痒之下索性研究起庭中打斗的痕迹，渐渐又多了一重惊讶："殷兄的快剑急攻如此猝厉，姓落的居然步法丝毫不乱，商兄可看出他源自何派？"

"他一直没还手。"商晚干笑一声，迸出一句不知算抱怨还是慨叹，"从金陵同行到此，我连他用什么武器都不知道。"

陆澜山无言以对，好一会儿才道："这个飞贼，当真是深不可测。"

多个疑惑不得其解，斗技也失了兴致，几人散开来各自回房。

廊下还留着半盘未完的棋局，指尖抚过黑白棋子，左卿辞重忆了一遍方才的情景，陷入了沉思。

　　白陌压低了声音禀报："公子，最近殷少侠有些奇怪。"

　　左卿辞漫不经心地审视着雪狼皮，经匠师巧手硝制后更显精致："说说看。"

　　白陌道："殷少侠找过飞寇儿好几次，不过都扑了空，又不肯说是什么缘故。"

　　丰软的毛皮在掌下触感极好，左卿辞不动声色："那又如何？"

　　"公子不觉得奇怪？"这几日暗流涌动，白陌实在觉得诡异，"殷少侠之前可是完全瞧不上飞寇儿，沈姑娘似乎也有些异常。"

　　左卿辞对此不置一词："净留意些无关的，交代你的事可做好了？"

　　白陌立刻敛了神情，恭谨地回答："安排好了，明日段衍于府中宴客，借以攀结朝中大臣，届时必有惊喜。"

　　左卿辞淡然问道："选的是什么人？"

　　白陌答道："一个外地来的胡商，蓄意在宴会上炫示宝物而博名。"

　　左卿辞略微颔首："务必要做得天衣无缝。"

　　白陌看了看狼皮，禁不住道："公子，我们也带了一些珍宝，为何非要用这雪狼皮？再珍贵也就是张皮料，赤焰沙又有地热，除了病弱之人谁用得上，论价值如何能及得上珠玉宝石？"

轻捋雪狼眉心一线鲜红的绒毫，左卿辞微微一笑："宝石明珠算什么，要多少有多少，传奇珍罕和引人注目才是至关重要的。"

白陌似懂非懂，左卿辞不再解释："飞寇儿近日在做什么？"

"近期常去各类酒肆和药坊。"这个飞贼的行径屡屡与别人不同，白陌颇为费解，"去酒肆还能说是在探听消息，去药坊就有些怪了，难道他内伤仍未痊愈？"

左卿辞略微沉吟，片刻后否认了猜测："从中原至今也有数月，早该复原了，何况那日他与殷长歌交手全无滞涩，应该不是为此。"

暂时将疑念搁在一边，左卿辞放下雪狼皮，目露冷意："去吧，给人送过去，让段衍等得够久，戏也该开始了。"

从清晨起，段衍的眼皮就在跳，不知为什么总有些心神不宁。

他身形高健，浓眉朗目，本身有一种公侯子弟的骄然，又在长期为质的生活中练就了忍耐谦从，心思深沉，气质多变，这样的人很容易吸引涉世未深的少女。

虽然经历了一番颠沛流离的逃亡，段衍在异国生活依然相当优裕。他所购置的华宅锦绣垂幛，壁饰珠玑，满目雕绘铺陈，比当地的赤焰沙贵族犹胜三分，随着宾客陆续到来，三三两两就座，场中渐渐热闹起来。

一切恍如昔日的金陵，那时座上是皇亲贵戚，现在换了须发浓密、深目高鼻的胡人，耳边响起的也不再是中原雅韵，取而代之的是塞外胡乐；高髻束发的赤焰沙少女在胡旋舞的歌调中飞速旋转，裸腰上的银链带起灿亮的流光，竟让他有了身在故国的错觉。

段衍定了定神，收拢游离的思绪。去国万里又如何，只要三位耆老还在，就没什么值得忧心。

一个又一个名字通报，他依胡礼迎接，与每个来客谈笑寒暄。假如还在中原，这些化外蛮夷他根本不屑理会，现在却必须满脸笑容，殷勤逢迎。虽然给赤焰沙的高官显贵皆递了请柬，但他心底清楚，声名真正显赫的根本不会来，与宴的多半是一些低级官吏，看中的是自己从中原带来的财富。

宰相罗木耶仅仅派了管事与宴，段衍无声地咬牙，平白喂了那个贪婪的蠢货大把金银，只换来这样漫不经心的敷衍。一口怒气郁结心头，他又说服自己咽下去，无论如何不能放弃，只要说动赤焰沙王联合诸国攻袭中原，就能为父亲与家族一雪前仇。

段衍击了击掌，又一群披着薄纱的少女随着靡靡胡乐踏上丝毯，纤腰款摆，舞姿柔媚，足踝银铃脆响，正式开启了华宴。

胡人好酒，又好夸夸其谈，酒未过三巡，已经有十余人起身相祝。

段衍一一笑应，其间一个大腹便便、包头浓须的富商举着阔杯说了一长串话，那人醉得舌头都大了，段衍勉强听懂了一半，大意似乎是在感谢主人的慷慨，让他刚从外地返回就受到如此隆重的邀请，为了表示谢意，特地送上一件珍贵的礼物。

一介富商而已，段衍全未放在眼中，出于礼貌他仍是保持着笑容，直到对方取出一个硕大的锦缎包袱，解开一层层华衣般的软缎，场中所有人都被吸引了。

包袱里是一张完美的皮料，丰厚润泽的皮毛从顶到尾一色的雪白，狼毫纤长分明，根根晶莹如玉，仿佛散着淡淡的光，硝制得也极好，平滑柔软，令人爱不释手。

狼皮最是保暖，越壮硕的狼越难捕捉，段衍见过无数珍物，但这张雪狼皮实在太过美丽，连他也移不开视线。

胡商见了更是得意，开始夸耀狼皮的来历。

他夸夸其谈，说瓦瓦山谷有一匹额间鲜红的妖狼，是上天降下的精怪，它是如何可怕狰狞，如何凶恶狡猾，咬死无数路人，屡次从精悍的猎手围捕下逃遁，这张珍罕的皮料他又是费了何等千辛万苦才到手。

耸人听闻的传奇听得满堂宾客无不咋舌，他们盯着雪狼皮目不转睛，明知赤焰沙并无凛冬，仍是心荡神驰，难以平复艳羡。

满堂喧笑赞慕，段衍得了极大的颜面，心情极好地接过狼皮，亲自将富商延入上席。胡乐与歌舞再度继续，这一小插曲引起的轰动渐渐平息。余光见一名小厮将狼皮捧下去，段衍脸上绽出笑容，再度举起了杯。

　　罗木耶的突然宣召让段衍意外而惊喜，他推演了数次说辞，携带重礼依召登门，终于见到了长期以来，他一直竭力讨好的赤焰沙权相。

　　昏暗的室内有一张奢靡的软榻，权倾朝野的宰相躺在软榻深处，身边倚着两个美人，一个妖媚地扶着烟筒，另一个温驯地替他揉捏肩膀。四名身着薄纱的侍女跪在榻边，双手托着硕大的银盘，盘中盛满葡萄美酒和奶糕酥点，浓郁的香气自纯金莲花炉升腾而起，熏出满室氤氲的气息。

　　过了半晌，半闭着恍如昏睡的宰相吸足了烟膏，缓缓睁开了眼："世子近来可好？任职可还习惯？"

　　不管内心多么厌恶，段衍也表现得绝对恭顺，按赤焰沙人的习俗抚胸弯腰致礼后才答道："多谢大人关怀，同僚都待我十分亲厚。"

　　"世子且安心地在赤焰沙为臣，未必会逊于中原。"罗木耶不甚经心地安抚了一句，脸庞隐在模糊的烟雾中，"至于上次所提的攻伐中原之议，国主暂时无心于此，唯有日后再行劝谏。"

　　段衍内心一沉，话语越发恭顺有加："倘若如此，实在有些可惜，在下深知中原富饶，又是昏君当道外强中干。如今有《锦绣山河图》在手，边关布防俱在眼前，卫戍形同虚设，完全不足为惧，我王纵兵而去，必能掠夺大批金银与美人，一扬赤焰沙国威。"

　　罗木耶置若罔闻，懒懒地享受侍女的揉按："劳师袭远岂可轻率而为，我知你复仇心切，可惜国主的心意已定，难以更改，不过——"慢悠悠的话语顿了一下，他稍稍起身，一旁的侍女立刻奉上唾壶。

　　段衍一颗心仿佛吊在蛛丝上，他欲问又不便，只能沉住气等。

　　咳了半晌吐出一口痰，以温茶漱口之后，老奸巨猾的权臣才徐徐道："倒也不是完全无法可想。"

　　段衍心知必有后话："请大人示下。"

　　"雪姬夫人是国主心尖上的人，只要她展颜一笑，国主心情大好，进谏也会容易几分。怎奈夫人天生羸弱，近期更是体怠难调，夜里屡屡惊醒，听说世子有张珍罕的雪狼皮，附有狼神之力，能令病者康健，定神助眠——"罗木耶言语和蔼，宛如一位慈祥又费煞苦心的长辈，耷拉的眼皮下是蛇芯般的目光，"再过数日即是夫人的生辰，若我能寻到合乎夫人心意的妙礼，世子心系之事有望完成。"

　　段衍心底冷笑，面上却是一派惊喜的欣悦："区区皮毛若能得贵人青眼，实在是无上之荣幸，明日在下即差人送来，一切仰仗大人费心了。"

　　"公子。"白陌从街市回来，推门而入，难掩兴奋之色。

　　正研究棋谱的左卿辞淡淡朝他一瞥，示意他说下去。

　　白陌道出暗谍探来的消息："听说段衍发现东西不见了，大发雷霆砸了不少物件，末了将屋内的侍女下役锁拿，报了失窃，第二日亲身去向罗木耶解释，出来的时候面色极是难看。"

　　左卿辞毫不意外，随手撂下一子，棋盘上孤势难突的白子被无数黑子围困，生机已绝。

　　白陌着实难掩幸灾乐祸："说是失窃未免太巧，罗木耶定然不信，我看那贼子以后再难逢迎媚上，日子绝不会好过。"

　　无声地勾了一下唇，左卿辞话音极冷："这算什么，过几日再让飞寇儿送回去，单凭这一取一送，我要让段衍从此无法在赤焰沙立足。"

　　白陌一愣，不明所以："送回去，那岂不是白偷了？"

　　"取不过难堪几天，送才是杀人于无形。"左卿辞浅浅一笑，温雅的脸庞透出寒凉的嘲讽，"他以为仗着蜀域三魔就能保命，我倒要看看，这几个老不死的与赤焰沙精兵孰强孰弱。"

　　纯白的狼皮安静地伏在案上，雪色绒毫莹莹闪光，漆黑的眼洞妖异而不祥。

不管段衍如何愤怒，如何挫败，雪姬的生辰依然如期而至，他只能另寻了一份厚礼奉上，礼物在众多的贺仪中如石沉大海，激不起半点涟漪。

赤焰沙王大宴群臣，颁布谕令全城共庆，这一日珍肴如山，美酒如水，焰火如雨直上云霄，映得星月都失了颜色。为一介宠姬如此挥霍，足见雪姬在赤焰沙王心中的地位，或许是被这令人艳羡的爱宠之举打动，雪姬突然温顺起来，这给赤焰沙王带来了极大的愉悦，连带罗木耶也更受宠，凡有所奏，无不顺利异常。

罗木耶当然明白近期的顺遂因何而来，特别挑出几件珍宝，亲身送去王廷，向那位任性的宠妃示好，然而一进内苑，权相就怔住了。

坐在娑罗树下的丽人美艳绝伦，正慵懒地逗弄一只红嘴白翼的小鸟，不经意的美态更为撩人。引起罗木耶注意的却是一张纯白的狼皮，搭在雪姬的玉臂上，衬得她高贵娇柔，雍容非凡。

"夫人这件狼裘从何而来？"盯着狼皮额上鲜红的长毫，罗木耶阴沉地询问。

即使面对权势冲天的宰相，雪姬仍是轻慢而佻达，带着一丝不经心的薄诧："这个？似乎是那个中原来的世子送的。"

罗木耶两腮紧了紧："可有礼单一起呈上来？能否容微臣过目？"

宫女领命捧来礼单，罗木耶一把扯去翻开。

雪姬随手梳弄小鸟的翅羽，闲话般道："前阵听说有张狼皮十分珍奇，才想劳烦大人寻一寻，后来报称失窃就罢了，谁料生辰那日给送过来，或许是不知怎么又找着了。"

大红的礼单上盖着段衍的徽记，翻开来一行行列明了各色礼品，最上方便是"通体雪白瓦瓦山谷头狼整皮一张"。

罗木耶的牙齿咯吱响了一声，脑门的青筋突突跳动，他啪的一声合上礼单，告辞出来疾步而行，直到赤焰沙王书房外才停下。深呼吸了一阵，他命侍从通报国主，而后整衣而入。

赤焰沙王刚过五旬，身材壮伟，浓密而鬈曲的棕发上覆着金冠，他正在看近日呈上来的文牍。

罗木耶先是说了几件无关小事，最后才似偶然想起："王上，关于那个中原来的世子，臣下有事禀报。"

赤焰沙王略感诧异："不是给了他一个官职？中原人甚为狡猾，难道还有他求？"

罗木耶露出惭色："正如王上所言，中原人生性狡诈，属下一时不察，险些中了他的奸计，还请王上降罪。"

赤焰沙王皱起眉，不待询问，罗木耶已然说下去："段衍初至我王辖下，倒还安分，说是中原奸人横行不容于内，不得已去国避祸。我怜悯他际遇坎坷，主上更是仁慈，赐了官职让他安身，谁知此人竟包藏祸心。"

罗木耶老迈的脸庞显得愧疚不安，似乎难以启齿："原来他与中原皇帝有私仇，挟军防要图出逃，妄想利用赤焰沙勇士的鲜血替他复仇，近日甚至在私下收买大臣，不少人已深受蛊惑。我得知后曾私下劝阻，谁知此人心肠险恶，打算挑唆不成便去往周边诸国，进一步鼓动兴兵侵略。"

罗木耶不着痕迹地转眸，窥伺国主的神情，同时忧心忡忡地叹息：
"一旦有邻国被他巧言挑动远征中原，必然要借道于我邦，届时无论胜
败，赤焰沙都难以置身事外。假如因此而激怒中原皇帝还击，我邦即是
首当其冲，难逃兵祸之灾。"

赤焰沙王近年尽管有些昏聩，对影响权位之事却是极敏感，立时勃
然大怒："该死！此人好生无耻！给他立身之处竟然反咬一口，立即遣
武士拿下处死！"

"主上慎重。"罗木耶神色一紧，顿显惶然之色，出言劝说，"此
人身边有武功极高的护卫，不易擒获，还是——"

"我赤焰沙精锐卫士无数，难道还除不掉这几个人？"赤焰沙王愤
怒地打断他的话，抓起信符掷下，不容半分忤逆，"调三千披甲重弩精
兵抄剿，此事着卿办理！"

罗木耶拾起信符，抚胸深躬，藏起眸中的得意："谨遵主上意旨。"

火把熊熊，兵车凛凛，数千名赤焰沙精兵封死了街道，人声马声
喧哗杂沓，居住于城内的人不明缘由，惊骇地锁宅闭户不出，人人惶惶
难安。

段衍所在的宅邸突然受重兵围困，他措手不及之下紧闭门户，负隅
顽抗，任凭重弩劲射仍是坚守不出。冲进去的士兵则全数被杀，无一幸
免。激烈的交战之后，赤焰沙人放弃了攻入，转为使用火箭。

火苗很快舐舐屋宇，燃起簇簇烈火，逃出来的人被绵密的箭雨射成
了刺猬，火越来越盛，及至半夜终于烧坍屋宇，扬起漫天灰烟粉尘，方
圆数里难以视物。

待到火散烟消，堂皇的屋宇仅剩了焦瓦残垣，十几具灰黑的骸骨
交叠，场面惨不忍睹。烧成这样，自然无法再辨出谁是段衍，官长唯有
如实上报。罗木耶下了软轿逐一检视，又巡过一片焦黑的废墟，轻捻长
须，脸上浮出满意之色。

训练有素的士兵分批撤去，赤焰沙城终于安静下来。

第二日，宰相罗木耶依例朝见君王。

一行马车自宰相府驶出，奔驰的马车行过长街直驱宫门，一路驶过甬道，穿越广场，越来越快，将随队的护卫远远抛开，完全无视宫规和礼仪。

罗木耶一向骄横跋扈，尽管明显逾制也无人敢阻拦，谁料马车最后竟冲赤焰沙王理政的内殿而去，侍卫发现不对，大声呼喝斥停，警告的哨音此起彼落。

驾车的是一个褐衣人，斗笠覆顶看不清面目，一味挥鞭驱车直闯，根本没有勒停之意。骁勇的赤焰沙侍卫汇聚拦阻，蓦然一声锐响，一个意欲斩马的侍卫胸口被穿了个血洞，睁着眼倒了下去，随后接连尖啸不绝，一个又一个宫侍殒命当堂。

突变并没有吓住赤焰沙人，更多精锐侍卫勇猛地冲上来浴血死拼，终于将马车阻在了殿外。殿内聚集议事的赤焰沙君臣被变故惊吓，相顾惊骇失色。

随着侍卫统领厉声号令，几十名宫侍拥入大殿护卫王上左右，更多的精锐在殿外蓄势以待。

车内一声冷笑，一个人笔直地横飞出来，接连撞开了三名拦在殿门的宫侍，最后跌入大殿。落地之处人群哄散，见其一动不动才敢上前翻看，有宫侍惊叫起来："是宰相大人！"

被甩入大殿，筋骨尽折鲜血敷面，早已气绝身亡的可不正是罗木耶。

车中有人迈步走下，段衍的衣衫焦黑，染着血与灰渍，通身狼狈不堪。他面如严霜，双眉冷戾，盛怒中显出桀骜的杀意："想杀我！看看你们这些蛮夷之辈有没有这个本事！"

原以为殁于大火的段衍突然凶神恶煞地闯宫，简直匪夷所思。谁也不知他是怎样逃脱了精兵重围，罗木耶被虐杀却是血淋淋的事实，权相凄惨地尸骸横陈，满殿朝臣皆陷入了惊恐。

斗笠飞出，切断了一名宫侍的喉咙，人们才发现车夫竟然是一个褐衣的苍颜老人，随同车内飘然而出的还有另一名葛衣老者，两人一左一右随在段衍身侧，径直向大殿而来。

葛衣老者背上还嵌着两枚弩箭尾羽，衣袖浸满鲜血，两人皆是鬓发蓬乱，满身灰尘，唯有目光亮如妖鬼。褐衣老者足尖轻点，平移数丈，袖袍一拂，三个宫侍仿佛被大力撞击，口吐鲜血地迸飞出去，落地时已气绝身亡。

侍卫统领又一次厉喝，立即有侍卫合力关上了大殿的门，一群紧急赶来的重弩卫兵单膝跪地，应令而发，只听嗡的一阵劲响，箭如飞蝗急雨倾泻而出，压得日影为之一暗。

两名老者身影倏分倏合，大袖起落，漫天飞箭过后落了一地箭矢，不等卫兵换箭，葛衣老者挟着段衍一跃而起，褐衣老者手掌翻飞，当者披靡，将侍卫组成的人墙击出了一条血路，落至殿前掌心劲力一突，丈余高的朱门轰然而塌。

尘灰漫起，赤焰沙王僵硬地缩于王座之上，一群朝臣簇拥在侧，无不面如土色。

段衍咬牙冷笑，挟着末路的杀意与绝望踏进来，话语令人不寒而栗："不识抬举的野蛮人，今日我就将赤焰沙王公大臣逐一杀个干净。"

二十·债清偿

大殿宛如冰窖，两名老者一左一右，各亮出了一柄乌黑无鞘的剑。近侍官大声一喊，殿内外的侍卫仿佛被惊醒，群起扑上，开始了血腥的搏杀。

惨烈拼杀，哀号响彻了大殿，一批披甲重卫的加入让杀戮稍稍变缓，依然挽不回颓势，随着甲卫一个个倒下，王公朝臣的心也逐渐冰凉。

葛衣老者虽然仅有一臂好用，夺人性命却犹如探囊取物，一剑搅入了卫兵的胸骨，正待甩开，一道闪电般的剑光掠上他受伤的背。

剑芒侵入，冷峻而犀利，绝非赤焰沙卫兵能为。

葛衣老者双目暴睁，刚要避开，又一袭冷风袭向左肋，同一时刻另一道劲力侵向后颅，他极力腾挪躲开了两下暗袭，左肋未能避过，雪亮的利刃深深切入，激出了一声怒吼。葛衣老者不顾伤口迸裂，将身边的敌人震开数尺，怒吼："何方宵小！"

一个披甲卫士抬起头，盔甲下一张英气焕发的脸，剑眉冷锐如利剑出鞘："蜀域三魔，到此算你们气数已尽。"

意外听得中原口音，段衍脸色剧变，脱口而出："你们是内廷中人？"

另一名披甲卫士手执短戟，长笑一声，疏朗豪迈地嘲骂："鬼的内廷，是要你命的祖宗。"

位于葛衣老人侧方的第三名披甲卫士较为纤细，身姿端凝，长剑斜指，剑尖犹在滴血。

忽然间几人对峙，大殿内的朝臣与侍卫一时难免发蒙，他们听不懂汉话，却能看出凶魔的神色有了变化。发现葛衣老者肋间溅血，明显受了新伤，他们顿时精神大振，近侍官惊喜地高喊："不管是何方勇士，能护卫王上，诛灭逆贼的都有厚赏！"

赤焰沙王也醒悟过来，随之道："不错，只要杀死这几名逆贼，本王定封高官，赏赐珠玉黄金！"

第一个开口的甲卫正是殷长歌，他冷笑讥嘲："枉你受封世子，到哪里都被视为逆贼，换了我早就羞得一头碰死。"

葛衣老者本就背后受创，猝然间又中了暗算，血染遍体不改面目冷枭，他运指连点止住血，声音沙哑地开口："竖子也敢狂言，今天就让你们尽数埋骨于此。"

陆澜山性情豪拓，对手越强斗志越旺，听此言扬声嘲弄："三魔仅剩了两个还如此张狂，重弩的滋味可还好受？"

褐衣老者一言不发，乌剑一横平平削出去，招式极简，却让殷长歌连变了七种身法仍无法摆脱，不得已硬接了一记。

三魔能横行武林，自有其过人之处，剑上的伏劲如大浪激涌，殷长歌手臂一震竟是抗不住，陆澜山与沈曼青同时出招攻其要害，迫使褐衣老者转换剑势。几个回合下来，几人均是暗惊，无怪乎魔头凶名极盛，不仅内力深厚，武功路数更是诡异毒辣。待葛衣老者执剑加入，几人更是压力倍增，连呼吸都困难起来。殷长歌一手快剑竟被黏滞得展不开，陆澜山劲力雄浑，碰上这两个老怪物也仅能左支右绌，险象环生。

竞斗的剑气与掌力激荡，宫人和卫兵避到了远处，转瞬间三人处于下风，沈曼青忽然剑招一变，如飞雪贯日，袭向远处的段衍。

这一剑迅疾无伦，眼看触及段衍，剑尖忽然被大袖荡开，葛衣老者已拦在了段衍身前。沈曼青剑式疾变再度刺向段衍，招招不离要害，决意要将段衍毙于剑下，葛衣老者尽管功力高绝，毕竟半身受创，沈曼青剑招又变势极快，一时竟也拿她不下。

殷长歌与陆澜山也舍了褐衣老者齐攻段衍，用的全是决绝两伤之招，两个魔头反而被动起来，为护段衍连番束手束脚。缠滞良久，褐衣老者凶性大发，捉住段衍往殿角一抛，与葛衣老者双剑联击，威压大盛，生生要将几人重创当堂。

轰然一声过后，陆澜山退了七八步，口角溢血；殷长歌面如金纸；沈曼青臂上受创，虽有软甲遮拦仍是鲜血淋淋。

三人形容狼狈，对手也不轻松。褐衣老者还好，葛衣老者重创在身，连番运力终是难支，神情已然委顿下来，他眼角余光一瞥，更是心头剧震。

段衍被巧劲抛在殿角，四周原本无人，此刻有十余名勇猛的侍卫冲过去，意欲将之擒下为质。眼看段衍临危，葛衣老者纵身跃过去，一剑将离段衍最近的侍卫斩为两段，另一掌捏碎了一个侍卫的喉骨，忽然一抹森然乌光从已死的宫侍背后卷出，悄无声息，迅捷无伦，如死神冰冷的指尖划过魔头的胸膛。

一声钝响如中朽木，借宫侍遮挡偷袭的商晚跌出去，手上的刀荡开，内腑被反震之力击伤，他瞬时吐了一口血。

葛衣老人立在原地，僵了一刻，花白的头颅垂落，纵横一世的魔头颓然栽倒，殒命当堂。

商晚口角噙血，呼吸急促，神情兴奋而激昂，他已经成功地诛杀了强敌，让这强横的魔头成了修罗刀下的亡魂。

双魔折一，段衍面色惨变。殿中的赤焰沙人来不及欢呼，褐衣老者见兄弟身亡，愤怒欲狂，发出一声狂烈的咆哮，掌力尽突声势惊人，一击震死了数名侍卫。

四人不敢轻撄其锋，仗着身法躲避。

商晚狙杀既成，临敌的压力顿时轻了许多，几个人索性将硬战变成了缠斗。随着褐衣老者狂怒的攻击，瓦砾簌簌而落，大殿一片狼藉。江湖客艺高胆大无所畏惧，赤焰沙的王公贵族却受不了，不时有人被坠瓦砸中，发出受伤的惨叫，人们唯恐大殿坍塌，护着赤焰沙王纷纷逃出，如一群仓皇走避的蚂蚁。

段衍也想逃，然而动弹不得。

他被制住了要害，眼睁睁看着一个少年在自己怀里摸索，扯出一个玉盒，将里面华光如雪的长图抖开验看，而后对自己身后恭敬地禀报："公子，确是此图。"

段衍极想回头，但僵硬的身体无法移动分毫，似乎明白他内心所想，身后的人踱出来，清贵优雅的公子脸上漾起一抹深长的笑。

这张面孔着实过于陌生，段衍流露出愕然和不甘。

翩翩公子从容恬淡，与段衍的狼狈形成了鲜明的反差："段世子不认识我，但应该记得出逃那一日，那个被你推落阶下的人。"

段衍静了一瞬，仿佛想起了什么，眼珠突出，喉间发出嗬嗬之声。

"狼皮是我送过去的，又着人换了礼单。"左卿辞善体人意地解惑，话语不紧不慢，"若非如此怎奈何得了蜀域三魔？总要不枉这一番千里跋涉。"

段衍面目扭曲，鼻翼颤动，目光变得怨毒而狠厉，如果不是被制住，必定已破口大骂。

四周纷纷坠瓦，左卿辞轻弹了一下指，薄淡的长眸如霜："让我一路追这么远，世子可是头一个，自然要给点回报才是。"

段衍知活命已无望，脸色青灰，奇怪的是左卿辞仅对他笑了笑，什么也未做，便带着少年飘然出殿。

段衍身子一松，发现穴道已解，狂喜之下正要逃走，忽然膝盖一软，身不由己地跪倒。血从鼻子里涌出，他本能地去拭抹，怎么也止不住，眼前似乎也多了一层红雾，模糊得看不清，耳际仿佛有什么流出来。

仿佛有什么坠落在地，他挂地极力看去，竟然是一双耳朵，反手去摸，原本是耳廓的地方仅剩了血肉模糊的伤口；惊恐之极时又一声轻响，地上又多了一只鼻子，他想发出惨号，喉咙一片喑哑，有东西从眼眶里滚落，脸上一片温热的潮湿，排山倒海的剧痛袭来，淹没了每一寸肌肤。

二十一 · 义何存

四名高手联手恶斗良久，赤焰沙王宫庄严的正殿被震颓了半边，终于将最后一魔斩于剑下，彻底平了乱局。经段衍这么一闹，宰相横死，朝臣受惊，侍卫死伤不计其数，赤焰沙王庭元气大伤。

待局面稳定，左卿辞道出中原来使的身份，言明因段衍盗走宝图，一行人追索而来，觉察段衍狼子野心，欲窥赤焰沙王庭，这才跟缀其后入宫相护。

赤焰沙王震愕之余满心称幸，着人唤来礼官，惊魂未定的礼官将一行勇士送至驿馆，凡有所求无不应诺，态度极尽谦恭。

几个人或多或少受了伤，情绪依然高涨，直至入夜仍谈兴极佳。三十年前，围杀蜀域三魔的武林顶尖高手死伤惨重，今日四人却是全身而退，无一折损，仅落了些许轻伤，不能不说是个奇迹。

谈及那场惊心动魄的激斗，陆澜山赞道："到底是殷兄的快剑厉害，一剑就斩下了魔头一臂。"

共历一番生死，殷长歌比平日谦逊了许多，也颇为庆幸："若无陆兄的短戟牵制，何来一线机会！也亏了商兄隐忍良久，一击得手，不然双魔联手结局就难说了。"

商晚一洗平日的阴沉，难抑欢欣得意。

沈曼青臂上伤势不轻，容颜因痛楚而略为苍白，闻言笑道："全是公子妙计，借赤焰沙重兵驱虎吞狼，诛灭其一，令敌人神魂俱疲；又借雪姬之力潜身入宫，以段衍为饵诱杀其中一人，这才稳住了局面。"

众人俱是点头，三魔已去其一尚如此艰难，倘其全盛时硬碰硬，足以想见会何等惨淡。

快意之余，陆澜山有一丝美中不足的惋惜："可惜段衍的尸首遍寻不着，该不会又被那贼子逃了吧？"当时大殿内的情势极为混乱，四人专注于缠斗，及至拼杀结束时又逢大殿倾颓，谁也无暇留神段衍的下落。

殷长歌不甚在意："既然被白陌点中穴道，必定逃不了，大概是给倾塌的屋瓦砸中，与现场的尸体相混难以辨认罢了。"

陆澜山听着有理，一笑而过也不再思虑。

门传来叩响，白陌通报后推门而入，后面跟着一人，正是飞寇儿。场面瞬间冷寂下来，没有一个人说话，气氛变得奇怪，此前的意兴飞扬尽化作了沉默。

左卿辞正为沈曼青施药裹伤，唯有他的神情平和如常："落兄今日去了何处？怎么不在大殿之中？"

飞寇儿似乎没感觉出隐隐的排斥，或许觉察了也无所谓："我见三魔仅剩一人，胜局已定，先回去歇了。"

左卿辞停了一刻，微微一笑："原来如此。"

看飞贼全无羞惭之色，将临阵脱逃说得理所当然，商晚冷嗤了一声。

陆澜山也被气笑了，他豁达爽直，言语虽带了些责备，倒不甚介怀："我和殷兄、商兄、沈姑娘人人带伤，费尽力气才侥幸得胜，你可好，遇险时不管不顾地先溜了。"

殷长歌与沈曼青俱是沉默。

飞寇儿也不辩解，点了点头："恭喜，回中原必得厚赏。"

商晚哼笑，阴阳怪气地嘲讽："图什么厚赏，不想背一个贪生怕死的名声罢了。"

抚了一下敷扎完毕的伤臂，沈曼青淡淡地明劝实讽："商兄内伤不轻，何必与无关之人多言。"

飞寇儿本不爱接话，沉默了一瞬突然还了一句："既有能人，难道还要做贼的上去拼杀？"

飞寇儿确实与众人疏离，不算和睦，但分得这样清还是太过刺耳，这一句连陆澜山听着都有几分不快。

殷长歌欲言又止，忍不住剑眉深蹙，低声道："何必这样说，即使如今你——也不该袖手旁观，终究是同——"

"终究有同行之谊，该协力共襄应对。好在事情已毕，无所谓再提何人怯懦不前。"即使带着鄙厌，沈曼青的话语也挑不出半分毛病，她截过殷长歌的话头，"我等虽是经历了一番辛苦，到底未堕中原武林的声名，也算对侯府和师门有个交代。"

飞寇儿一贯波澜不惊的声调忽然有了嘲讽："正阳宫的颜面是万不能损的，幸好还有天都双璧。"

沈曼青秀颜一沉，色如寒霜，冷声而斥："你有什么资格说本门？似你这模样倒是什么脸面也不要了！"

沈曼青予人的印象一直是温和婉秀，突然这般尖锐地讥讽，着实出人意料。

"师姐！"出言喝止的竟是殷长歌，他似有无数话想说，最终放低了声音，"别再说了。"

沈曼青望向殷长歌，话锋依然锐利："说了又如何，他平日所为可有半分让人看得起，座中有谁肯与之为伍？"

殷长歌沉默了。

飞寇儿环视了一圈也没回话，径直又走了，他本就不在驿馆歇宿，仅过来探个虚实。

尽管谁也不喜飞贼，但这样公然面斥，又是出自沈曼青，总让人觉得有些怪异。人走后气氛低迷了一刻，殷长歌起身返回了房间，余人也各自散去。

这一夜一日长得让人疲惫，直到屋内仅剩主仆二人，才终于有了尘埃落定后的清静。

案上摊着《锦绣山河图》，银白的软帛上绘的山川河流清晰入目，左卿辞随意瞥了一眼，令白陌收了起来。白陌手脚利落地收拾完毕，一轻松话也多了：“图已寻回，段衍也已伏诛，公子不妨好生歇息一阵，一览赤焰沙风物。”

左卿辞倚榻闭目养神，指尖轻捏鼻梁，白日的宫变已不在心头，此刻想的是后续：“还有一场官面上的敷衍，近期必会宣召，将进献赤焰沙王的礼物备妥，届时送上去一并辞行。”

白陌一怔，觉得有些仓促：“凛冬方过，冰雪初融，路上正泥泞难行，公子何不等一阵再走。”

左卿辞淡道：“赤焰沙王刚愎自用，久恐生变，不宜多留。你先准备干粮食水等物资，一旦齐备全速起行，到阿克再休整。顺便知会一下其他人，近日不要外出，留于驿馆养伤，以免赤焰沙人生出不必要的疑虑，横生枝节。”

局面方定又要起行，待办的事宜实在不少，白陌应了，一边盘算一边忍不住道：“幸好几位皆是小伤，不碍骑乘，假如飞寇儿不曾临阵退却，今日应该更为顺遂。”

左卿辞听完似笑非笑，意味深长：“想来他那时也忙得很。”

白陌一头雾水：“他不是躲回去了，忙什么？”

左卿辞悠悠道：“赤焰沙王宫的藏宝秘库，传闻有五重门禁，稍有错漏就会将人锁死其中，真想见识一下他是如何溜进去的。”

白陌目瞪口呆，好一会儿才反应过来：“公子是说他趁乱去了藏宝库？”

“既入宝山，他岂会空手而归，今日王宫大乱守卫松懈，正是天赐良机。”左卿辞长眸半合，越想越觉得有趣，“他在入宫时记下路途及守卫，此后一定暗中潜入多次，利用段衍大闹皇宫之时行窃，赤焰沙人怎么查也查不到我们头上。"

白陌简直难以置信，讷讷道："公子是如何猜出的？"

"送狼皮入宫前，我给了他一张从宫侍手中买来的王宫地图，一炷香后让他凭记忆复绘。"左卿辞低低一笑，流露出钦赞，"他给出来的图多了两条隐秘的小径，显然对王宫早已了如指掌；另据暗谍呈报，他流连的酒肆生意极好，客人多半是宫中的侍卫将官，除了赤焰沙闻名西域的藏宝库，我实在想不出还有什么东西让他这般费心。"

从头到尾寻思了一遍，等白陌想通又觉着憋气："公子一点也不介意？他扔下正事去行窃，万一正殿有什么闪失……"

"算计得如此周全，还能有什么闪失？四名高手拿不下两个疲惫之敌才是奇事，再恶名昭彰也是七旬的老家伙，何况还有段衍这个累赘。"左卿辞一手支颐，漫不经心地回道，"飞寇儿本是为酬金而来，分内的事完成得远超期望，何必再苛求其他。"

白陌一时失语，挣扎道："可这飞贼未免私心太重，行事也全无义气。"

左卿辞莞尔，片刻后才开口，轻淡的话语蕴着一分讥诮："一路上你们对他诸多轻鄙，时常疏冷嘲讽，如此应待，还想他以国士之心报之？"

白陌彻底说不出话了。

卷五

琼美归

二十二 · 夺锦鸢

赤焰沙人用了数日收拾整饰王宫，平复惊悸，而后设下盛宴。唯有飞寇儿不曾于大殿露面，泯然不为赤焰沙人所知，在宴请名单之外，正中左卿辞下怀。

冲突之后，飞寇儿不曾再来驿馆，只身独居于旧宅。他虽不受人待见，却是此行获利最大的人，侯府给出的重酬加上异域奇珍，所得令人咋舌。

一行六人与宴，华宴之盛，礼敬之隆不必言说。赤焰沙王率群臣相迎，受了左卿辞奉上的礼物，颜面大悦，许以更重的回礼。赤焰沙王携众人逐一叙话，欣赞中原人的勇武，对辞行之举殷切挽留，君臣赞语无数。

身为六人中唯一的女子，沈曼青尤为引人注目。

为了与华宴的场合相衬，她一改平常的素雅，改穿一袭艳色海棠红胡服，佩玉色耳坠，胭脂淡扫，唇染丹朱，她本就以容颜秀美著称，装扮后更是光彩照人，引来无数倾慕的目光。

平日举宴，最吸引人的无疑是赤焰沙王爱宠的雪姬，今时却多了一位中原佳人，丽质天成，又有一身不凡的功力，尽管不通赤焰沙语，她仍被高官贵族簇拥攀谈，结交示好。连赤焰沙王都频频投视，甚至忽略了身边同是华服盛装的冰雪美人。

金发丽人独坐席上，毫无被冷落的怨怼，睁着冰蓝色的眸子仔细打量六人，在沈曼青身上停留得尤为久。终于在满堂喧哗无人留意时，她向左卿辞举起杯，玫瑰色的唇带着隐秘的笑："聪明的琴师，为什么不见你那只会飞的云雀？"

即使容颜已改，雪姬仍从声音和仪态中辨认出了他的身份，左卿辞略微抚胸，无懈可击地致了一礼："多谢夫人的垂顾，它已经飞回了中原。"

"留下一只娇艳的锦莺？"蜜唇的微笑加深了，冰蓝色的眸子益加瑰丽，"这可不一定是正确的决定，我王最爱羽毛丰美的小鸟。"

左卿辞心下了然，侧首望了一眼华宴最热闹的中心："夫人说得是，我的确犯了一个错。"

人群中的赤焰沙王正与沈曼青交谈，白陌在一旁代为传译。赤焰沙王异常热情，金冠华服下，某种高昂的兴致催酿出微妙变化。雪姬凝视良久，忽道："记得你说过，异邦的友谊会带来一些特别的帮助。"

左卿辞长眸一闪，声调依然谦和如初："夫人可有什么心愿？"

雪姬安静了一刹，以唇就酒。

一句极轻的细语在耳边滑过，几乎隐没于喧闹的杂音中，如烟火悄然明灭。左卿辞眉梢瞬时一跳，片刻后他缓缓开口："我理解夫人的心意，但这未必是一个正确的选择。"

"如果这是错误——"绝艳娇颜上的笑容消失了，雪姬冰蓝色的眼眸逐渐凝冻，如百丈深海尽头的冰霜，"那么俊美的琴师，你和你的锦莺，或许都无法再回到中原。"

结束了纷闹的宴会，回到驿馆，送行的赤焰沙人一离去，左卿辞立刻开口："回程的物资准备得如何？"

为翻译赤焰沙语忙了半夜的白陌正感疲倦，瞧见主人的神色，突然一凛："目前仅齐了五成。"

阴霾与冷峻在眉宇交织，俊颜格外慑人，左卿辞冷道："明日一早，城门一开立即启程。"

白陌情知有异，小心地探问："公子，出了什么事？"

"是我大意了。"俊美的脸庞毫无笑容，话语带上了冰霜，"赤焰沙王只怕不会让我们轻易离开。"

这一惊非同小可，白陌变了颜色："为什么？"

左卿辞停了一刻，薄诮道："经过大殿上那场逆乱，他一定很希望身边有个武艺高强的美人。"

白陌错愕而不可思议："他看中了沈姑娘？"

"今日她确实太过显眼。"左卿辞不可察地蹙了一下眉，"是我疏忽，该让飞寇儿为她稍作矫饰。"

想起席间盛情洋溢的赤焰沙君臣，白陌几欲骂出来，恨道："这赤焰沙王未免太过无耻，是我们救了他的命，竟然恩将仇报。"

"此地去国万里，一行寥寥数人，就算有什么万一，中原也不可能因此兴兵，赤焰沙人尽可肆意而行。"左卿辞不再多言，直接下令，"辎重不齐就罢了，最要紧的是尽快离开，到下一个水源点再补足。"

忽然门一动，商晚闪身而入，脸色铁青地压低声音："驿馆被围了，附近全是重兵。"

陆澜山随在其后，神情凝重："商兄发现的，我远远探了一下，是披甲弩卫，行动很小心，一点声音也没有。"

从华宴贵客到孤馆伏围，反转在顷刻之间，白陌冷汗涔涔而下。

也是不巧，被刺杀惊吓过度的赤焰沙王几日内调集了全国的披甲卫入驻王宫，令谕一下，来得异常迅速。

商晚压着情绪冷笑："看来要把我们当蜀域三魔办了。"

到这一步，局面绝难善了，陆澜山面沉如水："我已经知会殷兄，他和沈姑娘随后即到。"

须臾，殷长歌与沈曼青相偕而来，殷长歌目中隐怒，先开了口："赤焰沙人是什么意思？兔死狗烹，鸟尽弓藏？"

　　沈曼青素颜苍白，唇上犹有残妆，略微镇定了一下："我不明白，既然对我们有杀意，为何还要宴请，宴上又不见一丝端倪。"

　　"或许是想让我们松懈。"陆澜山也有几分费解，喃喃地低咒，"早知这赤焰沙王如此阴险，就该让三魔把他宰了。"

　　左卿辞从窗口看去，屋外是黑沉沉的夜，思忖了半晌他缓道："他们接到的命令应该是困住我们，暂时不致攻击，如果所料不差，今夜不会有事，明日一早必有使者传话。"

　　四人面面相觑，尽是疑惑，殷长歌问出来："使者会说什么？公子为何确定他们是围而不攻？"

　　左卿辞不置一词："多猜无益，届时便知。"

　　正如左卿辞所料，一夜平静无波。

　　除了左卿辞，谁也没有睡着，万千利箭在黑暗中蓄势待发，极致的压力逼得人透不过气。黎明破晓前，商晚掩身遁去瞧了一圈，密密麻麻的重弩精卒覆盖了数条街，令人心如死灰。

　　巳时，礼官在驿馆大门外宣读了赤焰沙王的文书，所有人都明白了精卒弹压的缘由。

　　殷长歌拍案而起，目现凶光，怒火激扬如沸："这昏王竟然宵想师姐！"

　　虽然赤焰沙人的趁夜围困之举阴狠毒辣，文书的措辞还是十分委婉客套，言及用黄金换美人，甚至许诺只要沈曼青留于王宫，必会珍视礼待，绝不逊于雪姬，余人可获重赐，随时即能起行。

　　沈曼青秀颜毫无血色，交握的指节紧得发白，僵硬地一言不发。

　　陆澜山怒色难抑："未免欺人太甚，当我们是什么人！"

　　商晚阴沉沉道："条件很清楚，或者交人，或者一起死，这里是赤焰沙人的地盘。"

　　殷长歌忽地沉寂，冰凝的气息宛如雷霆将至："商兄这话是什么意思？"

　　陆澜山不赞同地看了一眼商晚，浓眉一皱截声道："殷兄放心，我们决不会如赤焰沙人所愿，纵然陆某不才，也不至出卖女子以求生，何况是沈姑娘，若真如此，以后还有何颜面在江湖上立足。"

万千重弩的压制下，驿馆的大门再度合上，沉重的闭锁声犹如丧鼓，白陌轻道："礼官说赤焰沙王容我们考虑三日。"

殷长歌气恨得胸臆生痛，极想拔剑饮血："不用三日，给我一日杀上王宫，足够把那些禽兽全宰了。"

商晚独立一隅，双臂环胸冷声道："能出驿馆再提杀人不迟，火攻、重弩加披甲卫，蜀域三魔也不过撑了一夜。"

沈曼青美目一片决绝凄烈，极力维持镇定："不妨先答应下来，等众位脱身，我在王宫伺机劫了赤焰沙王出城。"

殷长歌不假思索地驳回："要我抛下师姐先走，我宁可万箭穿身！"

陆澜山也不赞同："既是同来，自当同归。"

商晚面上抽了抽似乎想说什么，见众人的神情话又咽了下去，良久道："或者我们诈降，一得机会便擒了赤焰沙王。"

相较于四人的情绪汹涌，左卿辞异常冷静，淡淡道："不可能，赤焰沙王经过前事之变，必会万般谨慎。"

陆澜山深以为然："不错，纵是沈姑娘甘愿入宫，对方也会预设钳制之术，诸如下药、设置机关一类，到时候沈姑娘就如飞禽入网，难逃出生天。"

沈曼青容颜更是惨白，纤秀的双肩微微颤抖。

殷长歌心头大痛，一手扶住沈曼青的柔肩安抚："就算我拼了这条命，也绝不会让师姐受人欺凌！"

白陌突然想起："也未必绝望，飞寇儿不在驿馆，或许——"

"区区一个飞贼有什么作为，外边是赤焰沙最精锐的甲卫。"商晚低哼一声，但冷诮地讥嘲后，突然心中一动，"他不是扮过歌女？如果他愿意矫饰为沈姑娘入宫，或许能——"

话未说尽，所有人都听出了潜意。以飞寇儿代沈曼青或许能瞒过一时，但毕竟不是女子，被识破仅是早晚之别，同样是有去无回。

"不行！"殷长歌出人意料一言否决，斩钉截铁地驳回，"师姐和——谁也不能入宫！若有人执意相迫，先问过我手中长剑。"

商晚禁不住冷笑："这也不行那也不行，沈姑娘是你心头至宝就罢了，难道那飞贼也去不得？殷兄倒是侠义，不知能当重弩几射？"

一声轻嗡，刃虹猝响，商晚已不在原处。他退于最远的壁角身形紧绷，满面杀意，指掌抚上了刀鞘。

殷长歌拔剑但并没有攻击，剑尖指地，冷目如冰，每一个字都缓慢而清晰："要向赤焰沙人屈膝求生不妨自己去，若有人执意强迫同伴就往死地，我殷长歌必以剑斩！"

刹那之间，两人剑拔弩张，和睦的表象彻底撕裂，空气一片僵冷。

对峙了半响，陆澜山咳了一声，起身隔在两人间劝解："殷兄少安毋躁，商兄也休要再提，无论如何我们该共同进退，此时内讧无济于事，反而让赤焰沙人看了笑话。"或许是为缓和气氛，陆澜山停了一瞬，打了个哈哈："况且这主意本就不能当真，以那家伙的个性，得知驿馆被围，只怕第一时间已趁乱逃了。"

片刻后，商晚长出一口气，放开了紧握的刀柄，殷长歌也收剑入鞘，两人均不再言语。

僵局依然无法破解，房间一片死寂。

左卿辞空前地沉默，即使殷长歌与商晚反目成仇，险些白刃相向，左卿辞也没有劝止。直至此刻他终于开口，话语多了一抹薄寒："驿馆被围何等大事，街头巷尾必已传遍，落兄一定会来探看，只要时机得当，递个话应该不难。"

旁人未觉出什么，白陌却吃了一惊，小心翼翼道："公子想递什么话？"

"让他去寻雪姬，那女人既有所求，必有所助。一切举动由落兄自行决断，假如顺利离城，酬金再加千两。"左卿辞的长眸蕴着奇异的光，淡然而轻狂，"若实在无法可解——大家都不必再回中原。"

他语调平静，白陌肢体冰凉，冷汗渗透了衣背。

二十三·脱枷牢

消息递出去，谁也无法料到飞寇儿会怎么做。

劝服雪姬进谏君王？冒险挟制高官重臣？还是索性只身逃回中原？无形的压力逐日递增，一行人成了度日如年的困兽，心头均焦躁，沈曼青尤为憔悴。

时间一点点滑过，铁桶般的围困分毫未减，驿馆内外安静凝肃，几乎每一个人都绷得极紧。唯有左卿辞宛如平常，连带白陌也稳住了心气，或许是不谙凶险，或是看淡生死，这一主一仆镇定得让老江湖都汗颜。

第三日是一个极好的晴日，阳光明亮，空气澄澈，已经有了春天的暖意。

宜洒扫、除尘、晾晒，也宜杀人。

大厅中殷长歌剑眉冷凛，将剑擦了一遍又一遍；陆澜山闭目静坐；商晚侧耳倾听街面的声音；沈曼青容色苍白，隐带凄绝，纤手紧紧握着长剑，仿佛是最后的依凭。

渐渐日近午时，本该前来询问的礼官迟迟不见踪影，已经过了文书勒定的时限，依然不见半分动静。

众人皆有些纳罕，又猜不出是何种情形。忽然间蹄声杂沓，街上传来兵甲移步之声。最糟糕的一刻来临，气氛凝窒而静穆，众人交换了一下眼色，各寻了最宜动手的位置。

一炷香后，驿馆大门轰然打开。

满布的弩弓和甲兵不见了，门外十六个高大黝黑的健奴抬着一方垂金结络的软榻，两名宫女挑起纱帘，榻上金发雪肤的丽人盈盈而笑，冰蓝色的眼眸灿若晴空。

最前方的礼官抚胸躬身唱喏，悠长的声调难掩紧张："汉使归国——"

殷长歌的剑尖已经贴上了礼官的脖颈，听见前四个字险险变招，硬收回去，激出嗡的一声轻响。

礼官知道里面几位都是凶神，乍然间脖颈一凉，几乎没厥过去，半晌后才神魂归位，发现眼前立着一个杀气凛凛的青年，神色冰冷地瞪视着他。他一个激灵，舌头突然利索起来，扯着嗓子喊道："王命雪姬夫人礼宴相送，请诸位贵使整衣相候！"

衣饰鲜亮的宫人整饬大厅，摆布席位。点上华烛，熏上暖香，置妥软垫漆桌，一盘又一盘珍肴美味流水般捧进来，色泽和香气诱人食指大动，前一刻气氛一触即发的驿馆，转瞬已成了流光溢彩的宴场。

一时间众人皆陷入了茫然，弄不懂赤焰沙人究竟是何用意。

雪姬不笑时如霜雪之姿，美得动人，笑起来若霞绮生辉，艳夺心旌。此时欢颜呈露，连陆澜山都有些不敢直视。

众人虽然依席入座，到底情势不明，均在暗自戒慎。

唯有左卿辞从容不迫地与雪姬谈笑，一如数日前宾主尽欢的宫宴："未想此番离别竟得夫人亲身相送，实在是惊喜。"

雪姬未语先笑，冰蓝色的丽眸谑意宛然："听闻各位贵使在驿馆烦虑，我王也是心下难安，几日未得安眠。此去两宽，往昔皆逝，唯愿赤焰沙与贵邦永为交好。"

左卿辞半句不提这三日兵甲森严的封禁，也不问何以情势倏转急变："既然这是君王所愿，当如夫人所言。"

"所需的一应行辎，我王均已备好，欢宴之后礼官亲送各位出城。"这位任性的宠姬心情极佳，瞥见众人僵硬的模样，居然嗔笑调侃，"此去千里，若是过于矜持，各位恐怕要到中原才能再享盛馔了。"

左卿辞微微一笑，当先把盏而饮："夫人说得不错，良宴难得，自当尽欢。"之后他竟似抛开一切，当真享受起华宴来。

众人最初难免戒备拘谨，后来见左卿辞举止随意，渐渐也放松起来，大快朵颐，只是默契地滴酒不沾。独有沈曼青饮食一概不碰，苍白的秀颜戒慎如一，殷长歌知她心有余悸，也不勉强。

饮宴过半，歌乐暂歇，雪姬瞥了一眼日影："欢时将尽，长宴终别，为答谢当日相救之情，我王为诸位备下了一份薄礼。"

随着礼官击掌，六名宫女捧着银盘蜿蜒而入，在每个人席前跪下，银盘中满盛黄金珠玉，琳琅夺目，大厅瞬时宝光生辉。良宴与恩赏来得太离奇，众人疑惑更深，无一人去接，均看着左卿辞。

左卿辞大方起身，优雅地行了一礼："王上所赐，却之不恭，多谢王及夫人盛情。"

"这是我王之礼，至于妾身——"雪姬冰蓝色的眸子一转，漾起促狭的巧笑，"唯有让宫人代为祝酒一杯，还请贵使勿弃。"

受了命令，雪姬身边一名侍女跪地倒了一杯酒，托起银盘袅袅行来。

或许是不便正视，左卿辞长眸一闪，倏然垂落在侍女的双足上。

那是一双套在牛皮凉鞋里的裸足，秀致娇美，足趾似小小的贝壳，足踝的银铃随着步履迸出脆响，声声撩人心弦，唯足缘有一些紫痕，稍许破坏了美感。

定了一瞬，左卿辞的视线缓缓上移。

柔滑的绸裤宽绰飘逸，边侧开口，露出了光洁的小腿，莹白的腰肢幼细玲珑，脐上镶着一枚碧玉饰，紧身马甲勾出优美的线条，衬着衣上轻晃的垂缨，像一场诱人失足的心跳，可惜赤焰沙的宫人在外均以薄纱掩面，无从窥见真容。

侍女始终垂着睫，直到停在左卿辞面前才抬了一瞬。

通明的烛光映出一双安静的眼，瞳眸深处隐隐有一泓墨蓝，仿佛最幽深的湖水，唯一的缺憾是大概许久未曾休憩，蒙了一层薄薄的血丝。

左卿辞凝视着她，接过酒缓慢地饮下去，眉间有抹奇异的神采。

饮完他将盏置回银盘，道了两个字。

"多谢。"

天空蓝似一块透亮的宝石，云彩高远，四野安静而祥和。

直到离城百余里，陆澜山仍然觉得难以置信，经历的一切皆不可思议："就这样出来了？"

殷长歌也是一般茫然："竟然不见陷阱，赤焰沙王在搞什么鬼？"

行囊中食水俱全，验过全无问题，白陌望着辎重齐全的驼队发呆，怀疑自己在几日忧心中产生了幻觉。

商晚缓下紧绷的戒备，难抑死里逃生的兴奋："管他怎样，我们出来了。"

"飞寇儿他——"白陌说了半句又咽下去了，想不通那个飞贼用了什么办法扭转乾坤。

不单是他，其余几人都在疑惑，殷长歌猜想道："或许是他说动了雪姬。"

陆澜山赞同一半，点点头又摇头："即使如此，让一国之君改换心意也非易事，不知他是如何斡旋。"

白陌满脑子困惑，喃喃道："他怎么一直没露面？我们已经出城了，他还是不见踪影。"

所有人皆在猜测，殷长歌不语，眉间多了一线隐忧。

陆澜山拍了拍胯下的骆驼，不甚担心："那家伙懂赤焰沙语，又有一手妙术，换个形貌，偷张文牒出城易如反掌，一时未至，想是因什么耽搁了。"

好容易脱身，商晚一心想离赤焰沙越远越好，不耐烦久候："现在要如何？难道一直在这里，等到赤焰沙王派出追兵？"

"商兄要走，尽可先行。"殷长歌瞧都没瞧他一眼，语气淡漠，"我等他出来，毕竟他是为我们才滞留城内，真有追兵还能接应一二。"

眼见两个人又战起来，陆澜山也不好说什么，不等不妥，久等又不知要到何时，两厢为难。

左卿辞见天色将暗，沉吟片刻，望了一眼远方的赤焰沙城郭："若是未猜错，落兄在城中还有事要办，我们先去车木措，离赤焰沙不远不近，也方便通过暗谍打听，或许落兄会把消息传到那里。"

车木措是个小城，虽不如赤焰沙繁盛，但也有几千居民，城中与赤焰沙人往来颇多，很快即有消息回传。

对于飞寇儿究竟在王宫做了什么，人人都满腹好奇，私下也有各种猜测议论，终是难以确定。所以当白陌拿着密报冲进左卿辞的房间，殷长歌先跟了过来，接着是陆澜山、商晚，沈曼青犹豫了片刻，也随之跟了进来。

济济一堂一个不少，左卿辞瞥了一眼，拆开了密信。

使者来宣读赤焰沙王的谕旨后，赤焰沙城出了一桩异事。三名赤焰沙高官在自家宅邸醒来，均发现枕边被钉了一把短刀，刀身深入床板，几乎直贴颈项，刀旁还留了一枚中原才有的结，其中一人当场就吓晕过去。第二日赤焰沙朝中议论纷纷，无不惶然。

第二日夜里，被恐吓的人变成了七名。

从高官到皇亲贵戚，恐惧扩散了十倍。谣言风一般飘散，全城兵卫被支得左巡右守，第三日晚间，满朝王公大臣无人敢安睡，城中灯火彻夜通明。

赤焰沙王被烦虑弄得难以安眠，直到晓星将沉才蒙眬合眼，不到半个时辰就被雪姬慌张地推醒，侧头望去，他惊恐地发现颈边多了一把雪刃冰寒的短刀。

谁也不清楚刺客是如何进了戒备空前的深宫，将刀插在赤焰沙王枕侧，更不知究竟有多少中原人潜在王城。

被急召来的群臣噤若寒蝉，人人悚恐，满殿无一开言。

赤焰沙王犹豫良久，终于决意将惹不起的瘟神礼送出城。王令颁下，甚至没有一个高官敢领命，还是雪姬主动请缨代为送行，这才有了那一场华宴。

密信叙述详尽，读来惊心动魄，左卿辞看完后众人一一传阅，好一阵无人开口。

陆澜山一目十行地看完，回忆了一刻，突然大笑起来："我说怎么礼官一直青着脸，动不动就发抖，原来是被吓破了胆。"

商晚看了两遍犹觉难以置信："全城戒备，他还能以一人之力夜刺七名，在君王枕边留刃，怎么可能。"

殷长歌神色异常复杂，既自豪又有伤感，掺杂着难以言说的惋惜，他身畔的沈曼青异常沉默，紧紧抿着唇。

能想通其中关窍的唯有左卿辞，他思索了一阵："落兄大概与雪姬有所交易，从她那里获悉了赤焰沙皇亲贵胄的宅邸。前两夜是落兄亲为，最后一夜国主枕边那把刀，应该是雪姬所置。"

一番剖析入情入理，众人尽皆信服，陆澜山激赏又钦赞地笑骂了半晌，感慨万分："等这小子回来要喝上一杯，平日里蔫头耷脑，一转眼不声不响弄得赤焰沙仰马翻，好能耐，好胆色，这个朋友我交了。"

殷长歌忍不住笑起来，稳了稳情绪："陆兄好兴致，只怕他未必饮酒。"

不提还好，一提起来陆澜山酒瘾大动："哪个江湖汉子不饮酒，不过那家伙比大姑娘还话少，说不定真不会，也无妨，强灌下去更有趣。"

见陆澜山一脸豪迈，摩拳擦掌意图恶整的模样，殷长歌一来感觉好笑，二来仍有些牵挂："既然事已顺遂，为何他仍在城内？"

这原因旁人不明，左卿辞心中有数："殷兄不必挂忧，落兄定是有事尚未完成，否则赤焰沙哪留得住他。"又见陆澜山好酒之态，左卿辞笑吟吟道，"待回中原必定要摆上一桌，请诸位喝一顿庆功酒，只是落兄酒量极好，千杯不醉，陆兄想灌倒可未必能如愿。"

殷长歌听得一怔："千杯不醉？公子如何得知？我怎么——"

他没说下去收住了口，左卿辞也没有问，转而回到正题："密信中让我们尽快回转，在阿克会合，为防节外生枝，我们明日就启程。"

二十四 · 掠美归

来时隆冬，归途已是雪化冰消，泥泞满布。

这个时节道路软淤，驼马时常陷落，同样不适于行走，有些地方甚至需要提前探路。车木措雇来的向导抱怨连连，奇怪这些中原人竟然甘之如饴。却不知这点麻烦与来时的艰险相较，完全不可同日而语，比起经历过的料峭冰风，偶然拂面的春寒简直是种愉快的享受。

说是尽快，实际走得并不快，殷长歌甚至刻意让向导放缓了速度，二十余日后依然不见飞寇儿的身影，众人不禁又生出揣测，多了牵挂。奈何此时音书断绝，想探听也无从着手，唯有静等。

日子随着骆驼的脚步一天天滑过，离开赤焰沙月余，难得碰上了一口干净的泉水，索性提前歇宿下来。

各人分头忙碌，有的猎野羊，有的取水，有的拾柴生火。

枯柴聚拢起来，在荒原的风中引火极是不易，白陌想找几块石头遮挡，抬眼扫视四周。雪已经全化了，枯败的野草被夕阳染成了亮黄，高远的天穹笼罩四野，熔金般的落日缓缓坠下，衍生出一种无法形容的壮美，令人目眩神迷。

美景夺人，白陌却盯住了日色边缘一星模糊的轮廓。

那是一个极淡的影子，几乎隐没在灿亮的金黄中，隐约的轮廓像是一个人在遥远处骑行，让他忘了生火，也忘了喊叫。

那是一匹马，随着落日的余晖逐渐趋近，人影也越来越清晰，寒凉的风贴地而卷，升起一层弥散的尘雾，甚至能看到白色的头巾在空中飞扬，一人一马仿佛乘着漠漠的风而来。

直到影子到了跟前，白陌才脱口而出："飞寇儿！"

勒住马的人似乎是飞寇儿，又似乎不是飞寇儿，他从来没有弄清过这个人的长相。

白陌看对方腾身下马，轻巧地从马上又抱下一个人，风掀开蒙头的白布，撩起一头金子般的长发，在荒漠上比落日更明亮。

白陌彻底傻住了，手中的火石砰地落地，他冲向帐篷扯着嗓子叫喊。

"公子！飞寇儿回来了！还拐了雪姬！"

真的是雪姬。

所有人目瞪口呆，僵硬地看着冰蓝色眼眸的美人巧笑倩兮，偎在飞寇儿一点也不雄壮的肩上，姿态亲昵而信赖，毫不在意对方仅是个其貌不扬的少年。

不错，飞寇儿又换了一张脸，比起过去的平凡，现在的模样勉强称得上清秀，但在雪姬身旁就如戈壁上随处可见的杂草。

他似乎已经习惯了雪姬的依偎，一手扯起软毯裹住美人，一手将一块烤黄羊递过去，雪姬就着他的手咬了一口又吐出来，娇软地抱怨了一句。

飞寇儿没说话，或许是因为太疲惫，连说话的意愿都消失了，对美人任性的挑剔也不劝，翻开包袱找出调料，将几块生肉串好，架在火上自行烤制。

陆澜山侧过头低声道："商兄，她好像嫌你烤得味道太差。"

商晚脸颊抽了抽，无表情地回答："我记得那块是出自殷兄之手。"

这样不着边际的对话殷长歌懒得加入，直接横了他们一眼。

左卿辞大概是唯一神情自若的人，众人都佩服他的定力，即使看到雪姬纤细的双手搂在飞寇儿腰上也面不改色："夫人何时离开的赤焰沙？"

美人被照顾得很好，完全不似飞寇儿的脏累疲倦，除了衣上略带沙尘，艳丽的面庞娇嫩如昔，仿佛经历了一场新鲜愉快的出游："大约二十日前，云落带我离开了王城。"

她的一颦一笑是那样迷人，有眼睛的都会醉倒，可左卿辞仿佛成了瞎子，对这位绝世丽人甚至不及对阿克的老镇长亲切："路上可有凶险？"

"碰上了几十拨追兵，大多认不出我们。"雪姬似深觉有趣，咯咯笑了出来，"可是也有几拨硬要搜身，我一生气就骂了他们。"

左卿辞不动声色地望了飞寇儿一眼："后来如何？"

雪姬侧了侧头，雪白的额蹭着飞寇儿的面颊，姿态爱娇而依赖："后来云落带我逃走了，我真喜欢他们气急败坏的样子，还有一些讨厌的人一直在追，不过没什么好怕的，云落会把他们解决掉。"

这样不避人的亲近，在中原几乎可算冶艳放荡，连旁人看着都尴尬。

飞寇儿一径沉默地烤肉，灰扑扑的脸上没什么表情，仿佛挂在身上的不是软玉温香的美人，而是一截毫无生趣的木头。

不知为何，白陌忽然很同情他。

左卿辞彬彬有礼，却明显比平时冷淡："赤焰沙王对夫人爱若珍宝，予取予求，夫人为何一定要离开？"

"叫我瑟薇尔。"蓝眸美人撩开披落的金发，优美地坐直身体，宛如戈壁上绚丽盛放的波斯菊，"我讨厌雪姬这个称呼，讨厌那个国度，更讨厌那个男人，谁会想留在那里。"

"夫人想回故土？"

"我不想在囚牢里过一生。"她侧头望了一眼荒凉的远方，冰蓝的眼眸里有种低回的惆怅，一瞬间覆盖了妖媚的任性，"还有烟芝的家，我想再看一看满城的胡杨。"

美人的忧郁分外惹人怜惜,然而左卿辞简直是石头做的心肠:"多年未归,夫人不怕物是人非?"

"无论怎样我都要离开赤焰沙。"玫瑰色的蜜唇漾起嘲讽,雪姬轻哼一声,迹近不屑,"我知道你只为利用,现在又嫌麻烦想把我扔回去。没关系,云落答应了帮我,从云落来找我的那一刻起,我就知道你们完全不一样。"

冰蓝色的美眸盛满嘲弄与轻鄙,让白陌极想驳斥,又因不愿跟女人斗嘴而忍了。从来没有人会将飞贼看成宝贝,却对公子如此贬低。

左卿辞大概也懒于再跟她说下去,转向了飞寇儿,温雅的话语似在平述,又似一丝含蓄的轻责:"相识这么久,才知道原来落兄并非真姓落。"

众人不懂赤焰沙语,这一句汉话却是听得分明,殷长歌眉目低抑,喉结动了一下又忍住了。

飞寇儿沉默了一会儿:"名字本来也没什么用,我叫苏云落。"

他没有再说,将烤好的黄羊肉递给身畔的丽人,肉烤得脂香四溢,色泽金黄,旁人看了都忍不住咽口水。

飞寇儿仿佛闻不到香气,抄起水袋灌了两口,又拿起之前被丽人嫌弃的冷肉三两口吃完,简单地交代:"我先休息,马背上有瑟薇尔的锦垫。"说完,他扯起一块敝旧的软毯径直倒在火边,几乎瞬间就陷入了沉睡。

众人看着沉睡的身影,安静了半晌才开始交谈,声音均压低了许多。

夜里安排雪姬颇费了些口舌,原本男子均是露天而宿,独有沈曼青是女子,享用了唯一的软帐,可是这位难缠的美人无论如何也不肯与沈曼青同宿,居然自行搬下锦垫依偎着飞寇儿,让人头痛不已。

左卿辞根本不理,白陌束手无策,只好任两人宿在一起。

夜深人定,丝绒般的天幕广阔无边,璀亮的繁星低映,除了火堆旁的左卿辞,其他人均陷入了沉睡。

暖黄的火光映着两张沉睡的面孔,雪白无瑕的娇颜另一侧,是一张朦胧暗淡的脸,被宁静的夜色笼罩,仿佛覆满灰尘的碎石。

近乎一整天死一般的沉睡，再醒来又是黄昏。

漫天金红的云霞绮丽无匹，极尽夺目地铺陈，仿佛一切光彩都凝练于此，苏云落目光涣散地看了半天才爬起来，腰脊和腿还残留着策马奔逃带来的酸疲。驼队散在四周，悠闲地啃着刚钻出地面的青芽，零星几个人离得极远，或在戏逗野羊，或在漫谈，或在练功，一路的凶险抛在身后，忽然生出了无所适从的茫然。

头还有些昏沉，苏云落走到泉水旁洗脸。

染满风沙的头发脏污纠结，混着多日未洗的异味，苏云落索性弯腰解开裹头的布巾，兜了一瓢泉水浇上去。冰冷的水让脖颈激灵了一下，也让神志略为清醒，他这才想起根本没有沐发的东西，只能浇几瓢水胡乱揉弄，尽量冲下沙砾。

冲了半晌成效不彰，忽然有人取走水瓢，将一只瓷瓶放入他手中。

瓷瓶里是上好的澡豆，散着清新的香气，苏云落随手抹入发端揉搓，头发实在太脏，洗了很久，那人也极有耐心，汲起泉水一点点冲淋。凉澈的水流涤去了重重污垢，当发际的感觉终于清爽，苏云落拧干湿发，拭去眉眼上的水，直起身微微呆了一下。

地上有一道深浓的影子，连着一个颀长的身形。

暮光给左卿辞的轮廓镀了一道金边，仿佛一道不真实的幻象，他的脸在暗影中模糊，能隐约看见长眸中流转的光，非常神秘，又出奇地俊美。

"云落！"娇柔的身体从背后扑上来，瑟薇尔细软的金发拂过颈，打断了一刹那的静谧。

"你在沐发？泉水太冷，用来沐发不好，应该用半温半凉的水，那样才不会损了头发。"冰蓝眼眸的美人一边以软布替他擦拭湿发，一边娇嗔地碎语，"虽然你的头发又黑又密，可是发尾焦枯，是不是被火灼过？必须要用最好的橄榄油，加上蜂蜜和蛋清来养护，再抹一点玫瑰香露，这样头发才会光泽柔软。梳子也极有讲究，琉璃梳仅是珍奇好看，不如象牙润养……"

白陌在一旁暗暗翻白眼，哪个男人会像女人一样在头发上花心思，飞寇儿，不对，该叫苏云落，倒是没脾气地任她折腾。只是在旁人看来瑟薇尔太过亲昵，倚在他背上偎蹭，指尖又不时拂过耳际的肌肤，毫不避忌男女之防，委实让人咋舌。

心不在焉地听了半天，苏云落终于开口："明天你们往阿克，我送她去烟芝。"

一句话让众人全看过来，唯有金发美人听不懂，仍在梳弄手中厚密的黑发。

左卿辞轻缓道："我们能安然出城全仗苏兄奔走，已是艰辛不易，如何能在脱困后又让苏兄一人辛劳。"

陆澜山也有同感："公子说得不错，救急的事全是你担了，后续的事正该由我们来，此地往烟芝不过十数天的路程，走一趟也费不了多少工夫。"

沈曼青自从驿馆之围就变得沉默少言，谁也没有怨责，她却始终郁郁，连苏云落归来也没有半句言语。殷长歌宰完黄羊，收起剑拎着生肉走近火堆，道："自当如此，万一路上遇到赤焰沙的追兵，也能出口恶气。"

苏云落略感意外，但没再说什么。

瑟薇尔对他们的话不感兴趣，捧过一条羊腿放在苏云落面前，美目盛满了期盼，敛去傲慢任性之后，她犹如一只天真娇弱的宠物，呈现全心依赖，让人越发想抚慰呵护。

苏云落已经习惯照料她，拎起羊腿就开始处理，陆澜山见势掩住期待，若无其事般道："若是苏兄精神尚好，不如把剩下的一点肉也顺手烤了吧。"

苏云落诧然抬头，一只洗剥干净的整羊被拎了过来。

坚硬的盐砖被轻轻一磕，掉下一块，苏云落随手捏成粉末随洒随抹，抹完又揉了一刻，指节在羊身有节奏地弹叩，刷了一层煎出来的羊油，又上了一层香料。苏云落抽掉两块柴，待旺火转柔才架上去缓慢地翻烤。

一旁另起了一堆火，悬起吊锅，清水滚开后苏云落剔下几块小骨，削下一块羊后腿，撕得极细一并扔进去，撇去浮沫，弹进盐和一些不知名的香料炖了许久，香味越来越浓郁，仿佛有只无形的手勾着肠胃，馋得人心痒难耐。

被文火熏烤的羊转成了金黄，不知苏云落从哪里寻来了野生的浆果和蜂蜜，挤抹在肉上，更是喷香扑鼻，诱人食指大动。

瑟薇尔吃得冰蓝色的眸子莹亮，浅笑如蜜糖，哪还有半分冰山美人的冷俏，若是赤焰沙王见了，只怕骨头都化了。

火堆边的人无一注目，全在撕咽羊肉，一整只羊瞬间剩了残骨，大家虽碍于风度不至争抢，却也毫无礼让之意。羊肉争完又开始分羊汤，那汤色泽清亮，一人仅得一碗，入口鲜美至极。两个向导本来被美人迷得七荤八素，现在却把脸全埋在碗里，恨不得连舌头都吞下去。

左卿辞缓缓品啜，若有所思地看着飞寇儿："苏兄好手艺，此前真是错过了。"

陆澜山剔着牙，饱餐美食之后心满意足，只觉这是离开中原后最为享受的一餐："妙仙楼的名厨不及苏兄一半手艺，今天这只羊可谓死得其所。"

苏云落低头撕着一条羊肋，被夸了也没什么表情："野羊肉嫩，易烤。"

殷长歌失笑，出言揭破："那天陆兄还说这里的羊肉太粗劣，远远不及中原。"

商晚咬着一块羊骨凉凉道："殷兄烤的，岂有不粗之理。"

殷长歌一窘，陆澜山大笑起来。

车木措人习惯早睡，向导自去另行歇宿，其他人背靠着骆驼闲聊。

仰首看戈壁广袤的天幕，一轮高远的斜月如钩，与漫天星辰交相辉映，偶然三两声黄羊的低鸣，气氛漫散而慵懒，一时之间众人各自神游，尽在享受这一刻的惬意。

忽而一阵乐声如泉水盈散，左卿辞拉起了乌德琴。

还是他充作琴师时所用的那把，他操琴的姿势极优雅，荒原冷月下恍如谪仙，细长的手灵巧地拨弄，夜风似在指尖轻柔起来，低雅悠长的乐声宛转欲诉。

所有人都在凝神细听，蓝眸丽人望着左卿辞，娇艳的脸上突然露出盈盈微笑，她卸下软毯，长袖一舒，竟随着乐声翩然舞起来。

亘古的长夜，亘古的荒原。

金发飞扬的美人在夜风中妙舞，姿态宛似流风，飘如飞雪，折腰翘足，华美曼妙无方，看得人心醉神迷。一曲终了，左卿辞停下手，瑟薇尔的舞也停了。

蓝眸丽人呼吸略急促，美好的胸形起伏，旖旎的媚姿撩人心旌，她风情万种地拂了拂金发，胸有成竹地一笑："我知道你想要什么，可云落是我的，你抢不走。"

这一句犹如雷击，白陌的下巴掉了下来。

更可怕的是左卿辞居然神色不变，淡淡道："何以见得？"

蓝眸美人从上到下将他打量了一遍："你生得确是俊美，可是太狡猾，不适合云落。"

左卿辞微微一笑，漫然拨了一下弦："这些却是不劳夫人过虑，夫人的意愿是离开王宫，如今已心愿已遂，还要如何？"

"自由很好，可是我需要有人陪伴。"瑟薇尔下颌轻扬，淡去了无依的柔弱，流露出骄矜得意，"你身边已有锦莺，何必还与我争云雀。"

左卿辞虽是在笑，长眸却不见半点温柔："以夫人的美貌，不知有多少男子梦寐以求，甘愿舍命相伴，何以非要执着于一人，未免过于自私了。"

"那又如何，你不也是如此？你这样的男人是最要命的毒药，没有心却偏能醉死人。"瑟薇尔咯咯娇笑，红唇吐出话语却十足地噎人，"有意时百般相诱，无情时弃若敝屣，落在你手上必然心碎，还不如由我来怜惜。"

垂了一下睫又抬起，左卿辞语气益发柔和，字字诛心："可惜夫人再怜惜也是女子，夫复何益，云落毕竟是中原人，不可能长留西域，去了烟芝便要分道而行，夫人还是另寻寄托为好。"

被刺中隐忧，瑟薇尔气得跺脚，冰蓝色的美眸狠狠地剜着他："云落答应过不会扔下我不管，再说就算回中原又怎样，云落心上没有你，笑得再好看，琴弹得再动听都没用。我若得不到，你更得不到。"

左卿辞轻瞥一眼，瞬时长眸一沉，不再理会瑟薇尔，把琴扔给白陌起身去了宿处。

其他人不通赤焰沙语，察言观色还是会的。见这对俊美的男女说了半天，尽管两人言笑款款，可气氛明显越来越不对，众人皆觉察出了古怪。

陆澜山凑近呆滞的白陌，压低声音问："他们在说什么？刚才还一个弹琴一个跳舞，怎么好像突然吵起来了？"

白陌僵硬地侧过头，见商晚、殷长歌及沈曼青无不盯着他，张口结舌不知该说什么好，目光无意间扫过另一侧，彻底哑然。

那个引起纷乱的罪魁祸首，竟然倚着骆驼睡着了。

苏云落是真的睡着了。

先是数日目不交睫，后来又要躲避赤焰沙王精锐尽出的追捕，持续的逃亡耗尽了心神，以至于在精神放松后，很长一段时间处于半昏半醒的状态。尽管如此，当瑟薇尔的尖叫响起，苏云落还是瞬间醒过来。

一条灰蛇被商晚钉在地上，尾端仍在颤动，晨起梳沐的蓝眸美人倒在泉边，惊惶地捂着左踝，姣容惨白。苏云落撕开她的裤脚，雪白的肌肤上有两个小小的齿印，幸而被衣服遮挡，入肉不深。看了一眼，苏云落立刻封住她腿际的穴道，切开伤口吮出毒液，接连两三口毒血吐在地上，瑟薇尔已经晕了过去。

荒野的蛇是极危险的，蛇毒的效力很快显现出来，瑟薇尔的伤口变得紫胀可怕，肌肤烫热，整个人陷入了昏沉。两名向导看了看蛇，摇了摇头低声议论，对美人充满了怜恤和惋惜。照向导的说法，这种蛇应该尚在冬眠，不知怎会暴起伤人，一旦被它咬中几乎无法救治，性命只能靠天神保佑。

随身药物不齐，左卿辞也没有更好的法子，唯有将她安置在软帐中静养。

苏云落把瑟薇尔揽在怀里，每过一刻就更换一次敷帕。几日下来瑟薇尔依然未醒，神志模糊，双颊红烫，蜜唇焦枯，似一朵被烈日灼伤的花。

又是黄昏，幕帘一晃，左卿辞钻入了软帐。

软帐本就不大，他的到来益发显得帐内狭小，左卿辞递过烤肉及干饼，还有一个盛满泉水的软袋："苏兄已熬了几日，不妨休息一阵。"

苏云落着实也累了，软帐中又无可倚靠，唯有换了一个坐姿舒缓僵硬的腰，他接过皮袋喝了口水。

诊脉完毕，左卿辞开了口："眼下只能等高烧自行退去，苏兄也不必过于牵挂，这本是一场意外。"

苏云落一贯地沉默，半晌才道："是我把她从王宫带出来的。"

左卿辞的眉间有一丝藏得极好的淡讽："她自己不知死活，毫无自保之能却坚持要逃离赤焰沙，与苏兄何干。"

苏云落没有说话。

"一行人出城确实蒙她助力，可若非她存有私心，蓄意挑唆赤焰沙王针对我们，我们又何至于受困驿馆。"左卿辞清悦的声音娓娓道来，不动声色地蛊惑，"苏兄费尽力气助她遂了心愿，双方各得其所，交易两清，难道还要连带护她终身？"

苏云落揉了揉额，看向怀中憔悴昏迷的姣颜。

左卿辞仿佛关怀，又似别有深意地劝诫："不管她本名叫什么，做了雪姬十年，她已经习惯受人供奉。一时迁就无妨，日久却是不妥，总不成真让苏兄做了她的奴仆。"

探了一下敷帕已无凉意，苏云落另绞了一块换上去，突兀道："你说得不错，不过既然她已守诺，我也该依约保护。"如今好端端的美人死不活不活地吊着一口气，怎么看也不算善守诺言。

左卿辞微微一笑，不疾不徐道："如果烟芝是善地，她怎会被转卖至赤焰沙，大概她自己心底也清楚那个家未必能归，所以才死死攀住苏兄，苏兄可想过万一烟芝不能留又如何？难道陪她在西域诸国之间流浪？"

苏云落默然半晌，忽然看了他一眼。

左卿辞抛出询问，自然也备好了答案："实在放不下，苏兄又碍于信诺，不妨将她携回中原。"

苏云落想了好一会儿，眼眸垂下来："胡姬在中原地位卑微，人人轻贱欺凌，她受不住的。"

中原胡风盛行，异域商人贩来数不清的异族女奴，或者卖入秦楼楚馆，或者卖入酒肆歌台，以卖笑陪酒与歌舞宿夜为营生，成就了风流艳纵之名，然而地位也极卑下，被侮被戏司空见惯。

"此行顺遂，她也算有功之人，不如由侯府上报皇廷，请鸿胪寺出面安置，如此一来她依旧可享锦衣玉食，也好过在西域颠沛流浪。"左卿辞轻而易举地化解了难题。

　　半皱的眉松开了，苏云落望着他，似乎有一丝意外。

　　"她又不是苏兄一人之责，设法安置也是我所当为。"左卿辞轻谑道，半真半假地调侃，"倒是她略示柔弱即能赢得苏兄倾力相护，令人好生羡叹，不知我何时有幸，能得苏兄一诺。"

　　苏云落一时不解对方的话意，隐约茫然。

　　左卿辞也不再说，淡淡一笑，起身离帐而去。

二十六·轻离剑

持续数日的高热褪去，冰蓝色的眼眸终于睁开，连向导都惊讶于这一奇迹。

瑟薇尔依然极其虚弱，但不再有性命之危，在苏云落的悉心照料下，金发丽人日渐恢复，腿部褪去了肿胀，切开的伤口开始愈合，唯有两枚齿痕宛如死神的指印，永远留在了足踝上。

日落之后，苏云落将病恹恹的美人抱出帐篷，倚在软垫上看明月初升。好容易死里逃生，众人皆对瑟薇尔颇为怜惜，并无一人因行期延误而不满。

风吹荒原空寂如银，浩荡的夜风下，青霜与白虹纵贯。

石滩上密布剑痕，两个轻捷的身形翻覆起落。这是一场同门之间的磨砺，殷长歌迅捷，沈曼青轻灵，彼此又熟知技艺，剑意一发即收，招式未至身法已幻，似在月下共绎了一出赏心悦目的剑舞。

斗技终了，众人均在喝彩，殷长歌收了剑真心钦赞："恭喜师姐，剑艺又有精进。"

近日沉寂寡欢的沈曼青捋了捋秀发，螓首略偏，神情淡淡："你我二人交手多次，到底熟极，难有进益。"言毕话语一转，望向火堆边的苏云落，"苏兄深藏不露，必有过人之处，可愿下场切磋，容我讨教一二？"

苏云落仿佛不曾听到，仍在照料杯中的瑟薇尔，手边还端着一碗汤。

蓝眸美人听不懂汉话，也不明白场中是何种情景，倚着对方的肩臂，就着手娇弱地喝汤。

沈曼青神色一冷，秀美的脸庞一片凝肃："苏兄可愿赏面，容我讨教剑艺？"

四周一片僵滞，几个人鸦雀无声，无不觉出了怪异。

苏云落低眉垂目，舀起一勺汤等夜风吹凉，僵峙的气氛感染了瑟薇尔，她流露出疑惑，不解地来回打量二人。

身形一动，沈曼青到了两人面前，长剑倏抬，锋刃如霜雪冰寒，直指苏云落双眉之间，话语间锋芒毕露："还请苏兄不吝赐教。"

"师姐！"殷长歌实在忍不住，"苏——他既不愿，你又何必相强！"

情势猝然间一触即发，瑟薇尔姣颜发白，隐现惊惶，紧紧抱着苏云落的手臂。左卿辞冷眼旁观，观察两人细微的神色，并不劝止。

陆澜山疑惑非常，尽管不明情由还是出言圆场："苏兄或有不便，若沈姑娘不弃，陆某愿代为下场。"

雪虹般的剑光吞吐，仿佛月华凝成了实物，沈曼青言语客气，剑尖分毫不移："多谢陆兄好意，我是见苏兄过于低调引发了好奇，同行这么久，当不至于较个技都藏藏缩缩。"

这一点众人确是心有戚戚，摸不清的何止武技，甚至连飞寇儿的习性都拿捏不准，但这样咄咄逼人的邀剑终是不妥，陆澜山蹙了蹙眉，一时无话。

凛凛寒锋直侵眉睫，苏云落终于抬头，语淡如水："这把剑，你就这样用？"

似积满冰雪的树梢突然颤动，沈曼青的容色有了一丝变化，殷长歌也似想到了什么，看向她手中的剑。一咬牙，沈曼青还剑于鞘，扔在苏云落面前，反手拔出殷长歌的佩剑："借你用又如何，我决不在兵刃上占你便宜。"

"收起来吧，根本毫无意义。"苏云落执匙拨了拨汤，带着一种疏冷的厌倦，"我早已不用剑了。"

闲适的夜憩不欢而散，苏云落将蓝眸美人送回帐中，沈曼青与殷长歌不知去了何处，只余几人在原地漫谈。叙完一些零散的话题，左卿辞自然而然地道起："沈姑娘那把剑瞧着似有些特别，陆兄可认得？"

陆澜山摩挲着下巴，想了半天才道："之前我还未曾留意，现在看来倒有几分像是轻离。"

商晚神色一动，脱口而出："剑魔苏璇掌中的轻离剑？陆兄没看错？沈姑娘怎么可能有这把剑！"

陆澜山一击掌，益加肯定："不会错，就是当年试剑大会上被苏璇一举夺去的轻离。玄青剑鞘，霜雪白光，隔年日久我竟未想起来。"

说着陆澜山叹息一声，无限神往："苏璇曾经执此剑纵横江湖，当者披靡，真英雄莫过于此。"

商晚的呼吸急促起来："神匠鸦九所铸的四大神兵之首的轻离？不是听说此剑已随苏璇沉于洞庭？"

陆澜山耸耸肩："传言未必尽实，苏璇本就折于正阳宫长老之手，一旦亡故，轻离剑也被门派一并收回，不足为奇。"

商晚的面色阴晴不定。

陆澜山被武林旧事所动，禁不住唏嘘："四大神兵谁不垂涎，正阳宫竟然沉得住气封藏多年，轻离一出，只怕江湖轰动不小。"

"轻离剑，斩魄刀，天罗束，碎魂镰。"商晚喃喃念出名字的兵器，每一件都曾轰动江湖，引发腥风血雨，让无数人为之疯狂。

"苏璇夺了轻离，又重创屠神休苇，杀得这魔头多年来绝迹江湖，说不定碎魂镰已换了主人；斩魄刀去向不明，天罗束据说已被天地双老携隐。"武林人谁不视兵器如命，陆澜山说得心潮涌动。

商晚异样的心思转了几遍，最终还是按捺下来，他瞟了一眼沈曼青之前所坐的位置："正阳宫掌教竟然将此剑下赐弟子，也不怕被人夺了去，看来沈姑娘在门中的地位——"

冷哼一声，他不再说下去。

陆澜山是老江湖，岂会听不出商晚酸妒之下的念头，不轻不重地敲打："她是掌教金虚真人门下首徒，天资好又蒙长辈青眼，年少凌云福缘深厚，旁人羡慕不来。再说她背后是正阳宫，就算苏璇已逝，也不是常人可以轻侮，敢得罪那是嫌命长了。"

商晚知他看破，闷了一会儿自嘲道："轻离就算了，若遇上的是斩魄刀，商某还真不一定把持得住。"

陆澜山见对方收了心思，也笑了："可惜神匠鸦九意外身故，不然商兄说不定还能求一件称手的兵器。"

商晚心实有憾，忍不住咒骂："都是朝暮阁那群杂碎，竟然逼得神匠身亡，谁也没落到好处。"

陆澜山深有同感："朝暮阁势大之时，做下的恶事岂止一桩。后来卷入通敌一事被清剿，何尝不是报应。"

俩人言语之间话题几易，左卿辞静静地听，忽道："剑魔有无后人？"

这一句问的是陆澜山，他年纪较长，对江湖事比其他几人所知更详，答道："苏璇疯癫之时不过二十余岁，独身未娶，何来后人。"

左卿辞又道："连传人也无？"

"正阳宫从未有此传闻，剑魔的传人必非庸常，岂会寂寂无名。"陆澜山敏锐地觉察，"公子怀疑苏兄与苏璇有所关联？"

商晚闻言好笑，有几分不以为然："虽说都是姓苏，但差别也太大了。"

左卿辞笑了笑，缓缓道："我看苏兄像是认得这把剑，与殷沈二位有些不寻常。"

陆澜山当时也觉得不对，听这一问又寻思起来："苏兄本就流连于各路珍物重宝，轻离又极有名，认得出不足为奇。可方才的样子确实有些怪异，难道他和沈姑娘曾有过节？"

商晚也加入了推断，并不认同："难说，那家伙行窃多年，得罪的人数不胜数。初见时殷兄对他颇有敌意，不像认识的样子，不过那家伙日日换脸，谁知道哪张是真的，蒙过去也不奇怪。"

"难道苏兄曾偷到天都峰上？不对，那样殷兄已经第一个拔剑了。"陆澜山深想下去，渐渐地更多疑惑浮出来，"我记得中庭斗剑后殷兄的反应就有些不对劲，这两人以前必定交过手，沈姑娘甚至清楚苏兄早年是用剑的——"

越说下去越是离奇，陆澜山的话语戛然而止，篝火边出现了一刹那的安静。过了半晌，商晚讪笑一声："怎么可能，正阳宫的人何等自傲，真出了一个飞贼，掌教都要活活气死。"

左卿辞一径微笑，并不道出任何想法。

陆澜山也觉得绝无可能，打了个哈哈不再谈下去，话题再度跳转，然而心底终是有一抹难解的疑惑。

经此一事，不单飞寇儿越发神秘，众人连看殷长歌与沈曼青都带上了联想，但谁也不好多问。待瑟薇尔病体渐愈，一行人折向烟芝，送蓝眸丽人返回家乡。

一如左卿辞所料，漫漫长路后的回乡未必是喜泪。烟芝有满城的胡杨和密窄的小巷，瑟薇尔的母亲见到爱女欢欣若狂，父亲却破口大骂。他把最美的女儿卖给人头贩子，多年重逢，满心恐惧女儿的逃脱致使债主和灾难降临。这片既无良地又无名产，唯出美人的贫瘠之地，最盛行的便是卖女。留下一包金珠和怨愤的泪，瑟薇尔选择头也不回地离开。

深宫如牢，桑梓难归，随一行人回中原成了瑟薇尔唯一的选择。

骄傲的蓝眸美人不容许自己沉湎于哀伤，开始主动学习汉话，了解中原的风俗例。收起脾性之后，美人的宛转求教异常迷人，每个人均有空前的耐心教她。

唯有一点奇怪，瑟薇尔天天偎在苏云落怀里，与其他人谈笑盈盈，独独对左卿辞视若无物，连眼神都欠奉；左卿辞不在意美人的差别相待，但对她也仅是冷淡有礼，全不似平日的温雅亲切。

想必是嫌弃对方相貌太好，所以彼此看不顺眼，陆澜山如是总结。

不过美人带来了另一项益处，大概连左卿辞也颇为乐见。瑟薇尔挑剔的玲珑香舌根本吃不下旁人做的东西，迫使苏云落接过了沿途饮食烹饪工作。有了美人与美食相伴，再长的路途也不会闷闷。

及至阿克，瑟薇尔已能用汉话说些简单的语句，与众人也亲近了许多，开始单独骑乘马匹。偶尔甚至会流露出几分任性的傲慢，但她极聪明，懂得适时地收敛，一笑一嗔又销魂夺魄，谁也不忍与她置气。

阿克充斥着应季而来的商旅，比冬季热闹十倍不止。老镇长病逝了。瓦瓦山谷开遍明丽的山花，绿意漫野，春色安然，数月前的凶险犹如梦幻。

白雪覆盖的山岭化为草木繁茂的嵯峨群山，融化的冰泉淙淙，野鹿呦呦，山猫出没，新笋破土，树下一簇簇雪白的野菇山蕈。随着人们一路前行，一重重厚重的冬衣抛下，艰险的旅途仅剩了尾声。

关外牛羊成群，牧草青青，一切与出发时大相径庭。

勒马遥目，城关在望。

高高的城墙飘扬着汉旌，日色澄净，天际丝丝缕缕的云彩舒展，令远行的归客胸臆舒展，忍不住纵声长啸。

一群胡雁飞过长空又蓦然惊散，一个高远的黑点双翼平展，越过雁群向众人飞来，尖长的鸣叫自晴空传来，苏云落蓦然抬首，屈指就唇，打了一声清亮的唿哨。

黑影闻声掠翔而来，苏云落策马迎上去。一声又一声鸟鸣更急，高度急速下降。那是一只矫健的灰隼，半拢双翼在苏云落上方盘旋。他伸出手，灰隼在臂间穿梭，强健的翅膀不时拂过头顶，一人一鸟仿佛在欢快地嬉戏。

一行人远远地看，白陌喃喃道："好像第一次见他这么高兴。"

一人一鸟有一种将旁人隔绝的亲密，瑟薇尔看了半晌，渐渐咬住唇，终于忍不住喊出来："云落！"

呼喊在原野上传开，苏云落停下动作，任灰隼落在肩头，缓缓策马过来，比常人更深的眸子映着晴空，有一种压抑的欢欣："瑟薇尔，我要走了。"

冰蓝色的眼睛里满满的全是惊愕，美人叫起来："你要去哪里？你答应过保护我。"

苏云落一直对她极有耐心，从不违逆，但告别的时候也无留恋："在中原我是贼，被追捕，不可能照顾你。"

"我不管！"瑟薇尔美目盈泪，语声激动，足以让铁石心肠的人软化，"是你把我从王廷带出来，中原那么大，我根本不会汉话，随时会受人欺负，你不能这样丢下我。"

"公子有地位，会安置你，让你比在赤焰沙王宫时更自由。"苏云落大概不习惯安慰人，说得有点费力，想一想又道，"他有很多黄金，不会贪图你的美色，你会过得很好。"

瑟薇尔哭得更厉害了，眼泪珍珠似的落下，她揪着他的衣袖不放。

苏云落又劝了两句，扯出衣袖驱马退后数步，对众人点头："保重，再会。"

说是再会，但以飞贼的习性，大概再也不会相见。

告别如此突然，几个人皆不知说什么好，殷长歌策马上前，忍不住道："云落，你还是别再——"

一声凌厉的鸟鸣打断了话语，灰隼在警告意图靠近的人，强健的双翼将起未起，呈出现野性的桀骜，这种凶猛的飞禽被猎人视为鸟中之王。

胯下的马退了一步，不安地打着响鼻，殷长歌神色微怅，放弃了说下去。

苏云落也没有回应，抄起白巾覆住脸额，拨转马头而去。灰隼腾翼而起，轻妙地随之飞翔，不似归途，倒像另一场起行。

马速奔行极快，转瞬已无踪迹，只余远方一声悠长的鸟鸣。

忽然间少了一个人，气氛陷入了短暂的沉寂。

百依百顺的保护者毫不留恋地抽身离去，瑟薇尔受的打击不小，捂着脸啜泣良久，颤抖的肩膀柔弱而孤单。

　　白陌禁不住发呆："他就这么跑了？把一切全甩了？"

　　左卿辞脸色淡淡的看不出神色，凝视着灰隼远去的方向，许久不曾说话。

卷六

凤雨来

天都峰不仅仅是一座拔地而起的山峰。

它由十余座险峰并簇而成，重峦叠嶂，生满灵岩秀树。山间云缠雾绕，烟色空蒙。山道起始处造化天成，傲然耸立着两块高逾百丈的山石，仿佛巨匠雕成的自然之门。

这一日从山颠至山脚，山门次第打开，洪钟撞响，云鼓频传，只因天下三侯之一，地位尊崇的威宁侯薄景焕，奉皇命前来主持封赏之典。

每隔数年，天子会例行赏赐正阳宫，既有礼敬神灵之意，又显天恩浩荡，通常是天子近臣前来，这次竟然是威宁侯亲至，因而格外隆重。王侯之尊，仪仗自是非同一般，长长的车马蜿蜒极远，随行的侍卫与宫人衣饰鲜亮，秩序井然，数百人无一杂音。

正阳宫接引的门人是一位道装青年，他身姿挺直，高冠长衣，面对王侯贵戚依然不卑不亢，于漫长的山道缘径而行，步履轻灵矫健。

黑底金漆的马车在石阶前停下，车卫卸去挽车的骏马，在辕上穿入黑漆轿杆，使劲将宽阔的轿厢抬起来健步上山。轿中的器物稳稳当当，连矮几上的茶水都不曾溅出。

一只细长的手挑起淡绿金花飞鸟纹的轿帘,窗口现出一张俊逸如玉的脸庞,左卿辞赞道:"侯爷这辆马车设计得相当别致,颇具匠心。"

轿中对座的正是威宁侯,他着玄色华衣,年近四旬,下颌略方,气质冷硬而威严:"奇技淫巧罢了,算不上什么大用,左公子是第一次上天都峰?"

左卿辞轻浅一笑:"久慕灵山声名,可惜未曾一见,听闻侯爷曾伴驾来此,想必对此山十分熟悉。"

"那已是多年前的事。"薄景焕刚肃的神色略动,随即无痕,"只能说山色颇佳,还算值得一赏。"

薄侯冷峻疏淡,寡言少语,对下属甚为严厉。左卿辞也无意与之深交,然而一路同行不得不叙上几句,以免局面过于冷清:"这一路多承侯爷携行照拂,有幸沾光了。"

连绵深远的山路沿着山势峭拔盘旋,直至隐没不见。一级级石阶由整块青石铺就,宽长齐整,两侧密植矮萝,上有碧树,垂荫宛如华盖。山风一来,木叶零星,落在黛色的石阶上格外分明。

薄景焕望了一眼帘外,不冷不热道:"公子何必过谦,一出世即万里奔走,取回山河图功劳极著。令尊奏报时圣上龙颜大悦,对公子多有赞语,说起来本侯此行倒是借了公子之光。"

车外山气渐凉,山风送来隐约的铃铛轻响,益显空灵澄净。草木清香沁人心脾,蝉鸣空山,鸟落幽涧,别无一丝暑热。又行了一阵,眼前苍翠连绵,芳花不断。

终于轿子停下来,车卫将帘幕挑起,左卿辞随在薄侯身后踏出,长眸在接引的道人身上停了停,又看向山阶尽头巍然耸立的石坊。

石坊重檐飞角,古意出尘,不知立了多少年,如今石脚生苔,风痕斑驳,益加沉肃庄严。

坊下立着一群青衣道人,层列分明,寂然无声。

最前方的是一个须发漆黑的中年人,气质超然,仪相庄严,执玉柄拂尘,通身不染半分世俗,山风徐来襟袖飘飘,仿佛随时将乘鹤而去,应该是正阳宫掌教金虚真人。

威宁侯身形高大，负手而立，自然而然就有一种不可违逆的气势。

金虚真人迎上来，拂尘一扬，淡然稽首问安，同一时刻所有道人齐齐躬身行礼。

山风拂袂，一群修道的男女在青山碧岭间洒然而立，带着安然不惊的气质，面对王侯也毫不示弱，有敬仪而无恭色，犹如群仙在世外相迎。

左卿辞将一众尽收眼底，微微一笑。

巍巍正阳，名不虚传。

一身道装的殷长歌不复引路时的端然，朗笑道："金陵一别已有多日，想不到这一次公子竟与威宁侯同来，让人好生惊喜。"他被誉为天都双璧之一，在江湖中名声斐然，又是掌教真传弟子，青年一代中的翘楚，加上剑眉星目身形长挑，便成了接引贵客的不二人选。

沈曼青同样是一袭羽衣广袖的道服，她浅笑生辉，柔似空山明月："前几日还与长歌说起赤焰沙的趣事，转瞬即见公子，无怪今朝枝头喜鹊啼叫不休。天都峰不乏胜景，公子务必多留一段时日，容我们一尽地主之谊。"

左卿辞微笑："我在金陵长日无聊，听闻威宁侯领旨前来，思及故人随队而行，一路所见果然不负盛名。"

沈曼青既有意外的欣喜，又有微憾："公子来得节令极好，山间正宜赏景，可惜我近日要筹备典仪琐务，怕是无法相陪。"

殷长歌当仁不让地接过去："师姐放心，我与公子熟稔，必会带公子四处游赏，善尽妥帖。"

沈曼青抿出一个浅浅的梨窝，将左卿辞主仆引向歇宿的雅苑："公子和威宁侯同为贵客，有什么不足之处尽管与长歌言说，一切均可随意。"

正阳宫有数千人，重重院落绵延深远，沈曼青身为掌教首徒，行事稳重，时常代师训诫师弟师妹，在门派弟子中深具威望，行过的正阳弟子皆不忘驻足行礼，她逐一点头相还，颇有大师姐的风仪。

殷长歌又不同，山中崇尚清寂苦修，本就欢趣不多，又因封赏之典而有无数琐务，他虽然在师弟师妹面前端谨自持，实则极不耐烦，这一次能以陪伴左卿辞为由暂脱出来，私心极是庆幸。

每日练剑完毕，殷长歌大大方方地寻至雅苑，邀左卿辞漫山遍岭地游玩，指点胜迹，赏日出瑰影，品山野素珍，万般悠闲快意。

天都峰险高峭拔，自古号仙人所居，千万载白云掠空，深青色群松如海，衍生出浩然苍古之意，自有一种旷远孤绝的气势。

左卿辞在山巅的孤亭极目而眺，只见云山相连，江河一线，遥遥海天在望，天地壮景无边，不禁叹道："不上天都，难见天外之景，殷兄长年居于此，朝沐云霞，夜宿星海，何其有幸。"

这些景致殷长歌早已见惯，仍觉自豪："能成为正阳宫弟子，我确是极之幸运。"

左卿辞似乎随意而叙："殷兄何时入的山？"

"师尊早年云游江湖，我四岁时得蒙青眼，被收入门墙。"殷长歌背倚亭柱，遥望漫山云海，难免感慨，"入山已不易，下山更难，我所有的心力全用来练剑，足足修习了十五年，又碰上试剑大会，师尊才准许我和师姐下山。"

左卿辞莞尔："我听说贵派门规极严，殷兄弱冠之龄即能行走江湖，实在是罕有的英才。"

殷长歌受了赞誉，反而生出几分愧色："公子过誉了，我这点资质仅算平平，苏璇师叔束发之年已下山，我与之相较，无异萤火与皓月之别。"

稀薄的云雾在身侧环绕，聚如淡烟，左卿辞轻拂衣袖："记得殷兄一直对此人倍加推崇，不知是何等风范。"

"师叔是我今生最佩服的人。"殷长歌对这位贵公子全无戒心，又对苏璇有一种近乎狂热的崇拜，一旦说起就滔滔不绝，"他实是天纵奇才，本是拜于师祖门下，却被太师祖破格亲授，得此殊遇的后辈弟子仅此一人。无论何等高深的剑技，师叔均能融会贯通，发挥得淋漓尽致，二十岁后更是另辟蹊径，剑术近乎自成一派，若不是横生意外，成就定然不可限量。"

殷长歌心神激扬，说得眉扬意动，左卿辞微笑："这般惊才绝艳，无怪陆兄想与之一会。"

"江湖上传苏璇师叔性傲，其实他仅是执着于剑艺，与陆兄必然投契。"殷长歌忆起往事，既怀念又惆怅，"师叔当年曾居于翠微池畔，练剑之时剑芒冲霄，相映云海蔚为一景，时常有师弟师妹慕其风华，以求教之名请见，只要不影响练功，师叔都一一予以解答。"

左卿辞似乎也颇有兴致："他也指点过殷兄？"

殷长歌不无遗憾地摇头："我当时太小，稍长时师叔已极少留在山上，仅看过他留下的习剑笔录，寥寥数句别有心致，从中受益匪浅。"

左卿辞赞了几句，轻喟一声深为感怀："如此奇才，贵派竟无人袭他一身艺业？"

殷长歌一愕，竟然哑了一瞬。

左卿辞流露出薄憾，仿佛极惋惜："既然他盛名在外，又不吝于传授剑艺，该有不少人欲拜在名下才是。"

爽直的殷长歌突然变得语塞起来，滞了半晌才道："确是如此，但师叔多半推却了，只说浪迹江湖无暇授艺，收徒自随机缘。"

左卿辞长长地叹息："可惜令师叔太过坚持，不然至少还有人承其衣钵，也不至于武艺从此绝传。"

殷长歌忍了半晌还是没忍住："也不是一个都没有。"

左卿辞漾起讶色："原来真有传人？为何江湖不曾闻名，难道资质粗陋不堪造就？"

殷长歌话一出口就后悔了，又不能不答，硬着头皮道："那倒不是，当年师叔出事后，其徒也离山而去不知所终，艺业如何已非本门所能知晓。"

左卿辞的语气多了欣慰："有这样的师父，弟子必非寻常，不知是否能承续剑魔昔日的风采。"

"事隔多年又无人指点，寂寂无名也不足为怪。"殷长歌答得很勉强，仿似突然想起，"差点忘了，附近还有另一处景色殊丽的飞瀑，公子随我来。"

不等答话，殷长歌转身离开了孤亭，步子迈得太快，看起来几乎像逃走一般。

封赏之典在即，各种事务千头万绪，正阳宫上下忙得不可开交。殷长歌躲躲了几日还是躲不过，被沈曼青捉去协助，消失了一两日。左卿辞落了清闲，携白陌出舍略一打听，沿途的道童就指明了方向。

翠微池卧于一座险峰之上，与世隔绝，形如一片轻柔的羽毛。池处山巅，寒云与湿气交会，水色似青透的碧玉，远望犹如淡烟悬空，雾上凝翠，异常清隽秀逸。

白陌看着禁不住赞道："天都峰近日所见之景，此地可算前三。"

左卿辞也有同感，然而目光一掠，发现这一带景色虽好，却鲜少有人来往，野花闲草繁芜茂盛，板石小径爬满厚重的青苔，稍不留神极易滑倒。

池畔有一落小院，屋瓦俱全，并无倾颓之态。院内葛蔓虬伸，野鼠簌簌而窜，廊柱漆色均已残褪，显然废弃多年，大约苏璇去后再也无人洒扫。

屋内格局轩敞，陈设简素，为借天光嵌了许多亮瓦。梁上悬着十数条长长的字幅，层叠交错地遮了一半光，龙飞凤舞的狂草悬在半空，气势峥嵘，仿佛要破壁而去，有一种自成一格的放诞潇洒。

左卿辞瞧了一眼，落款正是苏璇，想是其极盛之年之作，意气风发。

墨迹犹存，昔人已逝。架上置着十余卷书，案上落了一层厚灰。灰蒙蒙的砚台纹样精美，残留着干涸的墨痕，笔架搁着狼毫，案上未留片纸，不知他最后写了什么。

书房隔壁是一间同样简单的卧房，榻上一铺一卷，剑瓶中余了几柄旧剑，除此以外一无冗杂，除了那一方砚，苏璇所用均是普通物件，看得出不甚在意起居。

边厢的侧屋比主屋略小，葛色的幔帐挽得很整齐，案上有一些不值钱的小玩意，几块半透明的石子，一个色彩暗淡的泥阿福，两个草编的蝈蝈笼，时日久了，轻轻一捏就散了。还有一个锈痕斑驳的手炉，刻纹精细，样式小巧，仿佛是女子所用，左卿辞似乎颇有兴致，拾起来看了一阵。

白陌不懂主人到底为何而来，只见他将每样东西细细瞧过，甚至打开衣箱，看了几件半长的道装，又翻了翻榻上满布尘灰的被褥，从枕边拾起一个童鼓，拿在手中审视良久。

那是一个极普通的拨浪鼓，两枚小小的石珠为槌，鼓沿的铜钉早已蒙上了绿锈，柄上漆色剥落，泛黄的牛皮鼓面画的是一幅走绳卖解的市井图，笔墨生动，活泼趣致，右下方寥寥几个小字，看得出是苏璇的笔迹。

月出九皋，云落天都。

正阳宫受皇室宠眷，为天下道门之宗，每次封赏之典在五六月间，数千名道人羽衣如雪，高冠云履聚于殿场之中，如群仙朝会，蔚为一景。不少达官显贵在典仪之后随同布施，还有数不胜数的香客涌入山中观礼。

此番声势更是非同一般，威宁侯亲来颁旨，紫蟒华服于三清殿外宣读圣谕，将金虚真人及正阳宫上下褒奖了一番。赏赐素缎道衣千件，拂尘百柄，铜鹤铜鹿三十对，青玉双璧二十对，珍珠九盒，贡瓷若干，另有宫器无数，极是丰厚。

圣旨甚至提及金虚真人门下弟子，殷长歌与沈曼青被赞为英杰，分赐了一对羊脂玉佩。天家厚赏，即使道门中人也觉荣耀非常。众多正阳宫弟子见殷沈二人既得掌教看重，又承天子垂青，羡赞不已，更生敬慕。

金虚真人领了圣旨，接过封赏，将威宁侯迎入内殿礼叙，门外逐一唱响各位皇亲贵戚布施的名录。沈曼青安排师弟师妹有条不紊地应承，逐一收点物品，直至黄昏才算忙碌完毕。

退下来她略微松了一口气，近期筹备封典的事宜压在肩上，千头万绪烦琐不堪。回房休憩片刻，她取出御赐的玉佩细看，玉质温润无瑕，雕琢巧妙，仙鹿口衔灵芝献寿图栩栩如生，确实是一件上品。

把玩了一会儿，她想起殷长歌与左卿辞，心头一动，出房寻去却扑了个空。问询道童亦是一无所得，只道殷长歌典仪之后便与公子相偕而去，说不清是往天都峰哪一处赏景。

这两人连日游玩快活万分，沈曼青不由得生出几分羡意，索性出殿寻觅，一路问过去，始终不见两人身影，不知不觉间一泓碧水闯入了眼帘。

黄昏的夕光投在池面，倒映出万里绯云，两只白鹤在池畔觅食，偶然扇动雪色羽翅，极其安静又极其逸雅，长长的细足半隐水中，仿佛栖在云水之间的一面明镜里。

空无一人的美景酿生出一种错觉，沈曼青禁不住恍惚了一下。仿佛有个身影凌空舞剑，剑光激散潇洒无伦，矫如游龙，凌厉而势不可当。转瞬幻影又消失了，眼前依然是鹤栖静水，山抹绯云。

这是沈曼青曾经熟悉的地方，近年已经极少来此，她怔怔地看着半颓的院落，忽然发现院内行出一个人。那人略偏头，仿佛在打量院内的陈设，黄昏的余光勾勒出属于男人的身形轮廓。

沈曼青呼吸顿住了，额间出了一层汗，手按在腰际的剑上，忽而又火烫般松开。神思变得不受控制，她不由自主地走近，男人仿佛觉察，回过头现出一张不怒自威的脸。

"侯爷！"沈曼青神色错愕，甚至忘了行礼，"侯爷怎会在此？"

檐下所立的正是威宁侯薄景焕，半日前才于大殿宣读谕旨，此时却孤身一人现身于翠微池畔。仿佛被打扰一般，他眉头冷锁，投过来的目光淡漠而不悦。

这位侯爷绝非易于亲近之人，数日来的款待事宜均是沈曼青主理，她已十分了解。怎奈一时忘形，直到话语出口才发现迹近质问，有几分冒犯，心下警惕。

幸好薄景焕似乎并未留意，他举目环顾四周，淡淡道："本侯闲来走一走，不巧迷了路，见这一处天光水色略为别致，多看了一阵。"

沈曼青缓了缓神，行了一礼，放柔了声音："这是本门失当，山上路径错杂，应该有人为侯爷引路才是。"

威宁侯望了一眼金虚真人座下的首席女弟子，听不出是喜是怒："那倒不必，天都峰钟灵毓秀，随处是景，受人引导反而失了意趣。"

这位贵人竟然连一个随行侍卫都不带，沈曼青暗自诧异，随声附和道："侯爷风雅，只是天色将暮，再过片刻景致难辨，寒露渐生，不如留待明日再赏。"

威宁侯也不多说，一颔首转身而行，沈曼青立刻趋前引路："我送侯爷回苑。"

行了片刻，威宁侯似随意而问："这样好的地方，为何偏偏荒寂无人？"

沈曼青柔唇轻抿，隔了一瞬回道："此地僻远又久未打扫，是以一直闲置。"

威宁侯平平的话语自身后传来："可惜了，与其留着一个废院煞风景，不如平了另起新阁，也好衬这一池风致。"

沈曼青心底一跳，沉默着并不言声。

威宁侯抬眼一瞥，在山道上前行的女子身姿盈秀，风致楚楚，乌发下一截粉白的细颈，纵是道装也难掩好女儿颜色，他再度开口："你上山多久？"

沈曼青不卑不亢地回答："回侯爷，自三岁上山修习，至今已二十一载。"

远远传来一声鹤唳，划破了山中的清寂，威宁侯缓缓道："此次出行前，沈国公与我言及孙女长住道观终是不宜，有意接你回家。"

一句话似无声霹雳，沈曼青一震之下心思蓦地紊乱，片刻后才道："多谢侯爷相告，我自幼入道观，多年来受师尊教导，不敢有负师长之望。"

"我跟金虚真人提过此事。"威宁侯语声漠漠，不带半分感情，一字一句似敲在她心上，"真人言道你虽是女子，然而天资上佳谨慎勤奋，他也有心栽养；沈国公舐犊情深托人递话，天伦亦不可夺，去留均看你个人心意，无须顾虑其他。"

沈曼青的心越发乱了，恍惚间听威宁侯道："既然你有夺回山河图之功，归于沈府后必能择一良婿；若潜心修道，也有师长扶持，你自行考虑清楚，与家中递个信。"

好一阵后，沈曼青勉强回了一句："多承侯爷费心，我自当慎思而定。"

威宁侯话已带到，不再开口，剩下的路途唯有静默。

直到行近殿苑，沈曼青才捺下纷乱的心绪，转过殿角正撞见殷长歌与左卿辞二人，心绪莫名地一松。威宁侯威冷的面庞稍和，等两人见礼完毕后道："左公子上了山即不见人影，想是发现了不少好去处。"

或许是盛典即毕就被殷长歌拖走，左卿辞未及更衣，仍是一袭正装，银冠束发，犀佩垂腰，越显卓然清贵，他浅笑道："全仗殷兄相陪，连日来伴我寻幽探境。"

殷长歌神采奕奕，愉快地接口："公子才学渊博言语生动，与之把臂同游，连平日见惯的风景也别有趣味，当真是乐事。"

这两人一个俊逸非凡，一个英姿焕发，并肩而立异常惹眼，如一双良璧生辉。威宁侯恍了一下神，竟忘了言语，片刻后才道："你们二人年龄相近，倒是投契。"

殷长歌这一阵与左卿辞游赏正惬，意气相投，闻言深以为然："公子比我长上一岁，学识远胜于我，要不是身份殊异，必当尊为兄长。"

沈曼青禁不住笑起来："长歌素来心高，而今却如此拜服，甚至想与公子结义，可真是奇了。"

左卿辞虽是侯府公子，平素亲切随和，从不摆架子，又一同历过生死，殷长歌不拘小节也未多想，顺着话语笑道："何奇之有，师姐正好替我作个见证。"

左卿辞笑吟吟正待开口，未料威宁侯面色剧变，不假思索地厉声而斥："结什么拜，真是荒谬！"

气氛霎时极尴尬，三个人全愣住了。

　　殷长歌遭劈头一斥，险些翻脸相向，到底对方身份非同寻常，他强行忍下了怒气，僵硬着声音道："侯爷此言何意，我不过打趣几句，并无高攀之心。"

　　左卿辞同是诧然，他知此人位高权重，城府颇深，喜怒从不形于色，这般无端的失态极是反常，不禁仔细打量。

　　威宁侯的面色异常难看，仿佛陷入了某种魔怔，一刻后才缓过神："结拜岂是如此草率之事，况且你们——"顿了一下，他忽然抚额露出疲态，"本侯倦了，一时失语，尔等自便。"

　　言毕他转身而去，既不解释也无旁语，留下三人疑窦丛生。

　　被权贵无故喝斥当然不是快事，殷长歌并非头一次遭遇。天都峰终年进香的达官显贵无数，多半对修士存有礼敬之心，但也不乏倚势凌人的骄狂之徒，殷长歌自有排解之道。

　　一个时辰的练剑之后，殷长歌心境平复，胸中块垒全消，拭去额上薄汗，他见沈曼青在廊下仰望天际星河，郁郁如有心事，不禁行过去："师姐在想什么？"

　　沈曼青神思涣散，半晌才道："师弟，你道这山上如何？"

　　突逢一问，殷长歌略感疑惑："师父待我们如亲子，师弟师妹对我们也尊敬有加，一切极好，师姐怎的突然这样问？"

　　"山中虽好，岁月久长。"沈曼青心中纷乱，目中也是一片迷惘，"眼下固然不错，再过十年二十年又如何？"

　　殷长歌年轻随性，极少思及长远，闻言脱口而出："当然是武艺更为精进，本门在武林中威名更甚。"话一出口，他就见沈曼青柔美的容颜泛起了一抹苦笑，殷长歌脑内灵光一闪，突然开了窍："师姐不想留在山上？"

　　正阳宫自有门规，门下弟子可选择束发正式入道，也可禀明师长后离山从俗，婚娶不禁，但从此与正阳宫无关，终身不得再以门人自居。

　　沈曼青默然良久，低声道："我三岁入山，长于师门，族亲无一有记忆，回去怕也是诸多不惯，未必受得了拘束，更不知尊长如何安排。"

殷长歌知她性子内敛，心事鲜少诉之于口，此刻竟然道出，必是忧虑纠结难安，他顿生怜惜："那就留在山上，师父一向待你是极好的。"

沈曼青轻叹了一口气，秀眉凝着彷徨的轻愁："留下束发为道？山中时光转瞬过，此后青灯长卷，终老山巅，也不知会不会悔。"

殷长歌沉寂了一刻，言语极是认真："师姐有我，必不会寂寞。"

沈曼青千思万虑，只觉未来一片迷茫，无论如何抉择都难以心安，好一阵她突然迸出话语："再过数月是试剑大会，师父已接了帖子，安排由我们致贺，待涪州事毕，我要去金陵一趟。"一言既出，她的心头奇迹般明快了许多，后面的话也流畅起来，"祖父让我回去，不管是作何安排，我想见一见家人。"

山月映着她青春秀美的脸庞，殷长歌突然有一丝心疼。她是这样美好灵慧，天生就该受尽疼护，得到世间最好的一切，而不是寂寞地幽居深山。静了一儿，他轻声道："好，我陪你。"

二十九·风雨来

一声巨响划破了重云密布的天空，金陵暴雨如注。天色如晦，雷声轰鸣，天幕仿佛被捅了个窟窿，哗哗向下倾水。闪电频频明灭，照亮了暗沉沉的屋瓦。这样可怕的天气居然还有行人，一个影子撑着一把油纸伞，沿着玄武湖边蜿蜒的小路而行。

路边树影幢幢，浓密的枝叶犹如黑浪翻涌，在狂风中摇摇欲倒，雨水在坡道上奔流，影子走得很慢，最终来到路尽头的一座宅邸前。

这是一座极大的宅子，依山环湖，几乎将半座山纳了进去。

影子在门外叩了叩门环，门立刻开了。

两行辟水琉璃灯风雨不熄，荧荧闪烁，灯柱沿着门内的路径蜿伸，在黑暗中指示方向。这样大的宅院，唯有风声雨声而无人声，宛如一个隔绝的异域。影子缓慢走入，顺着灯光行过几重深院，停在了一间灯火通明的书房外。

随着门扉的推开，一个青年从书案后立起，飘扬而入的雨雾拂动了衣袂，他的姿态从容轻雅，漾起了笑意："风雨如晦，鸡鸣不已，想见苏兄一面真是不易。"

来客是个面生的黑衣少年，尽管撑着伞，仍被滂沱大雨浇了个透湿，他用左卿辞熟悉的平漠语气说道："文思渊说，不来此地，剩下的酬金也不用拿了，为什么？"

"停云水榭的庆功之宴，唯独苏兄不至，一直深以为憾，不得已才出此下策。"长眸隐着佻达的戏谑，左卿辞不见半分愧意，"没承想天公不作美，倒让苏兄受累，不如先换下湿衣再叙，如何？"

黑衣少年正是飞寇儿，他从头到脚像从水里捞出来的，木着一张脸："不必了，酬金到底给不给？"

左卿辞延客入座，对方全不理会，他也不以为意："那些不过是玩笑之语，酬金早已备下，另有一桩请托，还望苏兄不吝借力。"

少年垂着眼，身形僵直，甚至不曾抹去脸上的水："生意的事有文思渊和你谈，我来拿金子。"

左卿辞微微一笑，言语诱惑："对苏兄而言，这桩请托轻而易举，报偿也极丰厚，何必要让文兄分一杯羹？"

"我只是来取酬金。"少年仿佛一个字也不愿多说，湿漉漉的颈微曲，脚边还在沥沥滴水。

左卿辞略微沉吟，将案上两个漆匣推至对方面前："黄金已兑成银票，另一盒是赤焰沙王辞行时赐的金珠宝玉。"

少年启开看了看，缓慢地将漆匣收入怀中，水顺着鬓边滑落，湿冷的指尖极苍白。

左卿辞下意识觉得有些怪异，一时又辨不出原因："苏兄可是有什么难处？"

少年没有理会，一手打开了门扉，狂风卷着雨扑面而来，陡然间凉意袭人。不等左卿辞再开口，他已经踏出去，连告辞的话语都省了。

盯着风雨中的背影，左卿辞疑惑更深，鼻端仿佛有一丝淡淡的血腥气。他的视线猝然落在地上，飞寇儿之前所立之处残留着一摊水渍，浸湿的地砖颜色极深，左卿辞俯身轻轻一拭，指尖竟染上了一抹淡红。

他霍然起身冲出门外，漫天雨幕倾泻而下，立刻将左卿辞浇了个透湿，白陌从檐下现身，替主人擎伞，眼看那个模糊的背影将要走出苑门，左卿辞厉声而喝："拦住他！"

白陌应命追上去，心知以飞寇儿的本领自己未必拦得住，刻意留了三下变招，谁料一掌顺利地拍在肩上，对方竟一声不响地倒了下去。

大雨倾盆如注，左卿辞一手持伞，一手上来扳过少年的脸，只见他眼睫紧闭，唇色惨白，已然昏迷。

风漫过翠羽般的池塘，扫开了薄淡的白雾。

池畔有两个道装少女，一个肤色微黑，一个仪容秀雅。

灵魂仿佛出窍，躲在松树斑驳的树干后，断断续续的话语被风带到耳际。

肤色微黑的少女开口，笑容依稀有几分恶意："师叔回来了，叫她去后山青庐。他既然不在就罢了，可不能说我们未传到。"

秀雅的少女淡笑了一下，立在池畔神色矜持，有一种正直无邪的气质。

话音渐淡，人不见了，翻涌的白雾中冲出一只从未见过的猛兽，圆亮的双目凶光毕露，利齿狰狞，仿佛要将人连皮带骨吃下去，扑袭迅猛可怕，起落间利爪已划破了肩臂，鲜血溅出，疼痛铺天盖地卷来。

白雾又漫过来，眼前是青砖地面，恍惚间她跪在地上，折断的剑置在膝前，周围的话语或讽或嘲，还有人在摇头叹息。

"…祖师留下的雪狻猊，当世仅有的一只……这丫头竟然……"

"…心太软了，他根本不该收……"

"…非我……资质平庸……索性逐出……"

受伤的肩臂很痛，冷汗一丝丝蜿蜒而下，嗡嗡的责备像鞭子抽在她身上。

光一晃，一个影子踏进来，满屋俱静。

她的头垂得更低了，心口有种无地自容的坠痛，恨不得将自己埋进石板。

一个轻淡的声音响起："刚回山就听说，我徒儿杀了雪狻猊？"

纷乱的声音又出现了，一个接一个响起。

"…闯入青庐禁地……门规……"

"…才两年就犯错……罚……"

她的头昏沉沉的，极想逃到一个安静而没有人的所在，可是她知道，世上没有那样的地方。

一只手扶住她的肩，运指如风连点几处臂上的穴道，她忽然不痛了。

那人随手一挽，她身不由己地站起来，腰脊拔直，头也被扶正。眼前是一双风一般的眼眸，清越而骄傲，让人忘不掉："记住你是我苏璇的徒弟，无论做错什么，都不要轻易弯腰。"

仿佛一扇坚不可摧的屏障，挡去了整个世界的敌意。周围的杂音蓦然消失了，只剩下胸口温热的膨胀感。忽然间那双眼眸变了，冰冷而空无一物，一道雪色飞龙挟雷霆之势劈来，她转身要逃，背上传来撕心裂肺的剧痛——

"她怎么了？"白陌放下了手中的银盆。

榻上的人覆着锦衾，眉睫轻颤，呼吸急促，却是醒不过来。

左卿辞掠了一眼，目光又回到手中的物件上。那是一枚烟灰色的珠子，乌蒙蒙的如拇指大小，由一根古旧的铜链系在苏云落的颈上，看起来晦涩无光，丝毫不显奇异。

"公子，这珠子有什么来历？"白陌虽然不识此物，但清楚能让左卿辞看那么久，必定不是普通之物。

"盈寸之华，百毒辟易，原来是因为这东西。"左卿辞仿佛自言自语般低喃了一句，而后才道，"这是却邪珠，据说是毒龙脊背所生，佩系于身可辟天下之毒。"

白陌禁不住多看了两眼，又瞧向榻上的人，始终无法相信她竟然是个女人："她还真会偷。"

左卿辞将珠子放回锦衾内，又拾起了另一样物件。

那是一根异常精美的短棍，质地银白坚实，入手沉沉，长度不及小臂，叩之似空非空。握柄铸有旋状浅棱，两头刻着凶戾的兽纹，雕饰精致，底缘刻了两行篆书。

谁解相思毒，

入骨一寸灰。

字虽浅白却难明其意，左卿辞翻转打量，审视良久。

白陌忍不住评论："这东西应该是兵器，瞧着又不太像，似棍过于短险，且无锋刃，无论攻防均极为不便。"

榻上的人低吟了一声，满头是疼出来的冷汗，仿佛在极力挣脱某种梦魇。左卿辞放下手中的东西，绞了一把湿巾，刚按上苏云落的额，忽然对方弹了一下，眼睛终于睁开了。

起初似乎有些恍惚，渐渐地那双昏沉的眸子从迷茫邃变为惊骇，眼瞳戒备地收缩，死死盯着他，左卿辞觉得相当有趣，轻咳一声，掩住好心情："苏姑娘醒了？我想现在似乎应该这样称呼。"

浅笑的俊颜看起来温和无害，地上一堆剪烂的湿衣，还有破碎的裹身长帛，苏云落目光掠过，眸子明显地飘了一下。

"苏姑娘伤在背，衣服是我让丫鬟去的，事急从权还请见谅。"左卿辞给了一个不失礼节又无懈可击的解释，轻巧地带过尴尬，"背上这道剑伤若再深三分，只怕姑娘性命堪忧。"

榻上的人唇色惨白，一言不发，冷汗已经浸湿了额发，显然是疼极了。

左卿辞仿佛不曾觉察，话中有一抹胜券在握的闲逸："方才探脉，发现苏姑娘竟然身负正阳宫绝学，既然是同门，又受了这样重的伤，可要给殷兄与沈姑娘捎个信？"

这一句终于逼出了反应，她动了一下，触动伤处发出了一声轻嘶，喘息半晌勉强道："不必，我早已背离了门派。"

左卿辞似乎诧异，流露出不解之色："何至于此，我看殷沈两位俱是侠义中人，古道热肠，其中可是有什么误会？"

苏云落不再言语，太阳穴突突地跳，咬牙抑住剧痛，眼睛已经闭上了。

他又问了两句，见对方始终不答，停了一刻换了话题："姑娘之前用的药虽然能止痛抑血，但疗效并不大，这道剑伤非比寻常，背肌仍有细碎的劲气伏藏，如不设法疏导，必会反复撕裂难以愈合。"

大概是失血过多，她的反应有些木，用了好一会儿才理解话中的意思，瞥了一眼枕边的漆匣，极其缓慢地移动手臂，抓出一把宝石推至他面前。

长眸眯起来，左卿辞半晌才道："这是何意？"

忍住脊背撕裂般的疼痛，她勉强动了一下嘴唇。

"诊金？"瞧着唇形他替她说出来，说完后静待了一阵，忽然绽出凉淡的笑，半挑的长眸盈出几许嘲讽，"若不是为了酬金，苏姑娘也不会罔顾重伤之躯登门，这些金银几乎是以命相换，我怎敢收受。"

她似乎不太明白他的讥讽因何而来，想了想，将整个匣子推过来。

这一举动让左卿辞的笑容越发诡异，一个手势，白陌带领丫鬟退了出去，一并掩上了门。

"诊金稍后再提，苏姑娘的伤不能再拖延，我先施针。"左卿辞彬彬有礼地说完，不等回答手上一扬，覆在她身上的锦衾已掀到了腰际。

她的脸仍然是少年，身体却截然不同。

锦衾下的身体完全赤裸，柔润莹白如一块软玉，薄薄的肌肤附在蝴蝶般的背胛骨上，腰脊最低处深深凹下去，弯成一个诱人的弧度。然而揭开覆在背上的素纱，一道深长的剑伤残忍地横过背脊，破坏了美感。

那是一道极可怕的伤口，清理干净后更为触目惊心，鲜红的肌理向两侧绽开，几乎可见白骨。

左卿辞持起银针三两下起落，激出了伏藏在肌理中的剑气，剑伤旁突然炸开一道寸许长的新伤，鲜血汩汩流出。她的脊背猝然绷紧，痛吟了半声，肌肤晕起了水光淋漓的薄汗。

左卿辞连下数针，她的背上又多了几道血肉模糊的伤口，呼吸断断续续，垫在褥上的软布渐渐浸开了血色。

左卿辞视而不见，落针频繁，间或以净布吸干伤口处的汗，一炷香后收针上药，又绞了一块湿巾，替她拭去背上的汗。敷上去的药粉开始清凉镇痛，她的气息缓缓平复，痉挛的肢体逐渐放松。

湿巾浸透了血汗，左卿辞扔入搁盘换了一块，三次之后，他凝视着惨不忍睹的背，打破了沉寂："能把你伤成这样，究竟是谁？"

直到写完药方，这个疑问仍悬在心中。左卿辞搁下笔，待墨迹稍干后递给白陌："先照这个煎五日，到期再换方子。"

白陌也算粗通药理，接过药方一扫，暗中咋舌："怎么会伤得这么重？"

"是个用剑的高手，已至剑气化形之境，这样的人定是威名极著，我却一时想不出。"指尖无意识地轻叩桌面，半响后左卿辞眉微蹙，"难道——"

白陌不禁动了好奇："公子猜是谁？"

片刻后，左卿辞又摇了摇头："罢了，想是遇上了厉害的对头。"

白陌推断道："既然伤在背脊，大概逃命的时候慢了些，或许是行窃的时候失了手。"

左卿辞不置一词，忽道："被雨一淋，确是伤得狠了。"

白陌不以为然："是她自己笨，不会遣人递话改个时日，偏要硬撑着过来，如何能怪公子。"

左卿辞眉梢一抬又平下来，淡淡地笑了笑："就算真是如此，我怎么可能信，不过徒费口舌罢了。"

白陌想了想也是，忍不住嘀咕："为了金银，这家伙居然连命都不要了。"甚至在疗治结束后，她立时让人将所得的珠玉银票存入指定的钱庄，见到字据才肯休憩，简直像担心侯府赖账一般。

左卿辞也生出了三分微惑。她冒险而来必是因为急缺钱，此前已得了千两黄金，又从赤焰沙宝库窃了藏珍，如此巨资仍是不足，她究竟在做什么？

三十 · 冰华露

　　她像一个安静的哑巴，顺从地将苦药一饮而尽，裸身换药也听之任之，毫无羞涩扭捏，更不会多说一个字。想来在她心中，侯府公子与路人毫无分别，纵然万里同行同归，也不过是偶然交错，激不起半分情绪。

　　这当然不太令人愉快，收起药瓶膏粉，左卿辞的长眸掠过一丝诡光，他决意打破冷局："当年你为什么离开？即使苏璇已逝，正阳宫也不至于亏待自己的门人。"

　　他的话语激不起任何反应，她沉默地俯卧着，仿佛什么也没听见。

　　左卿辞自然不会让话题就这样掠过，在榻边的软椅坐下："前一阵在天都峰听说了一些旧事，不免有几分好奇，权作诊金如何？我以名誉起誓绝不外传。"

　　回答他的依然是一片寂静，左卿辞全不动气，温文尔雅地加了一句："若云落实在不愿提，我也可以向殷兄与沈姑娘打听。"

　　这一句终于逼得她动了，她侧过头漠然看着他："你想知道什么？"

左卿辞从药箱取出一物，双指一错，室内响起了两声闷闷的扑通声响。她的表情一瞬间凝固了，盯住了他手中的拨浪鼓。

他对这一反应十分满意，大方地将小鼓交过去，任她在枕上翻看。鼓已经极旧，鼓缘的铜钉生着绿锈，带着陈年的灰垢，她的瞳眸有种奇异的恍惚，仿佛是在梦游一般。

左卿辞任她看了半晌，悠然道："翠微池是个好地方，朝云暮霞俱是美不胜收。"

她凝视着褪色的鼓面，指尖极轻地抚过下方的小字。

左卿辞挑了一个平缓的开头："殷长歌和沈曼青与你谁长谁幼？"

僵持了好一阵，左卿辞耐心地等，终于听到了回答。

苏云落开了口："他们入门在先。"

既然有了回应，第二个问题就顺理成章，左卿辞再度开口："你讨厌他们，为什么？"

这是清晰可见的事实，双方似乎都无甚好感，即使温柔如沈曼青，对她也并无多少同门之谊。

她忽然答非所问："那边知道了？"

左卿辞当然明白她在问什么："殷兄和沈姑娘似无意将此事告知尊长。"

撂下拨浪鼓，她的目光投过来，带着警惕与戒备："你到底要问什么？"

左卿辞浅浅一笑，话语意味深长："我想知道卿本佳人，奈何做贼。"

她呆了一阵，说不出是什么神色，半晌才道："什么佳人，我本来就是个贼，遇到师父时就是如此。"

左卿辞轻挑了一下眉，等她说下去。

大约太久不曾回忆，她的思绪有点迟缓，好一会儿才道："我自小不知道父母是谁，跟着一个卖艺的班子流浪，一个城一个城地换，平日走绳跑马卖解讨几个钱，下了场就在街市里偷东西，晚上交给班主。年纪小，被抓住顶多挨些打，不会送去见官。"

一个问题换一个回答，左卿辞接着问下去："你是如何遇上苏璇的？"

她沉默了一会儿，又去拨弄那个小鼓："记得在凤阳，两天没有偷到东西，班主不给吃的，我饿得发昏，走绳的时候一脚踏空，不是师父路过接住就没命了，后来师父给名字，说我是从半空掉下来的，就叫了云落。"

左卿辞问得很细："他当场就决定收你为徒？"

她的话语停了一刹，良久"嗯"了一声："师父看我可怜，就收了我。"

好心的游侠路上捡一个累赘，这种事不算罕见，但肯收为徒弟的不多，左卿辞打量着她的神色："当时你几岁？苏璇比你长上多少？"

她蹙了一下眉，最终勉强道："师父说我可能四五岁，那时他刚下山没几年，大约十七。"

左卿辞看出抗拒，换了另一个话题："为什么离开正阳宫？"

她的回答没有半分留恋："世上待我好的只有师父，师父走了，我也不想再待下去。"

左卿辞拾起被她跳过的疑问："沈姑娘和殷兄与你曾有过节儿？"

暗色的瞳眸一片漠然，她答得很疏淡："我入门比其他人晚，出身低，学剑的天分也差，他们认为我不配做师父的徒弟。既然已经远离，我不想再与他们有任何关联。"

想起大漠中沈曼青邀剑的姿态，左卿辞心下一动："难道沈姑娘对你也是如此？我看她在天都峰对师弟师妹极有耐心，行事公正，不像是狭隘之人。"

她一无表情地垂下了眼帘。

没有辩驳，也毫无争论的意愿，反应与预期有些不同，左卿辞望了一瞬，改道："云落不曾想过收手？若有一天激起正阳宫自清门户——"

她沉默了很久："我不会让他们捉到，至于收手，不可能。"

左卿辞不予评论，微微一笑："即使正阳宫声名受累，苏璇泉下难安？"

"不会有人知道。"她说得很肯定，眼眸却暗下去。

左卿辞不动声色地将她神色收入眼底："为什么做飞贼？"

她的话语又低又轻："我想要金子，别的什么也不会。"

左卿辞有一分好奇："你到底需要多少金子？临行前不是已得了一半？"

苏云落犹豫后才道："已经用完了。"

寻常人一生受用不尽的金银转瞬即空，如此挥霍，无怪收不了手，左卿辞心下起疑："从赤焰沙王宫秘库里取的珍宝也用完了？"

她错愕地瞪着他，警惕之色几乎溢出来，好一会儿道："你怎会——"停了一刻她缓过神，终是认了，"我确实进了秘库，可东西未能带回中原。"

这确是出乎左卿辞的意料："为什么？"

"碰到一群精锐的追兵，把珍宝散了借着混乱我才冲出来。赤焰沙王追得太紧，能保住命就不错了。"她的语气略微遗憾，但没有过多惋叹。

"好容易开了重重秘锁盗出来，竟又被追回去，平白空忙一场，原来是被我们牵累了。"左卿辞含笑轻谴，话中蕴着几许揶揄，"假如那些珍宝还在，云落只怕也未必会来此。"

这个人似乎能看透一切，她没有否认："我有急用，等不了。"

"抱歉，是我过于轻率，致使云落伤情加重。"左卿辞温文地致意，语气歉疚而诚挚，"不过确实有需要云落襄助之处，伤愈之后不妨重新考虑，酬金尽可随意提。"

俊美的脸庞神色温雅，言辞柔软，道出的请求几乎让人难以拒绝。

可是苏云落没有看，她垂下睫，指尖轻触陈旧的鼓柄："确实无暇，请公子另请高明。"

端谨自持的正阳宫偏偏教出了一群性情各异的弟子。

剑挑天下的苏璇，率直意气的殷长歌，声名狼藉的苏云落——

正阳宫的弃徒、苏璇唯一的弟子，是个沉默少言，从不露真容的女人。那双异常干净的瞳眸所泛起的戒备与惕慎，真是相当有趣。

左卿辞将手上的药草配完，交给白陌："这味药工序繁杂，一不留神就败了药性，仔细盯紧了。"

药草中有几样贵逾百金，价值不菲，白陌应下后不解地询问："冰华承露药性易散，难以久置，公子确定要炼这样多？"

放下卷起的宽袖，左卿辞漫然收拢药具："她背上的伤口过于深长，又裂伤数次，要减轻疤痕必然用量极多，怎么可能久置。"

白陌呆了呆，一句话险些顺嘴冒出来，好在及时回神忍住了。

左卿辞淡瞥一眼，清楚随侍在想什么，并不解释。

待药炼好，苏云落的剑创也已收口，长出了嫩红的新肉，左卿辞审视伤处："外肌已合内里未愈，此时最是关键，我新制了一味药，正宜今日施用。"

苏云落没什么反应，她习惯了将自己当作一个死人。然而她没料到这一次他并未以角板敷涂药物，伴随着一股清雅柔馥的香气，一只细长温热的手直接触上来，她的背肌立刻僵硬了。

她分明感觉到他的指尖蘸着凉沁沁的药液，从后颈到背脊直至凹陷的腰弓，一寸寸在肌体上缓慢地揉捏，一种说不清道不明的战栗从指下泛起，撩动心灵燥热难安。

她俯卧多时身体僵麻，被按一按应该是极舒服，可这样的摩挲却让她不自觉地绷紧了想躲避。他停了一下，取过药瓶又倾倒出一些，白皙的指尖染着金黄的药液，看起来异常悦目，随后指尖落下来，奇异的靡软从指下滋生，逐渐蔓延至每一根神经。

她不清楚药的好坏，只觉忍无可忍，声音都有些哑了："还是用之前的药吧。"

"莫非敷涂的时候云落有些不适？实在是伤口太深，不用此药将来极易再度裂伤。"左卿辞不紧不慢地触弄，唇角微笑更深，语气宛如平常，"我也知男女授受不亲，奈何此药必须辅以特殊手法才能让药力渗入，唯有不拘了，想来云落久经江湖，不会在意些许小节。"

心神越来越躁，身体深处仿佛有异物在骚动，她无心留意他在说什么，甚至不知自己究竟是怎么了。眼前一片模糊，肌肤开始发热，她的呼吸越来越重，险些忍不住呻吟。

左卿辞不动声色地观察，榻上的人瞳眸水光潋滟，气息急促不安，像一只按捺不住想逃的猎物。这让他十分满意，为了避免挑弄过度导致前功尽弃，他换了一种手法："云落可知此药何名？"

她无心听他说什么，只觉得难耐的异状突然退了，尽管背上的手仍在按捏，却不再有令人刺激不安的魔力。

左卿辞仿佛随意而谈，娓娓道来："此药采三百年以上的雪参、七十年以上的灵芝，辅以赤火棘、服常子、指星木、楮实等药材秘制，名为冰华承露，去毒生肌极具神效，依云落目前的情形，大约用上八九瓶也就痊愈了。"

一长串话语说完，她终于清醒过来听出了重点，静默了一会儿道："此药价值几何？"

"一瓶不过百金而已。"又一泓冰凉的药液抹上脊背，左卿辞轻描淡写。

空气一片沉寂，半晌后苏云落开口："上次提到的那桩请托，是要做什么？"

一言入耳，斜挑的长眸瞬时漾起了笑意。

三十一 · 试剑会

　　锃黄的镜面映出了赤裸的背，苏云落侧过头观察，伤痕斜斜地落在背脊的肌肤上，像一道朱砂色的画迹，指尖抚过异常平滑，完全不见最初的狰狞。她受过许多伤，从不曾愈合得如此完美，左卿辞的药尽管古怪又昂贵，确实极具灵效。

　　合拢衣襟，苏云落看向榻边平置的一套女子衣裙。

　　踌躇半晌，她抖开穿置妥当，轻软丝滑的衣料覆上肌肤，感觉陌生而不惯。她的目光掠过镜中那张少年的面庞，翻开了使人从指定的地点取来的包裹。

　　白陌在门外叩了叩，门内停了片刻，传出一个女声："稍待。"

　　声音全然陌生，白陌一时没回过神，当是有外人侵入，指下咔嚓一声震断门闩，踏入了屋内。

　　夏日的阳光透过窗纸，映得屋里半明半暗。

　　案前坐着一个人，细白的指擎着笔，正安静地对镜描容。

　　漆黑的长发遮去了眉睫，露出半张朦胧的侧颜，她的脸颊呈现一种半透明的白，鼻尖挺秀，颔线清晰优美，绯色的唇上凝着一点光，室中盈着一股静谧专注的气息，异样地轻柔。

混入人群就找不着的飞贼消失了，取而代之的是一个从未见过的女人，白陌怔住了。

女人依然凝视着镜面，唯有一道话语从身后传过来："出去。"

肩臂蓦然被拍了一下，白陌回头看见主人才清醒过来，左卿辞深望了案前一眼，拉他退出去合上了门，唇角有一丝隐约的微笑，在中庭的石凳坐下。

两炷香后门开了，现出一张清秀的脸。

眉目寡淡，勉强可算中人之姿，精致的衣裙穿在她身上，不显半分光彩。

白陌看了几眼，讷讷撇开了视线。

飞贼成了一个彻头彻尾的女人，完全找不出昔日的痕迹，错身而过的时候，白陌甚至能闻到对方发上的香气，着实百味杂陈。把她当男人显然不合适，当女人又有说不出的别扭，他情愿自己仍是面对那个惹人厌的少年，而不是眼前步履轻盈，低眉垂首的安静女子。他也忘不了那张惊鸿一瞥的侧颜，弄不清究竟是不是真实。

怀着纷乱的疑惑，白陌快快地骑着马，缀在车辆后方。

马车内的左卿辞心情极好，兴致盎然地研究对方的新面孔："云落形影百易，声音随之而换，叫人叹为观止，此刻所用的可是真声？"

她此刻的声音不难听，也称不上悦耳，只能说清晰中正，不高不低。

到底是一场疗治欠了情分，过去根本不予理会的问题，这一次苏云落答了："或许。"

"这般神秘更让人好奇，云落真正的声音，天都峰外是否有人听过？"风姿玉貌的男子浅笑吟吟，话中蕴着期待，"我可有此幸？"

苏云落想了想，柔唇一动："这般真声，公子以为如何？"

声音粗哑而洪迈，宛如车内突现了一个豪壮的莽汉，左卿辞非但不曾被吓到，反而放声大笑，一时难以自抑。

这位贵公子实在是闲极无聊，苏云落无甚兴趣地把头转向了窗外。

马车外形朴素雅致，内里舒适，车内的矮几盛着茶水点心，除书卷外还散落着若干软枕，左卿辞随意倚靠，姿态从容轻逸："这些技巧是何处习来？江湖只道令师剑艺极高，从未听闻兼擅易容。"

苏云落答得很简单："离山后学的。"

左卿辞继而问道："是个什么样的人？"

炫亮的日影从车窗映入，玉一般的俊颜宛然生辉，一缕光影落在眸中，格外令人心动。

苏云落不知不觉竟然答了："他很厉害，擅长诡诈之术，能让物主将宝物拱手而献，见我学不来才教了易容和窃术。"

左卿辞当然不会错过她的闪神，泛起一缕笑意："这位奇人如今何在？"

她顿了一刻："死了。"

看来问得不太凑巧，左卿辞略感惋惜地挑了一下眉："云落是如何识得他的？"

苏云落垂下了眼睫。

左卿辞聪明地换了问题："却邪珠也是他让你偷的？"

她僵了僵，隔了一会儿道："不是偷，是他给的，说藏宝的密室多半伏有毒药迷香。"

左卿辞赞许中别有深意，隐含触探："难得他想得这般周到，又肯倾囊而授，只怕师徒也不过如此，必是云落合了他的眼缘。"

不知是否听出，苏云落静默了一瞬，忽道："他还教我不要相信任何人，不要替贵人做事，无论他们许诺了什么。"

显然过多的探询勾起了她的警惕，左卿辞不动声色地转开话题："我见云落与百晓公子十分熟悉，想必已相识了数载？"

她没有回答，算是默认。

"文思渊是一介捐商，追名逐利无所不为，明知云落不喜权贵，又对正阳宫百般回避，依然不顾情义迫你远行。"左卿辞不紧不慢地挑拨，切中她的隐忧，"此人利字当头，难保将来不会再次出卖你，你可想过届时如何应对？"

苏云落过了很久才道："你想说什么？"

"以云落之能，应是海阔天空任逍遥，何以偏偏受人钳制？"左卿辞呈露出三分惋惜，适度地展露关怀，"我只是觉得可惜，再加上数次蒙云落相救，想助上一把，毕竟靖安侯府还有几分薄力。"

她看了他很久，左卿辞微微浅笑，亲切和煦，长眸仿佛盛载着无尽的诱惑。

最终，苏云落什么也没说，沉默地侧过头。

左卿辞的请托说简单也简单，说麻烦也确实有些麻烦。

这位贵公子心血来潮，要她护送自己至涪州观赏五年一度的试剑大会。从金陵出发，走一趟少说也需两个月，更不提沿路武林人无数。他以不喜拘束为由，途中仅携白陌打点起居，安危系于苏云落一身，不可谓不大胆。

天下英雄会九州，八方试剑赌豪强。这是一个由来已久的惯例，每五年就有一方世家承揽武林最热闹的盛会。以重宝为彩头，广发名帖，邀各地豪杰一显身手。一来显扬宗派声名，二来结交四海英雄。一桩万众瞩目的江湖盛事开场，各方英杰都期望在试剑台上崭露头角，就算夺不了头彩，博一个名扬天下也是美事。

此次发帖的是涪州的武林豪族沐家，日子定在七月中旬。消息一出，江湖人络绎不绝，如百川入海，尽向涪州汇去。左卿辞或许是最悠闲的一个，沿途住最好的旅店，赏评各地风物，品鉴各类美食，全然一派世家公子微服游乐之态。

这一日马车驶入了一个不大不小的镇子。白陌在当地最出名的客栈勒马，掌柜一见便知这一行人是阔绰的金主，殷勤地迎上来躬腰问安。

客栈极大，一楼的酒肆人头攒动，场中有七八个娇丽的胡姬劝酒，众多江湖人把盏传杯，划拳猜枚，混着胡姬的娇声笑语好不热闹。白陌将马车交给店伙，随手抛过一块碎银。

"多谢爷的赏赐，小店必拣最好的物件奉上，还望贵人不嫌此地粗陋。"掌柜见了银钱更为欢喜，打起十二分精神逢迎，"正好近日收了两个干净的胡姬，擅长松筋捏骨，必能为贵人稍解劳乏。"

随着一声招呼，两名胡人少女犹如鸽子翩然而来，俱是腰肢纤细、胸脯丰满，带着青春少女特有的稚嫩。见客人竟是这般英俊的公子，两名少女眼眸一亮，笑容越发灿烂。

苏云落无声地退开，左卿辞淡淡地瞥了一眼，白陌不必吩咐已将人拦了，三言两语斥退。

掌柜马屁拍到马腿上，搓着手讪讪地笑，连声驱使店伙收拾房间，白陌不放心，亲自跟过去检视，左卿辞与苏云落被迎至窗边小坐等候。酒肆酒客颇多，左卿辞的气质形貌引来了不少武林人的视线，大家见他身侧仅跟了一个寻常女子，不似与江湖有关，也就不再关注。

左卿辞听了一会儿，座中的谈话均与试剑大会相关，多半在猜度今年沐家拿来做头彩的是何种宝物，深觉有趣："云落可有兴致下场一争长短？"

她有一点愕然，而后才领悟他在调侃。

左卿辞带着置身局外的闲逸，漫然谑道："听说五年前殷兄与沈姑娘在试剑大会极受瞩目，分获玉狻猊和素手青颜的名号，云落若是肯一亮身手，未必逊于二人。"

突然隔座一个醉醺醺的胖子拍案，激声嚷道："什么宝物也抵不过神匠鸦九的神兵，剑魔苏璇要不是有神剑之助，焉能横行江湖！"

整个酒肆一刹那极静，而后人群开始哗笑，有人叫道："据说轻离剑重现江湖，就在正阳宫的素手青颜掌中，有本事你赵老三去夺，横竖剑魔已死，还怕什么！"

胖子赵老三明显是喝多了，唾沫横飞地夸口："别说是个女的，就算剑魔在又如何，我三两脚就让他跪地求饶。"

剑魔的名号非同凡响，听得胖子横吹，酒客尽皆嘲弄起来："他疯是疯，照样能一剑劈掉冷蝉君的手，你有几只手让他砍？"

赵老三被激得满面通红："那不过是侥幸，一个疯子能抖什么威风，要是换了我，趁得他癫病发作之时手起刀落，哪还需要正阳宫清理门户。"

众人再度喧笑，纷纷闲议不再理会。

苏云落异样静默，她盯着仍在大放厥词的赵老三，瞳眸里有一种怵人的森冷。这一瞬的意外让左卿辞唇角轻扬，饶有兴趣地观察。

然而最终她什么也没做，不再听下去，起身走向客栈内院。

左卿辞不出声地笑了笑，也行了过去。刚刚步出廊外，她忽然回头，五指轻舒迅捷地在他头上一拦，收回来时掌心多了一个沉甸甸的白石花盆。他们抬首看去，二楼栏杆处全无人迹，一片空静。

左卿辞的笑容淡了，神情如被暮色浸染，模糊晦暗难辨。

三十二 · 波云谲

　　白石花盆雕饰着南方常见的纹样，盆中植的兰花绿意盎然，盈了数个小巧玲珑的花苞。土壤微潮，似乎不久前才浇过水，搁在案上毫无打眼之处，可半个时辰前险些要了左卿辞的命。为了护卫左卿辞身侧，苏云落并未去追索暗中隐藏的人。从表面上看，游山玩水的公子被误坠的花盆砸中身亡，似乎是一场偶然又纯粹的意外事故。

　　"云落又救了我一次。"左卿辞打破了沉寂，似已淡忘了意外，指尖触抚叶间青碧的花萼，"这花生得极好，大概栽养的人有心。"

　　完美的笑颜仿佛从来不会惊悸，这个人苏云落始终摸不透，也不愿多想。

　　左卿辞悠然道："此地所出的酒有些特别，我已订了雅座，云落稍后不妨品一品。"

　　苏云落摇了摇头："我不饮酒，你可以找白陌。"

　　"云落能一尽千杯，却不爱饮酒？"左卿辞呈露出一分轻讶。

　　苏云落答得很无趣，也很干脆："我仇人太多，不能饮。"

　　这个理由确实也说得过去，左卿辞放弃了再劝，打趣道："要醉倒云落谈何容易，不知如何练出的酒量，难道是师门渊源，令师好酒？"

最后一句置疑让她踌躇了一刻，忍不住解释："师父从不饮酒，说耽迷长醉会引发手抖，于剑无益。"

又一次成功地诱出答案，左卿辞隐然愉悦："那云落的酒量从何而来？"

她又不说话了。

左卿辞微微一笑："说起来，云落怎知鬼神医有好酒之癖？"

"偶然听闻。"苏云落顿了顿，望了他一眼，"你不想被人知道与方外谷有关，我不会说。"

"多谢云落，方外谷名头太大，我性好清净，医道仅学了些许皮毛，并不想因此惹上麻烦，不得不隐秘些。"左卿辞莞尔，斟了两杯茶，推了一杯给她，"此地已近涪州，山陵起伏多生云雾，所产的茶也极佳，据说仅比苍澜稍逊。"

苏云落低头看了一眼，并未品饮。

"天都峰除剑法之外，还推崇茶道棋弈等雅事，云落当年在山上大约也常替令师烹茶？"左卿辞啜了一口，轻谑之余又跟了一句，"或许不只烹茶，还兼带烹食制膳？"

每句话都似有所触探，然而又是无关紧要的枝节，苏云落凝视着碧色的茶汤，空前沉默，良久道："入山前我随师父浪迹江湖，时常露宿郊野，习惯了处理食物，至于烹茶、弈棋、品茗与谈诗论道一概不会，其他的同门应该精熟。"

左卿辞宛如闲叙："为何云落不学？难道不好此道？"

她的眉间一动，仿佛被什么刺了一下，最终平平道："我入门晚，资质鲁钝，学武已经耗尽力气。"

看着她的神色，左卿辞轻浅一笑："剑魔的徒弟，看来并不好当。"

苏云落没有听出调侃："师父能收我，是我几世修来的造化。"

提起苏璇她总是极认真，无形的敬畏已融入骨髓，左卿辞正要进一步诱探，门外店伙叩门相请，道雅座已备好。

　　雅座外是人来人往的街市，难免有些吵闹，好在店家在檐下巧妙地悬了一串五色风灯，既不过分炫目，又映得窗内光影迷离，独具风情，足以让人忽略些许不足。

　　这一地的酒确实酿得不错，菜肴却是偏重辛麻，左卿辞尝了几口不甚喜，撂了筷子缓慢地抿酒，看苏云落进食。她大概也不习惯，但也不言撤换，就着茶水安静地将饭粒咽下去。尽管擅于烹膳，她似乎从来不会为自己费心，日常过得粗糙而随意。

　　零落的灯光映在她的侧颜，左卿辞突然发现那双眼睫与记忆中不同，长了许多，如墨羽般纤美匀翘，嵌在素淡的面庞上有些出挑。

　　或许视线停得太久，她觉察到，轻触了一下明白过来："近日忘了修剪，稍后会整理。"

　　左卿辞似笑非笑，带上了三分淡嘲："扮男人的时候也就罢了，现在好歹是女子，何须一双眼睫都不肯放过。"

　　苏云落早已习惯了隐蔽，没有在意他的轻讽："惹眼了会带来麻烦。"

　　左卿辞薄哂，辨不出是揶揄还是真心建言："终年行窃风险太大，终有一日会成为众矢之的，云落何不用更好的方式获取金钱？"

　　苏云落看了他一眼："这是我所知最快的办法。"

　　左卿辞不动声色地试探："有没有一个价码能让你放弃窃盗？"

　　苏云落沉默了一下："有。"

　　左卿辞半挑长眉，兴致盎然："说说看。"

　　苏云落踌躇片刻，终道："赤眼明藤、鹤尾白、锡兰星叶。"

　　这样的条件让人大出所料，左卿辞禁不住诧然："你要这三味药做什么？"

　　苏云落微微垂下了眼帘："据说这些灵药有奇效，可以令人武功倍增，天下无敌。"

　　左卿辞打量着她的神色，心底疑窦丛生："这是何处听来的荒诞之言？赤眼明藤主效络归元，于寻常人根本无用；鹤尾白确实于武林中人颇有助益，但仅生于万丈荫木之上，异常难寻；锡兰星叶为至毒，容易引来毒物相伴，连采摘都要冒生死之险。这几样药性不一，服用后天下无敌未必，倒有可能白日飞升。"

寻常医者根本不知为何物的奇药，左卿辞一一数出，苏云落专注地凝听，寂暗的瞳眸突然有了活气，越来越亮。

左卿辞疑惑更重，正要探问，忽然雅座外一声泣叫，一个人踉跄地跌进来。

来人身形窈窕，臂挽的篮中盛满了花束，显然是一个卖花女。

她生得弯弯的两抹挑眉，圆面孔艳红唇，一袭朴素的衣裙裹在成熟丰腴的身段上，风韵十足，如一朵引人采摘的娇花。如果走在街市，必会吸引许多江湖客的目光，或许这也是肇事之源。她慌慌张张地扑进来，门外传来猥笑，几个放浪的醉鬼随之追了进来。

酒肆本是鱼龙混杂之地，美人又身份低微，谁都可以轻狎地调戏，引来几头恶狼也是顺理成章，她被扯住了衣袖，花容失色，泪眼汪汪地望向左卿辞："公子救我！"

卖花女楚楚可怜，眼波欲坠，仿佛座中风仪高贵的公子是唯一的救星，可惜这位公子不知是不是吓傻了，仅是不言不语地旁观。

醉鬼放肆地拉扯，撕得美人衣袖碎裂，露出了半截雪白丰腴的臂腕，活色生香地诱人，挣扎中更显出玲珑浮凸的身段，她连声泣道："求公子救我，奴家愿粉身碎骨以报。"

娇声动人，偏偏这公子若不是石头心肠，就必是个聋子，无一丝反应。

她咬了咬牙，不甘心地一挣，从醉鬼手上挣脱，眼看要扑进公子怀里，突地身子一仰，硬生生以一个奇怪的角度跌出几步外，疼出了一声娇呼。

娇脆的惊叫分外引人怜惜，美人勉强仰身，想攀住左卿辞的衣襟，膝部又是一绊，跪跌在地上，一口泣声没哼出来，硬生生憋在胸腔，俏脸都青了。

动静大了，终于引来隔厢一位粗犷的侠士，路见不平之下三拳两脚让几个醉汉满地翻滚，利落地解决了麻烦，顺便对左卿辞这无用又怕事的公子哥丢了老大一个白眼。卖花女一边轻泣，一边被好心的侠士热情地扶了出去，临去的眼波瞟向左卿辞，盈满含怨带诉的委屈。

地上落了一枝纤长的花，仿佛一场混乱的见证。

苏云落一直没动，直到对方离去后，她合上薄扉，拾起花端详了一刻。碧梗带着微刺，重瓣深红，花蕊半合，有一种荏弱颤摇的美。

"云落可真是无情。"左卿辞绽出一丝别有意味的深笑，"若殷兄在此必会出手，云落却是驱之唯恐不及。"

卖花女跌了两次，正是苏云落所为。她出手隐蔽，雅座内光影散乱，左卿辞居然看得分明，等闲高手都未必有如此灵敏的五感。苏云落弹了一下花萼，问出潜藏已久的疑惑："你不谙武功却感官敏锐，呼吸深敛，为什么？"

左卿辞也不隐藏，大方地承认："早年病弱，被师父持续数年以灵药沃体，换了旁人想必已是武林天骄，我仅得耳目略胜寻常罢了。"

苏云落沉默了一会儿，冷不丁道："你为什么不救她？"

左卿辞莞尔："我手无寸劲，那几名醉徒尽是粗悍凶蛮之徒，岂敢贸然而动。"

这理由着实敷衍，不过苏云落没有再问，随手将花抛入桌底。半闭的娇花跌在地上，花蕊滚出一只黑色甲虫，僵直的细肢一动不动。

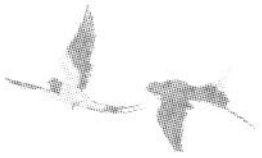

卷七 劫难重

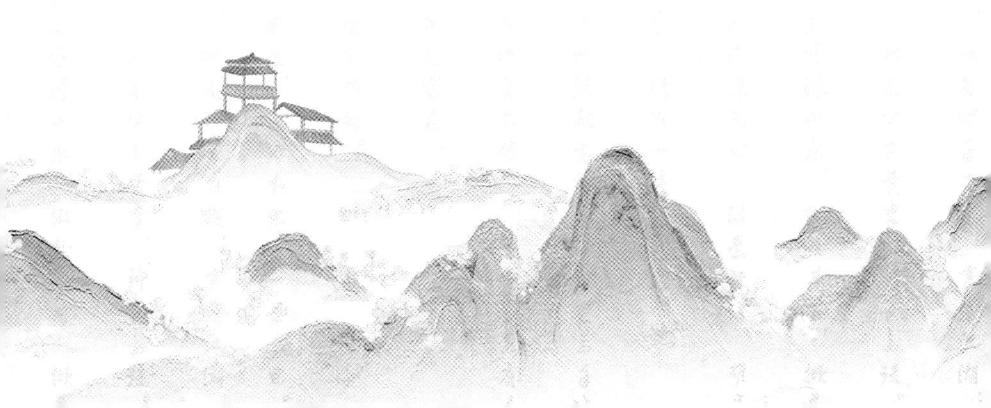

三十三·步步故

第二天，苏云落发现左卿辞身边多了一个人。

那是一个二十余岁的秀气青年，身姿利落，有一种历练后的精悍。

"这是秦尘，跟了我数年。"左卿辞作了引见，"还不见过苏姑娘。"

比起白陌，秦尘更为内敛精干，出现得也很突兀，左卿辞并未详述。苏云落瞧了一瞬，袖尾在茶案上一拂，整张桌案猝然弹起。

秦尘沉腕一按，桌子顿时定住，不料大大小小的茶盏碗盘激跳而起，连茶带水扑面而来；眼看飞袭将至，秦尘并指虚拂，劲力掠过激起数下丁零当啷之声，十余样物件仿佛被一只看不见的手拨弄，安然无损地落回了桌面。白陌刚要称赞，突然哗嚓一声桌面翻倒，盘碟俱碎，茶汤洒了一地，桌案三腿尽折，唯余一条支着残板摇摇晃晃。

这是一场无形的竞斗，秦尘输了一着。

苏云落离去后，白陌脸都黑了，憋了一肚子浊气："她分明是故意让秦尘难堪！"

左卿辞微微一笑："秦尘觉得如何？"

尽管受了一个下马威，秦尘依然平静，禀道："她一起手就震酥了案脚，却到最后暗劲齐出才崩断，控劲之术异常精妙，正式交手我没有必胜的把握。"

那女人的武艺竟这般高明？白陌听得愕住了。

忆起白陌的言语，秦尘有几许疑惑："果真是剑魔的徒弟？以她的武功尽可在正道扬名，何必要做贼。"

左卿辞无声地笑了笑："这一点我也很好奇，她藏这么深，正阳宫也从不提苏璇还有传人，究竟是为什么。"

"公子确定她是安全的？"这些秦尘不关心，他要确认的仅有一件事。

左卿辞自然清楚他在问什么："她对权贵很警惕，不会蠢到轻易被收买。"

除了宝物和苏璇，她大概对任何人或事都毫不关心。

这一趟涪州之行注定不会太平，秦尘盘算片刻："属下定会全力护卫，但一路龙蛇混杂，敌暗我明，公子还是慎——"

"无妨，我正希望再有趣一些。"左卿辞轻浅一笑，唇角勾起奇异的弧度，显得促狭而危险，"何况太过平淡怎么试得出，多点变数，最妙不过。"

那一抹盎然的兴奋，仿佛开启了一个趣味十足的游戏。

秦尘琢磨良久，等手上的事情处理完毕，去马厩里寻到了白陌，单刀直入："公子对她有意？"

白陌正在料理马匹，手上一重骏马嘶鸣，险些回头尥了一蹶子，他赶紧按住马颈安抚，对秦尘回以见鬼的表情。

秦尘接过手，持着马刷细细刷开鬃毛。

白陌闲下来，倚着围栏接续了话语："我觉得是因为那家伙有些本事，公子想收为己用。"

秦尘的手很稳，刷得马儿舒服地摇晃长尾："看来不只如此。"

"公子就算是有心思也不可能瞧上她，你没见过她在西域的样子，比男人更邋遢，又闷得像个哑巴，哪有半点像女人。"风华照人的公子与劣迹斑斑的飞贼，白陌从直觉上拒绝任何暧昧的联想。

秦尘抚了抚马脊，中肯地评论："她是剑魔之徒，不会轻易屈从于他人。"

"公子是什么人，凭他的手段哪有收不服的，再说跟随公子难道不比做贼好上百倍。"白陌捞起一捧草料喂马，又有些迟疑，"不过她不识好歹，性情又怪，说不准还真有几分麻烦。"

秦尘扳起马腿检视蹄铁，探查磨损的程度："不识好歹？"

"不管旁人怎么瞧不起她，公子一直很客气，结果在她眼里好像没什么分别，一入关就分道而行，一句场面话没有。"难得能吐一次怨言，白陌拣了几件事说了，"前一阵她受了重伤，若不是公子医术超凡，只怕都救不回来了，用的全是最上等的药，也不见她有半分感激。"

秦尘忽然觉得有些奇特："公子可有不满？"

一提这个白陌就泄了气："公子的心意谁能揣测。"

拍了拍马臀，将检视过的马匹赶到一边，秦尘不再过多讨论："这一个先放下，近期路上要多留意。"

白陌冷哼一声："还不是那边在搞鬼，真当公子好性情。"

"《锦绣山河图》一事朝野尽知，难免会激出一些事端。"秦尘丢开马刷，同样倚在栏边，"或许还有一重原因，侯爷在考虑公子的婚事，我行前被叫去问话，问及公子可有心仪之人。"

这一重白陌全未想到，惊诧道："你如何回答？"

秦尘的话语很平静："公子心多，不知仪哪一位。"

白陌哈的一声呛笑出来："这一句极妙，侯爷怎么说？"

"没什么，仅是让我保护好公子。"秦尘想起当日所见，"公子从赤焰沙归来后名噪一时，主动议婚的不少，我看侯爷的书房已经堆了不少金陵名门闺秀的画像，不过以公子的性情——"

他收住了未再说下去，白陌已然明白，罕见地添了三分忧虑："这些岂是你我所能触碰，千万不要在公子面前提，他最厌的就是旁人自作主张，你是侯爷给公子的人，难免要应侯爷之命，这一次赶过来已经悖了公子吩咐，好在他近日心情不错，免了责罚，下次就难说了。"

秦尘沉默着，良久点了一下头。

骏马喷了个响鼻，驱开了一只萦绕的蠓虫。蠓虫在昏暗的马灯下腾起，掠过厩栏，飞上了夜空下的厩顶，厩顶上有一个凝定的影子，蓦然抬手笼住了蠓虫，细巧的指尖仿佛有种无形的劲力，看似疏落，那虫却怎样也飞不出去。

蠓虫惊惶地扑棱，突然那只手一松，它再度获得自由，忙不迭地逃离，飞向了无尽的夜空。

夜至三更，万籁俱寂，半开的窗棂透着夜风的凉意，也方便了不速之客。

朦胧的月光下，一只巴掌大小的蜘蛛无声无息地爬入，通体长满黑绒，背上生着人面状的白纹，它爬过窗棂缘墙而入，伏在地上安静了一会儿，细绒微微颤动，仿佛在捕捉什么，长长的足肢一扬。

等苏云落看见的时候，蜘蛛已经死透了，毛茸茸的身体依然怵人，距床榻仅仅三步之遥，足以想见凶险。

险遭毒物侵袭的左卿辞才用过早食，神清气爽："这是昨夜秦尘所见，似乎不像本地所有，云落可知来历？"

"像是南疆的——"苏云落说了几个字又停住了，沉默一瞬终道，"大概看错了，涪州武林人士太多，难保不会有意外，不如回转金陵。"

"纵然无用，我也不致被一只蜘蛛吓上归途。"左卿辞也不追问，莞尔一哂，"难道云落已畏惧前路，不愿相伴？"

白陌的目光已经带上了责备。

苏云落不答反问："公子可曾与谁结仇，或得罪过什么人？"

俊美的脸庞展露微笑，左卿辞轻慢而不在意："恕我实在想不出，谁会刻意为难我这样一个无能之人。"

既然他不愿言明，苏云落也不多说："近期多留神门窗，夏季湿热，时有蛇虫鼠蚁。"

　　明明是有人刻意豢养的毒蛛，偏被她敷衍带过，白陌顿时一股气哽在喉间，左卿辞居然笑了："说得不错，可惜我不比云落，没有却邪珠这样的宝物，想避也避不开。"

　　这或许是句玩笑，听在她耳中却是另一层意思，苏云落迟疑了一下："珠子我还有用，不能给你。"

　　"却邪珠是云落爱重之物，岂敢相索。"左卿辞漫声道，语调带上了暧昧，"不过要是能得云落常伴左右，或许我也能分润一些宝珠之力，百魅不侵。"

　　轻谑的声音有说不出的诱惑，每个字都似含着三分挑逗，苏云落的耳根莫名地发痒，她下意识地揉了一下，干巴巴道："你有护卫，会护你周全，用不着这个。"

　　左卿辞半真半假地调侃："这话有几分伤情，原来护卫一来，我的生死就与云落全不相关。"

　　苏云落岂是他的对手，被说得一时无言。

　　左卿辞的长眸流光淡转，蕴着笑让人无端心跳，又看不分明："我以为我们相识日久，几度互为援手，也算朋友了，云落觉得可是？"

　　明知他在戏弄，她还是禁不住摸了一下耳朵，移开了目光。

　　"难道我有何处令云落不喜？"左卿辞笑意更深了，声调越发柔软，宛如缱声低诉。

　　苏云落连颈后的细发都竖起来，退了两步，终于挤出话语："这事有点蹊跷，我去探查一阵。"

　　她走得实在太快，以至于白陌傻了眼，莫名其妙地看着空空的窗口，不解之下甚至生出了愤然："她怎么突然跑了？是不是看前路凶险刻意遁走了？枉公子替她诊伤研药，悉心善待，一有难躲得比兔子还快，这无情无义的家伙——"

　　秦尘将蜘蛛的尸体收起来，睨了一眼白陌，视线又掠过主人。

　　左卿辞的唇角无声地轻抿，噙住一抹笑痕，看上去心情异常好。

　　尽管那双睫毛再次修短，眸子飘忽，脸上不显任何异样，仍有地方会显露出细微的情绪。那片薄白秀小，染上了胭色的耳垂，异常可爱。

三十四·远道劫

　　她这一去居然数日未现，公子也不见半分懊恼，不过白陌很快就没心情琢磨主人的情绪了，接连而至的意外像一出惊悚不断的闹剧。茶壶里捞出一条通体碧绿的蜈蚣，门缝里一群莹彩的茸毛小虫，浴桶中浮出数十条软塌塌的蚂蟥。

　　各种要人命的毒物频出，左卿辞气定神闲，秦尘面不改色，唯一的变化是褥子多抖一抖，行囊多翻几次。连日下来白陌渐渐沉不住气，开始心浮气躁。直到一日宿前，左卿辞道了一句："你跟了我三年，仍是历练太少，不要涪州未至，却折给了几只虫子。"

　　白陌一悚，犹如从障中惊醒，冷静下来不再被意外牵动，暗里的人却按捺不住有了动作。

　　越近涪州，四野山林越盛，道路两侧林木粗壮，浓荫蔽日隔阻了天光，纵是白昼也暗如垂暮，秦尘驾着车奔驰了半日，猛然勒停。

　　白陌情知有异，探窗望去，见两个陌生人挡在了路上。

　　一男一女，男人一双三角眼阴毒残忍，古铜色的身体异常壮硕，臂上勒着一枚嵌满倒刺的铁环。女人妙目盈盈，两弯挑眉，肤白而丰腴。

一望即知来者不善，车驾上的秦尘一手执鞭，劲力内蕴，已是全神戒备。

"小哥好驭术，让我们一路追得好生辛苦。"女子妖娆地笑，媚态撩人，"车里那位俊俏的公子，可否让奴家瞧一瞧？"

左卿辞睃了一眼前窗，曼声道："姑娘可是又要卖花？多谢了，不必。"

女子飞过一个风骚的眼波："奴家仅是想和公子亲热地说说话。"

连番意外的幕后人终于现身，白陌禁不住心跳。

左卿辞懒得废话，低喝一声："冲过去！"

秦尘闪电般挥了一鞭，四匹良骏长嘶一声，扬蹄而动，奔向山道上的两个人，急冲之下声势惊人。

一男一女冷笑着并不闪躲，马车到眼前才突然左右分掠而起，空中飘然一旋，凌空折向车内，足尖刚要点上车顶，忽然双双一退，凌厉的鞭影擦衣掠过。

秦尘心分二用，一边驭车，一边以长鞭驱赶，逼得两人腾挪躲避，良骏又奔驰极快，一时竟进不了车厢，缀在了车后追赶。

"这位小哥好生不解风情。"女人嗔了一句，长袖一抖，一群异彩纷呈的蝴蝶自袖口飞出，倾扑车内。

车门宽大，锦帐未落，这一群蝴蝶艳得瑰丽，灵动轻忽扑入，叫人措手不及。这种彩蝶极小，飞速极快，为中原少见的异种，一旦蝶翅的毒粉触上人的肌肤，必是溃烂蚀骨。

女人心头还在惋惜那张少见的俊颜，忽然见群蝶如潮水般退回来，刚逃出马车就纷纷跌落，双翅无力，如铺了一路锦毯。男人大为惊诧，右臂一振，一只亮黄的毒蛙落入车内，待要跃动突然停了，哀鸣一声便往外蹦，仿佛车中有什么可怖的事物，转瞬如彩蝶一般跌死车外。

二人望去，车内的人好端端地坐着，并无什么异样的举动，女人俏颜色变："怪了，毒虫竟然无用，强杀！"

两人纵身一引，向奔马甩出一捧毒蒺藜，秦尘如背后生了眼，长鞭一挥砸落大半，奈何数量太多，仍有一两颗自鞭缝透入，打中了马臀。

四骑中的两骑惊嘶着痛跳，没几步便哀嘶跌倒，马车在巨大的冲撞下磕停。

白陌在马车失控的一瞬扶着左卿辞翻出车厢，跃上一匹马，挥断车缰疾奔而去，秦尘不声不响，上前阻住了两人，眼前目标逃遁而去，女人神色一变，发出了一声尖锐的长啸。

奔出数里，后方寂然无声，白陌稍缓了缓缰。前方的道路空无一人，层层树荫间望去淡尘氤氲。白陌正要前行，左卿辞止住他，凝神打量了一番："前道布有无相尘，一旦吸入，生灵立毙，不可踏入。"

一经提醒，白陌霍然惊觉，周边的山林呈现出一种诡秘的静寂，鸟啼虫鸣全无。

道边的一棵大树后转出一个穿大红缎衣的孩童，梳着冲天辫，双袖捂脸呜呜地哭，仿佛被吓坏了，跌跌撞撞地向人靠过来。空道幽林，这孩子未免来得太过蹊跷，白陌以鞘向孩童肩臂，对方根本不知躲闪，他疑是料错刚要撤剑，左卿辞突喝："廉泉！"

白陌反射性地转攻廉泉穴，待思过来心头一惊，廉泉是要穴，就算是用鞘也足以取这孩子的命了。眼看鞘尖堪堪点上穴道，孩童身体忽然一移，白陌本能地变招连刺，数下均被闪避，孩童也被逼退了数步，见势已露，孩童索性不再掩饰，垂下了掩脸的双袖。

白陌顿时吓了一跳，对方一张脸枯扁干黄，皱纹纵横，哪里是天真孩童，分明是个成年的侏儒，穿着大红衣说不出地诡异。

此人形貌如此特殊，白陌几乎立时知道了对方的身份，脱口而出："鬼童子！"

南疆一带有几个血腥人物，鬼童子就是其中之一。传闻其年幼时被人囚于笼中，数年后虽被释出，然身量已定，加上昔日的凌虐致使心性大变，手段极是残毒。乍遇恶名昭著的凶徒，秦尘又被人缠住，白陌虽然外表镇定，但心底着实有些慌了，一咬牙冲了上去。

鬼童子何等老到，看出白陌是个经历不多的雏儿，枯瘦的手一张，乌黑指甲犹如一双鸟爪，挥来划去极其阴诡，触上利剑如金石相击，竟然分毫不损。

白陌的剑术受过名师指点，尽管经验稍逊仍是撑住了，只盼稳住局面拖到秦尘来救。鬼童子是幼童身形，毕竟不如成人，斗了一阵气力不支，被他逼入密林。白陌一时信心大增，忽然鬼童子冷嗤一声，避过一剑刺击，乌黑的长指借力在剑上一点，剑势顿时一歪，长剑没入巨树。

白陌眼前一空，鬼童子已腾身而去，闪电般掠向左卿辞。

猝不及防之下慢了一拍，等白陌弃剑追上去已经迟了，他霎时冷汗涔涔，眼见鬼童子已逼落左卿辞身前，长指如刀并切而落，不由神魂俱惊："公子！"

左卿辞背抵树身，眼眸深而微凉。

鬼童子的冷笑在空中回荡，索命的长甲满布漆黑的剧毒，只要划破一点肌肤——

或许真有什么听到了白陌惊喊，瞬息之间，左卿辞消失了。鬼童子的长甲划空，树身多了几道狞白的裂伤。他霎然抬头，阴森森的目光射向密林，声音苍老而粗哑："何方贱种，坏我大事！"

静悄悄的树林里没有半点声音，鬼童子正待扑入查探，远处出现了一袭妖娆的艳裳，正是此前拦住车驾的女人，衣衫上有几处破碎的血痕，她来得极迅捷，转瞬已至树下，劈头便问："可有得手？"

鬼童子满脸的皱纹仿佛拧起来，阴狠而诡厉："点子扎手，老解呢？"

"老解栽了。"女人银牙恨咬，话语怨毒，"那小子不是一般人，不过中了我的毒，趁他未至，立刻把事情了结。"

白陌听得又急又气，横剑上前："就凭你们也想加害公子，作梦！"

女人看着白陌，俏脸上多了一丝惊疑："老鬼，是这小子扎手？"

鬼童子冷声一笑："老子还不至于连个雏儿都收拾不了，林子里还有一个作梗的。"

女人弯眉一紧，戾气横生："一起上，谁得手谁拿老解那份。"

鬼童子也不废话，直接动上了手。

局势骤紧，白陌左支右绌挡了几个回合，被鬼童子踢中肋下摔落丈外，眼睁睁看着两人扑入林中。密林蓦地乱起来，劲风迸射，枝丫纷落。白陌看不清情形，一颗心悬在半空，忍痛爬起来想冲进去，忽然艳裳女人弹身而出，矮小的红影也随之而退。

白陌定睛一看，鬼童子十根长甲折了六根，女人腰肋腿上多处有伤，两人均是狼狈。

两三株高大的槐树经不住摧折，轰然倒下，扬起漫天落叶。落叶止息后，密林现出了一块空地，碧茵茵的草地焦萎发黑，遍布枯叶与鸟雀残尸，同时还多了一个人。

苏云落垂手而立，布衣素裳上有两道裂伤，不见血迹。白陌顿时松了一口气，连看她寡淡的面庞都变得顺眼起来，这女人虽然品性恶劣，但总算是出来了。

艳裳女人的笑容早没了，死死盯着她："你到底是谁？不可能是无名之人。"

掸了掸衣上的碎叶，苏云落从怀里取出一个瓷瓶，半空一划，黑色的火粉在身前落了一个圈，随后火折一晃，一点火星飞坠，轰地燃起了一圈火线，火中传来轻微的吱响，令人头皮发麻。

女人的脸色更难看了，俏白的面孔铁青。

直到火燃尽，苏云落才开口："雇你的人是谁？"

女人舔了一下齿尖，阴恻恻地盯着苏云落："老娘今天栽了，至少要知道栽在谁手里。"

苏云落袖中有什么轻轻一响，女人立刻退了一步，又恨又怵道："你使的什么鬼东西？"

苏云落自然不会回答。

女人显然是恨极了，咬牙切齿道："上一次也是你这贱人作梗，这一次又破了老娘的啮心蚁，两次三番坏我大事，终有一日叫你求死不得。"

啮心蚁？白陌忽然明白了眼前的人是谁："蝎夫人祝红裳？"

远处一道迅捷的影子掠近，看身形正是秦尘，白陌不禁大喜。

鬼童子也看见了，知道时机已逝，恶狠狠地啐了一口："小娼妇，等落在我们手上，有你好受。"撂完狠话，两人恶毒地瞪视了一眼，双双掠身而去。

秦尘没有追，与白陌会合劈头便问："公子呢？"

白陌惊觉过来四下张望，只见林木深重，形影难觅，唯有瞪住了苏云落。

苏云落还在看两人离去的方向，不知在想什么。半晌后她掠上数步外的一株大树，拨开密匝匝的枝叶，现出了树丫上的左卿辞。

左卿辞似被点了穴道，倚坐着一动不动，神情倒是很平静。

夕阳斜斜地映在林中，四野清寂，倦鸟返巢，气氛有种激斗后的松弛。

树上的两个人乍看居然颇为悦目，男的神姿俊秀，女的身姿轻盈，一坐一立，静谧的空气中有一种说不出的意蕴。忽见苏云落手一动，将左卿辞拎起来望空一抛，任对方毫无反抗之力地跌下去。

白陌吓得心跳失了一拍，秦尘已经抢上去接住了左卿辞。

白陌悻悻然瞥了她一眼，暗骂自己脑子抽风，竟把粗悍的蛮女当作了佳人！

三十五 · 何所图

逼退刺客后，苏云落再度隐去。白陌半是庆幸半是惭愧，及至在投宿的客栈安排停当后，他讷讷地向主人请罪。

左卿辞并未寄望他御敌，自不会责怪，转而问起另一桩事："可曾见到她用的何种武器？"

这一问白陌更为汗颜："属下无能，赶过去的时候争斗已经结束了。"

言下之间是什么也没看见，左卿辞默然思索，过于浓密的枝叶遮挡了视线，他仅能靠听觉推测，难以判断。更奇怪的是那样近的距离，蝎夫人竟然辨不出对方用的是何种武器，委实不寻常。

见主人沉思，白陌不敢再问，唯有腹诽，想不通那女人出于何种怪癖，要将救人弄得跟做贼一般。

"树是被震断的，但有些枝丫断得很奇怪，枝干上还有极细的划痕，应该是出自一柄罕见的利器。"秦尘从怀中取出半根断枝放在左卿辞面前，截口异常干净，青绿的叶片仅余一半，犹如被利刃所裁。

拈起枝叶审视，左卿辞思量许久。她随身的物件仅有几样，唯有那根银色短棍有些蹊跷，然而棍身并无锋刃。

白陌灵光一闪："或许是柄短剑？我记得她将鬼童子的指甲弄断了，那指甲极硬，能生接长剑，她不可能空手而折。"

左卿辞不语，细长的指尖无意识地轻叩扶手，难释疑惑。

今日几番起落，白陌紧张过度，得了空就忍不住劝诫："这次一出就是三名凶徒，也不知下次会来什么人，万一那女人遇上强敌畏避不出就危险了，还是让秦尘跟紧些。"

左卿辞听而不闻，满不在意地一笑，随手推开了窗棂。一弯明月映着重重飞甍，四下幽暗，响亮的蛙鸣预示明天将是一个极好的晴日，左卿辞忽而扬声："有事相叙，云落可否近前一语？"

清朗的话语声调不高，在夜色中传得也不远，片刻后，对面客栈的一扇窗开了，一个影子停了一息，倏忽而起，起落间已来到了窗前。

左卿辞打了个手势，白陌与秦尘立刻退出了房间，他轻浅一笑："云落，这次又该如何相谢？"

她立在光照不到的斜檐，并不近前，刻意的疏离很明显，左卿辞停了一刹，盈出歉意："我以为此行仅是游山玩水，谁料变故频生，无端牵累了云落。"

苏云落又回复了惜言如金："可要易容？"

左卿辞淡淡道："虽不清楚缘由，但既然敌人是冲着我来，我又岂能因怯懦而负了侯府的声名。"

无数念头在心中转过，最终苏云落一片沉默。

"至今我安然无恙，全是云落之功。"左卿辞流露出温柔的信赖，足以让最冷情的人动心。

苏云落的回答干巴巴的毫无意趣："我只依约送到涪州。"

左卿辞取过烛台，柔光溢出窗外，照亮了她低垂的眉目："云落觉得我惹人厌？"

苏云落抬起眼，晚风拂动左卿辞的发带，他清俊如玉树，她半晌才道："不是。"

"我视云落为友，不知云落如何看我？"他姿态柔和，话语却是步步相追。

她隔了许久才道："我没有朋友，也不知道什么叫朋友，但我知道君子不会与贼为友。"

左卿辞的眸子闪了一下，避过话锋反问："文思渊算什么？"

苏云落说得很平淡："互为交易，各取所需。"

"可我不希望与云落仅是利益之交。"左卿辞低悦的话语如春柳，一分分旖旎相缠。

苏云落不出声。

左卿辞似乎有些无奈地微笑："我甚至碰不到你半片衣角，何必如此警惕。"

苏云落终于开口："我交不起朋友，也不需要，此行是为了回报疗伤，如果你觉得不妥，明日我会随车同行，其他的不必再提。"

飞贼对于白陌而言，是个他不甚喜欢但又无法回避的存在。在他看来，左卿辞对她的态度也很奇特，似乎带着一种猎奇的兴致，异常宽容——即使苏云落归来之后明显变得淡漠，与停云水榭初见时无异。

她不再答话，不论左卿辞如何亲切，甚至连目光都避开了。

几日下来左卿辞神色未变，白陌却是忍不住了。

一日歇宿，白陌特地接过小二的油灯，引领她至厢房，途中刻意放慢了步子："苏姑娘，我家公子一向待你极好，受伤时也是不计灵药悉心医治，从无疏怠得罪之处，可是如此？"

天已经暗了，客栈走道狭窄，灯影明灭不定，更显昏暗。苏云落在后方跟着默不作声，白陌越来越恼怒。若公子真看上她，白陌第一个觉得不配，但现在百般亲切却被视若无物，更叫他意难平："近日苏姑娘连公子的问话都不答，到底是哪里不快？"意气之下，白陌声调都较平日高了三分，幸好走道并无旁人。

大概是被语调震动，身后终于有了回应："他很好，是我不配结交。"

听起来虽然几近敷衍，但总算减了白陌三分怨气："我家公子又不嫌弃你。"

楼板在足下吱呀轻响，伴着她平静的声音："你是觉得我若稍有良心，就该感激涕零，粉身相报？"

这一言正中白陌的心坎，他不由自主地反诘："难道不该如此？"

苏云落忽然问："他为何如此待我？"

白陌一怔，端着油灯一时答不出话。

他看不见背后的人是什么表情，只听她淡淡道："我以前听人说，大凡位尊者对人好，都是要回报的，燕太子丹尊荆轲为上卿，斩美女之手相送，何等礼遇，荆轲无以相报，只好去死了。"

白陌气势瞬时弱下来，隔了一会儿才辩道："谁说公子对你好是别有所图，要你回报？就凭你，有什么可图的？"

她答得很淡，每个字都让白陌心跳："你说得不错，我也在想有何可图。"

白陌结舌半晌，终于道："好歹你也是个女的，或许公子是——"对着这个连正脸都没见过的女人，他实在说不出公子源于爱慕一类的话语，强撑着道，"公子是欣赏你，你怎么不识好歹。"

走得再慢厢房也到了，苏云落手一动，白陌手上的油灯瞬间已到了她掌中："我当不起，我只是个偷东西的贼，整日东藏西躲，几手功夫也是为了自己保命，受不起好情好意，只想把肝脑留着，不愿去涂了旁人的地。"

白陌彻底哑口无言，直到门在眼前合上才醒过神。他在黑暗中瞪了半天，却再想不出话语，唯有垂头丧气地回房。看着公子，他想将她那番冷情少意的话语上报，又有些气短，最终咽下去什么也没说。

秦尘守在门外，正用一块净布拭剑，见他一脸纠结地退出来，忽道："不用说了，公子听见了。"

白陌傻住了，不由慌乱起来。

秦尘秀气的脸庞如常，然而每个字都像在幸灾乐祸："方才公子就在楼梯下方，听得清清楚楚。"

白陌脸都绿了："公子没说什么？"

秦尘摇了摇头，还剑入鞘："看来不易。"

　　白陌莫名其妙："什么不易？"

　　遥望了一眼对面的厢房，秦尘几乎有些愉快的期待："无论公子想要什么，都不易。"

蝎夫人之后很是太平了一阵，不管苏云落如何疏淡，左卿辞仍是温和亲切。凡有美食或珍罕之物必然邀了同赏，苏云落也不推拒，但距离并不因之而近。

随着涪州渐近，林立的山峰越来越多，大大小小的丘陵拔地而起，山头绿意漫野，云带环绕。一条涌动的江水自群峰间流过，波光潋滟，水面扶摇浩荡，两岸山色相叠，点点白鹭翩然来去，让人心醉神驰。

晚霞余韵中左卿辞风流玉立，明逸生辉，成为江畔最炫目的风景。苏云落的视线仿佛被吸住了，不自觉地呆了一刻，直到对方望过来才转头，问了一声秦尘："你会水？"

秦尘正在观察地形，眉目警惕："我会，但公子与白陌不识水性。"

四野清平，渔樵暮归，一切全无异样。

随着一声渔哨，宽大的渡船缓缓摆近，一日将尽，这已是最后一班渡船。

说不出是什么缘由，一缕警兆在苏云落心头萦绕不去。江是必定要过的，对岸就是涪州城，云集着赴会的八方武林人士。此次承办试剑大会的沐府就在城中，报出靖安侯府的名号，必能得沐府全力襄助，然而黑暗中的劫杀者，会不会放任他们顺利抵达？

渡船极旧，几处破烂的地方用木板补了，简直让人怀疑会在江心散架，当地村民坐惯了，毫不在意地群拥而上，船老大粗声吆喝，帮助他们将马赶上去，松松系在船尾。

人多马多，船有些挤。

一个稚龄的孩子被母亲搂在怀里，胖手不甘心地挣动，鼻涕口水糊了秦尘一袖。年轻的母亲一边道歉，一边红着脸偷看左卿辞，甚至忘了公公就在一旁抽水烟。老头子不快地板着脸，烟筒冒出一阵阵浓烈的烟气，熏得白陌直咳，只能痛苦地把头扭到一边。

一个脚夫似乎与船夫是邻居，古铜色的手臂帮着摇橹，两人熟稔地谈笑。几只鸡被捆着双翅扔在马脚下，时不时咕咕几声，鸡的主人是一个佝偻的老妇人，正絮絮叨叨地和旁边的村妇诉说，要去江对岸看刚出生的外孙女。俗世的各种嘈杂浓缩在一条船上，落日映流水，随着江面粼粼起伏，显得庸常而平和。

船至江心，苏云落忽然听岸边传来几声极小的水声，她立时警觉起来，看了一眼秦尘。

秦尘十分机警，起身将最要紧的包袱背在身上。

白陌瞧着不对，跟着紧张起来："怎么了？"

秦尘眼瞳收缩，盯着远处的江水低声道："有人入水，提防凿船。"

彼岸江阔数十丈，轻功再好也难以飞渡，苏云落测算了一番，回首见船上谈笑的村民，停了一刻对秦尘道："你带着他，我助白陌上岸。"她眼角余光瞥见左卿辞要起身，径直一掌按落，强迫对方又坐了回去。

这动作粗率而无礼，换了平日白陌必然出言相责，但此时势头不对，他只能瞪着眼，看苏云落自货郎身边挤过。到了船舷边，她从袖中取出一包缝衣针，拆开拈出数根细针。

过了半炷香，细巧的手一振，指间的针不见了。

江中传来水响，几团黑影扑腾出水，穿黑色水靠的人攀着船沿跃上，被等候已久的秦尘掌风一扫，未立稳便跌了下去。

其中一个倒在船头，颈上臂上各露出半截针尾，黑衣人用粗壮的手指勉力拔出，低哼一声翻入江中，只余江水飘出的一缕血色淡痕。

船上的村民被剧变惊住了，男人张皇，女人尖叫。船头的往船尾挤，船尾又一片乱，鸡叫马嘶人声杂沓，局面混乱不堪。

针不停地射入水中，接二连三的黑影在水中翻荡，秦尘将上船的"水鬼"尽数逼退，白陌心神紧绷，忽觉船身传来了剧震，知是贼人在叩凿，不由大急。一抬头，苏云落已欺近身前："船要散了，我把你扔到近岸，或许有伏兵，自己保命。"

话音未落，她扣住船篷一掀，哗啦一下扯下了整个船篷，劲力一激，五六块作为支撑的木板飞射而出，落在了浩浩江面上。白陌肩膀一紧被她带起，如飞鸟一般纵跃数丈，落足正在一块浮板上，借力又起，凭浮板之力接连数下近了彼岸，离江岸约数丈之遥，她抬手一抛，白陌在空中打了个转，落在浅滩溅了满身泥水。

顾不得一身狼狈，白陌紧张地寻找主人，所见让他松了一口气，秦尘轻功不及苏云落，带着左卿辞一路凫水，堪堪也抵达了江岸。

白陌来不及思索，等人近了抢上前接应，将主人扶上江滩，左卿辞浑身透湿，回眼望了一眼江流，深敛着长眸一言不发。

石滩上出现了十余抹黑影，直直腾掠而来，方位异常明确。秦尘直接迎了上去，秀气的脸庞杀气毕露。白陌心底叫了一声苦，回首一看，苏云落居然还在江心，正游向渡船。

渡船已经半沉，会水的不会水的尽在江里扑腾。

尽管附近的渔船赶近了救人，一时也顾不过来。苏云落将淹得翻白眼的溺水者提起来，抽醒了塞过破碎的船板，让他们抱住不致下沉，又将一个孩子送到邻近的渔船上。往返几次，人救得差不多了，探女儿的老妇又在渔船上大哭，念叨着自己的鸡。那几只鸡绑在一起被江水冲远了，虽一时未沉下去，但哪还够得着，旁人苦口相劝，老妇人只是号哭。

苏云落提一口气顺水势赶过去，捞住了往船上一掷，有两只乖觉地半空张开翅膀，跌进舱里时仍在扑腾，被老妇人上前一把搂住，哭声顿时转为欢喜。

江滩的黑衣人倒下了几名，凿船的水鬼也追上了岸，两下一合凶势陡涨。这些人行事残毒，连几个凫游上岸的村夫都杀了。秦尘尽管剑术精熟，但以一己之力对抗一群人，难免落了下风，情势渐渐危急。

白陌护着左卿辞左支右绌，在愈来愈烈的攻势中险象环生，眼花耳乱之中眼光猛然掠过江岸，心头气苦又忽地一阵轻松：苏云落终于上了岸。

她只看了一眼，俯身捡了一把碎石劈面掷来。呼啸而至的碎石逼得双方仓皇躲避，她纵身掠近，提起左卿辞便走，轻功精妙又极迅捷，猝不及防之下竟去了数丈远，将一干人尽数抛却。

刺杀目标一失，局势顿时一变，顾不得再斗，所有人全追了过去。江畔野生的芦苇荡连横成片，达数百亩，芦苇高可蔽人，她一头扎进去，转瞬不见踪影，唯见漫野白花花的芦苇摇曳。

敌人追散了，白陌与秦尘也迷失了所在，又不敢大声呼喊，在芦苇荡里盲目穿寻。天边暮色将尽，只剩些许暗淡的余光，江水拍岸，忧急沉甸甸地压在白陌心头。

忽然一个影子穿出来，将一个人摔在两人脚边。

白陌险些张口叫出来，秦尘抢上去扶起跌在地上的人，那人衣衫全湿，疾奔之下受了风，脸色泛白，压抑地轻咳了两声，正是左卿辞。

苏云落也是衣衫透湿，衣衫紧紧贴在身上，她的胸膛急剧起伏，说话都岔了音，微哑中带着恼怒，对着左卿辞低喝："把衣服脱下来。"

秦尘与白陌尽怔住了。

左卿辞刚被扶至一块大石畔坐下，也有一丝愕然。不等回答，她不耐烦地按住左卿辞撕扯起来，几下剥掉了他的外衣，连腰带都扯了下来，白陌目瞪口呆，竟忘了阻拦。

随手撕去过长的衣摆，苏云落穿上潮湿的青衫，系上腰带，三两下将头发绾成男子的发髻，缺了束发的物件，她又毫不客气地扯过左卿辞的玉冠，装束完毕，暮色中她极似一个略小的左卿辞。

她看向秦尘，低哑的语声挟着一种森然的寒意，听得人一凛："离开芦苇荡向西走，在三里外等着。"

散落的长发披下来，素白中衣被扯得凌乱，左卿辞任白陌除下外衫替他覆上："你打算怎么做？"

正待离开的苏云落停了一下，蓦然一掌压得他身形向后一仰。两根葱白的细指捏住他的下颌，指尖着力极重，一双瞳眸煞气毕露，字字冰冷如珠："我去把他们全杀了，你最好安分点，别再玩什么以身为饵的把戏。"

三十七 · 见君候

出了芦苇荡，视野终于清明。

秦尘一贯地沉默，白陌根本不知道该说什么。方才的情景太过诡奇，让他头脑混乱。那样肆意的举动，强势粗暴的威胁，居然出自一个女人之口，他简直不敢看主人的表情。一半在尴尬，一半在困惑她撂下了大言不惭的狠话，会怎样应付众多穷凶极恶的杀手，他心里七上八下全无头绪。

道路崎岖的江滩抛在身后，夜色笼罩了三人的身影，江风吹在湿淋淋的身上，激起了阵阵寒意，左卿辞忽然问："她能赢？"

"她想诱击。"秦尘有自己的判断，"但那些人训练有素，凶残又不畏死。一旦未能速战速决，落入包围，众寡悬殊会更凶险。"

白陌禁不住心头一沉，广阔的芦苇吞没了一切身影，也蔽去了血腥的搏杀，隐约中传来兵刃磕碰声，还有凌乱的叱喝。

"她既然放了话，必有所恃。"左卿辞宛如自语，面色平淡得看不出情绪，"先看她到底有什么手段，若实在危急，你便见机行事，这些人一个都不用留。"

秦尘应命而去，然而芦苇荡实在太大，即使极目搜索，一时也难以分辨苏云落隐身何处。

风声，江声，怒喝声，交击的拳脚声中偶尔又挟着一种奇异的啸声，伴随着人体坠地的声音。

很快，凶徒们发现了黑暗的不利，在芦苇荡中点起了火。

光越来越亮，一簇簇鲜明的黄色盛开在无边的芦苇丛，灼亮无比。芦苇易燃，火势一起便不可收拾，卷着江风越燃越烈，火焰吞噬着大片芦苇，不断蔓延，映亮了天地。

火光映亮了一个穿青衫的身影，那人扬声发出一记叫喊："来人，有凶徒要杀我！我乃靖安侯府堂堂公子，谁敢放肆！"

叫声在暗夜中分明，成了火海中清晰的目标，听上去完全是左卿辞的声音，唯一的不同是多了几分从未有过的惶急。白陌全身僵硬，看着数个比夜色更暗的影子从芦苇荡飞扑过去，视野中猝然出现了一幅奇异的画面。

那几个人的身影还在半空，猝然被某种无形的东西割裂，断颈折臂，肢体滚落坠地，鲜血如水从半空泼洒而下，浇了着火的芦苇上。

诡异的场景让人通体生寒，白陌甚至无法确定是不是看错。

仅剩的两个活人也吓愣了，隔了一瞬才厉喝着向青影扑上去，火焰隔断了身形，蹿动的热浪中时而透出扭曲的人影，仿佛在跳着某种古怪的舞蹈，忽然一颗头颅从火海中飞出，一个身躯栽倒，接着是另一个。

死一般的江岸再没有半点声息，片刻前的厮杀不复存在，仿佛一个鬼魅轻巧地收割了生命，白陌喉咙收缩，冷汗涔涔而下。江涛拍岸，江风寒凉，血腥味和肢体燃烧的焦臭被风席卷而来，火越来越盛，漫天浓烟和星火翻腾，笼罩了大半个江滩。

一个单薄的影子从烈火中走出。

热气卷裹着衣角，炽亮的火焰勾勒出她的身形，大片芦苇秆被烧得噼啪作响，火舌疯狂地扩散，仿佛随着她的足迹蔓延。

左卿辞静静地看影子走近，火光下的脸庞与平日有些不同，长眸里有某种奇异的东西，璀璨得让人害怕。

他在看的那个人一点也不美，夺来的外衣碎成了布条，衣角还有火灼后的焦痕，半边脸被烟气熏黑，身上几处伤仍在滴血，束冠不知掉在何处，拾荒的叫花子都比她齐整。

白陌忽然觉得眼前的女人很陌生。

明明一身狼狈，却散发出一种凌厉狂放的狠意，裹挟着难以言喻的压力与杀气，让人悚然退避，仿佛一只潜藏的野兽，终于现出了獠牙。

烈火漫天，热浪扑面而来，她在三步外停下。

对峙了一刻，左卿辞忽然动了。

他身形颀长，一旦趋近就成了俯视，没有片刻犹豫，他直接低头吻了下去。看不清他是否成功地触碰到那双覆着烟灰的唇，只见他猝然间挨了重重的一掴，跌退了两步。

那是极短的一刹，白陌愕然过度已经傻了，忽然被掌掴的脆响惊醒，本能地要冲上去，秦尘不知何时返回，按住他的肩，示意他不必妄动。

白陌头脑发昏，简直不知如何是好，唯有转过头去看主人。

左卿辞嘴角渗出了一丝血，他抬手抚了一下脸庞，泛红的俊颜凸起了分明的指痕，这样重的力道，只怕牙齿都有些松动。

他居然没有恼怒，反而笑了，邪气地舔去唇角的血，炽热的目光比火海更烫。

入夜的沐府依然是人声鼎沸，车马喧嚣。

作为涪州名重一方的武林世家，这一次筹办试剑大会可谓尽了全力，所有弟子均派出来协助款客，门房几十人轮班尚应接不暇，在一个月内接引了不计其数的武林豪客。

但像这样糟糕一行人的还是少见，连名帖都是随手写就，据说是渡江时运气不佳，行装马匹全落入江中。两个侍从仅着透湿的中衣，一个脏兮兮的女人披着男人的外袍，唯有一名青年公子能入眼，尽管他失了束冠长发披散，却如芝兰浸水，玉宣染墨，难掩通身风华。如果不是见他仪容不凡，守门弟子早将几个人驱出去了。

　　主事的沐府长子沐英听完弟子禀报，瞧到名帖上的"靖安侯府"顿时一震，立时将来客迎入偏厅，同时遣人至府内通报。几人在偏厅候了一盏茶时分，沐英亲自执灯，请入了一个左卿辞意料之外的人。

　　薄景焕见到他第一眼就蹙起了眉，冷峻的面孔有一丝诧异："我还道是弄错了，原来真是左公子，怎么如此狼狈？"

　　左卿辞见了此人也有一分意外，落落大方地作揖："原来侯爷也到了涪州，见笑了，我听闻此地英雄云集，本拟瞧一瞧热闹，没想到渡江时不慎落水，行装尽失，客栈又悉数爆满，唯有来沐府一扰。"

　　被沐英引来的正是威宁侯，身侧还跟了一位成熟的美人，尽管年岁稍长，依然风致楚楚，气质清华，令人过目难忘。

　　"这是左侯的长子，名卿辞。"薄景焕侧过头望向身畔的美人，化去了严冷，声音意外柔和，"失踪多年，不久前才寻回，从赤焰沙夺图的也是他，朝野俱是一片夸赞。"

　　这位美人的风仪不凡，应是哪一家的贵女，左卿辞当先施了一礼："侯爷过誉了。"

　　或许是丽人在侧，薄景焕显得随和了许多，竟然难得地笑了笑："这是琅琊郡主，算起来比你长上一辈。"

　　琅琊阮氏？果然是门第极高，阮氏一族名士辈出，虽然已不如魏晋之盛，却也远不是新晋的豪族可比拟。

　　琅琊郡主含笑还礼，神情温雅，双眸明澈："取图一事我也有所听闻，一直好生钦佩，如今一见，公子的确是青年俊杰，卓然出众。"

　　哪怕再窘迫，左卿辞也有一种从容洒落的气质，趣谑道："不敢当郡主一赞，似我这一身泥一靴水，在街上确是卓然不同。"

　　场中众人尽笑出来，沐英立时致歉："是本府失当，我已唤人清理舍弟的宅院，左公子稍后即可入住。"靖安侯府谁能小视，既然已验明对方身份无误，沐英哪还敢怠慢。

　　对方恭敬且诚意十足，左卿辞同样风度绝佳："不敢，来此本已是劳烦，哪有还让主人惊扰的道理，随便找两三间偏屋即可。"

　　沐英自是连声地客套，薄景焕至涪州有七八日，对当地的情形也有几分了解，听了半天冷眉一蹙："此时不仅城内人满为患，沐府也早住不下了，何来空屋，若公子不欲过扰，本侯的院落还有两间空房，暂住应是无碍。"

左卿辞略微思忖，琅琊郡主心细如发，望了一眼苏云落："公子担心这位姑娘不便？不如将她安置在我那里，屋子宽绰，多加一榻即可，寻几件现成的衣物也非难事。"

左卿辞眸光一掠，见苏云落并无表露，随即长揖一礼："如此极好，多谢侯爷与郡主的美意。"

卷八

棋手局

三十八 · 洗新妆

　　香膏澡豆、玉梳银盆、黄亮的铜镜、素白的绫巾、一整桶温热的清水，以及一小罐以对方指定的药草熬成的水。点了点物件无缺，茜痕退出浴房合上门，悄悄按了按胸口。

　　她活了十七年，从没见过这么脏的女人，长相也是骇人，不说一身烟灰草泥，那张脸简直不堪入目，半垂的眉，熏黑的颊，连颧骨都一边高一边低。茜痕一边怀有同情，一边也难免困惑那位俊美无俦的公子怎会带这样的女子随行。

　　琅琊郡主见她从浴房回来，温婉地吩咐："茜痕，收拾几件我不常穿的衣服，给苏姑娘备着。"

　　茜痕觉得似有不妥："小姐心善，可是那位姑娘身份不明，未必适合华贵的料子，不如将我的衣服匀两件给她？"

　　琅琊郡主不以为意："这里又不是府中，何必那么多规矩，此次出门你也没带几箱衣物，就在我的衣箧中挑一挑，她的容颜有些缺憾，未必喜欢明亮的颜色，你择几件深青墨蓝之类的。"

　　茜痕依言挑拣起来，想起又怜惜地叹了一口气，身为女子，生就那样的容貌着实不幸，只怕穿什么都难以入眼。

捧着一袭深黛的衣裳，茜痕叩了叩浴房的门扉，等到应声才推门而入，抬头见地上一堆泥沙色的破衣，数步外一个着白绫中衣的背影，垂落的长发黑如鸦羽，衬得腰肢细软，柔若无骨。

茜痕怔了一怔才回神："苏姑娘，外衫送过来了，试一试合不合身。"

背影转了过来，茜痕傻了半晌，木头人一般搁下衣服退出来，倚在门上发呆。

琅琊郡主不经意地瞥了一眼，见侍女的神色不由诧异："怎么了？"

"小姐，那个苏姑娘——她的脸——"茜痕回过神，结结巴巴地一时说不出下文，不懂怎么一次沐浴就换了一个人。

那位苏姑娘确是相貌不佳，但如此失态就有些过了，琅琊郡主蹙起眉："茜痕，你平素也是个有分寸的，失礼之语不可在人前言说。"

"不是，她——"茜痕正要解释，门扉被叩响，她敛了一下神前去应门。

门外是左公子身边的少年，他客客气气地询问："请恕冒昧，苏姑娘是否已休整妥当？我家公子有事相议，想邀她一晤。"

沐府无处不挤满了人，戌时过后仍是相当热闹。左卿辞沐浴后，换上成衣铺购置的新衣，特意去向薄侯致了谢才辞出来。

白陌已返回来禀报："公子，茜痕说苏姑娘道今日已晚，有什么话改日再叙。"

这个回复不算意外，左卿辞眸色微动，半眯起眼："可提及我有事相谈？"

这一神色通常显示他心情不太妙，白陌小心起来："说了，苏姑娘仍是说疲倦，先行歇宿了。"

此刻不算早，她又是与琅琊郡主同住，再请确实不合时宜，白陌候了半天，观察主人的神情："或者公子今天暂且安歇，我明日一早再请？"

"明日还能见到她才是奇事。"左卿辞低哼一声，说不清是笑是讽，"白陌随我去见过郡主，秦尘去院后看紧些，别让她逃了。"

厢房灯火通明，显然里面的人还未宿下，烟霞色的窗纱透出娇旎的女儿情致，有一种美好得令人不忍打扰的静雅。

然而左卿辞全不介意做个煞风景的人，他亲自叩门，与茜痕谈了几句，伶俐的丫鬟流露出纳罕和为难之色，反身进去禀报。随后琅琊郡主敛袖而出，清丽的脸庞不掩诧异，话中有柔和的责备："左公子究竟有何要事？苏姑娘受了寒气，疲倦非常，实在不愿见人，贸然相强未免太过失礼。"

左卿辞从容而答，言辞异常坚定："请郡主见谅，并非在下不知礼数，确实有要事与苏姑娘相商，否则岂敢夤夜打扰。"

温婉的蛾眉蹙起，琅琊郡主踌躇半晌，终于让步了："夜深了，女儿家终是不便，有什么话就在院内说。"

院内有碧树如伞，下设一方石桌，白陌将桑纸灯笼挂在树枝上，挑出了一方明净。

等了好一阵，终于一个黛色的纤影缓步而来，被灯笼的清光逐渐映亮。

那是一张仿佛自长夜最幽深的梦境浮现的面孔，漆黑的长发衬着玉脂般皎白的脸，眉眼出奇地精致。深秀的轮廓明显带着异族血脉，美丽的瞳眸轻垂，睫下一颗小小的泪痣，像雪花上一星祭红。暗夜下比月色更静，比月光更凉，让人忘了呼吸心跳。

白陌彻底怔住了，几乎不相信自己的眼睛。

良久，左卿辞微微一笑："今夕何夕，得见云落真容。"

千变万化的飞贼竟然是个胡姬，无怪天都峰对她讳莫如深。

一刹那左卿辞竟有些佩服，苏璇究竟是何等纵性，竟然给中原最严正自律的正阳宫出了这样一个难题。

> 落日胡姬楼上饮，风吹箫管满楼闻……
> 落花踏尽游何处，笑入胡姬酒肆中……
> 笑春风，舞罗衣，君今不醉将安归……

如果不是深知她有惊人的武艺，很容易将她视为歌宴上让人惊艳的美姬，一价千金，任人轻掷。美到极致，也低微到极致。

年少盛名的苏璇，偏收了一个过于漂亮的徒弟，又出自以色事人的异族，极易让人生出暧昧的联想，衍生为门派丑闻。天都峰上曾因她而漾起怎样的波澜，激生多少冷淡与隔绝，都不难想象。

苏璇才华绝世，即使最后癫狂而逝，正阳宫上下也不会以他为耻，却绝不会认同一介胡姬混入门墙。沈曼青的鄙夷排斥，殷长歌的讳莫如深，悉数有了答案。

那一瞬的桀骜已经隐没，她安静地垂眸而坐，再也无法被忽略。

仔细地审视会发现她容颜并不完美。长期不见天日，她的肌肤白得毫无光泽，大概黏涂假饰太久，眉额发际处有不少细小的溃伤，睫毛也有些短，唇色过淡也减了神采，可依然让人移不开视线。

挥退了发傻的白陌，左卿辞探手入怀，取出一个瓷瓶："其他的行囊都失了，唯有这一瓶是我随身携带的。"

淡绿色的瓶身十分眼熟，一瞥之下，她的背似乎突然痒起来："我已经上过药。"

左卿辞也不多说，指尖一弹挑开瓶塞："冰华承露一瓶百金，开启后若不及时使用，三天内药力散尽，将化为清水，云落要让这百金虚掷？"

她清楚额上有些溃伤，但不觉得需要治疗，更不想再欠人情。

左卿辞仿佛看透了她的内心："你易容太久，肌肤不见日光，已经十分脆弱，再不留心，待颜面溃烂，什么假饰都黏不上了。"

她沉默了一下，索性直言："这药太贵，我用不起。"

左卿辞一晒，淡道："再贵也不过百金，以云落历年所赚，以之洗沐都绰绰有余，怎会用不起。"

他的话语有一丝轻讽，她分辨不出缘由，保持了沉默。

"身上的伤记得敷涂。"左卿辞将瓷瓶推至她面前，恢复了温和，"价格一说纯属戏言，蒙你多次相救，真算起来我又该如何回报？云落不必再拒。"

苏云落想了想，终于将药瓶收起来。

三十九 · 胁佳人

　　她一直不曾抬眼，但能感觉到对方的目光长久地停在脸上，渐渐开始不自在。

　　左卿辞无声地笑了笑，在她开口前优雅地致歉："此前是我情不自禁，一时失礼了，云落勿怪。"

　　她终于望了他一眼，虽然盛怒时力道十足，俊颜未过多久已平复如初，尊贵的侯府公子也不见半点怒意，这一刻的言笑与平日无异，仿佛全未觉察面前是个卑贱的胡姬。

　　隔了半晌，苏云落终道："我不喜欢人接近。"

　　左卿辞似笑非笑，逗引般低喃："云落是不喜欢，还是不习惯？"

　　她突然说不出话，耳根渐渐红了："你已抵涪州，交易已了，我——"

　　"云落想走？"左卿辞轻描淡写点破，悠悠道，"这城中充斥着各色轻狂之徒，孤身貌美的胡姬等同逃奴，以你眼下这般形貌，想不引人注目都难。何况燕归鸿也到了左近，盛会将启，涪州城几乎是有进无出，若执意逆行引来神捕留意，可未必如云落所愿。"

　　听到神捕的名字，她的神色一凝，须臾垂下了眼帘。

左卿辞似能窥透心底，每一句都切中利害："云落随身行装俱失，此地又不比金陵物产丰富，极难寻到合宜的易容之物，不如暂且留下，待试剑大会结束再作计较，就算神捕也不敢轻疑我身边的人。"

她只是沉默，明知他说得有道理，仍是一秒也不想留，那双永远微笑的深眸越来越奇异，让她本能地想退避。

左卿辞也不再深劝，另起了话题："云落可知今天的狙杀从何而来？"

苏云落立刻警觉："你已平安入城，这些与我无关。"

灯影下，他似微笑又似刺询："云落半分也不好奇？累及你出生入死，我尚欠一个解释。"

苏云落静默，还需要什么解释，等闲人谁敢与靖安侯府过不去，连文思渊都再三叮嘱，不敢轻犯的世家贵胄，能这样肆无忌惮地追杀，主使之人来头必然不凡，沾惹再深无异于自寻死路。

左卿辞敛了笑，眉间似有一份轻怅："我大约能猜到来自何处，然而总不愿信，云落说我以身作饵，也确有几分，因着一份意气牵累了旁人，是我失当。"

她依然不出声。

既然示弱引不来同情，左卿辞换了方法："云落，我需要你在身边，酬金随你开价。"

俊雅清逸的公子温言细语的恳托，让拒绝变得异常困难。

"你有秦尘和白陌，可以请威宁侯送你回金陵。"苏云落勉强挪开眼，即使贵公子也有自己的困境，可这与她并无关联，她的麻烦已经太多，不愿再卷入任何复杂的纠葛。

"云落不愿？"左卿辞眉间掠过一丝不可察的轻讽，"这样干脆地拒绝，总该有个理由。"

苏云落过了一会儿才极慢地回答："护卫之事非我所长。"

左卿辞置若罔闻："我一路以诚相待，至少该值一个真实的原因。"

一言轻淡，却迫得她不能不回答，苏云落停了好一阵，终于低声道："教我窃术的人曾告诉我，他最后一次出手，是受一个有权势的朋友请托。他本不想接，但出于义气还是应承下来。费尽心力办成了，那位朋友很满意，而后他就到了天牢，三日内肢骨尽碎。"

即使除去矫饰，她脸上依然少有表情，如一个精致的人偶，幽暗的瞳眸里不见一点光："做贼的命贱，死了也不算什么，他唯一不能原谅自己的，是愚蠢地做了别人手上的棋子。"

气氛静滞了一瞬，左卿辞神色不变："云落担心重蹈覆辙？"

"我不接权贵的生意，赤焰沙已经是破例。"她从石凳起身，退了一步，"如果你需要护卫，文思渊会荐一个更合适的人。"

左卿辞全然不予理会，轻描淡写地撂下要挟："我要你。你若不愿，自有文思渊与你谈，如果还是执意离开，我有十成把握让你三日内返回。"

他的语气依然温和，威胁却字字分明，毫无转圜余地，神情显示绝非玩笑。

她似怔了一瞬，好一会儿才反应过来。

灯笼投下的光影模糊，左卿辞的话语多了一分恶意的戏谑："不想被挟制就不该授人以柄，纵然云落无欲少求，文思渊却自甘为棋，你又如何挣得开。"

俊逸无双的脸庞盈散着邪气，奇异得似换了一个人，仿佛在等她愤怒地拍案而起，指责咒骂。

最终她什么也没说，深楚的眉眼似乎染上了倦意，激红的颊一分分淡下去，唯有睫下的小痣依然鲜艳，如一点胭脂色的泪，带着将坠的脆弱。

"他可见过你的真实样貌？"左卿辞的目光被吸住了，细长的指尖在她睫下虚虚一拂，低喃宛如私语，"这颗痣，生得很美。"

盛会未启，涪州已然沸腾，沐府成了整座城最为热闹忙碌的地方，甚至还要遣出弟子在城中巡视，以免一些性情粗野的豪杰一言不合生了龃龉，不顾场合大打出手。

接待络绎不绝的江湖客的同时，更不能怠慢王侯贵客，涪州城的地方官员诚惶诚恐，几乎日日至沐府向威宁侯问安。靖安侯府的公子也是拜访的重点，连日来左卿辞各类宴请不断，大半时间耗在了酬酢上，苏云落留在宅内足不出户，整日与琅琊郡主主仆相对。

世人多半轻贱胡姬，琅琊郡主阮静妍是罕见例外，她温婉随和，话语不多，随身的侍女茜痕也是活泼巧慧，伶俐而不失分寸，照料主人之外对苏云落细致有礼，从未流露过轻忽之态。这让苏云落颇感意外，一来二去逐渐熟悉，她陆续了解不少。

这位郡主门第高华，至今云英未嫁。她性子文静，颇得家人疼爱，日常淡妆素服，修心养性，常读佛道经卷以自遣。岁月仿佛不忍心在这张完美的面孔上留下痕迹，尽管她年过三旬，依然是雪肤画鬓，清贵高雅，唯有眉眼处盈着淡淡的愁思，似一朵独居世外的幽兰。

她的长兄与威宁侯年少时即已相识，两家甚为熟稔，此次一位至亲的姨母病重，琅琊郡主才离了长居的府邸，由威宁侯护送至涪州探望。

茜痕捧入水晶盏，下方垫着碎冰，上方盛满一簇簇红馥的果实："小姐，这是侯爷从宴席上遣人送来的丁香荔，据说是此地独有，极是芬芳鲜甜。"

琅琊郡主手不释卷，眉目清浅，不甚在意："侯爷费心了，我才饮了茶，荔枝请苏姑娘用吧。"

与宴在外依然不忘院内的佳人，威宁侯可谓心细如发，可惜佳人无意，尽入了苏云落之口。

茜痕一转头，见她倚在躺椅上剥食荔枝，束着鸦头袜的纤足轻翘，足踝细白如霜，姿态全不似寻常闺秀，觉得十分有趣，不禁抿嘴而笑。

琅琊郡主瞧过来也是笑了："荔枝是冰过的，虽是夏日也不可过分贪凉，替苏姑娘换杯热茶。"

苏云落坐直了一些，谨声道："多谢。"

这个年轻的女孩是胡姬，却没有面对尊贵者常见的卑微局促，性子也是沉静孤落，并不亲人。琅琊郡主见过的人物不少，直觉她仿佛有些异乎寻常："苏姑娘是江湖中人？"

苏云落道："我是左公子的护卫。"

一个擅武的胡姬？琅琊郡主捺下了惊讶之色，茜痕则要直接得多，脱口道："苏姑娘这般倾城之姿，怎么可能是护卫？"

苏云落自然不会解释，低眉而坐，指下又剥开了一个荔枝。

茜痕实在好奇，打量了半晌，看不出这美丽的胡姬哪一点像江湖侠女，又见她少有言语，当是羞涩矜持，越发想左了："公子定是想将苏姑娘系在身边朝夕相伴，才用了这个借口。"

苏云落沉默，茜痕当是猜中了，禁不住眉眼盈盈带笑，瞬间已在脑内补完了一本男女身份贵贱相殊，却难抵相思情长的曲辞话本。

苏云落当然不懂她在笑什么，更未发现琅琊郡主在讶异地打量，被侍女影响，阮静妍确实也生出了误解。毕竟从外貌看来极有可能，数日前又见两人之间气氛微妙，她隐约生出了感触："难怪苏姑娘气质不俗，江湖何等自在，见到我们这些人，定会觉得拘束乏味。"

阮静妍的话语中有羡慕，也有感叹，苏云落不明所以："不会。"

琅琊郡主神思有些飘忽，柔雅的脸庞笼上了轻浅的悒色："其实世族与江湖并无不同，有时还极羡慕你们快意恩仇，洒脱自在，傲啸天地。"

那样的江湖，对苏云落而言从来不曾存在，只道："那都是假的。"

"苏姑娘观我似笼中鸟；我见苏姑娘似云间鹄，视野不同，自是感受不一。"琅琊郡主也不争辩，仿佛想起什么，漾起一抹微愁的笑，"就算我自恃年长贸然道一句，左公子待你确似与众不同，若苏姑娘也有意，请记得门第阶位俱是浮云，唯真心不可不重。"

眷眷的话语一片诚挚，却是风马牛不相及，苏云落放弃了再说。

琅琊郡主低寥寂落，轻转腕上的白玉镯，镯中嵌着一抹似龙眼状的莹红玉脉，衬得皓腕胜雪："是我冒昧了，苏姑娘 定很奇怪，不知为何我对你一见如故，又因自身际遇，常觉人间多憾，所以见你和公子相配，禁不住多言了。"

这位郡主似乎藏了无限心曲，但无关之事苏云落绝不会多问。

还好茜痕打断了对话，她自门外走回通禀："苏姑娘，左公子相请，在庭中等候。"

　　或许是以为两人有什么情话，娇俏的侍女脸庞带着暧昧的笑，琅琊郡主亦是莞尔："想是宴席已散有事相谈，苏姑娘去吧。"

　　将最后一个荔枝填入口中，苏云落起身拍了拍衣襟。

四十 · 烟水绿

庭下有一个人长身而立，俊逸的身姿衬着花木亭台，似花园里赏心的一景，待他翩然转身，寻常的景致突然有了令人眩晕的魔力。

"数日忙碌，未能相顾，云落可觉无趣？"

苏云落回过神，无表情地沉默，目光在径边一丛矮柳上。

左卿辞笑吟吟地毫不介意，从宽袖中伸出手："云落爱食鲜果，今日宴上所供的有些特别，想你必然喜欢。"那是一挂鲜润可爱的荔枝，红绡般的荔枝个个浑圆，与威宁侯遣人送的一般无二。

他的身上散出酒气，脸庞如良玉浅晕，匀秀的指似白玉琢成，托着红宝石般的荔枝，如一幅赏心悦目的画。

"听说这一品种颇为珍罕，所产极少。"

苏云落看了一瞬没有接："威宁侯给郡主送了一份，我已经尝过了。"

左卿辞意外了一刹，随即笑了："果然威宁侯待琅琊郡主亦是别有不同。"

这个亦字用得意味深长，他将荔枝放于石桌上，闲适地坐下来："才饮了酒，此时还有些热，云落可愿陪我散谈几句？"

温柔的神情如一张随时可卸的面具，言笑时格外惑人，左卿辞不在意苏云落的冷漠："这些时日你与琅琊郡主相处还好？阮氏一族尊贵，她兄长为琅琊王，自己又是出了名的美人，才情出众，尤以琴艺称绝，宗室之间极负盛名。"

苏云落没有说话，尽管她对郡主观感甚佳，但终是萍水路人，无谓多余的好奇。

左卿辞知她性情，微微一笑："云落不觉得有些奇怪？明明她才貌双绝，却是至今未嫁。"

那双低垂的瞳眸闪了一下，左卿辞不动声色地接下去："据说她无心姻缘之事，若非家人阻拦，早已遁入道门长伴青灯黄卷。可叹威宁侯用心良苦，竟是半点打动不了佳人。"

苏云落在入府之初见过薄侯一面，记得是个刚愎严冷的男人，想到他伴在恬淡柔雅的琅琊郡主身侧，总觉着有些异样。

"威宁侯每年必往琅琊山消夏，明里是与挚友琅琊王一晤，实则是为郡主，他苦候佳人多年，不惜正妻之位空悬，金陵尽人皆知。"左卿辞漫散地谈着逸趣，忽而转成了调侃的戏谑，"云落可羡慕有这么一个人，深情不移，永远追慕左右？"

苏云落奇怪地看了一眼，好像他突然抽了风。

左卿辞莞尔，话语一转："瑟薇尔一直很惦记你，屡次向我打听。"

提到那位令人头痛的金发美人，苏云落终于有了回应："她可好？"

"她是鸿胪寺的贵客，供奉丰足，随心所欲，岂有不好。"不知想到什么，左卿辞眉梢轻挑，似笑非笑："云落当日对她何等照料，一转头抛诸脑后，关外一别，她已被你视同路人？"

苏云落微微一怔。

长眸凝在她脸上，左卿辞道："对云落而言，所有相遇皆为浮云，转瞬即逝。瑟薇尔、文思渊甚至昔日的同门，全在心境之外，可是如此？"

苏云落听得出他话中有刺诘的轻嘲，但不明所以。

一错眼的淡讽消弭无痕，左卿辞道："是我多言了，今日晚间沐府设宴，想请云落陪我同往，白陌已经备好了易于掩形的衣饰，稍后送过来。"

难以捉摸，善变无常，毫不在意凭借身份纵性而为，又有最具迷惑性的外表，受制于他比受制于文思渊更糟。左卿辞离去后，苏云落默默地想了一会儿，食完桌上的荔枝回了住所。

茜痕见她归来，俏颜梨窝隐现："苏姑娘回来了，沐府说有人送了东西过来，指名苏姑娘亲启，我替你搁在案上了。"

案上是一方精美的漆盒，苏云落启开一看，一挂浑圆分明的鲜荔映入眼中，碧绿的枝叶还带着水气。

茜痕惊讶地轻"咦"了一声："也是丁香荔？"

拎起荔枝看了看，苏云落取出盒底的一枚短笺，墨意盎然的小字跃然纸上。

"锦江近西烟水绿，新雨山头荔枝熟。"茜痕在一侧瞧见，下意识地念出来，她久侍书房见惯笔墨，禁不住摇头，"虽是咏荔枝，此地却非锦江，生搬硬套来赠人好生奇怪，怎的也不见落款。"

苏云落一言不发，随手将短笺在烛上烧了。

听见茜痕的自语，琅琊郡主从书中抬起头，望了一眼苏云落。

花满涪洲城，酒醉三千客。

试剑大会开幕在即，五湖豪杰齐至，沐府倾其所能，举办了一场最热闹的盛宴。

火把烁烁跃动，酒坛层层叠叠，一个院子连着另一个院子，长宴如水一般流泻到街上，云集的游侠壅塞了数条街道。烟气、酒气、人声鼎沸，笑语不绝，来日的生死竞斗无碍眼前的欢娱，千余豪客推杯换盏，斗拳耍闹，喝得不亦乐乎。

内院又是另一番布置。

十几席漆桌缘地而设，每一桌都对应着一位身份显赫的贵客，有执掌一方的重吏，有德高望重的宗族耆老，更多的是名动江湖的武林尊长，由沐府之主亲自款待。

这样的场面当然不可能有苏云落的席位，她随在左卿辞身后，看着他与威宁侯及各方贵客谈笑风生，这个男人以完美的外形与君子之风赢得了众人的交口称赞，不知多少惊艳的目光萦在他身畔。

左卿辞的目的是什么，她不清楚，也不关心，安分地扮演一名不起眼的侍女，面纱蔽去了她的脸庞，对襟窄袖紧身的胡服不露半点肌肤，胡姬在外用此类装扮司空见惯，并不引人注意。

两个标致的胡姬穿着蓝色卷草纹薄裳，雪白的额上描着花钿，跳着欢快的拓枝舞，几个稚龄胡姬在一旁或歌或舞相合，另有数十名漂亮的美人在席间款客劝酒，美人的娇言笑语是最有效的调和剂，很快活跃了略为拘谨的气氛，场面轻悦而随意。

苏云落没有看歌舞，目光安静地落在地上，左卿辞偶然回眸，掠过一抹无从觉察的浅笑，挥退了前来敬酒的胡姬。美人的失望几乎溢出来，又不敢不遵从，捧着银杯快快地转去了下一席。

酒宴过半，忽然外间一阵喧声，似乎又有访客到来。

不一会儿，沐府的长子沐英陪着一行人走入庭中，这群人衣饰精美，或悬剑或佩刀，俱是神采飞扬的青年，一股昂扬的朝气扑面而来。

当先一名青年形貌英朗，一举一动有一股豁达洒脱的气势，不待介绍已向沐府家主揖行一礼："不请自来叨扰了，靖安侯府左倾怀，率友人见过各位尊长。"

沐府之主十分惊讶，下意识地望了一眼左卿辞，起身还礼："二公子刚到涪州？欢迎之至，正好令兄也在。"

令兄？那个青年完全怔住了，顺着指引的方向望过来。

左卿辞从容起身，对着那张年轻的面孔绽出微笑，长眸涌动着极近才能窥见的晶光："原来倾怀也来了，不期而会，惊喜之至。"

　　左倾怀素有爽直练达之名，在外也是广交朋友，极少有惶然无措的时候，然而此刻的神色难以言喻，他仿佛处于空前的怔忡和眩惑之中。

　　一个是失踪多年的亲子，一个是安华公主亲选过继的嗣子，两人从未谋面，突然在宴上相见被介绍为兄弟，确也是尴尬之极，令人无法不错愕。

　　倒也不怪左倾怀，他在军中效力，近期一直驻防于边邑，月前受命调回，连侯府都未及返回，仅仅是约略在书信中得知，这位传说中的长兄在去年突然现身，并且在赤焰沙做成了一件大事。

　　威宁侯薄景焕也知道几分靖安侯的家事，对这位二公子不算陌生，淡淡地圆了一下场："二公子还未见过你兄长？既已聚首，不妨好生叙一叙。"

　　左倾怀强笑着应了，在左卿辞身侧新增的一席入座，对着一个被尊为兄长，实际却一无所知的陌生人，简直如坐针毡："大哥——何时来的涪州？"

　　相较之下左卿辞一派安然自若，毫无尴尬之态："数日前方抵，让倾怀意外了。"

额上渗出了汗，左倾怀尽力抑住局促："大哥失踪多年，如今痊愈归来，真是可喜可贺。"

左卿辞莞尔："的确有幸，让我遇上了一位良医。"

绞尽脑汁地找话题，左倾怀道："还未恭喜大哥从赤焰沙取回了《锦绣山河图》，立下奇功。"

左卿辞随口谦道："侥幸而已，全是仰仗一群江湖侠士。"

定了定混乱的心神，左倾怀取过酒盏满斟："今日在此一会，我先敬大哥一杯。"

左卿辞饮毕也斟了一杯："离家多年，听说多了一个弟弟，我也甚为欢喜。"

他俊雅风流，举止落落有风致，宛如天生的贵胄，左倾怀一时竟有些自惭形秽，甚至生出了窘迫："我曾听说过——大哥自幼便聪慧过人。"

左卿辞停了停，眉梢轻扬。

左倾怀更窘了，惶然道："还有晴衣，你去赤焰沙期间她一直惦记，信中屡次提及。"

左卿辞微微笑了一笑，气氛似乎松了一些："我知道，你对她极好。"

晴衣是他一母所出的妹妹，流着同样的血，离别时她还只有半岁，他在昔日的家似乎也仅剩了这么一点牵挂。

左倾怀终于找到了一个安全的话题，又有些不是滋味，十余年来他把晴衣视如亲妹，然而终不是血脉相系，眼前这个才是她真正的兄长。

"晴衣善良乖巧，我疼爱她自是应该的，大哥怎么想起到涪州？"

左卿辞说得云淡风轻："久病无趣，瞧什么都觉得新鲜，之前又听几个朋友说了一些江湖趣事，索性过来开阔一下眼界，没想到倾怀对试剑大会也有兴趣。"

"我刚接到回金陵的调令，正巧路过涪州，与一帮朋友看看热闹。"左倾怀欠了欠身，"大哥在外若有不便，或有什么所需，尽可与我说。"

左卿辞文雅地颔首："据传这场盛会可谓龙争虎斗，精彩之极，倾怀来涪州是想一试身手？听说你弓马娴熟，金陵少有及得上的。"

"我这两下把式军中混一混还行，在这只有丢人的份。"左倾怀微赧地坦承，"全是顺道凑个趣，大哥若是不弃，不妨一道观赏。"

左卿辞不动声色，拈杯一笑："难得躬逢其盛，有何不可。"

长宴散去，左倾怀婉拒了兄长的邀请，与友人在城中寻了宿处，重金换得几位游侠腾出了两间房。歇下时已是半夜，几个人挤在一起，左倾怀也不挑剔行宿，随意与友人抵足而眠。

"倾怀的兄长真是好仪容，好风姿。"楚寄来自宣州世族，想起宴上左卿辞的风姿，禁不住赞叹。

翟双衡来自沧州名门，与左倾怀为军中袍泽，更为亲近，冷哼一声："仪容好又如何，看起来未免太羸弱了，还带着胡姬。"

左倾怀心思散乱，喃喃代兄长出言辩解："出门在外，他身边自然需人照料。"

"什么照料，不外是离不开女色。"翟双衡不屑道，"赤焰沙的传闻恐怕是夸大其词，单凭他这相貌就不似经得起异域之险，想必是重金雇了几个人，歪打正着地成了事。"

楚寄也觉得世族公子万里斩逆的传闻有些离奇："即便如此，他也是有功之人。"

翟双衡尚武，本来就不太瞧得起文弱之人，又偏向一同从军的兄弟："侥幸得了声名罢了，真要让一个文武不就的弱质公子袭了爵，哪对得起靖安侯府的声威。"

这一点楚寄亦是赞同，如果不论血脉，确是左倾怀更为肖似左侯的勇武，适宜承续爵位。

左倾怀一句句入耳，心乱如麻。

他自懂事起已入了侯府，这位消失的兄长就如一个梦魇般的影子，他从不敢试探询问，府中更无人提及。嫡母安华公主虽然选了他作嗣子，却是高贵矜冷，难以亲近，身边的嬷嬷犹如最严厉的训师，曾是他年少时的噩梦。

左侯话少，比安华公主更疏淡。然而一次在他受责过度，昏迷了两天之后，左侯将他接过去教养，亲自教他弓马，传授枪法武艺。在他第一次撂倒教习师父之后，左侯轻拍他的肩，脸上有些微的欣喜，也有复杂的晦涩。他不知道那个时候，左侯是否想起了失踪的亲子。

安华公主选中了他，左侯造就了他，天长日久，他越来越像左侯，也越来越敬爱这位名义上的父亲。他在晴衣面前是一个好兄长，在公主面前恭顺谨慎，极力将一切做到最好，用了十余年博得了所有人的交口称赞。作为偶然得逢机会的幸运儿，他沿着命运设定的路前行，可是突然间一切紊乱起来，那个影子回来了，失踪得离奇，出现得更是蹊跷。

如果不是蜀中动乱前，晴衣被段衍诱骗，替他携出了《锦绣山河图》；如果不是她被段衍推下重阶摔伤腰脊，瘫软无法行走；如果不是流言恶议迫得晴衣精神崩溃，几度寻死，或许这个消失的兄长永远不会出现。

当时在军中效力的他，唯一能做的仅是全无意义的书信劝慰，左卿辞却留下了让晴衣能重新站起来的方子，甚至自万里之外取回《锦绣山河图》，一洗宫中不堪的议论。

载着荣耀和赞誉，侯府消失的大公子横空而现，左倾怀身边每一个知道消息的人，都变得闪烁其词，暗露怜悯惋惜。左倾怀心底说不出地复杂，他知道与对方不可能不见，却又怕见，更不知见了如何自处。

当年左卿辞究竟因何失踪？为什么多年不闻音信，直至去岁才现身？这一场突如其来的相逢是偶然还是刻意？

他究竟为何而来？

四十二 · 棋手局

长夜无边，幽雨漫漫洒落，江岸空寂的浅滩笼在雨中，细细的声籁如春蚕食桑。江畔一座孤亭明烛高烧，清辉莹莹，成为暗黑的天地间唯一的光明。

文思渊在亭中凭栏而立，指际把玩着一枚精巧的玉鸠。

一个比夜更深的影子悄然而现，布巾蒙住了脸庞，露出一抹令人心动的雪额深眸，带着晶莹的雨雾，似化外天女踏破重霾而来。

文思渊目光一跳，半是惊异半是惊艳："你在公子身边竟未易容？"

苏云落沉默以对，并未摘下覆面的蔽巾。

文思渊视线在她眉眼间流连良久，神色渐沉，掺着一缕微妙的妒意："你连我都防得紧，居然肯在他面前露真容。"

苏云落无意解释，仅道："这次又是什么？"

文思渊哑了一瞬，忽地敛了神态，恢复了谈生意的腔调："听说你近日跟他有些不寻常，我还当是谬传，看来也并非无根之言。"

亭外的世界是一片无尽的黑暗，话语仿佛落入了虚空。

"既然你攀上了高枝，想必几件生意得另作安排了。"停了一会儿不见苏云落接腔，他心下闪过无数猜度，滋味越发难忍，出言嘲道，"靖安侯府地位尊贵，内底却不简单，更不可能容许一介胡姬登堂入室，基于多年的交情我提醒你一句，别对美色寄望过高。"

她抬起睑，眼眸又黑又静，蕴着天光初透时的寒冷："我想离开，他不让，用你来质劫我。"

文思渊一怔，阴郁瞬时转为兴奋，左卿辞对她的兴趣显然超乎预期，他立刻有了盘算："是他扣着你？不必理会，你先避一避，待他来找我再谈其他。"

她沉默了一会儿，声音有点涩："你无非是要卖个更好的价，去赤焰沙前你承诺过什么？"

文思渊自知理亏，然而他老于世故，岂会为一句质问改变主意，当下转了话题："鹤尾白有消息了。"

苏云落明显专注起来，冲口而出："在哪儿？"

优势又回到了文思渊手中，他带着商人惯有的精明，不慌不忙地转动指间的玉鸠。

苏云落稳住了神："你要什么？"

文思渊早已想好，从怀中取过一个木盒推过去，徐徐开出条件："替我取一面双蝶透光宝镜。此镜相传为花蕊夫人所有。镜明如玉，叩之如磬，正午时光影可透，现为涪州城外的桑园主人杜夫人所有，镜图和藏匿之处在盒中，两日内我要见到实物。"

两日？试剑大会开幕在即，江湖豪侠云集，当前又难以易容，苏云落默然良久："燕归鸿在附近。"

玉鸠自文思渊指际弹起，被他一挥收入宽袖，起身走入雨幕，留下一句缥缈的话语："那又如何，你又不是第一次对上他，不想做尽可放弃，但规矩你也清楚，我不会等。"

苏云落悄无声息地回到沐府房中，卸去面纱和浸湿的外衣。

文思渊的条件充满了恶意，挑在这一时刻迫她行窃，无疑是为了激怒左卿辞，一旦侯府公子发现她不再受控，作为中间人的文思渊也就拥有了议价的筹码，赢取了重新进入交易的机会。可左卿辞岂会听凭摆布，一路上他有形无形地试探，全是为了抛掉文思渊，更直接地操纵她。

不想受制其中，唯一的办法是如左卿辞所言，除掉文思渊。可她需要掮商的消息，也需要他将窃来的宝物出手，尽管狡诈无常，见利忘义，百晓公子毕竟与她合作最久，江湖中人脉最广，而且——又有了鹤尾白的消息，她已经别无选择。

夜随着漏声一寸寸流逝，苏云落发了好一阵呆，直到黎明前才在榻上盘腿坐下来。

半个时辰之后，对面绣榻上的人翻动了一下，琅琊郡主仿佛做了什么噩梦，额际渗汗，从沉睡中醒来，朦胧的光影穿透纱幔，屋内情景映入她的眼。

一个在胡榻上趺盘的影子在淡淡的曙光中，手掐子午，足分阴阳，双腕置于膝上，食指虚触，掌心向天，双目七分闭三分睁，姿势奇异，有一种独特的美感。

琅琊郡主清眸蓦然睁大，纤指无意识地掐入了掌心，直到看清对方有一张深秀皎白的胡姬脸庞，才清醒过来，心头仍在悸乱地跳动，脸上一片湿凉，抬手一拭，不知不觉竟已泪流满面。

直至中午，阮静妍还是有些恍惚，总是不自觉地瞧着苏云落发呆。茜痕忍不住轻咳一声，琅琊郡主这才收回目光，发现左卿辞正微诧地望过来。

茜痕不清楚主人为何异常，灵巧地圆场："就算昨日探望见着杜夫人病势不浅，小姐也不宜忧思过重，时时牵虑。"

左卿辞随言劝慰了几句，今日威宁侯与左倾怀被请去宴饮，唯有他以疲累为由推却，令涪州最好的酒楼送来一桌席面，邀琅琊郡主及苏云落在内院小饮。

苏云落沉默地进食，一言不发，她例来话少，旁人也不觉意外，刚咬入一块糖醋小排，她突然顿了一下，抬手抚住了腮。

左卿辞停箸："怎么了？"

苏云落闭口不言，一双深黛的眉尖紧紧蹙起。

琅琊郡主身畔的茜痕一打量，忽然醒悟："苏姑娘今晨似有些牙痛，会不会是荔枝食多了，虚火积聚所致？"

左卿辞有一丝意外："云落可容我把个脉？"

突如其来的疼痛激得苏云落瞳眸漾起水意，比平日更为幽深动人，听见他的话语，迟疑片刻才伸出腕。

左卿辞的目光凝在她脸上，唇角隐现笑意："果然如此，才食了几个荔枝竟会这样，稍后我替你开张方子。"

茜痕跟着琅琊郡主多年，颇受宠爱，言语也较为随意，闻言笑道："也不止几个，侯爷送来的荔枝不提，还有晚上送至房中的一盒，此物火盛，我也忘了提醒，不想竟害得苏姑娘生了牙痛。"

苏云落微微僵了一下。

左卿辞的三根长指还按在皓白的细腕上，不动声色道："昨晚有人送了一盒荔枝？"

茜痕无心而答："也不知是什么人，短笺也没头没脑的——"

"茜痕。"琅琊郡主柔声截断，"替我盛碗汤。"

茜痕何等乖觉，立时替郡主盛汤换盘，再不开口。

左卿辞的视线在几个人面上转了转，也不再问下去，换了话题："杜夫人如今情形如何？"

想起姨母的病情，琅琊郡主顿时心头沉坠，薄叹一声："姨母憔悴得很，连话都说不出来。我问了伺候的丫鬟，起先仅是羸弱体虚，后来外邪入侵，寝食不调。桑园那样安静，姨母仍是难以入眠，境况越来越差了。"

左卿辞宽慰道："我也略懂岐黄，若郡主信得过，我愿略尽绵力。"

琅琊郡主第一次听闻他懂医，虽不了解手段如何，但仍是礼貌地致谢："公子有此心，我替姨母谢过，明日我还要去一趟，若是有暇——"

左卿辞知情识趣地接下去："正好明日无事，自当与郡主同行。"

苏云落执箸，低着头久久没有动。

杜夫人嫁入世族，平日里养尊处优，所衣必是锦绣，所用必为金玉。及至年长地位更尊，一群子媳环伺左右。然而病势一沉，富贵全无半分作用，金碧奢华的器皿映衬着枯槁的容色，益发显得凄惨。

杜夫人在榻上气息奄奄，瘦得脸目深陷，半昏半沉，丝帕下的腕臂干瘦如柴。

待诊完脉，左卿辞转至隔间，琅琊郡主及杜夫人长媳正在房中静候，左卿辞缓缓而述："杜夫人本是气虚，后来又染了伤寒，表面上似热症，骨子里却是寒证。医经有阴盛隔阳于外之说，杜夫人体内阴气极盛，虚弱的阳气受迫于表，常医按热症调治，越治越是危险，如今我见她指尖发青，正是虚阳将散的征兆。"

一番话听得琅琊郡主目露惊骇，玉指紧握："原来竟是被庸医所误，姨母现下可还有救？"

左卿辞铺开笺纸笔走龙蛇，药方一挥而就："立即取姜片炙穴，我先为夫人施针，按方煎好汤药尽速送来。"

这位侯府公子太过年轻俊美，全不似平日延请的皓首白须的医者，长媳杜何氏虽然将信将疑，但到底不敢怠慢，依言嘱人照方办理。

炙穴之后杜夫人服下汤药，不多久汗出如浆，汗止后竟生出了食欲，这是数月来的头一次，杜府上下无不大喜。杜何氏喜出望外地致谢，突然一个大丫鬟匆匆而来，附耳数语。

杜何氏眉尖一蹙，端秀的面孔惊愕而愤怒，声音也厉起来："怎么会好端端地不见了，再找一找。"

丫鬟骇得腿一软跪倒，眼泪如断线的珠子滚落下来："各处都寻过了，确是寻不着，请夫人息怒。"

侍奉病人本就赘累烦坝之极，家事乂横生枝节，杜何氏气得胸口窒闷，狠狠绞住手中的丝帕："再去找！实在找不着就报官，好端端的家里居然闹贼，看来是要治一治了！"

内外一片乱哄哄，丫鬟又是一副大祸临头的悚泣样子，琅琊郡主禁不住询问："这是怎么回事？"

郡主身份尊贵，又是交好的亲眷，杜何氏也不避讳，强笑着解释：

"妾身治家无方，让郡主见笑了，四妹行将出嫁，前阵娘清醒的时候说将家传的双蝶透光镜给她压箱陪嫁，也多几分体面。这几日正在翻拣收拾，婢仆说宝鉴不见了，若是发现哪个刁奴擅自盗出，我定严惩不饶。"

话到末尾杜何氏的声音又厉起来，吓得丫鬟哀声乞诉："是奴婢掌着钥匙，却实在不知是何时失盗，求夫人明鉴。"

一旁的左卿辞心下一动，突然有了某种预感。

杜何氏恨声道："哭什么！等我查出来，该发落的一个也少不了。"

丫鬟伏地拼命叩首，双手颤巍巍地托起一物："禀夫人，镜盒里留了这个，府中似未见过，想是贼人留的，请夫人明查。"

一枚墨丝盘云结卧在丫鬟汗湿的手心，异常触目。

侍立在侧的白陌瞬间瞪圆了眼，一声惊呼险些脱口而出，他硬生生忍住，下意识地向左卿辞望去。

斜挑的长眸幽寒，左卿辞薄唇半抿，淡淡地仿佛什么都不在心上。

白陌看得心惊肉跳，那该死的贼，这次真惹得公子动怒了。

卷九

化卿心

四十三·双蝶鉴

天光暗淡，漠漠的江面偶然一只水鸟飞过，转瞬消失在朦胧的薄霭中。

文思渊已经看见了亭中的身影。

那个窈窕的影子在江亭内，衣襟被江风拂动，仿佛等待了许久。深灰的亭檐上栖着两只亮黄的小鸟，在似有似无的雨雾中梳理着羽毛，远远望去，一人一景静如亘古江流。

一切尽在掌控之中，文思渊志得意满，刚迈开脚步，突然指际发麻，伞从手中滑落，在风中打了个旋跌翻在地。

文思渊吃了一惊，待要去拾却发现腿也麻起来，身体仿佛成了别人的，使不上半分力，竟被一块小石头绊倒。他狼狈地跌跪在泥泞的地面，阴冷的雨雾笼在脸上，空气说不出地诡异，莫名的恐惧在心头蔓延，他想扬声引起亭中人的注意，可是喉咙似被扼住，拼尽全力也仅能发出粗哑的喘息。

背后有人行近，踏入水洼溅起小小的水花，文思渊的衣领蓦然一紧，竟被来者一把拎起。他僵硬地看着自己像布袋受人拖曳，无力的双足在地上划出两条长迹，出自天衣坊的乌皮六合靴糊满了污泥。

他看不见对方的形貌，感觉出对方手臂沉稳，拎着他毫不费力。蒙蒙的雨雾消失了，文思渊发现自己被拖进了一处空弃的建筑。身体一空，文思渊仰面跌落，撞得胸口一窒。

这里离江岸并不远，屋顶的椽子积着厚尘，失修的屋顶有几处裂隙，透入了暗淡的天光，隐约可见漆剥落的木像和彩绘，这似乎是一座破落的江庙。

一张幽暗中依然风华绝伦的脸庞在视野中出现，噙着淡笑居高临下地俯视："文兄别来无恙。"

文思渊一眼认出这位翩翩公子，震惊之余心念电转，赤焰沙一事他赚足了，得了不少行事上的便利，自问也算有功；依苏云落的性情，断不会将两日前的事托出，并无明面上的理由令这位贵公子动怒，顿时安定了三分。仿佛印证了推断，他发现自己除了内力受制之外已恢复如常，稳住神起身见礼："公子何时来了涪州？早知在此，我该前去拜望。"

文思渊只字不提被人拖过来的狼狈，左卿辞似也忘了，一派彬彬有礼的风仪："何必多礼，文兄也是为试剑大会而来？"

"来此处理一些私人琐事。"文思渊扫过对方身后，隐在废庙暗处的两名随侍隐约显出轮廓。

左卿辞轻飘飘地挑破虚词："我还当文兄与人有约，才冒雨至此。"

文思渊力持镇定："公子说笑了。"

"寻常趣事说笑也无妨。"左卿辞慢条斯理地一扬眉，"不过文兄使人去盗双蝶宝镜，未免就有些过了。"

文思渊吃了一惊，猜不出他通晓了几分："不知公子所言何意。"

左卿辞也不打哑谜："锦江近西烟水绿，新雨山头荔枝熟。那一挂荔枝是文兄所赠？"

文思渊佯作不解："什么荔枝？请恕在下愚昧。"

"这一句诗虽风雅，语出却有深意。"左卿辞温雅地道来，淡逸如在品诗论文，"看似与荔枝相关，实则在后一句，万里桥边多酒家，游人爱向谁家宿——用以赠人，潜意责备受赠人东食西宿，见新忘旧。文兄以为然否？"

文思渊见他说得如此透彻，唯有不语。

左卿辞莞尔，话语盈出轻谑："苏云落之于文兄，就如一棵源源不断的摇钱树，不想放手也是人之常情。"

文思渊觉得唇舌有些燥，干涩地一笑："原来公子瞧上了她？想不到一介胡姬能有这样的福气。"

左卿辞凝视着对方眉间晦涩的郁色，深觉有趣："文兄结识她多年，觉得苏云落是怎样一个人？"

文思渊将每个字在脑中过了一遍，才含糊道："除了生意往来，其他的倒是不了解。"

"在我看来，她实在是天下最蠢的人。"相较于文思渊的谨慎，左卿辞言语随意，漫不经心地评议，"空有一身非凡的本事，偏偏受制于人身不由己，遭人百般利用而不得解脱，何其可悲。"

文思渊怎会听不出含沙射影，强笑了一下："此话有些言过其实了，江湖上各有所长，合作各得其宜，如何谈得上利用。何况以她的本事，若是无意，谁能相强。"

左卿辞流露出薄淡的傲意，微微点头："不错，这也正是我想请教的，文兄是用了何种方法，将她钳弄于股掌之中？"

"公子误会了，我——"文思渊仍在申辩，可是他的声音断了，咽喉仿佛被什么扼住了，张开嘴也没有半分空气进入肺中。转瞬间他面色青紫，额头胀痛，双手不由自主地抠住喉间，整个人跪跌在地，喑哑的咳声伴着轻嘶在庙中回响。

左卿辞的笑容依然完美，却多了一股森冷的诡意，犹如玉面修罗在九重天上遥远地俯窥。

文思渊的眼前渐渐模糊，喉咙被抓出了血，在他以为自己将窒息而亡的一刹，又有了空气涌入。他大口大口地喘息，冷汗涔涔而下，余悸犹存地抚着喉结，看着左卿辞猛然想起了一个人，面色遽然惨变。这不可能，他明明探过对方确为左侯亲子，当年涉及内争而失踪，虽然

牵连到权门秘辛未敢深查，失踪十几年内的情形一无所知，但怎么竟
会是——

眼前的人一派清贵优雅，仿佛片刻之前的事根本不存在："涪州一
地武林豪客众多，难免生出意外，若是江湖上从此少了百晓公子，可真
是一桩憾事。"

春风般的话语听在耳中字字催命，文思渊越想越怵，无数传闻迸
散脑海，心神剧震如坠冰窟，再难以维持镇定："公子就不怕有损侯府
清誉？"

左卿辞容色轻慢，全不在意地掸了掸衣袖："一时三刻后，再无人
能认出文兄的模样，这清誉自然不会有半分折损。"

他的话语云淡风轻，文思渊听得彻骨寒凉，一时竟有些脱力。

仿佛有什么无声无息的存在，文思渊鬓边忽然有数十余根发丝无由
自断，飘然在风中坠落。

文思渊面色青黑，几乎不敢呼吸。

"文兄坚持守口也无妨，不知下一个掉落的是什么，等鼻子眼睛坠
下来，可是后悔也无用了。"左卿辞微微一笑，杀机分明的话语被他说
得温文尔雅，又奇异地融和。

文思渊恐极，冷汗浸湿了衣襟，他知今日生死一线，活下来只能凭
运气，唯有把心一横："控制她的人不是我。"

左卿辞轻淡地挑了一下眉。

四十四 · 江畔寻

不等对方言语，文思渊立即接着说下去："她之所以做贼，全是为了寻药。"

既然对方如此知机，左卿辞显出了良好的耐心："说来听听。"

一线生机在此一言，文思渊唯恐不详尽："这些药自她出道时已在寻找，共为八味，分别为碧心兰、幽陀参、佛叩泉、风锁竺黄、赤眼明藤、汉旌节、鹤尾白、锡兰星叶。"

碧心兰生于极热之地，佛叩泉为千年地脉所凝，赤眼明藤长于万仞绝涧，风锁竺黄出自极北的深山……这些药用途各异，唯一的共同点是异常珍罕难寻，左卿辞心下起疑："她要这些做什么？"

"她对这些药空前执着，我也曾问过，她仅道有人告诉她这些药可以让她成为绝世高手。"文思渊不敢有半分虚言，有问必答，"我以为想找齐纯属做梦，没想到她陆陆续续得了大半，如今仅余下三味未得。"

"绝世高手？文兄会如此轻信？"左卿辞毫不留情地嘲谑，这些药虽然各有奇效，却无法造就武林神话，她更不是狂热追求力量的人，真正的理由绝不会这般可笑。

文思渊以为左卿辞会追问细节，谁知对方根本不提，唯道："她不愿多说，只让我打听这些药的消息，我也不便多问。"

左卿辞淡讽地一哂："为了得到消息，她必然要用异宝奇珍来换，文兄这生意做得真是妙极。"

"各取所需而已。"文思渊冷汗渗衣，小心翼翼地解释，"一个消息只换一件，此外的窃盗是她自己需要钱，我仅是抽一点佣金。"

左卿辞算是接受了解释，又询出另一个问题："她的钱都用在何处？"

"不瞒公子，我对此一无所知。"文思渊观察对方的神色，苦笑道，"或许公子不信，她戒备心强，又生性寡言，除了生意不会多说半句，实在无从了解。"

庙外细雨淅淅沥沥，左卿辞的声音也似雨幕般轻忽淡远："这话就是推脱了，以文兄的心机手腕，合作多年还探查不出端倪，岂能在江湖上存身至今？"

不经意的话语蕴着可怕的压力，文思渊如临深渊，哪敢再饰辞："并非欺瞒公子，她确实从我这里得了钱就化形远遁，遣人追踪也一无所得，不过时间久了，我私下也有几分猜测，此事大概与她师父有些相关。"

左卿辞不见半分惊诧，长眸微微一沉："果然剑魔未死。"

这位贵公子所知的比预料中更多，他与苏云落之间——文思渊辨不出心头是什么滋味，涩道："公子既然清楚她出身正阳宫，师从苏璇，想必对当年的旧事也有所耳闻。"

清俊的眉峰半聚，左卿辞的神色极为不豫："不是说苏璇已疯了，还用得着费心思去觅药？疯病岂是医药所能治愈，简直愚蠢透顶。"

听得对方低声咒骂，文思渊竟然生出一丝隐秘的快意，他捺住情绪低眉顺眼："她自幼孤僻，极少近人，唯一在意的就是苏璇，除开此人以外，世间哪还有什么能让她竭尽心力如斯。"

左卿辞轻瞥了文思渊一眼："就算苏璇还活着，依他癫狂杀人的疯魔劲，如何匿得了形迹，多年不为世人所知？"

"或许她将人送去了方外谷。"文思渊说出了长久以来的推断，"公子想必也听说过，方外谷中续生死，一诊一药一千金，那里医术神妙，然而在谷中停留须耗费重金，她每年要凑齐两千两黄金，必是与此有关。"

左卿辞沉默了一刻，转道："你与她如何相识？"

文思渊深知唯有引起兴头，才能在对方面前显出价值，回答极详尽："近十年前，一名江湖同道设宴，中途有人传报，有个胡人少女想购他手中的风锁竺黄。此药有延寿奇效，等闲谁肯出让，何况是身份低微的胡姬求来，他根本未曾放在眼里，没想到她居然硬闯了进来。"

左卿辞果然听得颇有兴味："后来如何？"

文思渊继续道："那时她尚未及笄，剑术精妙，然而单纯不谙世事，那位同道便提出三月为期，指名索要珍器玉莲花作为交换，将她骗离了宴场。"

单衫乌鬓，身形初长的胡人少女，美丽而稚涩，在众人的嘲讽喝斥中倔强地茕立，一试白虹满座惊，该是何等风情，左卿辞忽然有一瞬的分神。

文思渊道："我觉得有趣，就留人探看，三月后她确然持宝而至，那位江湖同道贪图宝物，又见色起意，发现她衣衫透血，竟然趁势下手，意图人财两得。"

初出江湖的雏鸟折于小人之手，在江湖中并不鲜见，左卿辞道："你救了她？"

文思渊想点头，但在那双长眸的凝视下无法说谎，唯有坦白："人是她杀的，我仅是将她捡回去养伤。"

左卿辞瞬间想透了关联，浮起淡淡的嘲讽："而后见她根底上佳，唯独欠缺经验，起了心栽培，索性从牢中弄出惯盗，教她易容与窃盗之技？"

未想到他知悉得这样深，文思渊面色发白，脊背汗出如浆。

左卿辞似笑非笑地点了点头："文兄好手段，成功养出了一名傀儡，带来源源不绝的金钱。"

文思渊僵了僵，过了半晌才咬牙道："如公子所言，我确有私心，但这对她也并非无益。她执意寻药，经验太少又行事莽撞，若不是我帮佐筹划，她早已身陷囹圄，何谈助公子域外之行。"

左卿辞一哂，确也不否认："这话不错，过去的就罢了，而今既然我瞧上了她，就容不得背后有人搞鬼。"

他说得如此直接，俨然已将苏云落视为禁脔，文思渊反而无词，好一会儿才勉强发声回道："既然公子不喜，明日起我定会远避，绝不再现。"

这个人精明识势又懂进退，无怪乎能在江湖中长袖善舞，左右逢源，左卿辞无声地笑了笑："如此知机，文兄真是聪明人。"

文思渊千算万算，就是没算到会落到如今的局面，他舌根发苦："是我有眼不识泰山，还望公子不计冒犯，留我一命，将来或许还有供驱策之处。"

话语说得很恳切，可惜左卿辞似乎全无宽谅之心，悠然一叹："江湖中少了文兄确是遗憾，可文兄手眼通天，消息遍天下，却让人不得不忧。"

文思渊立即撩衣跪地，举手盟誓："我愿发下毒誓绝不外传，如违此誓，教我贫病交加，潦倒终身，死无葬身之地。"

左卿辞浅淡一笑，显然不以为然。

文思渊心知再无法打动他就是必死之局，甩出最后的筹码："自快雪楼江岸截杀失手后，安华公主恼恨非常，前日遣人密赴天诛阁，意图进一步狙杀公子。侯爷似有所知，拦下了密使，并传书二公子与公子结伴而返；另外金陵传闻公子行将议婚，侯爷也与几家世族有所言及，想是因此刺激了公主。"

不知是哪一句令左卿辞失了笑容，眉宇倏沉。

冷汗从文思渊脊上滑落，他尽力让声音如常："公子手段非凡，但暗算难防，公子又不愿显露，难免束手束脚。若能容情暂留文某一命，江湖上的消息但凡文某所知，无不入公子之耳。"

左卿辞终于沉吟了一刻，这人知机惜命又消息通达，确还有几分用："文兄若能言而有信——"

文思渊何等精到："文某不敢违誓，公子自有一百种手段取我性命。"

"文兄言重了，如今我潜心医道，也不宜随意重归旧行。"左卿辞慢悠悠地踱了几步，忽而一笑，"今日让文兄受惊了，此后有暇，不妨每隔三个月与我一叙，也好安彼此之心。"

轻缓的话语传入文思渊耳中，生生逼出了一身冷汗，虽然留了后患，好歹躲过了眼前的死劫，他暗自松了一口气："多谢公子，文某自当谨遵。"

暮色中的江柳似绡雾轻柔，草丛中几只夏蛙低声咕鸣，四十八骨的油纸伞跌在地上淋了许久的雨，终于被一只白皙细长的手拾起。

苏云落已经等了许久，始终未见文思渊的身影。

她没有焦躁，只要有希望，她有近乎无限的耐心。

怀中的铜镜被体温烘暖，她散漫地思考是否该趁夜出城。窃镜之举彻底得罪了左卿辞，待消息散开，神捕也会追踪而来，涪州已不适合再留，必须尽快离开，这身衣裳太过精致，不适合继续穿着。想到这里，她轻抚了一下宽袖繁密的纹绣。丝滑的衣料色泽明丽，这是她穿过最好的衣裳，来自琅琊郡主的馈赠，她却恩将仇报，盗了郡主的亲眷。

一丝丝愧疚从苏云落心底泛起，那个温婉的女子一旦知悉真相，定会非常失望。

觉察到有人接近，她收住心神抬头，一瞬间愕然僵硬。

亭外，颀长的身形如临风玉树，俊逸的脸庞盈着浅笑，左卿辞优雅地举伞相邀："江畔风冷湿重，不宜久羁，回去吧。"

江风吹得乌发缭乱，有几缕落在颊上，衬得苏云落的脸令人惊心地白，她怔了半晌："你怎么知道我在这儿？"

左卿辞莞尔一谑："自是心有灵犀，不管云落在何处，我都能寻到。"

苏云落沉默以对，左卿辞全不着气，笑吟吟地给了答案："说破了也无奇，有种特制的香露，沾衣数月不散，常人难察，稍加驯化就可使飞鸟循香引路。"

见她呆立不动，左卿辞又道："宝镜你要想把玩，留几天也无妨，琅琊郡主和杜夫人那边我已置了话，届时再还即可。"

她张了张嘴却不知说什么，眸中一片茫然。

左卿辞好整以暇地欣赏了片刻，抛出了诱饵："不必再等了，鹤尾白的出处，随我回去自会知晓。"

这一句击穿了防卫，她彻底乱了心神，以至于他的手挽过来，她居然忘了躲闪。

左卿辞将她迎至伞下，携着纤影在飘飞的细雨中渐渐行远。

亭上的两只黄鸟轻盈飞起，拍着翅膀追逐而去。

雨打重檐，花木幽深。

不知左卿辞用了什么手段，涪州最好的客栈挪出了一个独苑，一溜的粉墙黑瓦水檐，湿漉漉的青石板铺地，透着暖光的庭烛映亮了高低错落的灌木，自成幽静。

左卿辞推开一间屋子的门扉："尽管郡主亲切，那个院落还是太挤，不如客栈自在。你随身的东西我请茜痕代为收拾，一并搬了过来，回头看看有没有疏漏。"

她卸去面纱，环视了一眼屋内，尽管是仓促而就，一切布置得井井有条，摆放有序，连郡主赠的几件钗饰都搁在案上。窃镜之举形同背叛，他竟然不见半分怒意，反而安排得这般细致周到，甚至免去了面见琅琊郡主的尴尬，她越发茫然。

白陌送来一壶君山银针，几样刚做好的点心，时间拿捏得恰到好处。

檐下水帘连绵成线，左卿辞不疾不徐地斟了一杯茶，并着雨落的声音开了口："关于鹤尾白的下落，纯属欺骗之词。"

他一出言就如巨石落潭，激得她瞬间抬头。

"因为明日试剑大会开场，整个武林均会知晓。"左卿辞从容而道，似乎预见她每一个反应，"沐府将以珍藏的鹤尾白作为胜出的彩头，此药有易髓炼筋之效，于武林中人极有助益，必然使争斗更为精彩。"

她立刻明白自己上了文思渊的当，激怒了一瞬即冷静下来，陷入了思索。

"动手唯有在试剑大会之后。"左卿辞清楚她在想什么，微微一笑，"就算云落不怕成为天下公敌，眼下的时辰也不对，沐府此时水泄不通，人多眼杂，如何探得了宝物匿处。"

苏云落没有接话。

左卿辞抿了一口茶，候了半晌才道："你担心灵药落入他人之手即被服用？我可以让沐府家主在公布的时候顺带一提，此物以惠州玉泉水煎服最见灵效。"

苏云落凝视着他，问得很直接："条件？"

越是不易上钩的野隼，越是让人有捕捉的欲望，左卿辞脸上漾起浅笑，答非所问："此前不让你走，云落可是怪我？"

苏云落沉默。

左卿辞略带一丝轻谑："这一点举手之劳，可能平复云落些许怨气？"

这般俊美的男子放低姿态软语相就，简直能醉死世上大半女人，她垂下了眸："你到底想让我做什么？"

直率又煞风景的问话被左卿辞轻易化去："我只是存了私心，不愿让你随意抛舍而去。"

苏云落滞了一瞬，半晌道："你帮了我，我很感激，可我不想受制于人。"

唇角轻勾，左卿辞流露出暧昧的薄嘲："不想？那云落何以甘受文思渊欺弄？难道我不如他？"

她又不说话了，良久道："你怎会清楚这么多，你见过文思渊？"

他漫不经心地"嗯"了一声，算是默认。

她忽然有种不妙的预感，脸色微变："他和你说了什么？"

"无非是鹤尾白、铜镜一类。"左卿辞随口敷衍，抬手拔下了她的发簪。

她心神正乱，竟忘了阻止，醒过神长发已经披落下来，鸦翎般墨黑，衬得眉眼分明，肤如莹玉，一双深瞳不知所措。

左卿辞身形略倾，离得极近，她不习惯地退了一步。

他如影而随，两人之间的距离越发近："云落的眼睛有些特别，可知父母是哪一族？"

这般欺近几乎让她汗毛倒竖，然而窃镜在前，她又对这人心存忌惮，勉强忍下来，话语有压抑的不耐烦："我生下了就被扔了，谁知道。"

左卿辞似乎不曾觉察她的反感，含笑谑逗："若我助你得到鹤尾白，今后但凡相见，云落都以真实的形貌相对，如何？"

条件很不错，然而长睐闪着危险的光芒，让她本能地想退离。

左卿辞的话语宛如诱惑："说说看。"

她不明白对方要自己说什么："你到底——"

刚说了三个字，他好看的眉梢挑了挑，她沉默了一会儿，再开口已变了声音："你到底要做什么？"

这一次声音是左卿辞从未听闻的，与清脆二字全不沾边，甜软而微哑，丝丝熨着耳际，酿出一种异样的柔靡。

左卿辞停了一瞬："再说几句。"

她又退了一步，背后已是墙壁："我与你并无关联，帮我对你有什么好处？"

靡软的声音氤氲入骨，睫下的泪痣落在莹白玉肌上，宛如被世情触破的艳伤。左卿辞似乎有三分心不在焉："谁教你把脸和声音全藏起来，那个贼？"

苏云落默认了。

左卿辞低喃："居然藏到现在，真是奇迹——"

她没有听清，他离得太近，近到能看清他狭长微挑的眼际线条，睫毛优美的弧度，以及长眸令人迷乱的光，她的手不自觉地握成拳："别离我太近，我不习——"

一根拇指带着温柔的力度，抚过她的唇，封住了她的呼吸。

榻上的左卿辞衣衫半解，袒露着肌理分明的背。淡褐色的液体从半空一线倾落，顺着挺秀的脊线流淌，汇聚在低敛的腰窝。

白陌放下药瓶开始按摩，左卿辞一声低哼，他立即放轻了力道，对着主人背肌上一大片青紫咋舌："公子怎么会跌成这样？"

左卿辞不回答，仿佛在细细回忆什么，忽然开始笑，笑得肩骨一耸一耸，连背上的疼痛都止不住。

白陌越发疑惑："公子笑什么？"

左卿辞依然没说话，指尖轻摩自己的唇，似乎在品味某种隐秘的欢愉。直到推拿完毕，那一抹神秘的笑意仍在唇角，久久不曾褪去。

白陌不敢贸然追问，退出来去找秦尘："公子背上的伤是怎么回事？"

秦尘实在不想说，无言地睨了一眼同伴。

白陌送完茶点就出去办事，才回来又被秦尘赶去买药酒，为主人涂药散瘀，已经憋了一肚子疑惑，岂是一个眼神所能打发："你适才在替苏姑娘修门？那扇门明明是好的，怎么会突然塌了，是不是与公子有关？"

秦尘清楚接下来会好一阵不得安宁，索性坦白："是公子被扔出来的时候撞的。"

"她把公子扔出来！"白陌吃了一惊，继而勃然大怒，"这胡姬怎么这样不识好歹！？"

秦尘无声地翻了个白眼，他就在门外，哪还有猜不到的："公子轻薄了她。"

"那又如何，公子又不会武功，她怎能这般粗暴，一介胡姬而已，公子瞧得上那是她的造化。"白陌愈加气愤，连声抱怨倾出，"我就不懂公子是怎么了，上次吃了一记耳光，这次青了整片脊背，接下去岂不是连命都送了。以公子的风仪，无数美人愿意投怀送抱，何必偏要自找苦吃。"

"你最好对她客气些。"相较于白陌，秦尘要淡定得多，"我看公子兴致不浅，少不了还有纠缠。"

白陌一噎，险些要哀叫出来："难道我们就看着公子断骨头折胳膊？公子也是，想做什么尽可制住她，怎么偏要生受。"

秦尘嗤笑一声："若有姑娘让你中意，她一时又未必喜欢你，就该被绑住手脚强行轻薄？"

一句哽得白陌无言以对，半晌后他不服气地嘀咕："谁会喜欢这样粗蛮的女人。"

对一个不谙男女之事的愣头青，秦尘懒得多说："公子被摔了可有半分怒意？"

不问还好，一问白陌越发堵心，良久悻悻然道："就算图新鲜，公子也实在该挑一挑。"

秦尘点了点头，将一把锤子塞入他手中："你说得不错，挑人是公子的事，听差是你我的事，那扇门还差一枚铁钿，你去找店伙要来，再拧结实些。"

白陌瞪了铁锤半晌，哀叹一声，彻底没了言语。

笼罩下来的气息染着淡淡的药草味，战栗随着脊骨爬升，陌生的火焰烧得她心间发痒，在激烈的纠缠下眩晕而昏乱。

苏云落一瞬间从沉睡中惊醒，暗夜一片静谧，梦魇般的气息似乎仍在笼罩。

黑暗中仿佛有一双魔鬼般的长眸，暧昧而放浪，洞悉她的悖乱。

她低吟一声，紧紧在榻上蜷起来。

为了避免局面动荡难以控制，试剑大会的竞场选在了城外不远的一座险峻的孤峰。孤峰巨石巍峨，山巅苍松竞秀，山泉万载奔腾，借自然造化之仪气势天成。浩荡的山风下是万仞深涧，胆小一点的根本不敢俯视。

试剑场是一块数不清有多少年历史的赭色石台，石台背倚山壁，两侧为断崖，台身沉厚坚实，能接纳自然的霜雪雷电，也能承应人类的剑啸斧劈。

石台前方的空地成了一个极大的看台，中间开阔，侧旁的缓坡如臂环绕，与剑台平齐。沐府颇具匠心，在坡上视野最好的地方设置了十余座软帐，以锦幛隔开，内设舒适的坐榻及茶点，供身份显赫的贵客及女眷使用，还派遣弟子在附近巡守，避免莽撞的游侠误入。

沐府的安排可谓竭尽心力，然而数万人全数汇聚于山巅，依然难免拥挤。

威宁侯与琅琊郡主列席于最华丽的软帐，其次为靖安侯府的两位公子。近日这对名分上的兄弟同进同出，连番酬酢，左倾怀处处尊重，对这位半路而出的兄长照料有加，然而到底不算熟悉，帐中独对尤为拘谨，没多久就坐不住，寻了理由与一帮好友挤去了台前。离帐后左倾怀大概轻松了许多，姿态明显疏朗，不时与友人把臂戏闹。

左卿辞远远地看着，眸色微妙，很难分辨出意味，忽然他侧头一瞥，揶揄道："云落心急了？"

白陌与秦尘在帐外侍立，帐中仅剩了左卿辞和苏云落，她被突如其来的话语问得一怔，左卿辞微微一笑："台上亮出来的，不正是云落梦寐以求之物？"

苏云落这才发现自己竟然走神了，台上沐府家主的开场宣陈已经结束，一名弟子捧上了一方晶莹的玉盒。

随着盒盖开启，一枚婴儿拳头大小的物件显露在众人眼前。形如鹤尾，生满紫色密绒，尖端呈灰白痕。这一枚小小的物件汇集了无数目光，成千上万的武林人兴奋地交头接耳，摩拳擦掌，场面轰然沸腾。

台下黑压压的人头攒动，一张张面孔带着雄心勃发的豪情，台上的沐府家主欣然得意。他如此不惜重宝地炫示，自是为显扬家族，稳固一方豪强之位。这一场盛世英豪争雄的大戏上演，未来的数日有人风光，有人折堕，刀剑无情生死难料，然而无论最后的胜者出于哪一门派，沐府的声威都会更上一层楼。

左卿辞别有意味地打量着身边人，从鹤尾白展露的那一刹，那抹纤秀的身形倏然坐直，全部心神集中在台上那一方万众瞩目的宝盒上。

左卿辞开口，三分提醒，七分告诫："此次涪州高手尽出，绝不容此物有失。"

长睫一闪不闪，她似乎什么也没听见。

修长的指尖叩了叩扶手，左卿辞掠过一丝淡讽："看会场北侧，殷长歌与沈曼青也来了，真要局面不可收拾，正阳宫将不得不出面。"

这一句终于唤起了反应，她飞速地望了一眼北角，抄起身畔的幕篱戴上。

殷沈二人形貌出众，在人群中极易辨寻，同一时刻殷长歌也在扫视，锋锐的目光无意中掠上缓坡，一眼望见帐外的白陌，随即流露出惊喜之色，遥遥扬臂示意。

见主人颔首，白陌立即迎上去接引。

扫了一眼幕篱的垂纱，左卿辞笑了笑："听说十五年前的苏璇，五年前的殷沈二位均在试剑大会一显身手，博了满堂彩，至今传为佳话。云落不妨也下场一试？拔个头筹正可以大大方方地取走鹤尾白。"

听出嘲弄，她微微低下头。

见她不语，左卿辞曼声道："到底也是剑魔之徒，云落连一试的胆量也没有？"

苏云落依然沉默。

一反平日的温润有礼，左卿辞言语中讽刺的意味甚浓："试剑大会连斗数日，人人想一举扬名，重宝在上，竞斗在下，另有神捕作壁上观，云落仍敢当着天下群雄谋划掠宝，果然是青出于蓝，令师都未必有这样的胆色。"

各种难听的话苏云落早已习惯，几乎不会再激起情绪，可这一次胸口竟然窒闷起来，她终是开口："师父是当世英雄，唯一不该的就是收了我这个徒弟，污了英名，所有人瞧不上我，本来也没错。"

左卿辞顿了一下，正要开口，"咣"的一声洪亮的锣响，场上轰然闹起来。

记名台前挤满了人，各路豪杰在签纸上写就名讳，投入签筒，等明日抽取定下较量的次序。一张张面孔有对胜利的期待，也有一竞长短的激昂，场面热闹而混乱。

　　殷沈二人近了，左卿辞漾起惯常的浅笑，起身迎接："没想到殷兄和沈姑娘也来了，两位是来此较技？"

　　殷长歌洒然一笑："前次试剑大会已登过场，今年仅是代门派拜望沐府，以全礼数罢了。"

　　正阳宫声威不凡，殷长歌与沈曼青也是赫赫有名，阶下不少人认出来，窃窃道出玉狻猊与素手青颜等名号，投来赞美的目光。

　　沈曼青见惯场面，自不会为旁议所动，清丽的俏颜盈笑调侃："长歌素来好武，这种盛会最是喜欢不过，不是师父严令他不得参与，只怕还要挤上去投签呢。"

　　左卿辞闻言莞尔："这次的彩头是鹤尾白，四方豪杰心动者无数，场面定是精彩纷呈，无怪殷兄技痒。"

　　"昨日我们去沐府拜望，才知威宁侯也居于府内，适逢侯爷不在，未及拜谒，公子是与之同行而来？"沈曼青说笑之际，已不动声色窥入了帐内，在罩幕篱的女子身上扫过，但见对方薄纱垂掩，难见真容，唯见身形纤柔。

　　左卿辞随着她一瞥，微微一笑，居然毫不避讳："我与薄侯也是在沐府偶遇，原本同住一苑，后来过于喧闹，就与云落搬至了客栈。"

　　一句话宛如无声惊雷，殷长歌与沈曼青俱是怔住了，神情各是异常。

　　左卿辞仿若未觉，谈笑如常："来此一路有些波折，全仗云落护卫，男装不便，就请她改了女子装扮。"

　　殷长歌的脸色变了又变，不知左卿辞猜到了多少，想起他在天都峰时曾问及苏璇，顿觉心惊肉跳，半晌才道："原来如此。"

　　沈曼青的脸色也不好看，滞了一阵勉强笑道："公子和——怎会相偕到此。"

　　对着两人惊疑的目光，左卿辞避重就轻："与两位一样，过来瞧瞧热闹罢了。"

　　场中出现了片刻静默，气氛异常诡异，苏云落忽然起身："我先回去了。"

　　左卿辞并不阻拦，长眸似笑非笑，意味难测。

殷长歌忽地醒过神，声音压得极低，带出一线关切："我在城中听说有人见过神捕，你——小心些。"

幕篱的薄纱一动，没有回语，转瞬离了缓坡。

四十七 · 化卿心

　　毫无疑问，燕归鸿是被失窃的双蝶古镜引来的。尽管左卿辞将宝镜归还了桑园，但飞贼在城中的信息已不胫而走，再留下去险之又险。然而鹤尾白现于此，她只能潜在左卿辞身侧，深居简出，等一个猎取灵药的时机。

　　文思渊杳无音信，左卿辞讳莫如深，他似来瞧热闹，却又似不喜欢人声鼎沸的场合，对观赏比斗兴趣缺缺，并不像其他人那样赶去试剑会场一睹竞技。唯有白陌少年心性，每日兴致勃勃地前去观赏，归来兴奋不已。

　　少了江湖客，涪州街市的店铺清静了许多，苏云落独自寻觅，刚踏入一家门庭轩敞的铺子，忽而一辆马车在身侧勒停，车帘一挑，轿厢内正是外出处理事务的左卿辞，他抬眼打量："云落想买饰物？"

　　见她没有回答，他下了车随她行入铺内，浏览了一圈，看了几样首饰，拿起案上一支华光四射的凤头钗，长眸含笑，宛似有情："喜欢什么，我送你。"

　　这人有时细致体贴，有时又冷诮讽诘，以让人落入尴尬的境地为乐。温文尔雅的面具下似乎另有一个人，轻狂任性，随心所欲。

苏云落不想多言，仅摇了摇头，她入店是为选几样饰容的膏粉，怎奈涪州膏粉甚粗，色泽也少，试了都不太合意，她失望地撂下了瓷罐。

见她已无兴趣，左卿辞随道："难得出来，不妨选几款心仪的饰物，我瞧这支紫玉簪颇为别致。"

苏云落从不留意衣饰，她的穿戴或是成衣店购置，或是琅琊郡主所赠，全不觉得有采买饰物的必要："不需要，用不上。"

左卿辞轻挑眉梢："你从不着女装？"

苏云落所想显然与他不同："女装也用不着这些，太显眼。"

左卿辞叹为观止，缓步出店："还有什么想逛的，我陪你走一走。"

苏云落下意识回避："不必，我先回客栈。"

左卿辞抬手一挽，理所当然挽了个空，他不在意地一笑："云落既然无事，不妨随我去沐府一趟。"

她不解其意："沐府的人不是都去了试剑大会？"

直到她也进了马车，左卿辞才悠然而释："沐府所居的可不仅是沐府的人，可还记得琅琊郡主？前日她亲笔传书，说想再见你一面。"

苏云落呆住了。

她自然不会忘记那位温婉解意的琅琊郡主，然而她为了私心做出了可鄙之事，走的时候更是不告而别，尽管左卿辞代为掩饰，到底还是无礼。即使郡主未必知晓窃镜一事，她也不知该用何种面目相对。

她内心有愧，不愿前往，左卿辞是何许人，自有无尽的方法，终是让她再度踏入了沐府。

郡主依然亲近和善，笑语寒暄，似乎她从不曾莽撞离开。

苏云落极不自在，左卿辞在一旁笑吟吟地品茶，神色看戏般有趣。

叙了一会儿话，琅琊郡主从茜痕手中取过一个漆光柔亮的木匣，推至她面前："幸蒙公子妙手解恙，前日姨母病愈，阖府皆为感念，连带我也受赠了不少东西，挑了一件出来分赠苏姑娘，还望合意。"

苏云落本就心虚，如何肯受，偏偏郡主极坚持，几番推却不掉，她硬着头皮开启了木匣。

匣中置着一面古雅的铜镜，泛着经年的幽光，双蝶图案清晰峻拔，边纹简逸中见风骨，正是她不久前才窃过的双蝶宝镜。唯一的不同是镜钮加了挽系的丝绊，两颗碧绿的翡翠珠缀在玉色丝穗上，更显精致不俗。

苏云落彻底怔住了，整个人都紧绷起来，几乎想拔足而逃。

左卿辞眸光一动，也有几分惊诧，但看了一眼郡主的神色，选择了静观。

琅琊郡主见苏云落没有反应，拉起她的手将铜镜放入掌心："不知为何，我见着苏姑娘便觉得十分亲近，这一点心意还请勿弃。"

或许郡主早已看破，苏云落颊上仿佛受了一记耳光，蓦地激红。她知道接下来或许是一场谩骂、讥讽、捉捕和围堵。然而郡主柔颜关怀，全无异样："苏姑娘是嫌此镜粗陋，不堪相赠？"

苏云落说不出话，手被烫了似的避开了。

郡主微微露出了讶色，秀颜一片真挚，苏云落滞了许久，不由自主地低下了头："是我心性浅薄，配不上珍物。"

"苏姑娘双眸干净明澈，心中自有丘壑，绝非浅薄之人。"琅琊郡主莞尔，盈着令人不忍拒绝的温柔，"此镜虽然精巧，却并非什么重要的器物，我与苏姑娘投缘，何以拘于俗礼，徒显生分了。"

苏云落想过各种可能，却从未想过会得到毫无芥蒂的赠予，一时间彷徨难安，整个人尴尬之极。

左卿辞在旁侧观察，见形势至此，按捺下疑惑微笑道："既然郡主一番心意，过辞反为不美，云落不妨收下。"

苏云落讷讷无言，好一阵才接过铜镜："多谢，如果郡主有什么用得着我的地方——"

琅琊郡主不甚在意："我一介闺中女子，与人无尤，想来不会遇到什么纷争，倒是江湖风险难测，苏姑娘要多爱惜己身，碰上什么难处也可与我言说，就当多个朋友。"

琅琊郡主越是大度，苏云落越是无地自容："我身为胡姬，自知卑微，不敢与郡主相交。"

琅琊郡主稍怔，随即展颜一笑："苏姑娘不妨告诉我，胡姬与汉女有何不同。"

苏云落默然无言。

"我有一位朋友曾道，人所谓异族异貌，同样是上天所生，何分高下，何谓尊卑，偏偏世间多歧见，但凡不同便欺凌排挤，最是可笑，我一直深以为然。"琅琊郡主叹息了一声，抬手理了理她鬓边的细发，流露出真切的怜恤，"然而眼下世情偏狭，非一时所能扭转，苏姑娘受累了。"

苏云落抿住唇，深深地垂下了头。

既然不必再与文思渊交易，郡主又大方相赠，这面镜子真正属于了她。这般精致珍贵，却不曾挟带任何利益与交换，唯有温暖的关怀。

她不记得有什么真正属于自己的珍物，这面镜子就如每个女儿家都有的玲珑细巧的妆镜，看一次就多一分欢喜，几至爱不释手，她忍不住轻语："郡主对所有人都这样好？"

回程的马车辚辚驶动，左卿辞在车内支颐思索，冷眼旁观，心底也存了解不开的疑惑："郡主生性温婉和善，但并非无度，通常对外人仅是淡然有礼，大概真的与你投缘。"

镜中映出一双明亮的深眸，这与常人迥异的眉眼曾让她遭受无数次轻鄙，今天却被怜恤相待，她不由自主地低喃："她真好，和师父一样。"

"难道我对云落不好？"这句话听得左卿辞顿生不快。

她的心绪有一半在神游："不一样。"

"哪里不一样？"左卿辞似笑非笑，语气多了一分危险。

"郡主无所求。"她不假思索，大概自己都未觉察在说什么，"也不是为利用，我对她没有任何助益和价值，又是个胡姬，她依然对我那么好。"

不过几句真诚软语和一点善意的馈赠就让她这样愉悦，左卿辞冷冷地想笑，可不知什么缘故，刺诘的话到嘴边又停住了。

莹白的脸颊还残留着红润，带着难以置信的小小欢愉。她摩挲着那一面铜镜，将额头抵上去，仿佛借着镜面的冰凉来平息情绪所致的热度，眼角的小痣被深睫掩住，唇角有一丝拘谨，连欣喜都显得诚惶诚恐。

左卿辞忽然想起少年时在檐下见到的一只蜗牛，长久的干旱之后偶然得了一点露水，小心翼翼地沁润着触角，那样笨拙而珍惜。

马车颠动了一下，他再没有开口，静静地看着她。

卷十

天都忆

四十八·谁为雄

对苏云落而言，近日左卿辞似乎有细微的不同。

敛去了时不时的讽刺，他变得更有趣，也更有耐心，邀她品鉴涪州风物及美食，展露烹茶的技巧，配上鲜甜的瓜果及形式精巧的点心，让每一日闲适而风雅。持续数日的谈叙，他不再触及任何令她警惕的话题，纯粹温柔地陪伴。苏云落渐渐松懈了心神，以至于一次他拉过她的手，她居然忘了躲闪，由着他研看掌纹。

他微微低着头，挺直的鼻尖如玉，长睫呈现诱人的弧度，温润的指尖划过她的手心。他说了什么她完全不曾入耳，异样的热痒顺着肌肤蔓延，她突然间口舌干燥。

他漫然而谈，薄唇轻动，时而泛起笑，让她无由地想起那夜迷乱的吻。她越来越不敢看他，又忍不住在他未曾觉察的时候偷眼相窥。

欢谑的语言、亲昵的姿态、细致的观察了解。他像一个耐心十足的猎人，不慌不忙地布网。

然而试剑大会传来的意外，打乱了所有计划。

昔年名噪一时，杀人无算的屠神休苇，在沉淀多年后卷土重来，在试剑台上震惊了全场。

当日逍遥神龙、无双剑、林大先生，亡。

三场死了三名高手，血染剑台，场面极为惨烈。

入夜的涪州城不复热闹喧嚣，少了斗酒划拳的呼喝，江湖客们意气消沉，场面一片低迷。

公开较技有胜有败不足为奇，这般血腥的残杀却是极为少见，听着外厢传入的议论声，观战归来的殷长歌神情沉郁，剑眉有一抹压不住的愠怒："如果不是碎魂镰，屠神岂能如此嚣张！"

异地重逢，这一场邀聚本是左卿辞提议，不巧撞上了试剑大会生变。沈曼青同样心思沉重，但较师弟更为冷静："碎魂镰是奇门长兵，对敌时已占了优势，屠神力勇，将长镰使得迅疾如风，寻常应对难以奏效，加上镰口沉厚锋利，屡屡斩断对手的兵刃，三人皆是因此身亡。"

谁也无法忘记那柄黑色长镰挥掠的景象，霸悍无匹，当者披靡，闷了半晌殷长歌恨声道："师姐可有破解之法？"

沈曼青寻思了半晌，轻叹一声："我想不出，那件兵器确实太过霸道，有道是一寸长一寸强，就算以同类重兵相抗，也难及他的灵巧，除非技艺远超其上，当年——"

帘外有人激声而起，充满愤慨："都怪苏璇当年不曾一剑砍死他，留下这贼子今日猖狂！"

静了片刻，帘外哗然响起了议论，众口交杂，尽在谈论同一个名字。

殷长歌的脸僵了僵，握杯的手一紧，在雅座内仰首而饮。

沈曼青对着左卿辞勉强一笑："公子见笑了。"

听了片刻外厢的议论，左卿辞约略了然："休苇曾与令师叔有宿怨？"

殷长歌快言直道："不过是师叔的手下败将。"

沈曼青嗔怪地看了他一眼，解释更为细致："师叔早年曾与休苇一战，将其折于轻离剑下，休苇重伤败走，从此销声匿迹，江湖中多半以为他已经死了，谁料竟在这里重现。"

"难啊！"又一个苍老的声音自帘外传入，有深深的惋惜，"你们可知那碎魂镰专克刀剑？镰刃以异钢打造，镰柄是百年玄金木所制。鸦九曾道这是他所铸造的第一凶兵，落入屠神这恶徒之手，更是如虎添翼。"

见左卿辞侧耳倾听，殷长歌出言释疑："那是百机老人，他曾与神匠鸦九交好，今天许多人向他打听碎魂镰的破解之法，他可好，说要以兵器相破，除非第五件神兵出世，谁知道那是什么玩意儿。"

左卿辞微微动容："第五件？不是说仅有四件神兵？"

殷长歌摇了摇头："鸦九临终前铸成了最后一件，听说样式十分奇特，迥异寻常，可惜随着神匠身故下落不明。"

沈曼青所思的方向又不同："其实到了师叔的境界，已不受器形所制，也无所谓神兵，只怪我们学艺不精。"

仿佛触动了胸臆，殷长歌盯着沈曼青，忽然道："师姐，明日——"

"不行！"沈曼青截断他的话语，秀美的脸庞一沉，"师父让我们下山只为一全沐府相邀的情面，吩咐了不许出手。"

殷长歌握杯的指节一响，桀骜的心气几乎压不住："师父不让出手是为避免正阳宫数届显扬，风头太盛，可休苇下手如此狠绝，全是为复仇而来，存心搅了这场盛会，难道就眼看他横行？"

沈曼青蹙起秀眉："你有应对之策？"

殷长歌素来悍勇，道："若师姐借我轻离，或可一搏。"

沈曼青看着他，极慢地摇了摇头："你不是他的对手。"

"师叔当年对阵无数，难道每一场都有必胜的把握？"殷长歌锋芒毕露，言语中气势逼人，"狭路相逢勇者胜，师叔能为，我为何不能？"

这般率性的理由如何说服得了沈曼青，她随即驳道："师叔当年已领悟了剑气化形之境，不受兵器所制，远非你我修为可及，何况屠神蛰伏多年，精进不可计数，贸然相较，无异以卵击石。"

殷长歌对沈曼青历来敬重，极少针锋相对，这一次不肯轻让："明日是最后一日，难道就放他在台上猖狂，欺我正道无人？"

"那也好过看你送死。"沈曼青的声音也利起来，秀颜如风侵严霜，"如果你有应对之策，我拼着师父责骂也不会拦你，你扪心自问，胜算可有三成？"

殷长歌的脸庞交织着不甘与郁愤，却没有再接话。

左卿辞安静地旁观，直到两人的冲突沉寂后，抿了一口酒，淡淡的长眸掠过窗外，看向遥远的虚空。有这样一位强横的劲敌现世，那个一心念着鹤尾白的人，只怕要失望了。

苏云落听说了盛会的变故，不关心胜负，只在反复思考一旦屠神获胜，该如何从对方手中窃出灵药，孤身独行的魔头是最难缠的目标。试剑大会的最后一天，她随左卿辞上了孤峰，与数万名沉默的武林人一起，等待盛会的终结。

即使屠神强大至斯，武林中从来不乏勇者，那柄漆黑霸道的长镰也绝不是轻易能击败的。

落雁刀、青城剑客、金鞭太保，亡。

当金鞭太保被屠神的长镰一挥两断，台下是死一般的寂静。血泊里翻滚的半截残躯发出嘶哑的呻吟，成为无数人挥之不去的梦魇。

在第一场对战开始之前，威宁侯已经替琅琊郡主放下帐帘，隔断了血腥的场景，唯有嘶号和惨叫遮不去，声声清晰入耳。郡主尽管极度不适，仍是力持镇定，婉拒了威宁侯护送下山的好意。

全场鸦雀无声，空气仿佛凝固了，屠神的长笑冷厉而狂傲，如寒风卷过山巅，他花白的虬髯怒张，立在台上高大魁梧，粗糙的脸庞带着跋扈，声如金石撞击："还有谁敢上台？"

回答他的是一片沉默，唯有阵阵松涛声在天风中翻响。

屠神怪声厉笑："放眼天下，竟然再无英雄？"

台下的殷长歌身形一动，被沈曼青按住。

屠神又一次纵声长笑，膨胀的快意让他愈加张狂："少林、点苍、崆峒、青城也就罢了，正阳宫都无人敢应？"

殷长歌目光冷厉，指节紧扣，手背青筋突起。

"不要中了激将，今日他存心要拿各派人头一洗声名。"沈曼青压住他的肩低声相劝，"回头自有法子收拾他，不必急于一时。"

寂寂多年，一朝得意，屠神岂会就此罢休，他狞笑道："全是一点血性都没有的龟孙！玩什么刀剑，不如回去一头撞死。"

台上是口沫飞溅的嘲骂，台下是一片难堪的安静。

琅琊郡主的脸色极其苍白，威宁侯皱了皱眉出帐，遥遥对沐府家主打了个手势，示意对方结束令人不快的僵局。一场轰轰烈烈的盛会如此收场，只怕今后无人愿意提及，沐府家主的脸色难看，却又无计可施，捺住沮丧勉强迈步。

"一群窝囊废，只会抱着掌门的大腿发抖，呸！等我一个一个门派杀过来，第一个就是正阳宫！告诉金虚子这个废物，要么把苏璇的尸骨拖出来烧了，要么等我去天都峰把他的徒子徒孙砍干净！"

沈曼青脑中"嗡"地一响，绝望地闭上眼，知道事情已无可挽回。

殷长歌气血激涌，震开她的手，拔出她腰畔的轻离掠上试剑台，半空中长剑厉震，剑啸如刺："老匹夫！敢辱我正阳，拿命来！"

休苇张狂地道出苏璇两字的同时，苏云落的脸也变了，抬手摘下了幂篱，秀白的脸庞冰寒凌厉，幽暗的瞳眸沉沉盯着台上狂言的身影。

殷长歌纵身上台，她的神情非但不曾放松，反而更为凝肃。

孤峰之上，万人寂静，唯有天风吹过的呼号。

碎魂镰

殷长歌在试剑台下怒发冲冠，上台后静如渊岳。

轻离剑在他掌中嗡嗡轻响，因杀气而振动，仿佛神兵也有怒意。

屠神休苇踏前一步，戾气横溢的脸庞战意正烈，乌黑的长镰从半空劈下，划过一道不祥的弧光。

"正阳宫的人？很好。"

黑色的镰影如山压下，却灭不了轻离的光辉。

如果说碎魂镰是铺天盖地的毁灭之斩，轻离剑就是踏过雪泥的飞鸿之翼。三十六路云步，四十九式变幻，剑啸不绝于耳，剑气激散如飞雪碎光，密密笼住敌人。屠神两日内六场竞斗，殷长歌是第一个以攻势压得他被迫采取守势的对手，台下群雄无不目不转睛。

剑光缭乱，剑风侵肤，交织的剑网密布如一朵灿然盛开的剑花，逼得休苇步步后退，突然一剑穿心，带着劲风直夺休苇双眉之间，眼看将中，猝然间黑色长镰"呜"地扫近，那样沉重却迅捷如风，剑锋被镰刃击开，激出一声铮响，远远荡了开去。

如果是普通武器，此刻已经被斩为两截，而同为神兵的轻离仅是铮然一响，剑身依然完好。

长镰上挟着毁灭的力量，殷长歌被劲力扫中真气逆行，险些呕出一口血。若是吐出来或许还能缓一缓伤势，然他一心求战，硬咽下去，五脏六腑说不出地难受。

"正阳天道九势，我做梦都在拆这几招。"可怕的压力骤然止息，休苇厉笑，"今日就拿你祭我的镰！"

殷长歌有一种奇异的感觉，镰影带起的劲风让他失去了听觉，试剑台安静得宛如一座空台，沉重的长镰在休苇手中，如一片轻盈的芦叶，偏偏又有极端强横的力道。

他不知道当年苏璇师叔是如何战胜了这样可怕的敌人，深敛一口气，执剑的手换了一个古怪的握姿，轻离猝然迸出雪亮的星霜，划出了一剑。

天道无常，天心有憾。

一别于之前的迅疾，这是殷长歌最慢的一剑，剑身蒙蒙如雾，竟然看不清形状，隐挟风雷之声。

休苇前所未有地吃力，黑镰仿佛被轻离剑吸引，竟然偏离了击来的轨迹，他厉喝一声，沉腕一击，宽刃丁丁零一声撞上了剑光。这一招曾断过无数武林人的武器，此刻却如泥牛入海，劲力全失。刹那间殷长歌剑尖一颤，爆出九芒，如飞星突破镰影而来，从极慢到极快，几乎是瞬息之间。

眼看休苇难以应对，他怒喝一声，飞镰蓦地从中间分错为二，以一个不可思议的角度弯折而出，正中殷长歌的肋骨，震得他身躯飞起，跌落试剑台下。

殷长歌感觉不到疼痛，一切变得轻如鸿羽，一刹那后，沉重感蓦然袭来，半边身体仿佛被撞得粉碎，已经完全不受控制。

谁也没想到黑镰能有如此变化，人群齐齐惊呼，沈曼青接住了殷长歌，像托住一个易碎的宝物。她的眼睛红了，牙齿止不住轻颤，一只手扶住他的腰。如果不是角度受限，屠神未能击出全力，殷长歌恐怕已命丧当场，饶是如此，他肋际的骨头也碎成了数段，被劲气震裂的伤口血肉模糊，抖上去的药粉完全止不住血。

"师姐——"殷长歌想安慰，声音暗弱得犹如衰蝉。

这是天都双璧之一的殷长歌最惨烈的一场败仗，也是正阳宫的精英首次被打落试剑台。

轻离剑落在台上，散出寂寂霜华。

休苇大踏步走近，拾起昔日宿敌的剑，呸地照剑身吐了口唾沫，放声狂笑起来。

那一刹同时激红的，还有软帐中另一双眼。

左卿辞瞬间开口："燕归鸿在台下，出手你就脱不了身。"

苏云落似乎什么也没听到，她的心神已经被试剑台占据，严霜冰封了深邃的眉睫，凝成了一种悚人的煞，三分似雪，七分严杀。

左卿辞没有拦，他清楚自己拦不住，加了一句："一旦你战死或被擒，苏璇就完了。"

这句话让她侧眸看了他一眼，这一眼有惊愕与警戒、迟疑与顾忌，最终全被浓烈战意吞没。

"穿上这个。"左卿辞放弃了劝说，解开外衫脱下一件淡银的薄衣，裹上她的身体。

"玄明天衣，水火刀箭不入，但对碎魂镰别硬抗。"左卿辞替她整衣，收紧软甲的束腰，长眸深处映着她小小的影子，最后停了停，"别死。"

苏云落神情松动了一点，仿佛第一次认识他，而后点了点头："我会还你，帮一下我师兄，别让他死。"

犹如一只凌空掠起的飞隼，她义无反顾地投向了台上。

试剑台上，屠神犹在狂笑，满地血腥中忽然落下了一个影子，轻如片羽，不惊尘埃。

一袭浅粉的襦裙，外笼一件银色软衣，姣美的身形更显纤细，尽管素纱蒙去了半张脸，依然可见深目秀睫，雪肤云鬓，竟是个年轻的胡姬。

寂静了一刹，台下轰然激起了议论。

"胡姬？"屠神别了一下头，颈骨发出一声脆响，露出狰狞的笑，缓缓打量，"这是哪家酒肆失了管教，逃出来的歌姬舞姬？"

胡姬看起来与血腥的试剑台格格不入，身法却不容小视，屠神言语轻蔑，姿势已在全神应待，扔下轻离剑，执镰的手骨节突起，蓄力待起。

苏云落一句话也没说，顿足而起，一掠直击过去。

沈曼青在替殷长歌止血，无暇顾及台上发生了什么，直到人群中关于胡姬的字句轰嚷入耳，她抬眼一看，彻底呆住了。

"师姐——"怀中的殷长歌也听见了，抓住她的手，虚弱的声音几乎听不清，"是她——扶我起来，我要看——"

沈曼青回过神，眨去睫上的雾气，声音压不住地哽咽："别动，你伤得很重，敛气静心不要耗神。"

"师姐——"

一只细长白皙的手代她按住殷长歌，左卿辞毫无笑容，话语奇异地让人安定："白陌取细针灸腰腹的要穴封闭血脉，秦尘喂殷兄服一枚天心胆，再取紫玉膏、回生散外敷。伤势还有救，沈姑娘不必忧心。"

沈曼青突然泪盈于睫。

左卿辞没有看她，紧紧盯着台上那个淡粉的纤影，在漆黑的镰影中隐约闪动，随时可能湮灭。

无论对手是谁，屠神都不会半分容情，他蛰伏太久，恨意太深，誓将挡在面前的一切斩为碎尘。

沉重的长镰张狂飞舞如黑蛟，每一下都足以让胡姬筋骨碎折，漫天暗影吸去了光，越发显出她肌肤的白。凌厉的气息侵入发肤，攻势如急风骤雨，然而无论如何也咬不到她的半分衣角，她的起落转折有种奇特的韵律，宛如一条空灵的游龙，极尽精妙，极尽从容。

忽然间镰影一收，屠神停住手若有所思，蛮横的脸抽了一下，一个字一个字宛如铁斧凿出："苏璇是你什么人？"

胡姬没有回答，台下无数人听见，惊讶地相询，议声渐渐大起来。

缓坡上的软帐内，在苏云落现身时已觉得不可思议的琅琊郡主脱口迸出了一声惊呼，身形不由自主地颤抖起来，目不转睛地盯紧了她。

薄景焕也怔住了，眉心无意识地深蹙，似一道忧人的刻痕，他同样仔细打量着台上的胡姬。

"比起刚才的小子，你的身法更像他，是他的徒弟？"屠神阴戾地笑，宛如饿狼见到了血食，"连武器都不带就来送死，很好。"

殷长歌看得大急，紧了一下手，喘息中带上了呛咳。

狞笑未完，屠神猝然觉得眉际一痒，伸手一抚竟然触到了一缕鲜血，一道细细的裂伤从顶心至发际，这样的伤势几乎微不足道，却来得异常蹊跷。

屠神受伤了，人群兴奋地议论起来，又禁不住困惑。

苏云落呼吸略促，额上有细小的汗，深瞳极亮，右手不知什么时候挽住了一根银色的短棍。

屠神的脸色终于变了，瞳孔收缩着盯住她的手，片刻后道："那是什么东西？"

"就是那鬼东西！像根细丝！原来是这贱人！"台下有人尖利地叫起来，穿透了喧哗的人声，白陌看去，蝎夫人祝红裳挤在人群中，一张俏面激恨非常。

左卿辞眼眸沉了一下，话语唯有身边人能听见："让她闭嘴。"

秦尘悄无声息地隐去了。

细丝？屠神仔细审视，然而什么也看不出，索性一试，右手的重镰带起劲风破空劈来。

一斩三折，黑镰封死了所有可能挪移的方位，镰刃横扫腰际而来，眼看将中，忽然一线微光闪了闪，一股诡异的威胁感袭来。屠神厉吼一声，黑镰一封，镰柄缠住了一根悄然袭向咽喉的银链。极细的链子宛如活物，一击不中立刻缩了回去，竟然在刀剑难伤的玄金木柄上残留了一道划痕。

"这是什么东西？"屠神暂停了攻击，瞪着手中的镰柄，"苏璇教了个连武器都不敢亮的徒弟？"

台下一片哗然，有骂屠神无耻的，有好奇胡姬身份的，更多的对那件神秘的兵器心痒难抑，伸长了脖子观望。

不管台下是何种反应，屠神成功地激将了对手，苏云落挥了一下腕，一线银光蓦现，空中瞬时裂现数道灵动的残影。

山巅出现了一刹那的绝对寂静，许多人根本不曾看清是什么物件，轰响的议论潮涌而起，一个老人突然发出了声嘶力竭的叫喊："是一寸相思，那是一寸相思！"

轰嚷声稀落下来，人们尽皆向百机老人望去。白发苍苍的老人兀自失神，老泪纵横："鸦九打造的最后一件神兵！一寸相思，终于现世了。"

什么是一寸相思？

一条细丝，如何当得起神兵之谓？

台上的纤影也不再掩饰，她身姿起落，纤手薄引，驱动变化万方的一丝银链。

相思在何方，山长水远知何处。

相思有多长，天涯地角无穷尽。

所有人都被台上的交战吸住了，银链破空，起先仅有三尺，后至九尺，至极处满台电光裂空，奇异的啸声刺人耳膜。

屠神休苇从未见过这样诡异的兵器。

碎魂镰是长兵，柔丝更长。

他想以重镰击断，可她将正阳宫的内劲化入其中，游丝如有生命，竟是捉不住，偏又是那样锋利，一寸划过便是入骨断筋。

屠神断喝一声，长镰漫空一绞，绷住银丝一收，纤影仿佛不着力地直掠而来，如果不是闪得快，飞舞的游丝险些割破他的咽喉，等避身过后，镰上已经空无一物。

斩尽空，收不住，千丈柔丝化作漫空的杀意，无形无迹，无孔不入。

这是什么丝？这是什么兵器！休苇第一次生出了惧意。

然而世上没有无懈可击的事物，苏云落的呼吸异常急促，双颊激红，汗湿发梢。驱使这件武器极耗心神与真力，又是对阵空前的强敌，她还是太年轻。

仅仅是力竭时的一瞬之差，黑镰已经无可避让，她两手持住银棍横拦，在眉前硬生生将镰刃挡下，细细的银柄竟然抗住了未被劈碎，沉重的力道压得她半跪在地，地面的碎石深深嵌入了膝盖。

她的头发散了，血从伤口中渗出，看上去格外狼狈，她紧紧地咬牙，双手蓦然一错，借力将黑镰卸了开去。

重镰带着厉风劈下，锵然嵌入了石台，漫地裂纹如蛛网延伸，随着屠神吐气开声，坚石轰的一声炸开，尖锐的石子带着致命的劲道激射而出，击散了银丝的轨迹，尽管极力腾挪，她的手臂腿侧还是擦出了数道血口，更可怕的是森森黑镰随着碎石一同追来。

她的身法快到极致，黑镰还是追上了她，掠中左边的背胛，人群齐齐发出了惊呼。然而奇迹出现了，她受了一击却不见任何鲜血，反而趁力而起，漫天银光一闪一收，她坠跌下来，勉强一个空翻，狼狈地跪落于三丈外。

坡上的软帐内，琅琊郡主惊骇得险些晕厥，死死抓住茜痕的手。

屠神奇怪地没有追击，虬髯之口微张，依然保持着挥镰的姿势。

一切仿佛静止了，她缓缓站起来，身形有些歪斜，忽然咳起来。蒙布的纱巾染上了鲜血，呛咳中依然挡不住快意迸发，她第一次开口，低迷的声音中有痛楚，也有骄傲："胡姬只会歌舞？我这一舞如何？"

屠神脸色狞厉，暴喝一声蓦然挣扎，全身肌肉暴起处猝然迸出了十余条血线。

人群蓦地哗然，惊异地发现屠神从肩至足竟然被银色丝链缚绕了数匝，这一运力，立时被银丝残酷地切裂。

苏云落的形容是那样狼狈，声音却有一种说不出的傲，激越而狂放，踏着满台鲜血，有一种悚人的气势："今日叫你知道，胡姬不仅会劝酒，会歌舞，还会杀人！"

哪怕是一介凶神，被这般绞杀的场面仍是太过可怖，人们看着屠神发出一声不甘心的嘶吼，再度一挣，银丝彻底嵌入肌骨，他再也站不稳，踉跄跪倒下来。

她在轻离剑边驻足，拾起长剑轻轻一振，迸出一声悠长的轻吟。而后她抬手一掷，轻离化作一道雪虹飞落而下，钉入沈曼青前方三尺的地面，剑穗剧烈地摇颤。

沈曼青扶着殷长歌，秀颜煞白，她没有望台上，低眸盯着失而复得的轻离。

血从屠神身上淌出，血泊越扩越大，胡姬在动弹不得的屠神身旁站定，幽眸里燃着两朵小小的寒星，起腕一收，无数血珠从跪倒的屠神身侧飞散，漫天血雨中有清冽的银光闪动。

庞大的身躯颓然而倒，不可一世的凶神再也没有生息，溘然而亡。

五十一 · 云翼沓

黑色长镰跌落，砸得地面锵然一沉。

孤山之巅随着屠神的死亡，从极度的安静化为极度的哄闹。

谁也听不清别人在说什么，谁也不知道自己在说什么，无数激动的面孔在叫嚷。

软帐中的琅琊郡主终于松了一口气，盈盈的泪水拭了又流，她向一旁的薄景焕道："侯爷，我去看看那孩子，您身边的侍卫可带了伤药？"

薄景焕神情僵木，被唤了几声仿佛全未听到。

总算这一场盛会有了一个理想的收尾，虽然胡姬获胜也有些怪异，但至少出身名门正派，又是大名鼎鼎的苏璇之徒，沐府上下几乎感激涕零。沐英正要上台恭贺，一个人忽地掠上台，扬臂打了个止步的手势："事情还没完，沐公子少安毋躁。"

那是一个大腹便便的男子，相貌平平，身形如球却异样轻巧，面上带着习惯的笑，看起来如一个和气生财的商贾，然而右手一掀衣襟，取出了一串黑沉沉的铁镣。

这人如此形貌，加上铁镣一露，场中有七成都认了出来，沐英大吃一惊："燕神捕？阁下也有意一争长短？这位姑娘此刻只怕不能再战。"

"若她能再战，我还真未必捉得住。"燕归鸿宛然自嘲，望向立在血泊中的身影，他一双眼睛略小，看人时极精利，"我从未想过，追了数年的飞寇儿竟然是个女人，持有这般厉害的神兵。"

不只沐英色变，台下所有人一起愣住了。

飞寇儿的名号实在太响，连茜痕亦有所听闻，在软帐中脱口惊呼："苏姑娘是贼？怎么可能。"

琅琊郡主怔了一下蹙起眉，秀美的脸上一片忧心。

沐英愕然道："燕神捕会不会弄错了，她难道不是正阳宫——"

"我与她数次交手，不至于这点眼力也没有。"燕归鸿摇了摇头，不再理会沐英，转而对着飞贼，"你从不作显眼的矫装，这次倒是奇了，面纱下是真容？苏璇会收胡姬为徒也是怪事，看来有暇得上天都峰拜望一番。"

苏云落退了两步，倚着石壁没有开口。

燕归鸿瞥了一眼台下的殷长歌，轻抚下颌的肉，慢悠悠地踱近几步，有意无意堵住了她逃往山下的通路："今日竟然冒大不韪在天下群雄面前显扬，这义气我倒要赞一声，不过事到如今，我劝你还是束手就擒，也好让彼此省些力气。"

青灰的面色褪去，剧痛也缓解了许多，这让殷长歌有一种能站起来跃上试剑台的错觉，可身体依然不听摆布，他只有急惶地催促沈曼青："师姐，把她护下来——别让她被神捕带走——以门派的名义先带回山——"

沈曼青额上渗出了细汗，按住不让他挣动："不行，那样势必累及门派声誉。"

"她是为什么上台！"殷长歌以目示意面前的轻离剑，情绪压不住地激动，"你知道——"

沈曼青的脸色极难看，柔唇紧咬："现在是什么情形？神捕在场，又当着千万英雄的面——你我的声名就罢了，你要天下人说正阳宫藏污纳垢，袒护恶贼，为正道之耻？"

殷长歌一愣，急道："可她毕竟是师叔的弟子——是——"

沈曼青压低了声音："她做的恶事太多，沾上一点便是声名全污，若引得各大派重上天都峰，师父将何等为难，你和我都担不起。"

争执如未浮出便已寂灭的水泡，殷长歌看着她，忽然失去了意气，所有愤怒与不甘，焦灼与急迫，全黯下来化为失望。

燕归鸿是老江湖，与飞贼斗了多年，深知这贼骨子里坚韧得可怕，就算成了困兽也绝不会轻易受擒，他并不急于动手："你的左背胛已经碎了，武器纵然神妙，必须精微的内力驱使，如今已是穷途末路，还想怎么逃？"

被神捕点破，人们才留意到她的样子确实有些糟。

胡姬的膝盖血肉模糊，衣上多处染血，尽管杀气犹存，但看得出已是强弩之末。冷汗从她额上不断滑落，然而听见神捕的一番话，她什么反应也没有，深邃的瞳眸异常冷漠。

她仅是手腕轻翻，一线银光瞬间一掠，将案台上的玉盒卷到了怀中。

"我是为鹤尾白而来，与正阳宫无关。"第一句话还算清晰，到后来仿佛有些脱力，她的语声渐渐弱下去，成了喑弱的低语，"我赢了，东西是我的。"

沐英傻眼了，顿时头痛起来。有人赢了屠神确是幸事，可大会的头彩最终落入飞贼囊中，同样有悖原旨。不过尽管觉得不妥，他也不敢上前，强行索回太过冒险，毕竟屠神伤痕交错的尸体还横在台上，唯有寄希望于神捕。

"到这个时候你还在想宝物，恶行也该到头了。"燕归鸿不愿再说，掌中铁镣一动，发出一串撞响。

"王命已赦了她的前罪，不知神捕以何等名义拿人？"一个清淡优雅的男声适时响起，左卿辞缓步踏上了石台，白陌随在身后。

台下的左倾怀见得这一幕，惊得眼睛都直了。

他身边的好友翟双衡也呆了，忍不住问道："令兄上去做什么？他认识那个胡姬？那个胡姬——"灵光一闪，翟双衡突然愕住，"剑魔的徒弟，刚杀了屠神的飞寇儿——是令兄身边的胡姬？"

左倾怀答不出一个字，他知道左卿辞身边确实有个胡姬，可她存在感极微，一直以丝巾覆面，他根本不曾留意，哪辨得出是不是同一人。再说剑魔之徒是何许人物，岂会屈尊为侍女？但若是无关，左卿辞又为何要插手？无数问题纷至沓来，他的思绪一片混乱。

左卿辞可不会顾及台下怎么想，兀自行过去，俊颜矜淡，别有一种疏冷的压力。

燕归鸿自然认得这位前一阵名动金陵的公子，也清楚飞贼的赦令正是由靖安侯府奏请，今日竟然当众出面袒护，显然关联非轻，一怔之后不卑不亢地施了一礼："左公子所言不错，朝廷确实有过赦文，然数日前她又窃了桑园的双蝶宝镜，辜负圣意，该罪加一等。"

茜痕更吃惊了："窃镜的人是苏姑娘？"

"那是我送的，并非她所偷。"琅琊郡主蓦然立起来，惶急地顿足，想去解释，无奈所在的缓坡离试剑台看着近，实则要绕一大圈，近前耗时颇久，她急得无计可施，回头瞧见威宁侯，"景焕，告诉神捕镜子是我送的，不能捉苏姑娘。"

"景焕"两个字让威宁侯震了一下，严冷的脸庞宛如空白，他久久沉默。

好在琅琊郡主心急如焚的时候，左卿辞已经道出来："想是神捕弄错了，苏姑娘确实得了一面铜镜，杜夫人的族亲琅琊郡主慨然所赠，不信尽可询过郡主。"

"那也要她就擒之后再行讯问。"燕归鸿追索多年，岂会轻易退让，"她毕竟是惯贼，左公子在万人之前一味袒护，只怕于侯府英名有损。"

燕归鸿一番话不软不硬，台下众人本怀着三分对神秘的贼美人行将受擒的怜恤，此刻又转成了对权门贵胄横加偏护的不悦，纷纷点头起哄，左卿辞也不多争："燕神捕言之有理，不过她适才力战凶徒，好生令人钦佩，我想代为裹一裹伤，应该不至碍了神捕办案吧。"

燕归鸿能成捕役第一人，不仅仅是侦缉的手段高明，也在于明晓官场，善知进退，他并不想过于得罪靖安侯府，见试剑台两侧临深渊绝壁，想逃也难，索性送个人情："公子仁心，我暂候片刻又何妨。"

底下议论的声音越来越大，尽在纳闷这位风华过人的公子为何替飞贼辩解，又得以让神捕都逊让三分。

左卿辞全不理会，对燕归鸿略一颔首，向苏云落走去。

苏云落已经很难站稳，身上的冷汗一直流，眼前的一切仿佛笼在白色的虚光中，耳畔隐约生出了异鸣。她知道自己的境况糟透了。可是她不能倒，台下千万人在看，无数嘴一张一合，议论纷纭，仿佛整个世界的恶意等着将她吞噬。

恍惚中一个熟悉的人来到身侧，将她的面纱揭开一条缝，喂过一枚紫色的药丸，沁人心脾的香气让她混沌的头脑清醒，好一会儿她才回过神，看了他半晌，将药丸咽了下去。

左卿辞一手诊脉，一手将一个瓷瓶放入她怀中："刚才那枚药丸保你两个时辰精神不堕，玉瓶中的药丸每四个时辰服一枚。"

不知是什么药，效果神奇，她身体似乎生出了新的力量，耳鸣消失了，冷汗也不再流。

她的左背胛受了屠神一击，肿胀而扭曲，他以身形遮挡，解开她身上的玄明天衣，从白陌托起的针囊中抽出金针刺入她的肩背，三五针之后，疼痛奇迹般消失了。

左卿辞凝神将骨头按捏复位，撕开她的衣衫，将一个黑色玉瓶中的药膏悉数抹上去，又替她将软甲穿回，清俊的眉尖微蹙："金针锁脉只能管一时，左肩三个月内不要运力，否则会很麻烦。"

他身形修长，存心遮挡之下，即使十余步外的燕归鸿也看不见两人之间细微的动作。左卿辞替她将玉盒绑在纤腰上，拭去她鬓旁的汗，忽而低声道："你若是无计脱身，可以劫持我。"

她的眼瞳微微动了一下，一时无回应。

他笑了笑，漫不经心道："这个身份还有点用处，劫持在手中，燕归鸿就不敢为难你。"

一直安静地任他疗治的苏云落，这一刻终于开口："你想要什么？"

左卿辞凝视着她，长眸蕴着奇异的光："你。"

她沉默了一会儿，右手蓦然扼住他的咽喉，身形一扭，一把将他推在石壁上，撞出了一声钝响。

两人的位置蓦然而易，谁也没想到肘腋之间突生变化，飞贼骤然翻脸，翩翩公子落入险境，人群发出了纷乱的惊呼。

左倾怀顾不得自己的武功根本无法与敌人相较，一急纵上试剑台："放肆！放开他，否则靖安侯府必将你碎尸万段！"

燕归鸿是何等人，自不会被表面把戏蒙蔽，胖脸瞬时掠过一丝阴霾，没想到这位公子为了纵走飞贼竟然如此胡为，暗叹一声晦气，碍于侯府又不能点破，只有敷衍地斥责："你若敢对公子无礼，今日必死无疑。"

左卿辞果然没有一点怒意，即使是被压在石壁上，长腿被迫半屈，他的眉梢依然带着慵懒的轻狂，脸庞似明玉生辉，仿佛春华融尽最后的冰雪。

苏云落的眼神有些散乱，杀掉屠神的兴奋还在血脉里涌动，受药力激发的身体热意轻盈，染血的指扣在对方完美的颈颌，沾污了白皙的肌肤。

这个男人像一只狡黠的动物，诱惑而危险，有时甚至让她觉得可怕。可现在她扼着他脆弱的颈，能感觉到指下脉搏的跳动，一运力就可以断绝他的生息。

他在看她，线条优美的薄唇轻启，似乎想说什么，长眸如掺着蜜糖的毒，致命地惑人。仿佛被魔鬼唤起了某种不可遏制的冲动，她猝然倾身上去，隔着面纱咬住了他的唇。

这大概是左卿辞所经历最粗蛮的吻，全然没有技巧，重重地啃上来。

无数声浪从台下席卷而来，左卿辞震了一下很快回神，不但没有退

避，反而扯下她的面纱，不同于她的生涩，他的吻狂放而直接，险些让她透不过气。

数步外白陌目瞪口呆，极想挖个坑把自己埋进去，简直无地自容。这是什么女人，在成千上万武林群雄面前放肆，公子的脸都丢尽了。

左倾怀也呆了，愕立当堂，看上去几乎有些傻。

惊世骇俗的场面让声浪一浪高过一浪，有骇笑，有唾骂，然而谁也未上前，毕竟她的手还扼着文质彬彬的公子脆弱的咽喉。

她终于推开他，苍白的脸颊变得一片潮红，唇色鲜艳欲滴。

"来找我。"左卿辞低而急促道，眼眸炽亮如火。

他也只来得及说了三个字，身形被一股大力一送，向燕归鸿跌去，燕归鸿不得不扶住他，脸色蓦地一变，阻止已来不及。

她像一片被风吹起的飞羽，在数万人的注目下凌空翻掠，从万仞绝壁飘坠而下。

　　仰望着高不可攀的山崖，燕归鸿禁不住叹了口气，他在数棵崖树上发现了细细的勒痕，显然她一路用那件奇异的神兵借力，变换了数处着力点，已经安然从崖下离开，又一次逃了。

　　毫无疑问，这飞贼早已踩探过路径。涪州野外尽是深山密林，随便一藏，找起来如大海捞针，盲目的搜缉全无意义，燕归鸿摇了摇头，下令收撤差役。

　　近日的涪州城沸沸扬扬，话题多得数不尽。

　　屠神、苏璇、飞贼、神捕、一寸相思、神匠鸦九，足以令人一谈再谈，何况还有清俊神秘的靖安侯府大公子，最后一瞬的情景如爆炸般震撼，香艳的传闻铺天盖地。

　　即使飞寇儿掠起太快，根本没法看清真面目，众人依然将她传成了一个绝色美人——不然如何解释靖安侯府的左公子被她当众轻薄，却是神采盎然，全无半点羞恼？

　　屠神点出胡姬出自正阳宫，不可避免地就有好事者将素手青颜拿来与她相较。同样貌美，同样艺业惊人；一个出道不久已扬名天下，一个潜影匿迹从不现于人前，双姝并立，孰高孰低？沈曼青拥者甚众，然而胡姬也用一战证明了实力，再辩下去甚至从徒弟争到了师父，变成金虚真人与苏璇这对师兄弟之争。

苏璇的徒弟为何寂然无名，她又如何拥有了神兵？正阳宫会怎样看等待这一劣迹斑斑的门徒，会不会重演清理门户的憾事？胡姬的来历，胡姬的美貌，胡姬的放荡大胆，与贵公子的艳粉纠缠衍生千百种刺激的猜想，传到后来又带出了左卿辞的赤焰沙之行，更是多了话题。

传闻最核心的几人全在涪州，想清净也难。殷沈二人栖于当地道观，为了摆脱无尽的追问，沈曼青拜望了沐府家主，借沐府之口，将一些渊源传至江湖。

她坦承苏璇当年确实曾因怜悯带回一个年幼的孩子，轻描淡写地将之化为门派偶然的善举，至于女孩不耐山中清苦，几年后失踪也是人之常情，其后所有际遇与正阳宫无关，更不知鸦九最后一件神兵从何而来。三言两语间，沈曼青将门派择得一干二净，而后以养伤的名义闭门谢客，一应纷扰隔绝于观外，任谁请见一概不纳。

唯一的例外是左卿辞，离开涪州前，他去探望了殷长歌。

沈曼青将师弟照料得极细致，殷长歌恢复得也快，然而他神色清寂，沉默少笑，迥异于平常，连言语都疏淡了许多，除了开头的致谢，其他均由沈曼青应答，叙谈至尾声，殷长歌才开口："师姐，我想单独与公子一谈。"

他的态度平寂无波，沈曼青略显迟疑，蹙了一下秀眉避过话题："师弟元气大伤，当悉心凝养，这时辰也该行功了。"

殷长歌并不多言，沉默地看着她。

沈曼青语气放软，犹如哄劝一个心情不佳的病人："方才半天又不见你言语，左公子也倦了，有什么话不妨来日再叙。"

两人之间的气氛极怪，左卿辞宛若不见，微笑接过话语："沈姑娘客气了，今日到访除了辞行，也是放心不下殷兄的伤势，尽管诊脉尚算安好，经络仍有些许阻滞，必须以银针疏导，化去淤堵才是。"

沈曼青怔了怔，勉强笑了一下："怎好再劳烦公子费神，城中——"

"城中虽有医者，及上我的却是不多，我与殷兄又是莫逆之交，沈姑娘何必拘礼。"左卿辞的言辞比沈曼青更完美，一番话说下来无懈可击，"不过这套针法施起来要褪衣，少不得要请沈姑娘暂时回避一下。"

饶是沈曼青口舌灵动，也落了个无言以对，唯有深望了一眼殷长歌，退了出去。

静室中剩两人相对，左卿辞不疾不缓地从袖中取出针囊，在案上铺开。

殷长歌当先开口："多谢公子一番好意，师姐是关心情切，并无见外之意，施针就不必了，我想寻隙说几句话而已。"

"殷兄的经脉确需疏理，脱衣倒是不必。"左卿辞洒然拈起银针，刺入殷长歌的穴位，"白陌携了药箱在门外随侍，殷兄感觉有何处不适，但说无妨。"

既然白陌在门外，沈曼青自然不可能窥听，殷长歌听出话意，静了一会儿："公子对苏——云落了解多少？"

"与众人一般无二。"左卿辞指间转捻银针，轻描淡写而答。

殷长歌明知他言不尽实，没有再问，转而道："传言说得不错，她的确是我师妹，苏璇师叔唯一的弟子。"

左卿辞知道，这些话殷长歌大概也忍了许久。

"她是师叔在山外收的弟子，在身边带了两三年，后来似乎有一次遇险，师叔不得已将她送回山上，甚至因此与派中生了极大的争议。"殷长歌隐然失神，陷入了遥远的旧忆，"师叔天资奇高却不爱收徒，有许多人想让子弟拜在名下，尽被婉拒了。唯有她是例外，偏偏是个胡姬，师长们拗不过，默许她留在山上，那些年——"

殷长歌的话语停住了。

他还记得那一张嫩白美丽的小脸，有时被打得颊面青紫，有时衣上糊满了污泥，甚至冬日被踢入翠微湖，她也只是一声不吭地爬上岸，他甚至不记得曾在那张脸上看到过笑。

她的眼瞳比一般人更大更深，从小就很漂亮，可是没人会注意。

她的存在如一个隐藏的污点，终有一日会损害门派声誉，累及师叔的英名。派中越是看重师叔，小辈越是爱戴，就越不能容忍她。

那时，他们是一群不满十岁的孩童，比成人更直接，也更恶毒，趁苏璇游剑江湖，变着法地各种欺辱，想将这个一无是处的师妹赶下山，师长们偶然发现，也仅是不关痛痒地忽视。

"她的基础打得很好，可师叔很少回山，其他师长也不教，全靠她自己摸索，自然比不上师兄师姐，经常有同门寻去切磋——"殷长歌再度开口，几乎难以启齿，又不得不说，"她过得很糟，后来似乎连话都不说了。师叔出事时，各大派齐至天都峰，正阳宫迫于压力，商议由五位长老下山，她不知怎么听到风声，在正殿外跪了整整两天。"

正殿中争论的师长无暇顾及，小一辈的目睹了众派逼宫，义愤之下受了门派严斥，谁也不敢违背命令踏入那块禁区。

七月的骄阳，青石板烫得惊人，那一年她已经有少女优美的身姿，汗濡湿了她浓密的乌发，白嫩的颈被晒得赤红脱皮，她孤零零地跪在殿外。

大概不希望被人发现胡女的相貌，她的头垂得很低，跪得很拘谨，像一尊刻出来的石像。他很想走过去和她并肩跪在一起，为长久爱戴的师叔请命，向师长们乞求，从无常的厄运中留下一线生机。

可是他没有，记不清是不是被师姐劝走。他只记住了那个他一直轻视的身影。

一个人，跪对一座空山。

没有人留意到她，或许看在眼中也如不见。正阳宫最出色的弟子将如星辰陨落，怎还顾得上一个可有可无的附赘。谁会想到十年后一介胡姬横空而出，哗动江湖。

"五位长老下山时，她也走了，从此再无消息。直到赤焰沙斗剑，我才发现是她。"殷长歌复杂地看着左卿辞，经此一事，他才明白这位贵公子貌似随和，骨子里深藏如渊，"公子与她究竟是何种关系？"

左卿辞文雅地微笑，全无解释之意："殷兄既然好奇，何不问她？"

对方果然避开了问询，殷长歌抑住失望，涩道："不瞒公子，我年少时从未将她视为师妹，如今她也与我形同陌路，何来资格询问。"

如今她行上了一条截然不同的歧路，恶名缠身，决然不提过往，他终是难抑内心的愧疚，假如当年曾稍有善待，假如不曾那样冷漠地排挤——

左卿辞仿佛看透了他的内心："殷兄何必自责太甚。"

殷长歌叹了一口气，放弃了试探，把话挑明："她做的事无法见容于门派，可她毕竟是我师妹，师叔唯一的弟子。公子身份尊贵，不是她所能触碰，还望不要计较她当日的冒犯。"

虽不知这两人之间有怎样的纠缠，但在殷长歌想来，苏云落自幼孤零，逢到俊逸的温柔公子逗引，动心也是常情。可这不会有好结果，她是胡姬，不可能踏入侯府，注定仅是一段艳事纠缠。这类风流之于男子不过是趣谈，之于女子却可能毁去半生，遑论她还于天下英雄前妄为。他唯有恳求这位贵公子出于情分也好，出于怜悯也罢，高抬贵手断了牵扯。

殷长歌的蕴意，左卿辞自然听得出来，莞尔："举世对她轻之笑之鄙之憎之，殷兄仍存着旧谊，实在是难能可贵。"

一句话明赞暗刺，说得殷长歌沉默了。

"可惜殷兄虽然关怀，于云落并无任何助益，倒不如像沈姑娘一般推个干净，万事不沾，也全了贵派声誉。"云淡风轻的话语中有分明的讽刺，偏又句句是实，殷长歌无话可说，脸色异常难看。

左卿辞适可而止，并不过度，转而道："说起来有件事我一直觉得奇怪，数月前云落来取酬金，我发现她背上有一道极深的伤口，应该是一位极高明的剑客所为，只怕已至剑气化形之境，殷兄可知江湖中何人能有如此修为？"

殷长歌愣了愣："神兵在手，谁还能伤她，难道——"

或许是过于震惊，他没有说下去，目中透出骇异，定定地看着左卿辞。

图书在版编目（CIP）数据

一寸相思.1 / 紫微流年著. — 广州：广东旅游出版社，2023.3
ISBN 978-7-5570-2839-8

Ⅰ.①只… Ⅱ.①紫… Ⅲ.①侠义小说—中国—当代 Ⅳ.①I247.5

中国版本图书馆CIP数据核字(2022)第137575号

一寸相思.1

YICUN XIANGSI.1

出 版 人：刘志松
责任编辑：梅哲坤
责任校对：李瑞苑
责任技编：冼志良

广东旅游出版社出版发行
地址：广州市荔湾区沙面北街71号首、二层
邮编：510130
电话：020-87347732（总编室）020-87348887（销售热线）
投稿邮箱：2026542779@qq.com
印刷：北京美图印务有限公司
（地址：北京市顺义区南彩镇九王庄村兴华街79号）
开本：880毫米×1230毫米　1/32
字数：273千
印张：9.5
版次：2023年3月第1版
印次：2023年3月第1次印刷
定价：79.80元（全二册）

一寸相思

②

紫微流年 著

广东旅游出版社
GUANGDONG TRAVEL & TOURISM PRESS
悦读书·悦旅行·悦享人生

中国·广州

卷十一　前尘债

方外谷位于一处幽谷，谷外高高的青岩生满藤蔓，绿意盈盈，覆盖着古老的岩壁，一条壁虎从叶间爬过，摇晃着黑灰的尾巴慢悠悠钻入石缝，谷口的石壁间吊着一块生满铜锈的云板。江湖客来此求诊，唯有在云板上击槌请见，至于谷中人是否愿看在黄金的分上施救，全随谷主个人喜怒。历年来不乏试图闯进去的高手，却无一人能闯过谷口的迷阵与机关，阵内外的累累白骨绕生着野葛碧叶，寂寂地昭示谷中医者的无情。

左卿辞将白陌留在谷外，只身走入阵中，阵中景致移步而换，教人目眩神迷，顿失所向。他全然不为幻境所惑，三折两绕避过机关，用了半个时辰走出迷阵，待踏出最后一片林子，眼前现出了一座仙境般的山谷。

晶莹的水瀑从崖上倾落，如匹练飞坠成湖，化为数道清浅的明溪，将山谷分为数块，溪中涌动着斑斓的游鱼，漫山遍野的花如火如荼，仿若云霞铺锦。各式简雅结实的木屋散布于花野中，屋外有人莳花，有人修篱，也有人在树下捧着书研读，三三两两地围聚讨论，意态散漫闲适。

一只梅花鹿迎上来，亲昵地顶蹭左卿辞，他拍了拍鹿颈，骑上去一声轻叱，鹿蹄撒泼，轻快地跑起来。鹿鸣呦呦，载着他跃过清溪，奔过山地，一路经过不时有人回首，惊愕之后惊喜地叫出来。

"是大师兄！"

"大师兄回来了！"

"大师兄，谷外可好？"

坡谷深处有一株逾九百年的树，枝丫粗壮，树上筑了一幢极大的树屋，与树宛如一体，绿荫蔽顶，阴凉宜人。树屋四面开窗，竹帘半卷，光线与视野极好。一个落拓潦倒的中年人侧身而卧，通身酒气冲天，一边还搁着酒坛，也不顾外边日头正高，兀自醉睡。

左卿辞也不惊动，在中年人身边盘腿坐下来，倒了一盏酒慢慢地细品。

过了一阵，中年人动了一下，咂着嘴摸索酒盏，半晌没摸着，睁开眼睛愣了一愣，一瞬间的神色似厌恶又似欣慰，掺在一起极为复杂。

左卿辞只当作不见："又饮多了？今年的春水冻酿得不错。"

清癯的脸上犹有昏然之色，中年人坐起来，疲沓地揉了揉脸，语气恶劣："回来了？总算还未死在外头。"

左卿辞打量对方眼角的细纹，同样没好话："上了年纪还是少发些酒疯，难看得紧。"

"事事不顺心，不喝又能如何，我用十来年养了一匹狼，一句不对抬脚就走。"中年人怨气横溢地讽了一句，又有些后悔，僵硬地缓了口气，"玩腻了就回来吧，外面糟污得很，谷中到底清净。"

左卿辞懒懒地托着盏，并不在意："既然我是不长心的豺狼，去糟污堆里有何不好。"

中年人被他一噎，抑下气叹息："你确实不是什么好东西，也不知在外造了多少孽。"

左卿辞漫不经心道："近年已改了，人不犯我，我自不会犯人。"

这张脸看着令人怨憎，姿态也是漫散得惹人厌，这孩子是他一手带大，虽然聪明，心性却是凉薄，越长越像那个人，全无半点肖似——

中年人凝视了好一会儿，现出颓色，眼角的细纹越发明显，语气变得阴郁："既然如此，你还回谷做什么。"

"有点事想问。"左卿辞无视对方阴晴不定的脾气，闲闲道，"碧心兰、幽陀参、佛叩泉、风锁竺黄、赤眼明藤、汉旌节、鹤尾白、锡兰星叶凑在一起可治什么？"

中年人习惯性地摸过酒坛，失望地发现空了，闻言一愣。

左卿辞侧头支颐："师父可知这是什么方子？"

清风穿堂而过，树屋安静了一阵，中年人皱着眉想了一会儿："你遇上了什么人？"

左卿辞道："一个胡姬。"

"那就错不了，这方子是我开的。"中年人点头承认，彻底回想起来，"那个胡人丫头有些意思。"

果然是出于谷中，左卿辞有三分微疑："师父还记得诊的是何人？"

虽然隔了许久，但情景太过特别，中年人仍然记得很清楚："一个疯子，武功之高是我平生罕见，可惜年纪轻轻就中了娑罗梦之毒。"

"娑罗梦？"左卿辞半是自语半是询问，"我怎么从未听说。"

"谁让你这臭小子半路离谷。"中年人有些不耐烦，从凌乱的书堆中翻出一本抄卷，掷入他怀中，"这本心得是近年整理出来的，集我毕生所见，娑罗梦为西域王室秘藏，一个来求医的阉官私下昧了一瓶，奉上作为诊金，我觉得此药甚是奇特，潜心研究了几日。"

左卿辞捞起书翻了翻，一目十行地掠过："这种药能让人发疯？"

讨论起医药，中年人气性平了些，也不再动辄讽刺："娑罗梦无色无味，唯有遇火呈紫色，时常被掺入饮食之中，初时不显，随着毒性累积逐渐发作，中者如堕鬼梦，神志渐溃，直至最后彻底癫狂，全不似寻常毒药，西域王室多用以除去政敌。"

如此闻所未闻的奇毒，绝非普通人能得，左卿辞若有所思："依师父看，中原何人能持有？"

"这问题我也想过，大概也只有凉州那个好收集各种异毒的狂药僧，不过他早死了，药窖也烧成了白地。"中年人有一缕傲然的得色，"这样的奇毒不说疗治，能诊出来的医者也没几个，我推敲了数日才拟了方子，假如能照方施为，有九成把握可以解毒。"

左卿辞静默不语，半抿了一口酒："师父不出谷，怎会开出这张方子？"

中年人瞪了他一眼，得意变成了怨怒："还不是你当年悄没声地跑了，我怕又像——不得已出谷寻找，碰到一处灵地泉水极好，酿出的酒味道独特，停下来喝了一阵。走得急没带几两金子，我随手治了几位病人，谁知道有一天来了个胡人丫头，拖着一个伤重的疯子跪求我诊治。"

左卿辞淡淡道："师父可不像如此心善之人。"

中年人见惯生死，岂会为普通的跪求动容，冷嗤一声："我挣够了酒钱，自然懒得理会，那丫头死活不肯走，我实在烦了就随口一说，除非她能连饮七坛秋露白。"

秋露白名虽风雅，但酒极烈，寻常人半坛必倒，开出这样的条件，当然是要人知难而退，左卿辞心下透亮。中年人回忆到兴头，接着道："那胡姬模样生得好，性子也有些特别，聪明人自然不会白费力气，她却是死心眼，醉了一日还不肯罢休，隔了一个月又来了。"

左卿辞轻哼一声："她真喝下去了？"

中年人摇了摇头："也不知她这一个月喝了多少，眼睛凹下去，酒量倒是练出来了。我也不好和一个丫头反悔，既然把酒喝完了，我只好替她诊了病。"

右手托盏本是要饮，不知怎的，左卿辞又搁了下去，听见中年人的话语："其实开了方子也无用，那些药不可能集齐，疯子也不是普通人，那丫头坚持不肯废他的武功，我这谷里也不敢收。随手给了一瓶天丞丸，让她能将疯子的武功压上半年，时限一过必然生事，等成为众矢之的，谁也救不了。"

左卿辞默了半晌，心不在焉地道了一声："还差两味。"

"什么两味？"说了半天，中年人的心神又转到酒上，从屋角摸出一坛拍开了封泥。

"那张方子，她快集齐了，疯子也还活着。"左卿辞半躺下来，目光落在树屋幽暗的木顶，隐约的低语模糊难辨，"真是——蠢透了。"

从盛夏到清秋，时光已逝去四月有余。

金陵城多了一位备受瞩目的贵女——沈国公的孙女沈曼青。她自小寄养于正阳宫，得金虚真人青眼，长年拜在掌教名下教养，直至赤焰沙一役而在朝堂闻名。良好的家世，清丽的容貌，又是出类拔萃的武林侠女，让她多了一种传奇色彩，大方温婉的仪容又博得了一致赞誉，金陵的名门淑媛争相邀游，一时间炙手可热。

而同样因赤焰沙一事而为人所知的左卿辞，则要低调得多。他隐于玄武湖畔的别业，深居简出，并未入住靖安侯府。偶然现身于华宴之上，惊鸿一瞥，翩然风仪已倾落芳心无数。

但凡与权贵相联又模糊暧昧的信息最是吸引人，这位离奇归来的公子传闻不断，近期不胫而走的传言就是偏好胡姬，身边时时有蒙面的胡姬随侍。

寻常的艳闻算作风流趣谈，未必能持续多久，偏偏试剑台上乍现的那位胡姬美人比靖安侯府的公子更神秘，难免令人倍加关注，私下纷纷猜度随在左卿辞身侧胡姬的真实身份，有好事者甚至开出了盘口，可惜谁也不敢当众验证。毕竟他是靖安侯亲子，极可能承袭侯府爵位。

两厢比较，曾经在世家中赞誉颇多的左倾怀，悄然陷入了尴尬之境。一边是天家贵胄安华公主亲选过继，一边是战功赫赫的左侯亲子，圣谕未明之前，很难说哪一边赢面更大，人们的目光也有微妙的不同。

即使左倾怀已经有所感觉，也不曾表露半分，依然不时来玄武湖畔探望名义上的兄长。他的态度既不冷淡，也不过度热诚，适当地表示出亲近之意，言辞又通彻有礼。每次登门必携来风雅的珍玩字画，邀左卿辞参与世家聚宴，游园小饮结束后又亲自将人送回别业。

"既然大哥喜欢，下次有类似花会的宴赏我再来邀。"左倾怀等兄长下了马车，在门边寒暄道别，"大哥生性静雅，只是整日闭于宅中，难免少了欢趣，父亲也不愿你独住清寂，待大哥熟悉了金陵风物，交上一些相投的友伴，必会更为适意。"

左卿辞浅道："倾怀费心了，实是前近一阵风言太盛，我有些不惯。"

"不过是一些好事之徒在嚼舌，大哥不去理会便罢。"比起初见时的局促，如今两人更为熟悉，左倾怀甚至偶然会打趣，"据我所知一多半尽在羡慕，说大哥手腕高明，收得神秘佳人侍奉左右，艳福不浅。"

只要是个美人，极易衍变为红粉佳话，男人的心态大抵如此。至于美人是否声名狼藉，是否当众血淋淋地杀人，一概无关紧要，反成了增添刺激的调料。

左卿辞微微一笑，不予置评。若是有人知道他识得她一年有余，却仅止于一两次短暂轻薄，不知会作何想。

左倾怀又叙了几句，约定下次见面的时间，这才辞别而去。

左卿辞目送他打马离开的背影，片刻后忽然道："附近的还在？"

问得没头没脑，秦尘却明白话意，径直而答："有两个隐在暗处，街角还有一个卖糖丸的小贩。"

左卿辞笼起双袖，长眉一敛："能坚持如此之久，燕归鸿倒是有耐性。"

秦尘道："公子可要我去挑明？"

"不必了，驱走了也不过是换人再来。"网撒了这样久，也该收了，左卿辞思忖了片刻，薄薄一哂，"联络文思渊，我要知道她现在何处。"

望了一眼天色，他转身入府，黑漆大门无声地闭拢。

书房窗外是一方清池，入秋更增凉意，一阵冷风袭过，萧萧黄叶簌然而落，房内烛影摇摇。

侍立一旁磨墨的秦尘觉察到寒风侵室，离案去闭拢窗扉，刚走两步，忽然听得窗棂轻响。

左卿辞正在抄录古本，闻声腕间一停。

秦尘脸色一肃，凝神趋近查探，忽然在窗边定住了。

有异况，但似乎并非凶险，左卿辞心头忽地一动，行过去倚窗而视。

窗外的清塘芙蓉开尽，仅剩零星的残荷，夜幕笼罩的水面极暗，被书房的灯烛一映，如一碗浓郁的墨。池中有一个人，半身隐没水中，指尖攀着墙基，略仰起脸。

湿淋淋的脸庞冰白似玉，乌檀般的眼瞳幽沉，长睫凝着水，胭脂小痣越发鲜明，或许是冷，她的呼吸带着一点蒙蒙的雾意，稀薄的氤氲，仿佛池中烟水孕生的妖魅。

一颗水珠顺着纤白的细颈，滑入了夜行衣的深襟，她望见他，将一个油布包裹推入窗内："你的衣服，有人在监视，我只能这样进来。"

静谧了一刻，左卿辞没有说话。

又一滴水从鬓边滑落，她抿了一下唇，手臂放松准备潜下去。

"云落。"他终于唤了一声，长眸比平日更深，愈加难懂。

她停了一下，询问地看着他。

轻唤之后，左卿辞似乎恢复了自如："进来。"

她犹豫了一下："附近有人，我身上全是水。"

"没人敢闯进这里搜检。"左卿辞极轻地笑了笑，侧首吩咐秦尘，"把浴房备好，把其他人都屏退了。"

秦尘瞬时回神，看了主人一眼，退出去合上了门扉。

左卿辞从窗内探出身，细长的手悬在半空相邀，温柔的话语似蛊惑又似命令："云落，你知道我要什么。"

　　窗内烛光勾出他的轮廓，有一种迷乱的魔性，仿佛被他异样的目光烫了一下，她的心蓦然乱了。

　　僵持了好一会儿，她终于将手搭上去，顺着他的力道从池中掠入了房内。

　　绵软的波斯地毯上多了一行湿印，耳畔传来窗扉合上的声音，她突然不安起来："你——"

　　一句话未及说出，他颀长的身体已经贴了上来。

　　她想震开又怕伤了他，反而被他扑得跌倒，厚软的地毯吸去了所有声音。

　　湿软的羊毛长毯上，两个人纠缠难分。案上明烛的芯子越烧越长，烛光澄亮，引来飞蛾扑动，不几下燃起了翅膀，化作一抹黑灰，随烛泪簌簌而下。

三 · 绿萼文殊

浴房的汤池冒着温热的白雾，一旁的檀木矮几置着各色洗沐的物件，架上还搭着两件干净的中衣，下置两双软鞋。

她大概不习惯这般赤裸，缩在池角，唇上还残留着齿痕，显出一种孤弱的狼狈，十分少见。

左卿辞眉目含笑，悠然闲适，仿佛片刻前的狂肆浪行属于另一个人："还疼吗？方才是我心急了，稍后替你上药。"

话语让她的脊背僵了一瞬，半晌都未能反应过来。

左卿辞无视她的局促，抚上赤裸的纤背，摩挲曾受伤的胛骨："还有这里，虽然骨骼已经长合，但彻底愈合还要一段时日，近两年不要过度使劲。"

她没有回答，耳根却突然红了。

舀了几瓢水草草冲淋过后，左卿辞细长的臂揽住细腰，将她勾入怀中。她很不习惯被人这样触碰，简直像一只受惊过度的猫，迷茫而不知所措。

他似乎觉得她的僵硬格外有趣，忽而在她耳畔吹了一口气。

她立刻抖了一下，胸背俱震，左卿辞笑了好一阵才缓下，慢条斯理地将她长长的黑发拨到颈侧："四个月了，还以为云落从此消失了。"

他的话语平常，她隐约听出了一丝责意，迟疑了一会儿："我躲了一阵养伤，私下还有一点事。"嫩白的脸庞沾着水，胭色的小痣被睫半掩，语气有一点认真，也有点倔强，"我说过会还你衣服。"

费这么多心思，要的自然不是一件衣服，这铒当真放得妙极，左卿辞的长指轻抚她的肩，微微一笑："这时节潜在水里进来，未免太冷了。"

她不自在地挪了一下，尽量靠近池边："你的访客太少，不易混进来，盯你的人路数也有些怪，不像燕归鸿的人，唯有这样最隐秘。"

左卿辞有一分意外："你确定不是他的人？"

她点了点头，刚要回答，突然打了个战，男人的手划过她的腰侧，无声地撩动。

柔腻的肌肤触感极佳，适才的销魂又泛上心头，他低笑一声，眉梢有一种优雅的恣意："云落可知现在武林中是如何传言？都道我软弱无能，任胡姬轻侮，声名流荡无依，不知云落要如何补偿。"

突如其来的质问轻佻又霸道，她听不出戏谑，怔怔地呆了半晌，低垂下睫，声音淡了："你看中了什么宝物？"

他脸上的笑容忽敛，轻悦的气氛倏然消失。

她已经开始后悔，涪州的一刹仿佛昏了头，及至见面又是错，他强横地夺取了一切，她甚至不知道自己怎会无力推开。可那又如何，胡姬本就轻贱，所有的罪过全应在她身上。

那一点混着痛楚的欢愉变成了苦涩，笼住了黯淡的心头，她想离开了，抬手拧去发上的水，微声道："你要什么都无妨，我会取来给你。"

大概——也仅有这点价值。

左卿辞突然扳过她的脸，一个吻印上来，几乎带着撕咬的意味，又很快克制住。他踏出水池系上中衣，开门吩咐了一句，须臾转回，将一个盒子放入她手心。

玉盒做工精致，入手略沉。苏云落在他的示意下启开，只见一枚漆黑的叶片静静躺在盒中，形如枫叶，极细的脉络艳红如血。

她的心跳突然停了一拍，险些不敢相信，下意识地想触抚，被左卿辞止住："锡兰星叶有剧毒，不可触碰，方外谷中仅此一枚。"

她恍惚了好久才抬起头，唇被一根长指按住，左卿辞淡淡道："无须任何条件，你想要，它就是你的。"

或许是惊喜过度，她呼吸都乱了，左卿辞忽然扣住她的下颌："除了它，你还想要什么？"

她的心神还在那枚黑色的叶片上："只要这个。"

左卿辞长眸半敛，像窥伺又像质问："只要它？我呢？"

她的心开始发慌，拿不准该怎样回答才对，额角渗出了细汗，半晌才期期艾艾道："你很贵，我要不起。"

左卿辞停了一瞬忽而笑了，笑得她莫名其妙。

她还是不敢相信："锡兰星叶是给我的？你什么也不要？"

他懒懒地倚在池沿："真的。"她仿佛梦游一般看着他。

"有这么高兴？"这神色让左卿辞很满意，薄唇带着轻浅的笑，又有点漫不经心，锡兰星叶固然稀罕，对他而言却不过是举手之劳。

她有点生涩，又有点不自在，任他低头吻了吻眼角的泪痣。

摩挲许久，她垂眸合上盒子，微颤的双睫仿佛蝴蝶的双翼。

一只灰隼在案上落下，扭着头剔了剔翎羽，吃完盏中的肉片，待左卿辞解下足上的东西，又挥开强健的翅膀扑棱棱地飞走。

左卿辞拆开鸟足系的布卷，里面是一个半透明的玉壶，精雕细镂，仅有方寸大小，里面绘着千峰叠嶂，略一摇晃，瓶中立刻涌起无尽烟云，与山峰蔚然相映。

白陌在旁边好奇地窥看："这次又是什么？"

"传说中的飞烟玉壶，果然精巧。"左卿辞看了片刻，翻开布卷附带的字条，一行小字入目。

飞烟玉壶，一月归还。

左卿辞蕴着笑意把玩了一阵，启开案上的漆盒，将玉壶放进去，漆盒的格栅已经放了数件形制精美的小玩意。

白陌将灰隼用过的盘盏收起来，退出房外忍不住对秦尘道："又捎了一件过来，隔三岔五地来一出，她简直把公子当成了姑娘家来哄。"

秦尘早已习以为常："我看公子挺高兴。"

"也不看那些东西是怎么来的。"白陌做不到同伴那样超然，总觉得哪里不妥，倍感头疼，"江湖上最近都说飞贼改借东西了，要是有人猜出原因，只怕要笑脱下巴。"

"公子又不在乎。"风越来越寒，秦尘望了一眼天色，估摸着是要下雪了，"与威宁侯约定的时辰要到了，你把公子那件紫色裘氅翻出来，置在马车上备着。"

白陌应了一声，忍下絮叨自去准备。

这份邀请来得有些突兀，左卿辞与这位侯爷仅为表面之交，薄侯威冷刚愎，也不是喜爱宴游之人，涪州一别，左氏兄弟二人同归金陵，薄景焕则是护送琅琊郡主返家，又在琅琊盘桓数月始归，刚一抵达私宴的帖子就送了过来，一时还真难拿捏缘由。

冬日雨雪连绵，连月不见阳光，更觉寒意刺骨。

马车在威宁侯府外停下，厚实的毡毯一路铺入府中，隔去泥泞湿滑的地面，侯府的总管迎上来，持伞遮去雨丝，躬身将左卿辞迎了进去。

薄景焕在后苑的梅山等待，负手似乎在看景，又似乎在想心事。

下方是一片高低错落的梅林，雅轩内设了火盆，又有琉璃屏挡去寒风，若是换了晴日必是风致怡人，可惜今朝天公不作美，盛放的娇蕊被雨幕一浇，花叶零乱，顿显暗淡寂寥。

等左卿辞落座，侍从捧上银盆沐手，热巾拭面，十六色精致的佳肴热腾腾地上桌，金盘玉盏并着镶宝犀箸，一应用具尊贵而奢华。

"一别数月，左公子近来可好？"薄景焕不咸不淡地起了话头。

左卿辞客套而应："劳侯爷挂心了，诸事安好。"

即使是私下闲聚，薄景焕仍是神情淡漠，言语不多，略略叙了几句，待酒温好，侍从满盏倒上，薄景焕道："这是我从涪州带回的，据说冬日品饮最是合宜，左公子不妨一品。"

左卿辞举盏一敬，浅啜了一口道："侯爷风雅，涪州物产的确是独具特色。"

"说起涪州——"薄景焕顿了一下，威冷的脸庞难辨喜怒，"你与那名胡姬是怎么一回事，竟把一个飞贼放在身边？"

话题落下来，左卿辞平和应对："侯爷想必也清楚，为取《锦绣山河图》我曾借助了几位江湖侠士之力，她正是其中之一，事后论功行赏，圣命赦了她的罪愆，我便请她护卫了一段时日。"

"一介护卫如此放诞无礼，公子怕是过于宽和。"薄景焕眉间掠过一丝森然，"区区胡姬，在试剑台上肆意妄为，令主人声名受污，其罪可诛。"

左卿辞一笑："不过是些许戏弄罢了，真计较起来反而失了身份。"

薄景焕冷淡一哂："我早年也曾游历四方，见过一些江湖人士，初时新鲜，后来才发觉这些人放荡不羁，行事颠倒，德行极差，结交有害无益。"

左卿辞也不反驳："侯爷说得是，武林中人随心纵性，确与世族截然不同。"

薄景焕瞥了他一眼，一字字当面敲打："仁厚随和是好事，然而公子离府多年，乍一归来就落了耽迷贼色之名，平白受人指摘，实非吉兆。"

左卿辞不动声色："依侯爷之见，我该如何？"

薄景焕沉默了片刻，话语慢而沉："我与令尊同殿为臣，又与公子相交，实不忍见靖安侯府清誉有失，公子是聪明人，知晓轻重自有分数，不必外人赘言。"

左卿辞答得很客气："侯爷好意，在下自当领会。"

薄景焕抬手自轩窗外折了一枝梅，只见娇蕊半绽，含露凝香，沾水后更为婉丽："据说令尊正在考虑公子的亲事，六王的嫡女年方十七，尚未婚配，不知公子可曾见过。"

左卿辞眸光一闪，口中淡道："六王何等尊贵，家中女眷岂可轻见。"

薄景焕缓缓道："我倒是在宫宴上见过一次，那位千金教养良好，秀美淑娟，可堪良配。我与六王也有几分交情，他晚年得女，极为宠怜，一直想替爱女择一位门第人品俱佳的高婿。"

左卿辞微笑不答，仅是静听。

"花开枝头，唯待君子，公子以为如何？"薄侯带着傲意，抬手递过梅枝，一语双关。

薄侯素来冷面冷情，绝不是多事之人，这一番劝诫来得奇突，甚至不惜抛出六王之女为饵，是笃定他需要这份姻亲为助，对抗安华公主，夺下世子之位？这样优厚的条件，交换的却是——

左卿辞思索良久，合上手中的书卷："让文思渊查一查伏守门外的探子是谁的人，威宁侯与飞寇儿可有过节儿。"

白陌刚应下，忽然那只灰隼拍了拍翅膀又来了，足上系了件东西，落在案上不耐烦地啄弄布结。

这一次布卷内是一个方盒，细柔的丝绵束着一朵花，层层叠叠的花瓣熙然轻绽，花色是少见的浅碧，衬在宣纸上似一脉春色，边缘却又凝着一点雪意，入目清悄分明，异常独特。

白陌也见过不少好东西，仍是神色一动："绿萼文殊？她又从哪里偷来？"

三十年一开花的奇株被她生生截下来，失主怕是要气魔怔了。震惊之余，白陌忍不住心下哀叹，一枚锡兰星叶激得她发了疯，接二连三捎些贼赃过来，真不知她脑子里在想什么。

左卿辞却是笑了，将花放在鼻端轻嗅了一下，眸色清亮，格外愉悦，随后他落笔草就一张随笺，绑上了灰隼的足。

四 · 子夜思

偏窄的街巷尽头，有一栋老旧客栈。

二楼的某间客房又阴又寒，陈设简单。案上摆着一碗白粥，一碟小菜，一个冷掉的馒头，椅上坐着一个人，正捏着半个馒头，瞧着一方短笺发愣，精雅的笺纸正中是一行轻逸灵动的字。

卿似云间月，何日入怀袖。

笺纸很美，墨痕清峻，每一个字宛如他在浅笑吟吟。她又看了几遍，白皙的耳根渐渐红了，仿佛一个无形的影子从身后笼上来，侵入了每一寸肌肤。

数日后的深夜，玄武湖畔万籁俱寂。

左卿辞的卧房窗扉突然掀动，映入了一线光，同时还有一抹轻悄的影子，犹如薄烟无声无息地盈入了室内。

博山炉中燃着不知名的香，地龙的热力带来一室温暖，落在窗纸上的月光映出了屋内隐约的轮廓，不速之客静了好一会儿才来到榻边，正要触上垂幔，又迟疑地停住了。榻上的人已经熟睡，像这般不请自来，夤夜惊扰，会不会过于冒失？

踌躇了一瞬她收回手，刚退了一步，帐内忽然传出一个声音，带着三分浅笑，七分初醒的慵懒：“既然来了，为何要走？”

她的心蓦地一颤，耳根又热了起来。

帐中一只细长的手挑开了垂幔，现出枕上玉一般的脸，黑发披散，长眉俊目，他根本没有起身的意思，只向床内让了让。

尽管已有过亲密，她依然脑子空白了一瞬，回过神全身都烫起来，结结巴巴道：“外面落雪了，我身上寒气重。”

他没有再说，一掀锦衾将她裹了进去，黑暗与温暖的男子气息笼上来，将她拖入一个迷乱的世界，瞬间飞散了意识。

毕竟是踏着霜寒雪夜而来，她的肌肤真的很冷，好在年轻的身体热起来也极快。

这一夜是这样长，又是这样不可思议，她第一次懂得男女之事的美妙，等一切终于平息，窗外已是曙色初透。

她筋疲力尽，一根指头也不想动，极倦的乏累从骨缝中透出来，又异样地舒服。

“想睡就睡吧。”枕着她的长发，左卿辞的声音比平日更低，“燕归鸿去了益州，近一阵不会回返。”

“你怎么知道？”她忍不住问，软软的声音带上了喑哑。

他骄然一笑，笑中有征服的满足，也有纵欲后的慵懒：“我自有办法。”

那种笑容让她有些发呆，他的嘴角忽然轻勾，抚过她眼角鲜红的小痣：“云落想要我，自阿克起？”

她微微一震，眸子飘了一下，算是默认了。

左卿辞将她揽在怀里，温热的肢体相缠，有种亲昵的暧昧：“既然喜欢，为何又总是不愿看我？”

她有一点怔忡，不知该怎样回答。

他太过俊美，一言一笑，一举一动，无不是一种诱惑，看多了便心旌动摇。她以前不懂，直到此刻才明白，那是欲望——蛰伏在灵魂深处，受警惕的本能压制，却禁不住想侵夺占有。然而这样的绮思她说不出，只有道："你太耀眼，身份又高，不是我能沾惹的人。"

左卿辞低笑了一声："现在又如何？"

她没有开口，短暂地触了一下他清俊的眉眼，很快又收回。

有了肌肤之亲又如何，他能给自然也能收。他是那样捉摸不定，越被吸引越是难测，眼前衾枕相缠软语谑笑，一转头风卷尘消散去无痕。天际的流云与潭底的浊泥，虽然同在一个世界，却是截然不同的事物。

深邃的瞳眸带着情事后的迷茫，却不见依恋，她的身体已经属于他，可心中仍有防卫。

"云落在想什么？"长眸敛了一下，左卿辞语气更柔，拉过她的指尖轻啄细吻，"还是说，怕忘了什么不该说？"

她不习惯这样的亲昵，不自在地别开眼，绯红渐渐从耳根晕上了莹白的颊，让人怦然心动，然而他是个冷静的猎手，决意揭破她隐藏的秘密，穿透最后一层防卫。

定了一下心神，左卿辞缓声道："不该说的，大概是你亲爱的师父还活着，依然疯得那么彻底，甚至连自己的徒弟都不认得——"随着话语，细长的指尖沿着她背部的剑痕一路划过，在脊柱的凹陷处停住，两指一嵌按得腰骨一麻，"险些要了你的命，是不是？"

她险些弹起来，瞳眸中多了惊悸和脆弱，她清楚他猜到了许多，可他从不曾点破。在她的经验中，这样的直言相伴而来的通常是要挟。她的第一反应想逃走，可赤裸的身体被他禁在怀中，没有一寸遁逃的空间。

左卿辞漾起笑，藏住快意，温颜细语地安抚："别怕，我不会说出去，我是想知道这么多年你只身一人，到底经历了什么。"

那样简单的一句话，却让苏云落陷入了恍惚。

从来没人问过这个问题，她的嗓子突然哽住了，就像许多年前在极北的雪山寻药，无尽的冰雪中拥着一只幼熊取暖，那种厚重的温暖压在胸口，又酸涩，又寂寞。

在天都峰的日子像一片孤独的长夜，没有人愿意靠近她，冷漠而排斥，唯有一颗灿烂的星星挂在天边，成为唯一的光亮，即使光亮如此遥远，但只要存在，世界就不是一片荒芜。

她从未想过有一天，那颗星星会突然陨落。

他也不催促，等了好一阵，她终于开口，低得几乎听不清："十年前，师父出了意外，各大派齐上天都峰，门中决议要清理门户。我偷偷下山，想先一步找到师父，让他逃走。"

她顿了一下，浮出一线苦涩："那是我第一次下山，什么也不懂，带的一点银子又被人骗走，等终于在洞庭湖边寻到师父，他已经跟几位长老交上了手。"

一路是怎样狼狈，苏云落已不记得，只记得闪电撕裂了长空，洞庭的天幕浓云密布，黑得如同暗夜，湖水激起连天高的巨浪，仿佛凶悍的蛟蟒在狰狞翻涌。

"师父的样子很可怕，长老们合力以剑阵绞制，最后三位长老受伤，师父也因重伤自堤岸跌落，被风浪卷入了洞庭湖。"一瞬间黑色的巨浪吞没了熟悉的人，随着叙述，她的身体僵硬起来，"我跳下去想救他，可是风浪太大，几个时辰后才在一处礁岩上发现了师父，如果不是正阳宫功法独特，真气能自行护脉，他只怕已经——"

她有些说不下去，指尖一片冰凉，好一会儿才又道："我用了所有药，将师父的外伤稳定下来，四处去找大夫，稍有名气的都去求过，没有一个能诊出师父神志混乱的原因。直到一次听说邻镇有名外来的游医极高明，大概是上天开眼，让我遇上了鬼神医，才得知师父竟是中了毒。"

左卿辞忽然有一种奇妙的感觉，假如当年未曾负气出走，师父也未因担心而跟缀出谷，一切又当如何？"你就这样相信那张药方？"

她没有半分犹豫："只要还有一线希望，我决不会放弃。"

左卿辞不动声色："为什么不废去他的武功？寻药并非朝夕之功，

他根本无法控制自己。"

"武学是师父的命。"她沉默了很久，垂下睫声音微微发抖，"师父很好，人缘和声望极高，可下山后我才发现许多人对他嫉妒而仇恨，因为他太耀眼。毒也不知是何人所下，只知道一定是出自最亲近的人。"

左卿辞缓缓抚弄乌檀般的长发，放松她的情绪："云落不曾去探查到底是何人所为？"

抑住喉间的哽堵，她涩道："师父性情放达，交游遍天下，我对他一无所知，这毒又闻所未闻，根本无从查起。"

左卿辞的话语听起来温柔而怜惜："这么重的包袱，云落一背十年，不惜声名俱裂，不觉辛劳？"

"很累。"她答了两个字，隔了许久才又喃喃道，"可看师父还活着，就觉得什么都值得。"

长眸浮起一线轻讽，左卿辞淡笑了一下，又道："你是如何做到让他多年不为江湖所知？文思渊曾道你每年要凑齐两千黄金，与此相关？"

"我请了两个人。"这般肌肤相贴，似乎什么也藏不住，她迟疑了一刻，"天地双老，地姥手中有天罗束，至柔至韧，夫妻联手可以制衡师父的剑气。"

用盗来的黄金买得高手效命，换来时间走遍天涯寻药，左卿辞终于解开了疑惑，望着怀中人美丽而不安的脸，他轻谑地调弄："放心，我会替你守密，只要云落这次多留几日。"

她怔了怔，抬起眼看他的神色："在金陵也有人偷袭你？"

一个吻落在她睫下的胭脂痣上，又印上柔唇纠缠良久，他低声笑道："因为你来得太少，仅有一夜远远不够。"

五 · 金笼缚

长发松松地绾起，苏云落趴在浴桶边，额上冒汗，露出的肩颈受热气蒸腾，加上满桶黑漆漆的药水一衬，更显莹白水嫩。

药力侵入肌肤的感觉并不好受，她神色萎靡，想睡又睡不着，忍不住道："还有多久？"

"这一桶秘药贵逾千金，云落连多浸一刻都不肯？"左卿辞笑吟吟地调侃，说是陪伴，倒似在戏谑她取乐，慢悠悠地拈起一块鲜梨喂过来，"你受创太多，又从不曾调养，十年内必有痛患。不说别的，单是燕归鸿的摧脉指已给你留了暗伤，一旦心络再次受创，你就知道其中的厉害。"

她对十年后的事不甚上心，只觉得这一刻浑身煎熬，咬过梨块有气无力地嚼了几下。

左卿辞似乎觉得极有趣，连书都不看了，时不时给她喂上一口果子点心。

经脉仿佛被无数蚂蚁啃啮，又酸又麻，秀眉越蹙越深，她忍不住轻哼一声："这滋味真难受，只怕蝎夫人的啮心蚁也不过如此。"

左卿辞替她将散落的发丝挑起来，俊目含笑："再忍一阵就好。"

言及此处，苏云落倒是想起来："奇怪，江湖中为什么有传闻说蝎夫人是我杀的？"

蝎夫人死在涪州城外的野林中，尸体数日后才被人发现，这女人长于驱虫及毒术，武功算不上高强，加上为祸多年，死了不知多少人称快。然而她曾自称出身诡秘与凶戾著称的血翼神教，不管这些话是为震慑对头还是显扬身份，总难免惹来一些猜疑。

"好事者捕风捉影的妄传罢了，谁叫她害人太多，恶贯满盈。"左卿辞神色不动，漫然道，"云落担心惹来报复？文思渊查过，她不过是个叛教的逃奴，还未至于。"

苏云落又被喂了一块酥点，左右与她关联不大，也就不再思索，抛至了脑后。

左卿辞的目光掠过桌案上的银色短棍，转了话题："有一事我也很好奇，云落的兵器是如何得来，真是鸦九所赠？"

这一件神兵的由来，文思渊也所知不多，仅说她早年私下接过一桩生意，与神匠鸦九相关。

她懒懒地在桶中伸了一下脊背，缓解骨骼中的酸麻："也谈不上赠，他托我偷东西，这是给的酬劳。"

以神兵为酬，这一单可谓大手笔，左卿辞不禁动容："他让你偷什么？"

苏云落答了一个字："人。"

左卿辞风华如玉的脸庞难得现出错愕："什么？"

她忽然抿了一下唇，转瞬又如常："他有一个四岁的女儿，被扣在朝暮阁为质，托我偷出来。"

左卿辞生出了兴趣："说说看。"

"当时他受困于人，递消息给文思渊，说有生意又不肯透露内容，要求私下叙谈，我那一阵正好无事，就设法溜进去见了一面。"她伸手取过短棍，在指尖轻灵地打了个旋，"他是个可怜人，铸器之术天下无双，却护不了自身，甚至连累身怀六甲的妻子死在了朝暮阁手中。"

左卿辞业已了然："他有死志，唯独放不下女儿，所以请你出手？"

她补充道："还有朝暮阁勾结藩王的证据，让我一并偷出去呈于御前。"

这一招令人不得不赞，左卿辞道："好一招借刀杀人，难怪朝暮阁后来覆于王廷之手，你将人偷出去置于何处？"

任他取过神兵细看，她道："鸦九有一个姐姐嫁在福州，我按约定把孩子送去，几年后去看，过得极好，被视如己出。"

"谁解相思毒，入骨一寸灰。短诗着实不吉，想必是在他妻子过世后所铸。"银色的短柄上兽纹生动，左卿辞轻唔一声，抚过底缘的小字，"这件武器形态如此奇特，确是闻所未闻。"

苏云落伏在桶边，心神在对答上，倒忘了浸药的不适："他说昔年于大荒得了一块异乎寻常的陨铁，苦思良久研出制法，熔铸为丝链，百斩千折不断，又有无形无迹，缠绵缚骨的特性，所以取了这个名字。幸好外形奇巧，才逃过了朝暮阁的监视。"

左卿辞微笑："百机老人事后说，鸦九曾道这件神兵形影如迷，锋锐无双，唯独驭使极难，甚至比名噪武林的天罗束更难控制，可谓软兵之最，云落弃剑而习，一定费了不少心思。"

"确实不易，若不是用剑太容易被人看出来历，给我神兵也不换。"半路改换武器，其中的艰辛言语难以道尽，唯一称幸的是天罗束的主人近在咫尺，用重金换来指点，终是摸到了诀窍。

接过他递来的神兵，纤指轻勾机簧，银光蓦地流泻，如一缕冰冷的华光缠上了左卿辞的手腕，见过银链噬血的锋利，饶是左卿辞也隐然一悚。

她解释道："这银丝很怪，轻轻触摸不会有分毫损伤，但若贯注力量，就可以切金断玉。"

左卿辞依言触抚，只觉似丝又似金属，银光闪烁，美而柔韧，看上去全不见半点凶戾。随着她腕动一收，银光敛去，又是一根不起眼的短棍。

左卿辞忽然笑了，低声道："果然器如其人。"

她不明所以地望着他，一双瞳眸藏着墨蓝的光，像最幽深的宝石。

左卿辞并未解释，抖开一卷洁净的绫巾："可以起身了，明日再接着浸。"

一言入耳，她的眼睫怏怏地垂了下去。

大雪覆没了金陵，马滑霜浓少人行，屋内兽烟暖幄，絮语低谈，似梦似幻分不真切。

品茗、猜枚、斗酒、打围、双陆。他似乎无所不知，永远有无尽的新鲜，夜晚又是异样的缠绵心跳。尽管天性的警惕提醒她不该久留，却敌不过他的诱惑，在厮磨中逐渐沉沦。

白陌从檐下过，望着漫天飞雪紧了紧袖子，对秦尘道："二公子的帖子来了，邀公子听戏。"

"公子不会去的。"秦尘连通报都省了，两人都知道，公子近日无心应酬。

美人在怀，谁还愿天寒地冻出去敷衍。只是这一阵邀请频繁，再推下去，白陌快寻不出借口："下一次或许二公子会亲至，邀这么紧，你猜是什么缘故。"

秦尘漫道："大约是想说动公子回府。"

白陌也隐约有所感："这次要在金陵过年，不回府说不过去，可真要是应了，只怕麻烦更多。"

其中的利害没人比公子更清楚，秦尘懒于多想："香要烧完了，稍后进去换一换，顺便把新得的蜜柑拣几个送上去，晚上加一道剪云斫鱼羹。"

这时令的蜜柑不仅昂贵，更非一般人能购得，白陌"啧"了一声："也不知公子这次能新鲜多久，要是最后弄得崔家九妹一般要杀人，你可得当心了，屠神都死在她手上，那件奇怪的兵器不好应付。"

秦尘白了他一眼，弹起一块银炭，击在对方额上啪地一响。

暖榻上的妇人肤白貌美，半身覆着裘毯，带着长年养尊处优的气度，手边缠着一串玉佛珠："他还是不肯应？"

屋子门扉紧闭，香熏得极浓，几乎让人有些恶心，左倾怀早已习惯了这种味道，垂手而立，目光落在足尖："大哥最近受了些寒，不便见人。"

戴着金甲的指缓缓捻过玉珠，妇人的神态有一种矜贵的傲慢："过几日再去请，既然是一家人，怎么偏要独居在外。"

"是。"左倾怀只应了一个字。

"多带些朋友，让他们也帮着劝一劝。"妇人的话语盈着淡淡的不屑，"见府而不入，知亲而不敬，这是什么道理。不管他立了多大的奇功，总为人子，若是连亲长都无视，不知礼数，不明孝悌，我看他也不配再姓左。"

左倾怀在这个房中一贯地惜言如金，不到不得已不开口。

妇人静了一会儿，轻哼一声："早年他体弱，我也是极疼这孩子，后来不知被什么人劫去，病愈归来却被教得妄行无礼。侯爷大概是惊喜过度，什么都纵着他，我身为嫡母，不能放任不理，你可问过当年带走他的是谁？"

左倾怀字斟句酌："仅说是拜了一个山野师父，并未道出是什么人。"

一旁的侍女奉上汤药，随身的嬷嬷接过来送至案边，妇人没有理会："听说在涪州出了些不合礼数之事？可是真的？"

这是在问试剑台上的事了，左倾怀尽量小心："是有些意外，大哥风采不俗，引得胡姬戏弄了一番。"

这样的回答显然无法令人满意，妇人端起药碗，指尖搭在盖上，冷淡道："你翅膀硬了，什么话都不爱说，是不是瞧着我半瘫了，什么也管不了，索性当我是个聋子？"

左倾怀一身冷汗，立即跪下来，不敢申辩："孩儿不敢。"

妇人又疏淡地笑了，对着身边的嬷嬷道："这孩子怎么说跪就跪，我不过抱怨一句，要叫外人见了，只怕还以为他受了什么刻薄。"

左倾怀愈加不敢抬头："孩儿行事无方，母亲教导自是应该。"

妇人慢慢饮了药，侍女们依序服侍清茶漱齿，拭手整衣，忙碌了好一会儿，最后又含了一片丁香，妇人才缓缓道："起来吧，你若能领会，也不枉我一片苦心。侯爷近期似乎在为你们斟酌婚姻之事，你可有心仪的姑娘？不妨与我说一说。"

左倾怀心一跌，捺住不安："大哥的事为先，我还不急。"

"你也不小了，可惜我身骨不佳，不然早该为你操办了。"妇人眉宇微舒，威严稍减，显出两分慈和，"六王的嫡女年方及笄，不仅家世出众，性子也是婉淑柔和，与你年貌相当，觉着如何？"

六王？左倾怀暗中吸了口气，试探道："六王门第何等尊贵，孩儿只怕配不上。"

妇人略现满意之色："你是侯府嗣子，将来是要袭爵的人，如何配不上，不必妄自菲薄，只要谨守本分，我自会为你徐徐图之。"

左倾怀默然，唯有低声应是。

"这些琐事就无须劳动侯爷知晓了，先让他回来，与那些山野人断了纠缠，省得弄出笑话折损了侯府的声名。"短暂的和缓消失了，妇人不冷不热道，"靖安侯府可不是没规矩的地方，等人进来，我再细细教吧。"

左倾怀辞出去了，妇人望着他的背影，目中透出厌恶和轻鄙。

一枚长成的棋子却有自己的心思，忘了身份和恩主，已然是最大的罪愆，妇人沉默了一会儿，淡道："侯爷想荐他入光禄勋？替我拟书给皇兄，就说他还太毛躁，行事无方，宜再磨一磨。"

嬷嬷附和应了，又禀道："公主，依时辰该炙足了。"

妇人的脸庞阴云顿起，抗拒中带着说不出的烦憎，最终还是点了一下头。

宫嬷揭开安华公主膝上覆的紫裳，锦绣衣料如霞光绚丽，奢华尊贵。随着袜子褪去，露出妇人一双养护极好的脚，两名侍女摆上熏炉，用玉片挑出紫色的药膏，炙化了抹上足底，又用烫热的银杵着力按揉。

异样的恶臭从炙软的药膏散出，安华公主痛得脸庞扭曲，五官狰狞，将身畔的小侍婢拉过来又掐又抓，小侍婢不敢反抗，更不敢出声，疼得浑身颤抖。妇人犹不解恨，拾起银针重重地戳她的手，鲜血飞溅出来，一应侍女垂首恍若不见，满室唯有妇人的粗喘。

足足炙了小半个时辰，侍女收了药具，捧来银盆为妇人沐足，小侍婢忍着泪跪行退出，地上的血也被迅速抹净。更浓的熏香压住了室内的恶臭。

安华公主一身汗水淋漓，倚在榻上好一阵才回复元气，侍女捧过银盆，不知是否水温稍异，妇人猝然厉斥，叫人将侍女拖下去责打，又抓过一旁的玉盏砸了个粉碎，眉间的煞气骇得一屋子人跪伏于地，个个面无血色。

僵了一刻，年长的宫嬷小心翼翼地劝慰，待公主容色稍倦，才将下人斥退，细细地为妇人重梳发髻，口中低劝："公主受苦了，唯有这个法子能通畅经络，不得不忍耐些许。"

安华公主迫于病势，日日与恶臭为伴，自觉连肌体呼吸都带上了臭气，越发躁怒，声音蕴着激气所致的尖锐，咬牙切齿道："以前只是膝盖疼痛，如今连腰下都动不了，越发严重了，宫里的御医半点用也没有，真该砍了他们！"

宫嬷闭口不言，梳发的手越发轻柔，不敢有一丝疏漏。

安华公主数年前得了一种怪病，从足趾开始疼痛难当，寝食难安，宫中的御医束手无策。虽然传说江湖中有一处方外谷医术精绝，可里面的医师从不出谷，又隔着迢迢山水，金枝玉叶的公主不可能冒险前去，唯有在民间遍请良医。好容易重金悬赏觅来一张古方，按上载的药炙之法施为，尽管炙的时候如万针戳刺，炙过之后尚可维持数个时辰无痛。

然而一日三炙仅能治标，压不住足痹之疾向上蔓延，初时的不良于行已经变为必须倚榻斜卧，来日更不乐观，加上每一天的施治如同苦刑，无怪公主的脾气日渐恶劣，暴虐无常。

六 · 前尘债

称病多时的左卿辞终于见了一回客。

在左倾怀看来，这位兄长不仅未现病态，反倒俊颜生辉，风华更胜往日，眉梢仿似带着三分轻讶："雪后游湖？这时节会不会冷了些？"

左倾怀一肚子心事又无法言说，强颜欢笑道："大哥或许不知，金陵一地的景致，以雪后为最，画舫以琉璃为窗，寒气不侵，加上银炭火炉，温玉暖席，即使严冬也不致受冷。马车就在府外候着，只等大哥登船赏景，边叙边游，也算冬时雅聚。"

左卿辞的视线收入对方的神情，他微微一笑，居然应了："既然倾怀如此美意，却之反为不恭，你且在此暂候，容我稍事休整。"

只要他肯去，左倾怀已经是额手称幸，何况仅是小候，立刻如释重负地应了。

左卿辞转回卧房，室温骤暖，一个玉人拥着白狐软氅，蜷在榻上研究半局双陆，看得很认真，丰盈的墨发松散地披在肩上，狐毛边缘露出皎白的足趾。见他归来，她抬起睫，深目有一点恍然："我知道你是怎样赢的。"

他笑而不语，走过去握住她的足趾，这几天的药水沃体极具良效，连冻伤的旧痕都消失了，触之柔腻如软玉。他的指沿着足踝一路滑上去，她大概觉得痒，踢开他又缩回狐氅内。

双陆盘乱了，他揽住她，唇舌间厮磨良久才放开，语气有点惋惜："云落，陪我出去一趟。"

她的呼吸有些不稳，然而很快清醒过来："现在？我的夜行衣呢？易容的东西也不在。"

"不用那些。"他笑了笑，掀开屋角一口半人高的黑漆衣箱。

浓密的乌发束成一条长辫，绚丽的蜀锦华光盈动，裁作高领窄袖的胡服，腰身掐得极好，配上雪绒小蛮靴，别致而俏丽。

这一箱衣服精致华美，均是当季新裁，却又意外地合身，她在镜前觉得不妥："这衣服太显眼了，我在涪州露过身份，人人都知道我是胡姬。"

左卿辞也换了一身湖青华服，束玉冠，更显清俊非凡。闻言打量了一眼，似乎嫌太素，拈起一枚辫饰系上她的发结，两枚硕大的明珠镶着通红的珊瑚坠，与覆面薄纱的纹饰相映生辉，添了几分贵气。

欣赏了一会儿他放开手，漫然中透着矜傲："那又如何，谁敢当面动我的人。"

她依然蹙着眉，望着镜子良久不语。

左卿辞按下铜镜，一派悠然地笃定："我每次出入必携胡姬相伴，金陵人士早已司空见惯，只要不动武功，绝不会有人猜出你是谁。"

她怔了怔，目光掠过绚美的衣裳，又看向那口半人高的衣箱。满箱锦绣流光焕彩，小衣、中衣、外衫、裘氅无不齐备，打开的饰匣满眼宝光盈耀，钗环珠玉件件名贵雅致，全不知他是何时置下。

在她身侧，他淡淡一笑，仿佛一切都逃不出掌控。

雪后的玄武湖银装素裹，不见春风十里的旖旎盛景，唯见一色冰清的明净。湖上大大小小的游船甚多，湖澜美景映着雪色天光，烟波堤柳尽化了玉树琼枝，远山凝秀，近亭飞霜，恍若月上寒宫。

　　这艘画舫去年才落成，内里铺设雅致，载了十余名友人，邀了琴师歌姬，甚至还有妙仙楼的名厨亲烩的席面。美酒佳肴，丽人佳景，又有丝竹雅乐赏心，说不尽的风流自在。

　　歌姬软曲莺声，舞姬云袖娉婷，舫中气氛欢悦而轻松。中心人物当然是左卿辞，拜前几次参与的游宴所赐，这一次列席的金陵世族子多半曾照过面，不外是一些场面上的应付，左卿辞自是游刃有余，一应宾客俱是开怀。

　　虽然他在旁人眼中略显神秘，但仪容着实过于出色，连偏好胡姬的传闻也格外风雅。满船美人，一多半都在留意这位贵公子，可惜他仅是与来客把酒谈笑，能近身的女子唯有随行的胡姬。

　　那位胡姬深目长睫，身形曼妙，衣饰精雅。尽管掩去了半张脸，依然吸引了不少好奇的目光，暗暗窥探面纱下的轮廓，猜度是何等绝色。

　　比起船上莺莺燕燕的喧笑，胡姬异常安静，不言不看，仅在一侧执壶倒酒。即使有美人倚近左公子也不阻止，反而是另一个随侍的少年上前斥开，几番下来，连倚红楼千娇百媚的花魁都折了颜面，再无人敢自讨没趣。

　　酒过三巡之后，船到湖心，众人各自随意，有人赏雪吟诗，有人投壶较技，也有人盛赞曲词，或与美人嬉闹，左倾怀终于在无人留意之际切入了正题。

　　左倾怀问得艰难，又不能不说："大哥打算何时回府？年节将至，一家人分散也不像样。"

　　左卿辞漫然把盏，将饮未饮，静了一刻没有答话。

　　左倾怀深躬一礼："我已整好院落，大哥归来立时可居。"

　　左卿辞终于有了反应，一手扶起他，语气和煦："倾怀一番心意，令人愧煞，我如何能受。"

　　左倾怀知他必有顾虑："大哥要是怕不惯，我愿抵足而眠，与大哥同餐共饮，日日相伴。"

　　左卿辞不置可否，微微一笑。

左倾怀索性把话说开："我虽是被挑选入府，成长全仗父亲训导教引，一直深以为感。后来有幸在涪州相见，虽无血脉之缘，心下仍觉得十分亲近。请大哥恕我直言，你平安归来是阖府之幸，但一味蛰居别业，不拜亲慈，难免引来流言，再拖下去有害无益，大哥可曾想过？"

左卿辞波澜不惊，瞥了一眼满船笙歌和静湖远山。

"金陵世族公子集于此舫，若我不肯，倾怀可会当着众人之面求请？"

那双精致的长眸映着天地茫茫雪色，似笑非笑，仿佛看透了一切。

左倾怀胸口蓦然一紧，几乎无言以对，半晌涩然道："我安排友人相伴，仅是希望有足够的诚意请动大哥出行。至于肯不肯回府，全在大哥心意之间，挟众以求，非君子所为。"

船头隐隐传来阵阵喧哗，呼叫之声不绝，这一方格外安静，左倾怀眉目坦荡，与左卿辞对视毫不闪躲。

左卿辞凝视半晌，微微点头："好一个非君子所为，倾怀在两难境地仍能存有真性，可谓不易。"

这一句直接点破，左倾怀蓦地心酸，一时无言以对。

左卿辞又道："既然你直言，我也不作虚辞，其中利害干系我亦有所思及，待手边事尽，年前自会有所安排，还望倾怀不要催促。"

左倾怀原以为无望，突然听到这句模糊的承诺，喜动颜色："大哥只要肯回府，怎样都好。"

左卿辞薄薄一哂，饮尽了杯中酒。

左倾怀心事既去，顿时放松了不少，正要再叙几句把话问清，几个友人笑呼过来，将他拉去了船头，原来竟是逢了翟双衡与楚寄，这两人也在陪友伴游湖，见靖安侯府的旗帜便令船夫驶过来，上演了一出相见欢。

左倾怀立刻使人放下软梯，等人登船后一番寒暄笑闹，又带过来与左卿辞见礼。

左卿辞正漫不经心地赏景，忽觉身侧影动，一直安静的苏云落不知怎的退到了角落。

"大哥，这是翟双衡与楚寄，在涪州曾会过，还有一位是江南季府的公子季书翰。"左倾怀揽着楚寄的肩，热情地为双方引见。

翟双衡风流大方，楚寄端正潇洒，季书翰儒雅斯文，三人俱是世族公子，皆有世族涵养出的形容气度，全不拘谨，见过礼就要敬酒。

左倾怀命侍从取来空盏，瞥见角落的胡姬，随口差遣："还不替几位公子倒酒。"

胡姬愣了一刹，默然执壶近前。

季书翰接过满盛的酒盏，偶然扫了一眼，本已移开的视线忽然转回，似乎被什么揪住心神，忘了周围，怔怔地盯着斟酒的胡姬。雪后的湖光澄亮，映得她一双深睫浓翘分明，睫下的小痣鲜红欲滴。

季书翰手中的酒盏扑簌而落，被洒了半身的翟双衡叫了一声，狼狈地退避，几个人都注意过来。

季书翰无暇旁顾，胸口像塞了一团厚絮，柔软而窒痛："小落？"

这一角瞬时安静了，左倾怀疑惑地看着季书翰，又瞧胡姬。

被众人注目的胡姬一动不动，头垂得极低，僵得像一块石头。

"抬起眼，让我看看你的脸。"季书翰忘形地抬手，竟是不顾礼仪，要取下她遮面的薄纱。

幽深的眼瞳带上说不出的慌，她退了两步，背已抵上了墙壁。

左卿辞翩然一拦，将她挡在身后，推回季书翰的手臂："季兄失态了，她是我的侍姬。"

季书翰回过神，犹如从梦中醒来，神情散乱："抱歉，她是一位故人。"

"季兄大概是认错了。"左卿辞的话语客气而疏冷，明确提醒对方逾矩。

季书翰停了一瞬，再度看向他身后的人，盯着她低垂的眉眼，惹人轻怜的胭脂痣，哑声开口："不会错，这名胡姬与我有旧，公子可否割爱，我愿以重金相易。"

猝然的变化让旁人全呆住了，左卿辞极淡道："季兄不觉得有些过了？"

季书翰咬了咬牙，深长一揖："还请公子见谅，容我不情之请，多少金都无妨。"这一请求虽然突兀，却也不算过于逾礼，侍婢或侍姬与玩物无异，用以赠人也是屡见不鲜，名士之间往往视为雅事。

左卿辞长眸略沉，又笑了，清贵中添了一份矜傲："季兄实在慷慨，我倒不知阁下竟然如此爱重，愿以黄金万两、珠玉百斛为易。"

旁听的人尽皆错愕，虽然是见惯场面的世族子弟，也听惯了艳姬换名马，明珠赎美人一类的趣谈，但开出这般昂贵的价码，着实过于惊骇了。

翟双衡第一个冷哼出声："公子好手笔，我竟不知什么样的绝色美人值得黄金万两、珠玉百斛，容我等品评一番如何？"

楚寄没有应声，暗中递了个眼色，翟双衡蓦然想起这位左大公子身边卧虎藏龙，其中就有一位在试剑台上斩了屠神的。当时的情形犹在眼前，翟双衡禁不住收了口，惊疑地打量，但若真是那位神秘的胡姬，又何须躲在公子身后？翟双衡越发疑惑。

左倾怀未想那么远，见气氛僵滞，从旁劝解："大哥，或许季兄确实认得这名胡姬——"

"舍不得重金，就等成了季府之主再来说话。"左卿辞神情冰冷，打断了左倾怀的话语，"此姬是我所爱，今日初见季兄便要强索，欺我左卿辞无能？"

这一句说得极重，几人悉数哑然。

季书翰深吸了一口气，冷静下来长揖致歉："是我失态了，还请两位公子见谅，可否容我瞧一瞧她的容貌？"

左卿辞受了一礼也不客气，冷淡地一口回绝："也请季公子见谅，能见她面容的唯有我。"

好好的一场游宴，平地起了不快，左倾怀头疼不已，唯有与另两位友人将季书翰连拖带扯到船舫另一头，几个人私下劝解。

左卿辞遥遥地瞥了一眼，回味季书翰的眼神，炙热而紊乱，执着得令人不悦。他低下头看着怀中的人，娇柔的胡姬安静驯顺，不言不语。

指尖把玩发辫上的明珠，左卿辞贴近玉白的耳垂，轻声道："云落可有什么要说？"

她沉默了一会儿："九年前，我盗过江南季府的玉莲花。"

这个答案不算意外，左卿辞道："当时你还未习易容？"

听不出藏着怎样的情绪，她的声音很轻："除了剑术，那时我什么也不会。"

左卿辞不动声色，臂间略收，将她环得更紧："季府为江南大族，不是等闲人家，你用了什么法子？"

或许不习惯在人前这样亲密，她稍挣了一下："季府买了一批耍百戏的伶人。"

胡姬要入府，确实也只能混为下役，左卿辞道："你在府里留了多久？"

她道："三个月。"

左卿辞心下了然，拇指抚过她睫下的小痣，长眸凝光："苏云落，你可害人不浅。"

她垂下睫没有答话。

过了片刻，左卿辞再度开口，清沉的低语似带着谑笑："历时九年仍能让季府公子魂牵梦萦，一眼识出，你对他做了什么？"

她静默不语，他也不需要回答，不紧不慢地推敲，一点点抽丝剥茧："按季公子当时的年纪，未必能得知家族秘宝藏于何处，你既是为盗宝而去，自不会引人关注，更不是招惹是非的性情，那么——是他对你做了什么？"

她的身体微微一动，他搂住她，依偎的姿态更亲昵："别动，那几位公子可是想寻机问个清楚，更想验证你是不是飞寇儿，一个不巧，弄到要从结冰的湖里逃走，滋味可不会太妙。"

带着讥讽的话语和男子气息一起钻入耳中，分不清是戏是怒，她不由自主地颤了一下。

争论似乎结束了，左倾怀当先走回，后面跟着季书翰，斯文的脸上仍有不甘，他直直盯着偎在左卿辞怀中的人，流露出难言的情愫。

左卿辞的神色奇异，唇角的微笑仿佛嘲讽，又像是漫然的轻浮，他的指尖挑开她覆面的薄纱。

尽管清楚半侧的姿势还算隐秘，她仍是反射性地想夺回面纱，刚抬起手，他压下来，覆住她错愕的唇，一手握在她颈后，仿佛在控制一只随时可能逃走的猎物，席卷而来的是征服般的掠夺。

她的神思乱起来，一瞬间眩惑而无力，分不清他在想什么，当着旁人的面又不便推开，细指紧紧地握成拳，抵在他胸膛上。

等他终于放开，重新替她覆上面纱，呈现在眼前的是一双矜冷的长眸，莫名地让人心慌。

数步之外是季书翰的身影，他僵怔一旁，俊容苍白，带着说不出的痛楚。

琉璃梦

"我家主人不便见客，季公子请回吧。"

白陌又一次婉拒了季书翰，无视对方失望的神态，退回府内。

待仆役合上门，他转头去了书房，立在门外小心地禀报："二公子送来了帖子，邀公子冬至一聚。"

左卿辞在桌案后配药，以绳结收束宽袖，腕处露出一截白色中衣，修长的指尖挑起一杆紫铜小秤，称量完毕，将药材倾入一个玉臼。案上有许多奇形怪状的药具，置着数十个药瓶，令人眼花缭乱。闻声他头也不抬："暂时先放着。"

白陌知机地改了话题："腊月将近，这府中灯笼幔帐之类也该换得喜气些，我已备下——"

左卿辞挑出一枚截片观察成色，又丢入药臼继续研磨，淡道："年年这个时候满屋大红，看着生厌，让我眼底清净些。"

白陌被堵得无话，默默地退了下去，及至看到秦尘，忍不住倾出抱怨："全是那女人惹出来的麻烦，姓季的也不懂眼色，频频请见，害得公子近日心情极差，谁都不好过。"

秦尘不置一词，擦了半天剑才道："公子还是不肯见姓季的？"

"我哪敢上禀。"白陌满腹牢骚，苦闷之极，"公子心情不好便会制药，你去看看书房的桌案，我都不敢进门。"

秦尘思了好一会儿："你觉得公子为何不悦？"

"还不是她游湖后不声不响地跑了，八成是去见那个姓季的。"白陌没好气道，"你没见当日的样子，一看就是旧情复燃，谁知道私下做了什么，枉公子对她那般好，真是不值。"

秦尘摇了摇头："如果是那样，季府公子又何必数度求见。"

白陌听着他一说，越发不解："那你说公子在气什么，她以前又不是没走过，公子可从不在意。"

秦尘弹了弹手中的剑，忽然笑了。

一阵轻风掠过，吹得案上垫药的桑纸一动。

制药时不容半分惊扰，左卿辞抬头瞥见一扇窗不知怎的开了，眉头微蹙，刚要斥唤白陌，忽然一顿，片刻后收起药具，净了手缓缓行过去。

临窗的桌案多了一张银亮的雪狼皮，还有一个晶莹通透的兔儿冰雕，刻得生动细致，嘴里衔了一枚小小的萝卜。

狼皮是瓦瓦山谷所出，左卿辞并不陌生，无表情的脸有细微的变化，仿佛和风吹过冰封的湖面，声音依然淡淡："人已经来了，还躲什么？"

窗外翻入了一个纤细的身影，幽圆的瞳眸似乎有些局促。

左卿辞没说话，静静地看着她。

她仿佛应该解释，但又不知说什么，最终只道："天冷，狼皮送你，我先——"

"冰雕是你做的？"他突然打断了她。

她停了停，点了一下头。

左卿辞自顾自地拈起冰雕细看，冰饰花样繁多，这个兔儿冰雕尽管漂亮，但也不算特异："何时有闲情学了这个？"

"以前在山上无事，会取一些冰块雕着玩。"看不出他心情好坏，她低声道，"山上冷，可以放很久，一个院子摆满，燃上灯很好看。"

兔子的耳朵半竖半垂，别有几分趣致，左卿辞瞥了她一眼："你一个人住那座院子？"

她不明其意，还是答了："还有一个洒扫的嬷嬷，不过她畏冷，一近初秋就下山了。"

长时间的寂静让气氛变得尴尬，左卿辞终于开口："这冰兔很好，可惜我从未见过院子里置满冰雕，点上灯烛的盛景。"

即使有些茫然，她也不会发问，只是静听。

"还有几日就是冬至，白陌心粗，也不懂章法，宅子里不见半分装饰，全不像样子。"左卿辞语调轻淡，似在责备，又像解释，不知怎么话锋忽转，"若是云落有暇，可否稍事辛苦，让我见识一下所说的满院冰灯之景？"

她愕住了，左卿辞不等她开口："云落不愿？"

她沉默了很久，想说什么又没说出来，最终低下了头："金陵不比山上，未必有足够的冰。"

左卿辞轻浅一笑，分不清是何种意味："我当云落不肯，原来仅是区区小碍，这有何难。"

对尊贵的侯府公子而言，一切都不是难事。

浩荡的湖面是一座天然冰库，役夫凿开厚冰拖上滑锹，由专人运上马车，一辆辆冰车沿途不绝，引得路人侧首，后院的廊下很快堆起了一座冰山。

冰山透出的寒气极冷，几乎像冬日的天都峰。那一时节山巅滴水成冰，石径峭滑，寻衅的人也消失了，世间似乎仅剩她一个人，日子安静而漫长。冰雕曾是她打发时间的游戏，那时她很孤独，但很平静，从未想过有一天，要赶制足以摆满一院的冰雕。

她不知道自己为什么没有拒绝，年节一天天近了，街外时常响起零星的鞭炮声，带着等不及的喜悦，在孩童们的欢呼中炸响。而她坐在空荡的后廊，将坚冰劈开，一块块雕琢成型。

每隔一阵，白陌就会将完成的冰雕收走。左卿辞仿佛消失了，只剩她机械地，不停地将坚冷透明的冰凿成各种形态。

仙鹤、香炉、古钟、剑筒，然后是她曾记得的一些宝物，如意、珊瑚、玉屏、古琴；最后她雕雪狼、骆驼、黄羊——大大小小的冰雕一个接一个，无数零星的记忆随之涌现，她的手臂越来越重，心口仿佛被什么堵着，沉甸甸地透不过气。

她隐约知道，这一地的冰雕根本毫无意义，他不过是心头不悦，用这种方式惩责。而她甚至不懂他不快的原因。她的心似乎分成了两半，一半想扔下冰凿转身而去，远离这难堪又可笑的境地；另一半朦胧地不舍，贪恋他曾经给予的温柔。

一块块凿下去，恍惚中又回到了山巅，晨钟暮鼓、云板传召都与她无关，属于她的仅有一院的寂落。有时乱极了，她就将头埋在膝上蜷一会儿，熨平胸口的酸涩。

翟双衡、楚寄均是羁旅异乡，见好友季书翰连日苦闷，索性一哄而起，将他拖去酒楼会饮，也算一解异地的无聊。三人并未唤歌妓相陪，辟了间雅座，叫了七八个下酒的小菜边饮边叙。

季书翰话最少，喝得最多，很快已有醉意，翟双衡看不过去："区区一个胡姬，季兄何以如此牵念，过几日我与楚寄去花坊挑几个清倌人送你，保管比那位更美。"

季书翰摇头，拍了一下朋友的肩，既是感激也是怅伤："多谢翟兄，我已想开了，前一阵是我魔怔了，既然左公子眷宠，一味苦求反而于她无益，如今只想求证她别后是否安好罢了。"

"不好又如何。"本是交好，翟双衡也不避忌，泼了一瓢冷水，"公子地位在你之上，又对她护得那般紧，形如禁脔，岂容你接近。"

楚寄已好奇了多日："你与她究竟有何过往，不妨说出来，假如确有曲折别情，两心相悦，或许还能有一个劝解公子的说头。"

脸庞掠过一丝苦笑，季书翰望着朋友期盼的眼，终于陷入了回忆。

在他十七岁那一年，祖母的寿辰为宗族之重，家中筹备的事务极多，亲眷往来频频，他被一群表妹缠得不胜其烦，躲到了西园一角的偏亭。偏亭仅是地势略高，周围并无胜景，附近被划为下役居所，那群莺燕般多舌的表妹绝不会踏足于此，他终于得以耳根清净。

他看了一会儿书，亭下经过了几个彩衣少女，他记起小厮似乎曾提起家中买了一批舞姬伶人，瞧着确也是俏丽活泼，只是脂粉甚重，远远仍有低劣的香气拂过。

几个女孩嬉笑着将一件东西抛入了院角的枯井，很快又结伴离去。他也未在意，半个时辰后又来了一个女孩，孤身一人在草丛与树下寻寻觅觅，最终在枯井旁停下，想是发现了要找的东西在井底。

他知道那口枯井极深，加上废弃已久，井绳俱无，女孩望了一眼四周，扯下系发的红绳绑扎衣袖，侧身坐上井沿，竟是要跳下去拾捡。他顿时心惊，立刻赶过去制止。

八 · 初心劫

许多年后，他还记得那张雪白稚嫩的脸，带着轻愕仰起，瞳眸深圆，睫下生着一颗小小的红痣，有一种让人心跳的脆弱懵懂。一瞬间有什么突然撞入了心坎，世界变得明亮而柔软，一花一树从此有了不同的色彩。

他让小厮取来长绳，从井底捞起了失物——两个拳头大的彩球，缀着五色丝穗，是她演百戏时的用具，他也知道了她的名字。

小落。

这两个字盈在齿间，是那样惹人怜爱，她是府中买来演百戏的胡姬，擅抛彩球和走绳。

她连声音都与寻常女儿家不同，低迷而柔软，带着三分齿拙的迟疑，格外可爱。这致使她频频被其他女孩取笑，越是如此，她越少开口，也不与旁人说话，愈发寂落而不合群，屡次受人欺侮。

可他从没见过她哭泣，更不会怨诉，也不会求他去惩戒欺凌者。她像一朵秀小的玉簪花，芬芳心口，隐秘而美好，安静得让人心疼。

他情不自禁，越来越多地去往西园。她有时在练习抛球，有时在走绳，听着教习的喝令在绳上翻跃，美妙的身姿软若无骨，让他目眩神迷。管束这群伶人的是他奶娘的侄媳，岂会看不出少年的心思，常常找个由头将她遣出，给了他接近的机会。

"季兄太鲁莽了，季府素来重视声名，此女身份过于低微，私相授受又不避人，必会出事。"楚寄觉出不妥，忍不住插嘴。

翟双衡正听得津津有味，闻言颇觉煞风景："去去去，一个年少，一个多情，我听了都心动，何况季兄。事事拘谨，瞻前顾后，活着还有什么趣味。"

季书翰涩笑了半声，良久道："楚兄说得是，当时是我莽撞了。"

她是那样青涩，连躲避的意图都不会隐藏，可他情思萌动，怎容她避退。不吃他带来的小食，他当面抛入水塘；不接她送的东西，他当场摔却，甚至连射礼时长辈所赐的翡翠扳指都险些砸碎，率性而忘形。

最终，她收下了扳指，他握住她柔软秀小的手，带着难以自抑的心跳吻上她的额，那种清甜而迷乱的滋味，无数次辗转入梦，一生都不会忘却。他满心计划，等祖母寿辰过后将她要过来放在身边，母亲对他万般疼爱，必会依从。

季书翰带着醉意的话语突然停了，翟双衡听得入神，忍不住催促："后来如何？"

楚辞心细，发觉季书翰神色有些不对："季兄？"

"是我害了她。"季书翰终于开口，忽然显出痛楚的喑哑，"我自私妄为，却不知许多事已落入他人之眼。"

两人面面相觑，楚寄猜测："莫非她与季兄的私情遭人撞破，因此而被转卖？"

"我记得离祖母的寿辰还有十余日，我与友结伴出游，暮时方归，回来后去找她，才知道——"季书翰深深地吸了一口气，艰难地说出，"她被打了二十脊杖。"

两人齐齐色变，一个柔弱的小丫头受二十杖，这已经不是惩戒，而是要命的。

翟双衡被激起了怒气："谁这样狠？总该有个缘由。"

季书翰饮了一杯酒，似饮下满腔苦涩："我一位表妹，对家母说在西园不慎掉落了一个金镯，随身丫鬟又说见着胡姬路过，家母便令仆妇去搜检，结果搜出了我送的翡翠扳指，以为我与她——"

季书翰话语未完，两人已然洞悉，季夫人必是以为爱子与胡姬行了苟且之事，传扬出去污了声名，索性借着由头打死。

"我奔去探视，她脊背全是血，高烧无人照料——"季书翰的手颤抖起来，清晰地记得几欲疯掉的恐惧，可再是惊怒，他也仅是个少年，对尊长全然无能为力，"我在母亲屋外跪了一夜，求着母亲请个大夫，最后母亲终于应了，等结束了禁足我再去寻她，已是人去屋空。"

楚寄同情地替他斟了一杯酒，季书翰哑声道："我质问母亲，母亲硬说她是贼人的内应，我只能寄望于她或许是被卖了。"

贼？翟双衡对这个字格外敏感："为何令堂如此一说？当时季兄家里丢了东西？"

"那一阵江南闹贼，母亲以此为由推脱罢了。"季书翰岂容心上人遭疑，几乎生了怒意，"虽然祖母寿辰期间确有遭窃，这又与她何关？她才刚受了责打，连起身都不能。"

楚寄自然明白翟双衡在推测什么，出言开解："季兄勿怒，上次也跟季兄提过，左公子身边有一名胡姬颇有来历，为剑魔之徒，真身是轰动武林的飞贼，若是——"

"若她如此厉害，何必忍杖脊之刑。我倒宁可是这样，也免了她颠沛流离，横遭欺凌。"季书翰怒气稍歇，苦笑了一声，低郁的声音喃喃道，"她眉眼和当年一样，看我的眼神也是——她还认得我——"

隔室的雅座，有人饮了一杯暖酒，平静地搁下盏："倾怀今日相请，只为让我听这些？"

对面坐的可不正是左倾怀，英朗的脸庞显出几分尴尬："大哥勿怪，我别无他意，事关友人，借个机缘请大哥听一听首尾而已，至于如何处理，我绝无置喙之意。"

随着左卿辞起身，一旁随侍的白陌抖开软氅替主人披上，俊美的脸庞不喜不怒，左卿辞淡淡地开口："久闻倾怀待友热诚，果然不错。不妨转告隔座，他心上所系的那一位，如今是我的人，再不是旁人所能沾惹。瞧着你的颜面以往的事就罢了，下次再来相扰，休怪我翻脸无情。"

一路马车辚辚，左卿辞一言不发，白陌屏息静气，一声不敢出。

回到府中，左卿辞径直寻到后廊，忽然站住了。

形形色色的冰雕置了一地，细碎的冰屑铺落如银。廊柱旁倚着一个人，抱着膝半蜷地睡去，脸颊在风里冻得发红，身边还散着几把冰凿。

不知什么缘故，一簇簇乱焚的心火突然熄了。左卿辞看了许久，缓步近前，她蓦地醒了，见是他才放松下来，又说不出什么别的："已经雕好了，我走——"

"你累了，先睡一阵。"他的声音很柔，细长的手捂在她眼上，她忽然觉得疲惫极了，意识也开始昏沉。软绵绵的柔躯滑入了左卿辞的臂弯，他横抱起来，一路走回卧房，白陌知机地合上门退了出去。

左卿辞将她安置在榻上，替她脱去靴子与外衣，正要覆上锦衾，忽然停了一瞬，解开她的小衣检视莹白的脊背。肌肤一片柔细光滑，旧伤已被药浴消去了痕迹，但指尖略为用力地抚过，仍能感觉到肌理细微的起伏，凸凹不平。

　　漫天漫地的鞭响将苏云落从梦中炸醒，她许久不曾睡得这样沉。屋子黑暗而温暖，她的心头有点空，刚掀开锦衾，门就被叩响了，她又缩回了帷幔后。

　　须臾，八扇门扉齐齐而开，光亮与寒气一起涌入，很快又被地龙的暖热逼退。一行仆役有序地进入，很快又退出去，屋内再度安静如空。

　　正对着门扉的软毯上多了一扇纱屏，高足银灯立在屏后，如一轮明月映照，投下柔暖而恬淡的光。屏前有一方长案，置着热腾腾的一桌席，红泥火炉上温着酒。

　　帷帐掀开，左卿辞的微笑依然是那样完美："今日冬至，云落再睡下去，可要错过了。"

　　她分不清笑容中藏着什么，他似乎变得遥远而陌生，他有难测的心思，无尽的聪明，她永远不懂。她觉得累，也失去了应对的心力："不必了，我——"

　　左卿辞永远清楚该如何拿捏一个人，为她披上一袭软裘，轻巧地截断话语："你送我的东西已经布置妥了。"

她怔了一下，才发现天已经暗了，窗外却依然明亮，与平日有些不同。

随着他推开窗扉，一方绮丽流光的夜景映入了双眸。

白石碧叶，奇松异竹映衬的庭院中，多了无数莹亮的冰雕，如琉璃般纯净通透，在院落各处熠熠生辉。有的在树梢，有的在花间，飞鸟走兽千姿百态，亭台廊下无处不有。翠柏枝下悬着冰雕的云板，流转的云纹被蜜烛照亮，折射出炫目的光；亭角坠有冰铃，澄净明亮，薄得能随风而动，仿佛一个孩童最美又最离奇的想象。

她披着轻裘走到窗前，眼眸忽然有些酸楚，又有些潮热，分不出是什么滋味。幽深的眼瞳蒙一层薄薄的水色，映着绚丽的冰灯，极亮，也极孤独。

一双细长的手环上来，替她收紧了裘衣，温柔地笼住了她。

细雪飘落，淡化了硫磺硝火带来的烟气，满庭幽光中似轻絮般绵绵无尽，铺得阶下一片雪白，阶上却是暖意氤氲，酒香浮动。一种温暖轻恬的静好，让所有的悲苦辛劳烟消云散。

他在漫天的烟花爆响中软言慢语，眉梢眼角含笑，不动声色地撩拨心弦。

他的诱惑一直是这般不着痕迹，又多变难测，仿佛一剂甜美的毒药，她明知后果，依然禁不住尝饮，交换一刻醉梦般的欢愉。想到醉，苏云落真的开始意识模糊，算来不过饮了半坛而已，她勉强撑着一线清明："这是什么酒？"

左卿辞也似半醉，长眸斜掠，眼角带着一点飞红的醺色，说不出地好看："春水冻，我师父亲手所酿，如何？"

酒鬼酿的酒，果然是滋味极好，后悔已经来不及了，她的意识不受控制地飘荡，心神好像在云端，他好像问了什么，她半晌才听清。

"云落，你已经有了七味药，各是怎样得到的？"

怎样得到的？漫无边际的旧忆涌上心头，她一样样追溯："碧心兰来自东野，幽陀参来自菩提院的地宫，佛叩泉在极北的雪山中寻得，风锁竺黄是用东西换的，汉旌节是九函洞中盗出的，鹤尾白来自试剑大会——"

"哪一样最难？代价最大？"他抿了一口酒，托盏的指节白皙分明，染着酒的薄唇分外动人，她越看心跳越快，几乎想上去啃一啃。

她不知道自己已经凑了上去，甚至揽住了他的腰，至于代价——她迟钝地想了想："碧心兰不算难，但它的消息是用随侯珠换的，窃的时候被毒刺伤了腰肋；幽陀参要过三十六刀阵，差一点被斩断双腿；取佛叩泉最险，在一个万仞冰洞里，又黑又冷，费尽周章才攀出来——"

一样样数过，每一样都历尽艰辛，左卿辞静静地听，及至话终才接口："风锁竺黄呢？既是用东西换的，该是极容易？"

她的脊背忽然僵了一下，被他按住一口酒哺过来，唇舌带着热意纠缠良久，意识再度涣散。

轻抚她绯红的脸颊，左卿辞拾起话题："告诉我，你是如何换的？"

她的身子软软地趴在他怀里，呼吸绵乱："玉莲花。"

"取的时候可有受伤？"

她摸了一下肩背，眉间无意识地蹙起，仿佛依然感觉到疼痛："那时我很蠢，什么也不懂，好容易求人应了三月之期，怕时限一过别人反悔，又怕露了武功，季府将玉莲花换了藏匿之地，我什么都忍了。"深邃的瞳眸变得朦胧，迷离而脆弱，"等我带着玉莲花如期而去，那个人——他想——想——"

她有一点颤抖起来，但还是控制住了情绪："我把他杀了——"

左卿辞抚摩她绷紧的背："那是你第一次杀人？"

她慢慢松弛下来，点了点头："得到每一种药材都很难，我已经习惯了。"仿佛想到什么，她的唇角轻翘了一下，"你给我的锡兰星叶最容易，真好，我还以为要最后才——"

话语到尾声含糊不清，左卿辞半垂着睫，看她温软无力地依偎，吐息之间尽是甘甜的酒气，又道："如果文思渊扣着药，索要一夕之欢，你会不会应？"

她醉意朦胧地在他胸口蹭了蹭头："不会的，他要的只有宝物，胡姬的身子又不值钱。"

眉梢一挑，他勾起小巧的下颌，语气有点危险："你肯让我亲近，也是因为这不值什么？"

她没听出来，懒懒地回答："不是。"

左卿辞继续问下去："那是为什么？"

长睫半睁半闭，她将睡未睡，已经不清楚自己在说什么："看着你，我会变得很奇怪。"

他调整姿势让她更放松地依偎："怎样奇怪？"

她不知该怎么形容那种欲望与破坏掺杂的冲动，迷糊了一会儿才道："我想要你，想咬破你的嘴唇让你流血，想撕开衣服把你吃掉。"模糊的话语到最后，她的眼睛已经合上了，"但我不想被你控制，很奇怪，你明明不会武功——"

未说完的话语消失了，雪夜中唯有灯花爆响的声音。

"吃掉我？"凝视着睡去的人，左卿辞的长眸深而危险，指尖轻描她眉间的弧度，低喃道，"真有趣，原来我们想得一样。"

朝阳初升，厚重的宫门缓缓开启，红色的宫墙高不可攀。积雪被清至道边，露出了地面潮湿的乌砖，石柱和螭首的青石勾栏绵长深远，曲尺形的廊庑连起一座又一座宫殿，雄浑而壮阔。

前殿的建筑庄重威严，内苑则是秀雅精巧，池苑中有玲珑假山，引入渠水遍植密柳，筑就泉流连环宛转，淡化了宫禁中无形的压抑。

曲径边的软椅坐着一个少女，她披着灰貂软裘，容颜姣美，双眸明湛，额角犹带稚气，突然间眸子一亮，她喜叫出来："二哥！"

英朗的青年快步走近，可不正是左倾怀，在他身后又现出另一个颀长如玉的身影，少女瞪大了眼，倏地站起，踉跄奔了几步："大哥！"

左倾怀吓了一跳，立即赶上去扶住："晴衣别闹，仔细跌伤，你这腿——"他不确定地打量，惊讶而又喜悦，"你已经能走了？"

"你们怎的一起来了？"左晴衣双眸盈起了泪，又禁不住笑，"我每日都在练习，大哥说的果然是真的，我的腿已经好了。"

噙着泪的笑颜令人怜爱，左卿辞审视一番，嘉许了两句，薄责道："天这样冷，怎么在外面等？"

他唤过一旁侍立的嬷嬷，搀扶着左晴衣向楼内行去，兄弟二人缓步随行，虽然腿脚稍慢，但她确实已能行走，不久可望与常人无异。

"我等着心焦就出来候着，本来只想吓一吓二哥，谁知见到大哥就忘了。"左晴衣翘着嘴抱怨，话语中有难抑的欢悦。

尽管并无血缘关系，然而这么多年左倾怀定期探视，早已将这个活泼善良的幼妹视如亲人，两人情谊极好。如今见她与左卿辞见面不过寥寥，却这般亲热，他心底酸涩，表面无事地打趣："要是提前告诉你大哥同来，只怕晴衣要奔到宫门边去等了。"

左晴衣也不否认："大哥上次来已经隔了许久，早知今日入宫，我昨夜定会喜得睡不着。"

抛开复杂的情绪，左倾怀见她神采飞扬，深觉安慰："亏得大哥在江湖上觅来的良方，那群御医还说什么无法可治，简直是庸徒。"

左卿辞轻描淡写："大概机缘巧合地对了症，其实全仗晴衣自己苦练，定然不少艰辛。"

左晴衣不无得意地点头："那是自然，我摔了好多次，胳膊都跌紫啦，娘娘心疼得说了我好几回，可一想到大哥为了我去那么远，我在宫里走几步尚练不好，太没脸了。"

自她跌伤了腰脊，左倾怀一直牵挂，如今终于放下心："娘娘一定喜坏了，父亲知道了也会很高兴。"

左晴衣喜滋滋道："娘娘说我痊愈了要多走动，年节期间宫宴又多，特别为我制了一批新衣。"

左倾怀心头一动，晴衣已及笄，若不是横生意外，也该定下亲事了。如今《锦绣山河图》一事尘埃落定，一些流言也已散去，想必淑妃娘娘也有了打算。他下意识地望了一眼左卿辞，见对方仅是微笑，仿若全然不察。

左晴衣没想那么远，却是记起另一事，眼眸一亮："说起宫宴，我上次见着沈国公家的孙小姐，人长得美，举止秀雅大方，听说曾与大哥同往赤焰沙，可是真的？"

左卿辞满不在意："确有此事。"

左晴衣点了点头，心无城府地坦言："若是她，倒也配得上大哥。"

左倾怀在一旁听着不妥："晴衣胡说什么，这些哪是姑娘家该说的？"

左晴衣略为委屈地辩解："哪里是我胡说，沈小姐时常被邀至宫中，她容颜出色，气质不凡，娘娘们交口称赞。据说是因山上学道，至今尚未婚配，娘娘们私下议论，说她一路护送大哥去西域，年岁相近，又有同生共死的情谊，合当匹配，所以好奇才多留意了一些。"

"宫中真有此意？"左倾怀听她言语凿凿，半信半疑，下意识心头一跳，沈国公虽无实权，但颇有地位，为人老练油滑，显然是要将未来的靖安侯爵押在左卿辞身上了，"大哥觉得如何？"

左卿辞对上两人好奇的目光，神态波澜不惊："我邀她同行，不外乎看重她身为金虚真人高徒的艺业，并无其他。若说年岁相近，又何止我一人，沈姑娘的师弟与她一同学艺，岂不更为适宜？"

左晴衣失望地撇了撇嘴："大哥不喜欢？我瞧着她挺不错，还以为她能当嫂嫂呢。"

左倾怀说不出是失望还是轻松，心底五味杂陈，若他就势应了联姻，承爵一事上无疑能得沈国公府的倾力相助。可他随口推托，又迟迟不肯回府，到底如何作想，全然无从揣测。

沈曼青与宴归来，先去见了祖父，辞出来后又向北苑而行，过了三重院子，进了殷长歌所居的独苑，一入苑就看见一个矫健的身形如鹰击长空，搅起漫天剑影。

她在一旁等候，殷长歌直到一路剑法练完才歇下，收剑后略点了一下头，神色平淡："师姐。"

沈曼青觉出异样，若无其事地询问："这几日家中有些琐事，或许疏漏了几分，长歌可觉得有哪里不适？"

殷长歌活动了一下左肩，心不在焉道："都很好，劳师姐挂心了。"

沈曼青试探道："明日大约无事，我陪你去桃叶渡游赏，可好？"

殷长歌静默一刻，答非所问："师姐近一阵可曾练剑？"

沈曼青顿生尴尬，近日她频繁与金陵淑媛交游，晚间又有家中的姨婶伯娘连番叙话，几乎连独处的时间都没有，如何还有心思练剑。

殷长歌问得很直接："师姐已无心于剑，是打算嫁入世族，从此绝足江湖？"

乍逢质询，沈曼青意外而狼狈，力持镇定："我并未作如此想，师弟何来此问。"

殷长歌凝视着她，言辞句句逼人："我与师姐同入师门，朝夕练剑寒暑不易，而今仅数月，师姐已弃了旧习，大约金陵之安乐，远胜过天都峰之清苦？"

"长歌！"殷长歌一直待她尊敬爱重，从未如此尖锐地指责，沈曼青羞恼生怒，涨红了面颊，"我廿载未归，初回府众多亲眷往来，人情酬应缠身，疏了练剑确有不是，回头自会去向师父请罚，不敢当你这诛心之责。"

殷长歌凝视着她，尊贵明丽，珠玉盈身，俨然是金陵世族贵女，唯有那一身大方娴雅的气质，依然与昔时无二，他忽然软下心："师姐，你可知外界所传纷纭，均道你与左卿辞有情？"

沈曼青静了静，她当然清楚，甚至也知道消息从何处散出。

双亲辞世早，她自幼被传克亲寄养山上，多年来家中不闻不问。她以为此生终不过仗剑江湖，息隐山巅，谁知赤焰沙一役后，靖安侯亲子现身世人之前，她又蒙圣上诏中提及，国公府突然发现还有一个孙女。

她尽管是国公府嫡出，却是摽梅已过。江湖女侠的名号听来风光，并不合寻常世族择媳的标准。靖安侯府为武将世家，大公子既已归来，即使安华公主不喜，侯爷也必会想尽方法让亲子袭爵。而这位不谙弓马，翩翩文弱的未来世子，正需要一个强悍的媳妇主理中馈。

这一类的话府中的姨婶伯娘说了无数次，她如何能对殷长歌开口，唯有勉强道："都是些无根之谣，长歌何必污了耳朵。"

殷长歌看她的神情，涩然一笑："是不是谣言，师姐心底清楚，左公子看似随和，实则城府极深，若他有心于你，也不会明知你在金陵，却无往来之意。"

　　不等回答，殷长歌又道："何况他与苏云落之间的纠缠，师姐在试剑大会上也是亲眼所见，纵然尊长有结亲之议，师姐又如何面对？"

　　同门师姐妹争一个男人，还是出自正道之首的正阳宫，怎么看都难免沦为江湖笑谈。

　　沈曼青沉默，这些事她何尝不曾想过，然而——

　　殷长歌一言切中她心头所思："不错，她是个胡姬，最多仅能为妾，可她毕竟是师妹，以师姐的清华，去和同门师妹争夺公子的宠爱？忘却师门教导，只为一个侯门命妇的虚名？"

　　"长歌！"她喝止了他，心乱如麻，竟是百口莫辩，"你不懂，我——"

　　她不愿面对被人洞悉的窘迫，却又说不出口，际遇和身份让她处于异常尴尬之境。或者潜心修剑，安守黄卷青灯，孑然一身向隅求道；或者入世为妇，生儿育女终老家宅，放下叱咤江湖的梦想。

　　她正青春，择前者如何甘心，择后者，以她的出身如何能嫁凡夫。家中迟来的热络虽为利用，又何尝不是为她铺了一条世俗之路。

　　"明日我动身回山，至于师姐是走是留，全随心意。"殷长歌等了半晌，见她久久说不出话，渐渐地死了心，"桃叶渡我是不去了，倒是有句诗不知师姐是否听闻。"

　　他停了一瞬，终道："南望水连桃叶渡，北来山枕石头城。一尘不到心源净，万有俱空眼界清。师姐的心与眼，所思所看，实在太多。"

十一 · 半山亭

刮了两日北风，笼罩多时的雾霭突然散了，视野空前地清明起来。

左卿辞所居的这幢别业依山而建，从地势较高处望去，层层碧瓦飞甍，可眺玄武湖千顷烟波，积雪拥晴川，浮影融天光，山河盛色尽入怀中。

左卿辞闲来无事，起兴让白陌在半山亭设了书案笔墨。边角置着暖炭，配上香茗果盘边绘边叙。画了一半或许是倦了，左卿辞收了笔，漫谈闲叙也歇了。

宅院凝雪未化，亭内炭火烧得极旺，甚至烘得人微微沁汗，苏云落将裘氅卸了，枕在美人靠上，取出双蝶古镜把玩。镜中的眼睫又长了，她看了一会儿，随手取过一把裁笺的细剪，正要修短，左卿辞倾身握住她的腕，拿开剪子丢在一旁，不轻不重道："好端端的剪什么。"

他也在曲栏坐下，将她揽在怀里，温热的手缓缓摩挲她的颈，仿佛在凝思，眉眼深邃，不知藏了多少心事。

苏云落觉得他与平日似有些不同："你心情不好？"

"云落在关心？"他忽然挑了一下眉，"这可是头一遭。"

分不出他是调侃还是轻嘲，她想看他的神色，却被按住了后颈。他解开她的长辫，指尖恰到好处地揉捏，清悦的声音转开了话题："喜欢这样？"

半晌，她轻轻"嗯"了一声。以前从不知道，被人触抚的感觉是这样好，她全身松散，不由自主地伏在他膝上贪求更多。

螓首斜斜地伏着，浓密的乌发披满薄窄的肩，一截小巧的耳垂从丝发中透出，白生生的惹人怜，左卿辞轻捻了一下："过两日我们离开金陵，去琅琊赏游一番。"

她有点诧异，冬日里谁都不爱在外奔波，他又是极讲究舒适的人。"那边有事要办？"

他的回答悠然闲散："琅琊八景久有胜名，正好消冬，这个时节金陵无趣得紧。"

她想了想："你不想回去。"

显然这场出游是为了躲开年节必须回府的难题，左卿辞并不否认："云落这般聪明，对我的事知道了几分？"

她迟疑地没有接下去，他心思多，既然从未言及，她也绝不会起意询问。

俊逸的脸庞半倾，左卿辞垂目一笑："告诉你也无妨。"

理了一下思绪，他起了个头："三十年前的靖安侯府并没有如今的声威，老侯爷昏聩无能，正妻无所出，养了一大堆庶子，军中的声望也泯灭无形。庶子间为争爵花样百出，流为市井笑谈。我父亲的生母身份低微，他不想再受欺凌，自请边关从军，在一场征战中受了伤，被我娘所救，两人在当地成婚，随后有了我。原以为一家人就此长居边关，没想到父亲军功越来越盛，将一众兄弟比得越发不堪，待祖父过世，圣上钦点父亲袭爵，将安华公主下嫁。"

话语到最后有点沉，他停了一刻才说下去："尚了公主，不可能再留驻边关，父亲唯有携着家人回到金陵，母亲也由妻变成了妾，其实当年若是和离倒好了，可惜——"他的眉间漾起一丝薄诮，淡讽道，"有时过于情深反受其害，头一年还好，第二年边境不稳，父亲被迫出征，虽然留了亲将守护，母亲还是在生产时出了意外，痛了很久，那时我在门外——宫里的嬷嬷不让进。"

长眸暗而冷，轻缓的字句寒意侵入，看得她不由自主握住了他的手，他回握了一下，气息稍缓，嘲讽地笑了笑："半年后我也开始咯血，被诊为痨症。府中一切由公主掌控，她亲问饮食起居，若我真是生病，她必可得一个慈和之名。可惜我娘庇佑，又或是冥冥中自有定数，她的师兄鬼神医心血来潮，出谷探视师妹。一路从边关寻至金陵，发现她已亡故，又诊出我身中异毒，设法将我带离了侯府。父亲战事结束后返家，留守的亲将当堂自刎，第二日父亲入宫面圣，将小妹晴衣送与姑母淑妃娘娘抚养。此后父亲对安华公主日渐冷落，数年后她大概也绝了念，从宗族中择了倾怀过继。"

苏云落安静地听完："你回来是想复仇？"

左卿辞一哂："是为给晴衣诊病，她与我一母所出，被段衍伤了腰脊，没有父亲的协助，我无法入宫。另一则也是为段衍，他逃得太远，我需要一个身份召集合适的人。"

他不曾道明是否想对公主复仇，可他既非懦弱之人，又岂会忘却杀母之仇，然而安华公主是皇帝亲妹，连靖安侯亦无能为力——她想了很久："你想做世子？"

左卿辞带着奇异的讽刺淡道："安华公主不会容许，她是个极骄傲的人，靖安侯让她遭遇此生最大的挫败，作为报复，她会尽一切力量毁去我父亲在意的人或事。"

他又一次对苏云落的问题避而不答，苏云落问："是她授意涪州的一路袭杀？你想怎么应对？"

左卿辞沉默了一瞬，散漫地开口："谈不上应对，我本也未——"

一句未完，忽然间白陌飞纵而至，气息急促："公子，侯爷来了，下人不敢拦。"

左卿辞抬眼一望，院门边已经出现了几个身影。

靖安侯左天狼是一个传奇。

年少时不受重视，索性负枪北行，尸山血海里搏命杀伐，将祖辈的声名重新竖起来，提起来谁都赞一句；又在声誉最盛时尚了公主。可惜娶了公主是荣耀，却未必宜家宅，纵然勇如左侯也难有欢颜，未至中年已双鬓星白。患难之侣早亡，子女散落他方，夫妻多年不与言。换了另一个人，只怕已被各种磨折压垮，他却沉如山岳，不露半分憎怨。

左侯深长的眉宇微锁，蕴着历经岁月摧折，染遍风霜雪雨后的倦淡。除了轮廓略刚，他的容貌与左卿辞极为相近，俱生着一双上挑的长眸，即使是外人，也能一眼看出两人之间的血缘。

此刻，曾经铁血征伐的将军微微仰起头，看着远山亭中的一双人。

俊美的男子风华照人，慵散地倚栏而坐，怀中拥着一个人，漫把青丝，浅笑相谑，连灰冷的山色都生出了旖旎。然而温馨的欢愉仅只一刻，随着两人望过来，空气似乎蓦地紧绷。

一瞬之后，玉人掠身而起，衣袂轻翻，仿佛一只轻灵的白鹤，惊鸿一瞥间隐入了山林。

摒退了所有人，院子仅剩了父子相对。

左侯一身半旧的常服，未披软氅，背过身看一座冰雕，那是冬至时苏云落所刻，线条已经有些融化，仍能看出是一只黄羊，温驯活泼，好奇地趵蹄回首，仿佛在遥遥地观察。

看了好一阵，左侯打破了沉默："我记得当年也堆过雪。"

左卿辞微怔了一下，眸色略深，好一会儿才道："是一只熊，留了很久，天热后化了。"

左侯仿佛陷入了回忆："好像有一人高，鼻子用的铜符，眼睛是——"

他一时想不起来，左卿辞平静地接过话语："是黑色清珠耳饰，嵌上去光泽极好，像活的一样。"

零散的回忆浮掠而过，左侯的神情隐带遗憾："可惜那一年雪不厚，连檐上的都扫下来用了，到底不如边塞。"

左卿辞顿了一瞬，随之低语："边塞除了风大，其他的确是不错。"

一问一答没头没尾，奇特地相契，无形间浮出了一个亲密无间的世界。

左侯似乎想起什么，泛起笑意："那时你太小，一出帐就被吹滚了，你娘也是，她身子轻柔——"

声音突然停了，隔了许久，左侯轻轻叹了一声。谁也说不清这叹息是什么意思，气氛却突然生出了凄楚，空落而无凭。许久后他才又开口："事到如今，你到底做何打算？"

风卷起了落叶，贴着衣摆簌簌而过，左卿辞云淡风轻道："我还未想好。"

左侯仿佛早有预料，也无怒色，半晌才道："你的年纪也该成婚了，沈国公的孙女，六王的嫡女，金陵世族淑媛尽可议婚，可有谁是你意中所求？"

左卿辞唇角轻勾，带出说不出的讽意："父亲以为，我该娶何人？"

父子俩对面而立，身形一般无二。年长的沧桑中现沉毅，年轻的风华中隐桀骜，两个人那样相似，又是那样生疏。

左侯敛去了感伤，无形的气势随之而生："那个胡姬，薄景焕与我提过。"

左卿辞不动声色："薄侯怎么说？"

"烟视媚行，猖狂无状，犯案累累，论罪当诛。"左侯淡叙了十六个字，半晌后道，"我可以不予理会，但你也该明白——她不过是个胡姬。"

左卿辞不置一词，笑了笑。

他的神色落在左侯眼中，自有另一番意味，左侯沉默了一阵，微唱一声："罢了，其中的得失，你自己想清楚。"

说完也不多言，左侯转身行向了院门。

左卿辞有一丝意外，望着他渐行渐远的背影，忽道："若我所求与侯府声名相悖……"

"人生在世，所求不过己心，我年轻时不懂，事到如今也无甚资格约束你。"左侯停了一下，三分平淡两分温和，带着倦然轻寂的洒落，"想做什么就做吧，一切自有我承担，我这一生受缚良多，你尽可随心而行。"

十二·明昧阁

又过了三五日，年关越来越近，化雪之时异常寒冷，主妇们忙于张灯结彩、筹备年货，洗刷整理，街市空前地兴旺，充满了节庆将至的喜意。

靖安侯府安静如常，左侯夫妻各处一苑，除非必要绝不往来。左侯的书房更是禁地，任何人不得擅入，左倾怀早已习惯在门外请见："父亲回来了？兵部着人送了文书，我正好碰上就一并携来。"

左侯淡淡瞥了一眼："进来吧。"

左倾怀这才踏入房中，将文书匣子呈上来，又禀了几件近日所遇的难题。

左侯一一回了，尽管话语不多，却犀利精到一语中的，左倾怀悉数记下。

谈到末尾，左侯缓缓道："羽林卫是天子亲卫，既在御前行走，又是与一群世家子共事，不可因官职不高而轻怠。凡事倾力而为，际遇自有机缘，长远看来也未必逊于光禄勋。"

左倾怀听出抚慰，心头一暖，迟疑了一会儿道："今日接到大哥传讯，说要出行一段时日，也未道明要往何处，父亲看是不是要遣几个亲卫暗中随行？"

见左侯不答，左倾怀终是忍不住："大哥此时出行，只怕易落人口实。"

"怀儿也是有心了。"左侯凝目一刻，轻喟一声，"无妨，此事我自有分寸。"

仅是一声淡喟，在左倾怀心底却起了波澜，他低着头，又酸楚，又惭愧。

对答既毕，左倾怀退去了。

晚膳的时辰已至，厨房将几样简单的菜肴送至左侯书房，处理完手边的公文，左侯刚起身，发现房中多了一个人。一个身形曼妙的女子素巾覆面，正将一坛酒搁在席案上。

深目长睫清晰地彰显出她的身份，左侯打量了一眼，微微蹙起眉。

"他让我把这两样东西送来。"胡姬卸下包袱，抖出一张雪白的狼皮搭在椅上。

丰软的皮毛华美细密，软茸茸的触感异常温暖，左侯取过看了很久，又瞥了一眼酒坛，不知不觉间平缓了眉头："他可有说什么？"

她摇了摇头。

左侯以一种特殊的目光审视她："你与他相识了多久。"

她本已要走，突如其来的问题让她停了一下："一年有余。"

左侯又道："在你眼中，他是个怎样的人？"

她不知自己该不该回答，迟疑了一会儿道："很好，但也容易生气，很难捉摸。"

那孩子的心性并不似喜怒不定之人，左侯顿觉意外："他时常不快？为什么？"

"我不知道。"她微微犹豫，道出了长期以来的困惑不解，"他对旁人都很好，只是——"

只是会因她不快？左侯漾起了三分微讶："一年有余，你对他仍一无所知？"

· 一寸相思

她听出对方话中的薄责，但不明白缘由，也不想再对答下去，抬手推开了窗扉。

一句淡语从身后传来："你可有想过与他长久？"

她古怪地回望一眼，像在看一个发昏呓语的人，没有理会地转身掠出，瞬间不见踪影。

左侯静默片刻忽然笑了，低头轻抚酒坛。褐青的坛形浑圆，带着古朴的釉光，贴着一张素笺，书有"忘忧"二字。不知他想到什么，一双长眸微生感慨，隐隐地温和下来。

苏云落无声地潜回玄武湖边的宅邸，闻得笛声悠远低婉，遥见楼阁上一个青衣身影长身玉立，横笛而奏，在郁沉的暮色中分外惹眼。

她望了片刻，轻盈地纵掠而上，在栏边一钩飘然而近，他放下短笛一手扶住，将她纳入了臂弯。

"送过去了，他似乎有点意外。"苏云落开口。

左卿辞没有多问："琅琊比金陵更冷，给你添了两件裘衣，一会儿去试一试合不合身，这次要在路上过年，东西得置齐一些。"

她没什么反应，这一阵的新衣比过去十余年加起来的还多，件件制作上乘，绣纹华美，大概这样的衣着才适宜随在左卿辞左右。

他从怀中取出一条丝链，替她系在颈上，将坠系的乌珠放入她襟内："虽然慢了些，好歹修好了，用的贵霜所出的宛丝，不会轻易断落。"

宛丝是贵霜国界山上独有的异蚕所吐，这种蚕产量极少，所出的丝至轻至韧，寻常刀剑都斩不断，加上色泽美丽，所以极珍罕。她瞧着丝链有一点讶异，不过没有询问。他看出来，弹了一下她小巧的额："这丝本是金色，你必然又嫌太过显眼，特地让他们染成了灰黑。"

这大概是最丑的宛丝，与冰凉的却邪珠一同贴着肌肤，又异常地让人安心，她不由自主地抚了一下。

他看着她，浅笑而问："云落还有什么想要的？"

她诧异地抬眼。

"却邪珠本是你的东西，物归原主罢了，算不得礼物，新年要到了，可有什么喜欢的物件？"他解释了一句，言毕莞尔一哂，"赤眼明藤我可变不出来。"

她长年各地漂泊，时常要躲避追捕，一切在她身边都留不久，也就无所谓想要："不用，这个丝很贵呢，已经很好了。"

他挑起眉梢，忽地想到一个问题："云落通常怎样过年？"

年节于她除了有些不便，与平常并无两样，她答得自然毫无意趣："找家不起眼的旅店，备一批馒头酱菜，街市全歇了，白日里锣鼓闹得厉害，唯有晚上能清静些。"

左卿辞望了她好一会儿："你对过年的印象仅止如此？"

她确实想不出其他，也就没再接口。

他的神色多了几分和煦的温存："无妨，等到了琅琊，那里有最好的景色，你一定会喜欢。"

左卿辞居然真的走了，在年节前夕悄没声儿地离开了金陵。

不告父母，不拜亲长，来去浑若一阵风。

不出三日金陵已传遍，世人皆知靖安侯的长子目无尊长，骄狂纵性，不谙礼法，引起无数评议；靖安侯府的陈年宿辛也被人再度翻起，一路甚嚣尘上，成为腊月最轰动的话题。

不管外界谣言如何纷纭，左卿辞都已经远远抛开。灰蒙蒙的天幕下，马车停在山崖边，正值细雨初停，雾雨矇眬，远山交叠，在浩然云海中似幻似真，蔚然壮观。

左卿辞立在烟云弥漫的崖边，山风拂衣，飘飘如仙："郡主真是选了一处好地方，这里的景致颇有几分似天都峰。"

在他身畔披着轻裘的自然是苏云落，长睫被雨雾濡湿，愈发显得瞳眸深邃，肌肤润白，蒙蒙的白雾簇拥身侧，仿佛随时会隐去。

左卿辞向云山深处望去，一堆玲珑叠错的楼宇显出模糊的影子："那一处院邸名为明昧阁，云落可知出处？"

苏云落神色微动，左卿辞玩味地一笑："明道若昧，进道若退，出自道德经，一介女子用这样的阁名，郡主端的是品味不凡。"

一路望着楼影行过去，山缘两侧白梅次递绽放，一路冷香浮动，让人想起那个风华殊异的清雅女子，同样美丽，同是自开自谢，隐息于深山幽处。

靖安侯府的名号，无论在何处都十分响亮，通报之后，阮府的管家立刻将客人恭敬地迎了进去。明昧阁名为阁，内里极大，院落幽静深远，建筑精奇，宅内所用物件虽非簇新，却样样是上品，毫无半分刻意雕琢之态。一路所见的仆役也是衣饰洁净，见客有礼而不卑，举止大方合宜，足可想见主人涵养极好。

管家礼仪周到地敬茶问叙，然而问及郡主面露难色，最后终是道出主人染了风寒，卧病已有月余。

苏云落虽不知左卿辞为何而来，但对郡主印象极好，听得这一意外，不自觉地现出了牵挂。左卿辞瞥了一眼，不动声色地与管家叙了几句，不出一刻，茜痕被人唤了过来。

郡主沉疴难愈，茜痕也是忧心忡忡，加上侍奉与守夜，俏丽的脸瘦了许多。然而一听仆役传报，她立刻赶了过来，几乎是喜出望外，一则在涪州亲眼见识过左公子的医术，二则他与郡主心系的苏姑娘颇有来往，说不定能对主人有所开解。

及至见面更是心花怒放，茜痕一眼认出靖安侯公子身后的倩影，如见救星，未说几句已迫不及待地拉着苏云落奔去了郡主的闺房，扔下了尊贵的侯府公子留在花厅，由管家作陪。

直到见了郡主，苏云落才知茜痕为何如此失态。

阮静妍静静卧绣榻，清丽的脸庞病容憔悴，玉肌清减，神魂衰弱，一眼望去竟似毫无生气的蜡人。

茜痕放轻声音唤了两声，见郡主始终未醒，不禁有些发急，又对苏云落解释道："小姐尽管终日昏昏沉沉，却时常惦记着姑娘，好在苏姑娘终于来了，小姐一定异常欢喜。"

苏云落有些茫然，她被莫名其妙地带进来，又不似左卿辞擅医，全不懂能做什么。见着郡主苍白的清容，她唯有按住病人心口，功法流转，将一股温热的真气渡过去。

过了半晌，紧闭的睫毛动了一下，琅琊郡主缓缓睁开了眼。

见主人醒来，茜痕一喜，立时禀道："小姐，苏姑娘来了，左公子将她带来了！"

阮静妍的清眸初时恍惚，渐渐看清了人，果然露出一缕寂然的欢喜，纤指微颤，勉力拉下了苏云落障面的素锦："果然是你。"

琅琊郡主叹息了一声，说不尽地欣慰，又有些释然："上天垂怜，让我离世前还能见到想见的人。"

苏云落不懂郡主话中之意，然而见她面上那份平静绝望的神态，顿时心头一坠："郡主不必过忧，左——他也来了，就在外边，必有法子治好郡主。"

琅琊郡主玉手一紧，握住不让她离开，呼吸微促："不必了，让我瞧瞧你。"

手腕的力道很轻，更显出病人的衰弱，苏云落不忍挣开。

阮静妍眼神温暖，仿佛带着无限疼怜："我听左公子说，这么多年你一直一个人？"

郡主仿佛对自己的病毫不关心，心神全系在她身上，让苏云落越发迷惑。

"我竟不知——难怪一见你就觉得投缘。"琅琊郡主话中多了自责，抚了一下她的脸，像对一个懵懂的孩子，"当年他出了事，我心里太乱，全然忘了他还有一个徒弟，让你飘零江湖受苦了。"

仿佛被一道落雷击中，苏云落彻底惊呆了。

"他曾经提起过你，却没说你原来生得如此美丽。"琅琊郡主语声温和，神色柔暖动人，"他说你是天下最乖的徒弟，自己却是天下最不负责任的师父，时常觉得愧疚。"

深邃的瞳眸错愕地睁大，苏云落几近失语，半晌才哑声道："郡主认识我师父？"

"如果不是造化弄人，你该称呼我一声师娘，那时我们已有白首之约，我以为终会随他天涯——"阮静妍的目光散乱而失神，片刻后涩然轻叹，"罢了，事隔多年还能见到他的徒弟，我已然很欢喜。"

这场惊骇非同小可，对着琅琊郡主，苏云落蓦然想起自己做过的事，一时近乎无地自容。

"以前我就很想见一见你。"看出她的不自在，阮静妍柔声道，紧了紧握住她的手，"他说你是个好孩子，可世人心浊，他又是男子，将你带在身边必有流言，对你不宜，想等我们成婚后再携你下山。"

苏云落心尖蓦然一暖，又一酸，长睫垂落覆住了眼眸。

"我知道他已经去了，可心底总不甘心，逆了亲慈与兄长之意，也愧对友人，如今患病也是天意。"阮静妍的眉目盈着无力的倦，似一朵风中无凭的落花，"你那些逾法之事太危险，以后不要再做，回头我修书一封，将你托给我兄长，不管有什么难处，瞧在我的面上，他必会照拂一二。"

苏云落越听越惊："风寒仅是小恙，他也在——郡主悉心调治，一定会好起来。"

琅琊郡主也不争辩："傻孩子，你可愿叫我一声师娘？"

柔美的清眸盛满了期盼，苏云落忽地酸楚难当，半晌后低低地唤了一声。

"我从不曾照拂你，其实当不起你这声唤，可看着你，我就想起——"阮静妍清泪簌簌而落，声音哽住了，她本就体虚，情绪激动之下气息渐弱，竟然昏厥了过去。

卷十三　心匪石

左卿辞在花厅等了好一阵，也不着急，慢条斯理地品茶。

忽然人影一闪，苏云落扑进来，一把拉起他向阁内掠去，等立定已是在琅琊郡主的闺房，屋内外侍女一片混乱，见有男子闯入，更是哗乱。

榻上的郡主昏迷不醒，面色异常苍白，颊上泪痕宛然。

苏云落少见地慌乱："你救救她。"

左卿辞瞧了她一眼，转而对茜痕道："事急从权，恕在下失礼了，请将多余的人清出去，容我为郡主把脉。"

茜痕到底最受琅琊郡主信重，被一言稳住了神，喝退了一众没头苍蝇似的侍女，仅留了另一名较稳重的，屋内顿时安静下来。

左卿辞凝神诊脉，半晌后道："郡主虽染了风寒，但及时服药不应如此严重，似乎是忧思过度，伤神损脾，气机郁滞，病情屡次反复所致。"

几句话切中事实，茜痕忍不住饮泣："公子说得不错，小姐的病确是心病，不知可有良方？"

左卿辞沉吟片刻："我先开张方子缓一缓，还是要设法解开郡主的心结，否则再灵的药也难医心病。"

诊叙事毕，茜痕使人照方烹药，安排左卿辞在客苑住下。窗外空蒙的山色逐渐转暗，室内掌起了银灯，门扉终于开了，苏云落心事重重地踏入，欲言又止。

左卿辞一个眼色，白陌退了出去。

她的心神似乎有些紊乱，好一会儿她才低声道："原来郡主与师父有情，该是我师娘。"

那样高贵清华的玉人却倾心于剑客，置家族劝说于不顾，大好年华空掷，细细想来无限酸楚。

他不动声色地应了一声。

她终是问出了疑惑："你是不是早已猜到，所以才带我来这里？"

他笑了笑，并未接话。

她也没有追问，恍惚低喃："还有人和我一样惦念着师父，真好，你能治好她？"

左卿辞不置可否："心病最是难医，她又拖得太久，我也没有十足的把握。"

苏云落听着着急："有什么用得上的灵药？我去盗过来，或者你想要哪种宝物来换诊金——"

她的下颌突然被捏住，对上一双诡异的长眸，左卿辞极慢地开口："你现在还跟我提诊金？"

她认得这种眼神，是他发怒的前兆，心里顿时慌起来，又不知错在何处："没什么是不需要代价的，你的医术极好，自然——"

左卿辞打断："苏璇呢？他可有向你索要报偿？"

她一怔，长睫颤了一颤："师父是不一样的，师父只有给予。"

左卿辞话语轻慢，蕴着奇异的危险："除了苏璇，所有人给你的都是交易？"

他又生气了，她的喉咙有些发干。

"那这副身子也是为了换东西？"他忽然笑了一声，气息有些诡异，"这段时日，云落一直任我予取予求，衾枕不离，是为什么？"

在头脑反应过来之前，她已经本能地退了两步。

左卿辞挑了一下眉，淡淡地仿佛在看一只想逃离的宠物。

好半晌她才捺下惕意："那是因为——和你在一起很愉快，你对我很好，也帮了我许多，可我知道终有一天要偿还，我不能再欠下去，师父未愈前我还不能死。"

听完她的话语，左卿辞神色怪异："在你眼中，我一直在放债？"不知为何他忽而失笑，"这样说也没错，依云落看来，我会要你如何偿还？"

她拿不准该不该道破，垂眼犹豫了一会儿："安华公主。"

静了片刻，左卿辞的语声变得平缓："过来。"

她迟疑了好一阵才靠近，被他揽住，低笑混着暖热的气息拂过耳际："云落果然聪慧，可惜猜过头了，那种事何须你动手，你想救琅琊郡主？"

她轻应了一声。

"好。"他只说了一个字，她反而有些不确定，但又不敢问。

"苏璇是你师父，他什么也不会索取，可是我不同，知道我要什么？"左卿辞微顿，薄淡的话语骄傲而纵性，"我要你的身与心，要这两者里都有我。"

"小姐的病与琅琊王——也就是小姐的兄长——有关。"茜痕下了决心，道出缘由，"小姐多年前因苏公子而伤情，发誓决不另嫁，决意入山奉道以度余生，最终碍于亲慈未能成行，避居明昧阁。数月前薄侯送小姐从涪州回返，顺道与琅琊王一晤，突然提出求亲，不知怎的就定下了亲事，六月即是迎娶之期。"

茜痕说到伤心处，忍不住啜泣起来："从那时起小姐就不想活了，天寒地冻的，小姐大半夜仅着单衣在庭中伫立，第二日就受了风寒，药也不肯喝，身子一日比一日弱，小姐的兄长请出婶娘伯姨连番过来劝，甚至有狠心的说，哪怕病着也不能误了佳期——左公子说小姐是心病，确是再真切也没有。不是怕我们这些侍奉的下人受责，小姐连汤药都不想沾，勉强喝了也是吐出来，病情一日重似一日，再这样下去别说六月，只怕冬日都熬不过。"

茜痕满心气恨，不敢出口的怨声尽道了出来："这哪里是结亲，分明是催命，万幸苏姑娘来了，你是苏公子的徒弟，开口相劝，小姐必是听得进去的。"

苏云落听得脸色煞白，连杀气都透了出来。

左卿辞询道："薄侯对郡主倾慕已久，一向爱重，怎会如此鲁莽，他可知郡主如今的情况？"

茜痕抹去颊上的泪："郡主听闻此事，立刻修书过去言明无意婚嫁，薄侯并未回信，频频遣人送礼物过来，就是不肯退亲。琅琊王与小姐是亲兄妹，感情极好，这次被薄侯说服，竟有了铁石般的心肠，连小姐死活都不顾了。"

左卿辞心底自有分晓："云落先设法让郡主安了心，郁结一去，疗治自可事半功倍。"

不知苏云落私下说了什么，郡主突然有了变化，神情与从前截然不同，整个人都现出了活色，脸上有抑不住的笑容。加上左卿辞的针药，初时的衰弱垂危已然淡去，过了几日甚至能倚坐起来，看苏云落编制丝络。

丝线是茜痕找来的，上等的三十六色丝线，色泽明艳，纤细如发，在苏云落细白的指下密密匝匝地织绕，如蝶穿繁花，灵动万方。她额上隐隐透汗，一条三指宽的束带逐渐成形，繁复的花纹比织机所出更为密致，眼看将成又被她随手拆解，抽丝还原，循环反复了近一个时辰。

别开生面的手法让琅琊郡主叹为观止："云落竟还有这等绝技，真是要让织娘羞死了。"

"一点小技，练一练眼力和控劲。"苏云落放下丝线，替她换了一盏热茶，观察她的气色。

琅琊郡主心情极好，含笑道："坐一会儿不妨事，多亏了左公子的诊治，这一阵你与他费心了。"

尽管已在恢复，阮静妍秀美的脸庞仍笼着几分未散的病气，苏云落不由自主地歉疚："是我不好，让师娘苦了这么些年，要是我早——"

琅琊郡主打断了她："说什么话，原该是我照顾你，可惜我太无能，一味沉浸在悲伤中，无益于事。"微叹了一声，阮静妍又道："我去试剑大会，原想看看他曾经历的一切，却歪打正着见到了你，一定是上天的安排。"

苏云落又拾起了丝络，认真地回道："师娘这么好，是师父之幸事。"

阮静妍见她双颊浅绯，粉颈薄汗轻透，不禁生出怜爱："你与左公子今后做何打算？"

她禁不住怔了一下。

琅琊郡主看出她的茫然，清容微凝："他是侯府公子，此刻虽未成婚，来日亲长必有安排，届时你如何自处，他对你全无承诺？"

几句话猝不及防，问得她愕了一阵："我和他又不会长久，没想过那么远。"

这一次反是琅琊郡主怔了："为何这样说？我瞧着你们十分亲密，难道云落不喜欢他？"

"我喜欢过很多东西，它们都不属于我。"苏云落答得平淡，有一种习以为常的平静，"没关系，时间久了就不会挂念了。"

她说得那般理所当然，琅琊郡主蓦地心头一酸，半晌才道："我看左公子对你很好，既是有心，必不会相负。"

好和爱，原本就是两回事。他那样出色的人，如何会爱一个胡姬？何况他性情多变，心绪深敛，她连他想什么都不懂。

既然终是过客，懂不懂似乎也无关紧要。

她低下头，手中的丝络不知何时乱了，散如乱麻。

苏云落的神志似乎浮在半空，俯瞰着床榻。

忽然间四周的墙不见了，只剩赤身裸体的她，被困在长街上一个狭小的笼子里，受无数人指点笑骂，烂菜碎瓦下雨一般飞来，他远远地在人群中看，青衣如水，俊颜如玉，皎然风姿无双。

蓦然间她从噩梦中挣脱出来，全身冷汗淋漓，左卿辞点亮了榻边的烛火："做梦了？"

她的指尖冰冷而轻颤，他仔细打量她："梦见了什么？"

她一个字也说不出，梦境中的场景像一个可怕的警兆，默然良久，他吹熄了烛火。

她在漆黑的静谧中浮沉，许久才又睡去。及至天明，她蒙眬睁开眼，空中有一股冷香，窗纸上映着浅淡的树影，案前一个人正信手整理陶瓶中的梅枝。

初醒的昏殆和零星的回忆让她模糊了意识，一瞬间回到了稚龄，仿佛长久的等待后，突然在某一日清晨惊喜："师父？"

左卿辞侧了一下头，没有表情地看过来。她立时心口忐忑，知道自己大概又说错了。

他走近在榻边坐下："苏璇通常怎样唤你？"

她半坐起来，扯过中衣披上，声音很低："阿落。"

左卿辞停了一刻，又道："如果真是苏璇，刚才你会怎么做？"

问话很平静，可苏云落清楚，下一瞬就会迎来刻薄的讽刺。她低着头不想说话，周围忽地一暗，一个温暖的胸膛拥住她，还有一声柔和的呼唤："阿落。"

她僵住了，理智告诉她不是同一个人，怀抱却是一样的暖。

宽阔的肩膀像一个世界，充满理解与宽谅。

她僵了又僵，突然间某种情绪如洪水破闸而出，再抑不住，她张开双臂抱紧了他，像一个孩子，把头埋进了世间唯一可以依赖的胸怀。

她抱了很久，他居然没有不耐烦，也没有预料中的轻讽与尖刻。

人的心境非常奇妙，那种迷乱的、带着欲望与占有的、让人躁动的感觉悄然生出了变化，化为清浅的甜意熨着心口，让万物异常美好。

仅仅是一句轻唤、一个拥抱，却比无数次缠绵更暖。她抑不住地更想接近他，想触碰他的手指，亲近他身侧，即使什么都不做，似乎也有了与过去不同的恋悦。

例行诊完脉，左卿辞叙了几句，由茜痕送回了客苑，苏云落与往常一样，留下来陪伴琅琊郡主。

琅琊郡主瞧着她的脸庞，忽然漾起了微笑："云落整日陪我，可会无趣？"不等回答，阮静妍又道，"当年我总盼着你师父来，度日如年；等他真到了，又觉得辰光飞度，弹指即逝。明明他是个傲啸天下的英雄，我却希望世界只剩这一座院子。"

苏云落听得神往："师娘和师父感情真好。"

"也有过争执，他任侠放达，喜欢交友斗勇，我好诗词书画，喜欢静赏山水；连饮茶也不同，他爱真腊犀明，我喜蒙顶甘露。"琅琊郡主清颜恬淡，柔暖地回忆，"后来才发现，那些差异微如尘芥。"

因这一点私心，她坚持去了试剑大会，即使那与她本性不合，充盈着惊心动魄的鲜血与惨叫，她还是想看一看，他曾经所在的那个世界。他所经历的，他曾经存在的一切，是支撑她活下去的全部。

琅琊郡主收回思绪，望着面前的女孩，怜惜中存了思量。左公子尽管亲切有礼，毕竟是侯府贵胄，骨子里藏着傲意；云落不谙情事，性子又内敛自守，这样下去——

琅琊郡主心思转了几道："我瞧昨日你织的束带十分漂亮。"

苏云落不知就里，取出了丝线："师娘想要？喜欢什么颜色？"

琅琊郡主道："黛色，茶白，雪青，玉青。"

苏云落依言挑出："会不会太素？"

琅琊郡主自有主意："这四色雅致，不妨比昨日的窄些，更显精致。"

苏云落指尖引动丝线，织起来，这次不为练手，她放缓了速度。

琅琊郡主越看越是疼怜："云落在江湖上，可有碰到过其他亲近的人？"

"没有，谢离让我不要与人深交。"苏云落坦陈，随即解释道，"他是我下山后结识的人，已经过世了。"

琅琊郡主惑然不解，蛾眉轻蹙："他为什么这样说？"

"他说我太容易被利用，与人接触多了会死得很快。"她看着花纹在指下成形，交错的丝络犹如一张落拓不羁的脸，尖牙利齿地嘲骂。

"漂亮的小胡姬，长成这样还会剑术，简直奇货可居。

"姓文的究竟从哪儿捡到你？不及早甩脱，他绝对会把你的骨肉皮都拆零了卖。

"笨丫头，越是想求的东西，越要守密，否则必然受人拿捏，百般敲骨吸髓。

"知道像你这样的最适合用来做什么？美人计，死间。

"他不惜代价把我从天牢里弄出来教你，就是为了用你谋求更大的利益。

"想知道怎样避免彻底受他摆布？喊两声好哥哥来听听。"

嚣张的笑声似乎还在耳畔，苏云落慢慢将丝线收束："他教了我很多，所以我才能活到今天。"

琅琊郡主讶然道："这么多年你不与人往来，不觉寂寞？"

"一个人更安全，以前在山上也是这样，我已经习惯了。"系完最后一个结扣，她将束带理顺，"师娘是用来束发？这个纹样可好？"

琅琊最出名的不仅有山，还有热泉。

泉在沂水之畔，大大小小星罗棋布，阮氏在此筑有别业，院外诸峰绵延，重岭叠翠，宅内楼阁连栋，遍植清奇的梅树，至冬季破蕊盛放，雪海天香，华光浮动，为当地盛景。

这一幢别业奢贵清华，专用于招待琅琊王的嘉客贵友，宅院内有温泉十余眼，其中最出色的香池为阮氏一族自用，这次破例迎入了外人。

这个泉池处于一座独院后厢，泉眼露于白雪皑皑之中，周围有精美的锦幛，池畔有一棵数百年的梅树，苍老遒劲，古枝盘绕，密密匝匝的香花铺了半边天。

花影浮动，飞珠溅玉，碧池生烟。

锦幛之外天地肃寒，帘内暖意氤氲，梅酒半斟，说不尽地风雅。左卿辞倚在池内，赤裸的胸膛浸在水中，脸庞被泉水蒸得薄红，慵懒地半闭长眸，时有梅花飘坠于身侧。

温泉水轻软滑腻，热力熏得血脉涌动，苏云落心跳得很快，不仅是因为温泉与眼前的美景，也是因为琅琊郡主私下叮咛的话语。含笑的柔音宛在耳边，字字分明。

——既然左公子待你亲厚，云落也该有所回赠。物件不在大小，唯见心意，这根束发的束带是云落手织，正合相赠，明日你们去温泉小憩，务必送出去，不然不许回来见我。

她的中衣散在池畔，束带藏在里面，可他身份尊贵，什么样的珍物没有，这般微薄的赠礼，她委实难以启齿。

左卿辞没有睁眼，声音也似被温泉浸酥，分外动人："云落有心事？"

她的脸红了，慢慢蹭过去，环住了他清窄有力的腰。

左卿辞垂眸看了一眼，她小巧的面孔低垂，细致的脸颊红如粉桃，无意识地咬着唇。她的表情一向极少，近期才有细微的变化，观察起来别有意趣。

"在想什么？"水中的肌肤格外滑腻，他不动声色地将她圈入怀中。

她想了又想，还是说不出口，换了话语："我在想师娘该怎么办，离了明昧园，必然会异常辛苦，师父现在也不适合见人，极可能伤了她。"

左卿辞意趣减了一半，漫道："那倒是，若是她也挨上一剑，我可没把握能救回来。"

她喃喃道，又添了心事："师娘已经很苦，师父中毒的事我也不敢说，真要离开，就不可能再回头，也不知——"

左卿辞言语略淡："云落不妨多用三分心神考虑自己，郡主与苏璇的私情家族尽知，你又在试剑台上露过面，待郡主无故失踪，薄景焕探到我曾携胡姬来此，立时会猜出是你所为，到时候重金猎捕，差役倾出，你可受得住？"

她的思绪沉甸甸的，半晌才答非所问："威宁侯会不会迁怒于你？"

左卿辞懒懒地一哂："以靖安侯府的地位，只要无实据，他又能奈我何。"

她答得很认真："我会尽量小心。"

左卿辞眉间漾着淡诮，嘲讽道："你要担负的真不少，既要藏匿疯子师父，又要四处寻药，现在更要安排你师娘。苏璇收你为徒，当真是一本万利。"

听出他情绪不佳，她沉默了。

他的心忽而生出躁意，正要再说，她忽道："市井中劝酒的胡姬，见人即卑微地逢迎，你可会有半分留意？"

他顿了一下，没有言语。

"歌场中卖笑的胡姬，任人肆意戏弄，你又会如何应待？"见他不答，她望着他，轻翘的深睫下有依恋，却也异常清醒，"那本是我的命运，如果不是师父，我根本不值得你多看一眼。"

他静了半晌，终于道："你说得倒也不错。"

气氛稍微松散下来，他依然情绪散漫，眉眼有一分凉薄的淡漠，又挟着三分不经心的猖狂。

　　她知道，一切仅是他心血来潮的游戏，可是那些温柔与痴缠异常美妙，一分分渗入心扉，让人成瘾。纵然一瞬也无妨，她贴上他，化去他漠然的无谓，一丝丝勾起摇颤的心火，束起的发散了，无声地覆落下来。

　　一阵风吹过，漫天的梅花簌簌而下，一片片轻盈地落入热泉，或沉或浮，随水漂荡，宛如一场盛世倾舞的狂欢。

风色暴

怒放的古梅枝叶蔓伸，从庭外望去，如雪云蔽空。

阮氏一族在琅琊地位尊贵，自然不乏来客，别业管事的应待之道熟极而流，对眼前这一位红衣女子，更是十二万分地谨慎仔细。红衣女子凤目明亮，红唇丰而轻翘，通身有一种矜傲的英气，在步向别院的路上驻足仰首凝望，赞道："这院内可有泉眼？定然景致绝佳。"

陪同的管事诚惶诚恐："崔小姐好眼力，下方确有泉眼，但郡主已用来款待了其他贵客，请小姐见谅。"

盛景当前却不得入内，女子有几分不甘："是哪一方的贵客？"

赵郡崔氏为名门望族，崔家小姐的性情却是出了名的跋扈，管事越发小心："靖安侯府的大公子。"

"那个迷恋胡姬的纨绔？"女子想起前一阵轰动的传闻，轻嗤一声，红唇轻翘，流露出鲜明的不屑。刚要转身离去，忽见一个侍从自曲径而来，沿着院墙进了梅树下的院落。

崔小姐的神色一刹那变了，粉脸戾色横溢，阮氏管事心惊肉跳，两股战战，不知是哪一处惹到了这位姑奶奶，翻脸就成了要命的祖宗。

白陌不知道自己落入了旁人之眼，他办完事，回院见秦尘在廊下搂剑静坐，身边放着一小瓶酒，配着炙鹌子脯、莲花鸭签及酥豆各一碟，顿时笑了："公子还未出来？"

秦尘点了一下头。

白陌在同伴身边坐下，晃了晃瓶中还有酒，拎起来饮了一口："三个月了吧，以往的女人最长也仅一个月，公子对她还真是破了例。"

话中不甘的意味甚浓，秦尘咬着鸭签不予理会。

白陌咂了咂嘴继续抱怨："一个胡姬，又没什么才情，唯一的长处就是偷东西，不知公子喜欢什么，以前那些才女淑媛，曲意温柔，知情解语，哪一个不比她可爱。"

懒得听他牢骚，秦尘抛出一句："公子已经让她去见过侯爷了。"

酥豆从白陌筷子上滚落，他愣了一瞬："不会吧，难道真让一个胡姬为——"

秦尘虽然在对答，眼睛却从未疏漏过回廊，见有人行出，不等白陌反应过来已起身："公子。"

左卿辞束起的发梢略湿，襟口微敞，他似心情极好，瞭了一眼天色："去要几色小菜，温一壶酒，三刻后送上来。"

白陌应了一声正待去办，庭外一声尖哨，七个黑影从墙外扑了进来。

打翻的梅酒汩汩而淌，热气升腾的半空除了花香又添了酒香，越发熏人。

苏云落浸在泉里，绵软地半昏半睡。

突然一道电光破空，厚重的锦幛从中而裂，分两边倒了下去。

冷风从裂口卷进来，同时踏入的还有一个执枪的女人。

骄傲、冷艳，一袭红衣。

同一瞬，苏云落从水中掠起，倏忽间避到一角，原本散落地上的中衣也裹住了湿淋淋的身体。

"原来他迷恋胡姬竟是真的，贱人，凭你也配！"红衣女人冷笑，美目透出戾气，"我先杀了你，再去擒他。"

银枪又疾又狠，带起了刺骨的寒意，苏云落的武器被压在翻倒的锦幛下，唯有在暴风骤雨般的攻袭中腾挪闪避。频密的攻击次次落空，红衣女怒火更炽："一脸媚相的贱人，还用些淫荡的伎俩学了几手功夫，等我划烂你的脸，看你还能拿什么勾引他！"

女人骂得越来越难听，苏云落刚要推开锦幛，只听一声锐响，她一个滚身避过，银枪擦着腰侧刺入地砖，留下了一个浅坑。

白陌冲进来时正看见这一幕，一声叫唤憋在了胸口。

美人打架实在不算多见，尤其是一个红衣劲装，一个衣不蔽体。

穿红衣的银枪耍得猎猎生风，英姿飒爽，活脱脱一头漂亮泼辣的胭脂虎；穿白的几乎让人不忍看，她仅披了一件中衣，异常狼狈，一双裸足踩在地砖上，一手还要按住襟口，难免缩手缩脚。

白陌自知身份不便插手，扬声道："崔九小姐，你贸然闯入委实太过无礼，还请立刻罢手。"

"等我杀了这贱人，自会停下来。"崔九小姐柳眉倒竖，气息凌厉，"卓公子呢？叫他出来说话！说说他到底是谁，哼！靖安侯公子，骗得我好苦！"

"有什么冲着我来。"一个淡漠的声音响起，左卿辞在秦尘的伴护下现身，看见场中的情形，眸中掠过一丝冰冷的怒意，"崔心芙，住手！"

苏云落的耐性到了极限，她蓦然一折，从白陌身侧掠过，拔出了他的佩剑。

三尺青锋在手，她陡然多了一种流泻的端逸，整个人都不同了。

普普通通的一把剑，突然有了秋水凝清光的冰寒。她的剑姿轻妙从容，剑花一挽一夺，逼得崔九退了三步。纤腕一振一引，银枪顿时失了方向，刹那间崔九的咽喉、臂关、手腕血痕迸现，银枪锵然落地。又一记剑脊拍上崔九的颔骨，生生抽得她晕了过去。

剑风息止，满树梅花被剑气激荡，浩荡纷落而下。

破碎的锦幛，打烂的器具，残断的枝丫，尽数淹没在了花雨中。

衣衫不整的胜者在池边立着，长剑虚垂，娇软的胸脯急速起伏，面上还带着羞窘与恼怒混成的杀意，苏云落渐渐红了眼，紧抿的唇带着说不出口的委屈。

一把剑锵锒甩过来，砸在左卿辞身前，同时迸出一声低哑的厉喝："滚！"

秦尘回过神，立刻挟着主人退走，白陌同样迅速，谁也没敢多停一息。

"公子，那七人均为崔九手下，目前暂未惊动院府，该如何处置？"崔九看来是兵分两路，一批在前院困住侍卫，她从后院潜入池畔掳人。结果公子不在，却撞上了苏云落，这一次胡姬气得不轻，如果不是秦尘反应及时，大概公子又要吃一记耳光。

眼下她无声无息地一走了之，白陌简直替公子庆幸。

"除了崔九其他的都杀了，处理干净一些。"左卿辞毫无火气道。

这样的声调显示出主人情绪极差，白陌咽了一下口水："崔九已经知道了公子的身份，只怕会不依不饶。"

左卿辞冷冷一哂："给她上点化筋散，让她瘫几天收收性子。"

夜已经暗了，秦尘回来有条不紊地禀报："据我探到的消息，崔九偶然至琅琊游赏，发现公子后，立刻借了由头辞出阮宅，大概是怕阮宅知晓后不利于行事。如此一来，短时间内不会有人寻她。不过苏姑娘不见踪影，是否该想个说辞通报郡主？"

热泉的硫磺气息压过了她身上的暗香，一时间已无法追寻，左卿辞沉默了一瞬："明日回明昧阁见郡主，白陌找间干净的客院，等出了阮府立刻搬过去。"

白陌的脑子还未反应过来，刚要说话被秦尘扫了一眼，顿时醒悟。弄成这样，胡姬一时半会儿怕是消不了气，再留住阁中未免尴尬，不如搬离了再慢慢计较。

左卿辞没心情理会，一拂袖屏退了二人。

思忖了一会儿心浮气躁，他抑住烦乱净手拭面，换上了寝衣软鞋，扯散束发在榻边坐下，片刻后似觉察了什么，将扔在一旁的束带捡回来，挽在指间细看。这根束带并非晨时所用，玉青为底，黛色茶白雪青为辅，纹样繁复雅致，窄窄的一条，织得极精细。

左卿辞看了半晌，指尖若有所思地轻抚，长眸渐柔了一丝。

明昧阁前一段时日笼在郡主病重的愁云惨雾中，好容易阴云散去，又变得忙碌不堪。这一次从温泉别业回返，白陌发现阁内众多仆役在整理物件，廊下四处散摆着檀木箱，仿佛在借天光翻晒收拣。

白陌忍不住纳罕，三月未至，凛寒仍浓，这个时节整理箱笼也未免太早了。

茜痕看出他所想，眨了一眨眼，俏颜梨窝隐现："郡主说今年春早，把该晒的该清的全理一理，免了到时候忙乱。"

左卿辞扫了一眼心照不宣。郡主已然在做离开的准备，这一走就不可能回头，谁能想到金娇玉贵的世族千金有这样的勇绝，从此天涯零落。

及至踏入郡主所居的院落，内里更是凌乱，连桌案上也堆着各色玉盒锦袋，字画珍玩。

琅琊郡主倚在软椅上，捧着一个镂银茶筒，清眸迷蒙而惋伤，仿佛正陷在追忆中。见得来客，她恬然绽出笑意，然而对方所述让她顿生意外，禁不住疑惑："公子要搬离此地？怎么不见云落？"

左卿辞说辞委婉："还请郡主见谅，恰好有一些小变故，不得不如此安排，新的住所就在山下，郡主但凡不适，均可随时遣人传信。云落偶然暂离几日，过一阵自会来探视郡主。"

琅琊郡主极好地抑住了失望，片刻后道："既然公子已决意，我也不便强留，若有什么需要之处，公子尽可直言。"言毕，她从案上取过锦盒，"正好翻出了几样东西，这是早年所得的一方古砚，公子将云落携来，又为我的病费心良多，请容我以些许薄礼为谢。"

左卿辞也不多言，微微一揖让接了过来："不过是举手之劳，郡主何必多礼。"

"女孩家没有不佩玉的，这枚玉饰是我少时所喜，可供云落随身。"琅琊郡主递过一个锦袋，最后轻抚掌中的镂银筒，"还有这个银筒，盛的是真腊的犀明茶，当年——有人爱其滋味醇厚回甘，若她能携回去——"

阮静妍不再说下去，清眸淡婉，又含着一丝温柔的希冀。

左卿辞自能领会，不必多言："郡主的心意，她定会明白。"

十六 · 陌上尘

　　崔心芙又一次试着支起身，酸麻的手足让她瞬时跌回了床榻，她急促地呼吸，狂乱的怒火盈满胸膛，目眦尽裂。

　　她出身的崔氏一族虽不如靖安侯府尊贵，但在赵郡一带为翘楚，说是势可遮天也不为过。她是长房嫡出，上头有八位兄长，全加起来也不如她得宠。世族小姐从无习武一说，可她自幼爱舞枪弄棍，家中不赞同，她倔强地三天不饮不食，逼得父亲默许，兄长专程请来"北地第一枪"教她习武。

　　家人的殊宠和爱护，让她从来不必像其他淑媛那样锁在深闺，而是意气风发地与兄长策马遨游。红衣白马御银枪的崔九小姐，赵郡人人知晓，在那一方广阔的天空下，她随心所欲，睥睨纵横，不曾受过半分委屈。

　　可是数年前，她实实在在地跌了一跤，痛彻心脾。

　　那一载四哥得子，崔氏一门举家至柏林寺还愿，她被无趣的诵经吵得心浮气躁，抛下家人躲去后院，却无意中碰上了此生的魔障。

　　一个皎如明月的男子自青翠欲滴的竹林缓步而出，翩然与她错肩而去。

春日游，杏花吹满头；陌上谁家少年，足风流。

她第一次懂，从此万劫不复。

她很快知悉了他被称为卓公子，文采不凡，风华绝世，带着两名随侍在月前游历至赵郡，时与柏林寺的慧明上师辩禅。有人猜他是深藏不露的世家贵胄，有人猜他是微服潜行的豪族子弟，却无人能说清他的来历。

她刻意让六哥安排，在一场游春中结识了他。他既不像常人那样畏惧她，也不似伙伴一般奉承讨好，始终不远不近，客气有礼，就如对待所有倾慕他的女子。

那一时期他是赵郡闺秀最爱言及的人物，他的风流雅逸，谧言片语，折落了无数芳心。她的爱慕坦率而直接，天天寻去言叙，那些倾慕的女子渐渐噤寒退却，全城尽知一个不明根底的雅士掳获了骄傲的崔家掌上明珠。

然而，他并不因之而喜悦。越是挫败她越是执迷，越是冷淡她越是渴望，即使他连名字也不肯示人，即使他直言无意长久，只要露水之缘。

云髻坠，凤钗垂。髻坠钗垂无力，枕函敧。

呼吸相缠，衾枕与共，细致缠绵的温存让她以为得到了他，谁料想美梦般的欢愉是那样短。她不过是将一个意图接近他的贱婢划花了脸，不过是发脾气不允他独自去诗会，不过是追问他的家世，想让他上门提亲……

她一腔旖旎热望，换来日渐冷淡的疏离。最后她横枪在手以死相迫，他依然是那样平静，多情时似水，转脸也真个无情。

她下不了手，他毫不留恋地离城而去。崔家精锐四出，一路追一路折损，她竟不知他身边的侍从这样厉害，硬生生护着他遁去无踪。她恨得几欲癫狂，数日不睡不食，答死了十余个下人。母亲以泪洗面，兄嫂轮番守候，连盛怒的父亲都放弃了斥责，唯恐她失控毁掉自己。

她以为此生已过，却在琅琊撞见了他的随侍，才知他竟是争议无数的靖安侯府大公子，将她弃如敝屣，反携着卑贱的胡姬共浴。

人生至辱，莫过于此。她恨得发狂，想毁掉胡姬的脸，用枪穿透贼人的身体，用血来洗清她的极致愤怒。可她被困在一个陌生的房间，日日瘫软倒在榻上，仅有一个哑婆子服侍，随着日子一天天过去，她渐渐开始恐慌。

天黑了，晚膳的时刻近了。

门吱呀一声开了，一个端着托盘的影子投进屋内，她绝望地将脸扭到了一边。

有人在榻边坐下，耳际传来碗勺的轻响，须臾，半勺蛋羹送到了崔心芙的颊边。

她怏怏地一瞥，意外见了一张爱极也恨极的面孔。

俊颜温逸从容，一如当年。

她忘了愤怒，恋恋地盯着他，满腔的心火化为委屈至极的心酸，忽然间泪珠就落了下来。

他取过枕边的素巾，替她拭去泪，又将银匙递过来，她下意识地咽下去，一勺接着一勺，她舍不得移开眼，尽数吞了下去。若是家里人见到脾性火辣的九妹竟然如此乖驯，一定跌足长叹。

待蛋羹喂尽，左卿辞搁下碗："回赵郡去吧，多留无益。"

崔心芙的火气又上来了，狠狠地盯着他："用不着你管。"

他只笑了笑，像对待一个幼稚任性的顽童。

崔心芙咬咬牙："那个贱人呢？你杀了她，我就走。"

他的长眸似笑非笑，说不出是哪里不同，奇异地多了凉意。

"舍不得？"崔九昂起头，带着三分意气挑衅，"那就罢了，我让父亲修书靖安侯，说有个低贱的胡姬伤了我，自然会有人替我处置。"

他的指尖划过她颌际的瘀伤，肿胀早已消了，残留着一道剑脊印下的浅痕，他曼声道，"若她的剑一侧，你可不止这点轻伤，只怕半个脑袋都不见了。"

崔心芙半点不惧，冷笑道："她有那个胆子？就凭她敢伤我，把我弄成这个样子，我就要划烂她的脸，将她卖到军帐去当营妓——"

脸颊蓦然一疼，迫得她住了口，他慢条斯理地松开钳制的指，从怀中取出丝巾拭了拭手，仿佛沾染了什么不干净的东西："你的伤并无大碍，过几日自会痊愈，不过若是落在人贩手上，将你划烂脸毒哑卖掉，你大概很难再逃出来，就算有一天崔氏一族寻到，你猜他们会不会认一个接过无数恩客的崔家幺女？"

崔心芙难以置信地看着他："你威胁我？竟然将我跟那个低贱的胡姬相提并论。"

左卿辞连微笑都是凉薄的："我只是好奇。"

无情的话语让崔心芙心绪激荡，又是激怒又是委屈，眼泪扑簌簌落下来："她有什么好？我有什么不好？凭什么你这样卫护她？"

他淡淡地看着她，任她哽咽啜泣，直到哭声零落才又开口："当年之事是我不该妄为，时至今日，彼此纠缠也无意义，就此罢手吧。"

崔心芙高傲拗烈，听他说得这样淡然，顿时恨极："罢手？做梦！我不会让你好过，更不会放过那个贱人！这是你欠我的！"

左卿辞眉间掠过一丝讽意："你要如何？一路纠缠，让全天下知道崔家小姐被人始乱终弃，嫉恨发狂，连带赵郡崔氏一族沦为笑柄？"

无视崔心芙气得几乎疯狂，他从榻边站起，带着置身事外的冷漠："若是怨恨难平，尽管记在我头上，要什么补偿尽可开口，唯独重归于好绝无可能，死心歇着吧。"

门在眼前合上，他又一次毫不留情地离去，崔心芙胸口窒痛，情绪越来越激烈。他果然出身高贵，足堪与她相配，却对她轻而贱之；而那卑贱胡姬在千万人前吻他，不知羞耻，放荡得惊世骇俗，却得到了他的宠护，她从不曾这样想得到一个人，也从不曾这样憎恨一个人。

极度的愤怒催生出了奇迹，崔心芙空荡荡的丹田隐约聚起真气，瘫软的身体居然坐了起来。

整个独院被白陌包下来，院中三间屋，一间由白陌、秦尘所居，一间安置着崔心芙，最大的一间自然是左卿辞的寝居。房间内画瓶纸镇，熏炉锦屏，霜炭暖盆样样齐备，掌柜极有眼色，侍奉得格外尽心。

左卿辞在翻看琅琊郡主的赠礼,那一块红丝砚古朴自然,纹理密致锵若金石,色泽如美玉,相当难得。他仅看了两眼就随手扔在一旁,拾起了玉饰。

玉饰仅有拇指大小,金叶为边,整体琢为桃形,玲珑饱满,寓意桃之夭夭,有蕡其实。上等的和阗羊脂温润生光,如此澄净的并不多,应是出自家族珍藏。

银筒也是精雕细镂,比起这两者则要逊色许多。不过内里的茶叶极为难得,历时十年依然乌黑油亮,香醇扑鼻,正是最上乘的犀明茶。犀明茶并非中原所出,而是真腊国所产,与中原相去千里,其间峻岭险道不可胜数。大凡茶叶总是以新茶为宜,犀明却是越陈越香,小小一点茶叶,到了中原贵逾黄金,几乎是传说般的存在。有品饮者赞其甘滑醇厚,色如琥珀,能以此茶为常饮,可见琅琊郡主在一族中的地位。

白陌的禀告打断了静赏,左卿辞不动声色地将玉饰收入袖中,出言传进。

两名阮府的管事入室行礼:"公子传召不知有何要事,还请示下。"

左卿辞轻描淡写地开口:"昨日我在道边救了一位女子,似乎是赵郡崔家的小姐,据说曾在阮府暂居,弄不清怎的流落——"

话未说完,一杆银枪带着破空之声钉在书案上,惊得两名管事魂飞天外。

一个红衣女子随之冲进来,发髻散乱,形态癫狂。她径直向左卿辞扑去,被他一步避过,退到了丈外。

崔心芙大怒,拔起银枪一扫,桌上的东西哗然坠地,红丝砚磕得锵然一响,银筒翻倒,价值千金的茶叶泼散而下,大半落入了案边的火盆,火焰一炙,凭空蹿出了紫焰,空气散出烧煳的气味。

长眸扫微微一凝,左卿辞又躲了一下扑袭,两名管事哪见过这种场面,骇得胆战心惊,汗如浆出。

威风仅仅持续了一瞬,崔心芙力竭难支,头也开始发昏,她晃了晃扑跌在地,银枪也摔开了。

屋里恢复了平静,一片横扫过后的狼藉,两名管事惊魂未定,左卿辞长叹一声："两位也看见了，崔家小姐大约受了什么刺激有些疯魔，我毕竟是男子，身边也没几个人，唯有请贵府将她送回赵郡，以免家人挂忧。"

崔家不是普通世族，嫡出小姐突然在阮氏的地头发疯，这护送返家之责，阮府的确也推不过。可她方才的凶蛮着实吓人，九小姐又是出了名的泼悍难缠，难保路上不会再折腾生事，两名管事面面相觑，均觉棘手，不敢轻易应承。

左卿辞何等善解人意："我这里有一盒宁神香，早年得一位友人所赠，常人嗅了静虑定思，心神迷乱之人则另有镇定奇效，适才两位也见着了。"

熏炉的鹤嘴盈着兰麝般的淡香，崔九躺在地上昏迷不醒，两下一对照，管事登时松了一口气，立时爽脆地接了香盒，应诺下来，唤来婆子将崔九小姐抬上了阮府的马车。

待送客完毕，白陌开始收拾屋子，这位崔小姐闹腾时间虽短，威势却不小。狼毫笔断了，汝瓷杯碎了，红丝砚扑磕在地，白陌逐一整理，待捡起跌落的银茶筒，被左卿辞拦住了。

垂眸望着火盆边零落的茶叶良久，左卿辞的神色越来越奇异。

十七·飞鸿远

喧闹的酒肆，吵嚷的酒客，掺杂着各种复杂的声浪，场面混乱不堪。

左侧一间雅厢内，文思渊语气复杂："他要见你，让你去乐游湖畔的君临客栈寻他。"

对面的人没有回答，文思渊带上了明显的讽刺："看来你将左公子服侍得不错，才几日已让他食髓知味离不了。"

对面依然沉默，文思渊冷笑道："怎么，你现在见我已无话可说？山不转水转，别哪天被贵人甩了，又求到我头上。"

对面的人不知在想什么，半晌才道："开春后我要开始筹金子。"

文思渊的眸光蓦然一跳，又迅速压抑下来："这可是奇了，得了恩宠还要自行筹钱，区区两千金，左公子难道如此小气？"

嘈杂的声浪从帘外袭来，对面默不作声，良久缓慢道："你若不愿，我另寻他人。"

赤裸裸的利益固然诱惑，悬在头顶的威胁更可怕，文思渊思索的同时探问："左公子可知此事？"

对面的人回答："这是我的事，与他无关。"

文思渊讥声嘲道："与他无关？他有权有势有手段，若是妄自安排触怒了他，你在榻上献媚撒娇一番也就罢了，我却说不准会如何倒霉。"

对面沉默良久："这么说你不接？"

文思渊顿了一下，态度又圆滑起来："那也未必，此事稍后再商议。你与他是怎样生了分歧？居然打算重拾旧业。"

这样的问题当然不会得到回答，文思渊打量了几眼，不掩幸灾乐祸："他的身份不是你所能臆想，逢场作戏地消遣几日罢了，根本不会让你踏入侯府，明白了也能少犯些蠢。"

对面的人没有驳，低声道："这一阵我不想见他。"

文思渊登时觉得不妥，他是被遣来传信的，若她坚持不去惹怒了那位煞星，未必不会牵连到自己。他轻咳一声，随机应变找个由头："去不去随你，他寻你似乎与琅琊郡主有些关联，我记得郡主曾替你在神捕面前解释了铜镜一事，应该也算有几分交情。"

对面的人终于抬起眼，突道："一个叫崔心芙的女人，被称为崔九小姐，你可知她是什么人？"

第二日的黄昏，一个纤影走入了君临客栈，在廊下停住了脚步。

白陌现身一躬："苏姑娘但请入内。"

苏云落仍在门上叩了叩，直到里面的人发话，才推开门扉踏了进去。

白陌自去准备茶水，忍不住私下跟秦尘嘀咕："她突然这样客气，我觉得似乎有哪里不对。"

秦尘也看在眼中，难得地点了一下头："公子那边，只怕有些不妙。"

左卿辞在书案前，一刹那也觉出了变化。

她换下了华服，改着一身素淡的衣裳，到了房中也未卸下面纱，无形的距离横亘在两人之间，气息疏远而安静。

左卿辞的话语清悦柔软："那一天让你受委屈了，是我之过。你送的束带，我很喜欢。"

他的发上系着玉青的束带，她垂着眼睫并没有看："待师娘安顿好，我要筹今年的资金，大概不会再有余暇，你有事可以让人传话，我会尽力而为。"

左卿辞静了一瞬："黄金之事我来解决，你无须再冒险。"

她想也未想出言拒绝："我习惯了银货两讫的交易，没有必要更改。"

左卿辞奇异地笑了笑，一语道破："云落宁肯行险也不愿欠我半分，是打算以后再不相见？"

她沉默，没有回答，也没有否认。

长眸轻合了一下，左卿辞的语气格外温柔："是因那一日受了欺侮？可还有什么别的缘故？"

他的声调让她无法再沉默，勉强道："那些不算什么，我见惯了。你对我很好，可是——。"

左卿辞薄抿了一下唇："可是如何？"

她想了很久，低声道："我不懂怎样和人相处，只要我存在就会有人不喜，起先我总疑心是不是做错了什么，后来日子久了，就会远远地避开，唯有保持距离能让我觉得安全。"

左卿辞不露声色："与我在一起很难受？"

"你很好。"她的话语停了一瞬，与他在一起的欢愉和酸苦都是那样鲜明，让她的心烦乱又滞涩，"可在你身边，我永远是个贱人。"

没有名字、最卑贱的胡姬，以色事人的玩物，可以任人轻辱，也可以重金相索。

"你想我怎么做？"左卿辞凝视着她。羽扇般的长睫已经再次修短了，轻垂的时候甚至掩不住胭脂痣。

"什么也不用。"她轻出了一口气，摒弃了无用的情绪，"月出九皋，云落天都。这是师父给的字，他养我教我，不是为了让我依然成为女奴，我不想最后连自己都看不起。"

她说得很干脆，没有半分犹豫，深邃的瞳眸明澈坚定，一瞬间的决绝绽放出骄傲的光华。

俊颜异彩飞扬，左卿辞沉默了一阵，柔声道："可我心悦云落，又该如何？"

她踌躇片刻，拉下面纱吻上他的颊，靡软的低语是依恋，也是告别："像从前那样传信，如果方便我会来探你，只要你还未娶妻。"

她留的时间不长，走的时候仅取了琅琊郡主赠的玉饰，那些绚丽的锦衣轻裘，珠玉钗环，似乎与她全无关联。左卿辞抚过自己的脸颊，还残留着柔樱般香润的触感，伫立良久，他忽然微微笑起来。

有些事他忘了说，大概也无关紧要。

生命有无数旖旎甜美的陷阱，诱人贪图，诱人堕落，诱人以自由和尊严去交换浮华安逸。

可那只美丽的灰隼，却是挣开束缚，毫不犹豫地飞走了。

十八 · 心匪石

五月，一件离奇的消息震惊了琅琊与金陵两地。

久闭深闺的琅琊郡主宣告失踪，这位郡主以才情和仪容著称，执意虚掷韶华闭守闺中，在世家之中也曾引起各色纷议，年前与威宁侯的婚讯散出时，轰动不小，引起不少人感慨，然而在这场备受瞩目的嫁娶即将来临之际，郡主竟与随身侍女在佛寺后厢神秘失踪，仅留下粉壁上一笔清丽的簪花小楷。

我心匪石，不可转也；
我心匪席，不可卷也。

琅琊王尽一切力量搜寻，人却仿佛凭空消失了，逝去得毫无痕迹，纷纷扬扬的猜测议论沸腾多时，甚至传至了深宫。

"我心匪石，不可转也。宫中都说郡主心里有一个人，所以才不愿嫁给威宁侯，大哥觉得可是这般？"左晴衣倚窗托腮，娇憨地思索，宛如春日一道明媚的风景。

左卿辞只是微笑："或许。"

不痛不痒的回应惹得晴衣抱怨："大哥怎么这般无趣，二哥说得可生动了，还说薄侯自出事以来茶饭不思，亲赴琅琊不眠不休地查找，府中侍卫倾出，连淑妃娘娘也为之嘘叹呢。"

左卿辞不予置评："我怎的听说薄侯已离开了琅琊？"

"寻了月余依然不见，再留下去又有何益？"贵为王侯却落得一片深情空掷，左晴衣颇为同情，"此事闹得沸沸扬扬，薄侯与阮家均是颜面无光，听闻侯爷依然不肯取消婚约，一心要将郡主寻回。"

左卿辞漫不经心地垂下眼，薄侯所为可不仅如此，他将所有行经之地封锁拦查，悬重赏严缉飞寇儿，可惜对方从赤焰沙深宫尚能弄出一个大活人，这次又是蓄谋数月，薄景焕的一切布置全成了徒劳。

左晴衣摇了摇头："薄侯正妻之位空悬等了那么多年，郡主怎么就如此固执绝情。"

"襄王有梦，神女无心，有些事强求也是无用。"左卿辞轻飘飘道，眉梢有一丝藏得极好的轻讽。

宫中私下有传言说郡主实是与人私奔，左晴衣对此满是好奇，但毕竟未嫁，不太好问，明眸溜溜一转："大哥见过郡主，她是个什么样的人？"

左卿辞怎会不懂她在想什么，莞尔道："郡主端庄娴静，气质如兰，清雅非常。"

廊下悬的银架蓦动，鹦鹉伸开翅膀嘎嘎地叫起来："娘娘金安！娘娘金安！"

从曲径翩然行来，穿杏黄色宫装的正是淑妃，身后还有一个娉婷的身影，随着临近越来越清晰。

左晴衣起身惊讶地自语："娘娘身后是——沈小姐？"

左卿辞目光扫过，果然是沈曼青。

宫中所见的气质与江湖时所见的又有不同，沈曼青淡扫双眉，白玉压裙，一袭紫缬襦青裙衬得肤如凝脂，纤和秀美。连行走的步伐都较往日收窄，仪态更为娴静。

　　淑妃走入了雅轩，虽然年岁已长，行止依然仪态万千，可想年轻时的风华。她本是左侯的长姐，膝下并无子嗣，早已将晴衣视为己出。左卿辞少时失踪，及至入宫探望晴衣才见了这位姑母。因有血缘关系，又因怜他命多坎坷，淑妃对他格外关怀，风姿犹存的脸庞和善而愉悦：

　　"我本是请沈姑娘过来讲一讲经，正逢左卿辞也来了，可真是赶巧。"

　　"姑母是在御花园撞见了沈姐姐？我早想请姐姐过来坐坐，一直不得时机。"左晴衣拉着沈曼青言语亲热，绝不让客人冷落，"上次姐姐送的香清冷出尘，我十分喜欢，金陵可有哪家店铺贩售？"

　　沈曼青端雅亲和："那是正阳宫古方秘制，从不外传，既然合左小姐心意，回头我再送一些过来。"

　　左晴衣立时道谢，淑妃笑斥："这丫头真是被我宠坏了，一见面就讨东西。"

　　晴衣爱娇地揽住淑妃的手臂："可不只是我贪好，沈姐姐的东西格外别致，上次七公主得了一串山核桃雕的珠子，爱不释手呢。"

　　淑妃嗔她一眼，转头对左卿辞道："别让晴衣这丫头吵晕了，左公子与沈姑娘是旧识，虽在宫中，也不必有太多避忌。"

　　"娘娘说得是。"左卿辞浅浅一笑，回话极有分寸，"只是我与晴衣叙话多时，时辰也不早了，不宜再打扰娘娘听经，该告辞了。"

　　淑妃明知左卿辞今日探访，携沈曼青来得这样巧，晴衣如何会猜不出。私心里她也不拒绝这样一位长嫂，不过左卿辞既然有意退避，她拿不准情况，便不说话了。

　　淑妃一心撮合，岂容左卿辞轻易退走："离宫门下钥还早，卿辞若无急事，不妨稍待一阵，也好替本宫送沈姑娘一程。"

　　左卿辞也不坚持，随语应了。

　　淑妃略为满意，转而与沈曼青叙谈养生修性之道，晴衣在一旁凑趣。其间淑妃试了两次，左卿辞仅是微笑，始终不怎么回应谈话，也不好再勉强，只当他是内敛自守。三个女人又聊了好一阵，沈曼青终于寻机辞了出来。

　　不管是否知晓淑妃之意，沈曼青都表现得落落大方，全无攀结之色："淑妃娘娘一番好意，劳公子久候，沈府的马车就在宫门外，我自行过去即可。"

左卿辞浅淡一笑："我也要往那边去，本是同路。"

两人沿着长廊而行，左卿辞起了话头："一直未及恭贺沈姑娘重归国公府，天伦得慰，朝野传为佳话，如今一切可还习惯？"

沈曼青回答得十分圆融："家人都对我极好，只是时常还是会思念山上。"

真要思念又岂会留在国公府，频繁入宫与后妃交游，左卿辞也不点破："一边是师恩，一边是亲长，的确是两难之择，沈姑娘也是重情。这一阵怎么未见殷兄？"

沈曼青掠过一丝低晦的怅色："师门不宜久离，他前一阵回山了。"

左卿辞似乎略带憾意："可惜了，此前正巧出行，也未及和殷兄聚上一聚。"

沈曼青心思一转，试探地轻问："苏——云落近来可好？"

左卿辞自然而然地流出微诧，神色全无破绽："她例来行踪飘忽，唯有借助捎商才能雇请，我还以为沈姑娘既是同门，应当更为了解。"

沈曼青一愣，有些许不自在地解释："她是师叔的弟子，离山早，我们来往不多，再见时她也从未透过身份，大概——我也不配做她师姐。"话到尾音，她轻轻一叹，仿佛有无穷的未尽之意。

左卿辞不动声色："沈姑娘性情好，当年必是诸多包容。"

沈曼青缓步而行，紫缥襦青的裙摆如细波盈动，仿若遗憾地叹惋："她自小不爱近人，有时想想，或许是我们这些师兄师姐专注练功，对她关怀太少。"

左卿辞笑了笑，也不再多说。

行至宫门边，一个侍卫过来躬身相请："左公子，威宁侯有请，请借一步说话。"

抬眼瞥见十余丈外遥遥一辆马车，左卿辞知来者不善，辞了沈曼青自行过去。

马车内正是薄景焕，传言说得不错，他确实消瘦了一些，或许是因遍寻不着的挫折，他的眉宇较过去更为阴沉，隐隐透出戾气，车也未下他隔窗单刀直入地问："数月前，左公子在琅琊山明昧阁做客，可是带了一位胡姬？"

左卿辞全不受对方质询的语气影响，神色不变："确有此事。"

薄景焕额间皱起厉纹："与涪州试剑大会夺宝的可是同一人？"

左卿辞并未急于回答，这位侯爷既然此时才寻来质询，显然已经查得足够详尽。

薄景焕冷笑，目光锐如鹰隼："想来不会错，敢一剑击晕崔家九妹的胡姬，天下间不会有第二个。"

左卿辞既不承认也不否定，薄侯的神情越发冷硬："我与令尊可有仇怨？可有得罪左公子之处？"

左卿辞的态度极是客气："侯爷何出此言，让在下汗颜难安。"

薄侯一拍车窗，声色俱厉："既然从无得罪，公子为何执意与本侯作对，甚至指使她掠走了郡主！"

"侯爷之责，请恕我不敢当。"左卿辞长身而立，不卑不亢地应对，"我既不知郡主为何人所掠，更不知此事与她有何关联，还请侯爷示下。"

薄侯冷恻道："是不是她你心中有数，我只问你为何将她携去琅琊，如今她又在何处！"

左卿辞的话语始终不疾不徐："侯爷不知就里，难免生出误会。昔时我离开涪州，郡主专程请托，言及我同行的胡姬似一位故人，嘱我务必让她再见一面，其后还为此事数度修书。"

左卿辞略微躬身，仿佛避人耳目般压低了声音："郡主尊贵清和，如此恳切地请托，我岂敢不应，是以才有年前的琅琊之行。至于郡主其后失踪，远非我所能预料，侯爷实是疑错了人，若不信，我手中还留有郡主的数封信函，可为证鉴。"

薄侯愣了一瞬，面色越发青厉，却是半晌不语。

左卿辞心底通明，又道："侯爷对郡主关心情切，心急也是在所难免，若执意认定郡主的失踪与她相关，不如追索郡主为何执着见她，或可探出些许端倪。"

"无论如何，她终是难脱干系，你请圣命赦了她的罪，却纵得她胆大妄为，公然劫掠贵人。"薄景焕沉默良久，颜面板得似铁，字字刚硬，"如果左公子能有消息，人情我自会记下，若仍耽于美色与贼牵连，必受其咎，勿谓本侯言之不预。"

纵然这般赤裸的威胁，左卿辞清俊的脸庞依然水波不兴，淡淡一笑："多谢侯爷提醒，唯愿侯爷早日得遂心愿，寻回郡主。"

卷十四

信相托

十
九
·
龙
潜
渊

苏云落携着琅琊郡主与茜痕辗转潜行，历时良久，越走越是僻远。最后来到一个群山环绕的村落暂时歇了一宿，接着在山高林密的野径走了一日，傍晚时才抵达一处奇特的山口。山口极狭，看不清内里，外缘的缓坡上起了一幢灰色石屋，篱笆围了一落院子，茅檐低小，碧茸茸的春草铺了一地，一条清溪从山间漫出绕坡而过，山野烂漫，一派自然。

茜痕全身酸痛，她走了一脚血泡，坐驴更颠得难受，路上已然歇了十余次，她虽是侍女，但自小长于豪门，形同于半个小姐，从不曾经历过粗累之事。若不是当着主人的面强撑，她早已瘫软下去，见着屋子终于松了口气，眸子险些泛起泪花，只觉腿脚重逾千斤，再也挪不动。

琅琊郡主从苏云落背上落地，她本是病后气弱，躲藏奔逃的惊悸又加剧了虚耗，前几日开始低烧，神思犹有些昏沉。她换了一身农妇的粗衣，小衣尽管是细布，仍将她的肌肤磨得红痛，在山溪中洗去易容药粉后，细嫩的脸颊也现出了晒伤的红晕。这一阵可谓郡主有生以来最为艰苦的时光，然而她顾不上休憩，抬起头眺向山口："他在里面？"

苏云落应了一声，将茜痕扶到一处残桩坐下，卸下随行的两只驴背上驮载的粮食及各种用具，毛驴脊背一轻，欢快地鸣叫了一声，踢踢踏踏走开自行觅食。

梦中人近在咫尺，琅琊郡主神思不属，按捺不住往山里走，石屋内忽然步出一个老头，苍老的眼一瞥犹如冷电，蓦然一记沉哼。

这一声犹如一记重锤，击得人心口一悸，琅琊郡主踉踉跄跄跌倒，茜痕也是脸色猝白。

"师娘！"苏云落扶住她，真气一送护住她的心脉，"不能进去，师父还认不了人。"

"臭丫头，再不回来就让你那疯子师父死在里头。"老头粗声咒了一句，话语呕哑难听，却不再有先前窒重的冲击。

苏云落恭敬而拘谨："前辈，这是我师娘，要劳烦两位照拂了。"

老头听得双眉一竖，登时显出了凶恶的不耐烦："我和老太婆看管那个疯子已经去了半条命，还要顾这两个婆娘？"

石屋又钻出来一个瘦小的老妪，头发花白，腰身挺得笔直，恶声恶气地一敲木拐："吵什么，老婆子耳朵都被你叫聋了，叫你抓只鸡，鸡呢？"

她一出来，老头的气势立刻低了，颇有点灰头土脸的意味，弓着背向十丈外的一处矮林走去，那里有一圈竹篱，围了二三十只鸡。

斥走了老头，老妪拄着拐走过来，眼神一扫仿佛一把刀刮过，茜痕禁不住抖了一下，好在老妪的目光并未在她身上停留，转去看琅琊郡主："好俊的丫头，是那疯小子的媳妇？"

"正是我师娘。"苏云落低声答道，更是小心，"我会留一段时日，安顿好之后就要外出，届时就请前辈帮忙照看了。"

琅琊郡主正要施礼，老妪叹息一声，已然转身走向石屋，隐约听见她喃喃道："造孽，都疯成这样，来了有什么用。"

琅琊郡主蓦然酸楚，险些要落泪，不由自主地握住了苏云落的腕："我想去看一看他，哪怕一眼也好。"

苏云落尽力安慰："师娘放心，师父在里面很好，过几日我寻个时间，让师娘望一眼。"

山重水远，岁月倏忽，好容易到了这里，那个人依然不可及。

琅琊郡主泪眼模糊地望着幽翠的青山，忍下了一声哽咽。

茜痕自小随在琅琊郡主身边，阮府客人众多，时有盛宴，她见过贵气袭人的宫妃，见过精明强干的俊杰，也见过各形各色的英雄美人，可她从没见过这样的女子。

大刀阔斧地忙碌了几天，苏云落已经筑起了一幢屋子。她伐下大树削去枝丫，将截好的圆木嵌入地下，立起梁柱搭上顶架，截竹为壁，油布蒙顶，又铺上一层层茅草，日升日落之间，屋子现出了轮廓。

青碧的屋子别有一室清雅，竹壁散出木叶的清香，竹子铺就的地板悬高两尺，隔绝了地面的潮气，踩上去咿呀轻响，犹如乐韵。前室设了火塘，顶上开了一片天窗，右侧一间杂室，后厢是几间卧房。此地有一种极细的燕草，被她晒干铺成床榻，躺上去竟然相当舒适。

她又在屋子四角埋下雄黄等驱虫的药石，点燃艾草香叶将整间屋子彻底熏过，而后正式搬入了屋内，三人不必再搭软帐而憩。茜痕看得惊叹不已，琅琊郡主按着苏云落坐下，心疼地替她上药，那一双细巧的手满布血口，瘀青斑驳。

第二日早上茜痕醒来，三扇竹窗已经悬上了细帘，还有两扇灵活的竹扉。

又过了数日，一些预先从明昧阁运出的物件被她从藏好的地点取回，还从山外运回了桌案竹椅、盆桶杯碗、丝绵细布等生活用具，连文房四宝都一应俱全，又买了一个半大的村童，帮着料理一些杂活。

做完一切她睡了一天一夜，醒来时屋内清爽宜人，阮静妍在一旁做针线，茜痕自火塘边盛起一碗鸡粥："苏姑娘先吃些粥，温了半日，也不知还鲜不鲜。"

不等询问，茜痕笑道："我向对面的婆婆借了半只鸡，说好等我们养的长成了再还她。"

阮静妍叹了一口气，既是感动，更多的是怜惜："你这孩子，何必这样辛苦，只要有东西能遮头就足够了。"

茜痕竟然会下厨，这真是一个惊喜，苏云落尝了尝："比起师娘从前的居所，这间屋子不知寒酸了多少倍。"

"能离他近一些，我什么日子都能过，这样已经很好。"比起家中的养尊处优，此刻自然不可能同日而语，阮静妍粗衣布裙，安之若素，只觉清水素粥也是喜乐，远胜独处闺中的满腹思愁。

曾于绫缎上挑针刺绣的纤纤玉手，而今在缝一块靓蓝土布，用的是村人纺出的白麻线，这或许是阮静妍接触过最粗糙的料子，她依然缝得很细，最后咬断线头，让茜痕与村童挂起来。

门上多了一幅素雅的半帘，阮静妍的脸庞有一种柔润的光，宁静而平和。

苏云落放下碗："师娘，我带你去见师父。"

老头子开道，老婆子拄着木拐跟着，步子缓慢而沉稳。

"师父武功太高，必须控制在山内。山中有飞瀑静潭，入山不远有平台，将衣物放在那里，师父自会取用，饮食有山果野鱼。虽然失了神志，但师父生存的本能还在，师娘不必担忧。"苏云落伴着阮静妍行在最后，慎重地叮咛，"师父见人就会攻击，平日由两位前辈守在山口，师娘千万不可自行进入，通道里的荆棘是铁骨藤，刀剑都难以斩断，刺在身上会肿痛不堪。"

阮静妍尽管点头，却一个字也未听进去，昏昏的心在狂跳。

山内像个长嘴葫芦，通路高陡而狭窄，黑沉沉的荆棘绕生，密密牵满了铜铃，苏云落抬臂一扯，岩上铁链辘动，垂下了大大小小的铁环，蜿蜒伸至通道深处，四人踩着铁环避过了荆棘，又行了几转豁然而开，飞瀑的轰落声随之而来。

山花遍野，碧草连幽，四壁陡峭如一个天生的巨碗，山壁寸草不生，纵然是猿猴也难以攀越。

飞瀑下有一处深潭，潭边有一个玄衣男子披发而立。

孤潭照影，看不清他的面容，却有一种奇异的气势，仿佛龙游于渊，蟒伏于林，危险而孤落。

那是阮静妍暌违已久的身影，她目不转睛，胸口痉挛得发痛。

男子仿佛感应到有人，蓦然望过来，眸子开合似电，天地为之一寒。

苏云落将新衣置在石台上，抬眼一看立刻扣住阮静妍向后退去："师娘快走。"

男子已经掠身而起，右手破空一劈，凌厉的锐风扑面而来，阮静妍的肌肤激起一阵寒栗，老妪双手一展，一条烟罗般的薄纱一兜一拦，硬生生将锐风截了下来。

那张脸庞一如记忆中那样熟悉，却毫无表情，似乎仅余攻击的本能。老妪一人格挡显然力有未逮，老头子亮出一枚沉重的飞环，加入了战圈。

阮静妍转瞬被苏云落带离战场，泪汪汪地看着魂牵梦萦的人越来越远，不一会儿已在山外，苏云落甚至来不及留下一句叮咛，又已闪身入内。

即使在山外，叱喝与剑气破空之声依然如厉啸传来，无形地撕裂耳膜，撞得心口突突跳，阮静妍脸色惨白，说不出地难受，茜痕跑过来要搀扶，腿一软与主人跌在了一起。

待翻江倒海般的气啸终于平息，谷口现出了三个疲惫的身影。

老头子背也佝了，疲惫地叹了口气："臭丫头，你也看见了，他人虽疯，武功却越发厉害，你在还能助上一臂，平时简直得我和婆子拼上老命。"

苏云落停住脚，低声道："辛苦二位前辈了。"

老妪哑哑地咳，拄杖慢慢地走回了石屋。

一个月过去，竹屋越来越完善。苏云落教会了村童捕鱼杀鸡，下简单的猎套，又砌了一方水池，用竹筒从清溪引水而至，灌溉屋后一小片菜地。篱笆也围起来，甚至还在大树下以粗藤编了一架秋千，置了一张躺椅。

日色晴朗，蝉声轻鸣，野鸟啄枝。

一群小鸡长得半大，园子里钻出了绿油油的菜苗，茜痕在窗下悬挂驱蚊蝇的药包，清澈的水流淌过，竹管一落一翘，击在圆石上传来啪嗒一声轻响。

苏云落做完活，在阮静妍身边坐下："师娘，明日我要走了，下次再回来可能要数月之后。"

阮静妍理解地宽慰："不必担心，这里一切都很好。"

苏云落又一次叮嘱："师娘千万不可擅自入谷，酿成大错，我百死也难赎罪。"

阮静妍静了一会儿，眼睫轻颤："我总会想，或许他能听出我的声音？能有一线熟悉？至少他懂得换衣进食，并非全无理智。"

苏云落斩钉截铁："不可能，师父心绪尽失，这么多年不曾有一次能与人平静相对。"

阮静妍没有反驳，清眸中虚无缥缈的期盼依然存在。

苏云落急起来，解开衣转过去："师娘你看，有一次我没来得及躲开，隔空被剑气所伤，若是落在师娘身上就危险了。"

背脊上的长痕斜斜而下，虽然色已转淡，仍足以想见曾经的重创。阮静妍惊住了，怔怔地看了半晌，眼泪蓦然而落："天，你为了护着他，受了多少苦。"

没想到她会如此激动，苏云落着实不擅长安慰，磕磕巴巴地劝解了半晌，阮静妍仍拥着她止不住啜泣，像一个脆弱的长姐，毫无保留地心疼与怜惜。

被拥住的感觉让苏云落想起一个人，心湖深处仿佛有风拂过，泛起了细微的涟漪。

山中一片清宁，山外风声鹤唳。

王侯一怒非同小可，然而两三封捏在左卿辞手中的书信却如警钟，遏住了薄侯的滔天怒焰，毕竟靖安侯府与其地位相当，真翻了脸于事无补，况且郡主主动勾结飞贼一事散出，传闻会更难听。投鼠忌器，薄景焕选择了引而不发，满腔憎怒全指向了罪魁祸首飞贼。

半个月内，又一起消息爆炸般传开。西夷使者千里跋涉前来朝贡，携来预备进贡的娲皇杯意外失窃，房中一枚墨丝盘云结，瞬时锁定了行窃者。

事涉国体，案子呈于御前，天颜震怒下旨严捕，又听闻此贼出自正阳宫，甚至欲遣内宫使者赴天都峰问责，被大臣劝说后才作罢。风高浪涌，八方重缉，飞贼的赏格之高，饶是老江湖也不禁眼红，人们为这一次天罗地网的捕拿而惊叹，尽在猜测她何时落网。

这一手借刀杀人做得相当漂亮，连左卿辞也不能不钦赞。苏云落近日藏匿还来不及，当然不可能有暇窃杯，薄侯伪造了一枚墨丝盘云结即可广为张捕，又不至牵扯出琅琊郡主，可谓妙棋。圣意之下，即使靖安侯府也不能公然违抗，左卿辞每次出行必有眼线跟缀，他也不急不恼，暗中自有人将信息陆陆续续传过来，这半个月的密报同样如期而至——

七月十四，现于益州，遇赤鳞双蛟。

八月初三，现于天府，逢金钟岛四护法。

九月廿一，潜行至洛水，遭快雪楼伏击。

左卿辞掐指一算，眸光微沉，距她最后一次现身已有二十余日，以她的易容之能，这般频繁地遇敌必是有人出卖了行踪，被迫一路逃窜，境况越来越危险。

烛影一晃，房内蓦然翻入了一个黑衣人。

外苑的秦尘竟然不曾示警，这让白陌大惊，按剑全神戒备。黑衣人没有进攻，似乎气息有些散乱，行动间滞涩，合上窗扉后卸去了面纱，露出了一张清秀的胡姬脸庞。

白陌顿时释然，然而一想到此人背后的无数严缉，又禁不住紧张起来。

左卿辞同一瞬出声："秦尘，去清一清周围。"

门外应了一声，随即隐去。

苏云落在窗边立着，容颜异常苍白，她略带犹豫地看着左卿辞，左小臂上裹着一层粗布，仿佛有些异样的肿胀，左卿辞的目光停了半秒："白陌，取我的药囊，准备银剪清水。"

说话间他快步上前，解开她裹伤的粗布，凝固的血痂簌簌而落，呈露出来的细臂触目惊心。两根乌黑的长针穿透而过，皮肉一片乌紫溃烂，连指尖都成了黑色。

"噬魂针。"左卿辞眉间一蹙，迅速翻开针囊，抽出银针封闭了血脉。这种奇特的长针是翰海堂秘炼的暗器，针身有暗孔，入肉弹出毒刺，出了名地阴毒。

足足费了半个时辰，左卿辞才拔出第一根针，略松了一口气。

其后就容易得多，待两根长针躺在银盘的净布中，左卿辞化开一枚白色的药丸为她冲洗伤口，血水混着剧毒涌出，银盆变得乌黑。等敷扎完毕，左卿辞净手后取了一枚药丸喂给她，这才收起银针。

因手法精妙，苏云落并未流多少血，仅是被拔针时噬骨的剧痛逼出了满头汗，上了药之后疼痛淡了，她看着恢复了正常颜色的手，余悸犹存："我还以为这只手保不住了。"

左卿辞斜挑了她一眼："算你运气好，不曾伤到骨头，加上却邪珠帮你压制毒性，否则不单是手，连命都要没了。薄侯给的通告应该是活捉，怎么会下手这么狠？"

"我不能让他们逃走。"精神一懈，她变得极疲倦，在椅上半蜷，"过来的时候很小心，不会牵累到你，歇一下我就走。"

白陌收起银盆退了出去，左卿辞按着她的脉，确定余毒已清才收手："我还不至于怕这点事，这时节用真容太危险，怎么不易容？"

苏云落低着头，尝试一根根活动手指："来前才卸的，答应过用真面目见你，出去后我会重新装扮。"

左卿辞默了一瞬，将她抱至榻上，自己也半倚上去："翰海堂的长老你杀了几个？"

她有些尴尬的僵硬，他一向好洁又挑剔，大概一时忘了她身上脏得很，衣衫沾着血污，还有多日未洗的尘灰："来了三个。"

那就是全杀了，左卿辞将试图移开距离的她捞回怀中，淡淡地提醒："还想要命就藏起来，这一阵风头太紧，再露行迹就是找死。"

"我知道。"搂在腰上的臂膀强硬，她也不再挣，略微放松下来。近期的追袭让她筋疲力尽，几度险死还生，强烈感受到触怒王侯的可怕，"好几个往来的掮客都反目了，到处是陷阱。"

"找文思渊，我有办法让他不敢卖你。"温软的身体依在他的胸口，带着薄汗的气息让人想起晓违的甜美，左卿辞低头啄了一下她的唇瓣。

苏云落回过神看着他，未受伤的手揽住他的颈，与他唇舌亲昵良久才分开。她的神情还染着苍白的倦怠，呼吸也有点乱，一双墨蓝的瞳眸盈着光，唇色鲜润如初撷的樱果，微微扬起美丽的弧线，刹那间惊艳了视线。

"你会笑了？"他惊讶地盯着那一弯浅弧。许久以前他就觉察出来，她的情绪有些缺陷，反应也淡。尽管会喜会怒，会思考会感伤，却鲜少像正常人一般哭笑。

乍然一问，她有点惶然，笑容又不见了。

左卿辞知道自己用错了方法，改为温柔地诱哄："云落方才很高兴，为什么？"

苏云落怔了一下才道："大概是手还能用，而且——"

她没说下去，左卿辞半是猜测："我亲了你？以前不也经常这样？"

柔嫩的颊晕上了浅绯，她简直不知怎么回答，最后才道："你让我不疼了，又不嫌我身上脏。"

看他有些发愣，她禁不住又笑了一下，微报的笑颜有一种笨拙的天真。

左卿辞看了良久，又吻上去，这一次他似乎也忘了控制。

她明明累极了，连日的奔逃如惊弓之鸟，可这一刻的感觉异常好，忍了无尽的苦头，她也想尝一点点甜。两个人厮磨渐深，衣襟散乱不堪，身体也燥热起来。

左卿辞心火蹿动，捺不住在她腰胸处揉捏，语声模糊："你的伤——"

这大半年间见面异常难，等三长老的尸体暴露，人们发现她在这一带，他会被无数人监视，不可能再有机会接近。她恋恋地触抚他的脸，下意识想索要更多："你有办法，对吧。"

他哑声一笑，气息低靡而暧昧，如羽毛拂过心尖。

二十一 · 山外山

山中无日月，流光容易抛。

种在篱下的花陆陆续续开了，转瞬已过了百日，阮静妍也习惯了简单质朴的生活。

青野碧峦，浅溪竹屋，雨霁山光，流云变幻，一一入了笔下的画。她的心境融入了山色，所爱的人又离得那样近，只要一想到他在身侧，心房便有一种甜蜜又酸楚的温柔。

与往常一样，阮静妍将一盘山兔肉盛好，茜痕捧过一碟切好的甜瓜，与另两样小菜一起放入食盒，将启坛的花酿倒出一瓶。等各色备齐，阮静妍解下包头的青布，亲自将菜肴提至石屋前，敛妆施礼，在门槛外放下，又默默退出小院。

她从一无所知到试着生火，烹食，洗衣，刷碗，如今也能做一手可口的小菜。昨日如天际不染尘的云，今日是溪野生趣盎然的花，一蔬一饭的烟火人间让指上生出了薄茧，也磨就了安然静待的心。

远远眺望了一阵寂静的山口，阮静妍转过身，忽然一声木杖敲地的声音，一个年迈的声音在身畔响起："你想进去？"

从不与她言语的老妪不知何时来到身后，皱纹丛生的脸庞上嵌着一双精利的眼。

阮静妍又望了一眼山口，平静地回答："不。"

老妪意外地扫了她几眼："你不想看那疯小子？"

阮静妍淡道："他安好，我等他，这样已经很好。"

老妪眼光何等老到，自然看得出她来历不凡，一句话如利刀戳心："你也是大家出身，这样抛家傍路守着一个疯子，也不嫌羞耻？"

阮静妍脸色发白，挺直了柔躯："他是我心许的夫君。"

老妪黯然良久，气势稍退，背也佝了下来："那疯小子运气倒是不错，有个好徒弟，又有个好媳妇，不像我孙儿，只有一对行将就木的爷奶。"

阮静妍看出对方并无恶意："您的孙儿现在何处？"

"在方外谷等着黄金续命。"老妪叹息一声，又有些奇怪，"你什么都不知道，那傻丫头没跟你说？"

阮静妍生出了微惑："我只知两位前辈是云落请来，守着他以免闯祸。"

老妪冷笑："不错，那疯小子虽然中了奇毒，一身修为却是世间少有，要不是老婆子的天罗束正克剑气，换了谁也拦不住。"

阮静妍心神一悚，几疑听错："中毒？谁能害他？"

"世情浊恶，人心难测。"老妪哼了一声，颇有些不屑，"位高人易妒，那小子少年成名，风头太盛，被人算计有何奇怪。不是傻丫头替他奔走，他早死透了。"

阮静妍越听脸色越苍白："是谁害了他？前辈可知是什么毒，可有解药？"

"谁知道何人下的毒，解药那丫头一直在找，太白山、极北之地——"老妪举杖遥指阮静妍所居的竹屋，"这屋子是昭越一带的样式，想是她连那里都去过，这么些年还未收齐，大概确是不易。"

阮静妍怔怔地看着山口，又望向竹屋，眸中渐渐聚满了泪："她什么也没提，我都不知——"

老妪的嘴角动了一下，仿佛是笑，可皱纹太多，实在看不出来："那丫头是个不会说话的，答应的事就会撑到底，我和老头子守在这里九年，也没听她说过几句，简直是根又蠢又笨的木头。”

无数疑惑塞在阮静妍心口，一张嘴就有一行泪滚落下来。

看着她失态地说不出话，老妪叹息一声，衰老的脸庞第一次显出了怜恤：“不要慌，一切有她，那丫头虽然木，却是个天塌下来也担得住的。”

石屋的院子相当开阔，又有树荫遮头，格外阴凉宜人。

花酿呈淡淡的粉，蕴着清洌的酒香，盛在粗瓷碗中如一瓣桃花。老头子慢慢品饮，脸相还有些凶，但眉间的纹路已悄然舒开，看得出颇为享受。

老妪就着碗啃着兔丁：“老头子喜欢酒，偏偏这里荒得很，什么都没有，一蹲这么多年，也是难为他了。”

茜痕灵巧地为老人续斟了满碗：“我家小姐最擅酿酒，怎奈春季唯有花，再过些时日做些果酒，比这花酿更入味，前辈一定喜欢。”

老头子目光一亮，又抑下来低哼一声，冷冷道：“吃了你们三个月的酒食，也该有所回报，想问什么就问吧。”

“两位前辈在此地辛劳，几样酒菜实在不算什么。”阮静妍抑住情绪，浅浅笑道，“起先是怕您不喜，既然合意，我再多做一些。”

茜痕心敏嘴甜，马上接过话语：“前辈喜欢山味还是时蔬？今早陷阱里捕到了一只野雉，不知前辈中意何种风味。”

老头子有些绷不住了，又自恃身份，扫了一眼老妪。

“他喜欢炖肉。”老妪没好声地呛了一句，话中有怨气，“这老不死的挑嘴，爱吃入味的荤食，又嫌僮仆粗笨，将人赶跑了。”

阮静妍心下已有了几分计议，茜痕慧黠，笑应道：“两位前辈不必再自己动手，左右每日都要举炊，正好一并做了，今晚就将炖肉送过来。”

美食美酒的诱惑非同小可，老头子狼狈地咳了两声，老妪白了他一眼，语气缓和了一些：“我们从不白做工，守在这儿是收了重金，你们也不用过于客套。”

阮静妍试探地询问：“您在这里是为了孙儿？”

老妪长长叹了一口气，现出憔悴的老态："我们夫妻早年行走江湖，结了不少仇家，一次不留神被仇人寻上了门。等我和老头子回来，儿子媳妇都去了，唯有小孙儿被媳妇护在身下，还剩半口气，我和老头子日夜兼程，将他送到方外谷才保住了一条命。"

方外谷之名阮静妍也曾听闻，顿生恻然："谷中的神医可治好了他？"

"他心脉俱损，必须靠谷中的灵药和针方活命，年年不能断。"老妪呷了一口酒，颓然摇了摇头，"方外谷、方外谷，黄金能换阎王避，我那孙儿一年的药金就是两千黄金。我和老头子舍了老脸，除了打家劫舍什么都做，也凑不起这么多，当时险些想带着孙儿一同死了算了，结果那丫头找上了我们。"

阮静妍蓦然明白过来，声音有些发颤："她、她从哪儿得来金子？难道——"

"她想求我们在山口看守，不让疯子出来惹祸。"老妪喟然，谁会信一个年纪轻轻的胡姬，原本只当是疯话，直到她一出手五百两黄金，他们这才将信将疑地应了，"至于金子从哪里来，你大概也猜到了。"

阮静妍紧紧绞住了手，指节绷得发白。

花白的头颅有些脱力地垂下，老妪喃喃道："她确实言出必行，每年的黄金都给了，反而是我们——有一次她被疯小子一下劈在背上，我看着方外谷的时限快到了，不等伤好就恶言把她赶出去筹钱，她一声没响就走了。"

老头子开了腔，略为别扭地抚慰老伴："是她没把金子凑够，怎么能怪你。"

老妪勃然大怒："死老头子，还不是你当时死命地催，你背上裂着伤口爬出去试试。"

被老伴劈头一斥，老头子立刻蔫了，半晌才小声辩解："我还不是担心孙儿的药。"

两人的话语阮静妍已经听不清了，纤手扶住额，泪似泉水涌出，无声地跌落衣襟，无边的愧疚与痛楚交织，心口滞涩难当。

二十二 · 伏黄雀

　　燕归鸿在威宁侯府的花厅等了很久才被管事引至书房。

　　薄景焕神情阴郁，冷傲而不近人情，劈头便问："近日追缉的情形如何？"

　　燕归鸿心中叹了一口气，恭敬肃容道："侯爷明鉴，飞寇儿目前暂无消息。"

　　这样的回答不可能让薄景焕满意，下一句如浓云隐雷，挟着无穷的压力："已经数月了，耗了无尽的人力，连一个贼都捉不住？"

　　燕归鸿沉得住气，不急不躁地回禀："飞寇儿并非普通小贼，侯爷一定也听闻过她精擅易容，画影图形根本无用，如今她隐而不出，与江湖中断绝来往，实在难觅形迹。"

　　薄景焕一拂袖，语气冷肃："那又如何，神捕久有盛名，追缉多年，想必对此贼十分了解，当不至于束手无策。"

　　这一句话扣上来极重，燕归鸿的胖脸生生僵住，抑下情绪道："此人虽是师出正阳宫，但我怀疑她与无影盗谢离有一定关联。"

　　薄景焕慢慢蹙起眉，气息更为阴沉："神捕何以如此推断？"

　　燕归鸿的地位远不及威宁侯，但在刑吏浸淫多年，面对王倨并不卑弱，侃侃而谈："我询问过正阳宫，飞寇儿离山时对易容一窍不通，能有今日的本事，必受过高人指点。无影盗精擅技艺极杂，听闻他曾与人赌斗，显露过矫形之术。据刑部记录，其人入天牢后不久病亡，同牢囚犯证言他当时已关节尽碎，然而我开坟检验，却发现坟中尸身骨节完好。"

薄景焕愣了一瞬，颔线猝然绷起棱线，蕴着无声的憎怒："好一个李代桃僵，竟然胆敢在天牢动手脚，神捕可查出幕后何人？"

燕归鸿不卑不亢地一躬身："经年日久翻查不易，谢离病入膏肓，救出去也未必能活多久，不过足以佐证与飞寇儿或有关联。无影盗在江湖为患多年，窃骗无数，胆大包天又心细如发，教出来的自非庸常。飞寇儿师从苏璇，又有神兵在手，为了猎捕我们折了十余名江湖高手，翰海堂三名长老一役尽亡，要短期之内拿下她，属下确无把握。"

一番话语听完，薄景焕的神情越发僵冷："难道神捕临敌退缩，坐视贼子猖狂？"

若非压力空前，燕归鸿确实不愿过度追索。飞寇儿细心警觉，兵器也诡异阴狠，防不胜防，拿下她必然要付出极高的代价，况且娲皇杯失窃一事疑点颇多，手法也不合飞寇儿的习惯，很难说究竟是何人所为。然而种种疑惑在薄侯的高压下无法宣之于口，他唯有道："侯爷言重了，职责所至在下必会倾尽全力，然而期限太紧，贼人过狡，难免力不从心。"

薄景焕的目光一瞬间凌厉如刺，燕归鸿躬身垂手，恍若不觉。

僵持了半晌，薄景焕重重一拍扶手，厉声道："既是如此，我借出六名郎卫助燕神捕行事，若这样还缉不到，可见食禄的刑捕房上下俱是饭桶，当好好理一理。"

燕归鸿的圆脸终于凝重起来。

同一时刻，玄武湖畔的别业又是另一番光景。

文思渊亲身前来，一入书房即跪伏于地，咬牙恳求："求公子救我。"

左卿辞不动声色地使了个眼色，令秦尘扶起他，而后才和颜询问：

"文兄何出此言?"

"试剑大会之后,因赤焰沙一事是我牵线,威宁侯传我去询了一番飞寇儿的情形,被我含糊过去。"文思渊近日左冲右突,惶惶不安,再无法维持镇定潇洒,"这一次郡主失踪后,威宁侯在江湖上施压,找寻所有与飞寇儿有关联的掮客,再次带话要我去侯府。"

虽然带话之人说得轻巧,可文思渊又不傻,自是分得清利害,他已经躲了好一阵,形势越来越紧。薄侯恨极了飞寇儿,这一去绝无善了,想活命唯有将功折罪,协助薄侯诱捕到她,那样一来又得罪了左卿辞,必然死得更惨。何况谢离被换出天牢之事遭人翻查,虽然知情者早已被处理,但燕归鸿老到犀利,难保不会追索到源头。等发现飞寇儿是他一手栽培,薄侯的十分怒火,只怕有五分要落在他身上。

谁会知道薄侯与剑魔曾有那般复杂的纠葛,直到受命探查琅琊郡主的旧事,文思渊才发现自己竟不知不觉惹来了滔天大祸。他无数次恨自己鬼迷心窍,还以为栽培她是拾到了宝,一步错,步步错,如今一切悔之已晚。

左卿辞玩味地看着立在案前的人,若不是自知无论如何也难以幸免,文思渊大概已同其他掮客一般向薄侯跪地投诚,哪怕苏云落是他最得意的棋子,也敌不过千钧压力之下的保命本能。

文思渊心下清醒,横竖已经得罪了威宁侯,面前的魔头尽管可怕,却是唯一的生机,若是此人肯保苏云落,他连带也可无恙:"公子可知薄侯已经召令十二郎卫中的六名出府追缉,他们个个身怀绝技,非同小可,我从天牢弄出来教她的无影盗谢离,当年就是栽在他们手上。"

左卿辞明白文思渊的心思,挑了挑长眉:"除此之外,薄侯还做了什么?近日可有异常?"

"薄侯用尽各种方法在江湖上查探与她相关的人,还有她近年所为的每一桩事。"文思渊满是苦涩,薄侯查的何止是她,连带自己也被探得巨细无遗。

左卿辞沉吟片刻:"云落所寻的八味药,你可曾对旁人透露?是否会落入薄侯之耳?"

文思渊清楚对方要问什么："那些药有几味是她自己去绝域寻的，有些是从我这里得知，我的消息也是经江湖同道而来，薄侯若查得细，大概逃不出耳目。"

薄侯想来也猜出了苏璇未死，左卿辞薄哂："现在他们往何处追缉？"

文思渊道："她最后一次行踪是在湘楚，所以燕归鸿与六名郎卫追去了云梦。"

"气蒸云梦泽，波撼岳阳城，景致是出名的好，可惜那一带民风剽悍，并非善地。"左卿辞静了一阵，浅浅一笑，徐淡的话语不带半分烟火，"我瞧薄侯是太闲了，越俎代庖地干涉刑名之事，也不怕手下折在那里回不来，落了江湖笑柄。"

左卿辞的神情神秘难测，文思渊心头一寒，又突然安定。

"本来有些旧事想请文兄代为一查，但如今风声紧，权且放一放，文兄也无须过虑，实在忧心就多藏一阵。"左卿辞漫不经心，似随意地道，"至于薄侯，大约是有些焦心过度，假使郡主的消息多一些，他一欢喜，或许就无暇旁顾了。"

文思渊脑中转了几转，暗自吸了一口气："多谢公子指点，在下明白了。"

望着他的背影，左卿辞轻讽一笑。聪明人都能活得久，遇上强权自会玲珑屈膝，求个趋吉避凶。唯有那个满脑子师父的傻瓜，才会不管不顾，再厚的墙也一头撞上去。

只是这世间聪明人太多，傻瓜太少，若就这么死了，未免太过无趣。

十二郎卫如今虽食了威宁侯府的俸金，根底上却还是江湖人。

他们皆是一方之雄，被薄侯以各种手段收服，历经十余年，仅留了十二人。这群人被薄侯赐姓郎，不再有自己的名字，所行所为均为秘事，在今日的江湖中湮灭无闻，然而若有人能认出一二，必会哗动江湖。

十二郎卫，前者为尊，这一次领队出来的是郎三，他是个中年人，脸长而目狭，目色凶戾，是郎卫中心最狠的一个。杀人的时候神色不会有丝毫变化，即使在十五年前，在伏波山下杀死铁甲凌家满门，其中一个不足百日婴儿的心头血溅在他脸上，他的手也没有半分犹豫。

这一次出门，他第一个挑了郎九。

郎九最擅长的是探痕追踪，于细微处辨识易容伪装。他最厉害的战绩是捉住了无影盗谢离。如果不是他从一筐梨子上发现了蛛丝马迹，一路紧迫追伏，让谢离最终现出了形迹，只怕这名即使废了武功，仍从三重深牢中越脱而出的惯贼已然逃出生天。

郎三挑的第二个人是郎七。

郎七是个看起来病恹恹的瘦子，擅使刀。郎七的刀很奇特，是一把剔骨刀，这把刀可以完美地剥下一张人皮，也可以细如毫发地剔出一根腿骨。他最喜欢的除了杀人就是刑求，只要人是活着落在他手上，保管祖上三代的秘密都会吐出来。当然，刑求时如何让人不死也是一门学问，他们都清楚这次要捉的飞贼，藏有很多薄侯感兴趣的秘密。郎七在，可以确保哪怕飞贼连皮都没了，依然能活着带回金陵。

郎三挑的第三个人是郎五。

郎五精熟大开碑手，长年戴着一双独特的手套，这双手套色泽如乌钢，为一处上古遗墟所得，哪怕是鸦九神兵也难以轻易毁伤。他指力雄浑，配上手套可以击碎坚石，正克制一寸相思这样奇特的软兵。当年谢离落入他掌中，全身关节的骨头均碎在他指下。

除此之外还有郎十及郎十一，各有所长，无一不是好手。关于胡姬的所有消息线报也已被反复熟知，留在金陵的郎四与郎八全力搜拿百晓公子文思渊，断了她所有助力，这一番出手势在必得。

一行人一路顺畅，这一日抵达了一个镇子，镇上为数个郡县交会之点，往来客旅极多，正是街市最热闹的黄昏，六人在客栈安歇下来，要了三间上房。按规矩两人同宿一间，但凡有任务在身，出入必须两人同行，不可落单。

待几人用过膳食，天色已经暗了下来。郎七好色，进镇时见红桥上一名妖媚的烟花女子飞了个眼波，按捺不住要去花楼，与他同住的郎五只好跟了去，郎十和郎十一自行回房歇宿。

郎三与郎九结伴，郎三自律，习惯每日晚间必练功，他嫌客栈吵，顺着店伙的指引去了河畔，多年如一日地习练刀法。郎九挑着一盏风灯在河堤的短亭内等。夜渐渐沉了，风轻轻晃动亭角的铃，洒下零星的声响。

郎三一路刀法使到尾声，一条野狗跑过短亭，仿佛闻到什么，一路嗅到郎九面前，忽然哀鸣一声，夹着尾巴逃走了。

郎三蓦然停下了刀，他清楚郎九幼时被恶犬咬过，养成了一个怪癖，碰上野狗必会打杀。那条狗靠得极近，险些蹭上郎九的膝，亭中人竟然纹丝不动，明显不对劲。

风无声，铃轻响，四周突然静得可以听见心跳。

郎三不由自主地握紧刀柄，唤了一声。

郎九依然一动不动，手中的风灯晕着一团光，映得他低垂的面孔惨白。

郎三稳了稳神，以刀背托起了郎九的脸，随着举动，忽然有两行血从郎九鼻中溢出，他的眼睛还睁着，放大的瞳眸犹如灰珠，唇角勾起，带着奇怪的笑。

这已经是一个死人，郎三手一颤，倏地退后。

四周一片空寂，不见半个人影，河岸的风幽冷。

郎三的眼眸迸出恶狼一般的杀气，蓦地折身向客栈的方向纵去。

被抛下的郎九依然静静地坐着，挂着僵冷的诡笑，一丝蜿蜒的血缓缓从耳洞渗出。

偌大的客栈彻底乱了，不停有宿客惊骇地逃出，在他们身后，两个人在拼死搏杀，从二楼到客堂，一路砸得稀烂。

郎三掠进来瞥了一眼，如坠冰窟。

那两个人，他再熟悉不过，正是郎十和郎十一。

他们本是朝夕相处的同伴，这一刻却成了不共戴天的仇敌，口中嘀嘀有声，目眦尽裂，眼珠仿佛蒙上了一层血色红翳，犹如吞噬一切的凶兽。

郎十的左手已经断了，郎十一右肩被刀劈开，两人似乎完全感觉不到疼痛，仍在血淋淋地对砍。

郎三冲上去，刀尖一挑一压，试图将两人分开，却瞬间成为两人攻击的目标，一溜腥咸的血珠溅上郎三的脸，疯狂的攻势迫得他不得不退开，好在两个人并未追击。

郎三胸膛起伏，脑子几欲爆开，直直地瞪着两个红着眼的人继续自相残杀。场面诡异而残虐，仿佛一场不死不休的僵局，郎三蓦然转掠出去，疾奔向远处的花楼。

花楼静悄悄的，唯有楼外红灯高悬，在夜空宛如一颗滴血的眼珠。

明知异常，郎三仍然控制不住，一头冲了进去。

楼里应该是宾客满堂，然而所有的客人是那样安静，在楼梯、桌案、门槛、廊下或歪或倚，或倒或伏，似乎前一刻还在宴饮，后一瞬已被抽离了神魂。

倾倒的银壶泻了一案酒，滴滴答答地淌落。

空气中有一种发腻的香，像脂香又带着腥气，笼罩住了口鼻，郎三下意识地屏住了呼吸。他伫立了一瞬，从崩乱中冷静下来，敛刀于侧，一步步上楼，找寻同伴的踪迹。

他的脚很轻，手很稳，哪怕出现一只恶鬼，他也能立即将其斩退。

当终于寻到最里面一间房，他无法自抑地颤抖起来。

郎五已经死了。

尸体倚着墙半瘫倒在地上，腰以下的骨头软碎如绵，这是大开碑手的威力，这样的形状曾在郎五无数对手身上呈现，而今却落在他自己身上。郎五一双戴着乌色手套的手，按在他自己的喉结上，双目翻白，脸色黑青，面目肿胀扭曲，看起来竟是自扼而亡。

数步之外是垂落了红幔的绣榻。

一只染血的手从帐内探出，骨节突露，痉挛地半弯，仿佛想抓住什么。

郎三定了半晌，挑开了幔帘。

床内躺着一个半身赤裸的烟花女子，细嫩的皮肉在昏黄的烛光下粉白刺目，凌乱的黑发覆面，不知是昏是死，同样赤裸的郎七就趴在她身上。

轻轻一挑，郎七被翻了过来。

郎七的另一只手抠在嘴里，大片的鲜血顺着下颌淌出，顺着胸膛流了一床。一块东西掉落下来，软软的，混着淋漓的血水，那是郎七的舌头，被他自己生生拔出。

床榻边有几个蘸着血写的字，幽暗中看不清。

郎三脑中一片昏乱，晃亮了火折，火苗呈现出奇异的幽绿，他立刻屏住了呼吸，然而已经晚了，那种腻柔的香气已丝丝渗入肺中。

他的手开始发颤，掐熄的火折跌落在地上，他痉挛地抠住发紧的胸膛，无论怎样运功，不知名的毒依然一丝丝蚀入血脉。

隔壁的桌案响起了倒酒的微声，郎三蓦然转头，一个俊美的青年在腥气扑鼻的房中安然而坐，神色自如，轻巧地搁下酒壶，仿佛全未见两具可怖的尸体。在他身后，一名随侍垂手而立，沉默地守卫。

郎三被惨景吸住了心神，竟不曾注意到隔壁有人。这个人他不算陌生，然而此时此刻出现于此地，却是做梦也想不到，他忍不住疾声道："是你？你——"话未说完他突然哑住了，刹那间想起了什么，目光瞬间迸出了无边的恐惧，"不、不是你——是——你是——"

清逸的脸庞无波无澜，对方优雅地托起酒盏，望空一划："你的兄弟在奈何桥上等，这杯酒，算我为你送行。"

郎三额角发青，青筋凸起，血从喉间漫出来，心口剧烈地抽痛："为什么——你怎么会是——你与侯爷——究竟有什么恩仇——为了那个胡——"

对方似乎笑了笑，并没有回答，待清亮的酒液从半空泻尽，他淡然起身，从容而去。

郎三大口大口地呕吐，黑色的血液中夹杂着破碎的脏腑，他双眼暴突，用最后一点力气拎起刀，匍匐着向门口爬去，他很不甘心，很想告诉千里之外的侯爷，这是一个极可怕的秘密，靖安侯公子——然而他的意识停滞了，再也无力动弹，眼前一片昏暗，明晃晃的光蹿起来，带着异样的灼热与焦烟弥散。

近日各路消息探子密报迭出，扬州、苏杭、越州……多个地区有人传信，曾见过一个气质殊异，样貌清丽的美人受人挟制而行。这让薄侯空前关注，甚至离了金陵前去追索，连对飞贼的缉拿都放了其次，不承想忽而一封急报递来，去往云梦的六名郎卫死于非命，无人能想象薄侯当时的盛怒与震骇。

直至燕归鸿从云梦归来，亲自入府陈报："禀侯爷，当时我在邻镇办了一些公务，得到消息过去的时候已经迟了。事后探查现场，六人其中一人死于客栈外，两人死于客栈内，另有三人死于花楼。据说客栈内的两名郎卫疯魔般互斗，尽管报了当地差役，但谁也不敢接近，直到两人互相砍杀身亡，接着客栈、花楼、河亭三处俱燃起了大火，无人能说清是怎么一回事。"

薄侯每一个字锋都透出冰寒："难道神捕也要对本侯如此应答？"

燕归鸿殊无半点笑意，顶着风暴说下去："客栈只有几个客人逃出来，问不出所以然，花楼中的人无一生还，所有死者均成了焦骸，经研判应是中毒无疑，不过毒性异常奇特，施毒手法也极巧妙，满城仵作和郎中全验不出是何种毒。"

薄侯面色森冷，气息凝滞："何人所为？"

燕归鸿知道此次压力空前，该说的还是得说完："不是飞贼，她长于隐匿而不是狙杀，更没有用毒的习惯。"

这位尊贵的侯爷按捺着狂怒听下去。

燕归鸿娓娓而析："这场局如此精巧，显然是将六名郎卫的习惯彻查清楚，定下了分而应对之术。据客栈外的果铺老板说，郎七在桥上看到了美人，于是向他打听，得知了花楼所在，我问了镇上的人，当日在桥上的美人叫小春娘，她的兄弟说她前一日心情极好，似得了一位陌生恩客的一笔重赏，说第二日还有生意。可惜事后花楼大火，无法判断是否有人授意她在桥上相诱，恩客的身份也已不可考。"

不等薄侯询问，他接着说下去："郎三练刀的地方也有些蹊跷，河畔离客栈较远，当地人都清楚客栈百步外就有一块圈起来的弃地，郎卫舍近求远，或许是被人故意引开。然而客栈与花楼一般无二，掌柜和店伙已然葬身火海，线索断绝，追查无门。"

薄侯听得心火上涌，厉声道："难道大火之时，街坊邻里来救，那么多双眼睛一个异样之人也未发现？"

燕归鸿唯有苦笑："花楼临河，纵火之人趁前楼喧杂，自后门登舟而去，夜里船篷密掩，就算有人注意，又如何看得清，事后弃舟登岸，将船凿沉于水中，哪里还能寻到半点痕迹？"

这样处心积虑的谋划，精细无痕的安排，映射出的信息惊人，薄景焕沉默了。

燕归鸿见对方终于敛了威压："这些远非飞贼一人能为，六名郎卫一路也并未与旁人起冲突，只怕是猝不及防受了有心人的伏击。"

薄景焕阴鸷的目光凝成了冰。

"这样的手法很像江湖上一个人。"燕归鸿压低声音，道出了一个名字。

薄景焕一震，知道对方想问什么，良久道："本侯从未与此人有过交集。"

燕归鸿默了一阵，心一横俯首："侯爷明鉴，如果连此人也牵涉入内，燕某已无能为力。"不管这人是否与飞贼相关，连郎卫都折了，刑捕更拿不下，不如暂歇。

薄侯颚骨紧绷，良久道："苏杭一带的消息又是怎么回事？"

燕归鸿顿了顿："有人故布疑阵掩人耳目，扮作郡主的女子均是从花楼中赎买或掳掠，人被灌了药，昏昏沉沉受制而为，及至追缉者近，挟持者就将她们弃在客栈，自己逃之夭夭。"

"这两边不管是何人搞鬼，想方设法查清楚！至于飞贼——"薄景焕深吸了一口气，将所有阴沉郁怒抑了下去，话语淡漠而无情，"是本侯想岔了，缉拿之事自有关联之人，既是正阳宫的门徒，就让正阳宫出来收拾！"

不知算不算一个轮回。十年前，苏璇被正阳宫清理门户，十年后，同样的命运似乎又将降临在他唯一的徒弟身上。

天都峰上，宽广威严的正殿静肃无声，袅袅的烟柱升起，沿着铜鹤的长喙蜿蜒，飘向高远黑暗的殿顶。大殿中央是一尊巨大的玉清元始天尊像，两侧是上清灵宝天尊和太清道德天尊，三位仙师俯瞰微尘芥子般的凡人，神情淡泊而邈远。

暗淡的殿堂内立着一个须发漆黑的中年人，他仰首凝视着无喜无怒的神像，搭在左臂的拂尘泛着霜雪般的微光。

殷长歌从殿外踏入，立在中年人身后唤了一声："师父。"

过了许久，金虚真人终于开口："那个孩子，如今是个怎样的人？"

殷长歌当然明白师尊问的是谁，正色道："独来独往，不喜与人接触，但心中有师门，行事自有分寸。我重伤的时候，她明知神捕就在一旁，依然上了试剑台。"

金虚真人缓缓道："你师姐信中的说法有些不同，她说是因为屠神辱了轻离。"

"轻离难道不是我正阳宫之剑？师叔难道不是我正阳宫之人？！"殷长歌胸中涌起复杂的情绪，话中透出激意，"师叔的长剑曾令门派如日中天，师妹的一搏让狂徒血溅三尺，怎么能将其与本派割裂。"

金虚真人叹息了一声，久久未曾言语。

"当年我心性狭隘，对她百般欺凌，自问不配为师兄。"殷长歌难抑激动，言中尽是不平，"师叔唯有这一个徒弟，她从不曾蒙受门派看顾，虽然误入歧途，却一力隐藏来历，唯恐累及师门声誉。若要我依从权贵号令，将自家师妹追迫至死，我宁可折了掌中剑。"

仿佛被殷长歌的话语所激，山头的暮钟撞出了清越的宏声，在山野间漾起阵阵回声，如潮水涌遍殿堂。金虚真人看着爱徒，年轻人英姿焕发，道衣如雪，身形如剑，落落坦荡地据理力争，让他想起多年前的某个人。

钟声停止了许久，正殿响起了声音。金虚真人话语缓慢，带着无形的张力："威宁侯地位尊崇，然而他的话到底不是圣谕。他的指令正阳宫可遵，也可不遵。"

殷长歌的眸中霍然闪出了惊喜。

"既然她所用的不是剑，也就未必是本门武学，行恶自有捕头差役，本门不便擅逾。"金虚真人转过身，面庞端宁，三绺长须无风自动，"你下山一趟，替我将这句话带给威宁侯。"

殷长歌的胸臆豁然开朗，立刻道："谨遵师父之意！"

金虚真人加了一句："此事必会让威宁侯心中有所芥蒂，你提醒青儿，在金陵万事留心，不可有半步踏错，一切好自为之。"

殷长歌应了一声，情绪却低落下来。

金虚真人瞧在眼里，淡叹一声："青儿温良勤勉，心性却少了磨砺，小事尚可，逢大事易浮摇不决，迷失本心，是为师不该爱护太甚，让她过于顺遂，如今在红尘中历一番世事也好。"

殷长歌嘴唇动了一下，不知能说什么，她似乎已经选好了另一条路，弃剑从俗，嫁入豪门，做一个贤淑荣华的命妇。

金虚真人不再多提大弟子，转为思虑其他，有些事本不该让徒弟知晓，但此去金陵面对那位阴鸷的薄侯，又不能不防："江湖传言琅琊郡主被劫，威宁侯百般严缉，甚至施压于本门，原因我也能猜出几分，这一切大概与你师叔苏璇有关。"

殷长歌一怔:"师叔曾得罪过薄侯?"

金虚真人的声音似天都云顶的雾,淡而远:"十年前各大派齐上天都,正是薄侯暗中挑动,他与苏璇,本是结义兄弟。"

走出幽暗的正殿,天光白得有些刺目,殷长歌穿过长桥,行过演武场,年轻的师弟师妹在凝神练习剑招,轻捷如灵鹤翻飞,他脑中还回荡着适才获悉的一切,忽然想起封赏盛仪之后,听闻他提到结义,威宁侯失态地厉斥。

一对亲密无间的结义兄弟,因恋上了同一个女子反目成仇,甚至在一方疯魔后依然不肯放过,暗中策动将之置于死地,该是怎样一种深恨。

事隔多年,这宿恨似乎又落在了苏云落身上。

左卿辞那一句隐晦的暗示,他一直在想,能在她背上留下剑痕的人,究竟是不是他所想的那个人。如果那人还活着——

他仰起头看着灼目的骄阳,握剑的手紧了又松,松了又紧,远远回望了一眼正殿。模糊而沉重的怀疑被他压在心底,像一块沉甸甸的石头,不曾对任何人言说,包括他最尊敬的师尊。

如果——如果是真的,她这些年究竟做了什么?

飞贼成了一滴汇入江河的水,浑然不见踪迹。

大张旗鼓的追缉失去了目标,持续良久终于低落下来,玄武湖别业附近监视的人也少了,一日午后,一封特殊的信被人递来,同时送来的还有一个黑黝黝的精铁匣子。

白陌一看信封的记号就接过来,将匣子抱入书房:"公子,苏姑娘送来的。"

信中仅有一张薄笺,没有抬头落款,廖廖几个字显然是仓促而就,左卿辞一眼扫过。

　　明藤有信，数月即归，此匣请君善藏，勿失勿忘。

　　信笺在烛上一燎，轻飘飘引着了火，左卿辞将残笺甩入笔洗，精致的唇线呈出三分冷淡。威宁侯仍在，八方缉捕未平，她竟然弃了伏藏，前去追索赤眼明藤。那些药像无边诱惑的饵，足以让她忘却威胁，蠢头蠢脑地扑过去。

　　细细思索了一阵，左卿辞倒也不甚担心，经云梦一事，威宁侯有所忌惮，不致再轻易派出郎卫，就算设陷也不会远离金陵，而笺上写明需数月之久，必是位置甚远，至于这匣子——他打量了半晌，指尖轻触匣体，沉厚的精铁隐隐透出寒意，他顿时心头一动，待撕去封印开启，果然不出所料。

　　匣子小而厚重，显然是特别定制，快装满了。其中有玉瓶，也有锦袋玉盒，他逐一翻看，有些着实太过稀罕，即使方外谷中的医书也仅记载了形状，颇是开了一番眼界。

　　一枚异形果实，外层似赭色的鱼鳞密覆，最顶端是鲜明的碧色，应当是传说中的碧心兰；另一枚通体发灰，散着奇异的香气的块茎应该是幽陀参；盛在一个圆肚玉瓶中的是地脉所凝的佛叩泉，寻常一滴已极为难得，她居然得了近乎一瓶；那块分量极轻的软黏黄胶必是风锁竺黄；而长仅一指，通体如玉的藤状物，大约是汉旌节；加上鹤尾白与锡兰星叶，这一匣子正是她耗尽心血，用性命搏回来的灵药。

　　白陌看得眼发直，喃喃道："这些东西她居然肯托过来？当真是信重公子。"

　　左卿辞闪了一下眸，无表情地合上了匣盖。她会将这个送来，大概是前一阵风声太紧，匿处尽被勘破，她即将远去寻药，别无可靠之人相托。

　　至于信重，左卿辞淡讽地笑了笑，再是信重，也远不如一个疯子。

卷十五

终成空

二十五 · **明月夜**

　　灼人的骄阳直投下来，晒得肌肤火辣辣地痛，长剑远远地落在地上，反射出的白光异常刺目。

　　这一次门中较技，有多位长老在场评议，也让同辈师兄师姐稍有顾忌，他们仅仅是击飞了她手中的剑。对手已经利落地离场，她低着头，慢慢拾起剑，耳际的议论又开始涌入。

　　"天资不佳，学了三年依然不成器，不堪造就……"

　　"习剑已晚，又心智愚钝，难有大成……"

　　刺人的议论一句句烙在心上，她听得麻木，却无法不去想，昨日才回来的师父是何种神色，在高高的看台上见自己的徒弟这样无能，会不会觉得耻辱。

　　忽然一片衣袖替她遮住了阳光，抬起头，她看见世上最亲近的脸，与平日一般平和随性："比完了就好，师父今天弄了只羊，回去烤给你吃。"

　　她的心头忽然就酸了，一个字也说不出口，跟着师父转身而去，将练剑场抛在后方。

一名年长者从高台追下来："苏璇，此女毕竟是胡人血脉，根本不具习剑的资质，将来只会辱没师长，不如另收良才，我那里有几个根骨不错——"

"多谢长老好意，我懒散无状，有一个徒弟已是误人子弟，哪还敢再收其他。"她身旁的人说得很随意，蕴着不羁的洒落，"她学剑不精，自然是我这师父之过，何况就算不成器又如何，有我在，必会让她一生不弱于人。"

最后一句还在耳际回荡，苏云落睁开了眼。

窄小的木船随着海波摇晃起伏，她取下覆面的布巾，漫天的云霞映入眼帘，深蓝的大海无边无际，衣上凝着干涸的盐粒，唇舌干燥如火灼。她下意识地摸了一下里衣，取出一个层层包裹的水晶匣，里面有一枝赤红如珊瑚的短藤，满布奇异的黑色斑纹。

一切伤痛都被遗忘，她摩挲了许久才小心翼翼放回怀里，转为处理腿上的伤。敷帕浸透了渗出的伤液，她揭开看看，又覆了回去，嘴角不自觉翘起来。

左卿辞给了许多灵效的伤药，小腿已经褪去了黑紫，不复撕心裂肺的痛楚。

赤眼明藤在东海的蓬莱阁，那是一座孤岛，最大的难处是入岛与离岛，她已经成功了大半，只需划至海岸，安全地踏上陆地。茫茫大海上，辨别方向并不容易，好在她有一个出色的助手，灰隼双翼一展，长唳一声，从高远的天穹滑过，她拾起桨，在暮色沉沉的大海上划开，朝着飞鸟指引的方向驶去。

漫天的星光荧荧灿灿，一如她心头溢不尽的欢喜。

药已经齐了，她所牵挂的人会再度醒来，执剑君临天下。

那颗最璀亮的晨星，将重新回到苍穹。

适逢皇后寿辰，宫中设下盛宴于内庭欢庆，同时邀了数百皇亲贵戚，重臣亲眷。满宫锦绣铺陈，云裳鬓影，笙歌阵阵，更在御花园内设了诗咏台、华灯阁，兼有投壶猜枚等游乐，处处欢笑人声。

左卿辞本不爱这种场合，但这一次也恰逢晴衣生辰，他避过盛宴，到游园时分才入宫，一袭简雅的玉色锦衣，引来无数淑媛流连注目。

"大哥！"一身浅粉宫装的晴衣似一只明丽的蝴蝶，相当惹眼，她等得心急，好容易见到翘首以盼的身影，喜出望外又忍不住抱怨，"爹爹不来，二哥近日当值也是忙得紧，我盼了大哥好久，怎么这时才来。"

左卿辞但笑不语，递过盛着生日贺仪的锦盒。

左晴衣接过，交由侍女捧了下去，引着长兄向略为僻静的宫池行去，爱娇地嗔道："明明在金陵也不来看我，若不是生辰，想见大哥还不知要等到何时。"

宫中举宴，宫池畔亦是精心装饰，丝帛缠枝，丝毡铺道，池畔的枝丫间还悬了金丝鸟笼，置着画眉莺歌，听取脆声清啼。

左卿辞随着她缓行："频繁入宫易落人口实，你既已安好，我也放心。"

晴衣十分敏感："难道大哥以后都不来看我？"

左卿辞挑开池畔垂落的长枝，让晴衣行过："再两年晴衣就要嫁人了，我也未必会长留金陵。"

左晴衣吃了一惊："大哥要去哪里？"

左卿辞摘下一片青叶，抿进唇吹了一个短音，如一声幽婉的鸟鸣："去何地我也不知，大约是有好风景之处。"

左晴衣顿觉惶急："你离家那么多年，好容易回来，为何又要走？"

见妹妹焦然无措，左卿辞轻笑一声："又不是永不再见，我终会去探你。"

左晴衣只恨自己言辞无力，二哥又在值宿，情急之下口不择言："大哥不要走，我瞧着沈姐姐很好，你娶了她，在金陵安家可好？"

左卿辞当她说的孩子话，根本未放在心上。

左晴衣执着地苦劝："我说的是真话，淑妃娘娘也觉得沈姐姐相宜，除非大哥另有意中人。"

一弯上弦月映在湖水中，随着水波变幻着形影，左卿辞没有回答，长眸蕴着月色看不分明。明明他是那般温润可亲，这一刻又异常神秘，左晴衣看不透，禁不住脱口而出："真有这样一个人？是谁？为何大哥从来不提？"

幽寂的水面倒映出一颗划过夜空的流星，左卿辞居然给了答案："她是个傻瓜，心里有另一个人。"

左晴衣听得傻了半晌，瞠着兄长俊逸的脸庞："还有这样没眼睛的女人？她哪里值得你喜欢？"

左卿辞莞尔，半晌后淡淡道："晴衣说得不错，我也腻了，正好到此为止。"这句话本是随口而出，却衍生出一种恶意的快感，仿佛某种纠结的烦乱蓦然一空。

左晴衣松了一口气，然而见他的神色又难解疑惑，试探地劝解："世上佳人无数，既然大哥已经放下，何不多看看其他。"

树下的画眉听得人语，扬翅扑棱，左卿辞漫不经心地逗了两下。

左晴衣见他并无不快，心气又定了一些："沈姐姐美貌温柔，大哥觉得如何？"

左卿辞不动声色："看来晴衣近日与她往来颇多？"

左晴衣脸一红，支吾了几句才道："她时常出入宫中，我见她和气聪慧又武功高强，做了大嫂正可以保护大哥。"

左卿辞轻轻"哦"了一声，俊逸的脸漾起一分似笑非笑的讽："原来我在晴衣心中如此无能，甚至需要妻子倾身相护。"

话中的嘲弄太过分明，左晴衣立刻知道自己说错了，绞尽脑汁地岔开话题，抬眼瞥见前方一座宫灯高悬的石台，石台上人影交错，笑语哗然，其中有晴衣友好的女伴，眼尖瞥见，扬帕笑唤。

依左晴衣的安排，她本是要将兄长引过去，此际反而踌躇起来，一心想问个明白："大哥为什么不肯留下，是怕——"

不等一句说完，两名女伴已经迎出来，将兄妹二人笑迎了台上。

台上有十余位青年男女，有陌生的也有熟悉的，左晴衣各自见过，她的礼仪是淑妃教养出来的，一举一动高雅合度，谁见了都挑不出毛病。

沈曼青赫然在座，但见她一席曳地月华裙，绾云鬓束宽袖，被众人簇拥，落落大方地在台心烹茶。她显然熟谙茶道，姿态流畅而优美，碾茶、煮水、加入茶末，舀去沫饽；三沸之后复浇，香气散开，均匀地斟入碗中，碧绿的茶汤色泽赏心悦目，令人心旷神怡。

"素瓷雪色飘沫香，何似诸仙琼蕊浆。"一名青年当先品饮，带着毫不掩饰的爱慕，"今日一品何其有幸，沈小姐烹茶之技可谓炉火纯青。"

沈曼青谦柔地回应："骆公子过誉了。"

左晴衣在兄长耳边介绍，一圈下来左卿辞了然，座中并无皇子皇女，多半是世族子弟，场面也较为随意。随着兄妹二人的到来，座中的气氛不知怎的有微妙的变化，女儿家似乎羞涩起来，比方才更显文静端庄。

唯有沈曼青神色如常，将两杯茶汤分至二人面前，嫣然一笑。

左卿辞致了谢，接过来不疾不徐地浅啜，偶然回应几句。

座中的几名青年男子也觉出了异样，发现一众女子的目光尽投在左卿辞身上，隐生不快，骆公子首先发难："方才见识了众位小姐的诗文，也品了沈小姐的茶，不知左公子有何才艺，容我们有幸一瞻。"

另两名世家青年随即附和，左卿辞淡淡道："骆兄抬举了，左某并无长才。"

骆公子存心要扫一扫他的颜面，岂肯轻易作罢："二公子能百步穿杨，左小姐能双手同书，阁下既为兄长，必是更为不凡，何必过谦。"

左卿辞第一次听闻晴衣还有此能，倒是轻讶了一下。

左晴衣见兄长被人刁难，顿时起了护卫之心，她虽然年少，但出身侯门，又得淑妃疼爱，在宫中也不怯弱，花容一沉刚要开口，突然一个悦耳的声音插进来，奇特的异国腔调傲慢而娇纵。

"他长于琴艺，却只为引诱云雀而奏，就凭你，也配听？"

一个金发雪肤的丽人悠然而现，冰蓝色的美目过处，满座男人尽失了魂。

二十六·肘腋袭

撞见这位美人，左卿辞确实有三分意外，眉间难以觉察地淡了一下：“瑟薇尔公主近来可好？”

这女人聪明狡黠，初入中原之际，她很清楚一旦被左卿辞以赤焰沙王宠妃的身份上奏，必然不会有什么地位，索性给自己安了个烟芝公主的名号，反正中原与烟芝少有往来，也不怕被拆穿。

正如她所料，一国公主受到的待遇自又不同，王廷封赏极厚。凭着惑人的美色，她成了王侯公卿的座上宾，轻易拢了一大票裙下之臣，每次与宴如众星捧月。不过她知道左卿辞不好相与，极少与他照面，像这般主动接话可谓例外。

华贵的衣饰让瑟薇尔艳丽的容貌更为夺目，独特的媚姿加上三分倨傲，金发丽人轻易慑住了全场，她瞧了一眼沈曼青，道出了一句赤焰沙语：“怎么如今你身侧只剩锦莺，不见云雀？”

“夫人而今倾慕者多如过江之鲫，尚对故人念念不忘，实在难得。”左卿辞被刺了一句神色不变，优雅一笑，同样以赤焰沙语答，“倘若那些追求者获悉夫人的旧事，必会十分感佩。”

雪颜的笑容立刻减了七分，瑟薇尔轻哼一声，不敢再招惹，改回了汉话："我瞧见故人，不请而来，冒昧扰了各位。"

骆公子被美人迷得心神俱乱，哪还计较一句轻斥，不过挤对左卿辞却是没忘："瑟薇尔公主方才说，左公子精通琴艺？"

左卿辞轻描淡写地挑转了锋芒："不敢，倒是有幸在西域见过瑟薇尔公主一曲妙舞，如天女下凡，至今难忘。"

一听美人妙舞，满座的男子均生出了兴趣，悉数开口缠着佳人求舞，这一干人瑟薇尔全不放在眼里，哪里肯轻许，胡乱找了个理由，终是推辞而去。

经她一搅和，场中已无甚意趣，左卿辞借口时辰已晚，唤来宫侍将晴衣送回淑妃殿中，自己沿着湖边小径转去，果然不多久就见金发丽人在水边等候。

左卿辞也不客气："公主有事？"

瑟薇尔撇了一下艳美的红唇："真慢，我有事询问，你可知云落在何处？"

左卿辞半笑不笑："这话问得有趣，她行事莫测，来去倏忽，我如何能知？"

瑟薇尔本能地不喜欢这个人，又不敢过于挖苦，悻悻道："世人都知道她被你骗到手，我要寻她，自然唯有问你。"

左卿辞不甚上心地敷衍："公主寻她何事？"

不提赤焰沙，就算在中原瑟薇尔也鲜少受过这样的怠慢，脾气一蹿又强自压下，知道对他发作也是无用："前日我听到一些事，那只笨云雀怕是有危险。"

左卿辞挑了挑眉，不置一词。

瑟薇尔敛了神色，难得地姣容凝肃："前阵我在陈王宅中饮宴，避出去醒酒，正好听见隔厢有人在低声议论，似乎在说什么毒，还提到了飞寇儿。"

左卿辞心下一动，面上淡淡："是什么人议论，公主可有看到？"

"没听完就被发现了，还好我装醉骗了过去。"瑟薇尔道，"陈王爱结交三教九流，客人杂得很，那几个人瞧着有点凶，面孔也生。"

陈王？左卿辞思忖了一瞬，心下冷嗤，不可能是陈王，云落最厉害的对头只有一个，那位侯爷近期也的确太安静，必是借着陈王的名头作掩。细想左卿辞又觉出了怪异，听闻殷长歌传递了正阳宫的意思，婉拒了薄侯的诉求，可想薄景焕恼怒更甚，出什么计策都不足为奇，怪在居然处心积虑地借他人行事，难道六名郎卫一朝折损，致使薄侯谨慎过度？其中必有蹊跷。

至于施毒，云落远去他方寻赤眼明藤，薄侯如何觅得了行迹？何况她有却邪珠在手，寻常毒物难伤，所谓的陷阱究竟从何而来？

从宫中辞出，左卿辞在马车上反复思量，始终不得其解。

车行辘辘，夜色深晦。

马车有节奏地晃动，他缓缓揉着额角。脑中浮起一双深邃的眉睫，颊似莹玉，笑颜如新雪初生。莫名的躁动挥之不去，他闭上眼靠向了软枕。

午膳过后，淑妃例行小睡。

左晴衣换了一身宫侍的衣装，溜至苑外的小径等了一阵，一辆软轿行过一停，她熟练地掀开轿帘躲进去，依在轿中人身侧。轿夫如若未见，起轿悠悠向前行去，出了宫门换了马车，左晴衣长出一口气，笑嘻嘻地唤了一声："沈姐姐今日来得好快。"

沈曼青取出一套便装让她换上，替她理好腰上的束带："上次令晴衣久候了，这次特地选了一段略短的道经，待德妃娘娘听完，我便提前告退了。"

左晴衣已经不是头一次随沈曼青出宫，依然觉得处处别致，隔着轿帘喜滋滋地张望："难怪大哥二哥都不愿入宫，还是外边有趣。"

沈曼青婉颜含笑："这本与礼不合，让他们知道定会责怪我。"

左晴衣立时道："沈姐姐是好心才携我出来开一开眼，我怎会说出去，绝不让旁人知晓。"

沈曼青与她相处下来，已然深谙她的兴趣，待马车行至一座牌楼外，沈曼青说："你不是喜欢各色纸？前几日我瞧这里又有了新样式，据说是南边流传过来的雅色笺，有深红、明黄、深青、浅绿、浅云等十色，别有韵致。本想替你捎进宫，又怕不合你心意，不如让你自己挑。"

左晴衣听得明眸晶亮，兴致勃勃，挽着沈曼青的臂膀："好姐姐，等选了笺纸我们一人一份，用来写短诗再好不过。"

沈曼青偕她入楼选了笺纸，挑了几管狼毫，接着去逛画坊、胭粉铺子等，左晴衣对各种东西都怀着无限新鲜，买了几枚珠花、一条手串，虽然不及宫中的精致，但胜在样式奇巧，她甚至还替淑妃挑了两包茶叶，各种欢喜。

最后入了酒楼，左晴衣尝了几味招牌鲜脍，试了一点酒，忍不住道："人人都说宫中的是最好的，可在我瞧来，市井着实比宫中多了无尽乐趣。"

沈曼青移开她面前的酒盏，浅笑道："可不能再饮，若是娘娘闻到，下次休想出来了。"

左晴衣略为遗憾，仍是乖巧地点了点头，又有些好奇："沈姐姐可见过我大哥饮酒？"

沈曼青应道："从赤焰沙归来的庆功宴饮过几杯，左公子饮得不多。"

"大哥平素到底喜欢什么？"左晴衣颇为苦恼，被这个问题困扰已久，"我也想给他挑几样东西，实在不知他爱什么，像二哥就容易多了，只要挑与武学与兵器相关的就好。"

这是将沈曼青也问住了，她从头细思了一遍，竟想不出左卿辞的喜好："或者买几本少见的古籍？"

左晴衣能想出的也仅是如此，便转了话题："在沈姐姐看来，我大哥是个怎样的人？"

沈曼青中肯地评述："左公子是个温文有礼的君子，遇事不惊，待人宽和，从未说过一句重话。"

左晴衣深有同感："沈姐姐性子也好，若是你们在一起，必定举案齐眉，从来不会争吵。"

沈曼青被说得红了脸："晴衣胡说些什么，瞧我下次还带不带你出宫。"

左晴衣笑嘻嘻替她挑了一片鱼脍："好姐姐，是我错啦，我二哥说喜欢大哥的淑媛极多，不过他好静不爱出宅，更不沾惹红粉韵事，将来成婚了必是宜室宜家。"

沈曼青一口茶全呛在嗓子里，气笑皆非，重重地拧了她一把。

一番笑闹过后，左晴衣敛了神色，泛起一丝低怅："宫里瞧着人多，其实冷得很，我真想和大哥二哥同席共餐，可他们几个月才能进宫一次，最多留半个时辰，说几句话罢了。"

沈曼青柔和地劝慰："他们时常探望，也是牵挂你。"

"我自小寄养在宫中，娘娘对我极好，然而至亲远离，没见过几次父亲，更不要提大哥了，唯有二哥时常探望。直到我跌伤了腰，大哥持着父亲的信物入宫，我才头一回见他。"晴衣有点伤感，忍着鼻酸道，"不怕沈姐姐笑话，那时宫中风言风语难听得很，我也瘫了，直想死了算了，就是怕娘娘伤心。没想到大哥原来这样好，觅了方子让我重新站起来，又为我远赴赤焰沙，幸好沈姐姐护着他平安归来，没让蛮人伤了他。"

明眸盈着一抹泪意，左晴衣说着又笑了："后来我才知道二哥也置了气，拔拳打了几个在军中口舌生非的世家子，受了好一顿责罚。"

沈曼青被触动身世，神色黯了一瞬，随即恢复了自然："有这样的兄长真是福气，不过为何一家人至今依然分散，左公子长居别业，难道不打算回府？"

说起这个，左晴衣也不太明白："二哥几次想接他回去，还让我帮着劝，可大哥只是笑。"

沈曼青试探道："晴衣可知左公子当年为何会离家？"

这次左晴衣真答不出来了，略带苦恼地支颐："听说是被人劫走了，又似乎不像，大哥从不提自己的事，我也不敢问父亲。"

沈曼青有些失望，那个人看似一泓清溪，却无法窥底，然而仍是她目前最好的选择。自回沈府已过半载，追慕者无数，其中泰半是轻浮的世家子为猎奇求欢而来，门第相当的俊彦不多。唯有他，无论人品风

仪、家世年岁均是相宜，更何况还有承袭爵位的可能。

唯一的麻烦，大概是与胡姬的传闻，然而沈曼青私下试探，发现左晴衣对胡姬一事一无所知，显然两位兄长从未言及。虽然不知苏云落是如何纠缠上了左卿辞，但推想不会长久，毕竟她不仅身份微贱，性情也不讨喜，他迟早会厌弃而另聘淑媛，一些年少风流不足道的韵事，终如轻薄桃花逐水流，过眼无痕。

想到近日的情形，沈曼青的心又有一丝纷乱。这一次师父派长歌来金陵，他的神情与过去截然不同，显得生分而有距离，更不肯入沈府。他客气地致礼，将师父的话语转述，却没有多一句问询，亲近的师弟变得异常疏远，让她陌生而抑怅。从来世事难两全，清远的山门与俗世的烟火，她终只能择其一。

抑下心绪，沈曼青与晴衣谈笑了一阵，眼见日影将斜，她会过账，携晴衣登上马车返回。

马车行经一处巷道，突然一声锐响，车夫扑倒，背心一根短箭深嵌入肉。沈曼青反应极快，将左晴衣按下，手在腰际一抚，才想起自己已经久未带剑，抬目扫视巷道两侧，数个黑影汹汹扑袭而来。

一声脆响，置在书案上的五色琉璃盏突然无缘无故地裂了，斑斓的杯盏化为千万碎片，细锐薄脆地落了一案。

左卿辞心头一动，忽然廊外传来急促的脚步声，白陌叩门急禀："公子，晴衣小姐与沈姑娘在宫外遇袭！"

事发之地离沈国公府不远，也是国公府最早得信，将两人接入了府中。

左卿辞一路上不知想了些什么，长而直的眉微蹙，一直不曾舒展。待踏入沈府，左晴衣泪汪汪地奔过来，身边还跟了几名沈府陪伴的女眷。

"大哥，你一定要救救沈姐姐，那些人本是要杀我，沈姐姐极力护着我才中了毒。"

左卿辞长眸轻瞥，没有答话。

左晴衣从未见过长兄这样冷漠的神情，瑟缩了一下："我知道错了，是我不该私自溜出宫，以后我再不敢了，若沈姐姐有什么不测，我——"她急得一额汗一脸泪，忍着啜泣分外自责，瞧上去楚楚可怜。

左卿辞的脸庞终于有了一丝温度："这不是你的错。"

左晴衣呜地哭出来，哽咽得不成声："父亲和二哥在与沈国公讨论，沈姐姐昏迷了，御医说是中了极厉害的毒，我知道大哥一定有办法——"

左卿辞抚了一下她的发，没有过多劝慰，半敛的长眸仿佛藏着什么，幽沉沉地让人感到窒息。

殷长歌守在苑口，对着左卿辞一拱手，尽管不曾开口，神情却显露了千言万语，满是焦急忧虑。

左晴衣请出在沈曼青闺房中的女眷，将兄长引见，忍泪道："我大哥也懂岐黄之术，可否容他替沈姐姐诊一诊？或许能有什么法子。"

一介贵公子，如何比得过御医，未出阁的女儿家闺房也不宜让男子进入，几名女眷均觉不妥。但见他气质出众，温雅如玉，若沈曼青安好，当真是一双璧人，不禁暗自唏嘘，又却不过左晴衣的苦求，勉强应了。

仆婢环绕的闺房内，一个须发皆白的御医正收起药箱。

沈曼青静卧榻上，秀丽的眉间有一层青灰之气，唇色发紫，一侧臂腕的袖子被剪开，现出一截乌黑肿胀的皮肤，血流不止。

肇因是一枚细如牛毛的毒刺，泛着蓝荧荧的诡光。

左卿辞诊脉仅搭了片刻就收回指，半晌未开口。

御医本有些不快，见对方诊完一言不发，不免暗生嘲意，但既知是靖安侯府的公子，非但不敢得罪，还要客气地代为圆场："沈小姐所中之毒极为凶险，名为青龙涎，救治极难，然而也并非无方。比如以鹤尾白强护经络，再用天下至毒的锡兰星叶压制毒性，以毒攻毒，辅以十余种灵药相佐拔除，沈姑娘可望无恙，不过这些药太过罕见，宫中俱无，只怕——"

御医不曾说完，未尽之意很明显，左卿辞也不多言："御医所言不差，依我诊来也是如此，恕我爱莫能助。"

沈府的女眷原本未抱多大期望，客气了两句将他送出房外。

左晴衣大急，牵着他的衣袖忍泪道："大哥何以如此草率，不妨再细诊一下。"

左卿辞不置可否："我送你回宫。"

"我不回去，我要看沈姐姐好起来。"左晴衣还要再说，一双泪汪汪的眸子突然重如千斤，眨了两下竟是昏迷过去，被左卿辞抱起来。

左卿辞对快步迎过来的殷长歌微微致意："今日连生意外，我先送舍妹回去。沈姑娘的毒非我所能解，还是另请高明吧。"

话说出口，殷长歌的神色瞬时灰暗下来。

寂静的屋内唯有指尖轻叩桌面的声音。

白陌知道近几天主人的心情空前糟糕，屏息敛气，迟疑着思索如何开口。

秦尘进来回报，打破了僵滞的气氛："公子，淑妃娘娘说晴衣小姐情绪低落，食不下咽，执意要出宫去沈府探望，虽然娘娘已经拦下，小姐仍连日哭泣，郁结难安。"

左卿辞面无表情，秦尘接着道："至于沈府，沈小姐忽发高热，甚至开始咯血，御医束手无策，殷少侠似乎想送她去方外谷，但路途太远病情又急，怕撑不到。"

轻叩的指尖停顿了一瞬，左卿辞心下分明，咯血是毒入肺腑之兆，这样下去最多不过五日，待伤及心窍便是药石无功。

秦尘说完，递上一封书信："侯爷传信来，言及殷少侠去了府内拜望，信中提醒公子务必尽力襄助，毕竟沈姑娘救了晴衣小姐，上次为《锦绣山河图》又得了金虚真人鼎力之助。"

白陌随在秦尘话尾，终是将要呈报的说出了口："公子，殷少侠今日又来求见。"

左卿辞接过书信并没有拆，默了好一阵，打了一个手势，白陌将殷长歌请了进来。

殷长歌几日不曾交睫，跑遍了金陵的药铺，又在江湖上遍寻线索，全无半分线索，眼见沈曼青日渐衰弱，他陷入了巨大的绝望。然而对着左卿辞，他尽量缓和了情绪："恕我冒昧又来相扰，公子可有云落的消息？"

左卿辞平和得近乎平淡："请殷兄见谅，她被严缉多时，早已音信断绝。"

明知会是这般答案，殷长歌抑住涩叹，难以压制心底的颓丧。苏云落于千万人眼前取走的鹤尾白，是沈曼青生存的唯一机会。即使锡兰星叶更为无望，但能寻到一味是一味，说不准便有奇迹，殷长歌强振精神："左公子可有办法探出她将鹤尾白用于何处，或是卖给了哪一位？"

左卿辞凝视着他，淡淡摇了一下头。

绝望到极处，殷长歌心绪越来越焦躁，逼出了郁恨："左公子可知刺客是何人指使？"不等左卿辞开口，殷长歌冷道："这次左小姐险生意外，刺客是冲着靖安侯府而来，公子不可能不详查，可否将内情告知在下？"

左卿辞一语不发，面对质问选择了沉默。

殷长歌郁气攻心，疾声道："就算我师姐不该带左小姐私下出宫，也是无心之过，如今她为护令妹而性命垂危，难道不值公子一言？！"

左卿辞神情邈远，不知在想什么，有种置身事外的冷漠。

殷长歌踏前一步，声色俱厉地质问："左侯一封信，我与师姐万里奔走，任公子驱策，入雪域拼三魔从无退避，公子如今万事袖手，只字不答，可对得起我正阳宫？"

左卿辞望着殷长歌激愤的脸，心底淡漠而嘲讽，多么完美的陷阱，原来不是对她，而是应在他身上。借陈王门下的散客行事，原来是为将薄侯府撇得一干二净，让靖安侯府寻不出半点证据。

这一着得手，将正阳宫、靖安侯府与云落尽卷了进去。

挑青龙涎这种毒，自然是根本没打算让中毒者活下来。那一枚毒刺若是落在晴衣身上，左侯府必会如今日的殷长歌一般，千方百计试图救治。他将被迫召来云落，向她逼索灵药，待两人反目成仇，等着她的就是府外薄侯布下的天罗地网。

薄侯算得极精，已经先将人置于死地。就算成功获取了鹤尾白，缺了锡兰星叶，一切也是徒劳。待晴衣殒命，偕她私下出宫的沈曼青便是责无旁贷，靖安侯府势必与正阳宫生出罅隙，正阳宫失了朝中亲贵的支持，加上飞贼一事的影响，薄侯尽可以在御前进言挑动，将正阳宫贬落尘下。

一石三鸟，薄侯的布局毒辣精准，又根本寻不出半点与威宁侯府相关之处，连揭破都无从着手。可惜人算不如天算，苏云落远在异地，中毒的也成了沈曼青，薄侯更不会想到，锡兰星叶与鹤尾白俱在云落手中，而今就在他书案上。

殷长歌仿佛又激愤地说了什么，左卿辞不曾听进去，只是忽然觉得烦躁。

苏璇行事不知自惕，与薄景焕结下了宿仇成了疯子，与他何干？

她一心要救师父，又为琅琊郡主得罪了薄侯，与他何干？

薄侯处心积虑报复，拿晴衣做饵，却落在沈曼青身上，与他何干？

一切纠葛皆因正阳宫而起，殷长歌却将矛头直指靖安侯府，与他何干？

何以他要在这里应付殷长歌气势汹汹的问罪，应对父亲的责备，应对晴衣的伤心欲绝，在左右两难中抉择，被一堆不知所谓的麻烦缠扰。

二十八 · 云梦碎

两个月后金陵天色初暗，各坊陆续关闭，人潮犹未散去，依然带着白日的喧闹。

一处稍偏的客栈来了一位不起眼的客人，满面风尘，蓬乱的头发散出久未清洗的异味，全然一派远途奔波的邋遢潦倒。

一桶热水抬入房间，小二受了赏钱退出门外，这位潦倒的行客揽镜自照，一点点卸去易容药物，现出了一张深邃动人的面孔。

苏云落细细地沐发，洗去一路尘灰，久不见天日的脸庞被热气一蒸，泛起一丝红晕，疲倦的肢体在热水浸润下格外舒适，她双臂搭在桶边，险些睡去。直到热水渐凉才起身，换了一套洁净的衣物。

等不到宵禁，她见夜色已沉，轻悄地潜入了玄武湖畔的别业。谨慎的习惯让她先探察了一圈，周围似乎一无监视，这让她有些微的诧异，指尖一钩，武器滑入手中，她更为小心地溜了进去。

书房窗户半开，烛光轻透，她偷眼看了看，发现左卿辞正在练字，依然是青衣玉冠，俊逸中带着慵散，仿佛有些心不在焉。

她抬手叩了一下，左卿辞从案前望过来，似乎有一刹那的凝定，而后挥退案边的秦尘。可这一次秦尘居然并未遵从，仅仅避了两步改立屋角，目光复杂地看着她。

一缕无从分辨的情绪自左卿辞眉间掠过，他开了口："出去。"

秦尘额角微微渗汗，仍然没有动。

长眸忽然有了阴冷的戾气，左卿辞左手将抬未抬，秦尘倏地动了，退出书房合上了门扉。

奇怪的情景看得苏云落莫名其妙，但室内仅剩二人，让她轻松了一点，她从窗外溜入了屋内。

柔黄的烛光映着他的轮廓，呈现出玉般的质感，每一分线条恰到好处地精致，她微红了颊，忍不住趋近偎了一下。

左卿辞低头看着她，长眸幽淡，并不似以往那样就势拥住她。

她有一点失望，不过并未影响心情："赤眼明藤已经拿到了，在东海费了些周章。"

她实在太过欢喜，没注意他的沉默，忍不住拿脸额在他的肩颈蹭了蹭，说不出地欣悦满足："等师父痊愈，我可以不用再偷了。"

他依然没有反应，直到她觉得不对劲而抬头，他忽然钳住她的颔，力道大得几近使她疼痛，她猝不及防要推开，他已经覆上来，在柔唇上啃吻啮咬。蛮横的亲热全无平日的温柔，苏云落不自觉地蹙起眉，扶肩用力一推，他半身一仰，臂弯仍箍紧她的腰。

指尖轻触被咬痛的唇，她愕然望着他，不明所以。

左卿辞隐去了所有情绪，缓缓松开，退后一步，拂开案上的精铁匣，声音又淡又冷："匣子还你，锡兰星叶我另作了他用，还动了鹤尾白，其他的都在。"

她的脑子似乎一瞬间空白，过了很久才懂得每一个字的意思，僵木地垂头去看铁匣。匣子里应该是七味药，她熟悉得不能再熟悉，加上怀中的赤眼明藤，正可以让师父复原如初。

可这一次，她数了几遍，怎么也数不清，只知道盛着锡兰星叶的玉盒真的不见了，拼命夺回来的鹤尾白也被切了一半，利落的切口仿佛划在心上，淅淅沥沥地淌出鲜血。

苏云落觉得自己大概是跌入了一个噩梦，所有圆满的欢喜都化成了讽刺。或许这仅是他的一个玩笑，一次惯常的戏谑，她惶惶地抬头，只得到一片冷寂，俊逸的脸庞疏远淡漠，宛如一张完美的面具。

她的呼吸变得格外困难，憋得脸都青了，嘴唇动了动，却一个字也说不出，屋子静得让她眩晕。哑了半晌，她忍着胸口的绞痛，哀求般看着他。

时间变得异常漫长，他突然成了一个陌生人，没有话语，也没有任何表情。

她的手开始发抖，心似乎裂开了，再也待不下去，她抱着匣子跌跌撞撞地奔向门外，不留神踢到凳子一个踉跄，撞得门扉一响。

门瞬间开了，秦尘仿佛时刻留意着屋内的动静，甚至扶了她一把。

那一扶碰到了匣角，被她一手挥开，仿佛有什么东西掉了，她无暇顾及，模糊的意念让她惶乱地逃走，像一只被追赶的丧家之犬。

薄淡的月色落在檐下，映出地上一根精巧的短棍，散着蒙蒙的银光，被一只细长的手拾起。

棍身还残留着一许温热，渐渐地在指尖冷却，如一缕随风而逝的思念。

一声沉闷的撞响，骏马"唏律律"地长嘶，伴着凌乱杂沓的人声和吆喝喧闹一并闯入苏云落耳中。她心神俱乱，竟弄不清身在何方。

一记长鞭挥落身侧，击在地面抽起了一抔尘灰，伴随着车夫的粗骂："小贱人不要命了？没头没脑地乱撞，冲了贵人，剥了你的皮都担不起！"

车夫厉声喝骂，下一鞭已要抽在盲目冲撞过来的胡姬身上。

一个金发美人扶着脑袋从车窗望出来，本是满面娇怒，看见跌在地上神思滞乱的人，蓦然睁大了眼，赤焰沙语脱口而出："云落！"

顾不得礼仪，美人从马车跳下，奔到身边搂住她的肩，皱着眉打量："你怎么这副模样，丢魂了？"

一头金发即使在夜里也异常鲜明，娇媚的红唇开启连声诘问，终于唤回苏云落的神志，她的喉咙涩得发痛，费了极大的力气才挤出一声低唤："瑟薇尔。"

美人绝丽的风姿引来了夜市上的人潮，人们迅速围拢，惊艳地交头接耳。

"你的脸色好难看，你不是武功很厉害，怎么还会撞上马车？"瑟薇尔上下打量，惊诧转为了忧心，见人潮越来越多，立即唤过侍女扶起她，"来，先跟我回去。"

瑟薇尔的住邸布置得典雅奢华，正配她"公主"的身份，连卧房的漆案都镶着象牙，可想所费甚巨。金发美人皱着眉指挥侍女剥去她满是灰尘的外衣，拭净手脸安置在胡榻上，塞过一杯热浆："你究竟在哪里撞鬼了，你脑子傻了吗？幸好没几个人认得你，不然早被捕役拘走了。"

见她面色苍白又魂不守舍的样子，冰蓝色的眸子转了两下，瑟薇尔忽然醒悟："你不会是听说那个锦莺要嫁给左公子，气迷了心吧？"

耳朵里有什么在嗡嗡作响，她好像又一次失去了气力，喉间带着低低的破音："什么？"

瑟薇尔有一点窃喜，又有一点担忧，边说边观察她的神色："前一阵宫中颁旨，将那只锦莺——沈曼青指婚给了左公子，她几个月前不是拼命救了靖安侯府的小姐？如今伤好了旨也下了，可算是得偿所愿，风光得很。"

胸口似乎塞了一团败絮，手指尽是潮意，苏云落的心头恍恍惚惚，仿佛什么也听不见，又似乎明白了一切。心口生出烧灼般的剧痛，呼吸变得异常艰难。瑟薇尔握住她的手腕急促地说了什么，又解开她的领襟，然而并没有任何用处，一股腥甜的味道涌出喉间，苏云落的眼前变得一片漆黑。

　　苏云落仿佛又回到了极北之地，在万仞冰渊中费力地攀爬，四周又黑又冷，冰壁时而崩落，不知何处传来凄厉的风号，仿佛无数恶鬼在身边徘徊。视野一片漆黑，她最终坠落下来，惊骇中蓦然张开眼。黑暗与昏沉退去，她发现自己身在瑟薇尔的卧房，仅仅清醒了一刹，心房的绞痛闪电般袭来，脊背满布痉挛的冷汗。

　　瑟薇尔有些魂不守舍，她在接待一位突然的访客，新近的裙下之臣——出自沧州名门的翟双衡。虽然对方目前仅授了闲职，但翟氏一族中有数名高官在朝，多方结交更为有利，自是要敷衍一二。

　　翟双衡是来请人的，自一次宴上见了金发丽人，他被迷得神魂颠倒，成了不二之臣，近期喜爱交际的美人闭门不出，令他心痒难耐："瑟薇尔公主无心与宴，难道是有何处安排不当，令公主不喜？"

　　瑟薇尔懒懒地拂了一把金发，男人她见得多了，翟双衡出身大家，相貌与行止可算是上佳，对她而言也仅是一枚或可利用的棋子。"翟公子误会了，我有一位族妹自远方来，染了时疫身子不适，一时离不了陪伴。"

娇媚任性的美人令翟双衡神迷，可无论如何劝说，美人始终不肯点头，他不禁生了疑惑："就算公主心系族妹，也不宜长闭家中，权当出门散一散心，几个时辰即可回转，绝不会久耽。"

蓝眸丽人以娇笑掩住不耐烦，正要将翟双衡打发出去，忽然侍女急忙忙赶过来，附在耳边数语，她脸色一变，顾不得客人，立即向内院奔去。

翟双衡对美人颇为不舍，又存了刺探之心，趁着内院忙乱无人阻止，竟然跟了进去。只见内庭的卧房门扉大开，瑟薇尔匆匆奔进去，哗啦一声传来碗碟破碎的声响，稍后传出美人娇软的胡语，仿佛在耐心地哄劝什么人。

翟双衡从未听闻这骄傲的美人这般温存的语气，不由疑心大起，踏上石阶向室内望去，但见蓝眸美人倚在藤黄的胡榻上，怀里正搂着一个挣扎的年轻胡姬。

胡姬有一张苍白精致的面孔，长睫半落，黑檀般的浓发铺了一身，失色的唇角染着血，有一种令人惊心的脆弱。

翟双衡听不懂瑟薇尔在说什么，直直地盯着榻上的两个人，完全移不开视线。

一个金发，一个黑发，截然不同的风情，却是同样绝美倾城，都拥有白如初雪的肌肤，难以描摹的眉眼，人影交叠，肢体相拥，混着软语轻喃，画面极美又极诱惑，令人绮念丛生。

黑发美人突然痉挛蜷起来，一丝血顺着唇边蜿蜒而下，面色愈加惨白。瑟薇尔一手托住她的脸，侧首召唤侍女，突然瞥见门外窥视的人，大为恼怒，扬声以胡语厉斥。立刻有两名侍女合上门扉，受令的健奴直接将翟双衡请出了府第。

被驱赶出来的翟双衡提不起一丝怒气，心神仍残留在两位美人身上，奈何已不可能再次入宅，快快地上了马车。马夫驱车徐徐驶远，另一辆马车自对巷而来，擦身而过，停在了翟双衡离开的宅邸前。

瑟薇尔已经将翟双衡抛出脑海，接过侍女烧好的玉烟管，凑近怀中人的唇边，柔声引诱："云落，吸一口这个，能治你的心口痛。"

古怪的甜香在鼻端弥漫，苏云落温顺地吸了几口，不一会儿陷入了迷糊，灵魂仿佛在云端飘荡，所有苦痛不复存在，只剩甜美空虚的畅快，她紧蹙的眉心散了，不再挣动，沉沉地依着金发美人睡去。

又一次成功地安抚，瑟薇尔毫不意外，她以丝帕擦拭着怀中人汗湿的额，娇美的脸上露出了奇异的笑，柔媚的声音仿佛魔女的诱哄："可怜的云雀，忘了那个男人，他不配得到你，等你醒来——"

一声突如其来的裂响，门扉被暴力震开，镇住了屋内所有人。

一名青年侍从踏进来，一瞬间几个侍女悉数倒地，整幢屋子仿佛仅剩了瑟薇尔一个活人，尽管她连声喝叱，屋外的健奴仍然一无反应。

一个风华卓逸的男子走入，长眸扫视瑟薇尔怀里的人，又看了一眼置在榻边的银灯、玉烟管及打开的金色烟膏，停了一瞬向软榻行来。

瑟薇尔脸色泛白，极力维持镇定，紧拥着云落的双臂在不可察觉地轻颤。

她讨厌被支配的感觉，命运给她送来了一只云雀，帮助她获取了自由。这只云雀是那样强大，又是那样沉默温驯，只要抓住它就再无畏惧。可同样想捕获云雀的还有另一个人，这个人她难以探触、不可掌控，让她莫名地畏悚。

左卿辞似乎不懂什么叫怜香惜玉，一把将瑟薇尔拖下榻，重重地摔在地上。

他的气息仿佛换了一个人，瑟薇尔敏感地觉察，甚至不敢发出一声娇呼。

突然间她的身体传来剧痛，像一条烈焰炙烤下的鱼，被无形的铁刷一层层撕去皮肉，又发不出半点声音。金发散了，冷汗湿了一脸，美艳的脸彻底扭曲，瑟薇尔痛得险些断气，仿佛活生生落入了地狱。

突然间疼痛又奇迹般地消失了，她听见头顶传来一个声音："再给她吸芙蓉膏，我就要你的命。"

他的声音清淡高远，宛如生杀予夺的神祇对着渺如尘芥的蜉蝣。瑟薇尔的眼泪流出来，绝望而恐惧，嗫嚅道："她心口痛，大夫治不了。"

　　这是辩解，也是一个说得过去的理由，芙蓉膏会让人神思昏怠，多服上瘾，但也兼具定神镇痛之效，足以安抚她频繁发作的绞痛。

　　左卿辞在榻边坐下，按上苏云落的腕脉，诊了一阵后放开手，白陌从身后递上药箱。

　　"她是情绪过激引发了风眩，触动了心脉的旧伤。"他淡淡地交代，取出一个玉瓶倾出药丸，捏开苏云落的颌喂进去，取金针灸过几处要穴，"药稍后送过来，按方子煎给她服，敢耍花样，你会懂什么叫生不如死。"

　　无边的惧意慑住了她，瑟薇尔抑不住地发抖，左卿辞不再理会，他望着榻上的人。

　　沉睡的胡姬异常憔悴，睫下有两抹乌青，有种奄奄一息的颓靡，芙蓉膏带来了短暂的放松，她睡得很安静，细颈半斜，锁骨分明，显得单薄而孤弱。

　　看不清长眸是什么神色，左卿辞停了一刻，起身离去。

　　屋内恢复了寂静，瑟薇尔蓦地瘫软，浑身的冷汗涌了出来。

　　随着伤势逐渐好转，苏云落飘在深渊的意识也一点点回到了躯体。

　　仿佛有细微的变化，比如安抚灵魂的甜香消失了，乌黑的汤药开始生效，寝前的一碗总是能让她睡得很沉；又或是瑟薇尔一改过去有意无意的刺激，绝口不提左卿辞。

　　心口的绞痛止息了，然而苏云落还是日渐消瘦，喉间仿佛哽了什么，让她很难咽下食物。

　　瑟薇尔的目光越来越忧愁，她从侍女手中端过琉璃碗，又起一块蜜瓜喂给她，她尽量张开口，刚咬了一下就忍不住，吐在一旁的银盆里，虚弱的身体摇晃了一下。她能硬撑着灌下去的，只有药和一点粥。

　　金发美人叹了一口气，正要去取药盏，身后传来一句低语："瑟薇尔，谢谢你。"

　　声音有点哑，听起来气弱游丝。瑟薇尔心头一酸，她还记得这只云雀初见时的样子，灵活矫健，无所不能，无惧君王和万千精骑，她转过头勉强一笑："你要快点好起来，男人算什么，到处都有。"

刚出口，瑟薇尔又打了个寒噤，那个男人真的会放过她？即使已经被赐了婚，那人依然毫无顾忌，将一切控在掌中，根本不容旁人染指。

轰隆一声惊雷炸响，砸下了几个雨点，院内树影摇动。

左倾怀瞧了一眼天色，抬手将窗扉扣上："这个时节怎么还有雷，也是奇了。"

晴衣本觉得心里闷，倒是希望风吹一吹才好："也不知大哥现在做什么，他再过几个月就要娶妻，我怎么觉得他一点也不欢喜？"

左倾怀任了羽林卫，事务异常繁杂，近半年忙得脚不沾地，夜里沾床即睡。他习惯了却觉得这样的日子极好，不必再听安华公主的训辞，也不必在面对左侯时愧疚难当。

眼看左卿辞即将与沈国公府联姻，袭爵之路更稳，左倾怀也知自己逆了安华公主之意，前途已然无望，心境反而一天比一天坦荡，觉得终身做一个羽林卫也无不可。因在宫中值宿无法擅离，他对整件事的来龙去脉不甚了解，只知赐婚一事似乎是沈国公府所求："沈小姐要是真有你说的那样好，大哥怎会不满意？"

左晴衣说不出来，隐约终是不安，怏怏地叹了一口气："二哥还是说说威宁侯是怎么回事，怎么就出了意外？"

这件事左倾怀碰巧知道得很详细，那一日羽林卫任翼护之职，他正好在场。

一年一度的冬狩，天子行猎，文武百官皆有参与，正是男儿一逞勇武的时机，随扈中熟谙弓马的无不摩拳擦掌，着意在御前一显身手。

他还记得威宁侯骑的是一匹神骏的枣红马，负箭引弓准头极好，很快已猎获了不少。"薄侯原本行猎顺畅，未出一个时辰已猎了十余只雉鸡野兔，谁知竟在林中碰上了一只凶性大发的熊，熊皮厚重，难以射穿，它紧追着侯爷不放，坐骑惊吓过度，竟然将侯爷摔下来。侯爷虽然奋力相搏，奈何野熊凶蛮力大，终是受了些撕咬，若不是其他人及时赶至，只怕性命难保。"

　　左倾怀将当日的情景说得活灵活现，晴衣明眸圆瞪："冬狩怎么会这样惊险，那一日大哥也去了？"

　　"狩猎本就有风险，之前明明已敲锣鸣山，将大型凶兽驱出，偏巧那只熊意外闯进来，为此外围的护卫还受了责罚。"左倾怀详细地解释了一番，又道，"大哥虽也去了，不过并未佩弓，一直与人群在一处，安全自是无虞。"

　　左晴衣又生出另一个疑惑："薄侯伤得真有那么重？"

　　左倾怀照搬御医的话道："撕咬的外伤确实不轻，怕是要长期调养，慢慢疗愈。"

　　左晴衣目露同情："可我听说他醒了也不能言语，可是真的？"

　　"确是如此，御医说大概是林中坠马，头颅撞到了石头树桩，瘀血未散所致，圣上还下旨慰勉了几次。"左倾怀在战场上见过各类情形，似这等并不少见，只是难免慨叹一个矫健勇武的男儿，一夕之间成了躺在床上的废人。

　　左晴衣听完首尾，唏嘘了两句不忘提醒："二哥以后骑马也要小心些。"

　　左倾怀失笑："你二哥还不至于那般无用。"话说出口，他顿时发现不妥，倒似嘲了薄侯一般，顿时尴尬地咳了一声，举盏饮茶掩饰。

　　左晴衣明眸眨了半晌，终于忍不住："二哥，他们说大哥曾与一个胡姬交好，可是真的？"

　　左倾怀正一口水入喉，这下直接喷出来，还好及时侧头，避开了桌面。

　　左晴衣傻了一下，暗道反应这样大，只怕十有八九是真的，一连串问题脱口而出："胡姬和沈姐姐是同门？治沈姐姐的药也是胡姬从英雄大会上夺来的？她是个江洋大盗？真有那般厉害？"

　　左倾怀竟不知她从哪里听来这些传闻，被一串话逼得哭笑不得，见她一派娇稚，又不忍斥责，唯有苦笑："你问这么多做什么，大哥不是已经和沈府小姐定亲了？"

　　左晴衣情绪略低下来："大哥曾说有喜欢的女子，但不曾透露过是谁，我事后打听才知道关于胡姬的事，会是她吗？"

左倾怀愣了一愣："他何时与你言说？"

"我以为沈姐姐很好，可大哥对她从来没什么不同。"左晴衣心底隐忧难释，答非所问，"这次赐婚全是我私下出宫而惹起，万一大哥并不喜欢——"

想起涪州的情形，左倾怀也有些犹疑，终道："这与你有何关联？大哥的身份本来就不可能娶一个胡姬，赐婚也是天恩荣耀，既然沈小姐温柔秀美，与他又有旧谊，岂会不喜。"

左晴衣沉默了，怅然望向窗外。

三十·不相逢

竹门传来一声咿呀轻响，阮静妍抬起头，示意推门的茜痕收声。

茜痕放轻了脚步，端着水盆走近，将布巾浸入温水，绞干了递给主人，忧心忡忡地询问："苏姑娘怎么会瘦成这样，需不需要从山外请个郎中来看看？"

也难怪茜痕吓得不轻，数日前，苏云落突然回山，未至竹屋已倒了下去，憔悴得像换了一个人，怀里紧紧抱着一个匣子，手腕磕青了都不肯放。好容易掰下来，匣子里的东西件件古怪，还是石屋里的老妪过来才辨认出是一些药材。

阮静妍解开她的衣裳，一点点替她擦拭。

这具身躯很年轻，却能清晰地看出骨头的形状，还有一些细碎的擦伤，阮静妍用布巾拭过，眼泪渐渐渗出来，一滴滴落在形销骨立的身体上。

苏云落茫然地睁开了眼，黝黑的眼瞳空空落落，半晌才缓过神，拉住了阮静妍的手："师娘、师父，对不起，"

阮静妍心头大恸："说什么傻话，全是我和他拖累了你。"

苏云落的声音虚弱无力，神思似乎在飘浮："锡兰星叶——没了，师父本可以复原，是我做了蠢事——"

单薄的身体瘦得如一具骷髅，还念念不忘惦着药，阮静妍悲从中来，哽咽道："那不算什么，没什么比你的平安更重要。"

她好像没听见，喃喃道："是我错了，我不该把东西交给别人，我以为给了就是我的——我对不起师父。"

阮静妍听得更生酸楚，益发难过，眼泪簌簌而落。

"原来他喜欢她，为什么要对我好——"她的思绪游离而混乱，话语颠倒，"因为我是胡姬？我——"

阮静妍见她神色不对，不禁暗惊，紧紧拥住她："云落！"

紊乱的话语停了，苏云落安静下来，任阮静妍的眼泪浸湿了肩头。

过了许久，她再度开口，声音已恢复了平淡："师娘别哭，我只是有点累，我会再去找药——鹤尾白还能用，我知道锡兰星叶在哪儿，我会让师父好起来——"

阮静妍再抑不住，抱住她放声悲泣："是我和他对不起你，让你这样辛苦，受这么多伤，过这般可怕的日子，你还这样年轻——"

琅琊郡主哽咽得语不成句，拥着她的怀抱是那样温柔，带着无尽的愧疚疼惜。

似乎应该是悲酸的，可苏云落的胸口仿佛有一个深不见底的大洞，将所有情绪漏得一干二净。她静默地坐着，像一个失去生命的木偶，墨蓝的瞳眸空无一物。

在谷中住了一个月，苏云落渐渐恢复了精神与力气。

她加固了竹屋，又伐了许多木头堆在后院，淘净了引水的沟渠，打了许多野物，将皮子硝起来存好，每一天都找了许多事忙碌，偶然休息的时候坐在檐下，仿佛与之前没什么两样。

然而她越来越不爱说话了，简直成了一个哑巴，阮静妍忍不住忧心，不等想出办法，苏云落又走了。

走之前她去了一趟山内，远远看了一眼那个孤独的影子，又去石屋谈了一阵，阮静妍偕着茜痕将她送出去。等转回来，她们发现老妪也出来了，拄着拐望着已经消失的纤影，第一次露出了忧虑。

那样的神色，让阮静妍蓦地生出了不祥之感。

这一年的金陵注定精彩起伏，趣闻迭出。

比如沈府小姐为救下出宫赏玩的左侯千金不惜己身，一度中毒生命垂危，御医束手无策，最终她却奇迹般痊愈，更蒙圣上赐婚，即将嫁与金陵最俊美的公子。

又比如崔家的胭脂虎崔九小姐与左公子有旧情，闻得婚讯，执枪闯入沈府宴上挑衅，被沈小姐当众教训，落了个颜面无存。众人皆赞沈家千金到底是名门高足，一度执剑叱咤江湖，纵然入了深闺，依然不是崔九可以匹敌。

风流奇趣之事人人津津乐道，有的感叹美人难惹，有的羡慕左侯府的公子艳福不浅，还有的议论左卿辞癖好奇特，明明是一介温文公子，偏爱舞刀弄枪的佳人，崔九、沈曼青，以及蜚声江湖的胡姬莫不如此。

尽管蒙圣旨赐了婚，左卿辞仍在玄武湖畔居住，似乎根本不曾想过搬入侯府，连左倾怀都觉出不对，特别抽了一天请假过来探一探长兄之意。

左卿辞淡然应待，与平日一般无二，全不见即将娶新妇的喜悦。

想起晴衣的话，左倾怀禁不住探问："大哥近期是如何打算？成亲的礼数总是不能少的，要筹办的也极多，这个时节也该开始准备了，再不回府难免引起非议，反为不美。"

左卿辞答得风轻云淡："多谢倾怀关怀，我新近得了幅字画，听说是汉代真迹，不如一同赏析。"

他竟然就这样把话题岔开了，在书房赏了半天画，左倾怀按捺不住又道："大哥，就算三媒六聘由父亲筹办，有些事还是得你亲自处理。"

左卿辞慢声道："自然是要办的，不急。"

这不疾不徐又不吐实的态度简直愁死人，左倾怀干脆直问："大哥到底什么时候回府？我让管家来接，东西不用收了，家里都有。"

左卿辞高深莫测地笑了笑："这婚又未必能成，何必着急？"

左倾怀听着不对，将画轴撤到一边："大哥此言何意？圣旨已下无可更改，岂能视同儿戏。"

左卿辞慢悠悠地卷起古画："我若成了亲，倾怀又当如何？六王的嫡女怕是无望了。"

一言戳心，左倾怀脸色都变了，半晌才缓过神："我有幸入府蒙侯爷教导，尽管鲁钝，也明白一介男儿存世，全仗立身所为，自身当不起的荣华虚名，我不敢要，做一个羽林卫足矣。"

左卿辞看他良久，微微点头："我相信倾怀此言出自真心，不过就算你想退，旁人也未必许。"

既然话已至此，左倾怀也不再避忌："安华公主于我有恩，又是嫡母，我自当尊奉；可侯爷教我骑马弯弓、兵法武略，教我立身处世为人之道，同样是恩。若大哥不放心，我愿效侯爷当年，自请从军驻守边关。"

左卿辞不动声色："父亲虽是早年驻边，谁知世事峰回路转，反倒意外袭承了爵位。"

左倾怀听出淡讽，心气一急被堵得一窒："大哥要我如何尽可开口，我立时弃职浪迹天涯也无妨。"

左卿辞避重就轻，忽而又飘开话头："玩笑话罢了，倾怀这般热血意气，竟比我更像父亲青年时。"

左倾怀被他说得左右不是，气闷难当，换了人只怕已经拔拳打上一架，偏生左卿辞手无缚鸡之力，磕碰不得，唯有寻个由头告辞，自去找友伴饮酒散气，至于此来的目的，早已被三堵两绕，忘到了天边。

左倾怀含怒而去，左卿辞全不在意，送了客人懒懒地在银盆净手。

白陌禀道："公子，文思渊传书。"

左卿辞一个眼色，白陌抽出信笺念起来，越念声音越慢，心惊肉跳，忍不住偷眼暗觑主人。

信中列了十余起案子，失窃的不仅有巨额黄金，更有多件价值连城的宝物，窃者行事之放肆，失物之贵重，无不轰动江南。豪族悚恐，纷纷广招护院拳师，然而再是设防，依然挡不住妙手空空。神捕急赴，差役倾出，一个名字又一次轰动朝野。

文思渊信中已证实，下手之人确凿无疑，正是飞寇儿。

布巾重重砸入银盆，溅起透明的水花，左卿辞气息冰冷："叫文思渊过来，立刻！"

文思渊在案前头垂得很低，经薄侯一事，他对这位魔星彻底惧服："公子明鉴，我并未提供半点消息。一切均是她妄自而为，所窃之物下落不明，也不曾在江湖上转卖。"

"我看她是不想活了。"左卿辞冷笑一声，声音极寒，"她有锡兰星叶的消息了？"

文思渊吃了一惊，顿了一下道："我并未收到关于锡兰星叶的传闻，她从何得知？"

左卿辞冷冷地闪了一下眸："她这样发疯必然有因，文兄不妨好生想一想。"

文思渊渐渐渗汗，更不敢随意回答，沉默了好一阵才道："我实在不知，但她既是最后向西南方去，我大胆猜测，若是有失，请公子勿怪。"

左卿辞毫无表情："说。"

文思渊定了定神："西南是昭越之地，深山叠嶂，并非富饶之所，数年前她已去过，且在那一带徘徊许久，最后并未带回什么珍宝。"

左卿辞何等心智，立时明白他未尽之意。西南若无珍宝，能让她投注大量时间与心力的东西可想而知："锡兰星叶在昭越？"

文思渊哪敢随意接口，模模糊糊道："我也仅是猜想，也许她有发现一些痕迹，只是得手太难，不得已放弃，毕竟那里并非善地。"

西南，昭越。

左卿辞长眸骤凝，良久冷笑半声："连破釜沉舟都使出来，看来是奔着血翼神教去了。"

神秘的昭越山林茂密，瘴气密布，异常排斥外人，西南最可怕的血翼神教就盘踞在那一带，控制着十万大山，神秘而残虐，死去的蝎夫人祝红裳据传就出自血翼神教，从来没有中原人能闯入那一块满是蛊虫与毒物的领域。

文思渊心头生出一种说不出的滋味。那个美丽又沉默的胡姬或许不会回来了，那些疯狂的盗掠，更像一场预知命运的后事，她就这样孤身一人决然而去，除去苏璇，世上再没什么能让她牵挂。

左卿辞气息渐变，优美的长眸蕴着阴戾的暴怒，又异常静默。

文思渊喉头一颤，极力压抑住悚恐，秦尘见着不好，立即将他送了出去。

白陌在书房门外，诧异地看文思渊几乎是逃出了院子，蓦然一抹银光穿破窗纱，跌在廊下的石板上滚了两圈。

定睛一看，白陌愕然，那根一寸相思竟然被公子当弃物般扔出来。

他拾在手中不知所措，门内哗啦一阵碎响，仿佛书案上的东西被悉数拂落在地。

白陌吓了一跳，从窗边窥去，望见一张煞气凌人的脸："公子，这——"

"扔了！"左卿辞摔上窗扉，字字如冰珠迸碎，"那蠢女人的脑子都被鼠啃虫食了，还要这东西做什么。"

白陌垂头望了一眼手中的神兵，隐约有一丝怅然。

一夜之间，曾经的羁恋荡然无存，她连掉落的神兵也弃之不顾，断得这样干净，将过往悉数抛却。依公子骄傲的性情，大概——再也不会相见了吧。

卷十六

嘉客来

三十一·黑神教

古之西南有昭越，气候终年温热，千万座山连绵，草木青碧繁茂。

这一带有幽深的古林，也有被当地人视为圣峰的雪山，岩脉起伏叠嶂，林中生息着奇形怪状的生物，散布着数十万昭越人，中原也曾试图将其纳入辖制，归为王廷治化，然而无论是战争还是教谕，均以惨烈的失败告终。山中千万年以来落叶和枯泥形成的瘴气随着时辰聚现，足以吞噬一切莽撞的外来者。

这里依然保持着古时的风貌，被视为蛮荒化外之地，以强悍血腥的蛮俗闻名。统御一方的不是官吏，而是古老的神灵，当地人尊奉一种肋生血翅的金蛇，被称为血翼黑神，代行神灵威权的血翼神教在西南一带至高无上。

传说血翼黑神性情苛厉，法力无边，西南一带各村各寨遵循百年以来的习俗，将最好的食物和猎获献给神教，虔诚地奉上精壮的男子和美貌的女子入教为奴仆。

昭越密林连绵，村村相望互为倚仗，凭着哨音与号角传信，逢战各村群起而攻。村人温驯如牛羊，也勇悍如凶兽，人人能弯弓射猎，对异地口音抱着天然的警惕。他们憎恶中原人的狡猾，却喜欢来自中原的物产。走村的货郎带来雪白的盐、晶莹的糖、百炼的钢刀及各种精美奇巧的物件，有时甚至会贩来美丽的中原奴隶，换走大量珍贵的皮毛。

从散落的各村各寨沿河上行，山越来越高，树木黑暗浓密，树身攀满古藤，累累的藤铃低垂，掩映着钉死在树干上的野兽尸体，无论是凶暴的野狼还是强健的豹子，全化成了干枯的毛皮和交错的枯骨，唯有狰狞的头颅不朽不腐，空空的眼眶深凹。一串串紫黑色的藤花在尸体旁绽出，宛如恶灵的微笑。

尸体和乌曼藤花是神教无声的警告，再往上是神教的领域，没有村人敢逾越这条分界线，唯有血翼神教的奴卫能在这片领域穿行。

一个刺面的粗壮汉子身着短襟，强健的臂膀烙着血翼，看了一眼天色，凶恶地执鞭驱赶几名今年收上来的奴隶。对神教和瘴疠的恐惧让这些习惯攀爬山径的男女奴隶步伐磕绊，人人都是一身汗。

穿过数重密林，眼前出现了一弯黑河，河中阵阵腥风熏人欲呕，河对岸立着一座哨寨，引路的奴卫打了个呼哨，一片辘辘声响，机栝牵动，悬在两河间的长索收紧，从河底牵出了一架索桥。

湿淋淋的索桥悬在半空，滑腻腻的并不好走，一名男奴脚下一滑又未捞住绳索，失足跌了下去，还好他熟谙水性，跌下去后很快从水里冒出来，畏缩地看着桥上的奴卫，不知自己会不会受到惩罚。

暴躁的奴卫仅是骂骂咧咧，随即露出恶劣的笑，仿佛在等什么好戏。

转瞬间，男奴由不知所措变成了极度恐惧，他发出惨烈的号叫，仿佛被什么东西撕咬，拼命在水中挣扎，污浊的河水染成了深暗的红，当他最后一次从水中蹿起，腰肋间现出了森森白骨，十余条蓝色的怪鱼附在上面凶狠地啃啮，离得极远仍能看见鱼嘴里的尖牙。

这些新到的奴隶都是普通村人，哪见过这种场面，吓得瘫软在索桥上一步也走不动，直到河中的倒霉者彻底沉下去，引路的奴卫才哑了哑嘴，挥了一记鞭子，不怀好意地威吓："都起来，爬不动的下去喂刀棘鱼，也不用想逃走，入了教就要一辈子侍神，不然只有蛊池和鱼嘴两条路。"

面无人色的奴隶互相扶持，终是颤巍巍地爬过了索桥，被引路的奴卫驱到一处广场，这里已经汇聚了近百名大小村寨进贡来的新人。

神教每年都有新的奴隶送来，大部分留在外山，做粗笨杂活，沦为地位较高者肆意欺凌的对象。另一些面貌清秀姣好的，被挑中进入内教服侍，则等同于神教上层的专享，不再是低微的奴卫能够染指的。

经过粗暴的筛选，进入内教的奴隶被驱至一方墨绿的水池，洗沐更衣后，由一男一女两名内教的血侍带领，向昭越最神秘的所在行去。

沿着关卡上行，穿越数层守卫，层林深处巨大而巍峨的石殿渐渐展现在眼前，碧林深浓，妖红与暗紫的花在殿边盛开，时有艳丽的蜥蜴出没；门廊上盘着藤蔓，栖着翠色的长蛇，懒懒地在叶间吐着芯子，琥珀色的蛇眼盯着廊下行过的人。

女血侍年纪较长，地位也比男血侍略高。她长发绾髻，斜插木梳，穿着紧身裹胸，下着筒裙，腰上缠着花布，昂然道："这里的毒虫与蛇兽全是教中灵物，比你们的命还贵重，必须恭敬以待，不得伤害。不过也不必畏惧，入过圣池沐浴就不会被咬。"

行过半里，视野中出现了一个宽广无比的广场，正中以黑曜石铺成了一方高壮巍峨的神台，神台上置着一方巨石凿成的王座，居高临下，威严而空荡。台畔有一尊十余丈高的血蛇神像，形象鸷猛而狰狞，昂首而立，眼眸犹如活物，竟然是由硕大的红宝石镶嵌而成。

女血侍率领众人虔诚地跪拜，起身后才道："这里是黑神台，也是神祭之所，不可轻亵，路过必须跪拜行礼。"

一行人绕过数座石殿，来到一处苍灰色砌台边，奴隶们在指引下一看，无不面色惨变，有些人甚至忍不住呕吐起来。

下方是一座深陷的凹池，爬满了色泽诡异的蛇虫蝎蚁，有些在互相撕咬，有些在啃食池中散落的腐烂的人类肢体。这些毒虫比寻常山林野生的更大，看上去更为凶残，池底白骨相摞，新旧交叠，不知已吞没了多少冤魂，散发出恶臭的气息。

领过来本就是为震慑，见新来的奴隶恐惧至极，女血侍提高了声量："在这里稍行差踏错，下场就是推入蛊池，受万毒啮咬之罚——"

突然一声大哭打断了血侍的话，一个女奴崩溃地哭叫起来："阿瓦的骨牌，阿瓦！我等了三年，原来竟已经被蛇虫吃了！"

女奴错乱地失声号哭，循着她的目光看去，池底有一张橙色的骨牌，在杂乱的白骨和虫蛇黏液间依稀可辨，想是她昔日情人身上的信物。

男血侍眉头紧蹙，狠狠一记耳光手捆在女奴脸上，打得对方险些昏厥："哭什么，这里是什么地方，容得你号叫？再不闭嘴一并扔下去，既然情深意重，正好死在一起。"

跌倒的女奴无人敢扶，女血侍对着一旁的奴卫厉喝："把她扔进黑牢败一败性子，再不懂事就送去神潭做药人。"

一排奴隶尽数跪下来，眼看着犯事的被拖走，大气不敢出。一个眉目伶俐，乌眸丰唇的女奴战战兢兢道："请大人息怒，我们绝不敢有违神侍的话语。"

女血侍怒气稍歇，扫了她一眼，带着倨傲再度开口："你倒是个聪明的，叫什么名字？"

女奴伏地叩首："纳香。"

女血侍见她姿态恭顺，冷哼一声："你们初来乍到，地位是最低的，机灵些才能活得久，一会儿将你们分去各处，不许私下议论，不许四处乱走，违者重罚，记清楚了！"

众奴隶哪敢不应，纳香脑筋灵，见女血侍语气已缓和，鼓足勇气拉过身边的女子："血侍大人，这是我堂妹夷香，不会说话，但听得懂吩咐，手脚也勤快，我怕她刚开始出错，能否将我和她分在一处？"

女血侍意外地看了一眼，见她身边的女子虽然害怕地低头，但容色秀气，身骨纤瘦，也算是个美人，可惜肤色略深，不如其姐白皙，想是在村中劳作久晒所致。

男血侍一鞭子抽去，正中哑女手臂，只见她吃痛而口唇张合，却仅能发出哑哑的破声。

纳香被异变吓得脸色发白，跪在另一侧的一名男奴目中流露出担忧，又不敢言声。

　　男血侍见果然是个哑巴，轻蔑道："哑巴能有什么用，不如送到乘黄大人那边算了。"

　　女血侍斜了一眼，心知他见对方是个漂亮的哑巴，起了淫心，看着姐妹俩颤颤相偎，她心下一恫板了脸："各殿都在说缺人，这批先发去洒扫整理，哑巴能干活也无妨，实在蠢笨再另行处置。"

　　纳香跪在地上一手搂着堂妹，听得命令，暗暗松了一口气。

三十二 · 情人怨

昭越的习俗是以竹做屋，有的竹楼修缮精致，有三四层之高，挂上纱幔铜铃，住起来凉爽宜人。有些潮矮破败，奴隶所居自然是最差的，所用的竹料年代久远，陈腐不堪，又是十余个人挤在一间，气味更是混浊。

纳香从檐下走出来透气，见熟悉的身影回来："夷香，东边的神殿扫完了？"

等对方点头，纳香嘱道："那你歇一阵，晚一点还要去浣衣，千万不要乱走，知道吗？"

哑女又点了点头，乖顺地进屋休息，纳香这才放下了心。

她的堂妹确实叫夷香，却不是眼前这一个。

当她和堂妹被定为入教的贡奴，一家人沮丧又无可奈何。神谕不可违，一入神教就再不可能返回村中，无异于骨肉永隔。没想到堂妹心有所属，竟然壮着胆子抛下家人，同邻村一个乡民私奔了。

被定了身份的奴隶不告而逃，无异于一场泼天大祸，不提家中所受的责罚，一旦神教动怒，整个村子都会受牵连。

一大家人惶惶不可终日，阿妈凑巧在溪畔拣到了一个与夷香年纪相近的姑娘。大概是别寨不小心失足落水的，在溪里撞到头，什么都忘了。她是个天生的哑巴，性子安静温驯，家人私下商量，索性心一横，将她充作了夷香。

村里今年进贡了三个人，除纳香与夷香之外，另一个是阿勒，他与纳香从小玩到大，当然不会说破。心惊胆战地入了教，幸运的是两人被分派到一处，哑女比真正的夷香要听话得多，从不惹是生非，让纳香颇感安慰。

这里处处毒虫蛇蝎，看惯了也就不再惧怕，饮食与村子里差不多。虽然也有血侍仗势欺凌，但纳香言语讨巧，总比其他奴隶稍微好过，只要小心，不犯什么错就能平静地度日，渐渐定了心。

经过近一段时日，纳香大致明白了教内的等级，管理他们这些奴隶的是血侍，往上是十六名长老与三位护法，最尊贵的是教主。教主是女子，多年闭关练功，不问教内事务，育有一女一子。女儿血脉纯正，又是头胎所生，被尊为圣女；目前教中的一切由三大护法裁度，听说三人性情不一，各居一殿，纳香至今还未见过。

屋外传来沉重的脚步声，一个精壮的青年拎着两大桶水，哗的一声倒进了院内的水缸，纳香禁不住嗔道："不是跟你说了不用你担，阿勒自己的活儿都忙不过来。"

"我力气大，几桶水不算什么。"阿勒拭了一下汗，不以为意，他一直恋慕纳香，见了佳人笑脸，喜滋滋地想找些话题示好，瞥了一眼竹屋想起来，"她近期听话吗？"

纳香当然明白他问什么，含糊地答了一句。

阿勒见她的神色无异，比了比拳头："要是不乖，我替你揍她。"

真是个莽汉，纳香没好气地推了他一下，催着他离开，教中规矩严，阿勒的确也不敢久留，聊了几句拎着空桶去了。

纳香本以为日子会就这样过下去，谁知那一日突然生出了意外。

血侍分派她至一处偏殿修剪花丛，看着简单，干起来颇为繁难，一边要修持花形，一边要避过出没的各类毒物。纳香干到午时，腰也弯疼了，抬起头赫然发现远处有一对男女在争吵。

男人高大英武，青布包头，瞧上去挺拔健美，肩臂壮硕，文着繁复的神咒，腕上一个宽阔的银镯，镶着圆大的绿宝石，腰间系着长鞭。

女的年纪甚轻，玲珑俏美，身段婀娜多姿，衣裳织纹艳丽，水蛇般的腰间系着镶宝银腰带，同样佩着软鞭。

两人似乎吵得颇为激烈，男人要拥住女子，却被她一拳打在胸膛，男人苦恼地皱眉又不敢还手，为难中带着爱怜的模样几乎让旁观的人都心软了，女子却毫不动容，指着他的鼻子叱骂了几句，转身就走，好巧不巧冲着纳香的方向而来。

男人自然不舍，几番争扯，被女子一掌掴在脸上，打得他颊都红了，他到底咽不下气："阿兰朵，我对你百依百顺，偶然一点小错你就发恼，平日千百样好全成了狼心狗肺，这算什么？"

女子娇冷地哧了一声："你是什么东西我还不知道？就算日头跌进山沟里，也改不了你赤魃花狗一般的性子。"

"只不过和女奴调笑几句罢了，人你也杀了还要如何？"男人低声下气仍哄不了佳人，也积了一肚子气，"哪个男人不花？我眼中最重要的唯有你，又发誓以后再不和别的女人来往，你还有什么不满？"

女子骄傲地抬起俏颌："你这话听得我耳朵都起了茧，恶心得紧，你会找女人，难道我不会找男人？明日我也去找一个，看你可笑得出来。"

男人俊朗的面上也添了怒气："教中还有哪个男人比我更出色？甚至灭蒙那个老东西也要对我礼让三分，你还能瞧上谁？"

女人咬着银牙讽笑："就算你再有能耐，那些贱奴把你当金珠宝贝，我阿兰朵可瞧不上，当世间就只你一个男人？"

两个人吵得不可开交，纳香骇得魂飞魄散。

她一时听得忘神，等想到这两人的身份，恨不得将自己抽上两耳光。哪怕不听话语，见着镯子和腰带也该知道不对，教中地位高者才能佩戴镶宝的饰物，赤魃这个名字正是三大护法之一，而这女子如此年轻，面对护法毫无敬意，由着性子喝骂，除了圣女阿兰朵还能有谁。

纳香正后悔不已，忽然头顶上有人嗤笑了一声，这声音如此清晰，同时惊住了三个人，吵架的两人停住了望过来，发现了纳香，顿时目露凶厉之色，将她骇得几欲昏死。

一条绿焰蛇从树上溜下来，伴着一句懒淡的话语："赤魃，你不知道在女人气头上千万要躲远些么？这时再赌咒发誓也无用，即使变成一条狗，我姐姐也只会踢上几脚，何必再浪费时间。"

"朱厌！"阿兰朵一听就知道是谁，顿时没好声气，"你躲在树上做什么？"

树上飘落下一个俊俏少年："我不过是睡个觉，结果吵死人。"

一场争吵竟然有一个又一个旁观者，两人俱是不快，又不好发作，半边愤恨全转到了纳香身上。

少年嗤笑了一声，他容貌不错，话语却有一种冷淡的恶毒。他伸手捏了捏纳香惨白的颊："不就是一个女奴，我要是你，就当着她的面再睡一个，反正千哄万哄也是无用，何必还热脸去贴冷锅。"

赤魃忍了半天冷言冷语，又见阿兰朵满面轻鄙，也生了气："你说得不错，横竖讨不了好，我又何必死赖求活，天下的女人多得是。"

他也不看阿兰朵，居然一把将纳香提起来，甩在肩上大步而去。

阿兰朵恨恨剜了一眼赤魃的背影，侧头打量朱厌，对着亲生兄弟流露出厌恶和骄横相混的神色："我看你真是太闲了，这么偏的地方都能出来废话。"

朱厌根本不在乎她："原来你话说得难听，却不想真把他赶走，女人果然口是心非。"

阿兰朵的俏颜扭曲了一下，透出恶狠狠的意味："要你管，你算什么东西？"

朱厌讽刺地拖长声调："怕什么，反正那家伙蠢透了，勾勾手又会摇着尾巴一脸贱相地贴上来，这把戏可是好玩得紧。"

阿兰朵气得胸口起伏，明媚的眼波猝然变得阴森，唰地一记鞭子掠过，撕破他一角衣襟："你这个流着贱血的杂种，要不是乘黄护着你，早被抽烂了嘴，滚回去抱他的腿吧。"

三十三 · 双姝花

　　一场情人间的波澜起伏，仅仅是无数争吵中的一次，不管是阿兰朵还是赤魃、朱厌，全未曾放在心上。这对阿勒而言却是难以置信的剧变，他从别的奴隶处辗转听闻了消息，跑去纳香所住的屋子反复寻找，终是一无所获。

　　想到心系的佳人变成了高高在上的护法禁脔，阿勒陷入了完全的绝望，在院子里呆了半晌，情绪糟到极点，发现屋门旁的哑女，忍不住咒骂："为什么不是你！为什么纳香那么漂亮，你这样丑，赤魃大人看中的是你就好了！"

　　哑女深黑的眼眸安静地看着他，不管如何痛骂，始终不见半点反应，阿勒几乎怀疑对方不仅是哑巴，还是个聋子。

　　两个女奴从院外行来，奇怪地瞟了他一眼，目光落在了哑女身上："你是夷香？"

　　哑女点了点头，女奴道："纳香血侍吩咐我们带你过去，她让你将东西收拾一下。"

　　阿勒惊愕而激动："纳香让你们来的？她在哪里？"

女奴爱理不理，被追问得不耐烦，终是答了他："纳香蒙赤魃大人宠幸，如今已是血侍，当然不会再住这里。"

阿勒木了一瞬，突然开了窍结结巴巴道："我送她去，我们是一个村子的人。"

尽管阿勒显得有些失态，但看在他与新上任的血侍同村的情面上，女奴们到底还是答应了。

再见到纳香，阿勒几乎认不出，两三天之内，平凡的村女已经变了。

纳香搬到了赤魃所在的石殿后方，分到了一间独立的竹屋，一旦受到传唤，她可以随时服侍。她的长发高高绾起，发髻环着鲜花为饰，衬得脸庞洁白娇嫩，胸前挂着亮闪闪的银饰，十指染上了蔻丹，整个人似盛开的花，分外娇美。

阿勒张了张嘴，一时茫然，纳香看起来神气昂然，随意支使女奴，再也不是卑微地顺服旁人的模样。

"谢谢你送夷香过来。"纳香对阿勒致谢，大约碍于人前，她的姿态显得略为疏远。

阿勒难免生出了颓丧："纳香，你还好吗？"

纳香绽出笑容："赤魃大人对我很好。"

阿勒木了半晌，又问了几句闲话，再说不出别的什么，心灰意冷地辞去了。

纳香将夷香安置在自己的居所内，将服侍的女奴挥退，惶然的心终于有了一点安定。

赤魃毫不怜惜地让她疼痛，待她粗鲁而随意，可她别无选择，只能用身体和奉承取悦主宰命运的人。她的驯顺讨好换来了慷慨的赏赐和宠爱，她从其他奴隶眼中见到明显的嫉妒，却没人知道她有多害怕，多么不知所措。

唯有这一刻，她替哑女梳理满头长发，才真正有了放松的感觉。连过去都忘却的夷香比她更弱，更卑微，又不美，必须仰赖她而生存，足以让她放心地絮叨一些私密的话语，夷香安静地听，忽然指了指她肩上的刺青。

纳香知道她在惊讶，解开裹胸，一只硕大而瑰艳的神兽盘踞在她柔腻的肌肤上，从肩胸蜿蜒至上臂，甚至攀上了柔嫩的胸口，纳香爱惜地抚过自己的身体："赤魃大人喜欢刺青，被他宠幸过的女人都有。"

看哑女的口型，纳香自怜地叹息："刺的时候当然痛极了，又不能动，文匠的脾气很差，好在熬过来了。"

理好衣服，纳香又嘱咐了她几句："教中规矩多，如今你不必再劳作，衣食自有人送过来，你不会说话，不要在殿中乱走，以免误犯了什么错。"

夷香照例点头，纳香拔下一朵花，替她簪在耳畔，满足地笑起来。

汗淋淋的脊背呈现出古铜色，赤魃矫健的线条充满张力，身上文的猛兽仿佛要腾跃而起，他连衣服都未脱，在野外幽林发泄着躁动欲望。

这本是一场心血来潮的打猎，赤魃忽然起了兴致，与新宠的女奴幕天席地，百无禁忌。忽然他的动作停了。

一个身裹粗布的人从林外移近，越近越显出诡异，他的皮肤呈现一种不祥的冷灰，每一步僵硬而木讷，仿佛被无形的提线操控的木偶。

等终于看清对方的脸，纳香忍不住惊悸地尖叫起来，只见那人神气木然，眼角裂开却不见血，脸肌僵化半溃，将腐未腐，完全不似活人。

更可怕的是这活尸般的人居然还能开口，一字一顿宛如木雕："乘——黄——大——人——邀——您——至——神——殿——议——事。"

赤魃当然也看见了，被搅得兴致全无，极度不快地骂了一句，随意整好衣服跨上马背。

纳香花容失色："大人——"

赤魃存了火气，话语不甚耐烦："这是乘黄搞出来的药人，不会把你怎样，我先去议事，你自己回去。"

他一挥鞭毫不留恋地走了，纳香身体赤裸，旁边又是个不人不鬼的东西，山风一吹寒栗顿起，眼看这药人转头望过来，空洞的眸子流下了一缕血，她禁不住迸出一声尖叫，抱上衣服连滚带爬地跑出了野林。

山林离赤魃的石殿甚远，纳香走得香汗淋漓，发髻也散了，双足酸痛欲折，总算回到了自己的住所。她筋疲力尽地在廊下歇了歇，听见转角两个女奴在闲谈。

一名年龄较长的女奴道："看不惯那副贱样，赤魃大人图新鲜玩了几天，她就得意起来，也不看自己的身份。"

另一名年轻女奴道："赤魃护法不是一直恋慕圣女？怎么让她得了甜头？"

年长的女奴显然知道更多："大人魅力无穷，时常惹得圣女妒忌，听说前些日子两人又起了争执，可巧被这贱奴乘虚而入。"

年轻的女奴恍然："这样说来她风光不了几天，等圣女回心转意，哪还有她的机会？"

年长的女奴"啧"了一声："可不是，其实亲近赤魃大人就等于得罪圣女，从来没有好下场，谁知道什么时候就会被扔进蛊池。"

年轻的女奴幸灾乐祸："她可真是蠢，我若是她连觉都睡不着，哪还乐得起来。"

年长的女奴讥嘲："她还把那个哑巴族妹一起弄来，想姐妹俩一起迷惑大人，也不看看哑巴长得那样黑，哪是大人瞧得上的。"

恶毒的话语听得纳香如坠冰窟，一阵阵战栗。她以为自己幸运地得了宠爱，往日盛气凌人的血侍也对她唯唯诺诺，谁知私底下竟是这样的恶语。她一片慌悸，颤抖得险些站不住，偌大的神教全是一张张恶意的面孔。纳香撑住摇摇欲坠的身体，强迫自己去找夷香，尽管夷香一无是处，却是这可怕的神教中唯一能让她安心的人。

偏偏夷香不在，空荡荡的屋子宛如最后一击，让纳香彻底崩溃。她在屋子里崩溃地叫喊，冲出去寻了两个路过的奴隶询问，得不到任何有用的回答。她变得歇斯底里，狠狠地抽奴隶耳光，将所有愤怒和恐惧发泄出来，宛如一个疯子。

那两个女奴哪里敢反抗，纳香看着对方的脸红肿起来，眼泪迸出，神情乞怜而畏惧，心里生出一种狠毒的快意。然而这还不够，受人讥笑和冷嘲带来的憎怒吞没了理智，驱使她拎起铁刷劈头盖脸地抽过去，她要用这两人的血来洗刷所受的耻辱。

忽然有人抱住她夺下了铁刷，那双手臂纤细微黑，属于纳香熟悉的哑女，却有从未觉察的力量，她全然挣不开。

或许是夷香示意了什么，两个被打的奴隶连滚带爬地跑走了。

纳香被拖入屋内，情绪依然激动，不甘心地恨骂与厮扭，仿佛世上的一切都成了仇敌。任凭她又捶又咬，甚至手臂被掐得红紫，哑女也没有半点声音，只是安静地搂着她。

纳香渐渐力竭，忽而抽抽搭搭地哭起来，漂亮的眼睛肿了，气力也在哭闹中耗尽，她又成了一个惶恐的村女，忍不住对着夷香啜泣，语无伦次地倾诉。

"夷香，我好害怕，赤魃大人根本不在意我，等厌倦了就会把我扔去喂蛇虫。

"她们都在看笑话，等我什么时候死。

"我的脚好痛，走了好久，他竟然就那样扔下我和可怕的行尸在一起。

"他爱的是圣女，我仅是一个奴隶，在他眼中一文不值。

"我以为他至少有些喜欢，原来全是假的，我做了一场可笑的梦，夷香，你根本想象不出我的心情。

"夷香，我该怎么办？"

夷香没有回答，眼眸如鬼魂一般沉寂，或许她什么也没听懂，毕竟连这个名字也不属于她。她仅是绞了湿巾替她拭洗脸庞和手足，找出伤药敷涂她被草叶划破的小腿。

纳香依着这个比自己更卑微的人，仿佛被一种沉默的力量安抚，散去了狂躁不安的情绪，只剩沮丧绝望的诉语："夷香，我好想回寨子里去，阿妈一定也很想我，可是我们再也出不去了。"

三十四·赠金蛇

赤魃策马穿过的地方，所有奴隶纷纷跪下来诚惶诚恐地伏拜，他根本不予理会，像一阵风横掠而过，到了神殿外才跳下马，疾步走了进去。

教主的王座依然空着，下方放着四张椅子。

让他又爱又恨的阿兰朵坐在上首，娇美的身形挺直，俏颜看见他后明显地沉下来。

在她对面坐着两个人。

一个是褐布缠头的老人，额头沟壑纵横，眉头郁然深蹙，仿佛心事重重。他的手比常人粗大，指节青黑，像一个低贱的农人，然而教中谁也不敢轻视这一双手。阿兰朵曾亲眼见到这手按在人身上，不到半刻，那人五官溢出黑血，死时骨头已蚀如烂藤。

另一张椅上坐着一个身形高挺的男人，他戴着一张奇特的银面具，完全覆住了面容。昭越气候湿热，人们多半衣着裸露，他却从头到脚笼着一袭宽大的黑衣。唯一露在外面的耳颈，呈现出一种毫无生气的苍白，看起来异常冰冷。

老人第一个说话："赤魃，你总是来得最迟。"

"谁知道要突然议事。"赤魃不以为意，在阿兰朵身边的空位坐下，望了一眼银面具的男子，"以后别用药人找我，恶心得很。"

阿兰朵冷笑一声："你去向不定，又从不告知下人，若不是乘黄大人有法子，谁寻得到你？"

赤魃看她俏面冷横，本来有气，心念一转又邪邪一笑："是我不对，新近得的女奴还有几分滋味，被打断了难免不太舒爽，说错了话。"

阿兰朵如何听不出他在炫耀，姣容越发难看："三位护法只有你最张狂，什么都不放在眼中，是不是看阿娘久未出关，就将自己当作教主？"

神教规矩极严，尊卑不可逾，这一句扣上来，纵是赤魃也变了神色："阿兰朵，教主闭关期间灭黑夷，平恶水部，哪一桩不是我亲力而为？你这般污我是什么意思！你瞧不上我，我就避远一些，难道连这也犯了你？"

阿兰朵被他一噎火气更旺，但也明白自己失言，见旁人一声不出，再吵下去有害无益，硬生生强抑了话语。

老人这时方咳了一声："好了，这一次聚议是为中原人的事，不要扯太远。"

气冲冲的怒颜另有一番妖媚，赤魃隔了一阵也有些心痒，舍不得再斗嘴，就坡下驴："依灭蒙大人议事，中原人如何？还有不长眼的蛮子敢来？"

灭蒙天生老相，神色总似沉郁愁苦："有个王侯之子犯了大罪，他逃到昭越，希望能获神教之助，免于回去受刑。"

这倒是一个意外，赤魃"啧"了一声："中原人自己作乱，居然想仰仗神教来庇护，真是稀罕。可惜打错了算盘，谁有兴致管他的死活，叫他滚出西南。"

灭蒙打了个手势，两名壮奴抬着一个檀木托盘上前，揭去覆在盘上的障布，万道金光耀目而出。

一尊高过两尺，足金铸成的黑翼蛇神像出现在众人眼前，通体金光流灿，典雅厚重，双翼伸展，威势十足，无论是从形态还是从金子的分量来说，都堪称至宝。

昭越盛产银矿和宝石，金子却是少见，这尊神像精致辉煌，宝光四射，几乎让人立时想据为己有。阿兰朵不由自主地睁大美眸，一身的银饰被衬得暗淡无光。

赤魃也惊住了，托起金像一掂，沉甸甸的分量让他禁不住脱口而出："好家伙，怕有百斤。"

戴面具的乘黄注视了半晌，第一次开口，他的声音又僵又冷，听得人发怵："我们与中原人向来不睦，这件事来得太过突然。"

阿兰朵看得心醉神迷，忍不住赞道："太美了，竟然是黑神的金像，足可做本教的镇教之宝。"

灭蒙是最早看过金像的人，反应沉稳得多："这是其中之一，那位中原人说为了表示诚意先送过来，还有一大批宝物，如果我们应允再当面奉上。"

赤魃明显兴奋起来。

乘黄戴着银面具不显神色，话语更为阴沉："他想要神教做什么？"

灭蒙的话语不紧不慢："据说他犯的罪甚重，皇帝派了多位暗使捉拿，他想入教躲避。"

阿兰朵从金像上抬起眼，愕然道："仅仅如此？让他入教就可以得到宝物？"

灭蒙点了点头："此事尚无先例，必须我等共同商议。"

赤魃已然动了心，当先道："既是如此，随便找一处寨子安置，万一有追杀的过来，本教允诺保护就是。"

灭蒙脊背微佝，双眉蹙起："他认为中原皇帝的暗使厉害，唯有神教是安全之所，又怕我们拿了黄金不守信，坚持要在教内获得庇护。"

赤魃嗤了一声，神情骄傲又轻蔑："中原人果然胆小如鼠，生性这般懦弱。"

乘黄不为黄金所动，反而置疑："中原人狡诈，或许有什么阴谋。"

赤魃不以为然，气势昂扬："能生什么祸事，进了昭越，这些人的生死尽在本教掌中。"

阿兰朵仍在赏玩神像，对黄金越看越爱，一条肋生血翼的金色小蛇从她袖中溜出，在神像上好奇地游走，阿兰朵欢喜地搔了搔蛇身："你也喜欢金子？"

这条金色的小蛇在血翼神教被视为黑神后裔，极获尊崇，灭蒙难得地笑了一下："圣蛇有灵，这神像与它如此相似，自有感应。"

乘黄挑起布甩过去覆住金像，金蛇从布中钻出来，对着乘黄咝咝地吐芯，露出威慑之意，似乎相当不满。

"不要被一块破烂金子迷了眼。"乘黄冷冷道，"一出手就以重利相诱，谁知道是何等用心。"

阿兰朵被扫了兴致，生出几分不快，不过乘黄脾气怪，又兼祭司一职掌管神潭，不宜贸然得罪，她冷着俏脸将金色小蛇收回了袖中。

赤魃天生悍勇好战，话一不顺耳就全无顾忌地嘲笑："莫不是你在殿里躲久了，什么都怕得慌？不过是几个中原人，又不是军队，入了教想捣鬼等于自寻死路，要杀要剐轻而易举，能弄出什么花样？"

阿兰朵本来对赤魃怨气犹存，听得这几句，倒觉得他比阴阳怪气的乘黄还是更为顺眼一些，秋波横了一道，樱唇半翘不翘，平添三分娇俏。

赤魃瞧见阿兰朵的模样，越发激起了男人的得意，气势更盛："一窝老鼠掏不垮山梁，一坨黑泥浑不了清河，你喜欢捣鼓药人，大不了等人进来细细地查，有问题就扔进神潭炼成傀儡，也免得你提心吊胆。"

灭蒙点了点头："赤魃说得有理，再奸狡也是在我们的地头，料想也翻不起大浪。"

乘黄见三人主意已定，不再多言，冷哼一声离座而去。

山中最冷僻的一座石殿正是乘黄的居所，倚山而建，一条路上少有仆役，形同教中禁地。

外沿是一丛丛的药圃，生着各种奇异的药草，篱边攀着暗绿色的藤，藤上栖着一种细小的毒蜂，对每一个擅入者都毫不留情。

浇园和掘地的是一个个僵硬的药人，溃烂的肌肤上布满斑点，木讷地执行最简单的命令。

药圃侧方是一排竹屋，十余个大得惊人的陶瓮覆着木盖，里面传来令人牙酸的沙响，仿佛有什么东西在动，屋角的铁笼里锁着五六个气息奄奄的奴隶。仅有的两名哑仆在晒碾药材，见乘黄行过，惶恐地跪拜迎接。

乘黄根本不予理会，径直走入了石殿。

他的石殿与旁人不同，以黑色巨石砌成，高远而雄伟。前殿的窗子极高，接近穹顶，投下一排狭长的光柱，映出了殿心。殿心正中是一个形状不规则的大池子，盛着黏稠的暗红色浆液，氤氲的浆气宛如薄蒙蒙的雾，笼在池上聚而不散，气味似腥非腥，似甜非甜，说不出地古怪，闻久了便觉眩晕。

乘黄全然不受影响，他扳动机关，随着"呀呀"的传动声，从浆液中扯出三五个被铁索绑成一串的人，只见那些人肌肉极壮，神情木然，恍如失去了灵魂的傀儡。

他指尖一抬，一道锐劲迸出，洞穿了其中一人的手掌。被击伤的人抬起头，面目僵麻，目光涣散，伤口不见半点血，一臂挥过来，乘黄一闪，落空的一掌击在地上，砖面登时迸裂如蛛网。

不等第二击，乘黄袖尾一拂机关转动，几个人再度被牵入池中，血色浆液无声地吞没了一切。

听见声音，有人从后殿行出，正是朱厌，少年的脸庞有种百无聊赖的散漫："议得如何？"

乘黄缓步走入后殿，直到进了自己的房间才冷声道："赤魃那个傻瓜，看见黄金就忘了脑子，迟早惹来大祸。"

朱厌起了三分兴趣："哪儿来的黄金，中原人送的？"

银面具泛着冰冷的光，透出乘黄僵淡的话语："不错，只怕是个钓饵，灭蒙那老东西分明是别有用心，话里话外地引诱，可笑赤魃一无所觉，居然遂了他的意，让中原人入教。"

朱厌歪在竹椅上毫不意外："他和阿兰朵一样没脑子，正是一对蠢货。"

面具上的眼洞黝黑，乘黄摩挲着一把药尺："阿兰朵再过不久就要正式即位，老东西大概也急了。"

朱厌现出嘲讽："他又打不过赤魃，要是能在赤魃的眼皮底下将阿兰朵杀了，也算有本事。"

乘黄默然不语，朱厌身形一仰，晃得竹椅前后摇摆："管他们谁赢，我都不会好过，灭蒙胜了肯定会杀掉我，若是阿兰朵当了教主，我大概要天天挨鞭子。"

乘黄冷冷道："你何必去招惹她，凭你的口舌，讨好两句又有何难。"

朱厌捞起一根竹棍，挑弄笼中的竹鼠，哼道："因为她太蠢，我瞧不上，何况她也瞧不上我。"

乘黄的银面具一闪，他倒也没有再斥责。

"别看我和她同是一个娘，我有一半中原奴隶的血，平白就比别人贱。要不是阿娘让你护着我，我怕是早死了。"大约心里终有些不快，朱厌将毛团般的竹鼠戳得东躲西跳之后，扔下竹棍换了话题，"乘黄，赤魃和灭蒙都有野心，你呢？忠于阿娘的话，守着神潭什么也不插手，不怕到头来不得好死？"

乘黄从匣中拎出一条粗壮的蜈蚣，丢入一个圆肚蝎罐，看着蝎蜈搏杀，虫壳错动，良久才盖上罐子，沉默地一言不发。

三十五 · 碾作尘

　　赤魃宠爱的衰减，比纳香所害怕的来得更快。

　　他与阿兰朵关系缓和了几天又吵翻了，随后看上另一个可爱的女奴，转眼将旧人抛在脑后。

　　见着赤魃日日搂着新宠玩乐，纳香陷入了深深的绝望，她知道自己没资格嫉妒任性，唯有默默地抑下怨恨，那些初时毕恭毕敬的血侍已然当面嘲讽，更糟的是她发现自己有了身孕，真正慌乱起来。

　　赤魃勇武好色，随心所欲，却从不曾听闻他有子嗣。周围的人群又充满敌意，让纳香无从打听，忍了月余，眼看腰身渐显，她终于选了一个日子，趁着赤魃外出返回，跪在路边截下了他。

　　纳香楚楚可怜地述完了话语，跪伏的姿势显出纤腰翘臀，极尽谦卑，企盼能得到些许怜惜。然而赤魃仅仅扫了一眼，无情地吩咐随侍："这种小事还来烦我，给她熬一碗红药。"

　　纳香全身都僵了，难以置信地望着那个大步离去的男人，留下来的血侍在一旁冷笑："一个女奴还想做母凭子贵的美梦，除了圣女大人，谁也没资格为赤魃大人生孩子。"

纳香被扔回屋里的时候已经动弹不得，强灌下去的红药像一把刀，剜得腹痛如绞，整条筒裙浸满了血，四周冰冷而安静，所有的力气都伴着血流失了。

仿佛有人为她褪去了沾满血污的裙子，用温水擦拭身体，每当她的意识飘忽起来，胸口就有一团温暖的力量传入，温暖冰冷的身体，她终于没有死，沉入了一场漫长的昏迷。

朱厌在教中是一个十分特殊的存在。

他尽管是教主幼子，却有一半奴隶血统，无缘继承，又养成了一副刻薄毒舌的性情。除了在血侍和长老面前还算尊贵，赤魃与灭蒙并未将他放在眼中，不过瞧在乘黄面上也不会欺辱。

乘黄是朱厌的教养者，也是保护者，他兼了祭司一职，大半时间都耗在了神潭。

神潭在神教有极特殊的地位，潭中的红浆并非人力调配，而是自石隙所出，古已有之，功效十分奇特。可以强固筋络，也可以炼成药人，甚至造就强大无比的傀儡。神教最初就是在池上筑殿起教，视为神赐，据说百年前神教有一次逢了大难，当时的教主研究成了秘术，借神潭炼成了一支傀儡大军，横扫敌人，这才有一统昭越的辉煌。

传说仅仅是昙花一现，秘术早已断绝，不过迄今为止，所有奴卫依然要经过神潭的浸沐来强化筋骨，这一处神殿被看得极重。乘黄早年受过伤，被赐了祭司一职养息，便开始偏爱研究秘术炮炼傀儡，至今只炼出一些行动迟缓的药人，私下时常被赤魃嘲笑。

乘黄最宝贝的是药圃，园子里的药均是有数的，这一阵到了蛇血莲收获的时候，点算下来发现比预计的少了十来株，他检视了一番，意外发现种血莲的园圃里有断株。

这种花有止血的奇效，天然带着甜味，极招毒虫喜爱，或许是偶然啃食，但也有另一种可能——

乘黄站起身，气息阴怒而低郁。

朱厌在一旁扫了两眼，皱眉挥开毒蜂："你怀疑是有人偷了？"

乘黄缓慢捻着从土里掘出来的残根："血莲断得很干净，周围也没有啃啮的残屑，应该是被人掐走了。"

朱厌挑起一边的眉，带着讶然不信："谁敢从这里偷东西，毒蜂和药人都是死的？"

"我也想知道是谁。"乘黄从不说笑，冷冷地甚是悚人，"哪怕是赤魃，也很难无声无息地从这里取东西。"

朱厌环视一周，不以为意："这种破草又没什么用，谁会花这么大工夫来偷，脑子坏了么？"

乘黄默不作声，取出一个墨绿色的瓶子，倒出一只指甲大的虫，透明的翅膀挥得极快，震得空气嗡嗡作响，它嗅了嗅乘黄指间的血莲残根，猝然飞了出去。

乘黄足尖一点跟上去，膝盖都不弯，步伐间距极大，朱厌的轻功如蛇鹤，姿势好看，但不如乘黄快，眼看他在各殿之间穿行，渐渐被越甩越远。忽然乘黄在蛊池边站住了。

走近一看，飞虫正在池上盘旋，乘黄木然盯着池底，蛇液的黏涎中隐约可见几根被咬碎的蛇血藤。

朱厌一怔，忍不住骇笑："这可是奇了，难道这池中的长蛇成精了，爬出去衔的？"

乘黄的气息越发阴戾，冰冷地横了他一眼，一甩袖将飞虫收了回去。

朱厌半点不惧，转了转眼珠，无聊中多了几分趣味，有人大胆到在乘黄眼皮底下偷东西，甚至算到可能被追踪，将数条蛇血藤扔入蛊池迷惑气息，这种事——还真是头一回。

赤魃殿后的竹屋，纳香睁开了眼。

大量失血让她险些成了一抹游魂，每当她以为自己行将逝去，总有一股热热的甜汤灌进来，带给她温暖和力气。或许是因为这种照料，她终是捡回了一条命。

在这个冰冷又可怕的神教，唯有哑巴夷香会不离不弃地陪伴，这让纳香既庆幸又绝望。尽管身体渐渐恢复，她的情绪仍然时常失控，害怕一个人独处，有时笑有时哭，在榻上看不到夷香就大发脾气，甚至会乱扔手边的东西，夷香似乎永远不会发怒，始终沉默地安抚。

直到一天阿勒找过来，怔怔地站在屋门边，看着她眼睛就红了。阿勒语无伦次地说了很多，纳香才知道她被赤魃忘在脑后，又衰弱得长久不醒，几名血侍准备将她拖去埋了，全是夷香硬抢下来的。

没有药，夷香去寻了阿勒，可阿勒仅是一介奴隶，再低声下气也求不动捧高踩低的血侍，最后只能求神。说完这些，阿勒看着她丰腴的身体清减了许多，整个人病恹而羸弱，不由得抹了一把泪，难过又庆幸："纳香，还好黑神有灵让你醒过来，别想太多，养好身子最要紧。"

纳香什么也不想说，她的眼睛在不由自主地寻找夷香。

阿勒看出来，解释道："夷香被叫去洒扫了，这几日忙得很，马上有中原使者入教朝拜，各处都在整理，不能让中原人小觑了去。"

纳香意兴阑珊地靠回躺椅，她不关心什么中原人，也不想知道外界任何事。

阿勒犹在不识趣地唠叨："听说那些中原人敬畏神教，送了一尊纯金的神像过来，有半个人那么高，金光万丈，一看会被照瞎眼。他们还会带更多珍宝过来，赤魃大人下令到时候所有人都要去神台，让中原人知晓神教的力量。"

纳香听得烦躁，背转身不再理会。

阿勒终于觉察到她的抵触，哑了一会儿抹起了眼泪："纳香，我知道你心里不好受，可我们都是奴隶，能怎么样？赤魃大人最近宠爱的那个女奴，昨天不知怎么惹怒了圣女，被抽花脸发配去蛊洞打扫。蛊洞那种地方岂是人去的，满是瘴毒聚集，不到半日她就死了，听说尸体像被血浸了一般，还好你失了宠。"

纳香情不自禁地打了个寒噤，阿勒又说了些什么，她全未听进去，眼前浮起一张年轻姣丽的脸，依在赤魃身边趾高气扬，转瞬血污淋漓。

三十六 · 嘉客来

　　纳香的地位一落千丈，供给也差了许多，勉强还能保有的恩赏仅剩独居的竹屋。

　　连夷香都被血侍指派了许多事，她是个哑巴，连抗辩也不能，以致一些男奴做的粗活也摊了下来。纳香自知争吵也是无用，唯有快快地跟着夷香，看她在杂院里劈柴。

　　夷香做事很利落，一刀下去粗壮的木头应声而裂，每一下准确有力，她穿着教中一色款式的裹胸与筒裙，裸露的肩膀线条很美，臂腕纤长，腰肢细韧。劳作久了，年轻紧致的肌肤在阳光下渗出薄汗，映出健康漂亮的光泽。

　　纳香忽然感觉夷香远不像人们所想的那样脆弱，虽然她不会说话，却像一只野生的猎豹，在世界的尽头也可以活下去。劈拢的干柴越堆越高，纳香瞧了一眼天色："夷香，回去换衣服吧，阿勒说今日要去神台，晚了会被责罚。"

　　天色确实暗了，整座山燃起了无数火把，荧荧烁烁照亮了夜空。

　　露天的神台比任何一座石殿都更有气势，台畔的巨大神像在夜色中耸立，抹着夜光草粉的双翼形态奇异，每一片蛇鳞都在闪耀。

山岭上吹起了牛角长号，沉嘹的号角有一种蒙蛮的肃杀，一声连着一声，从远及近，声浪越来越响，宛如潮水扫荡群山，激起了悠长的回声。

这是客人已至的信号，吊桥哗响，蛇虫骚动，昭越古老而神秘的教派迎入异地客，密密匝匝的人群从黑神台排至山口，成千上万的教众鸦雀无声。

一行人渐渐近了，已经能看见前导的奴卫举起的旗幡。

黑神台的王座上，一身纯黑教袍的阿兰朵端然而坐，额上压着崔嵬的银冠，纯银的垂络在脸侧轻晃，加上压在胸前的一层层颈圈，纵然年轻也显得庄严，颇有一教之主的风仪。

赤魃立在侧方，挎着长刀软鞭，比平日更显英武。

在他对面的乘黄默然伫立，银面具诡异而冰冷，映着来客行近的身影。

大概确实是一路逃来不易，中原人的随护仅有五六名，当一行人踏上通往神台的石径，两侧林立的奴卫蓦然发出厉喝，一百八十把雪亮的钢刀出鞘，铿然架成了一道杀气腾腾的长廊。

凶恶的神情，冰冷的刀列，弥漫的煞气足以让胆小者屁滚尿流。

当先的中原人仅是顿了一瞬，继续缓步前行。

当刀列终于行尽，领头者在灭蒙的陪伴下，行上黑神台的石阶，到两位护法身前止步，对着王座上的阿兰朵施了一礼："见过神教圣女，祝神教宏运昌隆，教卡万事安康。"

中原人的言语与昭越相近，但有许多细微的不同，这把声音实在优雅动听，让人全忘了话音上的差异。只见发话的人是一个青年，穿着一袭霜色的锦衣，举止从容安定，神姿俊秀，清逸不凡，在火把的光照中烨烨生辉。

本是一场展现神教声势的下马威，阿兰朵却被对方的仪容所慑，刹那间闪了神。

神台上，青年淡然微笑，越是可怖的威慑，越衬出他处变不惊的风华，皎然气质彻底压住了全场，数万人仰首而看，静寂无声。

朱厌在广场边的一棵大树上，将一切收入眼中。

比起对方的姿态，阿兰朵的气势就显得弱了。

尤其当对方致礼过后，身后的随从自箱中捧出琳琅闪亮的珠饰，奢华富丽的绫罗丝缎，巧夺天工的金银器物，所有人都受到了冲击。人人尽知中原富庶，但未想到一个逃亡的贵族竟能携来这样多的宝物。

朱厌一眼看出阿兰朵已经目光飘忽，全是赤魃出言将局面应付过去。灭蒙表面上声色不动，心底一定得意得要命。

这老家伙想利用中原人做什么？朱厌无聊地支着下颌猜了几种可能，又一一推翻。赤魃也是个昏头的，一味摆威风，被三两下奉承已忘了原本的打算。至于乘黄——

朱厌从来猜不透乘黄在想什么，这人虽然护着他，但也很无趣，多年来一直寡言少语。大概因药草失窃，乘黄近期越发阴沉，布在石殿内外的毒虫陷阱密如星罗。

蓦然一声难听的异啸，入耳说不出地难受，正是从神潭的方向传来。乘黄霍然一动，瞬间从神台上消失了，连带一同掠走的还有十六名长老中的八名。

教众开始轻微地骚动，赤魃和阿兰朵在台上维持局面，收下礼物说了几句场面话，由灭蒙将中原人送去了早已备好的居所。

各色宝物逐一收拢封存，黑神台空了，教众也散了，交头接耳全在感慨礼物的奢华贵重。

乘黄的石殿气氛一片凝滞，火把将各处映得通明，即使有面具的遮挡，仍能感觉出他僵冷的怒火。赤魃与阿兰朵来得稍晚，面上禁不住惊疑："怎么回事，有人侵入？"

乘黄默不作声，半晌透出冷声："有人险些探进了内殿，万幸有药人嗅出气味攻击，不然——"

几个人的脸色沉下来，连乘黄的石殿都能侵入，别的地方更不必说，赤魃道："人呢？逃了？"

乘黄冷森森道："啸声一起就退了，什么痕迹也没留下。"

阿兰朵简直不敢相信："看护的毒蜂和灵蛇圣蝎呢？"

乘黄早已反复验看，摇了摇头："灵蛇圣蝎无用，至于毒蜂，那个人身上大概有什么东西能避开。"

灭蒙送完中原人也踏了过来，苍老的眉深蹙："灵蛇是怎么死的？"

三条斑斓的长蛇死在殿外，朱厌仔细审视，但见头部扁塌，毒牙完好："被敲碎了蛇头。"

几个人心内各有计较，灵蛇虽不及阿兰朵的金色圣蛇，但也极为迅捷凶猛，又是长期豢养，绝不是寻常人能抵挡的。

灭蒙不动声色，缓缓道："这里是神潭所在，教中重地，不管这人为何擅入，定有所图，退走必会再来，药人和蝎蛇毒蜂到底不如活人，明日我调些人过来加强守卫，让那人有来无回。"

阿兰朵刚要附和，乘黄已冰冷地拒绝："用不着，我自有办法。"

"灭蒙说得有理，你这不喜欢活人的怪癖暂且先放一放。"赤魃不耐烦地哑了一下，环视一圈，"怎么这样巧，会不会与中原人有关？"

"只怕这人是早已伏在教内，这一次选了个好时机乘虚而入。"乘黄阴沉沉地不知在想什么，半晌道，"守卫一多难免惊了贼，我另设陷阱，只等他再来。"

既然他这样坚持，旁人也不好再劝，灭蒙弓着背看殿内外密布的陷阱毒虫，良久起身问了一句："这人闯进来，是想偷什么？"

乘黄沉默了，黑洞洞的眼睛幽冷，盈散出无限杀气。

卷十七

黄泉引

三十七 · 多情恼

　　纳香心情不算好，聚集的教众太多，应过点名之后，夷香不知被挤去了何处，只剩她独自在人群中，甚至连中原客人的面容也未看清。等聚会散了，她又寻了半天，直到深一脚浅一脚地回到竹屋才见着夷香，果然是走散后自行回来了。

　　比起当日未到黑神台的人，她们可谓幸运之至。

　　纳香不知道，教中有些人已经莫名其妙地消失了，大多是由于各种原因错过了点名或聚会，至于这些人最后是进了蛊池还是成了乘黄的药人，并无太大差别。

　　失宠的时日长了，旁人对纳香的敌意与关注也淡了。女奴们近期的话题全是新入教的中原人，纳香听了几句，不外是赞叹那人的风仪，说得如痴如醉，又对流光溢彩的黄金津津乐道。

　　不同于其他女奴多情的向往，纳香经历了赤魃，已然冷却了所有绮思，根本提不起兴趣。不过即使懒于听闻，一些隐秘的闲言仍是在奴隶们的私下议论中传入了耳中，比如圣女似乎对那位公子颇有好感，时常与他攀谈笑语，询问一些中原的事，赤魃大人受了冷遇，近日情绪不佳云云。

教众视为闲娱趣谈，而心思各异的神教上层，又有另一番计量。

出于对中原人的戒意，安置的地点是略偏的北域一角，那里竹林环绕，出入仅有一条通道，易于监视，不过瞧在黄金的分上，不好过于简待，居所的布置还是颇为讲究。

三层竹楼建得雅致精巧，选用上好竹木反复蒸晒，不燥不湿，色润如玉。屋顶歇山起翘，檐角悬着牛角铜铃，每一层外挑的平台饰有雕花栏杆，挂着土染布的垂幔，下方以竹篱围了一个院子，院内遍植山茶，碗口大的茶花开得如火如荼，宛如热情的昭越少女。

阿兰朵也如一朵花，明媚，热情，不可抗拒。

近期她成了这里的常客，娇柔娉婷，笑语盈盈，不见半点骄横："公子住得可习惯？昭越的屋子不比中原精致，难免粗陋了一些。"

"多谢圣女关怀，这里山清水秀，又蒙主人盛情，准备得样样妥帖，何来不好。"对面的青年公子一双长眸斜挑，风姿独秀，浅笑即似含情。

阿兰朵禁不住心头一荡："中原像你这样好看的人可多？"

青年话音清雅："中原人杰地灵，自有无数比我更出色的人。"

阿兰朵洁白的颈上悬着银络，鬓边簪着一朵粉茶，更衬得花颜如脂，娇声谑道："我早听说中原人谦虚得紧，不比我们昭越直接，上次你说是得罪了身为公主的嫡母，惹出杀身之祸，我却是不信，怎么可能竟有人对你不喜？"

青年的俊颜漾起三分惆怅，宛然轻叹："我长年离散在外，鲜少侍奉亲长，又拙于应对，如何讨得了嫡母欢心，遭此横祸全是我自身之过。"

昭越的男子多为豪迈旷达，以勇武为荣，如赤魁一般，少有这等翩然温雅的风华，阿兰朵越看越喜欢："那一定是她没长眼睛，你们的皇帝也是愚蠢，竟然纵容她欺负你。"

青年莞尔，敛去了失落之色，转为致谢："我实在走投无路，护卫也折损殆尽，幸而能得神教翼护，还要多谢各位大人。"

阿兰朵娇颜生光，更增得色："如今你是本教的贵客，谁也不敢再动你半根指头，尽可放下心来，不必总在屋里足不出户，不如我带你出去转一转，游赏一番。"

　　青年婉言相拒："圣女的好意，我十分感激，然而岂有客人扰动主人的道理，我习惯了静处，在竹楼内一切安适，并不觉得闷。"

　　阿兰朵樱唇一嘟，全不掩饰失望："枉我一番好意，你怎么全不领情，算了，我也不再浪费口舌，免得你还嫌我多话。"半嗔的娇颜仿佛生了气，阿兰朵跺跺脚转身而走，腰上的银饰冷冷脆响，纤腰款摆得格外撩人。

　　青年也未挽留，客气有礼地将她送出了小楼。

　　走出院落，阿兰朵的俏颜如六月的天气，迅速从气恼变成了甜笑，她来到竹林另一头隐秘的木楼，里面赫然是乘黄与赤魃。

　　屋内的木案上伏着一只紫莹莹的甲虫，虫背生着六只翅膀，两只一起一伏，另四只极快地震动，空中散出一些奇怪的声音。仿佛有人走动，又有竹扉启开之声，随后笛声三两调，仿佛有人在吹奏，尽管略为模糊，大致上仍能听出七分。

　　阿兰朵倚着门扬扬得意："你们也听到了，我诱他四处走走，他始终全无兴趣，根本不可能是奸细。"

　　她装扮得比平日更精心，换个时间赤魃必然觉得赏心悦目，这一刻却觉得异常刺眼，他冷哼一声："中原人狡猾得紧，说不定你话语中露了破绽，他自然不会上钩。"

　　阿兰朵的坏脾气似乎消失了，她半分也不怒，闲闲地玩赏自己鲜红的指甲："谛听虫探了半个月，可有听出什么异样？"

　　这蛊虫是乘黄的秘技，一雌一雄同育，雌虫在竹屋伏听，雄虫在数里外依然能感应，翅上摹音惟妙惟肖。被她这样一诘，乘黄指尖一抬，甲虫飞回了袖中。

　　赤魃原本对中原人毫不在意，谁料这人如此生相，顿时开始担忧阿兰朵心神旁落，不几日便起心想将人弄死了省事。然而入教毕竟是四人决议，不能无由而发，他索性拖来乘黄一起窥听，怎奈听来听去全无异常，此刻又见阿兰朵一脸春风，言语回护，赤魃越发不快："或许是灭蒙通了消息，他知道我们在诱探。"

　　"这人一看就是富贵出身，全无半分武功，就算如你说的有异心，入教了连门都不出，又能有什么作为？"阿兰朵轻盈的话语带着淡诮，"要是探出问题，你将他扔进蛊池我也不管，可如今这般捕风捉影地编派，别是生了嫉妒。"

赤魃被她含讽带讥地一刺，气涌胸膛："这种不中用的男人也配我嫉妒？"

一语正中下怀，她脸上浮起狡黠的笑："说得不错，赤魃大人是神教顶天立地的护法，怎会无故去欺侮一个才献上重礼的客人，否则可是丢自己的脸。"

这一次赤魃真个涌出了酸意，不过依阿兰朵的性子，再争下去唯有适得其反，他强忍下怒气，僵着脸摔门而去。

阿兰朵笑了一声，又瞧向乘黄，戴银面具的男人也不多言，起身离开了木屋。

尽管赤魃千方百计查探，这位中原的公子确实不见任何逾越的举动，即使阿兰朵言语热情，他也仅是温雅有礼地应待，既不轻浮，更未显露任何攀附之态。

这一点，对阿兰朵而言极罕见。

她是神教圣女，生来尊贵，所遇之人不外是敬畏或逢迎，敢亲近示好的极少，又多畏于赤魃。赤魃骄狂自大，尽管追慕热烈，却改不了拈花惹草的习性，令她异常恼怒。奈何她年轻尚轻，必须倚仗他的扶助，不得不若即若离地敷衍。如今见这俊美的中原公子风雅高华，平和趣致，她顿时生出了强烈的兴趣。

神教也曾有过中原奴隶，朱厌的父亲就是一个被贩来的男奴，据说长相不错。阿兰朵一向瞧不起朱厌，更不理解母亲为何会对异族人感兴趣，现在却只恨自己尚未成为教主，不得肆意而行，只能偶尔来竹楼坐一坐，短暂地笑叙几句。

让她越来越着迷的不仅是中原人清贵的气质，还有他从来不用女奴，侍从悉数为男子的自律，这一点与好色的赤魃截然不同，令她倍觉称心。不过欣赏之余，她又有些疑惑，不着痕迹地试探："公子身边没有女人照应终是不便，稍后我送几个女奴过来。"

青年只是一笑："多谢圣女好意，却是不必了，我喜欢清净，不爱人多声杂。"

阿兰朵本是要借此试探，自然不会就此放下："我听说中原人有的清心寡欲，好修仙修道，难道你也是如此？"

青年微微一哂："我并无长生之念，不过遭逢变故，暂时无心于此。"

"我当是什么缘故，公子已入本教，全不必再为此烦忧。"听得这般解释，阿兰朵顿时释然，心思一转，"明日是西南最热闹的跳月节，万千教众同庆，载歌载舞蔚为壮观，公子不妨一同与宴，瞧一瞧比起中原来如何。"

青年神色略动，仿佛被她的言语引出向往，及至出口又抑下来："我并非昭越人，只怕有些不便。"

阿兰朵只盼多些机会见这俊逸的公子，岂容他不去，她娇颜含媚，带着趣谑半嗔："本是一年一度的节日，万众同乐，公子何必多想。再说依着昭越的风俗，这一夜但凡有合心的女子，均可相求，说不准公子就能遇上能一解心怀之人。"

长眸一动，青年含笑凝了她一眼，并没有接话。

阿兰朵仿佛从中窥到了什么，盈盈地笑了，心头格外愉悦。

在她离去后，竹楼恢复了安静，不久后，清亮的笛声悠然扬起，在暮色中邈远而散。

黄昏的天空，一只飞翔的游隼张开强健的翅膀，自林尖斜斜掠过。

昭越一带民风开放，热情大胆，男女之欢视若平常。

然而血翼神教规矩严酷，不允许教众私下苟合，唯独跳月节是例外，当夜百无禁忌。平日压抑得狠了，这一夜教中人期待如狂，男男女女藏了满腹躁动。

暮色初至，铜鼓重重地敲响，传遍整个山头，成百上千的风灯和篝火燃亮，彩旗飞舞，花杆矗立，黑神台下的广场竖起了高高的秋千架。

无数穿着对襟短衣的男子，穿着裹胸筒裙的女子，从卑微的奴隶身份解脱出来，自低矮发霉的竹屋钻出，纷纷奔向了狂欢的舞场。

纳香兴趣缺缺，但还是让夷香换了一身裙裳，扯着坐下梳扮。入教以来经历了各种起落，几度相依为命，她也真将这哑女视作了姐妹。

夷香的头发黑而盛，盘成发髻丰硕漂亮，纳香替她梳盘齐整，又从篱边摘下两朵山茶："你不记得跳月节要做什么？"

夷香果然摇了摇头。

纳香替她将花簪上："这一夜，教中许可男女欢爱相亲，我身上有赤魃大人的刺青，是没有男子敢沾了，你却不同，见了谁顺眼自可同他欢好，不必有什么顾忌。"

夷香的神情变得极怪，愕然又骇异。

她少有表情，这次大概是过于意外，纳香忍不住失笑："每个村寨都是如此，年满十六就可以参与，女子斗腰斗舞，男子比攀花杆，一同跳月祈福，你竟然全忘了。"

夷香不知所措地扯了扯花，似乎想将它拿下，纳香赶紧止住："傻夷香，教中全年唯有这一夜可以与男子相亲，没有人会不去，就连圣女和护法也不例外。"

夷香迟疑地顿住了，任纳香整理扯乱的发丝。

纳香拉她站起来环视了一圈，略为惋惜："你的腰真细，手脚也美，若是皮肤白一点，又会说话就好了。看你的眉相应该不是处子，可还记得你以前的男人是谁？"

夷香怔了怔，眼眸垂了下去。

"忘了也无妨，今夜再寻一个，那个入教避难的中原人也会参与，据说阿兰朵大人瞧上了他，你离远些，莫要触上霉头。"纳香受过教训，比旁人要谨慎得多，她随手拾起粉盒，"我替你涂一点粉，必会有许多男人喜欢。"

夷香挣开她的手退到了几步外，一反平日的驯顺，执意不肯扑粉。

纳香几度尝试失败，又气又好笑："怎么这样不肯打扮？万一没有男人瞧上，你可别后悔。"

见夷香不为所动，纳香只得作罢，摸出两枚艳红的种子，塞入夷香的裹胸："这是菟藤子，咬碎了服下可以避子。"说着她自怜地叹息了一声，"当初若是有人提醒这些，我也不至于吃了大亏，险些送了性命。"

夷香的脸色不大好看，不过她开不了口，也说不了什么。

纳香见大致已准备妥当，拉着她走出了竹屋。

银亮的满月已经出现在初暮的天穹上，芦笙与唢呐的乐响从远处传来，捎来欢悦的气息。

一只灰色的野隼蹲在屋外的篱桩上，静静地梳弄羽毛。

夷香的脚步突然停了，身形仿佛被什么滞住。

纳香唤了一声不见反应，正要去扯她，夷香忽而向野隼走去，那只凶悍的野隼居然没有啄咬，任她从隼足上解下了什么东西。

借着朦胧的天色，纳香看了一眼。

那是一根织纹精美的束带，挽入掌心，似一线微明的光。

铜鼓锵锵，笙歌欢快。

百余根长长的楠竹执在男人手中，离地半尺高，随着乐声开合错响；女人像灵巧的鱼儿，在竹竿起落中跃动，稍一慢就会被夹住脚踝。乐声渐急，竹竿闭合得更快，最灵活的女人才能跟上节奏。

夷香没有参与，她好像有些走神，不知在想什么，一派魂不守舍。

纳香大病伤了元气，跳了一会儿已是香汗淋漓，不得已退了下去。

场地另一头是高高的秋千架，一个面容娇美的少女站在踏板上，一下又一下荡得极高，刺激而炫目，引来热烈的注视，惹起一阵阵欢呼。

纳香歇下来看了一阵，又看夷香木呆呆的样子，不服气地推她："别再问中原人的事，你也去斗秋千，你腰比她细，腿比她长，去荡得更高，让那些男人看看。"

簇拥者最多的是爬花杆，这是一个纯然挑战男人力量的游戏，剥了皮的松树杆立在空地上，表面光溜，极难攀上，唯有最强健的男人能攀到杆头。一个青年成功地摘下了杆上的花环，打了个响亮的呼哨，忽然一个鹞子翻身，双腿绞杆滑下来，在即将撞到地面的一刹急停，人群爆出了轰然喝彩。

夷香的肌肤在月下看起来更黑，这让她乏人问津，纳香替她着急："你应该往前站些，碰上喜欢的也可以主动求欢，再下去好男人全被抢光啦。"

夷香居然又往后退了一步，神情有藏不住的尴尬。

纳香给她气了个半死，抬手把她向前推："你躲什么，一年就这一夜，错过了就要等下一年，你看那边有不少已经结成对——"

她话没说完，夷香躲到了数步外，看了她一眼，大概怕她再催逼，居然钻进人群不见了。

纳香追过去已经寻不着，气得顿足半晌，无可奈何地找了一处坐下来瞧热闹。

场上喧闹无比，到处都是兴奋的男女，毫不避人地调笑，夷香匆匆而过，有的男人无意中瞧见她的身形眼眸一亮，待要接近却又不见了。

夷香避进了场外的林子，黑黝黝的树林隔阻了光线，暗处隐隐有奇怪的声音传来，她凝神一听，还不只一处，不知藏了多少对，她腾地一下红了耳根，逃也似的出了林子。

她在人潮外站着，怔怔地仰起头，硕大的明月悬在天际。

紧握的手心冒着汗，浸透了玉青的束带，她的心绪乱成了一团。

黑神台下人潮涌动，处处欢谑，台上也是热闹。

阿兰朵在上首，赤魃与灭蒙一左一右，其后是中原的客人，再下方是一众长老，每一席的矮几上都摆满了炙烤的兽肉与野酿山珍。

二十八个男女跳着昭越独有的舞，一色的花布束腰，健美的肩臂裸露，笙乐中的舞姿纵艳而大胆。初时欢快活泼，渐渐如鱼雁相逐，交颈相偎相亲，抹着油的肌肤呈现出原始的力与美。

阿兰朵装扮得婀娜俏媚，她时常与赤魃饮上几杯，而后才与中原的公子说上几句，将分寸拿捏得恰到好处。赤魃颇为受用，妒意淡了许多，也不再刻意针对中原人，只偶尔扫过去的眼神略带轻蔑。

灭蒙态度和缓，一边观舞，一边与中原的公子闲叙一些散淡的话题。

聊了一阵，青年公子不经意道："这样热闹的节庆，乘黄大人为何不参与？"

灭蒙未及回答，赤魃已经嘲笑道："乘黄那家伙讨厌女人，只喜欢把活人炼成药人，这种场合自然不会来。"

阿兰朵笑吟吟地举杯，耳际的银环轻晃，岔开了话题："我们昭越的酒，公子可还饮得惯？"

昭越人无论男女皆擅饮，酒水后劲极大，酒杯以深阔的牛角制成，一杯下去寻常人已受不住。

青年公子回道："好酒，可惜我量浅，无法多饮。"

赤魃见他仅饮了半杯，存心挤对："昭越有句话，喝不了酒的男人掌不了事，看来果然不错，难怪你被追得走投无路，躲进神教中来。"

青年公子对嘲讽半点不怒，依然微笑："确实是我无能，赤魃大人见笑了。"

阿兰朵听得大为不悦，灭蒙咳了一声，蹙着眉缓了场面："公子是客，不妨放开心怀享受，昭越的歌舞虽不比中原，也有一番意趣。"

言毕，他击了两掌，换了一批年轻貌美的少女上来跳舞。

赤魃连饮几盏，借着酒意话也放肆起来："你也是个男人，楼中一个女奴都不要，莫不是和乘黄一样，对女人根本没兴趣？"

阿兰朵心下一跳，抿唇静听。

青年公子不紧不慢道："赤魃大人说笑了，如今客居他乡，哪还有心情。"

赤魃直接嗤笑出来："无心倒不怕，只要不是无力，今夜你看中哪个女人尽可带回去，可不要说本教疏了招待。"

青年公子抿了一口酒，不置可否："多谢大人好意。"

赤魃瞥了一眼阿兰朵，话中别有深意："怎么，难道你只肯与圣女谈笑，其他的一个也瞧不上？"

阿兰朵如何听不出赤魃的真意，银牙暗咬，在宴场上又不好发作。

这一句暗藏杀机的话语被青年公子漫然避过："赤魃大人说笑了，今夜见了无数美人，选起来怕花了眼。"

赤魃顿觉着好笑，正要继续出言讥讽，青年公子话锋一转："不过既然蒙大人好意，盛情难却，我择一位就是。"

言毕，他从宽袖中取出一只翠色的小鸟，指尖一送，小鸟振翅而起。

"这飞鸟从台下所选之人，今夜就陪我共寝，大人觉得如何？"

黑神台下游戏正欢，哄闹不绝，忽然有少数人开始沉默。

静默像一场飞速扩散的瘟疫，在极短时间内感染了所有人，人们惊讶地发觉，高远的黑神台步下了教中最尊贵的一群人。

黑神台与广场从来是两个世界，即使在跳月节也不会有任何交集，这样异常的情景让人们茫然失措，不明所以。一丛丛篝火仍在炽热燃烧，夜空下的人们无声地退后，自动让开了一条路，在两侧畏惧地跪倒。

一片死寂中，成千上万人一个接一个跪下来，不必任何吩咐，悉数以最驯服恭敬的姿态迎接意外降临的主宰，没有人敢言声，尽在沉默地交换疑惑的眼色。

渐渐有人发觉尊贵者的目光在追随一只翠色的小鸟。

这只在昭越山林随处可见的翠鸟，渐渐承载了千万人的注目，它轻盈地拍打着双翅，盘绕在密密匝匝的人群上方，徘徊良久忽然一折翼，落在了场地边缘一个女奴肩上。

那是一个肤色微黑的女奴，低头伏跪，看不见面容，只见纤细美好的身段。

原本这种事根本无须劳动赤魃等人步下黑神台，但中原人所提的法子太过奇特，谁都忍不住好奇，没想到结果着实令人失望，赤魃见了那肤色登时失笑："怎么选了这样一个，抬头让我看看。"

青年公子不言不语，一双上挑的长眸奇异地幽亮。

万目所瞩，一片寂静，女奴勉强抬起了头。

她的脸庞玲珑秀气，然而被肤色一衬就减了三分，或许是过于紧张，光洁的额上有细汗，微颤的长睫半覆双瞳，仿佛不敢正视。

虽不出奇，姿容尚可，不至于太过难堪，阿兰朵松了一口气。

赤魃在一旁嘲笑："换一个吧，不然还道我们待客不周，宴上的舞娘随便你挑。"

或许是碍于面子，青年公子并未应和，微微一笑："昭越的美人各具形态，这一个虽黑了些，却也别有风情。"

既然对方表明了态度，灭蒙也不再多说，随口吩咐女奴："今夜由你侍奉贵客，一切殷勤仔细，若是让贵客不快，必受重责。"

女奴的肩膀颤了一下，静默地垂下了头。

一个发抖的女声打破了气氛，数步外，纳香几乎是伏在地上："请大人恕罪，我族妹是个哑巴，不敢服侍贵人。"

纳香简直要吓昏了，尽管她不懂究竟是何种情形，但夷香被挑中是事实，可夷香不会说话，更不懂宛转柔媚地事人，万一在床笫间惹怒了贵人，只怕要被活活扔进蛊池，这迫使纳香鼓起了最大的勇气，冒着危险颤声解释。

灭蒙皱起了眉："是个哑巴？"

赤魅实在忍不住大笑起来："这飞鸟竟然指了个哑巴，果然有趣得很。"

青年公子也不恼，似笑非笑："无妨，瞧这身段也有可取之处。"

赤魅见对方当众掉了颜面，心情格外惬意，睃了一眼阿兰朵，又瞟了一眼纳香，惺惺然做了个顺水人情："虽然已经选定了，也不好太过怠慢客人。这个说话的似乎服侍过我，滋味不错，一并送了你，带回去享用吧。"

四十·照影来

圆亮的银月斜挂天角，映着竹楼最上层的窗口。

一张布帘将寝居与外间分开，帘内传来女人的声音。

夷香在外间站着，木然看着布帘下透出的光。

声音出自她朝夕共处的纳香，里面的另一个人，同样是她熟悉的。

一张布帘隔开了两个世界，他仿佛不认得她，吩咐她在帘外等，似乎也没有什么理由让她踏入。

从看见束带的一瞬间起，她的脑子已经全然混乱，充斥着千百疑惑，此刻却一个也想不起来，只觉得心口异样地难受。

她以为已经不再有感觉，命运总会给予更可怕的折磨，一次比一次更痛。即使捂住耳朵，声音依然钻进来，如烧红的尖针一寸寸刺戳心神。她的额头抵在冷硬的墙壁上，脸颊不知怎的沁出了一片湿痕，呼吸都成了煎熬。

眼前恍惚多了一个人，左卿辞在皎洁的月光中风华如昔，神情很奇特："你学会哭了？这眼泪——是因为我？"

她看不懂他的惊讶，觉得胸口的窒痛更甚，又一串眼泪滚出来。

左卿辞抱起她放在案上，幽深的眸光平视着她，凝视着颊上不断滑落的水痕。

她的心越发酸楚，肩膀抑不住地轻颤，一层层泪涌出来，怎样也无法停止。天地间一片安静，月光如练，唯有虫在低鸣。

"你会嫉妒了，我很高兴。"直到她终于平静，左卿辞温声开口，徐徐抚摩她的颈，一如在江南的亲昵时光，"恨我吗？"

她双眸红肿，心像被塞住了，辨不出情绪。

"除了苏璇，别人很难在你生命留下痕迹。"左卿辞淡淡地笑了，有一丝复杂的怜恤，"不过是给了一点恩惠，他就成了一棵遮天蔽日的树，长进你心里，其他人对你再好，你也只是记着终要偿还，一转头就能轻易舍弃。"

他极少说这样的话，她怔住了。

左卿辞的话语挟着不掩饰的妒："你在山上受尽欺凌排挤，成了一块七情六欲都不通的木头，苏璇又做了什么？只顾自己快意纵侠，美人与声名兼得，到最后发了疯，同门与朋友弃之不顾，却是你这傻子来拼命。"

她心头一酸，想替师父辩解，又被打断。

"这样蠢，又这样顽固，"眉梢流转的邪气弥漫，他的指尖划过她的心口，"你会了笑，又学会哭，这里依然不属于我。身体任我亲近，心却住着另一个人，苏云落，你将我当成什么？"

第一次碰上这样的质问，她张了张嘴不知怎么答。

"无非是一夕之欢，转瞬即过，根本不值得深想？"左卿辞淡笑，似嘲讽又似诘问，"还是说你不敢想？那个窃遍天下，无所不为的飞寇儿，原来竟是这般胆小怯懦。"

他的每一个字都是那样刺人，宛如剥开她的心，她颤了一下，被他紧紧扣住了腰。

"你太习惯守分寸，让你等就不会踏进去；让你走就不会再回来；夺走你的东西，也不会有半点报复，苏璇怎么会把你教成这样？"左卿辞一句又一句诘问，"剑魔的徒弟活得这样卑屈，不觉得很可笑？"

他的话语越来越刻薄，她再也忍耐不住，一把推开了他。

左卿辞再次抵住她，俯下来的俊颜温柔又恶毒："你知不知道，越是这样，越会让人忍不住欺凌你、利用你、控制你。"

她的泪终于迸出来，狠狠地瞪着他。

"明明想要我，为什么不跟紧我、抓住我，让我只看你？"他的话语忽然又变了。

突如其来的转折让她愕然怔住。

左卿辞的指尖抚过她睫下，拭去残余的泪痕："崔九想杀了所有接近我的女人，沈曼青想展示她是最适合我的女人，而你——离我最近，却什么也不想要。"

睫上还挂着一点泪星，深邃的瞳眸脆弱又困惑。

"为什么不去夺？"左卿辞的声调变得极温柔，带了致命的蛊惑，"你天生就是异类，注定得不到认同，何必被规则束缚？"

被他说得混乱，她终于开口，因长时间的禁语而变得齿拙："可你并不喜——"

他眉梢轻挑，半是讥诮半是傲意，滞住了她的声音，过了一会儿她又道："可你不该用掉——"

左卿辞不见半分愧疚，轻描淡写："不错，我用掉了锡兰星叶，那又如何？一片破叶子，比得上我给你的欢愉？"

她本来就不善言辞，被生生哽住了，好一阵才慢慢道："你觉得它不值什么，但对我来说很重要，比我自己还要重得多。我偷了这么多年，只为凑齐这些药，眼看师父就可以复原了——"锥痛刺得她说不下去，停了半晌她哑声道，"叶子是你给的，想收回去也——我不怪你，是我命不好。"

他瞧着她泛红的眼，没有说话。

"你一直对我很好，除了师父，大概不会再有人这样好，可是还有更重要的——"她忍住了泪，吸了一口气，"那些已经结束了。"

曾经历的不可言说的甜蜜，如果能侥幸活下来，够她回味一辈子了。但不是现在，他让她从梦境跌落，那种撕心裂肺的痛她不想再触碰,他终是陌路人,更有已赐婚的——她不能想下去,一种冰冷的东西攫住了她。

左卿辞没有再开口,抱起她走入了内室。

想起方才听到的,她刚要挣扎,就发现纳香瘫软倒在屋角陷入了昏迷,衣裳发髻完好如初。

他将她放在竹榻上,轻诮道:"你以为我碰了她?我还没那么不挑,用了一点合欢粉和弄魂香,让她做个梦罢了。"

她的心大起大落,简直不知该露出什么表情。

屋角一支墨色线香行将燃尽,左卿辞更换了一支:"这里说话务必小心,除非像这样燃了谧香,据说血翼神教有种窃听声息的蛊虫,万不可随意。"

他绞了一把湿巾,替她拭净泪痕斑斑的脸,她别扭地掉开头。

"竟然穿成这样。"左卿辞神情晦暗,指尖勾起宛丝,扯出裹胸内的却邪珠,不想连带牵出了束带和另一样物件,他凝目一看,语气阴下来,"连这东西都会用了,你今夜想跟谁欢好?"

她低头一看,正是菟藤子,不知为什么有些窘迫:"是纳香塞给我的,我不知道跳月节是要——仅是过来敷衍一下,以免旁人起疑。"

他一步步逼问:"怎么敷衍,万一被人看上呢?"

她全未想过那么多:"不会,昭越人不喜欢肤色深的。"

"有阶位高的瞧上你又如何,为免打草惊蛇就忍了?"这并非不可能,她将灵药看得这样重,甚至硬忍过板杖之刑,事到临头未必舍不了,左卿辞的脸庞暗沉如水,忽然在她颈上重重咬了一口。

她吃痛地蹙眉,不懂他为何发怒,见了束带终于想起来:"你在束带上涂了药,所以翠鸟落在我身上?你究竟为何而来?"

四十一 · 黄泉引

　　左卿辞俯身看着她，半晌没有回答，摘下她鬓上的茶花把玩："你确定这里有锡兰星叶？"

　　苏云落下意识地抗拒这般亲近，推开他坐起来："几年前我听说昭越神教中有一种圣草，黑叶红络，奇毒无比，所在之处方圆十米寸草不生，与传说中的锡兰星叶一模一样。"

　　左卿辞淡淡地眯起眼："你知道血翼神教在西南有怎样的实力？三大护法每一个都不在屠神之下，驱动千万教众易如反掌，竟然敢一个人潜进来，他们碾死你就如同碾死一只蚂蚁。"

　　苏云落看着他，一个字也没有回，良久才道："你不该来。"

　　左卿辞只作未闻："你来了也有一阵，可有寻到在何处？"

　　她这时何来心思谈论锡兰星叶，勉强道："可疑的有三处，阿兰朵的居所、蛊洞、乘黄的石殿。"

　　左卿辞长眸一闪："我入教那一日，你去了哪里？"

　　她从未想到传闻中的中原客人竟是他，微微赧然："我想接近乘黄的居所，可惜陷阱太多，药人嗅觉又极灵敏，还未进殿就被发现，不得不退了出来。"

他薄薄一晒，清俊的眉间尽是讽色："居然还知道避，我以为三大护法都拦不住你。"

他总是这样尖刻，她的眼睫颤了一下："不管你是为什么来，尽早离开，这里很可怕。我会想办法送你出去，别再问我的事——就当我们从来不曾相识。"

左卿辞沉默了一会儿，讽刺消失了，他在她睫上吻了一下。

苏云落想推开他，不知怎么就失了力气，丹田中空空如也，肢体颓然无力。

"你说得不错，或许这样最好。"他将她拥入怀中，气息变得温怜而柔软，"可我舍不得，反正你已经不要这条命，给我如何？"

她无心去听他说什么，身体的异样让她慌乱又迷惑，一些浮光掠影般的片段划过，从未深想的疑点断续浮起："你——你用了什么——你——"

"想问我做了什么，还是我真正的身份？"他搂着她，似乎漫不经心，"相处这么久，云落从不怀疑，究竟是对我太放心，还是从来就不曾上心？"

她越来越不安，费尽力气才能侧过头。

"我最擅长的并不是医术，靖安侯府公子之外我还有另一个身份。"熟悉的眉眼仍是清俊无伦，话语极轻柔，仿佛怕惊了最脆弱的小鸟，"多年前，有人叫我黄泉引。"

她的全身骤然冰冷，脑中尽是混乱的轰响。

虽然这个名字现身江湖时间不长，又寂灭已久，依然如魔影烙入人心，成了一个诡秘的传奇。

早年武林中凶名最盛，也最为飘忽的人，莫过于黄泉引。

那段时期江湖频传异闻，武林多位声名显赫的高手接连殒命，死状诡异。横极一时的赤眼魔蛟离奇地死在自家卧房，血流了一地；不可一世的紫宸派掌门发狂砍死了数个弟子，又将自己割得体无完肤；为患多年的水盗魁首八臂罗汉在众目睽睽之下跳下船，将自己淹死了，近百名心腹在船上无一生还……

这些人死得十分离奇，幸存者要么吓疯，要么心神溃乱，全然说不出什么线索，以至于江湖上有了"黄泉引"的称号，却很难说清他是怎样一个人，更没人能说出他是什么来历，只被公认为是武林中最危险的人物。

苏云落从未想过有一天会碰上传说中的魔头："不可能——你根本不会武功——"

"谁告诉你黄泉引会武功？"左卿辞的唇角轻牵，微笑淡薄而无情，"杀人，我只用毒。"

她湮灭了声音，肌肤竖起了一层细小的寒毛。

"你的心跳得很快，我有这么可怕？"他有趣地看着她，按在她胸口的指尖温热，指细长如美玉。她曾经贪恋这双手的触抚，此刻却像有千钧重，她不由自主地瞥向却邪珠。

左卿辞轻轻扬了一下眉："不错，你有护身的宝物，不过我要下毒，它防不住。"

欣赏了一会儿她的悸乱，他低声笑了："来一场你最习惯的交易吧。"

不等回答，左卿辞缓缓倾下身，直到额际相触，鼻尖相抵，呼吸相缠，每一个字宛如轻吟："我助你拿到锡兰星叶，你将他从心里拔掉，从此只属于我，与他再无关联。"

纳香醒来时，中原公子早已不在房中，昨夜的事仿佛一场梦，什么也记不清，仅余下模糊的欢悸。她不知道这场际遇是福是祸，禁不住怔忪了好一会儿。

下了楼，纳香扫了一眼院子，见花椒树下有一口水井，井旁有个熟悉的身影，正是夷香，她顿时松了一口气，快步走过去。

夷香似乎在神游，那种飘浮的恍惚极罕见，以至于她看来不太像平常的夷香，被她一喊，望过来又不知怎的低了头。

纳香有些心虚，原本被挑中的是夷香，最后陪寝的却是自己，她不知道夷香会不会因此气恼，毕竟那位公子俊逸无双，连圣女都动了心。

"夷香。"纳香强装镇定，看着她脚边两只毛色驳杂的野兔，另有半只麂子，"你在做什么？这兔子从哪里来的？"

见对方比的手势，纳香狐疑地睁大眼："那位公子让你烤兔肉？"

教中的奴隶是不准擅自生火的，贵客显然不在此列。她们既然被送过来，也就成了这几个中原人的奴仆，自然要听吩咐行事。

纳香左右无聊，蹲在一旁看着夷香洗剥野兔和麂子，将兔子用野果汁抹遍，又清理火塘，用香梨木劈薄，燃上火细细地烤，等香气传出，纳香已经馋涎欲滴，她从未发觉烤肉竟是这般诱人："怎么这样香？反正要试味，先撕一块我尝一尝。"

夷香犹豫了一下，院子里传来声音，中原公子带着随侍回来了，他看了一眼，扔下一句吩咐独自上楼："哑巴将烤肉送上来，另一个把麂子烤了，你们几个分着吃。"

夷香无奈地看了她一眼，倒了一壶果浆，并着烤好的兔肉一起送上了楼。

纳香等了许久，夷香迟迟未能下来，她唯有悻悻然地将剩下的麂子烤了，与侍从一道索然无味地分食。

四十二 · 可堪依

第二日，赤魃办了一场短宴，特地让人来请。

这场宴会的目的不外是为取笑，左卿辞携了纳香赴会，面对讥嘲神色不改："良辰美人，不负佳夜，多谢赤魃大人成全。"

赤魃扫了一眼他身后的美人，毫不意外，嘲道："果然还是这个更为合意？比什么飞鸟选出的哑巴好得多。"

"公子本就不是看重美色之人，这两个女奴权且作洒扫铺席之用。"阿兰朵抑住不快，冷冷地一瞥纳香，"要是敢懈怠或偷懒，公子打杀了也无妨。"

纳香听出杀意，腿一软跪地伏倒，颤声应诺。

赤魃清楚阿兰朵动了妒念，大大咧咧地出言回护："这一个知情识趣，一向极会服侍，必不会出错，有什么不当之处只管告诉我，我来替你管教。"

他习惯了夸口，却正给了阿兰朵话柄，她悠悠道："如今已是公子的人，轮得到你来调教？这般不舍，不如索性要回来，免得在一旁伸着脖子惦记。"

左卿辞顺势放下酒杯："若真如圣女所言，在下不敢夺人所好。"

赤魃被阿兰朵挤对得落了面子，顿生恼意："女人算什么，我送出去就不会收回，明天把文匠叫过去给她们文了徽记，以后就是你的女人，谁敢动就是和我赤魃过不去。"

这一句含沙射影，直指阿兰朵，她正看纳香如眼中刺，打算找个由头处置掉。

还是左卿辞圆了话语："文身固然奇丽，我更爱女子肌肤莹白无瑕，多谢两位大人好意，我定会善而待之。"

阿兰朵素来以白皙自许，这一句在她听来如同暗赞，芳心生喜，不再去理会赤魃。

灭蒙在一旁作壁上观，直到此时才道："些许小事，但随公子就是。这几日怎么不见朱厌？"

鲜少会提起这个人，场中顿时静了，几个人的目光全集中到了乘黄身上。

乘黄停了停："少年人贪玩，想是看跳月节来临，下山与村女厮混了。"

阿兰朵鄙厌地蹙了一下眉，赤魃却是兴致勃勃："南边的寨子确实有几个不错，好一阵没去了。"

灭蒙点了点头，又道："他口无遮拦，功夫却不济，可不要撞上什么麻烦。"

难得灭蒙会关心朱厌，赤魃与阿兰朵都现出了几分轻诧。

乘黄大概也未想到，或许这样的问询在他看来几近质问，从银面具后传出的话语颇为冷漠："谁敢惹本教的人？他玩腻了自会回来，我也懒得管。"

灭蒙呷了一口酒："毕竟是教主之子，总要看顾一些，跳月节也过了，不如我叫人把他寻回来。"

乘黄显然不认为有此必要，冷道："我既然放他出去，自能确定他无事，无须杞人忧天。"

话已至此，灭蒙也不再说下去，转用别的话语带过。

　　纳香吃过苦头，知道自己的小命在上位者眼中如同草芥，又成了圣女的眼中钉，哪还敢再冀求取悦中原公子，只愿自己生得丑一些，平安度日已是万幸。好在俊逸的中原公子对女色兴趣缺缺，除了带出去与宴之外，并不怎么理会她，反倒是与夷香接触更多，不过这种相处与美色全无关联。

　　他似乎对饮食极为挑剔，尝过烤肉，各种吩咐接踵而来。

　　纳香惊讶地发现夷香厨艺上佳，白笋紫椿，黑耳黄茅，香芋野菌，各种烹制异常美味，可惜一装盘就送去了楼上，也不知是从何处学来的技艺，问也问不出所以然。

　　夷香被交代了整理食物，打扫就落在了纳香身上，这差事虽然略为辛苦，但总比受宠更易保命，她也甘愿清扫洗刷，不过近段时间她几乎被夷香养懒了，乍然上手有些不习惯。

　　纳香扎上围布，正打算将一大桶污水拖出去，回身发现青年侍卫已经先一步提走，将水远远地泼在树篱边，步伐毫不费力。

　　这青年侍卫长得秀气，人也细心，可惜几个男人没一个肯说话的，纳香在院中叹了口气，惆怅而寂寞地望了一眼竹楼顶层。这里没有欺侮，然而实在无趣，简直像生生落到了一群哑巴里，只有等晚上才能和夷香发几句牢骚。

　　她的神情落在竹楼上的人眼中，意味却又不同。

　　左卿辞近日的心情极好，一半是寻回了佳人，一半是不必再忍耐蛮荒奇怪的饮食，用膳成了一种享受，正如此刻案上的鲜食——肥美的锦鸡熏烤之后撕为细丝，与一种野葛的嫩茎相拌，入汁浇透，滋味清新鲜爽。

　　左卿辞从纳香身上收回目光，品了一筷子菜肴："你与这女人交好？"

　　苏云落看了他一眼，摸不清他的话意。

　　"既然是利用，不该和她太近。"左卿辞半是提醒半是告诫，"你也该清楚，得手之后她必然被教中清洗，难道你还能带她逃出去？"

　　苏云落沉默了。

　　"她已经习惯了依赖你，好像你身边的女人都是这样。"左卿辞忽然笑了笑，"世间女子多柔弱，聪明的就会善用技巧攀附他人，获取更好的生活，云落可曾想过依附谁？"

她想了想："你在示意我依附你？"

左卿辞不置可否，轻佻地引诱："那样岂不是轻松许多，云落也不必这般辛苦。"

辨不出他的话意是真是假，她摇了摇头："你会瞧不起，很快会厌弃。"

他轻"哦"一声，似乎颇觉有趣："云落这是对自己缺乏信心，还是对我缺乏信心？"

她从窗口望了一眼纳香："你一直劝我甩掉她们，你讨厌被寄生。"

左卿辞的神情微微一动，又笑了："喜欢自又不同，云落何不试着让我的心长久系在你身上？"

"我很难让人喜欢，人的心又太复杂。"她听了没什么反应，只道，"只要你帮我治好师父，我会一直跟随你，不管做任何事。"

左卿辞长眸略深，忽而一扬眉："假如我落入同样的境地，云落会不会这样不舍不弃，拼尽力气相救？"

他问得很随意，她却陷入了长时间的沉默，左卿辞慢悠悠地啜着茶，显然不打算让话题跳过。

"如果这是你的要求，我会。"过了半晌她道，明知没有意义，她还是迟疑地问出来，声音很低，"如果是我碰上这样的——"

左卿辞神色淡下来，优美的唇角薄诮地勾起："如果是云落？我会给一份最烈的毒，不会让你有丝毫痛苦。"

这个回答并不让人意外，苏云落默默地低下头，看着碗碟中的菜肴，再也没有食欲。

卷十八

暗离间

四十三·色障目

黑漆漆的夜，几支火把在风中晃动。

几声吆喝，三两句低语，一群奴卫依序换班，衔起蛇哨开始巡视。

蚕洞外有三层守卫，内里十五人值守，中层六十五人，外围数百人，九人一队巡游，人员交替，终年不休。蚕洞外部小道极狭，洞口的长明火把隐隐映出雾气，草木尽黑，依稀可见蛇兽的尸骨，值守均在十丈外。一旦硬闯，惊动任何一个守卫吹响蛇哨，便是插翅难飞。

苏云落隐在暗处窥视了许久，无声无息地退出来。回到竹楼已近四更，她下意识地触抚胸口的却邪珠，不知它能不能翼护她从洞中全身而退。

如果按此前的计划，她将要冒险一试，可他来了——

不同于表面的平静，这些日子她心乱如麻，全没有得到助力的喜悦。

即使左卿辞是黄泉引，可他不会武功，就算有心施为，也不可能与一教相抗。何况他是明着入教，一举一动备受瞩目，稍有破绽就会被血翼神教撕得粉碎。

一个身影从黑暗中踏出，将一根燃起的谧香置入香炉——是值守的秦尘："苏姑娘，你不该怀疑公子，他既已应诺，定有安排，你独自探查未免太过冒险。"

这人一向极少开口，一出言就直切正题，苏云落静了一会儿："我已经想到了法子，你们在反而不便行事，劝他回去吧。"

秦尘叹了一口气："公子是为你而来，绝不会看你自蹈死路，你一味坚持贸然行事，可对得起公子的心意？"

秦尘的话中有责备，她不想再说下去："我会任他驱策，但不是现在。"

秦尘一顿，又道："你对公子大概有些误解，那片锡兰星叶的确用在了沈姑娘身上，却是因薄侯的算计。"

她想不通这与薄侯有什么关系，秦尘已开口解释："他与令师有宿仇，发觉你在为令师寻药，命人以涂有青龙涎的毒针袭击左小姐，此毒唯有用鹤尾白与锡兰星叶可解，公子若要救治，必会逼迫你现身，薄侯即可借机将你擒住。幸而沈姑娘救下了左小姐，自己却中了毒，殷少侠数度上门求救，公子不得已而取用了灵药，并非存心背弃。"

苏云落怔住了，一时百惑丛生。

其中的细节颇为复杂，换了白陌必能说上一天一夜，可惜这次入教太险，左卿辞未将其携来，秦尘私下惋惜，三言两语阐释完来龙去脉，而后道："赐婚是沈府所求，并非公子之意，这一次离了金陵，婚事俱已作罢。公子高傲，由来肆意而行，唯独对苏姑娘格外用心，甚至私下出手为你除去了薄侯派出的六名郎卫，你可知其中担了多大风险？一旦被人发觉公子就是黄泉引，牵连出安华公主之病，惹来帝心震怒，靖安侯府又是何等下场？"

见她怔然无言，秦尘最后道："血翼神教是什么样的地方，没有人比苏姑娘更清楚，公子知你欲图昭越，立时多方筹谋，冒性命之险入教襄助，足见一片真心，还姑娘请与公子冰释前嫌，免却再生枝节。"

阿兰朵芳心萌动，终是捺不住，寻了一个机会邀得中原公子出游，骑着矮脚马在山间穿了一个时辰，将左卿辞带到了一处山野所在。

这是一处密林中难得的空地，层林接着起伏的缓坡，一方镜湖倒映着淡云，四野覆满碧茵茵的细草，景色不算特别出奇，胜在幽翠开阔，凉风徐来，别有一番怡人的清爽。

阿兰朵吩咐随行的仆役将驮马上的酒食卸下，一一布置妥当，之后悉数打发回去，唯有哑女被左卿辞留在一旁服侍。

一大片兽皮铺在地上，矮几上放着鲜果冷食和十余色山肴，杯中斟满新酿的米酒，盛装的美人银镯丁零，娇颜明灿如三月春花。

阿兰朵与左卿辞对坐，心情之好自不必说，左卿辞也如春风拂面，两人细斟慢酌，你来我往，自有一番暧昧情致。

左卿辞浅饮了一杯："此地清宁雅致，惜在略偏了些，圣女将人全斥退了，安全上有些不妥。"

阿兰朵故作恼色，更增三分媚态："怎么你还是叫圣女，说了几次，莫不是嫌我名字难听？"

左卿辞笑了笑："怎么会，阿兰朵这名字，一听就如鲜花一般。"

"被你念出来果然格外好听。"阿兰朵转嗔为喜，"你不知道，这里看似安静寻常，却有昭越独一无二的奇景，等闲人还不许来，不过时辰未至，要到月上中天才瞧得出。"

孤男寡女，空林幽湖，对酌到半夜等景？

左卿辞微笑，似不曾觉察其中的诡异："如此说来这景色必定奇丽非常，不可错过。"

阿兰朵为了这一日，特地使了心腹将赤魃勾去寨子里寻欢，怎么可能仅是为让这俊美公子见识风物？她自有计较，连哑女都嫌碍事，随声斥赶到远处。

彤云如火铺了半边天壁，红光在湖面亮了好一阵，终是陷于沉寂，天穹转为暗蓝。

羊皮风灯早已备好，四周又用艾草熏过，蚊蝇远避，全然无碍夜饮。两人越饮越是融洽，阿兰朵媚态横生，仿佛被酒意所醺，娇躯软绵绵的全不着力，眼看要倚上左卿辞的肩，他自然而然地一俯身，执壶将饮空的酒杯倒满。

盛满的杯盏递过来，阿兰朵扬起玲珑纤手正要接，忽然一条金色小蛇滑出来，迎着左卿辞咝咝吐芯，俊颜大惊失色，险些跌坠了酒壶。

阿兰朵低头一看，一勾指将蛇收了回去："吓着你啦，莫怕，它不会咬你的。"

被这样一扰，旖旎的气氛顿时淡了，左卿辞虽然未露害怕之色，目光仍在她袖口："这是蛇？这般随身不会妨害主人？"

阿兰朵还真不愿吓着这温文俊逸的公子："这是本教的圣蛇，极具灵性，只听主人的号令，绝不会轻易伤人。"

左卿辞似乎释然了几分，又有些将信将疑："原来是圣蛇，怎么看起来与寻常的不太一样？"

"寻常的灵蛇怎么能与圣蛇相较，它是黑神化身，自然不同。"阿兰朵有心炫耀，将小蛇又召出来，金色的蛇身盘在纤白的秀腕上，一双血翼闪动，极是奇特。

左卿辞凝目注视，口中赞道："果然是灵物，天生异相，必然有过人之处。"

阿兰朵得意道："不错，再厉害的野兽，也及不上它的十分之一。"

纤指一振小蛇倏然不见，一只在湖畔觅食的鹭蓦然惊起，瞬间跌落在地面，无力地抽搐。

"圣蛇游走极快，突袭如电，一旦被它咬中，性命就算是被黑神收了。"阿兰朵抬手将蜿蜒归来的小蛇收回，姣容带着倨然傲意。

左卿辞显然被吸引住了，颇为神往："我听说越是厉害的灵物，越是难于驯养，阿兰朵竟然能让它这般顺服，真是奇了。"

阿兰朵被夸得满心欢喜："圣蛇唯有教主与继承人有资格驭使，我从小与它相伴，心意相通，只要它在身侧，再多敌人也不怕。"

左卿辞少不得又赞了两句，阿兰朵芳心大好，春意绵绵，瞅着明月初升，正盘算着要让这中原公子再醉一些，忽然山道上传来了蹄声。

密蹄泼风一般，阿兰朵隐觉不妙，踏月而来的骑者已经寻着羊皮风灯直奔而来，近前一看，却是满面盛怒的赤魅："阿兰朵！"

　　未想到本该在寨子里寻欢的赤魃突然回返，竟像得到消息直扑而来，阿兰朵由不得大吃一惊。

　　"你跟这小子在做什么！"赤魃跳下马，声音如霹雳。

　　阿兰朵本有些心虚，但被他当面一斥下不了台，索性骄横道："我带公子来这里赏景，与你有何相关！"

　　她一发蛮，赤魃怒火更炽："原来是赏景不是赏人？那我这就宰了这小子。"

　　阿兰朵立刻拦在左卿辞身前，气得姣容变色："我说说话又怎了，你和那些女奴做了那么多脏事，凭什么管我！"

　　赤魃的脸庞显出几分狰狞："那又如何，你也没少杀女奴，我宰了他正好扯平。"

　　眼看他要动手，阿兰朵一急，金蛇倏地从袖中掠出，在地上昂首盘立起来："他是教中决议迎进来的贵客，岂能和你那些贱奴相提并论，你敢动他，休怪我和你翻脸！"

　　金蛇拦道，双肋血翼扇动欲扑，唦唦有声，尽管细小如指，却连赤魃也不敢硬上前，恨声道："阿兰朵，你可想好了，真要和我撕破脸？"

　　阿兰朵尽管怒极，头脑尚清，顿了一瞬敛住情绪，口吻中多了两分娇嗔："是你不讲理，我不过是看个景，你在这里凶神恶煞地做什么？"

　　赤魃审时度势，忍下几分火气，冷笑道："既然如此，你酒也喝了话也叙了，还在这里做什么，陪着他过夜？"

　　阿兰朵羞恼又起，险些想抽烂赤魃的脸，最终还是按捺下来，硬声道："谁说我要留？稍后我即行回返，你若不放心就回去候着，看我今夜归不归。"

　　赤魃岂会这般容易被打发走，见她松了口，趁势接话："山高林密，岂能让圣女独行，我身为护法，有护送之责，正好送你回去。"

　　阿兰朵知道今夜赤魃必不肯轻易离去，再纠缠下去更是难看，唯有压了火气转向左卿辞。

不等她开口，左卿辞已然知情识趣道："阿兰朵大人只管随赤魃护法先行，我在此地赏完风景，明晨自会回返。"

他这般温柔、善解人意，阿兰朵愈加不舍，怎奈赤魃在一旁虎视眈眈，冲突起来伤了这玉似的人反而不美，她只得嘱咐几句，快快地牵出马，在赤魃的催促下去了。

左卿辞全不介意赤魃的恶言厉色，彬彬有礼地和颜目送。山回路转，待蹄声终至消失，他望了一眼天空，负手悠然一笑："空山静水，星月照林，唯剩云落与我同赏，真是妙事。"

四十四 · 火中栗

一抹纤影自邻近的树梢无声地落下，苏云落的神情有些复杂。

左卿辞抬手牵过她，至兽皮褥坐下。

"可惜杯子并未多携，这一个已然脏了，云落暂且与我共用一杯吧。"左卿辞将阿兰朵用过的器皿抛至一旁，留了一些未动的瓜果，轻浅一笑，"怎么不说话？难得这一带隐秘无人，一会儿我吹笛给你听可好？"

秦尘所述的始终萦绕不去，苏云落瞧着他心头烦乱，不知该怎样应对才好，停了一瞬道："方才那些，难为你了。"

"不过是一点虚与委蛇的套话，不算什么。"左卿辞漫然拂开盏上的浮沫，思虑的是另一桩事，"阿兰朵随身带的那条血翼金蛇，我似乎曾看过类似的记载，说是幼年必须与锡兰星叶相依共存，成年后毒性反而与之相克，你要找的东西只怕不在阿兰朵殿中。"

苏云落怔了怔："金蛇是你刻意引出的？"

"我听说神教的教主有灵物护身，用了一点小手段，这一趟出游收获不小。"既然是以圣草方能育养的圣蛇，血翼神教对锡兰星叶的重视可想而知，明面上的交换是不可能了。左卿辞沉吟一瞬，语气微凝：
"你小心些，这东西连赤魃都忌惮，速度又极快，若中了齿上之毒，我
也未必救得了。"

苏云落说不出什么，唯有低声叮咛："你还是离她远些，惹得赤魃
恨上会有危险，万一她对你——总是不好。"

"云落是担心我被她轻薄了去？"左卿辞唇角一挑，拈杯似笑非
笑，"说起来她也是个美人，又这般热情，真要投怀送抱，也是一桩
美事。"

她静静地瞧着他："可是你不喜欢她。"

她在树上看得分明，他一双长眸始终波澜不兴，温雅浅笑中尽是矫
意敷衍，大概也唯有阿兰朵惑于俊颜，全然不察。

他停了一瞬，忽而一笑："你说天下那么多美人，为何我偏偏喜欢
上一个最蠢的？"

这是他第一次直言喜欢，入耳竟然是一片凄柔的酸楚。

"你问我为何而来。"敛去了戏谑的淡讽，他神色淡淡地柔下来，
"因为一个傻子快要死了，她笨到被欺侮了连恨都不会，我费了多少心
思才让她学会笑，学会主动亲近。"

她的心仿佛被塞了一把沙子，刺刺硌硌地痛。

左卿辞的声音很轻，像一剪微风："舍不得这样一个傻子，我是不
是更蠢？"

她的喉间有些发涩："我以为你有了更好的——她——"

"沈曼青？她确是聪明。"他笑了笑，云淡风轻道，"可惜我不想
当世子，自然也不需要那样聪明的世子妃。"

她默默地望着他，蕴起的泪雾让眼睛越来越潮。他是那样凉薄纵
性，素来半真半假，可生死尽头，他竟然追来了这样蛮荒的险地："当
时的情形，你为什么不说？"

他的眉梢凝着一点意气，淡嘲道："解释了又如何？只要触到苏
璇，我便一文不值。"

她哽了一下，说不出是什么滋味，眼泪渗了出来。

左卿辞正要开口，视野中忽觉有些异样。

茵茵碧草漫开了一片雪雾，渐渐地渲染了整片缓坡，光华越来越近，连两人身侧的草地也开始变化，一种幽冷的清香弥散开来，地上绽出了无数奇异的花朵。

花瓣带着独特的光，宛如星辉凝成，映得视野都明亮起来。

天上银月一轮，地上星华万千，原来阿兰朵并未说谎，此地居然真有奇景。

天地静谧无声，两人都被异景吸引了。

染着泪的瞳眸映着莹灿的异花，有一种令人神迷的幽丽，他凝视良久，摘下一朵递过去："传说昭越有随露而生的奇花，一夜盛放，天明不留痕迹，唯有缘人得见，可巧让我们遇上了。"

花在指间莹然剔透，隔着花是一张俊美无双的容颜，离得那样近，再也没有神秘多变的疏离。

她的心尖蓦地又酸又软，异常眷恋难舍。

左卿辞敏感地窥出变化，不动声色地诱惑："云落在想什么？"

想什么？她突然间很想忘却一切，想随他回去长伴长依。可是她说不出口，师父唯一的希望在这里，一放弃就永远成空。

"出教吧，这里太危险。"她最终道出的仅是这样一句，"我会尽量活下来，回中原去找你。"

左卿辞垂了一下睫，举杯啜了一口，温怜转成了轻嘲："罢了，既然锡兰星叶不在阿兰朵殿中，你接下来想探哪一处？"

缱绻温柔的气息突然消散了，她呆了一会儿才讷讷道："蛊洞，神潭守得最紧，只能放在最后。"

他不说话，自顾自地思索了一阵。

她忍不住道："还是我在暗中进行比较合适，你在明处，又惹上了赤魅，不宜——"

左卿辞轻讥道："怕我有失，坏了你的事？"

带刺的锋棱又出来了，苏云落愣了愣："我怕你出事，这本是我自己的事，不该牵累你。"

左卿辞叹了一口气，放弃了薄恼："要的就是阿兰朵与赤魃离心，冲突越大越好。"

她一瞬间反应过来："赤魃是你引来的？"

左卿辞一哂："何用我引，他在院中的仆役被布了眼线，一举一动尽为人知。你当灭蒙那个老家伙为何将我迎进来？诱到这两人闹翻了，他才有可能从中渔利。"

她的脑子渐渐活动起来，左卿辞反而问起："在你看来这几个人谁最难缠？"

她入教以来一直在观察，早已反复思索："阿兰朵武功平常，不过护身金蛇颇为棘手；赤魃似乎用毒改换了经络，力量极为惊人，与屠神有几分相近，不宜和他硬碰；灭蒙的毒掌有些麻烦，我有却邪珠，若是神兵在手或许能抗；至于乘黄——"

左卿辞听得很仔细："乘黄如何？"

对这一个实在所知太少，苏云落道："乘黄是最难捉摸的一个，我判断不出。"

连她也看不出，左卿辞沉吟片刻："来前我让文思渊将血翼神教的传闻尽数收集，许多说辞夸大而离奇，甚至说教主能借黑神之力驱动万兽；而今看来几名护法各有厉害之处，或许未必尽是虚言，你觉得灭蒙和乘黄若对上谁会赢？"

她想了一阵："我觉得是乘黄，他太过深藏不露。"

左卿辞又抛出另一个问题："你对朱厌了解多少？"

苏云落对这人关注不多："他受乘黄保护，在教中的地位很微妙，阿兰朵尤其讨厌这个弟弟，近期他好像生了什么病，被乘黄藏匿起来。"

左卿辞神色一动："你确定？"

尽管离得极远，但那一瞥应该不会错，苏云落点头。

左卿辞看了她半晌，直到她有点不自在，才道："乘黄守得如此严密，云落依然能寻隙出入，果然厉害。假如朱厌真是如此，或许接下来我们会省力许多。"

听他的话意似乎有了对策，她隐隐疑惑："你想到了什么？打算怎么做？"

"锡兰星叶是教中至宝，就算是云落也绝难轻取，更不可能在得手后安然出教。"左卿辞没有正面回答，神秘地一笑，"在这种境地，强窃是下下之策。"

苏云落眼中有了光："你有上策？"

这张脸庞与过去全然不同，唯有一双深墨的眼瞳如昔，一度破碎的信任与依恋，这一刻终于重又盈现，左卿辞忽尔一笑："想知道？吻我。"

突如其来的谑逗让她呆了呆。

左卿辞也不催促，谑声道："云落尽管入教数月，毕竟是做奴仆，腾挪的空间有限；我入教为贵宾，所见自又不同，想个法子说不定可事半功倍。"

他总是这样睥睨纵性，肆意拿捏，她莫名地有一丝委屈。

左卿辞忽然在她额上吻了吻："血翼神教的教主闭关多年未现身，传闻已走火入魔身故。按惯例待圣女至十九岁继位，大约还有半年，这些云落必定清楚。"

不知他怎的又改了主意道出来，苏云落意气悄然平了，抬起脸望着他。

左卿辞娓娓说下去："三位护法中，一心扶持阿兰朵的是赤魈，一是看中她年轻易于掌控，二是赤魈可以在继位后与她成婚，让她生下孩子，如此一来赤魈的地位就等同于教主，远远超过他人。阿兰朵对自己的处境也很清楚，尽管不愿受制，她也必须先继位。三位护法她只能依靠赤魈，乘黄是朱厌的保护人，她不能不疑忌；至于灭蒙，他表现得太软弱，看上去根本不足以与赤魈抗衡。"

无怪这对情人之间波澜迭起，时近时远，苏云落听得入神："赤魈确实独大，看起来也没什么能构成阻碍。"

左卿辞一边解释，一边不动声色地揽住她："灭蒙绝不会乐见这样的局面，三人中以他资格最老，地位最危。赤魈此时已经如此嚣张跋扈，等大权独揽，灭蒙就成了俎上之肉。他此刻处处退让，纵得赤魃越发自大，另一方面也在打乘黄的主意。"

他轻易将几人之间的利害关系剖析分明，苏云落满心佩服："乘黄是什么立场？他不怕赤魃势大？"

"乘黄表面上两边都不站，偏又在朱厌的事情上说了谎，没想到灭蒙留了心，发现了异常。"左卿辞似乎也在思索，好一阵后道，"朱厌平时不受重视，如果是寻常生病，根本无须避讳，乘黄欲盖弥彰，就显得十分可疑，再联系到朱厌特殊的身份，这件事绝对不小。"

苏云落陷入了思索："灭蒙发现了什么，他想设法挟制乘黄？"

他低头微微一笑，她才发现不知何时两人离得这样近，近到他轻易就吻住了她，他的气息带着甘洌的酒香，久违的纠缠分外醉人。

隔了好一会儿，他微微放开，在她唇上温柔地浅啄："云落想在火中取栗，上方正压着一口千斤油锅，一动手就沸油泼顶，烈火烧身，该怎样才好？"

苏云落被他吻得心神散乱，满脑子昏昏然，半晌才道："引火烧锅？"

他的唇再度落下来，隔了许久才模糊地呢喃："云落说得不错，我们先把火星挑旺，看乘黄的秘密有多重。"

夜凉如梦，人影相拥，千万朵盛开的异花随风而舞，仿佛一片无垠的星辰海。

四
十
五
·

暗
窝
间

乘黄的地盘里药人多过活人，近期防护越发严密，各种蛇蝎在墙沿壁角盘踞，连朱厌看得都有些恶心。

他刚喝完一碗腥气扑鼻的药，脸上呈现一种诡异的乌紫，两条长蟮衔着他的食指和中指拔毒，随着毒血倾出，长蟮渐渐不动了，他内腑的绞痛略减，终于有了气力说话："这样还要持续多久？"

乘黄放下空碗，将死蟮换成了一只赤蟾继续拔毒："再两天可以恢复如常。"

"这到底是什么毒？"朱厌压不住地烦躁，"每年发作一次，疼起来生不如死，还必须躲起来偷偷摸摸地解毒，不能让任何人知道，为什么？"

乘黄沉默。

又一次得不到答案，朱厌戾气翻涌，一挥手打翻了碗。乘黄视而不见，药人随着指令上前将碎瓷收干净，又蹒跚着退了出去。

乘黄缓慢地研着药臼，口中道："你会好起来。"

知道再问也无用，朱厌难抑情绪躁怒，片刻后喃喃道："不如死了罢了，这样活下去全无意趣。"

乘黄的手停了一瞬，漠然道："这算什么，一年才发作一回，你在教中虽不如阿兰朵，但也无人能管束，这样便觉得厌弃，那些任你生杀的奴隶又如何？"

朱厌从未想过与奴隶相提并论，一时气笑不得："我和奴隶比什么，我跟阿兰朵是一个娘肚子里出来的，她将来是教主，养的是圣蛇，人前人后尊贵无比；我却养条绿烙都被耻笑，中了毒解毒还要偷偷摸摸。"

乘黄默了一会儿道："中原皇帝生十几个儿子，能继位的只有一个。有的不受宠，大臣以为必然落败，最后却凭本事做了皇帝，将来的事谁说得准？"

朱厌第一次听得这样说，不由盯着他看了半晌："戴这面具的真是你？可别是他人假充的。"

乘黄冷冷地转过脸："以前不提，是因为你与她差距太大，嘴上又无遮拦，万一说漏就是自寻死路。如今——"

朱厌禁不住道："如今怎样，难道与她就无甚差别了？"

乘黄沉默片刻："灭蒙这奸狡的老货，怕是猜到了一些什么，阿兰朵要继位了，他按捺不住了。"

朱厌不明所以："猜到了什么？他要斗赤魃不是正好？我等着看戏。"

乘黄见毒已拔尽，替他洒上药粉裹扎："他一个人怎么斗得过，自然要把水搅浑一些。"

朱厌听得心惊，连疼痛都忘了："他想做什么，把你也拖下水？"

"昨日你窗外死了两只血蝎，草丛里搜出了这东西。"乘黄的声音冷得像结冰的岩石，从怀中取出一枚角锥形的骨饰，尖端磨得发白。

朱厌接在手上翻来覆去地看，眉头皱起来，忽地想起："这是灭蒙腰带上的垂饰？"

乘黄冷冷道："我道什么人能在这里来去自如，看来都是老家伙的圈套，借着上次有人入侵，把这里转了个遍，为的就是找机会潜进来探查——"他停了一瞬才又道，"他只怕已经发现你生了病。"

朱厌被他说糊涂了："他要看什么？我的病有什么蹊跷？"

乘黄静默了很久才道："不是你，是我。"

朱厌半懂不懂，匪夷所思道："你有什么秘密怕他发现？他不去对付赤魃和阿兰朵，却来招惹你，脑子抽风啦？"

乘黄没有再回答，看不透银面具下是什么神情。

夷香在楼上侍奉中原公子，纳香洗完餐盘后无所事事，忽然有熟人来寻，让她有意外的惊喜："阿勒？"

阿勒的衣饰齐整了许多，身形比从前更为精壮，他将纳香唤到篱笆旁，看四下无人才开口："纳香，前一阵我成了赤魃大人的奴卫，不必再洒扫，只管听大人吩咐行事。"

纳香是经历过的，知道突如其来的际遇未必是福，不喜反忧，但又不好多说："这倒是不错，你的身形怎的变成了这样？"

阿勒微有赧意地挠了挠头："我去了一趟乘黄大人那里，受了神潭的赐沐，力气就大了许多。"

纳香半信半疑地探了一下，阿勒臂肌突起，触上去硬如铁。

被她白细的手抚过，阿勒有一丝骄傲的暗喜："他们说这是黑神的祝福之力，我现在可以一拳打断一棵树，不信给你看。"

纳香赶紧止住："好端端的打树做什么，也不看这里是什么地方。"

这一言提醒了阿勒，他迟疑了一下："纳香，赤魃大人想知道那个中原人每日的言语举动，要你全部记下来，私下传给大人。"

纳香惊住了，顿时一阵惊悸。

阿勒看了一下周围，压低声道："其他粗役在院内外洒扫，进不了竹楼，只有你能近身侍奉，如果做得好，大人会把你要回去。"

纳香脸色发白，勉强笑了笑："我哪里探得到什么！"

阿勒以为她心有旁顾，顿时着了急："纳香，你莫要被他的脸迷惑，我们是神教的人，要是连赤魃大人的命令都不听，只有死路一条。"

纳香知他误解，被他气得一噎："你懂什么，我只能在一楼待着，他们平日也没什么言语，连送饭的夷香都比我见他的次数多。"

一根筋的阿勒觉得不可思议："你晚上不是要侍寝？难道从来不说话？"

纳香又羞又恼，不得不解释："那个他不喜欢——根本没几次。"

"你这样漂亮，他怎么可能不喜欢。"阿勒看她的神情半信半疑，窘迫了半晌嗫嚅道，"或者你自己送饭上去，多讨好一些，要是什么消息也没有，赤魃大人必然会恼，到时候——"

他没说完，面露忧色，眼巴巴地望着她。

打发走阿勒，纳香心底像压了一块石头，又坠又沉。

她又不傻，护法的命令固然不可违抗，但真要接近那位公子，圣女又岂是好惹的。赤魃大人可不会管她的死活，在贵人面前，她仅是一只无足轻重的蝼蚁。

她左思右想坐立不安，竟然开始羡慕夷香。夷香不够美，不会引起嫉妒，又是个不算机灵的哑巴，谁也不会指望她传递消息，可事情已然落在自己头上，再不情愿也躲不掉。

挣扎了几日，纳香鼓起勇气，端起刚盛好的饭菜："夷香，这一次我送上去。"

夷香停了一下，由着她取过了托盘，然而刚走到楼梯口，纳香就被青年侍卫拦住了。

纳香努力扯出笑，正要开口被青年侍卫截断："公子让她送，不用你。"

纳香软语求了几句终是无用，唯有无奈地退让。

及至黄昏，夷香在火塘烹食，中原公子从楼上下来散步，纳香硬着头皮趋近，见对方似乎没有明显的不悦，悄然增了两分勇气，谦柔地奉承："这两天潮湿闷热，公子夜间睡得如何，可需要我为公子打扇？"

俊雅的脸庞静了一瞬，忽然微笑："你心思倒细，我也确实觉着有几分滞热。"

纳香心头一喜，却听公子曼声道："不过你是赤魃大人所赠，让美人彻夜辛劳，未免辜负了大人的美意，换那个哑巴来吧。"

对着那双笑吟吟的长眸，纳香彻底蔫了。

四十六 · 静观澜

　　咣啷一声碎响，殿中的女奴齐齐跪伏下去。

　　梳发时失手扯痛了圣女的奴隶被拖下去抽鞭子，每个人屏息静气，直到血侍乌玛跪地劝了半晌，气氛松动之后，女奴们才敢收捡碎裂的胭脂瓶。

　　殿中所有人都知道，近期侍奉要格外小心。

　　或许是赤魃大人近日实在缠得太紧，圣女虽然当面言笑平常，然而等对方离去之后，总会因一些小事大发脾气。大约她自己也着实腻烦，竟然决定与灭蒙护法一道出寨做十余日的巡视，好容易服侍圣女梳洗完毕，用过了早食，通传灭蒙护法已经在外相候，一殿人悉数跪地，诚惶诚恐地将圣女送了出去。

　　圣女一走，殿中的气氛缓了三分，奴侍们稍稍喘了一口气，依然不敢说话，毕竟乌玛还在。乌玛是殿内血侍之首，已然在圣女身边服侍了数年，这一点极不容易，历任教主的脾气都很糟，阿兰朵自幼受尽千般娇宠，更是养得暴戾易怒。

　　教中几名上位者各有各的性情。赤魃脾气也大，教中除了圣女无人敢惹，不过他性格简单，奴仆们只要奉承得法，服侍起来不算难；灭蒙圆滑老练，所用的奴侍均是多年随身，不会随意更换；而乘黄脾气古怪，几乎不用旁人侍奉；相较下来还是圣女最为难缠，她嫌男人脏，殿中多数用的是女奴，但对女奴又极苛，一个不顺心就随意笞打，视如猪狗。

赤魃也为此说过她几句，怎奈他生性好色，劣迹斑斑，每次开口，阿兰朵总疑心他是看上了犯事的女奴，反而惩罚更狠，几番下来，赤魃也不再自讨没趣。

灭蒙从来不会为她惩罚奴仆而责备，总是慈和地笑笑，令管事的挑选更多的女奴替换，乌玛之所以会踏入这座大殿，正是因为有两个女奴被扔去蛊洞，由她来补了缺。她很小心，处处谨慎，但时间长了，仍有一两次失当。好在她命大，被打得皮开肉绽依然挺过来，熬成了血侍，又逐渐爬升，最后主持整幢石殿的日常事宜。

阿兰朵走后的第二日，乌玛习惯性地在曦光将明时醒来，起床漱齿盘发，对镜理妆，这么些年，她头一次这般长久地看自己的脸，眉目姣秀，肌肤光滑，未至三旬，眼角已经有了皱纹。她爱惜地抚摸着光润的脸庞，镜子里的人笑了笑，坠下了一滴泪。

血翼神教下辖的寨子有数百个，不可能全数检视，所谓的例行仅是巡游几个数万人的大寨，即使如此，因聚居的寨落相隔甚远，转一圈也要花上十余日。

他们这一路携的教奴不少，担着竹轿软帐，行路不疾不缓，被服侍得相当舒适。

露珠在竹叶上闪亮，灰紫的晨光初透，灭蒙已经起来抽完了一袋旱烟，苍褐色的脸庞纹丝不动，他长久地凝视阿兰朵的帐篷，隐约可见一条金色小蛇在帐边游走，直到天光大亮，他磕了磕烟管，服侍了几十年的老仆役已经为他准备好了早食。

等阿兰朵钻出帐篷，迎接她的是灭蒙慈蔼的笑脸，阳光穿入林子，晨鸟声声轻啼，又没有赤魃在身侧烦叨，阿兰朵顿时觉得身心舒畅。

用过早食一行人继续赶路，阿兰朵乘着竹轿，灭蒙骑着马，在一旁说一些寨子里的趣事，哄得阿兰朵不时娇笑，气氛松散融和，灭蒙仿佛不经意地说起："前几日那个中原公子私下与我说想离开神教，找一处边寨居住，本教从来没有入教又离教的前例，倒是不太好办。"

阿兰朵俏颜变色，一挺腰在轿上坐直了："他要离教？为什么？"

灭蒙老于世故地笑了笑："中原人胆小，怕是赤魃有些凶，把他吓着了。"

阿兰朵心下懊恼，这一阵赤魃看得紧，她已经许久不曾去往竹楼，加上赏景的余悸，那温润的中原公子心生畏惧，想出教也不足为奇。

"不许他走，就说没有出教的规矩！"阿兰朵又恼又嗔，那般可心的人，就算眼下一时不能得手，她也不愿纵走。

灭蒙自然是应了，又露出三分难色："不放也无妨，不过他瞧上去心惊胆战，日日担惊受怕，万一忧患过度染了病也是麻烦。"

阿兰朵这下真犯了愁，想了半晌才道："我回去哄哄他，再不让赤魃刁难。"

灭蒙不紧不慢道："好歹是客人，对本教又礼敬有加，赤魃大人确实莽撞了些，圣女从旁多劝一劝也就好了。"

阿兰朵悻悻地揪碎了一朵野花，赤魃那个浑浊的夯货，明明答应不去找麻烦，却迫得人待不下去，简直可恨。

"赤魃有平黑夷的大功，气盛些也是难免。"灭蒙咳了几声，背又佝了三分，"我老了，身子骨不如从前，再过几年就要退下去养息，教中的事就交给年轻人了。"

阿兰朵尽管也觉得灭蒙老而怯懦，场面上还是抚慰了几句。

"赤魃能力出众，将教中打理得万事安好。"灭蒙仿佛十分欣慰，"下辖的村寨也十分恭顺，许多教众夸他是山神化身，天生的英雄。"

他又啰啰唆唆地说了许多，尽在赞美赤魃如何英勇。阿兰朵越听越不舒服，最后硬生生截断了他的话语，忽然有快马从后方赶上来。马背上是赤魃身边的一名血侍，追上一行人气促地禀报。

"见过圣女大人，灭蒙护法。赤魃护法有事请圣女回教。"

阿兰朵的俏颜顿时僵了，一腔怒气蹿上来，才出教几日就遣人传话，赤魃竟是片刻都不肯放松。

血侍见她神情不妙，唯恐下一秒鞭子就要甩过来："赤魃大人旧伤发作，需要圣蛇疗治。"

阿兰朵抚在鞭上的手顿住了，明眸多了狐疑。赤魃对战黑夷时受过伤，隔些年就要发作一次，必须以圣蛇的毒液压制，这一点几人皆知，乍听倒有几分像真的。

灭蒙脸上的沟壑更深了，思忖了一会儿道："这件事不小，巡寨无非是例行公事，延后也不妨，我们还是先回教的好。"

"赤魃大人伤势急迫，令我骑来了天马，请圣女尽快回返。"血侍恭敬地禀述道，"大人还说巡寨一事就劳烦灭蒙大人，等回去再致谢。"

天马是从赤魃当年从黑夷部劫掠而来，体格高大神骏异常，奔掠起来极快，轻易不会出用。阿兰朵又信了三分，她暗叹晦气，辞了灭蒙，携水与干粮跨上天马，只身挥鞭而去。

灭蒙的眉头紧紧蹙起来，感觉有什么不对，又想不出异样，望着天马远去，目中的阴霾笼罩良久，难以释去。

四十七 · 巧设计

天马在山道上纵掠如风，如闪电倏忽而过，仅用了一日已然折返。

阿兰朵驱马直奔赤魃所居的大殿，甩下缰绳来不及问，一眼看见赤魃立在阶上，身形安然，根本没有丝毫旧伤发作的痕迹。

她登时怒火上涌，赤魃看着她唤了一声："阿兰朵。"

他的神情凝重，没有半分嬉笑，不等阿兰朵开口，他又道："你回来了很好，这几日教中出了事，必得你回来商议。"

阿兰朵鲜少见他这般郑重，不觉收了怒色。

赤魃转过身，带她走入殿中，边行边道："你走的第三日，摆在你寝居的那尊纯金蛇像失窃，我下令彻搜整个石殿，发现这女人鬼鬼祟祟地藏着金蛇，想将它放回原处，所以将她锁拿起来拷问。"

殿底阴森的石牢尽头，壁上锁着一个血糊糊的女人，半个身子被毒虫啃得露出了白骨，一口气吊着还未死，发出微弱的惨叫声，脸庞呈现出泥土般的死色。

"乌玛？"阿兰朵一眼认出来，难免生出诧异，随即又起了怒火，"这贱人好大的胆子，竟然敢动金蛇？"

她怒火中烧地摸出鞭子，被赤魃按住："这件事没那么简单，我审了半日，她一口咬定是被黄金迷了心窍，直到百虫入体才道出端倪。"

赤魃从随在一旁的血侍手中取过金蛇像，将金蛇像倾倒过来指给阿兰朵，只见黄金蛇翼下不显眼的地方多了一个小孔，孔中填着黑色的粉末，不等她询问，赤魃已然解释："这是黑星圣草研成的粉末。"

阿兰朵瞬间变了颜色，立刻退后了一步。

赤魃将金蛇像交还随侍，沉声道："这女人将与圣蛇相克的黑星圣草放进金蛇像，这东西平日就放在你床头，圣蛇最喜在上面盘绕，一旦沾上必受重创。"

这般阴狠而巧妙的算计，让阿兰朵一寒，怒火中烧："她从哪儿得的黑星圣草？主使人是谁？"

赤魃冷笑了一下："这女人咬得紧，怎么拷问也不说，不过也猜得出来，必是乘黄与灭蒙其中之一。我探过乘黄，没看出什么异样，又查这女人去过何处，最后才探出是去了灭蒙的神殿附近。"

阿兰朵脸色铁青，没想到灭蒙这平时老好人一般的家伙，心思竟然这般毒。

"灭蒙挑自己在外的时候下手，原是想撇得干净，没想到这女人手脚太慢，意外被人撞破。"这几日赤魃将事情理了个大概，该安排的也已着手，只等她回来通一声气，"这件事我与乘黄说过，他也极为惊讶，想起灭蒙早年似乎以淬炼毒掌为名，索要过一片黑星圣草的叶子。"

阿兰朵越想越怕，不寒而栗，又激成了强烈的恨："你打算怎么办？"

赤魃英武的脸庞狰狞起来："我原想这老东西还有几分眼色，让他退下去养老算了，既然这样不识好歹，自寻死路，就别怪我无情。"

阿兰朵心一跳，点了点头："拉上乘黄，先将他殿中的人料理了，提防那老东西反扑。"

左卿辞安然躺在竹椅上，享受徐来的风。

　　半晌，他睁开眼睨苏云落，见她虽在执扇，目光却遥遥落在远处，显然是心有旁骛。

　　左卿辞随手一揽，将娇躯延入怀中："云落在想什么？"

　　苏云落微赧："我在想虽是做了安排，但探不到动静，也不知到底有没有效。"

　　"云落实在应该对我有一点信心。"看出她的忐忑，左卿辞曼声道，"教中这三人各存心机，只要投下一粒石子，勾起彼此的疑忌，表面的平衡立刻不复存在。"

　　苏云落喃喃道："不知那枚骨饰分量够不够。"

　　左卿辞挑了一挑眉梢："乘黄本身就防卫心极强，你第一次出入已让他疑神疑鬼，灭蒙又触动了他的秘密，加上骨饰，足以让他产生强烈的威胁感，必会有所动作。"

　　他的话语有一种必得的自信，苏云落稍放下心："你好像什么都能猜到。"

　　"血翼神教偏邪的秘法多，又擅驭虫使毒，我也不敢轻易施展手腕，只能以暗策诱动。"左卿辞微微一笑，"敌明我暗，这是最大的优势，只要引他们入了迷障，护法和圣女均为棋子，棋子自己杀起来，远胜于你我动手。"

　　她不出声地看着他，墨蓝的瞳眸异常干净纯澈。

　　"觉得可怕？"左卿辞点了点她的唇，"傻云落，世上最毒的不是锡兰星叶，是人心。"

　　曾经的微惧并非错觉，他果然不是善类，她默了一会儿："你以前也是这样杀人？"

　　"通常是看心情。"他眼睫半垂，片刻后浅笑一声，"当年我擅自出谷，戾气重得很，只觉得天下无人不厌，一言不合就肆意而为，可懒得这样麻烦。"

　　她忍不住问："为什么是擅自？鬼神医不让你出谷？"

　　"他怕我死在外面，像我娘一样。"左卿辞解释了一句，轻讽道，"不过若真在谷中日日相见，他又嫌恶得很，没一句好话。"

她顿生恻然:"他对你不好?"

左卿辞停了停,缓缓道:"我年幼时一度性命垂危,他费尽心思调理,不眠不休地守着,后来又教我医术毒术,一身所学尽授,怎能说不好。只怪我越长与父亲越相似,他看着我便是一种折磨,难免言语刻薄,不如出谷了两厢清净。"

他出身显赫,应该是无所不有,可也并未多如意,她说不出什么安慰的话,只将额头依偎在他肩颈。

年少时的偏激早已过去,然而她这般温软地相依,让他生出一种异样的柔暖,他拥着她好一阵才转了话题:"云落可猜得出乘黄的秘密是什么?"

言及正事,她坐起来皱着眉思索了一阵,终是不得其解。

"想不出也无妨,等着看戏就好,一旦灭蒙回来出现什么意外,那就表示乘黄的秘密着实非同小可。"左卿辞高深莫测地一笑,"这一次灭蒙出教时日甚长,倒是个绝好的机会,我若是他一定会设计挑拨,利用赤魃除去大患。"

她有些微的怀疑,又禁不住期待。

"不过——"竹椅咿呀轻晃,左卿辞说了半句,复又淡然一哂,"万一灭蒙死得太快,连秘密一起带入坟墓,那就太可惜了。"

灭蒙终是心神不宁,不等巡完村寨便提前返教。

入山别无异样,难得居然是赤魃来迎,这反让灭蒙起了五分疑心。赤魃自势大以来,气势骄狂,处事倨傲,休说是巡寨这等小事,哪怕再操劳百倍也难得他嘉慰一句,如今这等殷勤,不由得人不惊疑。

赤魃笑声宏亮,毫无旧伤复发之态,仍是平日大大咧咧的做派,道这一次成功哄得阿兰朵半途归来,又使了些小手段让佳人顺服,十分快悦。灭蒙察言观色,一时辨不出异样,微微放下心来。他待要回殿询问亲信,赤魃全然不放,只道宴已备好,将他硬拖至自己殿中,阿兰朵宛然也在,寒暄了几句将他接入席中。

除了赤魃的纡尊降贵之外,一切似乎无异常,灭蒙捺住意识中的警惕，扶起犀角杯正要开口，蓦然腕上一麻，他骇然低头，见一条金色的小蛇落至案上倏弹而起，滑上数步外的阿兰朵臂腕。赤魃从席案下一扯一甩，一张黑索大网兜头而来。

腕际的齿痕深陷入肉，让灭蒙浑身僵硬，来不及愤怒，他扑躲开索网的袭击，嘶吼一声抽出腰刀，一咬牙砍断了被噬的手。断手落在案上，血如泉水四溅，灭蒙飞速扯断绑带勒住断腕，森然瞪着两人。

阿兰朵猝然间一击得手，原是得意，然而见对方神情狰狞，半身溅血，不由自主地生寒，本能地挨近了赤魃。

赤魃半点不惧，啐了一口踏上前："反应倒快，不过既然毒已进血，砍了也不过多活半日罢了，还不如省点力气，早死早投胎。"

灭蒙混浊的双目带上了血红，声音嘶哑道："为什么？"

"为什么？你本是个废物，还不安分地想搞鬼，就别怪我不客气。"赤魃冷笑说完，身形一展动上了手，他筋骨刚劲，一拳击裂了坚厚的青石，然而也不敢硬碰灭蒙的独手，招招向对方身上招呼。阿兰朵唤出金蛇伺袭，灭蒙尽管伤痛交加，心神大乱，也知缠斗下去必死，一咬牙向殿外冲去。

赤魅清楚灭蒙虽是护法中最弱的一个，但也绝非不堪一击，何况三护法都习过神魔裂解的秘术，逼狠了使出来便是玉石俱焚，既然对方已经受了重创，索性慢慢将其耗死。赤魃与阿兰朵跟缀上去，同时以竹哨传音，吩咐亲信追截。

灭蒙一出殿外，漫天箭矢如雨飞来，他避过一路冲撞出去，围堵的两名长老被他抓伤，伤处乌黑，不一会儿瘫软如烂泥。灭蒙且行且逃，加上赤魃与阿兰朵有意放任，竟然给他奔入了一片山林，灭蒙在连番杀戮中凶性大发，恨道："我在教中尽忠多年，竟被你们这对贱人暗算，做了厉鬼也不让你们好过。"

后方的阿兰朵闻言，娇声鄙夷道："老不死的家伙，你以为在金蛇像上做的手脚无人察觉？圣蛇是那么容易除去的？做梦！"

"你说什么？金像上——"灭蒙听出蹊跷，折断手中奴卫的颈骨正要追问，一分心未觉脚下的土地翻开，猝然伸出两只满是污泥的手，扣住他的脚踝，尽管灭蒙及时沉膝一跪，撞碎了土中人的胸骨，足踝也伤得不轻，痛裂欲折，几乎支撑不住身体。

身边的地面簌簌而动，更多满身尘泥的药人钻出来，僵硬而诡异地逼近，灭蒙陷入了包围，刹那间明白了缘由，抬起头恨怒欲狂："乘黄——"

冰冷的银面具在人群后方，乘黄漠然不语地摆弄一个形状古怪的铜铃，不见铃声，药人的动作却比往日灵活数倍，扑袭力大无比，一击便是骨断筋折。灭蒙左支右绌，越发岌岌可危，他断断续续地吼道："原来是——你——是他——乘黄——他害我——他害了——"

一层层药人疯狂地扑上来，他们无惧疼痛，不畏死亡，灭蒙再也无暇吼出话语。他失血过多又逢急战，已是穷途末路。他目眦尽裂地扫向那几个站得极远的身影，自知即使发动神魔裂解之术也伤不了对方分毫，彻底陷入了绝望。

蓦然间，身旁的药人肢体断落，周围清出一尺宽的空隙，一个影子从树叶深处扑出，一条长长的布索抖出一卷一收，生生将灭蒙牵出包围之外，转瞬飞遁而去。

四十八 · 蛊中斗

灭蒙已成困兽，谁也没想到会突起变故。

赤魃大怒，立刻追上去，不料影子异常轻灵，加上树木纷杂，数下转折后已不见踪迹，几个人为避裂解之术站得太远，正给了潜伏者可乘之机。

乘黄取出一只蛊虫，置在灭蒙溅落地面的血痕之上，蛊虫飞起，循着那人遁走的路线追索，刚飞出十余丈吱然一坠，扎在地上不动了。阿兰朵愕然变色，乘黄一捻邻近的草叶，阴寒地怒道："好心机，居然在逃去的路上布了毒粉。"

沿路必不止布一处毒，乘黄知道再放蛊虫也是无用，眼见阿兰朵要遣出金蛇，冷道："晚了，圣蛇虽然不畏毒，人却已经去远了，只怕赤魃也追丢了。"

选择山林间围杀是因此地宜于药人伏藏，不料反而成全了对方，阿兰朵到底年轻，猝变之时忘了唤出圣蛇。乘黄转头检视，发现灭蒙的垂死挣扎加上潜伏者的突袭，一半药人肢折颈断，无法再用，他的气息越发阴沉。

未过多时，赤魃怒火如沸地转回，凶相毕露，显然一无所获，他恶狠狠地道："想不到灭蒙那老东西还藏了这一手，那家伙是哪儿来的？看身法不像是教中的人。"

乘黄一言不发。

赤魃突然想起，恨声道："莫不是那中原人的手下，老不死的托词把人弄进来，就是为了暗中多些帮手？我这就去把他们宰了。"

阿兰朵面色一变，本能地护卫："这人与闯神潭的必是同一个，生事是在中原人入教前，怎么可能相关。"

赤魃也知说辞站不住，然而他存了私心，岂肯罢休："灭蒙这老东西失踪，谁知道会有什么暗招，宁可杀错了，也不能放过任何隐患，难不成你将那小白脸看得比神教还重要！"

阿兰朵哪会猜不透他在想什么，强抑住怒气娇声道："灭蒙中了圣蛇的毒，最多再活一日，能翻什么浪。既然要杀，不妨杀个明明白白，查清楚到底有没有鬼，我这就让人将布在竹楼内外的眼线唤来，探问他们今日可有外出。"

不等赤魃吩咐，阿兰朵一挥手，自有下属照办，教中独有传信之法，不多时已经有回传，奴卫跪道："禀大人，几个中原人今日均在楼中，不曾离开半步。"

阿兰朵几乎要冷笑，然而毕竟仗着赤魃去了一个威胁，不能因琐事激出变数，她放柔了语气："看来这人是灭蒙暗中蓄养，当下最要紧的是将这两人一起寻出来杀灭，乘黄护法以为如何？"

乘黄懒得理会两人间的钩心斗角，从方才起就对众奴卫下了一串指令搜山，冷道："不错，决不可让这两人遁逃，我已谕令全教，灭蒙行逆教之事，罪无可赦，发现不报者皆受万蛊噬身之罚。"

赤魃失了借口，悻悻然硬声道："灭蒙那一殿人已经全进了蛊池，我看谁还敢窝藏。"

阿兰朵也不理他，刻意赞了两句乘黄："多亏乘黄护法借出药人，让老家伙的裂解之术全无用武之地，可惜这次折损了这样多，补起来颇要费些功夫了。"

　　乘黄也不多言，点了点头转身去了。

　　赤魃不快地哼了一声，阿兰朵飞了他一眼。

　　十拿九稳的围捕横生枝节，借刀杀人又受阻，赤魃本是老大的不快，然而回到殿中，阿兰朵哄了几句，受用着软语娇言，赤魃不多久就平了意气，嘴上兀自怨道："你只知乘黄那阴阳怪气的家伙辛苦，药人折了再炼就是，怎及得上我事事亲为，以你为先。"

　　灭蒙尽管近年有所退让，毕竟是教中耆老，担任护法多年，盘根错节经营颇深。赤魃一方面以武力慑服众位长老，将稍有不驯的辣手绞杀；另一方面又与乘黄共同布局，血洗教中与灭蒙亲近的派系，确实耗了不少心思与力气。

　　阿兰朵娇媚道："我自然是清楚的，他是外人，才要额外说些好话，你与我本是一体，哪还用客套。"

　　一番话哄得赤魃心神大好，瞧着阿兰朵难得地柔顺，禁不住搂过软腰一亲芳泽，阿兰朵少不得虚与委蛇地敷衍一番。赤魃越亲越是欲动，粗声道："灭蒙未死，终是不安全，你不妨搬到我殿中来，由我护着方才无虞。"

　　若说最了解赤魃的人，必是阿兰朵无疑，她知道赤魃垂涎已久，真要住进他的石殿，无异于肥肉入锅，哪还有周旋的余地？她自是不肯，俏盈盈道："我有圣蛇护身，殿外加驻了护卫，你又这般周全，将灭蒙弄得只剩一口气，哪还敢来找死。"

　　她一番话又捧又赞，赤魃最受用这一套，无奈道："罢了，我这两日多在你殿中守着，搜捕的事权且交给乘黄，难得他肯出力。"

　　听得话语，阿兰朵心头一动，乘黄一向深藏不露，手上的药人仅用来做粗役，谁也没想到他的傀儡之术已成了七分，攻袭起来竟然这般厉害，这次又慷慨地担了主攻，确是有些奇异。"灭蒙和乘黄有私怨？"

　　乘黄与灭蒙俱为教中元老，说不准有什么故仇。

　　赤魃没什么印象，随意道："应该没有，那老东西狡狯得很，岂会轻易得罪乘黄。"

　　阿兰朵一半心神在寻思："那他怎会这般积极，怪了。"

　　无独有偶，赤魃也在想乘黄，不过与阿兰朵所思略有不同。

　　乘黄当年与乃蛮部落的族长斗蛊受了重伤，教主让他养息，至此在殿中看护神潭，鲜少与旁人来往。平时见他弄出些药人拿来扫地传信当奴仆，全当了笑话，谁想这般厉害，若再过数年，就成了一支可怕的战力——

　　一念既起，赤魃的脸庞阴沉下来。

　　此事一了，必须想个法子将乘黄控在手中，或者将他驱离神潭。

　　灭蒙的断腕止住了血，被人缚住在林间飞掠，他感觉到空前的衰竭无力。

　　重围之下竟然绝处逢生，尽管他不清楚救援者的身份，到底生出了希望。只见这人蒙面只露一双眼睛，沿途捏碎了数个木瓶抛洒，阻断追索的手法十分老练，显然是有备而来。等遁逃终于停下，灭蒙蓦然被掷在地上。对方从怀中掏出一个药瓶，倒出药塞入他口中，随即腾身掠转，瞬息不见。

　　灭蒙不知自己吃了什么，但可想这般冒险相救，绝不会是毒药。他将药嚼碎，撑起来四顾，发现自己被扔在黑水沼泽边，这片沼泽极大，远离殿群，荒草蔓布，臭水和浊气弥散，正可以隔绝蛊虫和猎犬的鼻息。

　　咽下去的药带着血沫的气息，辛辣而刺激，也激发出了异样的力量。灭蒙看着断腕，神情惨厉，他明白自己落入了怎样的陷阱，也清楚是谁设的局，该从何处报复。既然死亡已成定局，他必会拉着仇人一起下地狱。

　　死白的脸渐渐显出了赤红，灭蒙撕下蔓草，沾着污泥涂去地上的血痕，又在全身抹上泥水，喘了一口气支撑起来，蹒跚隐没于无边的黑沼。

卷十九

鹬蚌争

四十九 · 千金诺

"夷香!"纳香等着心急火燎,好容易见着族妹,快步过来责备,"怎么采个野蕈会这样久?"

夷香当然不会回答,纳香看她一副懵懂的样子就忍不住气急,一把拉过她走至篱边:"你可知今天教内出了大事?赤魃大人还问这边有没有什么异常,你千万不要乱走,万一撞上什么不该看的,十个身子也不够蛊虫吃。"

夷香见她担心,拍了拍她的手,示意自己无事。

好歹人顺利回来了,纳香拣最要紧的说了:"方才阿勒过来传话,说灭蒙大人行了逆教之事,全教围缉,若是有什么可疑的人一律上报,你可记牢了。"

夷香打手势表示记住了。

纳香欲言又止,面露忧色,蹙眉放低了声音:"我还听说赤魃大人怀疑逆教之事与这些中原人有关联,险些要把他们都杀了,全是圣女拦下来。我们虽是赤魃大人送的,到底身份低贱,动起刀兵可不会有半点顾惜,若有变故你记得躲远一些,莫要被卷进去受些不相干的祸连。"

夷香一怔，点了一下头。

纳香终是忐忑难安，忍不住牢骚："说起来真是命不好，本想过点安稳日子，那只破鸟正巧落在你肩上；侥幸这几个中原人还不坏，偏偏入不了赤魃大人的眼，一桩连一桩地心惊肉跳，怎么这般倒霉，还不如阿勒那个傻乎乎的家伙，顺风顺水地混成了护卫。"

夷香张了张嘴，微有赧意。

纳香知道抱怨了也是无用，既然做了奴仆，唯有听天由命，她叹了一口气，瞧了下夷香的篮子："是这两天日头旱了，蕈子不肯长？才得了这么一点，弄一盘都不够。"

夷香从篮子底下翻出了几个野鸟蛋，纳香没好气地在她额上戳了一下："敢情是追野雉去了，罢了，我去扯点韭叶配着炒，他们目前还是贵客，有圣女大人护着，不能慢待了。"

逾万奴卫翻山刮岭地找寻灭蒙，赤魃在阿兰朵殿中严密守护，十六名长老被清洗了四名，重伤两名，仅剩了十名，教中气氛异常紧张，北域一角的竹楼却是泰然安稳，全在风波之外。

不过左卿辞情绪不佳，连着数日骄阳灼人，就算在竹楼中也是闷热难当，他别的能忍，独有气候着实不惯，烦得心火燥腻，用过晚膳又去凉浴。

昭越的洗浴方式颇为独特，汲出的水泉被倾入一个硕大的牛皮软袋，由悬勾与绳索吊至三楼搁架，拔开塞子，清水便从头顶洋洋洒洒而落，别有一番舒惬。

左卿辞沐罢拧干湿发，封住水塞，听得外间收拾桌案的轻响，长眸垂了一瞬，突然指尖一挑，中衣坠在了湿地上，他也不去捡，曼然唤了一声。

浴房门下的缝隙一暗，有人趋近，他淡道："衣服脏了，再取一件。"

过了一会儿，门开了一线，一只纤薄的手递入一件干净的中衣。

他也不言语，细长的指尖顺着光裸的细臂抚过，趁着对方心神一乱，用力一扯，纤影撞开竹扉落入了怀中。

苏云落忘了防卫，回过神才发现自己被他拥在怀里，触上去凉沁沁的，闷热的气候中格外诱人，她呆了一瞬，突然间耳根飞红。

“这天气实在有些燥。”门被合上了，顶上传来的声音不疾不徐，不见半分身无寸缕的尴尬。

她张口结舌了好一阵，觉得该挣开他退出去，又有点舍不得，低低地“嗯”了一声。

一只冷凉的手在她裸露的腰际抚摩，左卿辞的话语漫不经心：“云落一身汗，不如也洗沐一番？”

两人身形相贴，她的鼻尖甚至触上了他的颈，凝实的肌肤还沾着清润的水珠，新浴的气息极好闻，她抑住想亲近的冲动，脸颊烫热起来：“不必，我还有事要——”

苏云落最终还是被彻底冲淋了一遍，等拭去水珠，被他直接抱去了竹榻上。

暮色沉下来，左卿辞才慵散地点了灯烛，换了谧香，倒了两杯凉茶听她述说日间的详细情况，到话尾他神情一动，乘黄驱使药人主攻？未免太过心急，这位神秘的护法大人应该很清楚这般明显极易引起疑窦——

沉吟了一瞬，左卿辞搁下茶：“乘黄的秘密比想象中更大，以至于他宁可招来赤魅的疑忌，也绝不让灭蒙有机会当众说破，这出戏是越发精彩了。”

苏云落衣衫尽湿，悉数搭在椅上晾，披着他的薄衫，双颊微赧：“灭蒙伤得很重，就算他说出秘密，赤魅也未必信。”

“只要一颗怀疑的种子就够了，那颗药能帮他撑三天，够做下不少事，待赤魅和乘黄再斗起来，一定好看极了。”她的唇仍有未褪的娇红，莹艳欲滴，左卿辞拨了一下她湿淋淋的黑发，“肌肤上的颜色是怎么弄的，洗沐都不掉？”

她略窘迫地拢了一下单衣：“是不是很难看？桐浆木的树皮熬出的汁液，唯有这个可以半年不褪，教内也不能卸脱易容，进山之际奴隶要裸身浸圣池，什么东西都带不进来。”

左卿辞淡垂长睫：“连武器都不要了，你原打算怎么做？”

苏云落再笨也知道不能坦白，含糊了两声装傻。

"以为我猜不出来？"左卿辞的脸更冷了，每个字都透出凉气，"一诊脉就发现你饮过佛叩泉，这东西有护守心脉之效，你无非是想拼着一口气硬闯，夺到东西让灰隼捎回去，哪怕自己陷在这鬼地方生不如死，被千虫万蛊啃成一副活骨架子。"

她哪敢承认，说谎又力不从心，绞尽脑汁地转移话："今天纳香说赤魃迁怒，险些要对你下手。"

这种死计也想得出来，还顾左右而言他，左卿辞越发蕴火，冷诮道："你连自己的命都不要，还担心我的死活？赤魃要杀就杀，我死在他手中就当偿了你的锡兰星叶，等你治好那疯子，在我衣冠冢前烧把纸就是了。"

话说得这样重，她被噎得哑了，好一会儿道："别这样说，你——"

"莫非云落觉得我就不会死？"左卿辞的声音略平了些，又轻又淡，"我在武林中虽有薄名，不过是仗了些用毒的法门，全凭出其不意，碰上警醒的高手，一枚暗器就能取了这条命，知晓我这般无能，可是让你失望了？"

一句句像刀子刺过来，她堵得胸口生疼，半晌才讷讷道："我不会让你死的。"

言毕，她抬起眼重复了一遍："我会保护你，不让你死。"

鹬与蚌

　　乘黄一向是袖手万事不理，这次却对搜寻格外用心，长老们私下议论，猜测他或许是被赤魃高涨的威势所慑，畏惧成为下一个目标，才这般倾力投入。

　　离围歼已两日有余，灭蒙早该死在圣蛇的毒液下，乘黄依然执着，几乎将每一寸山皮都翻过来寻找，朱厌觉得他好像执拗得发了疯，没兴致参与，留在殿中逗弄豢养的宠蛇。这条绿烙是他自小养大，花纹美丽，尽管比不上阿兰朵的圣蛇，速度和毒性也是数一数二，不过这时刚吞了一只活蛙，花绿的蛇懒懒地盘成一团，不怎么回应主人。

　　朱厌又挑了两下，突然绿烙蛇身竖起，戒惕而紧绷，随时欲择人而噬。

　　这分明是遇警之兆，惊得朱厌回头，脊背的汗毛都竖起来。

　　灭蒙微佝的身形在数步外，苍老的脸额呈现出青灰与赤红交错的异色，鼻尖和额际溃破，满布水疱和烂肉，身上抹满了黑泥，看起来几乎像一具埋了数日的腐尸。

　　朱厌遍体生寒，下意识地四顾："你是怎么进来的？"

"怎么进来的?"灭蒙一步步挪近,用通红的眼睛盯着他,"我跟了教主最久,神潭下的秘道只有教主、乘黄和我知道。"

这人大概已经疯了,朱厌清楚自己不是对手,一边用言语拖延,一边暗地放出袖中的蛊虫报信:"既然乘黄知道,怎么可能让你潜进来,不怕有陷阱?"

"他若真是乘黄自然会知道,可惜——"灭蒙岂会被这样的小把戏迷惑,瞟了一眼缘地而飞的蛊虫,并不阻拦,露出了一线狞笑。绿烙蛇护主,蓦地弹起咬住了灭蒙的断臂。灭蒙毫不在意地扯下来扔到一边,蛇颓软地瘫在地上,片刻后再无动静。

朱厌见势不妙夺路要逃,灭蒙岂容他遁走,两人瞬时动上了手。朱厌虽然学了功夫,毕竟生性懒怠,少有苦练,哪里是灭蒙的对手,勉强支了几个回合就被对方一掌击在背心,毒力侵入登时软倒。

灭蒙在他头皮上摸索,似乎在察探什么,又割出他的血在舌尖一抿,得到了某种证实:"果然是你这小贱种。"

半腐半烂的脸离得太近,朱厌又是恶心又是恐惧,有气无力道:"你杀了我也没用,赤魃和阿兰朵只会更高兴。"

灭蒙嘶声笑了,也不回答,一刀割破朱厌的指,按着在地上写了几个血字。

朱厌疼得嘴唇发白,又被毒素侵染头晕耳鸣,眼睁睁地看着灭蒙将自己拎起来,在殿内三转两绕,来到了一处偏室,启开一块厚重的石板跃入暗道,青苔和腐浊的湿气扑面而来。

乘黄接到蛊虫传信,觉察朱厌出了意外,赶回来的时候已经晚了。

朱厌的房间一片狼藉,随身的绿烙僵死屋角,地上一行鲜血写就的字刚刚凝固,红得触目惊心。

银面具冰冷地倒映着血字,乘黄仿佛成了石像,良久,他终于拭净了字迹,唤出蛊虫找到了秘道,启开了黑洞洞的入口。

灭蒙约定的位置是一处荒弃的石殿,一进石殿,乘黄就发现了朱厌。

少年被长索五花大绑地悬吊在半空，一时看不出有什么外伤，显得异常颓靡，平日的尖刻毒舌全不见了，俊俏的脸染着毫无生气的青灰。

嘶哑的声音响起，灭蒙慢慢从墙角走出："我就知道用这小崽子能将你勾出来，毕竟是亲儿，到底舍不得。"

一言入耳，奄奄一息的朱厌瞳孔倏张，整个人都骇呆了。

乘黄居然没有否认，沉默了好一会儿："圣蛇的毒，我有解药。"

"事到如今我还稀罕解药？"灭蒙似乎听了什么笑话，满腔恶意翻涌，"简直可笑，区区一个中原奴隶，竟然将神教上下玩弄于掌中。"

这些话实在太过不可思议，衰弱的朱厌费力地喘息，等着乘黄斥责或反驳，可银面具冰冷无痕，不见一丝话语。

灭蒙咯出紫黑的血，夹着血絮般的碎片："我怎样也想不出，你是如何成了乘黄？"

乘黄看出对方已是油尽灯枯，也不急于动手："你怎会疑到他身上？"

"你瞒天过海，本是天衣无缝，直到那天我偶然一问，你居然说这小崽子离教外出。这话也就骗一骗赤魃和阿兰朵那两个蠢货，一查岗卫就知道不对，我思来想去越来越奇怪，让洒扫的老仆将你捣烂的虫尸拣了一点出来，发现里面混有噬血蛊。"支撑了数日的药力在逐渐衰退，灭蒙的精神却异常亢奋，"我还怕是疑错了，或许是你在炼制血蛊也说不定，打算等慢慢详查再计较，想不到居然被你这贱奴先下了手。"

乘黄的身形动了一下，声音干涩："那家伙原来是你的人？"

灭蒙声音沙哑地回答："哪座殿没有我的人，我知道你疑心重，送过去的九成都被你炼了药人，好在漏了一个老奴，尽管被弄得又哑又聋，却还能用，让我知晓了你最大的秘密。"

乘黄沉默了半晌："迎客盛典当夜潜进来的人也是你安排的？"

"那与我无关，要不是当时见你防卫太严，反应异常，我还未必会寻思那么多。"灭蒙的苍眉蹙起，又笑又讽，唾了一口黑血，"原来你的傀儡之术几近完成，难怪百般避人，再给些时日，只怕能将赤魃和阿兰朵都给杀了，可惜命运偏让你我斗在一起，便宜了那两个蠢货。"

乘黄没有理会对方的讽刺，沉声道："如今还有什么必要隐藏，不是你的人，岂会冒险救你？"

灭蒙盯着他，突然沙哑地笑起来，赤裸裸地嘲弄道："不错，这人是救了我，你猜是为何？"

乘黄黑袍一颤，长吸了一口气，最终什么也没有说。

灭蒙一只脚已入了黄泉，哪还有半点害怕，甚至更加兴奋，布满死色的脸泛起了红彤，双瞳血红灼亮："他要我和你死斗，真是有趣之极，教中竟伏了这样厉害的人物，到如今半点形迹不露，看来赤魃和阿兰朵也得不了好——"

乘黄倏地扑向被吊在半空的少年，袖中飞出暗器割断长索，接住朱厌向外掠去。

"我等着看你和那贱种先死，下一个就是赤魃——我会用这双眼睛在地狱里看，等着你们一个个来——"灭蒙兀自癫狂地喋喋不休，话语突然中止，石殿迸出一道奇异的轻爆声，腐烂的身体化为漫天血雨，追着乘黄激射而来，乘黄反手解下纯黑的宽袍一挡一覆，细碎的血雾迸在衣上，瞬时蚀出了无数血痕。

神魔裂解之术最可怕的就是这血雨，只要沾上一星，毒血入体，七日内必会肌肉片片蚀脱而死。

乘黄虽然躲过去，心神不见半分轻松，灭蒙必有后手，果然他才掠出弃殿就撞上了两个人。

准确地说，是赤魃和阿兰朵，带着数十名奴卫堵在殿口。

十丈外，还有余下的十余名长老和数千名刀箭高举的奴卫。

赤魃从头到脚地打量乘黄，宛如见了一个陌生人。

长久以来，乘黄的形象固定为黑袍银面，以至于当他一身劲装，显出修长健拔的身形，就让人有些认不出的惊异，如果不是银面具犹存，几乎像换了一个人。

寒光闪闪的矛箭凝固了气氛，赤魃冷静而严肃："摘下你的面具。"

乘黄停了一刻，气息冷定下来："灭蒙已死，你想接着除去我？"

"灭蒙留了信，说真正的乘黄已死，被教主宠幸的男奴盗用了他身份，是朱厌的亲父。"赤魃一字一句道，空气绷得极紧，挟着雷霆将至的恐怖。

乘黄语气阴森："他是我所伤，恨我入骨，自会百般设计挑动教中内斗，这般荒诞的理由你居然也信，未免太过可笑。"

赤魃疑心既起，怎可能凭言语消退："男奴的相貌教中有老人记得，你将面具揭下来，验过不是，我立刻摆酒行大礼赔罪。"

乘黄冷冷地笑："我早年重伤致使容貌全毁，教中尽知，不承想却成了被污的借口。我虽不如你，也是教中祭司，你要我当众自露残颜？"

"你对朱厌确实护得紧，由不得人不生疑。"阿兰朵在赤魃身边，俏颜带煞，"只要证明了身份，再杀了这小贱种，我们就相信灭蒙说的尽是谎话。"

灭蒙信中道出的太过离奇，阿兰朵初见难以置信，再一想不寒而栗，她本就厌憎血脉低贱的弟弟，而今发觉他与乘黄关联极大，甚至意图染指教主之位，更是生了杀心，哪还容朱厌再活下去。

赤魃已经失去了耐心："阿兰朵说得不错，你若再推诿，便是自知心虚，休怪我们无情。"

乘黄默了一刻，缓缓道："没想到区区一封信，轻易煽动至此，罢了。"

眼看他抬起左手去揭银面具，所有人屏息凝神。

冷银的面具微微抬起一线，露出一抹下颌，异变遽然而生。

密密层层围困的奴卫群中突然传出了惨叫，近百人疯一般抽刀乱砍，其他人猝不及防，立刻见了血。惨号频频响起，人群骚动起来，惊惶而溃乱。

赤魃眼尖，见乘黄隐在背后的右手半露，指尖在极快地拨弄铜铃，顿时勃然大怒，也不去理会混乱的场面，正待扑过去，阿兰朵蓦然惊叫起来。紧随在赤魃身边的奴卫也有十余人发了疯。这些人无一例外神志迷失，胡乱攻向赤魃与阿兰朵，赤魃轻易踢爆了几个人的脑袋，但也被滞了一下，乘黄趁着混战穿入奴卫群中，几下起落已不见了身影。

殷长歌从镇上问到消息，沿着牛车踏出的泥径寻到了一个不大不小的村落，顺着低矮的屋宇找过去，在一栋屋外叩响了门扉。

门开了，里面现出一抹秀影，他脱口而唤："师姐！"

一身布衣的正是沈曼青，憔悴的秀颜不复往日神采，意外乍见熟悉的人，她神色微震，不言不语。

殷长歌略松了一口气："原来师姐躲在这里，让人好生挂忧。"

沈曼青勉强开口："我想过几天安静的日子，长歌不必忧虑，先回山吧。"

"你突然出走，音信全无，我怎么放得下。"殷长歌捺住情绪，放缓了语气，"师父也在惦念，嘱我一定要寻到你。"

沈曼青知他不会轻易离去，也不再阻止，任他踏入院内："师父也知道了？是我不肖，让师门无光了。"

殷长歌从未见过她这般意气消沉，禁不住心痛："师父说无论你是想回国公府还是想回山上均可，不必思虑太多。"

沈曼青避而不答，从泥炉上提起铜壶，倒了一杯热水："屋里没有茶，委屈长歌了。"

殷长歌哪有心思饮茶，四顾见茅屋简陋，器物粗鄙，更是难过："那件事是造化之错，与师姐无关，何必理会他人言语。"

沈曼青闻得话语，自嘲地一笑："不错，造化之错，他人一甩袖潇洒而去，满城风雨尽落在我身上，我成了天下人的笑柄。"

她以为圣旨既下，婚约已定；以为觅得佳偶，合府皆欢。

谁知安华公主一纸奏信告了忤逆，满朝文武震惊。

奏信洋洋洒洒地写满左侯长子之过，如何恃功妄为，恣行在外；如何不敬父母，视亲慈为无物。字字凌厉，诉请严惩其不教不悌之过。五刑之属三千，罪莫大于不孝，在律法中不孝被列属十恶之一，这番控诉一旦落实，左侯长子必是声名尽毁。

圣颜震怒，传左卿辞当面斥问，玄武湖畔的别业却已是人去楼空，哪还觅得着半分踪迹。左侯对圣上怒责一概不驳，呈上罪己书，承认犯下失教之过，请命收回赐婚，看样子已不打算再认亲子。

传为美谈的婚约顿时成了一场闹剧，金陵传言纷纷，谑笑者有之，嗟叹者有之，街头巷尾尽在笑话沈国公识人不清，御前促婚，让孙女落入了尴尬之境，这位正阳宫女侠本已过摽梅之年，又横生波澜，今后姻缘更是难期。

殷长歌见她心结难释，劝道："师姐何必理会那些多口之谈，囿于世俗，自暴自弃。"

"自暴自弃？你可知道左卿辞失踪前给我留了一封信，说些什么？"不等殷长歌回答，沈曼青的柔音多了一份凄厉，"他道无心世子之位，两府结好，不必执于一人。他将我当成什么，将国公府当成什么，竟然这般轻辱！如今我无端被弃，人皆取笑，还有何颜面见亲长？"

殷长歌哑口无言，良久道："他本是薄情之人，婚事既止，对师姐未尝不是幸事。"

"他既无心，为何不明言拒绝？"沈曼青恨意难平，"我只恨自己不曾死在青龙涎下，生受这番轻贱。"

一提青龙涎，殷长歌反而沉默了，片刻后才道："左公子大约最初就无意袭爵，否则以他的心智，回府敷衍一二有何难，岂会落了安华公主口实。只不过婚旨已下，再拒便是违了君命，才借着奏告而走。市井流言多半是说左公子狷狂妄行，自毁前程，并未过多地非议其他，师姐不必太过自伤。"

"是我自作多情，是国公府自降身份，这份侮辱是我祖父在御前自己求来的，又怪得了谁。"沈曼青早将事情想过千百次，自然明白殷长歌所言非虚。从头到尾那人何曾有过半分意动，只怪自己蒙了心，看不出风华玉貌下的冷酷无情，她禁不住冷笑出声，"是我愚蠢，以为他是可亲近之人，还巴巴地记着赤焰沙同行之谊，照拂他的亲妹，舍了命还被人视作贪慕世子妃的虚荣。"

殷长歌见她越说越气，忍不住叹气："师姐有许多事并不知晓，左小姐遇袭另有内情，也不能怪左公子生怨——这原是与本门相关，倒让左府受了牵连。"

沈曼青脸上漾起讽色："长歌就算怕我想不开寻短，也不必这般生编硬造。"

这些事牵连太深，殷长歌本想放一放，奈何沈曼青执念甚深，他唯有将苏璇与薄侯及琅琊郡主的早年宿怨解释了一番，又道："青龙涎是冲着左小姐而来，所谋的却是我正阳宫，左公子如何能不怒。幸好薄侯的毒计不曾得逞，否则本门难辞其咎，必会大受牵累。"

殷长歌暗暗叹息，若不是沈国公以为天赐良机，扬扬得意地促下婚旨，局面怎会如此尴尬，尽管情况急转直下，沈国公气得落了病，沈曼青被众口传议，但比起那些最糟的可能，仍是要道一声侥幸。

沈曼青从未想过竟有这般内情，又想起师父捎话叮嘱她步步留心，秀颜越来越白，柔躯颤了一下，强自镇定："师叔还活着？这怎么可能，左卿辞怎会知道这样多？"

殷长歌低声道："左卿辞与云落亲近，清楚她一直在寻药，就连疗治你的锡兰星叶与鹤尾白，也是她为师叔耗尽心血，自四海八荒苦寻而来。"

沈曼青神思飘忽，道："左卿辞弃金陵而走，是与她在一处？"

殷长歌似乎答了什么，沈曼青并没有听清，恍恍惚惚间，复杂难明的羞憎交错，她想泣又想讽笑，原来这才是真相，原来一切根本与她无关。

从天都到金陵，从剑场到情场，从江湖声名到家世门第，苏云落似乎永远逊于她，却永远能占据她最想要的，这么多年过去，自己终还是输给了这个胡姬。

一只蚂蚁顺着泥地爬行，攀上了衣角，触须轻摆正要继续向上，忽然一只手从天而降，将它捻成了一团泥，乘黄转过头，望着躺在地上死气沉沉的朱厌。

灭蒙掳了人，当然不会让他完好无恙地获救，少年的印堂呈现出暗青色，气息沉重，仿佛有一台风箱在胸膛里轰鸣。他衰弱地盯着乘黄，似乎有许多话想问。

尽管借着溪水掩去了两人的气息，躲进了这一方天然凹陷的泥穴，外部用藤条和蔓草密掩，但只要不出教，不离开西南，死亡的利刃始终悬在颈上。这一切还在其次，最麻烦的是朱厌所中的毒，乘黄清楚留给自己做选择的时间不多了。

寂寂的幽林深处，在这无人的所在，乘黄终于摘下了终年不离的银面具。他肤色极苍白，一双墨羽般的眉，冰冷的眼睛如纯黑的水银，显得孤傲峻拔，与朱厌有几分相似，气质却迥然不同，不类父子，反而更像长兄。

乘黄看了一眼惊呆的朱厌："你愿意也好，不愿也罢，我的确是你父亲。现下我身份已暴露，他们绝不会容你我活下去，接下来每一个字你都要记牢了。"

静了一瞬，乘黄毫无慈爱地开口："我本是中原人，生于官宦之家，少年时父亲获罪，我被贬为奴，阴错阳差给人贩至昭越。你母亲是一个美貌又冷酷的人，她继位之后遇到不少障碍，不得不用各种手段拔掉一些顽固的元老，乘黄是她最得力的支持者，可惜对战乃蛮部落时重伤身亡，当时她在教中立足未稳，命我戴上面具假扮乘黄，又教我武功和毒术。我替她出谋划策，也帮她做了一些事，然而我毕竟不是乘黄，她怕我威胁到阿兰朵，几年后有意杀了我。"

尽管极想继续倾听，毒伤却让朱厌越来越昏然，乘黄自怀中取出一枚长针，在他额心和双肩刺了数下，挤出一些黑血，朱厌顿时清醒了一些。

乘黄按住朱厌的要穴，输入一些真力助他护住心脉，接着道："那时我已经觉察，就诱她以闭关诈死的方法测试教众的忠诚，她本就疑心重，真依我的计策行事，猝不及防之下被我杀了，我也中了她的噬血蛊。这蛊狠毒无比，幸好我那些年遍阅教中古书，知道一个血亲相易的法子，移蛊后的毒性可以用秘法制约，所以你会一年发作一次。"

朱厌终于明白了怪病的由来，内心的滋味异常复杂。

乘黄也没指望他有什么反应，神情漠然："这些年我借着神潭苦研药人之术，暗中成了七八，本想等再多炼一些傀儡，寻机杀了阿兰朵，可惜被灭蒙这老东西看破，功亏一篑。你是我亲子，他们绝不会放过，这几日你躲去北域的中原人附近，那儿有阿兰朵色迷心窍地护着，不会有太多搜检。我和灭蒙的冲突全因有人暗中挑动，这人手段极深，必有后着，待教中再起动荡，就是你逃离的机会。"

朱厌忍不住唇一动，他发不出声音，乘黄看口型也猜得出来："你我之间只能活一个，这是灭蒙的算计，他清楚自己伤重无力动手，将蛊毒下在了你身上，救你唯一的法子是血亲相替，将毒引至我身上。"

朱厌骇然地瞪着他，只见乘黄话语淡寂："我以奴隶之身入教，活到今天已是侥幸，死了也无怨恨，唯独不想受蛇虫啃食。可记得灭蒙带你出来的那条密道？我在里面置了一具替尸，你将它甩在南域，赤魃他们见了自会放松缉捕，到时候择机将我的身体投入神潭，我们就算父子两清。"

朱厌很想说些什么，然而胸口异样地窒闷，昏怠的感觉又来了。

一只冰一般的手抚上他的脸，眼前一黑，朱厌什么也不知道了。

五
十
二
·
倾身护

　　近期三位护法突然去了两位，随之而来的清洗从上至下。趁着动荡频频，苏云落将乘黄所居的石殿内外摸了个遍，排除了神潭，唯一剩下的蛊洞防卫森严，守了几夜始终进不去，她表面上一切如常，心底实在有些急了，辗转难安，嘴角都燎起了火泡。

　　左卿辞弄了药为她拭抹唇际，她本是安静地坐着，忽道："你先出教好不好？寻个借口让阿兰朵放你出去。"

　　左卿辞神色不动："云落呢？"

　　"现在乘黄与灭蒙互斗身亡，教中空虚，行事的压力也小了。"她搜肠刮肚，唯恐一不留神惹他生气，"你已经帮了我很多，只是赤魃近日越发骄狂，我怕哪天对你不利，冲突起来会有危险。"

　　"云落不是说过会保护我，难道是后悔了？"左卿辞似笑非笑地扫了她一眼，"就凭你那蠢脑袋，要是没人看着，什么法子都敢使，还想找借口把我支走？"

　　一言堵住了她，左卿辞复又一哂："你说得不错，赤魃眼下别无对手，气焰张狂，说不定哪天就起了杀念，不过要我出教，除非云落同行。"

苏云落哑口无言，快快地低了头，左卿辞突然目光一凝，抬手触了一下她耳后，相较于脸庞，这一处肌肤的颜色似乎略浅了一些："你这伪色涂了多久？"

她知道他已然看出来："只剩一个月了。"

左卿辞沉默了一瞬："明日我邀阿兰朵过来一谈，半个月内必须离开。"

她惶然想说些什么，被左卿辞一语截断："你的眉眼与昭越人截然不同，一旦易容脱落，根本无从躲藏，你知道落在他们手上是什么下场。"

目标近在咫尺，她如何甘心失却机会，硬着头皮道："你先离开，我自有办法，这时人心浮动，防卫不严，正——"

长眸蕴着寒光，阴森森的，激得她生生噤了口。

气息僵滞了许久，左卿辞起身合起药箱，话淡淡地湮灭了情绪："锡兰星叶不过是死物，你若执意不走，要我给你那疯师父陪葬，也随你。"

纳香觉得有些不对劲。

夷香发了很久的呆，坐在竹槛上，头埋在膝上蜷着，削薄的肩骨凸出来，仿佛一截折断的翅棱。她尽管是个哑女，却少有这般凄惶无助的样子。

不过纳香没什么力气劝解，心头闷得难受，她刚刚才知道阿勒死了。据说乘黄大人在神潭动了手脚，将一些沐体的奴卫落了蛊，驭使他们阻拦了赤魁大人的追缉，阿勒当场就被踢爆了脑袋。

那个为当上侍卫而沾沾自喜的傻瓜，竟然就这样送了命，纳香不自觉地流出一滴泪，将头偎在夷香肩上，借着体温驱散心头的寒冰："夷香，还好有你，这样可怕的地方，我一个人怎么活得下去。"

远处传来开道的铃响，纳香一抬眼，吓得立刻弹起来，拉着夷香跪倒行礼。

一群奴侍簇拥着明艳动人的阿兰朵，娉娉婷婷地踏入了院子。

阿兰朵近期还真顾不上中原公子。

山中搜出了乘黄的尸体，银面具下的脸肿胀变形，仍能辨出与当年的中原奴隶形肖，尸体残留着噬血蛊之迹，显然他是为了救朱厌而死。

最大的压力既去，她的心情顿时松了五分，只等将灭蒙的帮手和没本事的朱厌一并寻出来弄死，事情即可尘埃落定。

不过教中毕竟连场变乱，待处理的事务堆积如山，频繁的清洗使不少职位需要重新核定人选，尽管有赤魃掌控，仍有部分事务需要她共同参与，她自然无暇涉及一些绮思幽情。

直到奴侍将信息传来，她才想起已许久不曾见过俊雅温柔的公子，忍不住心旌摇动，觑着赤魃与长老议事，索性直接来了北域。

阿兰朵笑盈盈地睨着那张悦目的俊脸："这一阵太忙，疏忽了过来，公子可有哪里不合意？"

左卿辞浅浅一笑："我也知这一阵不宜打扰，然而思来想去，还是希望能与阿兰朵一叙。"

看来是长久不见，对方有了相思之意，阿兰朵登时心花怒放："你我之间何必如此客气，公子有话但说无妨。"

左卿辞欲言又止，轻咳一声："说来惭愧，我在教中数月，蒙各位大人照拂，心下十分感激。事到如今，想必追杀者已放弃了追缉，不致再有性命之忧，是以想离开神教，择一处山明水秀的地方定居。"

"你要走？"灭蒙曾经提及几句，阿兰朵并未过于上心，不想这一次他居然当面提及，不由得俏颜略变，"公子既然在教中安乐，何必离去？若觉哪里不妥，尽可直言。"

左卿辞笑而不语，长眸一扫，阿兰朵顿时会意，娇声喝令竹屋内的侍奴退下。

一应人等依命退去了院内，左卿辞凝视着阿兰朵，瞧得她一颗心忽上忽下，直到玉脸泛红，他才缓缓开口："这里的款奉极是周到，虽然饮食有异，蚊蝇稍多，气候略为闷热也无妨，唯独我心悦的佳人身在咫尺，却不能稍近，令我委实郁结难安。"

温雅含蓄的公子第一次明白地吐露了心曲，阿兰朵芳心大喜，眉目生辉，故意不说破："竟是这样？不知公子是喜欢哪一位佳人，说出来我定会成全。"

只见他俊颜微侧，似带上了三分薄恼："圣女何必明知故问。"

不掩饰的怨责反让阿兰朵愈加欣喜，她见对方姿仪俊秀，连嗔语入耳都异常动听，禁不住心神荡漾，执住他的手："这有什么关系，竟要为这个出教？总有机会让你遂了心愿。"

她表面似在劝慰，娇躯却就势依了过来，紧紧贴住他，明艳的俏颜春色无边，别有所待地微仰。

左卿辞也不避讳，居然顺势拥住她，在红唇落下了一个吻。

俊男美女依在一起十分悦目，可惜偏有不识相的人猝然扰了柔旖春色。

屋外传来霹雳一般的劲声，仿佛是院子的竹扉被人抽开，阿兰朵听出是赤魃的鞭响，面色剧变，立时退后了数步。同一瞬左卿辞以袖拭唇，身姿稍易，从容端正一如平常，暧昧的气氛瞬时无踪影。

赤魃一头冲进来，执着粗长的皮鞭，通身的气息简直要烧起来，院内的侍从甚至无人敢通报。

左卿辞倒是很镇定："见过赤魃大人。"

赤魃根本不理会，并指怒戳，几乎钉上阿兰朵的鼻尖："你瞒着我就为来会这小子？"

阿兰朵被他空前的盛怒所惊，姣容微变："我来问一问近日这边可有异常，有什么不妥？"

"好，今日我将这里抽平了，你也无须再劳神耗心思。"赤魃心气狠戾，杀意大盛，也不多言，乌沉沉的长鞭一抽而过，劲力异常可怕，一张木桌登时碎为粉屑。

阿兰朵第一次觉得完全控他不住，抑住心惊肉跳，强自镇定道："我与公子议事罢了，又没做什么，值得你这般大动肝火？"

赤魃怒火汹汹，一臂将阻拦的阿兰朵推了个踉跄："将下人全赶出去，孤男寡女在竹屋里议事？你当我是傻子？"

赤魃言行粗蛮无忌，连对阿兰朵也毫不客气，左卿辞立刻觉察情形不妙，无形地退了一步："大人误会了，我——"

不等他一句话说完，黑色的鞭影挟着锐风横掠而至。

鞭风压得呼吸一室，激起的劲力凌厉如刀，甚至连退步都不能，存心要将他抽为两段。左卿辞知道自己避不开，又不能在此时露出破绽，一咬牙正待硬受，突然一个纤细的影子扑过来。

时间似乎静止了，唯有鞭子击在人身上发出沉闷的响声。

覆在他身上的柔躯被击得一弹，冲力让两人一齐跌出丈外，她紧紧护着他，什么声音也没有，墨蓝的眼瞳惊人地执拗又明亮，一线血丝顺着唇角静静滑下来。

阿兰朵骇然尖叫一声，直到发现鞭子击中的是一个突然扑出来的女奴，这才缓了心跳，也有了主意："哪来的孤男寡女，这女奴就在一旁，我真要做什么，还会留她在房中？"

两人谈话的侧厢就是火塘，被一堵矮墙遮挡，想是这女奴反应慢了未及退下，见了鞭子仓皇扑出来护卫，正好给了阿兰朵辩解的说辞。

赤魃见一鞭只击中了一个不知死活的女奴，大为不快，待要上前，被阿兰朵攀住腰，凹凸分明的娇躯紧贴上来。

"你若不信，只管去问外头的人。"阿兰朵情知这时再不着力相求，心上人性命难保，也顾不得面子，娇俏的脸庞多了七分哀怨，如泣如诉，"你为一点误会在这里打杀，旁人怎么看，我还如何服众当这个教主？"

她这般低声下气还是首次，赤魃手边不由得微微一慢，后一句又说入心坎，他顿时减了几分狠辣。

他横了她一眼，当真收了鞭子去讯问外头的奴侍，那些奴侍吓得心神欲裂，道出中原公子有意辞去，这倒是让赤魃颇为意外，也失了再动手的理由，他凶戾地扫了一眼楼内，唤过阿兰朵扬长而去，留下竹楼一片狼藉。

阿兰朵哪还敢违逆，临去时匆匆对公子抛了个眼波，半是安抚半是歉意。

一场劫难过去，四周异常安静，左卿辞低哑地唤了一声，怀中人没有反应，扣着他的细指还残留着力道，随着他起身，她身体软软地滑下来。

他的手触过她的背，不自觉地轻颤起来，猩红湿热的血染了半掌，淅沥地顺着指尖淌下。

五十三 · 从君令

可怕的疼痛攫住了每一分感知，呼吸滞涩而困难，高热所致的混沌让她似醒非醒，一切都不真切。她觉得自己好像跌入某种幻觉，分不清榻边的人影是真实还是虚妄。

直到有人执住了她的手，俯下来看着她，气息是那般熟悉："云落醒了？"

模糊的视线看不清，她的指尖一点点触上左卿辞的脸，确定他无恙，忽然间放松下来。

停了很久他才出声："傻子，你忘了我有玄明天衣。"

苏云落迟钝地眨了一下眼，她确是忘了，不过玄明天衣也难以化解鞭上沉重的劲力，挨实了他仍逃不过骨断筋折。

他凝望着她惨白的脸，目光掠向她的背。即使有真气护体，她依然被抽得肌肤翻裂，血肉模糊。眉梢仿佛被什么刺痛，他的声音极温柔："金针封脉的时效过了，会有些疼，你的左胛骨又裂了，不要妄动。"

高烧让嗓子涩疼，她动了动唇，过了很久才发出声音："别怕——我会——护着你——"

他静默了好一阵："哪怕我一点用也没有，云落也护着？"

他的气息似乎有些异样，她费力地弯了弯指，触碰他的手："阿卿——为了我来这儿——不能受伤——"

不知他想了些什么，只听微哑的声音道："你叫我什么？"她有点茫然，神志恍惚不清，眼前的影子越来越暗淡："阿卿——"

左卿辞的掌心托着她冰冷的指，弧形的长睫低垂，久久未语。

赤魁的一鞭着实威力不小，如果是普通女奴，大概已殒命当堂。苏云落虽然外伤惨烈，但好在运气护住了内腑，又有左卿辞细致地照料，愈合得比预期要快。一晃过了十几日，她背上的伤已结了痂，痛楚也轻了许多。

谁也不曾提及当日的变故，但都清楚多留一日就多一分危险，苏云落翻来覆去地盘算，怎样也想不出一个两全之策。前两日左卿辞发现她试图溜去蚕洞探查，虽然他罕有地不曾发怒，也没有出言斥责，却连一点空隙也不给了，日头一落她就身不由己地睡去，日上三竿才又被弄醒，全无抗拒之力。

这样好看的人，偏又这样强横，苏云落有点丧气地伏在枕上。

左卿辞正低着头，力道恰好地替她按捏腿上的筋络，侧颜的线条清俊分明，神情专注，苏云落鬼使神差地想起前事，冒出一句："我记得第一次敷治冰华承露的手法好像不大对劲，后来你也未再用，是假的？"

左卿辞捏压的指下一顿，也不避讳："不错，那是专用来让你分心的。"

果然是个骗子，她默了一阵："段衍不见了，是被你杀了？"

左卿辞"嗯"了一声，她接着问："既然你是黄泉引，要杀段衍并不算难，为什么还要召集多人前往？"

"杀段衍不难，难的是取图。对蜀域三魔这种修为高深、经验十足的老江湖，又是三人互为支援，很难让他们同时中伏。"左卿辞也不避讳，不疾不徐地解释，"何况要洗刷晴衣被段衍所欺的流言，我必须以靖安侯府的身份行事，若无人协助，单凭一己之力成功，未免太过可疑。"

苏云落明白了一点，又问道："驿馆被围的时候，假如我不曾去寻雪姬，你会怎么办？"

左卿辞避重就轻，替她加了一个软枕："好在你去了，自然不用再想其他。"

见他不答，她更觉蹊跷，想了半天忽地心口一跳，望住了他。

左卿辞微笑不语，既不否认也不承认，她无由生出了寒意。

"怕了？我当时确曾想过，假如身份泄露，五个人一个也不能留，谁知后来会对你别有心系。"见她许久不语，左卿辞一挑眉，"我本就是这样的人，如今你后悔也晚了。"

苏云落也不是怕，只是难免震骇，悻悻然道："难怪我总觉得你有些不对。"

听她这样一说，他却是来了兴趣："何处不对？"

她摇了摇头："你的风仪太完美，哪怕是对一个贼，全然不合常理。谢离说大伪若真，大恶若善，大佞似信，果然不错。"

这一番贬损让左卿辞啼笑皆非，他哼了一声："你又如何，大愚若智，大拙若巧，看起来像个聪明人，内里最蠢不过。"

从前被他这般嘲讽，苏云落必定不敢接话，近日他性子极好，她也大了胆子："那你为何不喜欢聪明的，偏喜欢笨的？"

还知道还嘴了，左卿辞斜了一眼，指节一屈，不偏不倚地叩在她腰际的麻筋。

苏云落猝然一麻，险些没叫出来，一起性扣住他的腕一带一摔，登时将他按在了榻上。

左卿辞上挑的长眸似笑非笑，非但不见愠色，反倒像懒洋洋的谑逗一般。

那种笑让她心头发痒，忍不住懊恼地一口咬在他漂亮的唇线上，本是想泄愤，落下去后又舍不得，不知怎么就从啃咬变成了吮吻。

她这般主动的侵扰可谓少见，不过到底心有挂碍，厮磨了一阵左卿辞强自停下来，检视完她背上的伤口，瞧了一眼天色："你先睡一阵，我去处理一些事。"

苏云落清亮的瞳眸蓦然睁大，似乎想说什么，然而眼皮不受控制地垂覆下来。

左卿辞看了一阵陷入昏睡的人，为她覆上薄巾，起身步下了楼阶。

秦尘在二楼垂手而侍："公子，东西已经备好。"

左卿辞道："这一次你不必跟去，在楼内守着她。"

秦尘敛眉垂首："恕属下无法领命，上一次未能护得公子周全已是大错。"

左卿辞薄淡一哂："让你退避是我的命令，原是我托大了，此次我心中有数，无须多言。"

"我知公子放不下苏姑娘，担心那几名护卫为障人眼目而携，武艺寻常。"秦尘仍是不肯，"然而苏姑娘在教中并不显眼，即使独处楼中也不会有人加害，护卫足可照应；公子却是要亲见赤魃那等暴戾之徒，安危难测，不能不防，万请公子允许属下随行。"

左卿辞眉间一蹙，长眸渐沉。

秦尘单膝跪地，抗着压力坚持："属下受侯爷之命，不能不以公子安危为先。"

左卿辞停了一刻，声音极冷："你再说一遍，受谁的令？"

秦尘不说话了。

左卿辞盯了他一眼，冷诮地一拂衣袖，径直行出去。

直到主人已经带着几名护卫离开了许久，秦尘依然在原地保持着跪姿。

突然间他抬起头，眉眼多了一抹果毅，倏然而动，瞬息不见。

日影渐渐移动，在秦尘走后又过了许久，一个细俏的影子摸上了竹楼第三层。

纳香好容易见到竹榻上昏睡的人，激动地扑过去，却怎么也唤不醒夷香，小心揭开薄巾，顿时被夷香背上的大片血痂所吓，眼泪扑落，捂嘴呜呜咽咽地哭起来。

这些日子她又是担忧又是恐惧，赤魃大人乌鞭的威力她听过无数次，不懂夷香怎么会撞上去，在楼下提心吊胆，唯恐哪天夷香的尸体给扔下来。偏偏没有命令，她上不了楼，只能望穿秋水地空着急。难得这一日中原人悉数出去，她这才敢壮着胆子摸上来。

纳香哭了半天，唤了又唤，夷香始终昏睡，见她热得微微沁汗，纳香含着泪替她拭抹，突然颈上一痛，眼前一黑，扑在榻边什么也不知道了。

五
十
四
·
入
神
潭

朱厌之所以冒险，实在是迫不得已。

他在北域躲了数日，尽管如乘黄所料未被教众搜到，但也不敢举火，除开野果只能茹毛饮血。他自幼娇生惯养，没受过什么罪，连日下来苦不堪言。这一天远远窥见楼内的中原人外出，他小心避开前院的仆役，从后楼翻进来。

赤魃不久前在此大闹了一场，这些中原人必定成了惊弓之鸟，就算发现楼内被人翻动，也绝不敢声张。

朱厌轻易弄昏了楼中的女奴，将案上的蜜烤松鸡与熏鱼各吃了半盘，饮了冷茶，又去翻楼内的箱笼，看有无可用之物。翻了半天，没见着什么可用之物，不由大失所望，直到偶然走至竹榻边，眼神霍然一亮。

竹榻上卧着一个女奴，颈上系着一颗乌蒙蒙的珠子。

这东西看着不起眼，也没几个人识得，朱厌却不会辨错。

乘黄曾有过一枚一模一样的乌珠，由每一代祭司隐秘相传，连其他护法都无从得见。凭此珠可以来去蛊洞，无惧瘴林，后来不知怎的没了。

他曾偶然问起，乘黄答得很含糊，现在想来应该是被用在了炼蛊上。

这女奴是教中所出，身份低贱，大概意外得了宝物又不识得，只当是普通饰物。朱厌喜上心头，立即动手去取，灰黑的系带意外地牢固，项链的扣链也极为巧妙，一时竟拿不下。朱厌险些将她的脖颈斩断，理智又让他停了手，到底存有顾虑，万一弄得场面太过惊悚，必会惊动赤魃。

朱厌转念一想，这女奴与中原人同榻而寝，还受其他女奴侍奉，看来颇受宠爱，说不定还能有些别的用处，思及此他放弃了蛮力拽扯，将人拎起来打量一番，从后窗掠出了竹楼。

左卿辞当然清楚，如果没有合适的理由见赤魃无异于找死，所以先送上了一份厚礼。

一枚繁复沉厚的足金臂环，形如成人一掌之宽，嵌着一圈硕大晶莹的红宝石，极是嚣张华丽。夸张的饰物正合赤魃的喜好，尽管赤魃相当讨厌这无能的小白脸，见着金环也禁不住心动。传话的奴卫又得了足够的好处，恭维得主人心情极好，终于允了面见。

以左卿辞的机巧，一点机会已足够，他在施礼之后开口："恭贺赤魃大人顺利平乱，以一人之力稳固了神教基业，成就不世之功。"

这家伙胆小蠢钝，说话倒是很动听，赤魃的目光缓和了一些。

"以赤魃大人的英姿与伟力，必如日月之光耀泽神教，功绩之盛无人可及。赫赫威名，必如霞光远布西南，闻者低头，见者臣服，千万载众口相传。"左卿辞浅浅一笑，启开一口宝箱，露出满箱珠玉华光，"想必大人不久将迎娶圣女，这一箱珠宝谨作贺礼，还请大人勿嫌微薄。"

这一番话无一不切中赤魃的心思，他被拍得意气风发，三万六千个毛孔无一不舒服，又见了满箱宝物，阴沉不耐的神情终于转为阳光和煦，这才叫奴侍上茶。

左卿辞适时道出正题："我在教中躲避已久，想来追兵已经放弃，近日屡屡梦见中原，思情难抑，还请大人准许我出教，回返故土。"

这碍眼的小白脸果然是来求去的，正中赤魃下怀，但他又不想答应得太爽快，故作沉吟。

左卿辞揭开一只漆匣上的覆布，露出满匣金珠："我能存身至今，全仗神教庇佑，剩下这些黄金于我已无他用，愿献给神教，为黑神贴附金身，以表谢意。"

赤魃对他本就存有杀心，只是碍于阿兰朵掣肘，如今见他竟然这般豪富，恶念顿生。赤魃盘算着这家伙怕是还藏了什么宝贝，正好趁着他主动离教顺水推舟，待出教后寻机劫杀深埋，也免了被阿兰朵吵闹。

一念落定，赤魃露出罕见的大度，惺惺然道："公子一片慷慨，足感盛情，既然如此思念家乡，本教也不好强留，公子打算何时动身？正好明日安排了长老出教巡寨，可以护送公子一程。"

连时间都定下来，左卿辞岂会不懂对方在想什么，他微笑以对，语气中半分不露："如此正好，多谢大人美意，圣女那边我就不再当面告辞，还请大人代为致意。"

这家伙这般知趣，赤魃只觉得再妙不过，哪还有半点不应，他空前地愉悦，笑容满面地将人送出去，另行安排长老不提。

辞出来的左卿辞同样心情极好，获得了赤魃的首肯，计策已成功了八分，只要明早将昏睡中的云落顺利带出教外，一切再无压力。

回到竹楼，刚踏上三楼，左卿辞突然停住。

"属下死罪，擅自跟随公子外出。"秦尘长跪于地，额上冷汗淋淋，"苏姑娘被人掳走了。"

左卿辞的反应有一瞬的空白，一眼瞥见了空空的竹榻，神色刹那间狠戾起来，他一脚踢过去，极重。

秦尘被踢得一仰，又跪伏下来："出了教公子要杀要剐，属下绝无二话，还请公子暂忍怒气，先将人寻回来。"

左卿辞面无表情地站了一刻，抬脚往屋内走。

朱厌扛着女奴从秘道钻出来，已然置身于熟悉的神殿。

自乘黄死后，这座神殿被彻底封闭起来，赤魃对神潭心存忌惮，将里面半成的药人全捞出来杀死深埋，又在外间设置了守卫，任何人不得入内，里面反倒成了一个隔绝的安全空间。

神潭静谧如旧，涌动着黏稠的暗红色浆液，弥散着似腥非腥的气味。赤魃与阿兰朵永远不会想到，他们所鄙视的低贱的中原奴隶，已安静地沉于潭中，即使某一天神潭重新被启用，也无人能从潭底累累的骨骸中辨出半分痕迹。

朱厌望着红色的浆池，仿佛又见到黑袍银面的身影，生出一种说不出的感觉。

他一向觉得乘黄古怪又冷淡，并没有多少感情，等知道乘黄是自己的亲父，没说上几句话便死了，无由生出茫然的哀恸。有时躲得烦躁，甚至想被阿兰朵捉住杀了也好，然而一股颓唐的不甘又让他浑浑噩噩地活下来。

这个女奴身份低贱，所在的环境又极微妙，朱厌想起模模糊糊记下的一点炼药人之法，若是弄出一个隐蔽的傀儡，用来控制中原人，必然会多出许多便利。

朱厌从殿内找来细针，戳开钩扣取下宝珠，以铁索系住女奴的脚，将她踢入了神潭。

改造傀儡需时甚长，彻底浸沐后还要通过秘术落蛊，朱厌无处可去，百无聊赖地胡思乱想，甚至睡了一小会儿，醒来已是黄昏，晚阳的余晖从天窗的气孔落下来，大殿越发幽暗。

神潭无声地泛着波澜，仿佛水下有什么在动，朱厌全未留意，他在看一只停在气孔处的小鸟。那只鸟披着晚霞，玲珑生辉，正向殿内探头探脑。

朱厌逗引了两下，那只鸟啾啾鸣了几声，居然真飞了下来，落在余晖投下的光斑处。

朱厌瞧得有趣，鸟也不惧人，偏着头突然啾了一声。

几乎同一瞬，神潭浆液四溅，迸出了一个人。

朱厌愕然回头，目瞪口呆地看着血红的影子直扑过来。

一瞬间他已被一股极大的力量撞得翻倒在地，血人用膝盖顶住他胸口的穴位，十指收缩，生生掐住了他的喉，竟似要将他活活扼死。

压在胸膛的力量是那样沉，朱厌要穴受制，完全没有反抗之力，几近喘不过气，被勒得眼睛突出，直勾勾地瞪着对方。

黏稠的红浆不断滑落，仿佛一层逐渐褪去的颜料，呈露出的每一分肌肤白如新笋。这是一个从未见过的女人，有一张深邃动人的脸，密长的睫下缀着一颗小小的胭脂痣，幽深的双瞳杀气腾腾，有一种令人窒息的煞气，异常诡异又异常艳美。

朱厌依稀看见她脚踝系着一条长链，分明是几个时辰前扔进去的女奴，不知怎么变了相貌，甚至这般凶狠。不过他已经无法再思考，喉咙疼痛欲裂，发出了咯咯的声响，气息行将丧尽。

蓦然间神殿的门开了，倾入了一抹晚霞，仿佛一缕乍现的生机。

一个颀长的影子踏进来，看见了殿中的情景，停了一瞬，回头交代了一句，而后反手闭上殿门，扯下帷幔走过来。

朱厌想呼救，但扼在颈上的手太紧，他只能眼睁睁地看着那人走近。

一张玉般的俊颜穿越暗影落入视野，正是那个无用的中原公子。暮光映亮了他淡青的衣，深邃低隽的眉眼，带着一种点尘不惊的轻柔，他以帷幔覆住女人赤裸的身体："怎么弄成这个样子？怪我不好，没有仔细守着你。"

清雅的声音似乎有种魔力，女人怔怔地侧头看着他。

"不认得我了？还记得自己是谁，为什么来这儿吗？"左卿辞不见丝毫惧怕，不动声色地揽住她，观察那一双煞气涌动的瞳眸，试探地呼唤，"云落、阿落？"

连唤了数声，她似乎想起什么，凶戾的神情被茫然所取代，手上的钳制松了。

空气终于涌入喉间，朱厌剧烈地呛咳起来，盈满泪花的眼骇异地望着两人。

深红的帷幕遮去了动人的线条，衬得雪白精致的肩颈、匀秀的细臂更为分明，乌檀般的发浸成了一绺绺，长睫懵懂地抬起，仿佛一只温驯的鸽子，被中原公子揽入怀中。

五十五 · 旋踵错

这一番变故惊心动魄，好在并未落入他人之眼，一行人通过秘道，借着夜色的掩护回到了竹楼。

三楼的浴房泉流汩汩不断，苏云落已经恢复了意识，将自己冲了七八遍，依然觉得腥气从体肤中透出来，正要再次洗刷，左卿辞踏进来制止了她。

裸背上的血痂已经脱落了，伤口被赤红色的筋膜覆盖，短短几个时辰内竟然愈合许多，左卿辞审视良久："那红浆有些奇特，对你的伤处颇有助益，在里面是什么感觉？"

混沌狂暴的感觉淡去，苏云落揉了揉额，还是有些想吐："浆液很腻人，我也不知浸了多久，醒来觉得脑子越来越糊涂，心里躁得很，就拼命冲了出来。"

"看来有惑乱神志的效果，好在你服过佛叩泉，保留了一线清醒。"左卿辞长眸沉暗，指尖拂过雪白的细颈，残留着数道宛丝勒出来的划痕，他将搜回来的却邪珠重又系上，"是我错了，不该给你用药，让你落入这样危险的境地。"

"你已经及时找过来，没让我被人发现。"他的眼神有些可怕，她犹豫了一下，试探地搂住他，忽然又想起来，"对了，接近潭底还有另一个人，我能感觉到浆液在动。"

冰凉的肌肤如玉，冷却了左卿辞按捺不住的杀意，他敛了一下睫："或许是未成型的药人，这鬼教果然邪得很。"

苏云落有一丝隐忧："我会不会变成药人？"

左卿辞替她裹上一件中衣，蹙眉轻斥："说什么傻话，你以为弄出一个药人那般容易？"

她余悸犹存地看了一眼自己，肌肤白得刺目，红浆除去了所有矫饰，又是一桩麻烦："易容也没了，这可怎么办？"

左卿辞拾起净布替她擦拭长发，淡道："明日一早我们出教，赤魃已经允了。"

没想到这般迅速，苏云落惊骇得瞪大了眼。

左卿辞清楚她在想什么："我知道你想要锡兰星叶，眼下时机未至，必须先出教再行图谋，急于求成反受其乱。"

她不甘心，费了数月的代价，离得这样近，一入蛊洞就能取到魂牵梦萦的药，如何肯就此离开。

左卿辞放柔了声音："凭你现在的脸，再留下去无异于找死，一旦露了痕迹，这一楼人谁也逃不掉，尽数葬在这里；还有你那个便宜族姐，对你还算用心，舍得让她受你牵累横死？明日我将她一起带出去，也算成全了你的心意，如何？"她还是发不出声音，心口堵得生痛。

左卿辞自有一番计较，他让秦尘审了一遍朱厌，问出了不少细节，天意让这家伙走投无路自己撞上来，正合当一局收官。"别想太多，我终会设法让你如愿。"

苏云落哪里听得进去，左卿辞也不再言语，揽住她轻吻了一下。

苏云落猝然惊觉，抓住他的手臂，哀求的话已无力出口，她瘫软地跌入他怀中。

天际泛起一缕淡紫色的晨光，左卿辞启开一口半人高的木箱，将昏睡中的苏云落放进去，木箱底下垫了衣物，两侧留有气孔，可供人在里面暂避。

她的头安安静静地倚在箱壁，脸额的线条在曦光中匀称美好，犹如最细腻的象牙，他轻触了一下，闭拢箱盖嵌合了铜扣。

行装昨夜已整理完毕，昏迷的朱厌被塞入另一口木箱，连同一应携走的物品悉数抬至楼下。

两名长老带着几十名孔武有力的奴卫，一早在外等候。

左卿辞上前客套了几句，护卫将各件箱笼置上独轮车，一行人随即起行。

出教一重重关卡甚严，不过赤魃既然别有所图，索性连各层检验都免了，不到半个时辰他们已出了最后一重关卡，过了黑河，完全踏入了丛林。

长老和随行的奴卫放松下来，高声谈笑，言语越来越放肆。遮天巨木和曲折的山径是最好的掩护，谁也没发现奴卫的步履越来越缓，队伍中的人越来越少。

等随在左卿辞身侧的长老觉察到不对，中原人已经停下来。

幽暗的密林中，青年公子在马上轻浅一笑，猎人与猎物瞬间易位。

丛林中响起了凄厉的嘶喊。

几只惊起的栖鸟扑着翅在林梢飞散，这里远离神教，再怎样呼叫也是徒劳。秦尘拭去剑上的血，抬手放了一枚烟火，召唤留守的白陌来接。

山岭寂静，长风穿林，一切异常顺利。

左卿辞扫视了一圈，目光停在了独轮车上，沉厚的木箱稳稳地置着，金色的铜扣有些歪斜，他的心突地一坠，疾步近前，压紧的铜扣仿佛被什么利器横切而断，启开箱盖，里面空空如也。

苏云落黎明前已醒了，或许是因为浸过神潭奇异的浆液，迷药的力量减弱了许多，连左卿辞也未曾预料。

沉睡的俊颜近在咫尺，她怔怔地看了许久，终是有了决定。

她放不下锡兰星叶，也不想他有一丁点损伤，必须让他这一日顺利离教。她找出一寸相思藏入箱底，回到榻上佯装昏迷，箱笼刚搬上车，她已经趁着四周忙乱划断铜扣，抓住时机溜出来，滚入了竹楼与地面的隔层。

她听见马的喷鼻声，听见左卿辞在与长老对答，听见纳香哭哭啼啼地寻她，被秦尘斥责后不敢说话随队而行，却难抑一路啜泣。

苏云落静静地等待，直到一切声音消失，四周变得异常安静，所有人离她而去，唯有地苔冰冷的湿气萦绕，仿佛陷入了一个永恒的墓穴。

时间一点点过去，直到确定他已出了最后一重关卡，苏云落在纳香房中寻了一身旧衣换上，用口哨引来盘旋在附近的灰隼，轻柔地摩挲温暖的羽毛，忽而一振臂，隼鸟飞起来，发出一声欢快的鸣叫。

去蛊洞的路上她小心翼翼垂着头，利用花木殿角避人耳目，无声无息地摸了过去。该做的事，她早已反复摹想过千百次。

看准风向，她直接放了一把火，蛊洞远处的草坡燃起来，衍生出大量烟气，引起外层的守卫动荡起来，呼叫着奔过来灭火，借着烟雾的笼罩，她又点了数处火头，烟雾越来越浓，巡哨和中层的人也开始骚动。

风将烟送往蛊洞，最内层的守卫开始呛咳，纷纷向着火的方向张望。

影影绰绰的烟让一切形影模糊难辨，居然让她欺近了内层，一名守卫突然发现不对，刚要吆喝，被她一记重击打碎了喉骨，拎在手中扑入了蛊洞。附近的守卫只见烟中似有黑影掠过，未及定睛又已消失，不由得归为了错觉。

洞中腥腻的雾气漫上来，苏云落扔下死去的守卫，将冰凉的却邪珠衔在唇边，运息数转，确定了无恙，这才晃亮了火折。

蛊洞极暗，前方一条漆黑而漫长的通道，火光出了稀薄的毒雾，也照出了深处无数蛇虫，越往里去越是可怖，成千上万爬满了洞壁及地面，蠕蠕而动，令人毛发倒竖。这样的场面比她先前所有的经历都可怕，几乎令人丧失一切勇气，冷汗淌满了她的脊背，拿火折的手颤抖起来，她扑的一声吹熄了火光。

苏云落站了许久，直到狂跳的心逐渐平稳，才终于镇定下来，一横心将守卫的衣服撕为布条裹住腿脚，包住头颈，又取下对方的腰刀，再度晃亮了火折。

通道长得似乎没有尽头，她强迫自己向前走，鼻端腥气扑鼻，每踏一步就有吱叽的声响，滑溜溜地不知踩中了什么。她不敢低头，不敢回首，黏湿的冷汗浸了一身，五感在黑暗中空前敏锐，时不时有蛇被踩中暴起噬咬，尽被腰刀劈裂。

苏云落分不清到底走了多久，汗流得近乎虚脱，眼前终于出现了一道天然的石隙。

这一方裂开的石隙，方圆数十丈，四面山壁峭立，并无旁路，犹如被巨灵凿开的深井，从顶部灌下的山风格外凌厉，吹得肌肤阵阵生寒。蔓草丛生，唯有正中一处地面裸露出了赤红色的泥土，长着一株奇特的草。

那草通体漆黑如墨，仅生着一片稍大的叶子，看起来细弱孤零，然而四周散落的鸟雀与虫豸的残骨触目惊心，不知夺去了多少生灵的性命，这正是她要寻的锡兰星叶。

苏云落扯下蒙在头上的裹布，按捺住情绪一步步走近，刚踏入锡兰星叶三尺之内，忽然一道金光裂地而出，她以腰刀一拦，撞出铿然一响，金光迸射至地上，化为一条金色小蛇盘立而起，随时预备再袭。

这条金蛇显然是与锡兰星叶伴生，个头比阿兰朵身边的小，大约还未成年，肋上的血翼也仅有一半，饶是如此，动作依然灵动非常，猝不及防下苏云落险些吃了亏。

金光接连攻至，她心下暗惊，这蛇虽然细，力量着实不小，昭越的冶铁之术不精，几番下来腰刀已经现了缺口。她抖出一朵刀花，逼得金蛇一退，闪电般一抚一掠，一条银丝横空而斩，将蛇翼生生绞断，金蛇一阵颤抖，发出了最后一声尖啸。

神殿中的赤魃心怀鬼胎，正等着长老将中原人一行屠杀劫掠而归，健臂上宽大的金环熠熠生辉，环身的宝石血色欲滴。

阿兰朵倚在他怀中，漫不经心地听侍从禀报蛊洞外起火一事，细盈盈的皓腕搭在王座扶手上，金蛇蜷在她葱白的小臂上懒懒地打盹，蓦然迸出一声愤怒至极的尖鸣，蛇口怒张，血翼簌簌振动。

卷二十

双双飞

五十六 · 生死共

黑叶红络，天下至毒，此刻在苏云落眼中却是最可心的物件。

她松了一口气，屈膝跪下来，从怀中取出一个小小的玉瓶。拨下发上的木簪，将叶片放入瓶中。她按紧木塞，用软蜡密封了口，以呼哨引下灰隼，将玉瓶牢牢系在隼足上。

灰隼振翼而起，沿着石壁盘旋而上，携着希望飞得越来越高远，隐没于天空之中。

她盘坐下来默默地调息了一阵，扯起却邪珠，瞥见宛丝，看了半晌，将珠子嚼回去，转身走回漆黑的甬道。或许是武器上染着金蛇的血，蛇悚然蠕动着逃开，根本不敢靠近。

腥臭而黑长的通道渐渐退去，眼前出现了一个小小的光点，随着行进逐渐扩大，她在洞前停了一会儿，扯下腿足的护布，将散落的长发束紧，直到眼睛适应光线才踏出去。

数不清有多少锋锐的矛尖和利箭映着日色，森罗如阵，映得视野一片花白。

圣蛇是一种十分奇异的动物，它天生强悍，少有天敌，唯独繁育极难。幼年为雄，成年为雌，交配产卵后雌蛇就会死去，卵仅得一枚，埋在圣草下孵化成长，雄蛇再由教主带出驯养，代代如此相传，血翼神教对其的珍视可想而知。

这种蛇互相之间皆有感应，一出现异常，阿兰朵立即知道是蛊洞中的幼蛇出了事，惊怒非同小可，立时与赤魃召集长老与奴卫而来，正要唤出圣蛇开道查探，里面却出来了一个人。

蛊洞终年毒雾弥漫，除了祭司与教主，从来没有人能安好无恙地出来，这一情景太过罕见，所有人都惊住了，鸦雀无声地望着渐渐浮现的身影。

那是一个如春雪凝成的美人，在日影下宛如一道光，眉眼深秀，鼻尖如玉，相貌殊异于昭越人和中原人。

她蓦然一扬手，一线银光倏闪，最前排的长矛齐刷刷从中而折。

人群轰然惊骇，箭带着啸声离弦，如疾雨倾落而下，她像一只轻盈的飞雀，在箭雨中纵掠穿梭，瞬间已冲出了七八丈。赤魃一见便知厉害，瞳孔收缩，吩咐了阿兰朵一句，自己跃上去缠斗。

他一出手箭雨立止，飞雀的去势也被遏住了，无论如何闪掠，始终冲不破他的拳风。阿兰朵放出圣蛇，同时发出号令，奴卫变动阵型，将交手的两人密密围起来。

一个赤魃已是悍勇无伦，再加上圣蛇，对方转瞬居于劣势，在疾雨般的攻掠下摇摇欲坠。赤魃虽占了上风，仍然暗里心惊。他第一次碰上这样厉害的女人，武器更是无形无迹，犀利诡异，全不是昭越的路数，他禁不住怒喝："你究竟是谁，如何入教，受何人指使？"

女人没有应答，飞舞的银丝发出轻啸，在人与蛇的攻击下艰险地腾挪转避。

忽然人群外一个清朗的声音高喊："我知道她是受何人指使，请赤魃大人稍歇。"

所有人闻声望去，只见外围的缓坡上，一个清俊男子长身而立，正是已出教的左卿辞。

　　阿兰朵错愕不已，赤魃更为震讶，这人在预料中应该已经葬身教外，却突然出现在此地，简直匪夷所思，他不由自主地拳风一缓。

　　左卿辞同一瞬扬声厉叱："苏云落，过来！"

　　苏云落的脑子也混沌了，她觉得自己仿佛在做梦，依然本能地听从呼唤，抓住一刹那的间隙冲破封阻，朝眼中那个人直掠而去，快得连金蛇都来不及追袭。

　　风从耳边掠过，像心头喷涌而出的情感。

　　她以为此生再不会相见，就此阴阳永隔；以为他是生命中一段短暂交错，孤寂时偶得的安慰；以为他仅是在她葬身山林，被虫蝎蛇蚁吞没时最后一点回想。从来不承想，他会在这样的时刻出现在这里。

　　修长的身形越来越近，左卿辞从未有过地凝肃，长眸始终盯着她，她止不住直扑过去，被他张开双臂一把搂住，力道几乎让她窒息。

　　她呼吸急促，心跳得要从腔子里出来，额角贴着他汗湿的颈，眼泪险些渗落，说不出是什么滋味，唯有同样紧地拥住他，天地荒渺，刹那无垠，整个世界仿佛只剩这么一个人。

　　诡异的变故让所有人悉数凝滞，赤魃第一个醒悟过来，怒色森寒："是你？一切是你在搞鬼，她是你带进来的？"

　　左卿辞的手紧了一瞬，在她耳边急促地说了一句才放开，改为指掌相扣，侧头一笑："大人忘了？她可是飞鸟为我选出来的妻子。"

　　阿兰朵目瞪口呆，望着两人相依相携的亲密模样，俏颜迅速由极度惊愕转为极度愤怒，尖喝着让奴卫攻击，忽而一枚银色的弹珠从缓坡另一面掷入了人群。

　　一处地面轰然爆起，炸起浓烟和泥尘。

　　一枚之后接连又是两枚，滚滚黄烟遮去了视野，猝变让人们惊悸地叫喊，场面混乱不堪。

　　烟尘漫散，两人已无踪迹，赤魃勃然大怒，腾身向掷弹人所在的方位冲去，然而在最后一枚银弹脱手的同时，那人同样飞遁远去，仅剩一抹渺淡的背影。

硕大的铜鼓再一次响起来。

没有佳节时的欢悦，这一番急促而沉重，一下连一下地击响，让人不由自主地紧张，带着酷厉的威慑调动所有教众，携上长哨和尖矛成群结队地搜剿中原人。

左卿辞话语短促："以最快时间出教，西南角的岗哨最偏，驻守的人最少，直接硬闯出去。"

苏云落一步也没有停留，毫不迟疑地掠向西南："除了正东的入口有桥，其他的岗哨都没有通路，河中有吃人的鱼。"

左卿辞没有多解释："我有办法。"

苏云落依着左卿辞的指点穿掠伏藏："刚才是秦尘？他用了什么？"

"霹雳堂的秘藏烟雷珠，仅有三枚。"左卿辞道完，片刻后加了一句，"秦尘会往东北哨引开部分追兵。"

她下意识地看了他一眼，想说什么又没有出口，闯过一重重岗哨，以银链收了十余条生命，在报警的长哨中掠至西南的哨岗，下方流淌着静静的黑河，左卿辞取出一个药瓶拔开瓶塞掷下去，不到半盏茶工夫，河水中突然浮起了三三两两的死鱼。

咬碎他喂过来的药丸，苏云落携着左卿辞从数丈高的地方笔直而下，扑入河中，溅起了腥黑色的水花。等两人凫至岸边，河上已经密密麻麻铺了一层翻着白肚的死鱼。

顾不上整理湿衣，左卿辞急促道："继续走，血翼神教势力极大，出了西南才算安全，尽可能走得越远越好。"

苏云落全力奔掠，没多久身后的铜鼓声停了，一种奇特的声音响起，如铃音又如泣唱，在山岭间传得极远，密林浮起了一层诡秘而肃杀的气息。

左卿辞终于现出了凝重的紧绷："他们知道我们出了教，在召唤所有昭越人。"

五十七 · 陷罗网

　　广大的西南，所有村寨在神教的号令下骚动起来。昭越人是天生的猎手，青壮尽出，带着蛇哨和猎鹰猎犬漫山遍岭地追索，不放过任何一点可疑的气息，像一只无形的巨手收紧，试图碾碎逃亡的猎物。

　　这一场追掠比苏云落所想的持续得更久，每一场遭遇都会泄露方位，引来重重拦截围堵，虽不能真正困住她，也足以迫使她频频改换方向，附骨的追踪挥之不去，空前的压力笼罩。

　　密林中只能采撷野果和汲取山泉暂解饥渴，昼夜躲藏奔掠，极耗损体力和精神，连休憩也只能在枝叶浓密的树丫上，左卿辞勉强咬了一口野果又放下，难抑憔悴。

　　果子半红半青，入口酸涩，也难怪他啃不下去，附近实在寻不出其他可食用的东西，苏云落忧心地望着他："你先歇一会儿，我来警戒。"

　　他摇了摇头，半晌才道："你这几日都没怎么睡，换我来值守。"

　　她眼眸一潮，又不想被他看见，额头抵着他的胸口："我还撑得住。"

　　迷陷在深林中四面受敌，这样的情形着实太过被动，左卿辞道：

"你已经很倦了，先休息，要是你倒了，我们都要交待在这里。"

她清楚他说的是事实，心里越发难受，他明明已经安然出教，却又返回救她，被她带累得这般狼狈，连随身的侍卫都生死不明，她忍了数日愧疚，低声道："全是我不好，牵累了你。"

他没有接话，抬手轻摩她的颈："睡吧。"

这样的触抚总是能让她放松，她渐渐真的睡去了，他换了一个姿势，让她更舒适地倚靠，一不留神一个野果从怀里滑出，跌落而下，骨碌碌滚出了数丈远，要去拾必然要惊醒怀中人，唯有作罢。

天渐渐有了光，林间起了薄雾，幽幽凉凉地浸湿了怀中人的乌鬓和莹白的颊，她仿佛一朵倦然带露的昙花。他看了一会儿，将外衣覆在她身上，数日奔逃如惊鸟，她时刻警戒，还要搜寻水源和可食之物，其实远比他更疲累。

四周极安静，左卿辞微微侧首，听见了细微的足声。

几个人影在朦胧的晨曦中渐渐移近，左卿辞在树上窥视，眼看已经走过去，其中一人似乎踩到了什么，弯下腰去，左卿辞立刻便知不好，抬手按住苏云落的鼻唇，她瞬时清醒过来。

与此同时，树下的人发现拾起的野果上有啃咬的痕迹，蛇哨的尖响在林中荡响，惊起了无数宿鸟。

被惊动的昭越人以惊人的速度围聚过来，她拉着他飞快地在林间纵掠，然而不熟地形，仓促间发现前方是一处陡峭的长崖，下方深不见底，他们被迫沿着崖线折掠向北。四周的蛇哨此起彼伏，蓦然一线金光袭来，她一翻身避过去，背后已沁出了冷汗。

金光扑落盘起，蛇芯吞吐，正是阿兰朵豢养的金蛇。

灵宠既然露面，主人自不会太远，一个婀娜的俏影被奴卫拥着，从林子另一边赶来，这骄骄天女大概是发现自己受了欺骗恨极了，竟追得这般紧。

虽然被围，但未见赤魅，苏云落还是隐隐松了口气，将左卿辞置在一棵巨树后，他低声道："不必担心我，提防那条蛇。"

金蛇最脆弱的是一双血翼，然而这条蛇已成年，又受阿兰朵精心调教，灵动迅捷胜过幼蛇数倍，力量也极大，起落转折竟似无影，换了一个人大约早已命丧蛇口。苏云落不敢有半分轻心，无数道银链的残影交错，似在身畔铺了一张银色的网，连金蛇也突不破。

三位护法已去其二，长老连日来也折了一半，教中不能空虚无人，赤魃被迫留守坐镇，阿兰朵驱得教众和山民不眠不休地搜寻。好容易逼出二人，她正待折磨一番解恨，偏又一时拿不下，侧头看向另一个，越发恨得咬牙。

左卿辞不知动了什么手脚，山民与奴卫根本无法近前，数丈外就开始口鼻溢血，面色发紫，被拖出来已是动弹不得，气息全无。阿兰朵也是见惯的，如何会看不出这是极厉害的毒。

吃了大亏的奴卫不敢再靠近，唯有从远处投矛，两三下均被闪过，待要再投，却连肢体都发起软来，薄薄的晨雾缥缈盈散，似蕴着无尽杀机。

阿兰朵恼怒，苏云落更为心急，越拖下去越是不利，无奈金蛇缠得太紧，不敢有半分松懈。

阿兰朵咬牙切齿，从腰间摘下一支从未见过的古笛，凑至唇边吹起来，俏面上罗刹般的厉色敛去，多了一种献祭般的端凝。笛声低得几乎听不见，四周的气氛却悄然而变。

左卿辞倚在树后，突生出一种不祥的预感，附近的草丛传来簌簌声响，腥气越来越重，渐渐现出无数条长蛇，吐着蛇芯游移而来。

他立时从怀中取出一个瓷瓶摔在蛇群中，蛇群开始互相撕咬，然而长虫毕竟比人更耐毒，一些在纠缠攀咬中死去，更多的从后方涌上来，他正待另行设法，猝然间腥气扑鼻，一条巨大的花蟒从树上蜿蜒扑下。

左卿辞立刻知道不好，一侧身避过了颈项，身体和臂膀被缠了个正着，这条花蟒足有碗口粗，缚在身上犹如沉重的沙袋，拖得他站不住半跪下来。花蟒毒性不强，但力气极大，蟒身渐渐收紧，勒得左卿辞骨骼欲折，胸口窒痛万分，眼睁睁看着一张狰狞的蟒口在额前张开，犹如赤红的深渊。

　　突而一缕银光闪过，偌大的蟒首齐颈而断，掉落下来。

　　原来苏云落时刻留意着他，一有异状立时换招逼退金蛇，抓住间隙斩了蟒首。怎奈花蟒虽然少了蛇头，却是死而不僵，非但没有松开，无头蟒身反而将左卿辞缠得更紧，长长的蛇尾拍得地上灰尘四起，盲目地乱翻，竟然裹着他向断崖滚去。

　　苏云落大惊，顾不得金蛇飞掠而来，在空中以银链切断了蟒身，却无法止住落势，齐齐坠下了断崖。刹那间，她一只手扣住左卿辞的腕，银链闪电般挥出，勒住了崖边一棵横生的树，险而又险地将两人吊在了半空。碎裂的石块与蟒尸落入崖下的迷雾，许久听不见一声回响。

　　冷汗一丝丝渗出来，苏云落惊魂甫定，还来不及动作，金蛇悠悠然从银链蜿蜒而下，顺着手臂攀上了她的肩，蛇芯傲慢地吞吐，几乎触上她的颊。

　　冷冷的娇笑在崖上响起，带着无尽的得意和讥讽，阿兰朵从崖边露出脸庞，瞧着一丈之隔的两个人："公子，崖间风景可好？"

　　两人的性命全吊在一根银链上，情形实在不能更糟，左卿辞身下是万丈深渊，空悬无处着力，全凭苏云落提着。他反手握住细腕，仰起头道："居然劳动圣女出教相送，实在惭愧。"

　　阿兰朵当初有多少迷恋，此刻就有多少憎恨，恨不得将他擒回去慢慢折磨至死，哪舍得一下杀掉："自公子入教，变故接连而生，我至今也想不出究竟为什么，难道是与我神教有宿仇？"

　　左卿辞模糊地回答了一句，被山风吹得听不清。

　　阿兰朵又问了一遍，崖下的回答依然模糊，甚至多了几声呛咳，仿佛被花蟒绞伤了胸骨。

　　阿兰朵险些喝令奴卫将人拉上来，忽然醒悟过来，娇声一冷："你若再说不清，我就让圣蛇咬这女人，你猜第几下她会松手？"

　　左卿辞见计策被看破，正要开口，忽然一滴温热的血落在肩上，他怔而抬眼，只见下坠时的冲力将苏云落的背伤扯裂了，血汩汩地淌下来，浸湿了他的手，滑得几乎握不住。

　　上有追兵，下临深渊，一条犹如附骨之疽的金蛇在侧，他的臂膀也因久悬而酸麻，死亡似乎已不可避免，苏云落却是不言不语，扣住他的指掌纹丝不动。金蛇在她肩上蜿蜒滑动，雪亮的尖牙频晃，她低眉敛气，静得像一尊石像。

阿兰朵仍在喝问，左卿辞已无心理会。生死忽然轻如羽毛，他静静地看着眼中的人，肩头的血渍越浸越大，又湿热，又黏稠。

一声清亮的唳叫传来，一只灰隼自从长空掠过，激起了一刹那的猝变。

凶悍的野隼是蛇类的天敌，金蛇再是灵异，也残留着远古传下来的本能，闻得隼唳不由僵了僵。苏云落敏感地捕捉到这一点，刹那间侧首双齿一合，死死咬住了蛇颈。

这一下咬得极紧，金蛇发出一声尖锐的嗞嗞声，剧烈地扭动起来，血翼拼命扑打。

阿兰朵万万没想到已经成案上之肉的猎物竟然能反伤金蛇，愕了一瞬才反应过来，忙不迭夺过奴卫的长矛，正要投下去，一线银光飞起，斩断了她的发髻。

直到乌发落地，阿兰朵才从惊悸中反应过来，骇然退开了两步。

等她再次望去，崖树下已经不见人，云雾中一片白茫，什么也看不见。

五十八 · 百兽乱

垂死的金蛇在半空来不及挣动，已经被银链无情地绞断了血翼。

余下两个人自半空无凭地跌落，穿越一层层白雾，丛丛野葛，嶙峋的怪石飞快地自眼前闪过，预示结局是跌成一团惨不忍睹的肉泥。

然而灵巧的银链犹如活物，缠上了一根粗壮的古藤，古藤剧烈一坠，微微缓了落势，银链又绞上了一株崖树，经过数度借力，两人奇迹般幸免于难，平安地落入了一片深林。

苏云落没有停息，辨了方向就拥住他疾掠而行，轻捷胜过最善跑的猎豹，以极快的速度翻越崇山峻岭。左卿辞却越来越惊诧，她的肌肤烫热灼人，呼吸浊重不堪，异样十分明显。

"云落！"

她似乎陷入了滞态，仍在急速奔掠。

不祥的感觉更为鲜明，左卿辞提高了声音："云落！"

她呼吸越发滞重，身形依然迅捷。

左卿辞手臂一紧："阿落！"

这一声仿佛抽掉了某种支柱，她忽然倒下去，失控的惯性让两人沿着山坡猛烈地滚落，左卿辞搂着她，尽量避免树枝和坚石撞上她的头和脊背，一番天旋地转，直到撞上一株残桩才停下来。

左卿辞从未这般狼狈，浑身骨节无一不疼，苏云落的境况更糟，他只看了一眼，心已经沉了底。

她的脸色呈现出异常的嫣红，唇角凝着一点紫痂，半睁的瞳眸涣散无力："跟着——太阳走——"

他扣着她的脉没有回应，她的睫毛颤了一下，用最后一点力气推他："我饮了蛇血——救不了——走——"

从她唇边拭下干涸的紫血，左卿辞指尖冰凉。

金蛇自幼与锡兰星叶为伴，全身无一不是至毒，她啃咬之时不知沾了多少，又快速奔掠，更是加剧了毒性发作。她的身体已动不了，美丽的眼睛望着他，依稀盛着眷恋和忧虑，嘴唇轻微地一张，靠得极近才能听清几个字："阿卿——要——活——"

教中的奴卫用了一整日的工夫攀绕到崖下，搜遍四周，不曾寻到半片尸体或断肢，连血迹也无。入网的猎物从眼皮底下逃去，甚至连带圣宠金蛇殒命，阿兰朵气得发了狂，她祭起秘术，逼出一口心头血喷在古笛上，开始长久地吹奏。

一群奴卫伏地而跪，风拂起阿兰朵丝丝缕缕的断发，红唇带血，明眸燃着怨毒的火焰，犹如远古的女神。无形的声波散出去，影响山林每一个生灵。

野猴在林间焦躁地跃动，狼群紊乱地长嚎，熊罴暴怒地捶打巨树，长蟒和蛇群在林间出没，越来越多的走兽红着眼狂乱奔走，攻击一切陌生的气息，首当其冲的就是来不及躲入寨子的昭越人。

再强悍的猎手也对抗不了潮水般疯狂扑上来的野兽，骇极奔逃的人被活生生撕扯咬碎，惨号声响彻山林，密密的深林变成了一个可怕的杀场，浓烈的血腥气扩散，刺激得群兽更为凶暴，成群结队地攻袭。

苏云落仿佛沉在深蓝的大海，有时海面会起伏晃动，但有某种温暖强健的物体包围着她，隔阻了冰冷的黑暗，这样的梦极罕有，她舍不得醒，可风浪越来越大，终于让她睁开了眼。

山林幽暗，她的眼睛也有些模糊，好一会儿才看出四周伏着不少野兽的尸体，自己正被人背负着在林中缓慢地行进。

嘴里不知怎的很腥，背负者熟悉的气息又让她安心，迟钝的大脑半天才反应过来："阿卿——"

左卿辞微微一震，停了步子将她解下来，沾血的手托起她的脸，借着昏暗的天光察探她的面色："醒了？你觉得怎样？"

她很奇怪自己居然还活着，眼睛不受控制地盯住他的腕，那一处染着血，被几根布带凌乱地绑扎着。

"被一只未死透的豹子咬了一口，已经上过药。"大概是耗力过度，他的脸庞有些苍白，他轻描淡写地带过，见她暂时无恙，将她负起来继续前行，"阿兰朵大概是发了疯，动用了某种秘术，驱得林中的走兽胡乱攻击。"

没有路的山林极难行走，何况他背上还负着一个人，更为不易，臂上手上都擦出了不少伤口，她忍不住提醒："阿卿——自己——走——"

他用未受伤的手将她的身子往上托紧："少说点话，等我没力气了，自然会将你扔下。"

他其实已经乏极了，身上全是汗，脚步迟缓蹒跚，时不时滑跌。她岂会看不出，但此时说也无用，蔫蔫地伏在他肩上，半晌低唤了一声："阿卿——"

他踩过错杂的古藤，心不在焉地应了一声，攀着岩石翻越一处土坎，汗珠顺着鬓角滑下来，她很想替他擦一擦，可是通身全无力气，见他温润的指甲在攀抓中翻裂，泥血相混，渐渐地眼中蓄满了泪，一滴滴落在他的颈上。

左卿辞确实没了平日清雅从容的风仪，此刻满身疲累，胸腔险些透不过气，终于在一棵巨树旁停下，侧头看了一眼，淡淡道："傻子，哭什么，这还没到最后。"

远处隐隐有种奇异的声音飘过来，夹杂着各种兽类的嘶叫，他闭目静听了一瞬，解开绑带将她放在树旁。这棵树生得极大，树身有一个中空的树洞，他将一种药粉倾在树周围，把树洞中的腐叶掏空，扯了两三片蕉叶垫上，然后将她塞进树洞，自己也挤进来，划破手臂，以鲜血涂满最后一片蕉叶，借助污泥封闭了洞口。

待一切布置完毕，兽群的声浪也越来越大。

狭小的树洞内，两人紧紧相贴，左卿辞在她耳边开口，声音带着倦极的喑哑："阿落知不知道山中最可怕的东西是什么？"

她猜不出，他接着说下去："可还记得蝎夫人的啮心蚁？这些野兽全都发了狂，阿兰朵用秘法驱动了无数蚂蚁，钻进它们的鼻子、耳朵甚至脑子。刚才那一带，我将围攻的野兽都杀了，毒也要耗尽了，现在将最后一种散在四周，让野兽闻不出我们的气息。"

大地的震颤越来越近，左卿辞抵着她的额，沉声道："林中还有一种褐黄色的蚂蚁，所到之处一切活物都能啃成白骨，驱得兽群潮水一样奔逃，为了躲开它，我才走了这么远，如今没力气了，我们赌一把，我的血液与常人不同，就试试它能不能避过褐蚁。"

这样匪夷所思的驱兽之术，苏云落闻所未闻，混沌中生出了绝望。莽莽丛林一望无边，谁知道兽潮蚁潮泛滥至何时，纵然避过一时，她身染剧毒，他也力竭，如何走得出去，终是难逃一死。

左卿辞仿佛看透了她的心，搂着她的臂一紧，在耳边低喃："不怕，撑下去，等赤魅和阿兰朵——"

轰然的震响湮灭了他的声音，成千上万的野兽从巨树旁奔过，大地在摇晃，犹如置身怒涛中的小舟，可怕的声威足以让胆小者心神俱裂。树洞口，染血的蕉叶透出浅褐的光，时而掠过模糊的兽影，隔开了凶暴的世界。

他大概从未这般耗力，衣服全汗透了，连带树洞内一片暖热，她一点力量也没有，倚在他怀里气息微弱。即使最后被蚂蚁分食，她也没有任何怨恨，只是忽然很舍不得。

他正在侧耳静听，长眸透出薄冷的狠意，幽光清沉，这一刻仍是那般好看。他该在金陵风流快意地活着，笑谑山水，傲然来去，撷落芳心无数。

　　潮水般的兽群过尽，又过了好一阵，四周渐渐响起细微的沙响，仿佛细盐洒落在无尘的宣纸上，又如一阵忽然袭落的雨，翻山越岭而来。

　　苏云落不自觉地屏住了呼吸，感觉身边人的心跳同样激烈，随着沙响越来越近，封在洞口的蕉叶上终于现出了几个黑点。

　　黑点的长度近乎半个指节，头部近似方形，乍看有几分似胡蜂，触角有节奏地晃动，六只足肢轻抖，似乎正在嗅辨蕉叶上的气息，迟疑地爬了几步，忽然逃开了。

　　短短的一瞬，两人的衣服全汗透了。

　　后续的蚁群纷至沓来，没有一只能在蕉叶上立足，纷纷绕过树洞向前爬去，沙沙的过蚁声足足响了半个时辰，远处开始传来少数奔逃力竭的野兽被蚁群淹没的惨号。一片柔韧的蕉叶，隔开了生与死。

五十九 · 曼荼三千

赤魃乘着天马在骚动的森林中疾驰，不时还要应付兽群的攻击，耗了诸多力气，终于赶到奴侍环绕的阿兰朵身边，一把夺下了古笛，厉声斥喝：“你莫不是疯了！竟然为这种事动用禁术！”

阿兰朵长时间吹奏，精神消耗极巨，娇颜早已苍白泛青。

赤魃一手扶住欲坠的娇躯，兀自气怒：“你可知各村寨成了什么模样！都道黑神发了怒，降下了神罚！何况这禁术极损心血，你连命都不要了？”

阿兰朵颤巍巍地喘息，恨意极深：“他们毁了圣蛇，我要那两人死！”

圣蛇形同教主的象征，这一折非同小可，尤其阿兰朵还未继位，神教自古以来，从未有就任时不见圣蛇护佑的。赤魃也变了脸色，蹙着浓眉半晌才道：“无妨，西南是我们的地方，自有办法将那两人擒住，禁术万不可再用。”

阿兰朵气苦，眼泪都淌出来：“要到什么时候？我等不了。”

她一贯争强好胜，如一朵明艳刺手的野玫瑰，如今憔悴支离，含泪饮泣，看得赤魃心头生痛，不顾她的意气挣扎，强行将她抱上天马，一路驱驰转回教中。

直到将她抱入卧房，挥退了奴侍，赤魃这才软下话语安抚："不过是稍延两天罢了，山林浩渺，他们又无外援，逃不了多远，我必会让你一解心头之恨，莫要再莽撞行事。"

一想到这次大乱后的安抚，赤魃就隐隐头疼。若是乘黄和灭蒙还在，教内安定无虞，外部的纷乱便不足为患，然而眼下教内人心惶惶，阿兰朵又擅用禁咒乱了外寨人心，收拾起来可是麻烦得紧。

越是回想阿兰朵越是深怨："我要他们被万蚁噬身，求生不得，求死不能！"

赤魃岂有不恨，自是满口应允："那是自然，捉到了怎样处置都由你。"

阿兰朵恨恨地想了十余种酷刑，才勉强听得进赤魃的劝哄，也知道这个关头唯有倚仗他："这些人个个包藏祸心，终还是你最可信。"

赤魃虽然也恼她贪图美色，盲目轻信才弄到如此地步，但再责备也无益，转而迁怒灭蒙："都是灭蒙那个老货引狼入室，活该万死，这世上只有我凡事想着你，依我的主张行事，一切自会妥帖。等事情平定了，我让人筹办一场盛大的继任典仪，风风光光地让你承了教主之位，一并慑服西南各寨。"

阿兰朵的情绪终于缓和了一些，由着赤魃拥入怀中。

这一连串的折腾，赤魃如何不累，此时哄得佳人顺服下来，心绪一松，又见明眸泛红，娇颜含怨，别有一番怜人的情态，就势吻了上去。

阿兰朵哪有心思，但今时不同往日，不得不虚应一番。

赤魃正要再进一步，忽然一阵眩晕，望出去鬼影幢幢，阿兰朵姣美的脸庞诡然而变，尖牙暴长，一双青黑的纤手猝然向他扼来。

赤魃骇然大异，一掌击出去，震得女鬼飞起激撞到墙上，兀自未死，又狰狞地扑过来。女鬼的力道极大，一时竟然弄不死，反而在他臂颈都划出了血口，赤魃越发怵恐，用足了力道扼住女鬼颈项，直到听见咔啦的断裂声，一只血红的软虫蓦然从女鬼的断颈飞出，闪电般扑入他口中噬咬，赤魃大恐，两指伸出口中，捏住滑溜溜的虫拼足力道一扯，五脏六腑瞬间剧痛，一股又腥又咸的液体涌出来，眼前化为一片漆黑。

两个时辰后，一声不似人声的尖叫迸响，一名小心翼翼入内禀事的奴侍连滚带爬地逃出，恐慌和混乱如瘟疫炸开，飞速在教中扩散。

数里外，空寂的神殿静谧无声，天窗渐黯，神潭猝然红浆翻动，一只血红的手攀上了池沿。

蚁群过尽，树林空荡荡的没有丝毫活物的气息。

左卿辞从树洞中出来，背着苏云落朝另一个方向行去，一路所过，屡屡见到被蚁群啃得发白的野兽骸骨。

背上的人依然体温炙热，气息时断时续，左卿辞望了一眼："这种驭虫之术着实厉害，阿落刚才可有害怕？"

苏云落的意识半昏半沉，含糊道："不要——阿卿被吃——"

左卿辞不知想到什么，泛起一丝微笑："只让你吃好不好？"

她混混沌沌地听进几个字："吃我好了——不要吃你——反正——快死——"

"你若死了，我就去杀了苏璇。"左卿辞轻淡地截断了话语。

这一句激得她脑子一醒，连昏沉都退了三分。

"或者再把他弄疯也不错，反正他也疯过一次。"左卿辞冷冷道，"或许还能有一个傻子豁出命为他寻药。"

她急得想说什么，又胸闷气促，只能慢慢道："不要——"

"那就别死。"左卿辞拾起一根粗枝拄地，尽量让步子稳一些，"我解不了毒，不过你有佛叩泉护住心脉，又在神潭中强固了筋络，说不定能扛过去。"

他竟然用师父威胁，她又气又恼，然而终是抑不住体内的毒，渐渐昏了过去。

这一昏迷持续了数日，时醒时乱，迷迷糊糊间只觉身体刺痛，异常难熬，疼起来甚至恨不得将手脚都剁掉，在忍不住惨叫痉挛的时候，总有人按住她。她忘了是谁，被动地咽下各种强灌进来的东西，有时是果泥，有时是水，有时是某种腥咸的液体。

浮浮沉沉了数日，她终于睁开眼，依然身处密林，暗淡的火光映出了朦胧的景象。

左卿辞持着一卷碧色的叶子，用水为她沾润枯涩的唇："醒了？"

喉间疼痛连吞咽都十分困难，她勉强饮了一点水，忍着痛看向火堆，不知他怎敢在林间引火。

左卿辞看出她的疑惑："阿兰朵与赤魃大概已经死了，血翼神教自顾不暇，加上那场兽乱，各村寨无人敢外出，不妨事。"

她呆住了，连疼痛都忘了。

"血翼神教本就长于弄毒，寻常的法子未必有效，反而容易暴露自身，所以我一直不曾下手，最后才对阿兰朵下手。"好容易见她醒转，左卿辞放下叶片将她揽入怀里，一边观察她的气息和面色，一边解释，"出教前又送了赤魃一枚金臂环，内嵌的红宝石有一颗是假的，里面的赤澜骨遇热会逐渐浸入体肤，赤魃一旦与阿兰朵相亲，两毒相混就成了曼荼三千，会引发幻觉和狂暴的杀意，至死方休。近一阵完全不见追兵，想是奏效了。"

她滞了许久才明白过来："你早就想好——要——"

"锡兰星叶对血翼神教太重要，这些人不死，我们很难平安离开西南。"左卿辞沉默了一会儿，低声道，"我原本是想出教暂避，等赤魃和阿兰朵死后再扶持朱厌上位，局面更容易掌控。"

苏云落自责又懊恼，疼痛越发厉害，断断续续道："是我——蠢——不肯出教——累了阿卿——"

她本已虚弱至极，加上情绪激动，话未说完已失去了意识。

左卿辞看了她很久，气息幽沉，忽然闭上了眼。

如何能怪她，是他太自负，以为可以将一切控在掌中。

他生性傲慢，何曾在意过旁人，心下有了计划，却不曾与她详述，屡屡把她弄昏了省事。她不明就里，两厢为难，被逼得铤而走险，中了毒还心心念念护着他——

篝火寂寂地燃烧，他拥着昏迷的人，喃喃低语："是我蠢，阿落可怪我？"

起先，似乎只是有趣，渐渐地越陷越深，他忽然觉得自己变得那样蠢，简直不可忍受，冷下心想挣脱那些莫名的羁缠。青龙涎给了他一个机会，可当真正用掉了灵药，他突然又后悔，一日比一日放不下。其实放不下也无妨，她的心思那样简单，哄回来并不难，谁想她一头扎入了焚身烈火，纵是他来了西南，依然拉不住。

原来命运是这样难以控制，容不得半点轻谑。

幽林中，微光映着他苍白清瘦的俊颜。

苏云落的胸口微弱地起伏，无知无觉地昏迷，双手双足呈现出可怖的墨青，丝丝深痕宛如死亡的触藤，沿着经络一天天向心口蔓延，覆没每一寸白皙的肌肤。

六十·不相弃

生不如死的疼痛渐渐消失了，也不再长时间地昏迷，苏云落不知道这究竟是好还是不好。与疼痛一起消失的还有对身体的感知，她觉得自己似乎变成了一截呆钝的木头，连眼睛都被左卿辞以宽叶遮系起来，说是怕光线刺伤了被毒侵弱的双眼。

左卿辞做了一个滑筏，拖着她前行，白昼与黑夜不再有区别，弄不清过了多少天。她什么也做不了，全靠左卿辞照应，一个养尊处优、毫无武功的人陷在蛮荒的深林，还带着个不良于行的累赘，烦难可想而知，他却从不在言语中显露。

她很想看他，可左卿辞不许她取下眼罩。偶然的一天，她的肢体似乎恢复了些许力气，居然能抬起手臂，尽管仍然没有触觉，她还是很高兴，趁着左卿辞去取水，偷偷掀开了覆在眼上的叶子。

傍晚时分，林中的光线柔和而朦胧，像半旧的绡纱。

苏云落试了半晌，缓慢地从蕉叶地垫上撑坐起来，这还是中毒以来的头一次，来不及高兴她就呆住了，傻傻地看着自己的身体。

她已经不认得这具躯体，肌肤裂成了千万片，裸露着赤红而溃烂的肉，流出混浊的脓水，十根手指肿烂不堪，挂着丝丝缕缕的腐皮，连乘黄的药人都比她更完整。

苏云落木了很久，终于开始寻找，不远处放着滑筏，堆着几件杂物，还有一把折断的腰刀，她费尽力气爬过去，钝木的手指刚抓住刀柄，身后就有人上来将腰刀硬夺了过去。

她知道是谁，却不敢回头，紧紧地蜷缩起来，恨不得钻到泥地里，将一身腐朽的烂肉埋葬。

风是那样安静，没有任何声音来打破这可怕的一刻，身边的人俯身将她抱起来，放回了蕉叶上："别乱动，伤口不能沾上泥尘。"

她缩着不敢抬头，努力了很久才发出声音："阿卿走吧——我治不好了。"

左卿辞的声音和往常一样："你能坐起来，已经是在好转。"

好转？好到最后变成一个力大无穷的行尸？她想哭又想笑，颤声道："你以前——说过最毒的药，还有吗？"

左卿辞隔了好一会儿才道："你想要？那就看着我。"

她僵了很久，终于抬起脸。

他还是那样好看，只是轮廓瘦了许多，形容苍白，一双长眸幽暗如鬼。他望着她，慢慢解开臂腕上的绑带，露出数道赤红的伤口。

他受伤了，她下意识地疼了一下。

"最毒的药是我的血。"左卿辞半跪下来，平视着她，"每隔几日我会给你灌一些，你变成这样，是因为血毒和蛇毒相争，导致体肤溃烂，毒发于表。"

她越听越惊骇："阿卿的血——"

"我幼年中毒太深，灵药无效，师父以多种奇毒相克才让我活下来，连褐蚁都不敢沾的东西，自然不是什么好物。"左卿辞说得很平静，"你若一心求死，我也拦不住，不过最好先想一想，可对得起我耗费这么多血。"

她颤抖起来，许久说不出话，层叠的伤口在他臂上分外狰狞，仿佛划在她心上。

左卿辞不再理会她，去河边用大叶子舀来清水，替她冲洗伤口沾染的泥屑："既然你已发现，眼睛也不必再罩上，记着不要看强光。"

她的身体什么感觉也没有，觉察不到水流过的凉意，也没有腐皮掉下来的疼痛，心口凄婉而绝望："都变成这样，何必还要——"

她不能再说下去，否则就是轻贱了他的心血，可千百种悲苦在心里激荡，眼泪怔怔地掉下来。

"我以前觉得世人多愚，执着于一些无益的情感，反受其累。"左卿辞过了很久才道，将她松散的长发绾紧，避免沾上脓水，"现在才明白是什么滋味，哪怕你成了这样，我依然不想放手。"

林梢落下一线光，映在左卿辞清俊的眉骨上，照亮他安静沉睡的面孔。

兽乱唯一的好处是深林宛如被梳了一番，体形大的凶兽死伤殆尽，一路过来极清净，人迹全无，完全不必再戒惧追兵。不过左卿辞还是很辛苦，早已不复翩翩公子的形象。

即使在教内，他依然是一身中原服饰，纵然天气再闷热，他也不会像昭越人一般短打。但经过密林的流离辗转，他的外衫早已磨得稀烂，内衫撕了给她拭洗身体，玄明天衣用来垫了滑筏，细长的双手遍布瘀红的擦伤，鞋子也磨穿了，长发以一根破布带潦草系扎，仅剩半截布裤蔽身，与流民粗汉无异。

苏云落觉得自己还是死了比较好，但既然他不许，唯有不死不活地吊着。近日肢体似乎灵活了一点，手指变得可控，让她能做一些细微的小事。

"在做什么？"

突然的声音吓了她一跳，手里的东西啪嗒落下。

左卿辞微倦地揉了揉脸，起身走过来拾起打量："草鞋？"

她缩了一下，无意识地低头："没有编好——弄湿了——我的手——"

指间的脓水滴在鞋上，弄得多处湿痕，看起来有些恶心。

左卿辞望了一眼，将鞋还给她，没有说什么。

等她第二日醒来，他将鞋子拿去水边冲了冲，竟然穿了回来："做得不错，阿落真聪明。"

左卿辞在她额上轻吻了一下，她全身上下也只剩这么一块完整的肌肤。

她不敢去摸，心里又苦又酸，然而又有什么悄然绽开，沁出一丝丝的欢悦。

又过了两日，他的束发带换成了一条细巧的草编带子。

她教他制作猎套，捉住了一只野兔，又指点他怎样洗剥烘烤，做出了逃亡以来第一顿热食，尽管没油没盐，他依然吃得很香。

他时常不经意地夸赞，也会询问一些野外生存的技巧，不知不觉中，她的话渐渐多了起来。

又过了一阵，苏云落身上的溃处开始收口，脓水和腐皮结成了一种灰褐色的硬痂，渐渐地痂越来越厚，她的关节变得难以弯曲，仿佛罩上了一层铁壳，再度只能躺着。左卿辞甚至无法诊脉，硬痂连着皮肉而生，水浸都化不开，强撕必然鲜血淋淋。

一天又一天过去，到最后她的身体被厚痂彻底束缚，呼吸异常困难。

僵固的黑暗纹丝不动，她却开始发热发痒，可怕的滋味让她想起曾听说的一种刑罚——将人放在大瓮中，用火慢慢烘烤致死。

苏云落想嘶叫出声，可嘴唇无法张开，禁制的感觉几乎令人发疯，然而一个温柔的声音絮絮安慰，极力安抚她失控的心神。

眼泪从硬痂的缝隙渗出，她几度崩溃，又几度醒来，在灵魂都被禁锢的黑暗中苦熬，神志混沌而躁乱，只记得一声又一声呼唤，成了无尽黑暗中唯一的牵引。

叽啾的鸟鸣吵醒了苏云落，额际似乎有什么在大力敲打，黑暗中突然裂开了一线光。

敲打越发有力，咔啦一声，一片厚痂滑下来，白花花的光刺入她的眼，她难受地蹙起眼，依稀看见一只惊愕的啄木鸟扑簌簌地飞起，想是将她当成了木头。

她下意识地坐起来，用力一挣进出数声脆响，坚固无比的厚痂竟然裂了，她不觉半分痛楚。

苏云落茫然低下头，手臂的厚痂跌落，呈现出一块洁白的肌肤，她难以置信地看了好一会儿，试探着动了动手指，层层厚痂仿佛在高热下变得极脆，纷纷落下来，露出五根完好的细指。

她做梦一般剥下所有的硬痂，被剧毒蚀得破烂不堪的身体变了，每一寸肌肤都娇嫩幼白，完美无瑕。一片落叶随风滑过肩头，带来轻微的刺痒，她的眼泪蓦地流出来，滴在身下的蕉叶上，发出啪然轻响。

左卿辞在山溪中浸了许久，脸额埋在冰冷的溪水中，长发随水而动，宛如千万缕无法自抑的绝望。

千峰万壑，山重水复，他从未想过凭一己之力竟然能走得这样远，已近西南边缘，她却再也撑不下去。对于即将到来的灰暗而冰冷的结果，他已然束手无策，学了那么多医理毒术，竟然只能眼睁睁地看着心爱的人生命消逝。

她是那样美好，所要的又是那样简单，像一只笨拙的雏鸟，一点赞悦就可以欣然许久，他却从来吝于给予，习惯以轻讽和戏谑来维护自己的傲慢。

他从未真正地理解她，珍惜她，分担她的苦楚和伤痛，即使来了西南，依然带着优越的自矜。如果不是这样的愚蠢，她又怎会伤到无可挽回。一切都太迟了，他才刚学会什么是善待，她却即将消散——

"阿卿——"软软的呼唤传入耳中，带着一点气促。

左卿辞恍惚直起身，坡上一个白得发光的纤影摇晃着奔过来，跳入水中扑进他怀里。

"阿卿！阿卿！"

雪白的容颜沾着水花，她泪汪汪地望着他，"你看我是不是好了？那些痂脱落了，我没有烂掉。"

左卿辞好像也变成了一个傻瓜，过了许久才扣住她的脉。仿佛一个奇迹，又似一场涅槃重生，鸷猛的蛇毒消弭无痕，被侵蚀的经络恢复完好，她甚至比常人更强健。

墨蓝的瞳眸望着他，苏云落的呼吸还有些急促，期盼一个放心的答案。

左卿辞定定地看了半晌，一把拥住她，千万种说不出的情绪哽在了胸口，鼻端一阵潮热。

六十一 · 双双飞

　　左卿辞的身体在水中浸久了，极是冰凉，冷得她微微发颤，又有一种说不出的刺激。

　　左卿辞自然也能感觉到那种轻颤，只觉怀中的温软越发脆弱而不真切，臂间搂得更紧。

　　苏云落的衣服早烂了，忘形之下一丝不挂地奔过来，这时才想起来，瞬时红了脸，抬起头要说什么，已经被他吻住了。

　　这个吻起于抚慰，却恋恋难分，直到一条鱼游过打中腰际惊得她一跳，才将两人分开。

　　左卿辞吸了口气，哑声道："我忘了你刚愈合，不能受凉，先送你上去。"

　　她却是不肯走，太久不曾沐浴，见着清水越发渴望，左卿辞拗不过，草草替她沐洗了一番，将她抱回宿地，重又铺了蕉叶，还摘了一片给她遮住身体："我一会儿回来。"

　　宿地就在溪畔的缓坡上，她抱着大叶子坐了一阵，左卿辞湿漉漉地走回，神气已经恢复如常："我方才算了一下方位，应该很快就能出林，等到了有人的地方就给你弄件衣裳。"

他按住脉又细诊了一会儿，若有所思："是我关心则乱，你的身体能恢复力气，正是两毒相争已平，内脏趋于调和，待外毒溃尽即可痊愈，没想到愈合时这般古怪，犹如破蛹，这一次实在太险。"

苏云落在轻触他的手臂，酸楚而疼痛："阿卿为了我，流了好多血。"

他垂下睫，淡笑了一下："原来刀割肉竟是这样疼，你只怕经受过无数次了。"

"疼也罢了，昨夜那样更可怕，我差点疯了，幸好阿卿一直叫我。"想起来苏云落禁不住战栗。

左卿辞看出来，温存地将她揽在怀里，轻抚她的颈背。

一场大悲大喜之后，苏云落康愈，左卿辞却病倒了。

他这一阵承担了太多，大量失血导致身体虚弱，加上长时间跋涉辛劳，在溪里又受了寒，情绪一激未曾察觉，甚至数度纵情。结果到了夜里就开始发热，他身边的药早已消耗殆尽，只能指点苏云落在林中寻几株药草生嚼，虽然左卿辞自知并无大碍，苏云落仍是担忧，决意尽早出林。

她身无寸缕，林间又别无布料，唯有将玄明天衣从滑筏上解下来清洗，费了好一阵才去了污垢，恢复了淡银的色泽，宝衣长久地压在地上拖扯，已然磨痕累累，令人好生可惜。

左卿辞一派无谓："一件死物罢了，比起性命一文不值，不外是一些江湖豪客求医时奉上，与烟雷珠相类，这样的东西方外谷历年积了不少，你若喜欢，我回去再寻就是。"

说起来他微微一笑："我送给血翼神教的黄金，只怕里面还有阿落这十年的辛劳，可会心疼？"

苏云落哪会在意，心底暖意融融，亲昵地吻了他一下："阿卿为了我真大方。"

她用长叶搓成绳索，束着天衣权作短装，将他负在身上起行。

左卿辞身体修长，趴在她背上有些奇怪，心情却空前地好，发热中不忘打趣："阿落真能耐，比我行得快多了。"

苏云落已经在想林外的事："也不知西南边镇有没有药铺，我寻机偷一些衣服和银子。"

左卿辞一笑，引得又咳了几声："哪用得着偷，我返教前让白陌以最快的速度撤过去等候，只要寻到人，什么都有了。"

苏云落想过几次，只是不敢提："不知秦尘逃出去没有。"

左卿辞倒没有她顾虑的伤感："他身上带了不少药，出教不难，兽乱的目标是我们，秦尘机警，又有自保之能，只要不与赤魃正面撞上，应该无恙。"

苏云落心头顿时一松："我们在林中耽搁了这么久，白陌会不会离开了？"

这一点左卿辞全无虑色，懒懒道："白陌虽然傻了点，但胜在听话，不说一两个月，守上一年半载也无虞。"

苏云落忍俊不禁："你也觉得他傻？"

"见了阿落，才知道傻也有傻的好。"左卿辞谑逗，复又一哂，"以后他不敢再对你有半分无礼。"

苏云落的唇角暖暖地轻翘："出去之后去哪里，回金陵？"

提及将来她心下一坠，尽管秦尘说他已解除了婚约，终是——

"回什么金陵，我正被悬红缉赏，唯有和阿落一道做个逃犯了。"左卿辞在她耳边轻吹了一口气，声音旖旎，"阿落可愿护着我？"

她不由自主地耳朵红了，又有些惊讶："怎么会通缉你？你拒婚得罪了皇帝？"

让她这般以为也无妨，他懒洋洋地"嗯"了一声。

苏云落登时生出了愧疚，全忘了他将血翼神教搅得天翻地覆，高层尽没的手腕，软声道："阿卿到哪里我都护着，师父的药已经送回去了，以后我只守着你。"

左卿辞无声地笑了，上挑的长眸柔光流动，情意绵长，似一只狡侩的狐狸。

密林渐渐稀疏，光线越来越盛，他们已然到了边缘。

苏云落欣喜地加快了步履，仿佛生了一双翅膀，轻盈地携着他飞向了明光中。

《一寸相思》的主角，是两个不懂爱的人，各有所恃，各据立场，难免横生枝蔓。

苏云落少时孤独，欺凌无数，养成了有情无欲，只知付出不懂索取的纯善；

左卿辞遭逢家变，刻骨铭心，成年后有欲无情，素来乱入花丛游戏人间。

有情无欲，生命难免单调乏味；有欲无情，爱如星火短暂易逝。

心之欲想，既可为甘醴，也可为毒药。

情欲、色欲、贪欲、妒欲，样样滋味如酸甜苦辣咸，让苏云落死水般的生活泛起万千涟漪，到有欲有泪有笑有痛，小木头懂了哀乐。

教会这一切的并非良人，却是个"恶魔"，起源也非善意，左卿辞偶然意谑，欲以短暂的游戏打发有涯之生，然而情起由人，沉溺却不由人。

世间女子耽于情爱，难免想入非非，画地为牢。左卿辞看透人性，苏云落懵懂如孩童，这原本是一场不对等的较量，偏巧苏云落习惯孤零，对情爱全无幻想，更不贪求，以救师父千险万难不移的执念为先，任左卿辞心思百变，依然不肯入局。

直到琅琊郡主的送镜之举，令左卿辞窥破了门道。半真半假的情与护，成了他垂下的饵，奈何小木头反应迟钝，下钩者不自觉将情越放越多，待发觉时已晚，钓人反陷己。

这样的境地自然不在计划之中，左卿辞的困境源于薄侯算计，却根植于内心对爱的恐惧，父母的悲剧令他视爱如恶疾，更抗拒被情感支配。

他身为智者，游刃有余，无论情场战场都不会将自身置身于险地；苏云落却是勇者，勇往直前，遍体鳞伤义无反顾。困境当前，智者退，勇者伤，双双难以自安。

智者与勇者，反应截然不同，在心有千结的左卿辞踌躇之时，苏云落已负痛而去，奔向无法生还的绝地。在左卿辞眼中，爱如烧手之烛，他再度面临抉择——是破除心结握住火焰，接受爱情带而来的悸动与烦乱；还是坐视明光燃尽，从此无情无扰无忧怖。

一切的困局源于自缚，情之一字，让身负绝技的苏云落心寂如灰舍身赴死，也让智狡如狐的贵公子左卿辞狼狈奔命于山林；西南压卷，一个永远懂得未雨绸缪趋吉避凶的聪明人，终是化作一个自陷绝地自承愚蠢的傻子，放下所有骄傲，学会妥协，学会包容，在生死关头懂得理解与珍视。

人生匆促，流光易逝。何为智，何为愚，究竟如何分野？

浮生若梦，为欢几何。何必点滴计较，何须刀枪不入永保正确完美。

留一点软肋，待一份情起，成一段因缘。

谁说那一寸微不足道的相思，不会化作鸳梦成双的情长。

图书在版编目（CIP）数据

一寸相思. 2 / 紫微流年著. — 广州 : 广东旅游出版社, 2023.3
ISBN 978-7-5570-2839-8

Ⅰ.①只… Ⅱ.①紫… Ⅲ.①侠义小说—中国—当代 Ⅳ.①I247.5

中国版本图书馆CIP数据核字(2022)第137576号

一寸相思. 2
YICUN XIANGSI.2

出 版 人：刘志松
责任编辑：梅哲坤
责任校对：李瑞苑
责任技编：冼志良

广东旅游出版社出版发行
地址：广州市荔湾区沙面北街71号首、二层
邮编：510130
电话：020-87347732（总编室） 020-87348887（销售热线）
投稿邮箱：2026542779@qq.com
印刷：北京美图印务有限公司
（地址：北京市顺义区南彩镇九王庄村兴华街79号）
开本：880毫米×1230毫米 1/32
字数：302千
印张：10.5
版次：2023年3月第1版
印次：2023年3月第1次印刷
定价：79.80元（全二册）